KB245503

The Godfather

Mario Puzo

일러두기

본문 ( )안의 글은 옮긴이와 편집자주로 원본에는 없습니다.

THE GODFATHER
by Mario Puzo

대부

마리오 푸조

늘봄

옮긴이 이은정

숙명여대 영문과를 졸업하고 영문 번역가로 활동중이다. 번역한 책은 '서양고전에서 배우는 리더십(매일경제)' '씽씽 인라인 스케이팅(김영사)' '해리포터의 성공과 신화(문예당)' '하프 타임(낮은 울타리)' '딸들의 바다(자작나무)' '나는 조지아의 미친 고양이(아침나라)' 외 다수.

대부 The Godfather

저   자 / 마리오 푸조
번   역 / 이은정
발행인 / 조유현
발행처 / 늘봄
기   획 / 권경하
디자인 / 박준철
편   집 / 박현숙 박민경

등록번호 / 제300-1996-106호 1996년 8월 8일
주   소 / 서울시 종로구 김상옥로66, 3층
전   화 / (02)743-7784
이메일 / book@nulbom.co.kr

초판 발행 / 2004년 4월 15일
27쇄 발행 / 2024년 7월 1일

ISBN 89-88151-39-9 03840

＊가격은 표지에 있습니다.

The Godfather

차례

제1부 / 7

제2부 / 213

제3부 / 265

제4부 / 313

제5부 / 375

제6부 / 441

제7부 / 485

제8부 / 559

제9부 / 603

앤소니 클레리에게

제1부

거대한 부 뒤에는 항상 범죄가 있다
— **발자크**

1

아메리고 보나세라는 뉴욕 제3호 법정에 앉아 판결을 기다렸다. 자신의 딸을 잔혹하게 폭행하고 겁탈하려 했던 청년들이 재판을 받고 있었다.

육중한 몸집의 판사는 의자 앞에 서 있는 두 명의 젊은 남자를 완력으로 혼내줄 것처럼 검은 법복 소매를 걷어 부쳤다. 근엄하면서도 경멸에 찬 얼굴이 차가워 보였다. 그러나 아메리고 보나세라는 지금까지와는 달리 뭔가 잘못되어 가고 있다는 느낌이 들었다.

"피고들은 가장 저질적이고 타락한 행동을 했습니다." 판사가 단호하게 말했다. 그래, 맞아. 아메리고 보나세라는 생각했다. 짐승이지, 짐승. 판사의 말에 윤기 흐르는 머리를 짧게 깎은 두 청년이 고개를 떨구고 겸연쩍은 듯 이목구비가 뚜렷한 얼굴을 손으로 문질러 댔다.

판사가 말을 이었다. "피고인들은 밀림속의 짐승 같은 짓을 저질렀습니다. 그러나 다행히도 불쌍한 처녀를 강간하지는 않았습니다. 그랬더라면 적어도 20년은 감방생활을 해야 했을 겁니다." 판사는 여기서 말을 멈추고 짙은 눈썹이 인상적인 두 눈으로 아메리고 보나세라의 창백한 표정을 슬쩍 살폈다. 그런 다음 얼른 자기 앞에 놓여있는 판결문으로 시선을 옮겼다. 그는 자신의 본심은 아니라는 듯 얼굴을 찡그리며 어깨를 으쓱했다. 그리고 다시 판결문을 읽어 내려갔다.

"그러나 나이가 젊고 전과도 없으며 모범적인 가정에서 자라난 점을 참작하고, 결코 보복을 목적으로 하지 않는 법의 숭고한 정신을 받들어, 본 법정은 두 피고인에게 집행유예 3년을 선고합니다."

40년 동안 죽음을 애도하는 직업을 가졌던 탓에 아메리고 보나세라는 좌절이나 증오를 좀처럼 밖으로 표현하지 못했다. 애지중지하는 그의 딸은 부러진 턱뼈를 철사로 연결한 채 병원에 누워있는데 이 두놈의 짐승은 석방이라구? 이 모든 게 말도 안되는 짓거리다. 그는 아들을 얼싸안고 기뻐하는 부모들을 바라보았다. 그들은 모두 행복하게 웃고 있었다.

목구멍을 타고 씁쓸하고 시큼한 담즙이 넘어와 꽉 다문 이 틈새로 새어나왔다. 그는 흰색 아마 손수건으로 입을 틀어막았다. 그가 서 있는 쪽으로 두 청년이 의기양양하게 복도를 걸어 올라왔다. 그들은 싸늘한 눈초리에 웃음을 머금고 보나세라를 본체만체했다. 보나세라는 손수건을 다시 접어 깨끗한 쪽으로 입을 막은 채 아무 말 없이 그들이 지나가게 해주었다.

이윽고 두 짐승의 부모가 그가 있는 쪽으로 걸어왔다. 두 남자와 두 여자 모두 보나세라와 비슷한 연배였지만 옷차림에서 미국인 티가 역력했다. 그들은 미안한 표정을 지었지만 눈에는 야릇한 승리감과 멸시하는 태도가 엿보였다.

더 이상 참지 못한 보나세라가 고꾸라질 듯한 자세로 고함을 질렀다. "내 눈에 눈물나온 만큼, 너희들도 울게 만들거야! 네 자식놈들이 날 울렸으니 내가 너희 놈들 눈에서도 눈물나게 만들거라구!" 어느덧 손수건이 그의 눈물을 닦아내고 있었다. 고함 소리를 듣고 달려온 피고측 변호사는, 부모를 보호하기 위해 복도를 되돌아온 두 청년과 의뢰인들을 한꺼번에 뒤에서 에워싸며 앞으로 떠밀었다. 덩치 큰 청경도 소동을 수습하러 재빨리 보나세라 쪽으로 뛰어왔다. 그러나 그럴 필요는 없었다.

아메리고 보나세라는 미국에 사는 동안 법과 질서를 신뢰했다. 그래서 지금까지 이 사회에 발붙이고 살아올 수 있었다. 그러나 지금 그의 머리속은 총으로 두 놈의 두개골에 구멍을 내버리는 증오와 분노에 찬 상상으로 가득했다. 그는 아무것도 모르는 아내에게 "저놈들이 우리를 바보로 만들었어."라고 내뱉었다. 그는 말을 하다 말고 잠시 생각에 잠겼다. 그리고 결단을 내렸다. '그래, 더 이상 두려워 하지 말자. 우리 같은 사람은 결국 정의를 위해서 돈 코를레오네에게 무릎을 꿇는 수밖에 없다.'

장식이 화려한 로스앤젤레스 호텔 방에서 조니 폰테인은 여느 평범한 남편들처럼 질투심에 사로잡혀 술을 마시고 있었다. 그는 붉은 색 소파에 드러누워 스카치를 병째로 마신 다음 얼음물이 담긴 크리스탈 그릇에 입을 넣고 입안을 헹궜다. 새벽 네 시였다. 술에 취해 정신이 몽롱한 그는 방탕한 아내가 귀가하자마자 살해하는 상상에 사로잡혀 있었다. '집에 들어오기만 해봐라.' 전처에게 전화를 걸어 아이들 안부를 묻기에는 너무 이른 시각이었다. 내리막길을 걷고 있는 처지에 친구에게 전화하는 것도 웃음거리가 될 게 뻔했다. 한때는 새벽 네 시에 전화를 걸어도 반갑게 대하곤 했지만 지금은 친구들도 그를 성가시게 여겼다. 한창 잘 나갈 때는 미국의 최고 여배우들도 조니 폰테인이 아무리 밤늦게 전화를 해서 귀찮게해도 황송해 했다는 생각을 하며 그는 혼자서 쓴웃음을 지었다.

스카치를 병째 마시고 있는데 문 쪽에서 아내가 열쇠로 문을 여는 소리가 들려왔다. 그는 아내가 방으로 들어올 때까지도 술병을 입에서 떼지 않고 있었다. 천사같은 얼굴과 우수 어린 보랏빛 눈동자, 가냘프면서도 완벽한 몸매의 아내는 여전히 아름다웠다. 그녀의 매력은 스크린에서 더욱 눈부시게 빛났다. 그래서 전 세계의 수많은 남자들이 마고트 애쉬톤을 보며 사랑에 빠지는 것이다. 그녀를 보기 위해 돈을 내고 영화관에 몰려드는 것이다.

"도대체 지금까지 어디 있다 오는 거야?" 조니 폰테인이 물었다.

"바람 좀 피웠지." 그녀가 말했다.

마고트는 남편이 취한 줄만 알았다. 그런데 갑자기 칵테일 탁자 위로 몸을 벌떡 일으키더니 그녀의 목덜미를 움켜잡았다. 하지만 조니 폰테인은 그녀의 신비로운 얼굴과 사랑스런 보랏빛 눈동자를 가까이 대하자 분노가 사라지고 다시 어쩔 줄 몰라했다. 그녀는 남편의 손이 움츠러드는 걸 보며 자신도 모르게 피식 웃음이 나왔다. "얼굴은 건드리지마. 지금 촬영 중이니까." 마고트 애쉬톤이 말했다.

그녀는 웃음을 참지 못했다. 별안간 조니가 아내의 배를 주먹으로 쳤고 그녀는 마루 바닥으로 고꾸라졌다. 조니는 곧 그녀를 덮쳤다. 그녀가 숨을 내쉴 때마다 향기로운 냄새가 났다. 조니는 자기 몸으로 그녀의 팔과 적당히 그을린 매끄러운 허벅지를 내리 눌렀다. 그리고 오래 전 뉴욕의 헬스 키친(Hell' s Kitchen: 뉴욕 맨해튼 서부의 대표적인 빈민가)에서 거친 청소년기를 보내던 시절 동네 꼬마들에게 했듯이 그녀를 때리기 시작했다. 이가 흔들리거나 코뼈가 부러지는 따위의 흔적이 남지 않도록 고통을 가하는 방법이었다.

그러나 그는 그 정도로 아내를 세게 때리지 못했다. 그렇게 할 수 없었다. 그러자 마고트 애쉬톤은 그를 보며 키득키득 웃어댔다. 마루 바닥 위에 벌렁 누운 그녀의 실크 가운은 어느새 허벅지 위로 기어올라가 있었다. 그녀는 키득키득 웃으면서 그를 조롱했다. "자, 해봐. 어서. 당신이 원하는 게 솔직히 이거 아냐?"

조니 폰테인은 몸을 일으켰다. 그는 마루 바닥에 누워있는 그녀가 미웠지만 그녀의 아름다움은 마법의 방패 같았다. 마고트는 도약하는 무용수처럼 몸을 굴려 튀어오르듯 일어나 조니 앞에 섰다. 그녀는 어린애처럼 우스꽝스런 춤을 추며 중얼거렸다. "조니는 나를 괴롭히지 못해. 조니는 절대 나를 괴롭히지 못해." 그러더니 이내 진지하고 슬픈 표정을 지으며 말했다. "어린애처럼 나를 구속하려 하다니 불쌍한 남자. 조니, 당신은 멍청하고 로맨틱한 이탈리아 촌놈이야. 사랑도 어린 애처럼 하지. 섹스도 당신이 부르던 시시껄렁한 노래 가사처럼 유치하게 해." 그녀는 고개를 저으며 말했다. "불쌍한 조니, 이젠 작별이야." 그녀는 이렇게 말하더니 침실로 들어가 버렸다. 문 잠그는 소리가 들렸다.

조니는 마루에 앉아서 손으로 얼굴을 감쌌다. 고통스럽고 모욕적인 절망이 그를 엄습했다. 그는 헐리우드라는 정글에서 살아남도록 도와준 빈민가에서의 모진 경험을 떠올렸다. 그리고 공항으로 가기 위해 전화를 걸어 택시를 불렀다. 이제 그를 도와줄 사람은 한 사람 뿐이었다. 그는 뉴욕으로 돌아갈 것이다. 그가 필요로 하는 권력과 지혜를 갖춘 그분, 그가 항상 신뢰하고 존경하는 그분이 계시는 곳으로. 그의 대부 코를레오네에게로.

자기가 만든 이탈리아 빵처럼 투박하고 땅딸막하게 생긴 제과업자 나조린은 밀가루 투성이가 된 채 아내와 과년한 딸 캐서린 그리고 조수 엔조를 향해 인상을 찡그렸다. 푸른 글씨의 완장을 찬 전시 죄수복으로 갈아입은 엔조는 나조린의 모습을 보고 거버너스 섬(Governor's Island: 맨해튼 남쪽 바다에 있는 섬으로 연안경비대 기지가 있었다)으로 돌아갈 시간이 늦지나 않을까 하여 겁에 질려 있었다. 미국의 경제 재건을 위해 매일 미국인 가게에서 일하는 수천 명의 이탈리아군 포로 중의 한 명인 엔조는 그런 가석방 조치가 언제 무효가 될 지 몰라 늘 불안에 떨었다. 지금 벌어지고 있는 이 우스꽝스런 광경도 그에게는 심각하기만 했다.

나조린은 흥분해서 물었다. "자네가 감히 우리 집안을 욕보여? 이제 전쟁도 끝났으니 미국은 자네를 똥만 가득한 시칠리아로 내쫓아 버릴 텐데. 시시한 선물 따위로 내 딸의 마음을 빼앗아?"

키는 작지만 다부진 체격의 엔조는 손을 가슴에 얹더니 터지려는 눈물을 참고 또렷하게 말했다. "용서하세요. 하지만 성모님께 맹세컨대 전 결코 당신의 친절을 이용하지 않았어요. 전 따님을 깊이 사랑해요. 전 정중하게 청혼을 했어요. 제게 부족한 점이 많다는 건 알지만 만일 그들이 나를 이탈리아로 송환하면 다시는 미국에 돌아올 수 없을 겁니다. 캐서린과도 결혼할 수 없을 거예요."

그때 나조린의 아내 필로메나가 나서서 사태를 수습했다. "모두 바보 같은 짓은 그만 둬요." 그녀는 땅딸보 남편에게 말했다. "당신은 이렇게 하세요. 엔조를 보내면 안돼요. 그를 롱아일랜드의 사촌집에 숨겨줍시다."

캐서린은 곁에서 울기만 했다. 그녀는 벌써 풍만해져서 아줌마 티가 났고 코 밑에는 솜털이 숭숭 났다. 그녀는 다시는 엔조처럼 잘생긴 남편은 만날 수 없을 거라고 생각했다. 아니 자신의 은밀한 부분을 그토록 소중하게 다루는 남자는 다시 만나지 못할 것이다. 캐서린이 아버지에게 졸랐다. "나도 이탈리아에 따라가서 살 거예요. 엔조를 이곳에 남게 해주지 않으면 집을 나가버릴 거라구요."

나조린은 난감한 표정으로 딸을 쳐다보았다. 캐서린은 '뜨거운 여자'였다. 언젠가 엔조가 오븐에서 뜨거운 빵을 꺼내 판매대의 바구니에 진열할 때, 딸애가 그 피둥피둥한 엉덩이를 일부러 엔조의 가랑이 쪽으로 쑥 내미는 모습을 본 적이 있었다. 그때 나조린은 적절한 조치를 취하지 않으면 젊은 녀석의 뜨거운 빵이 딸애의 오븐으로 들어갈지 모른다는 음탕한 상상을 했다. '어쨌든 엔조를 미국에 남게 해서 미국

시민으로 만들어야 한다. 그 일을 처리해줄 수 있는 사람은 하나밖에 없다. 대부 돈 코를레오네에게 가자.'

1945년 8월의 마지막 토요일, 대부의 딸 콘스탄지아 코를레오네의 결혼식에는 이런 사람들을 비롯해서 많은 사람들이 청첩장을 받았다. 신부의 아버지 돈 비토 코를레오네는 롱아일랜드의 화려한 저택에 살고 있었지만 옛 친구나 이웃을 잊는 법이 없었다. 피로연은 저택 안에서 하루 종일 계속될 예정이었다. 틀림없이 대단한 행사가 될 것이다. 일본과의 전쟁도 막 끝났기 때문에 참전 중인 아들 걱정으로 축제 분위기를 해칠 염려도 없을 것이다. 결혼식은 사람들이 마음껏 즐기는 자리가 될 것이다.

드디어 결혼식이 열리는 토요일 오후, 돈 코를레오네의 친구들은 존경을 표하기 위해 뉴욕에서 물밀듯이 밀려들었다. 그들은 저마다 신부에게 선물할, 수표가 아닌 현금이 두둑하게 든 크림색 봉투를 들고 있었다. 봉투 속에는 선물하는 사람의 신분을 밝히고 대부에 대한 존경심을 적은 카드가 들어있었다. 그것은 당연히 받을 만한 존경이었다.

돈 비토 코를레오네는 도움이 필요해서 찾아오는 사람을 실망시킨 적이 없었다. 그는 지키지 못할 약속을 하거나 자기 힘으로는 할 수 없는 일이라는 따위의 비겁한 변명을 늘어놓지도 않았다. 상대가 그의 친구가 아니어도 되었고 자신에게 사례금을 낼 처지가 못 되더라도 개의치 않았다. 다만 한 가지 조건만 지켜주면 되었다. 스스로 그에 대한 우정을 맹세하는 일이었다. 그렇게만 하면 아무리 가난하고 힘이 없는 사람이라 해도 돈 코를레오네는 진심으로 어려움을 들어주었다. 또한 문제를 해결하는데 놓인 어떠한 장애물도 제거해 주었다. 그리고 나서 그가 받는 보상은 무엇일까? 이름 앞에 붙는 '돈(Don)' 이라는 경의를 표하는 호칭이나 '대부(Godfather)' 라는 더욱 친근감 있는 호칭을 얻는 것이다. 청탁이 아니라 그저 존경심만 표하고 싶을 때는 집에서 빚은 포도주 한 병이나 크리스마스 식탁을 장식할 특별히 구운 후추 양념의 탈라레(taralles: 이탈리아인들이 즐겨먹는 빵의 일종)를 한 바구니 선물하는 것으로 족했다. 도움을 받은 사람은 '돈 코를레오네에게 빚을 졌다.' 고 말로 표현해야 하며, 그가 도움을 청할 때는 작은 성의라도 그 빚을 갚아야 한다는 점을 인식하고 있었다. 거기에는 암묵적인 동의가 있었고 그것은 매우 현명한 방법이었다.

딸이 결혼하는 경사스런 날, 돈 비토 코를레오네는 자신의 롱비치 저택 출입구에 서서 하객들을 맞았다. 모두들 그가 잘 알고 신뢰하는 사람들이었다. 그들은 대부분 돈 코를레오네 덕택에 편안히 살 수 있었고 이런 날에는 마음놓고 친근하게 '대부' 라고 부를 수 있었다. 이날은 예식을 돕는 사람들까지도 그의 친구들이었다. 바텐더를 맡은 사람은 옛 동료로, 주조(酒造)기술을 발휘해 결혼식에 사용할 술을 손수 만들어 선물로 가져왔다. 웨이터는 돈 코를레오네의 아들 친구들이었다. 정원의 테이블에 놓인 음식은 돈 코를레오네의 부인이 친구들과 함께 만든 것이고, 1에이커에 달하는 정원을 꽃으로 호화롭게 장식한 것은 바로 신부의 어릴 적 친구들이었다.

돈 코를레오네는 상대가 가난뱅이건 부자이건, 권력이 있건 없건 똑같이 반갑게 맞이했다. 사람을 무시하지 않는 것은 그의 성품이었다. 하객들도 턱시도 차림이 어울린다느니 하는 식으로 찬사를 늘어놓았기 때문에 모르는 사람이 보았더라면 운 좋은 신랑으로 착각할 정도였다.

돈 코를레오네와 함께 정문 앞에 선 사람은 세 아들 중 두 아들이었다. 아버지를 뺀 모든 사람들이 소니라는 애칭으로 부르는 장남 산티노는 나이 많은 이탈리아계 사람들에게는 의심의 눈초리를 받았지만 젊은이들에게는 우상 같은 존재였다. 이탈리아계 미국 이민 1세대인 소니 코를레오네는 180센티미터가 넘는 큰 키에 숱 많은 곱슬머리를 짧게 잘라서 한층 더 키가 커 보였다. 그는 활 모양의 두툼하고 육감적인 입술에 턱보조개까지 더해져서 바람둥이 큐피드같은 인상을 주었다. 게다가 소니의 황소같은 체격과 힘에 선천적으로 절제를 모르는 성격 때문에 그의 순종적인 아내가 잠자리를 두려워한다는 소문이 공공연하게 떠돌았다. 또 소니가 청년 시절 사창가를 드나들었는데, 당시 가장 경험 많고 단련된 창녀도 그의 거대한 물건을 보더니 겁을 먹고 화대를 두 배로 요구했다고 한다.

그래서 결혼식에 참석한 입 크고 엉덩이가 벌어진 부인들 중에는 노골적으로 소니의 물건을 쳐다보며 크기를 가늠했다. 그러나 이날만큼은 그것도 소용없는 짓이었다. 소니 코를레오네는 아내와 세 아이들이 빤히 쳐다보는 앞에서 여동생의 들러리인 루시 맨시니에게 눈독을 들이고 있었다. 숱 많은 풍성한 검은 머리를 꽃으로 장식하고 핑크빛 들러리 옷을 입은 그녀는 그런 사실을 눈치챘으면서도 모른 척하고 들러리 석에 앉아있었다. 지난 1주일 동안 결혼식 준비를 하면서 두 사람은 이미 눈이 맞았는데, 어느날 아침 주례석 뒤에서 루시는 소니의 손을 꼭 잡아주었다. 그러나 들러리로서 그 이상의 진도는 나갈 수 없었다.

루시는 이 남자가 그의 아버지처럼 위대한 인물이 아니어도 상관없었다. 소니 코를레오네에게는 무엇보다 힘과 용기가 있었다. 너그러운 마음과 그의 물건 못지 않게 큰 배포도 마음에 들었다. 다만 겸손한 아버지와는 달리 다혈질 기질과 급한 성격으로 판단 착오를 일으키는 경우가 많았다. 그가 아버지의 사업을 돕고 있지만 후계자가 되지 못할 거라고 사람들이 생각하는 이유도 거기에 있었다.

프레드 또는 프레도라 부르는 둘째 아들 프레데리코는 모든 이탈리아 사람들이 모범으로 생각하는 아들이었다. 그는 서른 살이 되도록 부모와 함께 살며 묵묵히 아버지를 보필했다. 다부지고 땅딸막한 체격에 잘생긴 편은 아니었지만 큐피드처럼 둥그런 얼굴에 투구처럼 솟은 곱슬머리, 활 모양의 입술과 같은 가족의 특징을 고스란히 물려받았다. 그러나 형과는 달리 그의 입술은 육감적이라기보다 고집스러워 보였다. 그 나이가 되도록 아버지를 보필한다는 것이 짜증날 법도 하련만 그는 한번도 아버지에게 반항하거나 여자 문제로 아버지를 곤경에 빠뜨린 적이 없었다. 이런 미덕에도 불구하고 그에게는 지도자가 갖춰야 할 인간적인 매력이나 강한 추진력 등이 부족했다. 그래서 그 역시 가업을 계승하게 될 거라는 기대를 받지 못했다.

셋째 아들인 마이클 코를레오네는 아버지나 두 형들과 어울리지 않고 정원의 구석진 테이블에 앉아있었다. 그렇더라도 친지들의 시선을 피할 수는 없었다.

막내인 마이클 코를레오네는 위대한 아버지의 명령을 거부한 유일한 자식이었다. 그는 체격이 큰 편도 아니고 형들처럼 얼굴이 큐피드를 닮지도 않았고, 칠흑 같은 검은 머리카락은 곱슬거리기보다 직모에 가까웠다. 깨끗한 연갈색 피부는 여자라면 미인 소리를 들었을 법했다. 어쨌든 그는 섬세하게 잘생긴 미남이었다. 그래서 어렸을 적 그의 아버지는 막내아들이 사내답지 못하다고 걱정하곤 했다. 마이클이 열일곱 살이 되어서야 걱정을 한시름 놓았다.

지금 이 막내아들은 아버지나 가족과 거리를 두기로 한 자신의 선택을 증명이라도 하려는 듯 정원에서 가장 구석진 테이블에 앉아 있었다. 그 옆에는 한 미국인 처녀가 앉아 있었다. 모두들 말로만 들었던 그녀의 얼굴을 힐끔거리며 쳐다보았다. 물론 마이클은 그녀를 다정하게 배려해주었고, 가족을 포함해 결혼식에 참석한 사람들에게도 그녀를 소개했다. 그녀는 마른 편이지만 아름다웠다. 여자치고는 차가울 만치 똑똑해 보였고 행동거지는 숙녀치고 너무 자유분방해 보였다. 그녀는 자신을 케이 애덤스라고 소개했다. 사람들에게는 그런 이름도 기이하게 들렸다. 설령 자신의 선조가 2백년 전에 미국에 정착했으며, 자신의 이름은 흔한 이름이라고 설명했더라도 사람들은 어깨를 으쓱했을 것이다.

하객들도 돈 코를레오네가 막내아들에게 특별한 관심을 보이지 않는다는 사실을 곳곳에서 목격할 수 있었다. 전쟁 전만 해도 마이클은 돈이 가장 아끼는 아들로 적절한 때가 되면 패밀리의 사업을 물려줄 후계자로 지목될 것이 분명해 보였다. 그는 위대한 아버지의 힘과 지력을 고스란히 물려받았고 폭력을 이용하지 않아도 사람들의 존경을 받는 특별한 능력을 타고났다. 그러나 2차 대전이 발발하자 마이클 코를레오네는 아버지의 만류도 뿌리치고 해병대에 자원 입대했다.

돈 코를레오네는 막내아들이 자기와 별 관계도 없는 나라를 위해 싸우다 죽는 것을 두 손 놓고 바라만 볼 수 없었다. 그는 징집 판정을 내리는 의사들을 매수해서 군 입대를 막으려고 막대한 돈을 썼다. 그러나 마이클은 당시 스물한 살로 무엇도 그의 의지를 꺾을 수 없는 나이였다. 그는 결국 지원병이 되어 태평양에서 싸웠고 나중에는 해병대 대위로 진급하고 훈장도 받았다. 1944년에는 라이프지(紙)에 그의 공적을 찬양하는 글과 함께 사진이 실리기도 했다. 당시 돈 코를레오네의 친구가 그에게 잡지를 보여주었더니 (가족들은 감히 엄두도 내지 못했다) 돈은 대수롭지 않다는 듯이 "이방인을 위해 기적을 행했군." 이라고 경멸했다.

1945년 초, 불구가 될 뻔했던 부상에서 겨우 회복하여 제대했을 때에도 마이클은 아버지가 손을 써서 자신이 제대하게 되었다는 사실을 알지 못했다. 그는 집에서 몇 주일 동안 쉰 다음 누구에게도 상의하지 않고 뉴햄프셔주 하노버에 있는 다트머스 대학에 입학했다. 그렇게 집을 떠난 후 한동안 나타나지 않다가 누이의 결혼식 참석차 처음으로 집에 돌아온 것이다. 가족에게 소개할 미래의 신부감을 대동한 채였다. 신부가 될 여자는 색이 바랜 천같이 얼굴이 하얀 미국인 처녀였다.

마이클은 다양한 하객들에 대한 설명을 간단히 들려주면서 케이 애덤스를 즐겁게 해주었다. 사실 사람들에게서 독특한 점을 발견할 때마다 즐거워하며, 낯설거나 이국적인 것에 대해서도 강한 호기심을 갖는 것은 그가 사랑하는 그녀만의 매력이기도 했다. 이 사람 저 사람 구경하던 그녀의 시선은 집에서 담근 포도주 궤짝 둘레에서 서성이고 있는 몇 명의 남자들에게 머물렀다. 그들은 아메리고 보나세라와 제과업자 나조린, 안토니 코폴라와 루카 브라시였다. 그녀는 타고난 예민한 시각을 발휘해 네 명의 남자가 별로 즐거워하지 않는 것 같다고 말했다. 마이클은 웃으며 "그래, 잘 봤어. 저 사람들은 아버지를 은밀히 만나려고 기다리고 있는 중이야. 뭔가 부탁을 하려고 말이야."라고 말했다. 네 남자의 시선이 줄곧 돈 코를레오네를 따라 다니는 것만 봐도 쉽게 짐작할 수 있는 일이었다.

돈 코를레오네가 하객들을 맞고 있을 때 검정 시보레 세단이 길 건너편 정류장에 멈춰 섰다. 앞좌석에 타고 있는 두 남자가 웃옷에서 수첩을 꺼내더니 도로 주변에 주차해놓은 자동차의 번호를 적기 시작했다. 소니가 급히 아버지에게 달려왔다. "저기 저자들, 경찰인 것 같습니다."

돈 코를레오네는 어깨를 으쓱했다. "도로는 내 소유가 아니니 그들이 무얼 하든 나무랄 수 없지 않느냐."

큐피드를 닮은 소니의 잘생긴 얼굴이 분노로 벌개졌다. "저 무식한 놈들은 예의라는 걸 조금도 모르는군." 그는 계단을 내려가 길 건너편에 주차해있는 검정색 세단이 있는 곳으로 걸어갔다. 그리고 화난 얼굴을 운전수의 얼굴 가까이 들이밀었다. 운전수는 지갑을 펼쳐 녹색 신분증을 보여주었지만 겁먹은 표정은 아니었다. 소니는 아무 말 없이 뒤로 물러섰다. 그는 세단의 뒷문을 툭툭 친 다음 침을 탁 뱉고 이쪽으로 걸어왔다. 운전수가 차에서 내려 뒤쫓아오기를 기다렸지만 아무 일도 일어나지 않았다. 그는 계단에 도착해서 아버지에게 말했다. "저 녀석들 FBI 요원들이에요. 자동차 번호를 죄다 적고 있더군요. 건방진 놈들."

돈 코를레오네는 그들이 누군지 알고 있었다. 그럴 줄 알고 가까운 친구들에게는 남의 차를 빌려 타고 오라고 일러두었다. 그가 아들이 시비 거는 것을 말리면서도 화를 내도록 내버려둔 데는 목적이 있었다. 쓸데없이 참견하는 사람들에게 그들의 출현을 기대하거나 반가워하지 않는다는 것을 상기시켜 주기 위해서였다. 하지만 돈 코를레오네 자신은 화를 내지 않았다. 사회적인 모욕은 참아야 하며, 지금은 아무리 하찮아도 눈만 똑바로 뜨고 있으면 언젠가는 힘있는 사람에게 복수할 수 있게 된다는 사실을 경험을 통해 배웠기 때문이다. 그래서 그는 자신을 칭송하는 친구들에게도 결코 겸손함을 잃지 않았다.

저택 뒤 정원에서는 4인조 악단이 연주를 막 시작했다. 하객들은 모두 도착했다. 돈 코를레오네는 FBI 요원들로 인한 마음의 잡념을 몰아내고 두 아들을 앞세워 결혼식장으로 걸어갔다.

커다란 정원은 2백여 명의 하객들로 가득차 있었다. 몇몇은 꽃으로 장식한 무대에서 춤을 추고, 어떤 사람들은 매콤한 음식과 검정색 술병에 담긴 포도주가 즐비한 긴 테이블에 앉아 있었다. 신부 코니 코를레오네는 신랑을 비롯해 신랑측, 신부측 들러리들과 약간 높은 테이블에 앉아 활짝 웃고 있었다. 테이블은 옛 이탈리아 스타일로 소박하게 장식했다. 코니가 신랑감을 고를 때 아버지의 뜻을 거역한 대신 결혼식은 이탈리아식으로 치르기로 동의했던 것이다.

신랑인 카를로 리치는 시칠리아 출신의 아버지와 이탈리아 북부 출신 어머니 사이에서 태어난 혼혈아로 금발에 푸른 눈을 가졌다. 그의 부모는 네바다 주에 살고 있는데, 카를로는 사소한 죄를 짓고 그곳을 도망쳐 나왔다. 그는 뉴욕에서 소니 코를레오네를 만났고 그의 여동생도 알게 되었다. 물론 돈 코를레오네는 결혼을 허락하기 전 믿을 만한 친구를 네바다로 보내 사윗감을 뒷조사했다. 친구는 카를로가 젊은 혈기에 별로 심각하지 않은 총기 사건에 연루되었는데, 간단히 범죄 기록만 말소시키면 되겠다고 보고해왔다. 또 그는 돈 코를레오네가 지대한 관심을 갖고 구상중인 네바다 주에서의 합법적인 도박 사업에 관한 구체적 정보도 가지고 돌아왔다. 이 일은 세상의 모든 기회를 이용할 줄 아는 그의 탁월한 수완을 부분적으로 보여주는 일이었다.

코니 코를레오네는 별로 예쁜 얼굴은 아닌데다 비쩍 마르고 신경질적인 편으로 결혼 후에는 잔소리도 많아졌다. 그러나 순백의 신부복으로 변신을 한 오늘만은 그녀도 눈부시게 아름다웠다. 나무 테이블 밑으로 신부의 손은 신랑의 허벅지 위에 올려져 있었다. 그녀는 큐피드 화살 모양의 입을 삐죽이 내밀어 신랑에게 키스를 했다.

코니는 신랑이 무척 잘생겼다고 생각했다. 카를로 리치는 어린 시절 사막에서 힘든 노동일을 한 덕분에 턱시도를 입은 팔과 어깨의 근육이 불룩해 보였다. 그는 신부의 애정 어린 눈길을 받으며 그녀의 유리잔에 포도주를 가득 따랐다. 그는 자기들이 영화 속의 주인공이라도 된 양 신부에게 정중하게 대했다. 하지만 이따금 신부가 오른쪽 어깨에 멘, 돈 봉투로 불룩해진 커다란 실크 지갑을 힐끔힐끔 쳐다보았다. 저 돈이 얼마나 될까? 백만 달러? 2백만 달러? 카를로 리치는 자신도 모르게 웃음이 흘러나왔다. '이제 시작일 뿐이야, 나는 로얄 패밀리에 장가 드는 게 아닌가. 그러니 내 뒤를 돌봐줘야지.' 라고 그는 생각했다.

하객들 사이에서도 그 실크 지갑을 주시하는 사람이 있었다. 흰 담 비처럼 갸름하게 생긴 파울리 가또는 순전히 호기심으로 '저 두툼한 돈지갑을 훔치면 어떨까.' 하는 생각을 하고 있었다. 생각만 해도 즐거 워졌다. 그러나 그것은 어린애들이 딱총으로 탱크를 쳐부수는 공상을 하는 것처럼 무모하고 어리석은 꿈이라는 것을 그도 알았다. 그는 직 속 보스인 뚱뚱한 피터 클레멘자가 나무로 된 무대에서 젊은 처녀들과 빙글빙글 돌며 전원풍의 타란텔라(tarantella: 남부 이탈리아의 경쾌한 민속춤)를 추는 모습을 지켜보았다.

장대같이 큰 키에 뚱뚱한 클레멘자는 툭 튀어나온 배가 여자들의 가 슴에 슬쩍슬쩍 닿도록 춤을 추었다. 사람들은 그 광경을 보면서 깔깔 대고 웃으며 박수를 쳐댔다. 나이든 여자들은 그의 춤 상대가 되기 위 해 팔을 붙잡고 늘어졌다. 또 젊은 남자들은 경의를 표하며 자리를 비 켜주거나 뒤로 물러나 만돌린의 즉흥 연주에 맞춰 박수를 쳤다. 클레 멘자가 마침내 기진맥진하여 의자에 앉자 파울리 가또는 얼른 그에게 시원한 흑포도주 한 잔을 갖다 주며 자신의 실크 손수건으로 눈썹의 땀을 닦아주었다. 클레멘자는 고래처럼 꿀꺽꿀꺽 단숨에 잔을 비웠다. 그는 파울리에게 고맙다는 인사 한마디 없이 퉁명스럽게 말했다. "춤 심판은 그만하고 네 할 일이나 해. 하객들 사이를 돌아다니면서 별 일 이 없는지 살펴보고." 파울리는 어느새 인파 사이로 사라졌다.

악단이 연주를 멈추고 휴식을 취했다. 그때 니노 발렌티라고 불리는 젊은이가 바닥에 내팽개쳐진 만돌린을 집어들더니 왼발을 의자 위에 없고 조잡한 시칠리아 연가를 노래하기 시작했다. 그는 잘생긴 편이었지만 항상 술을 달고 사는 탓에 취기가 가실 날이 없었고 그 날도 이미 한 잔 마신 것 같았다. 그는 외설스런 가사가 나올 때는 혀로 애무하는 시늉을 하며 눈동자를 굴렸다. 그 모습을 본 여자들은 비명을 지르며 자지러지게 웃어대고 남자들은 그와 함께 각 절의 마지막 후렴구를 합창했다.

이런 분위기를 그다지 좋아하지 않는 돈 코를레오네지만 자기 아내가 다른 사람들과 즐거워서 소리지르는 모습을 지켜보다가 집안으로 들어갔다. 그러자 소니 코를레오네는 얼른 신부석으로 가서 들러리인 루시 맨시니 곁에 앉았다. 아내까지 웨딩케이크를 최종적으로 손보느라 부엌에 있었기 때문에 더 이상 주저할 필요가 없었다. 소니가 루시의 귀에 대고 몇 마디 속삭이자 그녀는 자리에서 일어났다. 그리고 나서 몇 분 뒤에 소니도 슬그머니 일어나 그녀를 뒤따라갔다. 소니는 걸어가다가 이따금 멈춰 서서 하객들에게 말을 거는 척 하면서 인파를 빠져나갔다.

사실은 모두의 시선이 그들을 쫓고 있었다. 대학 생활 3년만에 철저하게 미국 여자가 되어버린 이 들러리 아가씨는 이미 성숙할 대로 성숙했고, 평판도 좋지 않았다. 그녀는 결혼식 준비를 하는 동안 내내 소니를 최고의 남자라고 추켜 세워주며 몸을 허락할 수도 있다는 농담을 던지는 등 몸달게 만들었다. 이제 그녀는 핑크빛 드레스가 바닥에 끌리지 않게 살짝 들고 순진한 웃음을 지으며 층계를 가볍게 뛰어올라가 집안 욕실로 들어갔다. 그녀는 그곳에서 몇 분간 머물렀다. 그녀가 밖으로 나오자 벌써 도착한 소니 코를레오네가 위층으로 올라오라고 손짓을 했다.

토마스 헤이건은 집안에서 가장 안쪽에 있는 돈 코를레오네의 사무실에서 꽃 장식이 화려한 정원에서 거행되는 결혼식을 지켜보고 있었다. 그의 등 뒤에 있는 벽에는 법률 책들이 빽빽이 꽂혀있었다. 돈 코를레오네의 변호사이자 콘실리에리(consigliere: 조직의 고문)인 헤이건은 패밀리에서 중요한 직책을 맡고 있었다. 그는 돈 코를레오네를 도와 이 방에서 수많은 난관과 문제를 해결해왔다. 그는 돈 코를레오네가 피로연장을 떠나 집으로 들어오는 모습을 보며 오늘은 결혼식이니 해야할 일이 있겠구나 하는 생각이 들었다. 그래서 돈 코를레오네가 집으로 들어오는 것이리라. 그때 소니 코를레오네가 루시 맨시니에게 귓속말을 한 뒤 시차를 두고 두 사람이 집안으로 들어가는 수상한 광경을 목격했다. 헤이건은 얼굴을 찡그렸다. 그는 이 일을 돈 코를레오네에게 알릴까 말까 생각하다 관두기로 했다. 그는 책상으로 다가가 오늘 돈 코를레오네와 개인적으로 면담하게 될 사람들의 이름이 적힌 목록을 집어들었다. 돈 코를레오네가 들어왔을 때 헤이건이 목록을 건넸다. 돈 코를레오네는 고개를 끄덕이며 "보나세라는 맨 끝으로 들어보내."라고 지시했다.

헤이건은 유리문을 열고 정원으로 나가 곧장 포도주 궤짝을 둘러싸고 있는 사람들에게로 갔다. 그는 먼저 땅딸막한 제과업자 나조린을 지목했다.

돈 코를레오네는 제과업자를 반갑게 맞이하며 포옹했다. 두 사람은 어린시절 이탈리아에서 함께 놀며 우정을 키웠던 사이였다. 부활절이 되면 나조린은 돈 코를레오네의 집에 트럭 바퀴만큼 커다랗고 껍질이 노란 갓 구운 치즈 맥아(麥芽) 파이를 선물했다. 또 크리스마스나 가족의 생일날에는 빠지지 않고 크림이 듬뿍 들어간 패스트리를 가져왔다. 그 모든 것이 나조린에게는 나름대로 존경을 표시하는 방법이었다. 나조린은 처음 제과점을 열었을 때 돈 코를레오네가 조직한 제과업자 노동조합에 회비를 꼬박꼬박 냈다. 그에 대한 대가로 전시(戰時)에 암시장에서 통용되던 OPA(Office of Price Adminstration: 2차 세계대전 중에 설립된 농산물과 서비스의 생산 및 분배, 가격을 통제하던 기관)의 설탕 쿠폰을 얻어달라고 한 것 외에는 지금까지 어떤 부탁도 해본 적이 없었다. 제과업자는 이제야 그동안의 충성과 우정에 대한 대가를 요구하게 되었고 돈 코를레오네 역시 기꺼이 그의 부탁을 들어줄 준비가 되어 있었다.

그는 제과업자에게 디 노빌리 담배와 노란색 스트레가 한 잔을 건네며 다정하게 어깨에 손을 얹고 용건을 말해보라고 했다. 그것은 돈 코를레오네의 인간성을 말해주는 증거였다. 가난하고 어려운 시절을 겪어본 그는 남에게 부탁하는 일에 얼마나 큰 용기가 필요한지 잘 알고 있었다.

제과업자는 자기 딸과 엔조의 이야기를 꺼냈다. 엔조는 시칠리아 출신의 괜찮은 젊은이다. 미군에 체포되어 전쟁 포로로 미국에 왔다. 게다가 가석방을 시켜 전쟁 뒷바라지까지 했다. 정직한 엔조와 자신의 얌전한 딸 캐서린 사이에 순수한 사랑이 싹텄는데, 이제 전쟁이 끝나 불쌍한 청년은 이탈리아로 송환될 것이다. 그럼 자기 딸은 실연의 고통으로 죽을지도 모른다. 오직 대부 코를레오네만이 이 불쌍한 연인을 도울 수 있다. 당신이 마지막 희망이다.

돈 코를레오네는 방안을 왔다갔다하며 이야기를 듣다가 나조린에게 다가가 어깨에 손을 얹으며 그의 용기를 북돋아 주려는 듯 고개를 끄덕였다. 제과업자가 이야기를 끝내자 돈 코를레오네는 미소를 지으며 "여보게, 걱정일랑 집어치우게."라고 말했다. 이어서 그는 앞으로 어떻게 해야하는지 찬찬히 설명하기 시작했다. 우선 이 지역 국회의원에게 진정을 해야한다. 국회의원은 엔조가 시민권을 받을 수 있도록 의회에 특별 증서를 제출한다. 그 증서는 틀림없이 의회에서 통과된다. 그런 작자들은 서로 봐주고 그러기 때문이다. 돈 코를레오네는 이 일을 진행시키려면 2천 달러는 들어갈 거라고 설명했다. 돈 코를레오네는 틀림없이 잘 될 것을 보장한다고 말하며 비용을 댈 수 있느냐고 물었다.

제과업자는 열심히 고개를 끄덕였다. 애초에 공짜로 부탁을 하러 온 것은 아니었다. 그는 충분히 이해할 것 같았다. 의회의 특별 조치니 그만한 비용이 들 것이다. 나조린은 고마워서 눈물이 핑 돌았다. 돈 코를레오네는 그를 문까지 배웅하며 구체적인 상황은 제과점으로 사람을 보내 알려 줄테니 필요한 서류나 준비해 놓으라고 했다. 제과업자는 돈 코를레오네와 포옹한 뒤 정원으로 나갔다.

헤이건은 돈 코를레오네를 보며 미소를 지었다. "나조린 씨로선 이익이 확실한 투자군요. 사위와 평생 부려먹을 조수를 2천 달러에 얻었으니까요. 참, 그런데 이 일은 누구에게 맡길까요?"

돈 코를레오네는 얼굴을 찡그리며 생각에 잠겼다. "우리 애들에게 시키지 말고 이웃 지역의 유태인에게 맡기게. 집 주소도 바꾸게 하고. 전쟁이 끝났으니 이런 일이 많아질 거야. 워싱턴에 인력을 추가로 투입시켜 수요가 많아져도 가격이 오르지 않도록 잘 대비해두게." 헤이건은 돈 코를레오네의 지시를 수첩에 받아 적었다. "루테코 말고 피셔 의원에게 접촉해 봐."

그 다음에 헤이건이 데리고 온 남자는 매우 간단한 부탁을 했다. 안토니 코폴라라는 이름의 남자는 돈 코를레오네가 젊었을 때 철도 공사장에서 함께 일했던 동료의 아들이었다. 코폴라는 피자가게를 내려는데 여러 가지 집기도 사고 특수 오븐도 사려면 5백 달러가 필요하다. 그런데 몇 가지 조건이 미달되어 은행돈을 빌릴 수 없다는 이야기였다. 돈 코를레오네는 주머니에서 지폐 다발을 꺼냈다. 그러나 그것으로 부족하자 그는 인상을 찡그리며 톰 헤이건에게 말했다. "내게 백 달러만 빌려주게. 월요일에 은행이 열리면 갚아 주겠네." 그러자 탄원하던 사람은 4백 달러면 충분하다고 말했다. 그러나 돈 코를레오네는 그의 어깨를 두드리며 해명하듯이 말했다. "결혼식에 터무니없이 많은 돈이 들어가서 지금 가진 현금은 이것뿐이네." 그는 헤이건이 건넨 돈을 받아 자신의 지폐 다발과 함께 안토니 코폴라에게 주었다.

헤이건은 속으로 탄복하며 이 광경을 지켜보았다. 돈 코를레오네는 사람이 어떻게 돈을 쓰는 것이 잘 쓰는 것인지 가르쳐 주었다. 돈 코를레오네는 반드시 개인적으로 자선을 베풀었다. 안토니는 돈 코를레오네와 같은 사람이 자신을 위해 돈을 빌리는 모습을 보며 얼마나 감격했을까! 코폴라도 그가 백만장자라는 사실을 모르지 않을 것이다. 그러나 과연 얼마나 많은 백만장자가 가난한 친구로 인한 불편을 조금이라도 감수하려고 할까?

돈 코를레오네는 다음 방문자가 궁금한 듯 고개를 들었다. 헤이건이 말했다. "목록에는 올라있지 않지만 루카 브라시라는 자가 뵙고 싶어 합니다. 드러내놓고 만나 뵐 수 없다는 사실을 알지만 개인적으로 축하드리고 싶다고 합니다."

돈 코를레오네는 처음으로 불쾌한 기색을 보였다. "꼭 그래야 할까?" 의외의 대답이었다.

헤이건은 어깨를 으쓱해 보였다. "저보다 그자에 대해 더 잘 아시지 않습니까? 결혼식에 초대해 주셨다고 매우 고마워하더군요. 자기는 기대도 하지 않았답니다. 그래서 자기 입으로 직접 인사를 드리고 싶어하는 것 같습니다."

돈 코를레오네는 고개를 끄덕이며 루카 브라시를 데려오라고 손짓했다.

정원에서는 케이 애덤스가 험상궂고 분노에 찬 루카 브라시의 얼굴을 보며 놀라고 있었다. 그녀는 마이클에게 그에 대해 물어보았다. 마이클이 케이를 결혼식에 데려온 이유는 그녀가 자기 아버지의 실체를 큰 충격없이 서서히 받아들이게 되기를 바라는 마음에서였다. 지금까지 그녀는 돈 코를레오네를 다소 비윤리적인 사업가쯤으로 생각하고 있는 것 같았다. 마이클은 나머지 진실도 간접적으로 설명해야겠다고 결심했다. 그는 루카 브라시가 동부지역의 암흑세계에서 가장 두려운 인물이라고 설명했다. 그의 장기는 단독 청부 살인인데, 공범이 없어서인지 발각된 적이 한번도 없다고 했다. 마이클은 얼굴을 찡그렸다. "그 소문이 사실인지 아닌지는 나도 잘 몰라. 다만 저 사람이 아버지의 친구라는 사실은 분명해."

케이는 조금 이해할 것 같았다. 그녀는 약간 미심쩍은 부분이 있는 듯 다시 물었다. "저런 사람이 당신 아버지를 위해 일한다는 말인가요?"

그는 이 참에 모두 털어놔야겠다고 생각했다. 그는 단도직입적으로 말했다. "15년 전쯤에 어떤 사람들이 아버지의 기름 수입 사업을 흡수하려고 했어. 그들은 일이 뜻대로 안되자 아버지를 살해하려고 했지. 그런데 루카 브라시가 그들을 추적해서 2주일 동안 여섯 명을 감쪽같이 해치웠어. 이렇게 해서 그 유명한 올리브유 전쟁은 막을 내리게 되었지." 그는 마치 농담하듯 웃으며 말했다.

케이는 몸서리를 쳤다. "당신 아버지가 갱들의 습격을 받았단 말이에요?"

"15년 전의 일이야. 그후로는 아무 일도 없었어." 마이클은 자신이 너무 많은 것을 알려줬나 싶어 약간 걱정이 되었다.

"날 겁주려고 그러는군요. 나와 결혼하고 싶지 않아서." 케이는 웃으면서 팔꿈치로 마이클의 가슴팍을 쳤다. "머리 쓰지 말아요."

마이클은 케이를 보며 웃었다. "천만에. 그저 당신이 알아둬야 할 것 같기에."

"그런데 저 사람이 정말 여섯 명이나 죽였어요?" 케이가 다시 물었다.

"신문에 그렇게 났을 뿐이야. 아무도 입증하지 못했지만. 저 사람에 대해 알려지지 않은 얘기가 또 있어. 아버지조차 말씀하길 꺼리는 아주 끔찍한 일이지. 톰 헤이건도 알고 있으면서 내게 말해주지는 않더군. 한번은 내가 그와 농담을 하다가 내가 몇 살이 되면 루카에 관한 일들을 들을 수 있느냐고 물었어. 그랬더니 톰은 '백 살'이라고 대답하더군." 마이클은 자신의 포도주잔을 살짝 기울였다. "틀림없이 뭔가 있어. 그리고 분명 루카가 관련된 일일 거야."

루카 브라시는 실로 지옥의 악마도 경악할만한 존재였다. 작달막한 키에 머리통이 커다란 그가 출현하면 위험의 경종이 울렸다. 그의 얼굴은 마치 괴물 가면을 쓴 것 같았다. 그의 갈색 눈동자는 따뜻함은 없고 기괴하게 그을린 느낌을 주었다. 송아지고기 색깔을 띤 얇고 팽팽한 입술은 잔악해보인다기 보다는 생명이 없어 보였다.

브라시의 폭력에 관한 악명은 등골을 오싹하게 했지만 그의 돈 코를레오네에 대한 헌신은 가히 전설적이었다. 루카 브라시라는 존재는 돈 코를레오네의 세력을 받쳐주는 중요한 주춧돌이었다. 그는 글자 그대로 희귀종이었다.

루카 브라시는 경찰을 두려워하지 않았다. 사회적 평판도 개의치 않고 신도 지옥도 안중에 없었다. 그는 동료들을 싫어하지도 좋아하지도 않았다. 그러나 돈 코를레오네만은 유일하게 진심으로 존경하고 두려워했다. 그런 돈 코를레오네가 기다리고 있는 방으로 들어가자 악당 브라시는 경외심으로 온몸이 마비될 것 같았다. 그는 더듬거리는 말로 거창한 인사를 하고 첫 손자가 사내아이길 빈다고 정중하게 말했다. 그런 다음 신부에게 주는 선물로 현금이 든 두툼한 봉투 하나를 내밀었다.

그것이 브라시가 돈 코를레오네를 만나고 싶어한 이유였다. 헤이건은 돈 코를레오네의 표정을 살폈다. 돈 코를레오네는 왕이 신하를 대하듯 브라시에게 친밀하지는 않지만 격식을 갖춰서 그를 대했다. 돈 코를레오네는 행동이나 말 한마디 한마디에서 루카 브라시가 그에게 얼마나 가치있는 사람인지 확인해 주었다. 결혼 선물을 딸이 아닌 자기에게 주는데 대해 의아한 표정을 짓지 않았다. 그는 그 이유를 이해했던 것이다.

봉투 속의 돈은 분명 다른 사람이 낸 것보다 훨씬 많을 것이다. 브라시는 다른 하객이 낼 축하금과 비교하면서 액수를 정하느라 여러 시간을 보냈을 것이다. 그는 돈 코를레오네에 대한 극진한 존경심을 표시하기 위해 남보다 많이 내고 싶었을 것이다. 돈에게 개인적으로 봉투를 내민 것도, 미사여구를 총동원한 인사말로 돈 코를레오네를 어쩔 줄 모르게 만든 것도 그런 이유에서였다. 헤이건은 루카 브라시의 기괴스런 얼굴이 자부심과 기쁨으로 넘쳐흐르는 모습을 보았다. 브라시는 헤이건이 문을 열어주자 방을 나가기 전에 돈 코를레오네의 손에 입을 맞추었다. 신중한 헤이건은 브라시에게 친근한 미소를 지어 보였다. 작달막한 남자는 송아지고기 색깔의 입술에 웃음을 띠며 화답했다.

문이 닫히자 돈 코를레오네는 가벼운 안도의 한숨을 내쉬었다. 브라시는 그를 긴장시키는 유일한 사람이었다. 이성으로는 제어가 되지 않는 동물적인 본능만 가진 브라시이기에 다이나마이트처럼 조심스럽게 다루지 않으면 안되었다. 아니, 진짜 다이나마이트라면 필요할 때 유용하게 이용할 수도 있을 것이다. 돈 코를레오네는 어깨를 으쓱했다. 그는 궁금한 표정으로 헤이건을 쳐다보았다. "이제 보나세라만 남았나?"

헤이건은 고개를 끄덕였다. 돈 코를레오네는 인상이 굳어진 채 잠시 생각에 잠겼다. "그를 부르기 전에 산티노를 이곳으로 부르게. 몇 가지 일러둘 말이 있어."

헤이건은 정원으로 나가 소니 코를레오네를 급히 찾았다. 보나세라에게는 좀더 기다리라고 말한 뒤 마이클 코를레오네와 그의 여자친구에게 다가갔다. "소니 못 보았나?" 마이클은 고개를 저었다. '제기랄, 소니가 들러리 아가씨와 놀아나고 있다면 문제가 복잡해지는데. 소니의 아내와 처녀의 가족들이 알게되면 큰일인데.' 그는 이런 걱정을 하면서 반 시간 전 소니가 사라졌던 문을 향해 걸음을 옮겼다.

헤이건의 뒷모습을 보며 케이 애덤스는 마이클 코를레오네에게 물었다. "저 사람은 누구예요? 당신 형제라고 소개했지만 성이 다르잖아요. 게다가 이탈리아 사람처럼 보이지 않아요."

"톰은 열두 살부터 우리와 함께 살았어. 부모가 죽고 지독한 눈병에 걸려 거리를 헤매고 다니는 걸 소니 형이 집으로 데려왔지. 그때부터 쭉 우리 집에 살았어. 달리 갈 곳이 없었거든. 결혼하기 전까지 우리와 형제처럼 살았지." 마이클이 이렇게 설명했다.

이 말을 들은 케이 애덤스는 감동한 목소리로 말했다. "정말 로맨틱해요. 당신 아버지는 정말 마음이 따뜻한 분이군요. 당신 자식도 많은데 남을 양자로 삼다니 말이에요."

마이클은 이탈리아 이민자에게 아이 넷은 많은 게 아니라는 말을 하려다 관두었다. 다만 "톰은 양자로 들인 게 아니라 그냥 우리와 살았을 뿐이야."라는 말만 했다.

"아니, 왜 입양을 하지 않았죠?" 호기심이 생긴 케이가 물었다.

마이클은 껄껄 웃었다. "아버지는 톰에게 성을 바꾸게 하는 것은 도리가 아니라고 말씀하셨지. 톰의 부모에 대한 도리."

그들은 헤이건이 소니를 찾으러 돈 코를레오네의 집무실로 통하는 유리문으로 들어가는 모습을 보았다. 케이는 손가락으로 아메리고 보나세라를 가리켰다. "저 사람들은 왜 오늘 같은 날 당신 아버지를 찾아와서 성가시게 하는 거죠?" 케이가 물었다.

마이클은 다시 웃었다. "딸의 결혼식 날에는 남의 부탁을 거절하지 못하는 게 시칠리아의 풍습이야. 시칠리아 사람들은 이런 기회를 그대로 넘기는 법이 없지."

루시 맨시니는 핑크 드레스가 마루 바닥에 끌리지 않도록 잡은 뒤 계단을 뛰어올라갔다. 큐피드를 닮은 소니 코를레오네의 얼굴은 포도주로 불콰해진데다 억누를 수 없는 욕정으로 이글거렸다. 루시는 약간 겁이 났지만 사실 이 순간을 위해 지난 주 내내 그를 애타게 만들었던 것이다. 지난 2년간 그녀는 여러 남자들과 연애를 했지만 그들에게선 아무것도 느끼지 못했고 누구와도 1주일 이상을 지속한 적이 없었다. 두 번째 남자는 말다툼 끝에 "넌 거기가 너무 커."라는 말을 중얼거리더니 떠나가 버렸다. 루시는 그 말뜻을 알아들었기 때문에 그 학기 내내 아무와도 데이트하지 않았다.

루시는 지난 여름 절친한 친구인 코니 코를레오네의 결혼 준비를 도우면서 소니에 대해 수군거리는 소리를 들었다. 어느 일요일 오후 코를레오네가의 부엌에서는 소니의 아내 산드라가 남편에 대해 거침없이 떠벌리고 있었다. 이탈리아에서 태어나 어릴 때 미국으로 건너온 산드라는 괄괄한 성격에 품위와는 거리가 먼 여자였다. 튼튼한 체격에 가슴도 풍만하고 결혼 5년만에 이미 세 아이의 엄마가 되어 있었다. 산드라를 비롯해 몇 명의 부인들은 끔찍했던 초야의 경험을 털어놓으며 코니를 놀려댔다. "맙소사, 처음 소니가 나무 막대 같은 걸 가지고 다가오는데 꼭 죽을 것만 같아서 비명을 질렀다니까. 처음 1년 동안은 내 거기가 펄펄 끓인 마카로니처럼 짓물렀다우. 그런데 남편이 다른 여자들과도 그 짓을 했다는 얘길 듣고 곧장 교회로 가서 불쌍한 여자들을 위해 기도를 했지."

모두 깔깔대고 웃었지만 루시는 다리 사이의 속살이 조여드는 느낌이 들었다.

루시는 계단을 뛰어올라 소니에게 오는 동안 뜨거운 욕정이 몸 전체를 휘감는 걸 느꼈다. 위층에 올라가자 소니는 그녀의 팔을 잡아채더니 복도를 지나 빈 방으로 끌고 갔다. 문이 닫히자 루시는 다리에 힘이 풀렸다. 소니의 입술이 그녀의 입술을 덮쳤다. 그의 입에서는 담배 탈 때의 씁쓸한 맛이 났다. 루시도 입을 벌렸다. 옷감의 바스락거리는 소리와 함께 소니의 손이 루시의 드레스 밑으로 파고 들어갔다. 크고 따뜻한 그의 손이 다리 사이에 느껴지는가 했더니 이내 공단 팬티를 내리고 은밀한 속살을 애무하기 시작했다. 소니가 바지를 벗는 동안 그녀는 소니의 목에 팔을 두른 채 매달려 있었다. 이윽고 그가 양손으로 허옇게 드러난 루시의 엉덩이를 밑에서 받쳐 들어올렸다. 루시는 발끝으로 서서 다리로 그의 허벅지를 감았다. 그리고 입안으로 밀고 들어온 소니의 혀를 힘껏 빨았다. 소니가 갑자기 몸을 밀어붙이는 바람에 루시의 머리가 문에 부딪히고 말았다. 그녀의 다리 사이에 뜨거운 것이 닿았다. 루시는 소니의 목에 둘렀던 오른손을 내려 그의 손길을 안내했다. 그녀의 손이 뜨거운 페니스를 쥐었다. 손 안에서 짐승처럼 꿈틀거리던 페니스는 루시가 자신의 부풀어오른 촉촉한 속살로 인도하자 환희를 이기지 못해 눈물을 흘렸다. 마침내 그것이 몸 속으로 들어오자 루시는 믿을 수 없는 쾌락으로 헐떡거리며 다리를 그의 목 근처까지 들어올렸다. 헤아릴 수 없는 고통을 수반한 성난 화살이 번개같이 찌르자 그녀의 몸은 전율하면서 골반을 위로 더 위로 휘어지게 만들었다. 마침내 몸이 부서지는 듯한 절정에 도달했다. 단단하던 것이 시들어지면서 그녀의 허벅지에 굼실굼실 정액을 쏟아냈다. 루시의 다리는 서서히 풀어지더니 마침내 마루 위로 미끄러져 내려왔다. 두 사람은 서로 등을 기대고 누워 가쁜 숨을 몰아쉬었다.

그렇게 한동안 시간이 흘렀을까, 조용히 문 두드리는 소리가 들렸다. 소니는 문이 열리지 않도록 잠근 다음 허겁지겁 바지를 입었다. 루시도 핑크 드레스의 매무새를 가다듬은 뒤 눈을 깜빡거렸다. 이제 루시에게 희열을 주었던 그것은 점잖은 검정색 옷 속으로 자취를 숨겼다. 헤이건의 낮은 음성이 들렸다. "소니, 거기 있나?"

소니는 안도의 한숨을 내쉬며 루시에게 눈을 찡긋해 보였다. "응, 톰. 왜 그래?"

헤이건은 여전히 낮은 목소리로 "아버지가 집무실에서 보자고 하시네."라고 말했다. 소니는 헤이건의 발소리가 멀어질 때까지 잠시 기다렸다가 루시의 입술에 키스를 했다. 그리고 헤이건을 뒤따라갔다.

루시는 머리를 빗었다. 드레스 매무새도 정돈하고 가터 벨트도 잡아당겼다. 몸이 찌뿌드드하고 입술은 보랏빛 멍이 들고 쓰라렸다. 허벅지에는 끈적끈적하게 젖은 느낌이 남아있었지만 그대로 밖으로 나갔다. 그녀는 층계를 내려가 욕실에 가서 씻을 수도 있었지만 곧장 정원으로 나갔다. 루시는 코니 옆의 들러리석에 앉았다. 코니는 발끈 신경질을 부렸다. "루시, 너 어디 있었니? 너 술 취한 것 같다. 이제, 내 옆에 있어."

금발의 신랑은 루시의 잔에 포도주를 따라주면서 의미있는 미소를 지었다. 루시는 개의치 않고 검붉은 포도주로 바싹 마른 입안을 적셨다. 허벅지 사이에 끈끈하고 축축한 느낌이 들어 다리를 더욱 밀착시켰다. 다시 한 번 온몸에 전율이 흘렀다. 그녀는 포도주 잔에 입술을 대고 눈으로는 소니 코를레오네를 애타게 찾았다. 그러나 보고 싶어하는 사람은 보이지 않았다. 그녀는 코니에게 귓속말로 장난스럽게 속삭였다. "몇 시간만 지나면 너도 모든 걸 알게 될거야." 코니가 킬킬거렸다. 루시는 신부에게서 보석을 훔친 것처럼 불안한 승리감에 젖어 새침하게 테이블 위에서 깍지를 꼈다.

아메리고 보나세라는 헤이건을 따라 모퉁이방으로 들어갔다. 커다란 책상 뒤에 돈 코를레오네가 앉아있었다. 소니 코를레오네는 창가에 서서 정원을 내다보고 있었다. 그날 처음으로 돈 코를레오네는 냉담하게 행동했다. 그는 방문자와 포옹이나 악수도 하지 않았다. 안색이 나쁜 이 장의사는 자기 아내와 돈의 아내가 절친한 친구라는 이유로 초청장을 받았다. 하지만 보나세라 자신은 돈 코를레오네를 별로 좋아하지 않았다.

보나세라는 자신의 요구를 완곡하지만 분명하게 말했다. "부인의 대녀(代女)인 제 딸이 오늘같이 경사스런 날 축하를 하러 오지 못한 걸 용서하기 바랍니다. 그 애는 아직 병원에 있습니다." 그는 소니 코를레오네와 톰 헤이건 앞에서는 말하고 싶지 않다는 뜻으로 그들을 힐끗 쳐다봤다. 그러나 돈은 무시했다.

"우리 모두 당신 딸의 사고를 알고 있소. 내가 어떤 식으로든 도울 일이 있다면 말해보시오. 어쨌든 내 아내가 그 애의 대모이니. 난 절대로 신의를 잊는 사람이 아니오." 이것은 보나세라에 대한 일종의 질책이었다. 장의사는 돈 코를레오네를 '대부'라고 부른 적이 없었다.

안색이 납빛이 된 보나세라는 노골적으로 요구했다. "은밀히 상의드리고 싶습니다."

돈 코를레오네는 고개를 저었다. "이 두 사람은 내가 목숨처럼 믿는 사람들이오. 나의 두 팔이라고 할 수 있소. 저들을 내보내는 건 모욕하는 거나 마찬가지오."

장의사는 눈을 지그시 감았다가 하는 수 없다는 듯 입을 열었다. 유가족을 위로하던 때처럼 낮은 음성이었다. "전 미국식으로 딸을 키웠습니다. 전 미국을 믿었고 미국에 살기 때문에 지금처럼 재산도 모을 수 있었다고 생각했습니다. 전 딸에게 자유를 허용했지만 절대 가문을 더럽히라고 가르치지 않았습니다. 그런데 딸애가 이탈리아 출신이 아닌 미국인 남자친구를 사귀었습니다. 둘이 영화관에도 가고 밤늦게 귀가하기도 하더구먼요. 그런데 그 녀석은 자기 부모에게 딸을 소개시키지 않았습니다. 그게 제 불찰이었습니다. 두 달 전 녀석은 자동차를 몰고 와서 딸년을 데리고 나갔습니다. 근육질의 친구 한 명도 함께 갔죠. 그런데 두 놈이 위스키를 마시고 내 딸을 겁탈하려 한 겁니다. 딸년은 정조를 지키려고 저항했고 그러자 두 녀석이 짐승처럼 내 딸을 때린 겁니다. 제가 병원에 달려가 보니 딸애의 두 눈이 시커멓게 죽었더군요. 코뼈도 부러지고 턱뼈도 산산조각이 났더군요. 알고보니 두 놈이 한꺼번에 덤벼든 거였습니다. 딸년은 아파서 울면서도 '아버지, 아버지, 걔네들이 왜 그랬을까요? 나한테 왜 그랬을까요?'라고 묻더군요. 그래서 저도 딸아이와 함께 울었습니다." 보나세라는 더 이상 말을 잇지 못했다. 감정을 억누르려고 했지만 목소리는 울먹울먹 했다.

돈 코를레오네는 자기 의지와 달리 동정하는 듯한 태도를 취했고 보나세라는 고통에 겨운 목소리로 말을 계속했다. "제가 왜 울었는지 압니까? 딸애는 내 인생의 하나뿐인 희망이었습니다. 얼굴도 예쁘지만 무엇보다 인간에 대한 신뢰를 갖고 살아왔지요. 하지만 이제 다시는 그럴 수 없을 겁니다. 결코 예전으로 돌아갈 수 없을 겁니다." 그는 몸을 부르르 떨었고, 창백한 얼굴은 분노로 붉어지며 추하게 일그러졌다.

"전 선량한 여느 미국인처럼 경찰에게 달려갔습니다. 이미 두 놈이 체포되어 와 있더군요. 전 재판을 받을 거고 증거가 확실하니 틀림없이 벌을 받을 거라고 생각했지요. 그런데 판사는 집행유예 3년을 선고했습니다. 그래서 놈들은 그날로 풀려났지요. 제가 바보처럼 멍하니 법정에 서 있는데, 놈들이 비웃더군요. 그래서 제가 아내에게 말했습니다. '정의를 위해서는 돈 코를레오네를 찾아가야 한다.'고."

돈 코를레오네는 그의 절망에 공감한다는 것을 보여주기 위해 그에게로 고개를 기울였다. 그러나 말은 행동과 달리 냉담했다. "왜 경찰서에 찾아갔소? 왜 이 사건이 터졌을 때 처음부터 나를 찾아오지 않았느냐 말이오."

보나세라는 거의 들리지 않게 중얼거렸다. "제게 원하는 게 무엇입니까? 말씀해주십시오. 하지만 제 부탁은 꼭 들어주십시오." 그는 여전히 딱딱했다.

돈 코를레오네가 진지하게 물었다 "도대체 당신 부탁이란 건 뭐요?"

보나세라는 헤이건과 소니 코를레오네를 힐끗 보더니 고개를 저었다. 돈 코를레오네는 책상에 앉은 채 장의사 쪽으로 몸을 기울였다. 보나세라는 머뭇거리더니 허리를 굽혀 돈의 털투성이 귀에 가깝게 입을 가져갔다. 돈 코를레오네는 고해성사를 받는 신부처럼 무표정한 얼굴로 눈은 먼 곳을 응시했다. 보나세라가 귀엣말을 하고 나서 몸을 똑바로 일으킬 때까지 두 사람은 그 자세로 있었다. 돈 코를레오네가 보나세라를 진지하게 올려다보았다. 얼굴이 벌개진 보나세라는 쉽사리 단념하지 않을 태세로 그를 바라보았다.

마침내 돈 코를레오네가 입을 열었다. "난 못하오. 당신은 지금 제정신이 아니야."

보나세라는 크고 또렷하게 말했다. "대가는 얼마든지 지불하겠습니다." 이 말을 들은 헤이건은 움찔하며 고개를 신경질적으로 쳐들었다. 방에 들어오자마자 창 밖을 주시하던 소니 코를레오네도 냉소적인 웃음을 흘리며 그의 팔을 잡아챘다.

돈 코를레오네는 책상에서 몸을 일으켰다. 그의 얼굴은 여전히 무표정했지만 목소리는 쩌렁쩌렁 울렸다. "난 당신과 오랜 세월 알고 지내왔지만 오늘날까지도 당신은 한번도 내게 도움을 청하거나 의논하러 온 적이 없었소. 내 아내가 당신 무남독녀의 대모가 되어준 덕분에 차 한 잔 얻어먹은 게 언제인지 기억도 나지 않소. 우리 솔직해집시다. 당신은 내 우정을 모욕했소. 내게 신세지는 걸 두려워했소."

"난 문제에 휘말려들고 싶지 않았습니다." 보나세라가 중얼거렸다.

돈 코를레오네는 손을 치켜올리더니 이렇게 말했다. "더 이상 듣고 싶지 않소. 당신은 미국에서 파라다이스를 발견했소. 수완 좋은 장사꾼인 당신은 안락한 삶을 살아왔고, 의지만 있다면 이 세상도 얼마든지 행복하게 살 수 있는 곳이라고 자신만만해 했소. 그래서 진정한 친구들에게 한번도 손을 내민 적이 없소. 경찰과 법정이 당신과 가족을 안전하게 보호해 줄거라고 믿었소. 지금까지 돈 코를레오네라는 인간은 필요 없었소. 좋소. 그래서 난 기분이 나빴지만 그렇다고 내가 우정의 가치를 모르는 사람이나, 나를 하찮게 여기는 사람에게 우정을 강요하는 그런 인간은 아니오." 돈 코를레오네는 말을 멈추더니 정중하고도 차가운 미소를 띠었다. "그런데 새삼스럽게 지금 와서 '돈 코를레오네가 정의를 바로 잡는다.' 고 하는 거요? 당신은 정중하게 부탁하지도, 우정을 맹세하지도 않았소. 지금 내 딸의 결혼식에 와서 청부살인을 부탁하는 거요?' 여기에서 빈정거리는 말투로 바뀌었다. "대가는 얼마든지 지불하겠다고? 내가 평생을 바쳐온 일들이 당신에게 이런 무례한 대접을 받아도 될 만큼 하찮단 말이오?"

보나세라는 난처하고 두려워서 울부짖었다. "미국은 내게 많은 걸 줬습니다. 나는 훌륭한 시민이 되고 싶었어요. 내 딸을 미국인으로 만들고 싶었다구요."

돈 코를레오네는 손뼉을 치면서 최후의 결론을 내렸다. "좋소, 그렇다면 불평할 것도 없지 않소. 판사, 그것도 미국인 판사가 내린 판결이니 말이오. 병원에 있는 딸을 문병할 땐 꽃과 사탕을 가져가시오. 딸애가 좋아할 거요. 그렇게 단념하고 살다보면 이런 건 큰 문제도 아니오. 원래 사내녀석들은 혈기가 왕성하지 않소. 게다가 한 녀석은 유력한 정치인의 아들이라고 들었소. 아메리고, 당신은 언제나 솔직한 사람이었소. 비록 당신이 내 우정을 경멸했지만 당신이 누구보다 정직한 사람이라고 알고 있소. 그러니 제발 이런 미친 짓은 단념하시오. 당신은 미국인이 아니오? 그만 용서하고 잊어버리시오. 원래 인생은 그런 불행으로 가득 찬 것이오."

돈 코를레오네가 분노를 억누르고 비꼬아서 냉정하게 거절하자 불쌍한 장의사는 흥분이 다소 가라앉은 듯 했지만 다시 한 번 용기를 내서 말했다. "내가 원하는 건 정의의 심판이오."

"법정에서 정당한 판결을 내렸을 거요." 돈 코를레오네는 정중하게 말했다.

보나세라는 고집스럽게 고개를 저었다. "아니오. 그놈들에게는 정당했을지 모르지만 내게는 아니오."

돈 코를레오네는 그런 차별을 이해한다는 듯 고개를 끄덕이더니 물었다. "그럼, 당신이 원하는 정의는 무엇이오?"

"말하자면 이에는 이, 당한 만큼 갚아주고 싶소." 보나세라가 말했다.

"하지만 당신은 그 이상을 요구하고 있소. 당신 딸은 살아있지 않소?" 돈 코를레오네가 말했다.

보나세라는 마지못해 말했다. "내 딸이 겪은 고통만큼 그놈들도 고통을 겪게 해주시오." 돈 코를레오네는 그가 좀더 말하기를 기다렸다. 보나세라는 마지막 남은 용기까지 쥐어짜서 어렵게 말을 꺼냈다. "얼마를 지불하면 되겠소?"

돈 코를레오네는 등을 돌렸다. 그것은 거절의 의미였다. 그러나 보나세라는 물러나지 않았다.

마침내 앙숙이었던 친구의 부탁을 거절하지 못하고 돈 코를레오네는 한숨을 내쉬며 사자(死者)처럼 창백한 표정의 장의사를 돌아다보았다. 돈 코를레오네는 감정이 누그러진 상태였다. "당신은 왜 내게 우정을 주기를 두려워하는 거요? 당신은 법정에 호소했고 수개월 동안이나 판결을 기다렸소. 자기를 바보로 만들 게 뻔한 변호사한테 막대한 돈을 뿌려댔고, 거리의 창녀처럼 자기를 파는 판사한테 판결을 받았소. 그동안 당신은 돈이 필요할 때면 은행에 가서 거지처럼 모자를 들고 서서 돈을 빌렸을 거요. 아마 그놈들은 당신이 그만한 돈을 갚을 수 있는 사람인지 의심스러워 콧구멍을 벌리고 킁킁거리며 냄새를 맡았을 거요." 돈은 여기서 말을 멈췄다. 그리고 나서 한층 단호한 음성으로 말을 이었다.

"하지만 당신이 진작 내게 왔더라면 내 지갑이 곧 당신 지갑이었을 거요. 당신이 정의를 위해 진작 나를 찾아왔더라면 당신 딸을 겁탈한 그 인간쓰레기들의 눈에서도 벌써 쓰디쓴 눈물이 흘렀을 거요. 자네같이 정직한 사람이 운이 없어서 적을 만들었다면 그 적은 곧 나의 적이었을 거요." 돈 코를레오네는 팔을 들어 보나세라를 가리켰다. "그랬으면 틀림없이 놈들은 당신을 두려워했을 거요."

보나세라가 고개를 숙이고 기어들어가는 소리로 중얼거렸다. "나의 친구가 되어 주십시오. 당신의 우정을 받아들이겠습니다."

돈 코를레오네는 보나세라의 어깨에 손을 얹었다. "잘 생각했소. 당신은 정의를 얻을 것이오. 그런 날은 오지 않겠지만 언제든지 내가 당신의 도움을 필요로 할 때 내게 보답을 해주시오. 그날이 올 때까지 이 정의는 당신 딸의 대모인 내 아내가 주는 선물로 생각하시오."

돈은 고마워 어쩔 줄 모르는 장의사를 내보낸 뒤 헤이건에게 돌아와서 이렇게 말했다. "이 사건을 클레멘자에게 맡겨. 피 냄새를 맡고도 날뛰지 않을 애들로 골라서 내보내라고 하게. 대가리로는 어떻게 시체를 요리할까 말까 생각하건 말건 우린 살인청부업자가 아니니까." 말을 마친 돈 코를레오네는 근육질의 장남이 창문 밖의 가든 파티에 정신이 팔려있는 것을 발견했다. '한심한 놈!' 돈 코를레오네는 이렇게 생각했다. '산티노가 계속 저런 식으로 행동한다면 패밀리의 사업도 물려줄 수 없고 물려준다해도 잘 해낼 수 없을 것이다. 그렇다면 다른 누군가를 찾아야한다. 그것도 되도록 빨리. 어쨌든 내가 영원히 살 수는 없는 거니까.'

이 때 정원에서 즐거운 함성 소리가 들려왔다. 소니 코를레오네는 창가로 가까이 다가갔다. 거기서 무언가를 발견한 그는 만면에 미소를 띠며 문을 향해 급하게 걸어갔다. "조니에요. 조니가 결혼식에 왔어요. 그러게 제가 뭐라고 말씀드리던가요? 조니는 진정한 대자(代子)임이 틀림없어요. 제가 이리로 데려올까요?" 그는 돈 코를레오네에게 말했다.

"아니다. 사람들과 어울리도록 내버려둬. 준비가 되면 나를 찾아오 겠지." 그는 헤이건을 보며 미소를 지었다. "저놈은 역시 훌륭한 대자 (代子)야. 그렇지?"

헤이건은 찌르는 듯한 질투심을 느꼈다. 그래서 일부러 무덤덤하게 대꾸했다. "2년만이에요. 모르긴 해도 사고를 치고서 도움을 청하러 나타났을 걸요."

"그럼, 자기 대부가 없다면 여기 뭐하러 왔겠나?" 돈 코를레오네가 말했다.

조니 폰테인을 가장 처음 본 사람은 코니 코를레오네였다. 그녀는 신부로서의 덕목도 잊은 채 "조니!"라고 소리치며 그에게 달려가 팔에 안겼다. 조니는 그녀를 꼭 껴안았고 다른 사람들과 인사를 나누는 도 중에도 팔을 두르며 입술에 키스했다. 그들은 모두 웨스트사이드에서 함께 자란 옛 친구들이었다. 코니는 그를 새신랑에게로 데려갔다. 조 니는 의외의 하객 때문에 더 이상 그날의 주인공이 되지 못해서 언짢 아하는 젊은 금발의 청년을 재미있어하며 바라보았다. 그는 신랑에게 악수를 청하고 포도주 잔으로 건배를 제의하면서 자신의 매력을 한껏 발산했다.

그때 악단 쪽에서 귀에 익은 목소리가 들려왔다. "노래 한 곡 청하겠 네, 조니." 고개를 들어보니 니노 발렌티가 그를 내려다보며 웃고 있었 다. 조니 폰테인은 무대 위로 뛰어 올라가 니노를 얼싸 안았다. 두 사람 은 조니가 유명한 가수가 되어 라디오 무대에서 노래를 부르기 전까지 함께 노래하고 더블 데이트도 하던 단짝 친구 사이였다. 조니가 헐리우드로 진출한 후에도 조니는 니노에게 두어 번쯤 안부 전화를 걸어 클럽에서 노래를 부를 수 있도록 주선하겠다고 약속했다. 그러나 그 약속은 지켜지지 않았다. 조니는 니노의 명랑하고, 조롱하는 듯 히죽히죽 웃는 미소를 보자 옛정이 되살아나는 것 같았다.

니노는 거침없이 만돌린을 켜기 시작했다. 조니 폰테인은 니노의 어깨에 손을 얹으며 "이 곡은 신부에게 바치는 선물입니다."라고 말했다. 그러더니 발을 구르며 외설스런 시칠리아 연가를 부르기 시작했다. 니노는 가사 내용에 맞춰 몸으로 연기를 했다. 이것을 본 신부는 자랑스러워하긴 했지만 붉게 상기되었다. 하객들은 배를 잡고 웃으며 흥겨워했다. 어느새 하객들은 모두 함께 발을 구르며 각 절마다 익살맞은 후렴구를 함께 소리쳐 불렀다. 노래가 끝나자 사람들은 계속해서 박수를 쳤다. 급기야 조니는 노래를 더 부르기 위해 목청을 가다듬을 수밖에 없었다.

사람들은 모두 그를 자랑스러워했다. 자기들과 같은 출신으로 유명한 가수가 되었으며, 세상의 여자들이 함께 자고 싶어하는 영화 스타가 된 것이다. 게다가 결혼식에 참석하기 위해 3천 마일을 날아와 대부에 대한 존경을 제대로 표시한 것이다. 그는 니노 발렌티 같은 옛 친구에 대한 애정도 변함없이 보여주었다. 그 자리에 있던 사람들은 조니와 니노가 함께 노래부르는 모습을 보았다. 조니 폰테인이 5천만 여성들의 가슴을 설레게 만들 줄은 꿈에도 생각하지 않았던 소년 시절처럼 말이다.

조니 폰테인은 손을 밑으로 뻗어 신부를 무대 위로 끌어올렸다. 그리고 니노와 자기 사이에 코니를 세웠다. 두 남자는 얼굴을 마주 보고 쪼그려 앉았고 니노는 거친 코드로 만돌린 현을 뜯었다. 목소리를 검(劍)처럼 이용해서 주고 받으며 사랑의 결투를 벌이고 구애하는 흉내를 내는 것은 그들의 옛날 레퍼토리였다. 조니는 니노의 목소리가 자신을 압도하도록 최대한 배려해주었다. 결국 니노는 조니의 팔에서 신부를 빼앗아 가고 승리의 노래를 불렀다. 조니는 목소리를 죽이고 니노의 승리를 기뻐해 주었다. 결혼식 분위기는 사람들의 박수와 함성으로 한껏 고조되었고, 그들 세 명은 함께 얼싸안았다. 하객들은 앵콜 곡을 청했다.

저택의 구석진 문 앞에 서서 이 광경을 보고 있던 돈 코를레오네는 조니에게 무슨 문제가 있다는 것을 눈치챘다. 그는 하객들의 기분이 상하지 않도록 조심하면서 "나의 대자가 3천 마일을 날아 이곳에 왔는데 아무도 목을 축여줄 생각을 하지 않는구먼."이라고 우스개 소리를 했다. 그 말이 끝나기 무섭게 조니는 열 잔이 넘는 포도주 세례를 받았다. 그는 모두 한 모금씩 맛보고 나서 곧장 대부에게 달려가 포옹했다. 그리고는 대부의 귀에 뭐라고 속삭였다. 돈 코를레오네는 그를 집안으로 데리고 들어갔다.

조니가 방으로 들어오자 톰 헤이건이 손을 내밀었다. 조니는 그 손을 잡고 악수를 했다. "잘 있었나, 톰?" 그러나 이렇게 말하는 조니의 목소리에는 평소의 따뜻함은 찾아볼 수 없었다. 헤이건은 이런 냉담함이 다소 섭섭했지만 무시해버렸다. 돈 코를레오네를 위해 일하다 보면 이런 오해를 받는 것쯤은 각오해야 했다.

조니 폰테인이 돈 코를레오네에게 말했다. "결혼식 초청장을 받고 '이제 대부님께서 화를 푸셨구나.' 하는 생각을 했어요. 제가 이혼 후 다섯 번이나 전화를 드렸는데 그때마다 톰이 외출을 했다거나 바쁘다고 대답하기에 화가 나셨구나 짐작했죠."

돈 코를레오네는 노란 스트레가를 잔에 따랐다. "지금은 모두 잊었다. 그건 그렇고 내가 도와줄 일이 또 생긴 게냐? 인기도 떨어지고 돈도 별로 없으니 내가 도와줄 일이 생긴 것 같은데."

조니는 도수 높은 노란 술을 단숨에 마시고 다시 채우기 위해 술잔을 내려 놓았다. 그는 짐짓 쾌활한 척하려고 노력했다. "전 부자가 아니에요. 내리막길을 가고 있어요. 대부님 말씀이 옳아요. 매춘부와 결혼하기 위해 아내와 아이들을 버린 건 제 잘못이에요. 제게 심하게 하셨다고 해서 원망하지는 않아요."

돈 코를레오네는 어깨를 으쓱했다. "네가 나의 대자이기 때문에 걱정한 게야. 그게 전부다."

조니는 방안을 왔다갔다했다. "전 그 여자한테 정신이 팔렸어요. 그녀는 헐리우드 최고의 스타죠. 그때는 정말 천사처럼 보였어요. 그런데 그녀가 영화를 찍을 때 어떤 짓을 하는지 아세요? 분장사가 분장을 마음에 들게 해준다고 몸까지 줘버리는 여자예요. 카메라맨이 멋지게 사진을 찍어주었다고 드레스 룸으로 불러 자기를 희롱하도록 내버려둔답니다. 상대가 누구라도 가리지 않죠. 제가 팁으로 주머니 속의 잔돈 쓰듯 자기 몸을 쉽게 내주죠. 악마 같은 창녀예요."

돈 코를레오네는 불쑥 말허리를 잘랐다. "가족들은 별고 없고?"

조니는 한숨을 내쉬었다. "제가 돌보고 있어요. 이혼하면서 법정에서 판결한 것보다 더 많은 돈을 지니와 아이들에게 줬고 1주일에 한 번쯤 보러가죠. 가끔 너무 보고 싶어서 이러다 내가 미치지 않을까 하는 생각이 들 때도 있죠." 그는 술을 한 잔 더 마셨다. "지금 아내는 이런 저를 비웃어요. 저의 질투를 이해할 수 없다고 하더군요. 저보고 촌스런 기니(guinea: 이탈리아계 미국인을 일컫는 속어)라고 부르며 제 노래를 경멸하죠. 오기 전에 그녀의 얼굴만 빼고 흠씬 두들겨패줬어요. 어쨌든 영화는 찍어야하니까요. 전 어린애처럼 그녀의 팔과 다리를 내리 눌러 꼼짝 못하게 만들었죠. 그런데도 계속해서 절 비웃는 거예요."

그는 담배에 불을 붙였다. "요즘 같아선 정말 살맛이 안 납니다."

돈 코를레오네는 딱 잘라 말했다. "그건 내가 도울 수 없는 문제로구나." 잠시 후에 다시 물었다. "혹시 네 목소리에 문제가 생긴 건 아니냐?"

이런 질문을 받자 스스로 웃음거리가 되어 사람들을 즐겁게 만들어주던 조니의 자신만만함은 어느새 사라지고 심각한 목소리로 말했다. "대부님, 저는 더 이상 노래를 하지 못할 거에요. 목에 이상이 생겼어요. 의사들도 원인을 모른다고 하더군요." 지금까지 줄곧 강한 모습만 보여왔던 조니였기에 헤이건과 돈 코를레오네는 놀라서 그를 쳐다보았다. 폰테인은 계속해서 말했다. "지난 번 영화 두 편으로 꽤 많은 돈을 벌었어요. 인기도 한몸에 받았죠. 그런데 이제 놈들이 날 쫓아내려고 해요. 영화사 사장이 항상 절 미워했는데, 이젠 복수를 하려고 해요."

돈 코를레오네는 대자 앞에 다가가 심각한 표정으로 물었다. "왜 그 자가 널 싫어하는 게냐?"

"제가 진보 단체를 위해 노래를 불렀기 때문이에요. 대부님도 별로 좋아하지 않으셨던 그 조직 말이에요. 그런데 잭 월츠 역시 좋아하지 않았어요. 나를 공산주의자라고 비난하더군요. 그런데 어느날 그 자가 애지중지하던 여자를 제가 나꿔챘어요. 겨우 하룻밤 같이 잤을 뿐인데 그 여자가 날 따르는 거예요, 그러니 전들 어쩌겠요. 그런 일이 있은 뒤 두 번째 아내도 나를 차버리더군요. 지니와 아이들은 제가 기어서 들어가지 않는 한 받아들이지 않을 태세이고. 대부님, 도대체 어떻게 하면 좋을지 모르겠어요. 게다가 더 이상 노래부를 수도 없게 되었구요."

돈 코를레오네의 얼굴에는 연민이라곤 찾아볼 수 없이 차게 굳어져 있었다. 그는 경멸투로 말했다. "먼저 사내답게 행동해라." 그의 얼굴이 노여움으로 일그러졌다. "사내답게 행동하란 말이다!" 돈 코를레오네는 책상 위로 손을 뻗어 거칠게 애정을 표현하듯 조니 폰테인의 머리카락을 움켜잡았다. "맙소사, 내 곁에서 그렇게 오랜 시간을 보냈는데 어째 이것밖에 안 됐느냐? 헐리우드의 대스타가 어린애처럼 징징 울면서 동정을 구하는구나. 어째서 여자처럼 '나 어떡해요, 나 어떡해요.' 하고 우느냔 말이다."

전혀 예상하지 못했던 돈 코를레오네의 흉내에 헤이건과 조니는 웃음보를 터뜨렸다. 돈 코를레오네는 기분이 흡족했다. 그는 잠시 동안 자기가 이 대자를 얼마나 사랑하는지 깨달았다. 자신이 낳은 세 아들을 이렇게 꾸짖었다면 과연 어떤 반응을 보일까? 산티노는 골을 내고 몇 주일 동안이나 삐딱하게 행동할 것이다. 프레디는 겁을 먹고 입을 다물어 버릴 것이다. 마이클은 냉소를 보내고 집을 나가 몇 달이고 코빼기도 보이지 않을 것이다. 그러나 이 속 좋은 조니 녀석은 지금 대부의 진정한 속뜻을 눈치채고 웃으면서 용기를 얻고 있는 것이다.

돈 코를레오네는 계속해서 말했다. "너보다 힘이 센 보스의 여자를 빼앗고서 너를 도와주지 않는다고 불평하다니, 말도 안되는 소리다. 게다가 매춘부와 결혼하기 위해 처를 버리고 아비 없는 자식들로 만들어 놓고나서 그들이 두 팔 벌려 환영하지 않는다고 우는 게냐? 그 여자가 영화를 찍어야 하니까 얼굴만 빼고 때려 놓고서 너를 비웃는다고 실망한 게냐? 네가 바보처럼 살아왔으니 바보 같은 종말을 맞을 수밖에 없는 게다."

돈 코를레오네가 감정을 누르며 물었다. "이번에는 정말 내 충고를 받아들일 셈이냐?"

조니 폰테인은 어깨를 으쓱했다. "지니의 요구 조건을 들어주지 않으면 절대 재결합할 수 없을 거예요. 하지만 전 도박도 해야 하고 술도 마셔야 해요. 친구들과 어울리기도 해야 하고요. 또 아름다운 아가씨들이 따를 때는 도저히 뿌리칠 수가 없어요. 지니와 함께 살려면 그녀의 개가 되어야 해요. 맙소사. 다시는 그런 악몽은 꾸고 싶지 않아요."

돈 코를레오네는 여간해서 내지 않는 화를 냈다. "난 재결합하라고 말한 적 없다. 그건 네가 알아서 할 일이다. 다만 아이들에게는 아버지 노릇을 제대로 하기를 바랄 뿐이다. 아버지 노릇을 제대로 못하는 남자는 진짜 사내가 될 수 없어. 그리고 나서 아이들 엄마가 너를 받아들이게 해야 한다. 누가 너보고 아이들을 매일 만나지 말라고 하더냐? 누가 너더러 한집에 살지 말라고 하더냐? 전부 네가 하고 싶은대로 하면 된다."

조니 폰테인은 웃었다. "대부님, 요즘 여자들은 옛날 이탈리아 여자들과 달라요. 지니는 그런 것 못 참을 거예요."

"그건 네가 어리석게 굴었기 때문이다. 법정에서 판결한 것보다 더 많은 위자료를 주지 않나, 여자가 영화를 찍어야 한다고 얼굴은 빼고 다른 부위를 때리지 않나. 그런 식으로 여자들한테 끌려다니니 널 무시하는 게지. 우리 남자들이 지옥에서 불타는 동안 여자들은 천국에 가겠지만 이 세상 일만큼은 남자들이 적임자다. 그리고 나는 요 몇 년 동안 너를 지켜보았다." 돈 코를레오네의 목소리는 진지해졌다. "넌 나의 자랑스런 대자였고, 나를 극진히 존경했지. 하지만 너의 옛 친구들에 대해서는 어떠했냐? 올해는 이 친구, 다음 해에는 저 친구와 기분 내키는대로 어울려 다니기나 하고. 네겐 영화를 무척 좋아했지만 운이 없었던 이탈리아 친구가 있었지. 그와 반대로 넌 갈수록 유명해졌고 다신 그 녀석을 찾지 않았지. 너와 함께 학교에 다니고 노래를 시작하던 애송이 시절 파트너였던 그 친구에게 너는 어떻게 했느냐? 니노말이다. 그 친구는 절망에 빠져 술을 마시면서도 한마디도 불평하지 않아. 그저 열심히 모래 트럭을 몰고 주말에는 단 돈 몇 달러에 노래를 부른다. 그런데도 너에 대해 불평하는 말을 듣지 못했다. 왜 너는 니노를 조금이라도 돕지 못했느냐? 니노의 노래 실력은 너도 알지 않느냐?'

조니 폰테인은 지루함을 참으며 말했다. "대부님, 니노는 솔직히 재능이 별로 없어요. 아니 있기는 하지만 최고 수준은 아니에요."

돈 코를레오네는 눈을 지그시 감고 말했다. "그럼 너도 지금은 재능이 없어졌으니 니노와 함께 모래 트럭을 몰라고 하면 어쩔 테냐?' 조니가 아무런 대꾸를 하지 않자 돈 코를레오네는 말을 계속 이어갔다. "우정만이 전부다. 우정은 재능보다도 정치보다도 소중한 거야. 누구도 다 마찬가지다. 그 점을 잊어서는 안된다. 만일 네가 우정을 돈독히 쌓아 놓았더라면 내게 도움을 청할 필요도 없었을 게다. 그건 그렇고 이제 내게 말해 보거라. 왜 노래를 부르지 못한다는 거지? 정원에서는 니노와 함께 잘도 부르던데."

헤이건과 조니는 돈의 이런 섬세한 일격에 미소를 지었다. 이번에는 조니가 얌전한 환자가 되어야 할 차례였다. "목소리가 약해졌어요. 한 두 곡 부르고 나면 몇 시간 아니 며칠은 쉬어야 할 정도예요. 이런 식으로는 리허설밖에 소화하지 못하죠. 목소리가 확실히 예전과 달라요. 무슨 문제가 있는 것 같아요."

"그래, 여자 문제에 성대까지 병이 들고. 자, 이제 널 쫓아내려고 한다는 헐리우드 거물에 대한 얘기 좀 해보려무나." 돈 코를레오네는 이제 사업 얘기로 들어갔다.

"그는 대부님 못지않은 영향력을 갖고 있어요. 영화 스튜디오를 소유하고 있고 대통령에게 영화를 이용해 전쟁을 선동하라고 부추기기까지 해요. 한 달 전에는 올해의 최고 소설을 영화로 만들려고 판권을 사들었어요. 베스트셀러죠. 그런데 영화 주인공의 성격이 저와 꼭 맞아서 탐이 나긴 하는데 저 혼자서는 어떻게 해볼 도리가 없어요. 그 역할을 맡는다면 아카데미상은 따 논 당상이에요. 사람들도 모두 그러더군요. 노래도 부르지 못하는데 제가 재기에 성공할 수 있는 기회예요. 영화배우로서 말이죠. 하지만 잭 월츠라고 하는 자가 제게 배역을 주지 않으려고 해요. 거의 공짜에 가까운 출연료를 받겠다고 했는데도 여전히 '노'라고 말하더군요. 그러면서 내가 영화사 식당에 와서 자기 엉덩이에 입을 맞추면 한번 생각해 보겠다고 하더군요."

돈 코를레오네는 손을 저으며 어리석은 감정을 떨쳐내려고 했다. 합리적인 사람들끼리는 사업상의 문제들을 얼마든지 해결할 수 있다고 믿는 그였다. 그는 대자의 어깨를 토닥여 주었다. "많이 실망한 모양이구나. 아무도 너를 거들떠보지 않는다고 생각하겠지. 그래서 이렇게 핼쑥해졌구. 술도 많이 마셨겠지, 그렇지? 수면제를 먹지 않으면 잠도 잘 수 없었을 테지." 그는 그래서는 안된다는 듯이 고개를 저었다.

"이제부턴 내 명령대로 해라. 한 달간 내 집에 머물거라. 잘 먹고 푹 쉬고 자란 말이다. 이제 넌 내 동료가 되는 거야. 나도 너를 동료로 받아들이겠다. 이 대부가 너의 헐리우드 진출을 도와주는 것은 물론이고 세상에 대해 많은 걸 배우도록 해줄 참이다. 대신 더 이상 노래도 술도 여자도 가까이하지 말아야한다. 한 달이 지나 헐리우드로 돌아가면 그 실력자가 네가 원하는 배역을 주게 하겠다. 알았느냐?'

조니 폰테인은 돈 코를레오네가 그런 능력을 가졌으리라고는 전혀 믿지 않았다. 하지만 대부는 불가능한 일을 가능하다고 말하는 사람이 아니었다. "그 자는 J. 에드가 후버(John Edgar Hoover 1895~1972: 미국 역사상 가장 강력한 위상을 자랑했던 FBI 국장)의 사적인 친구예요. 그에게는 말도 꺼내기 어려울 걸요." 조니가 말했다.

"그는 사업가야. 그가 거절할 수 없는 제안을 할 참이다." 돈이 달래 듯이 부드럽게 말했다.

"너무 늦었어요. 모든 계약이 끝났고 1주일 안에 촬영이 시작될 거예요. 지금 바꾸기는 불가능해요." 조니가 말했다.

"자, 그런 걱정은 말고 어서 파티로 돌아가거라. 너의 친구들이 기다리고 있을 게다. 모든 일은 내게 맡겨두고." 돈은 조니 폰테인을 방 밖으로 내몰았다.

헤이건은 책상에 앉아 뭔가 기록하고 있었다. 돈 코를레오네는 휴하고 한숨을 내쉬면서 물었다. "만나야 할 사람이 또 있나?"

"솔로조 씨는 더 이상 미룰 수 없습니다. 이번 주 안에 그를 만나셔야 할 것 같은데요." 헤이건은 볼펜 쥔 손을 달력 위로 가져갔다.

돈은 어깨를 으쓱했다. "이제 결혼식도 끝났으니 알아서 시간을 잡도록 해."

이 대답은 두 가지를 의미했다. 무엇보다 중요한 것은 버질 솔로조의 제의에 대한 대답이 '노'가 될 거라는 점이다. 또한 돈 코를레오네가 그와의 만남을 딸의 결혼식 뒤로 미룬 것은 '노'라는 대답이 문제를 일으킬 것으로 예상했다는 사실이다.

헤이건이 조심스럽게 물었다. "클레멘자에게 경호원 몇 명을 여기에 상주시키라고 할까요?"

"왜? 내가 결혼식 전에 대답을 주지 않은 것은 경사스런 날 불상사가 일어나선 안되겠기에 그런 거네. 거리가 떨어진 곳에서라도 말이야. 또한 그가 제안하려는 내용이 뭔지 사전에 알고 싶기도 했고. 이젠 알게 됐네. 도저히 수용할 수 없는 거네."

"그럼 거절하실 겁니까?" 헤이건이 물었다. 돈 코를레오네가 고개를 끄덕이자 헤이건이 다시 물었다. "거절하시기 전에 패밀리 전체가 의논을 해보는 것이 어떨까요?"

돈 코를레오네가 미소를 지었다. "그렇게 생각하나? 좋아, 자네가 캘리포니아에서 돌아오면 의논해 봄세. 내일이라도 자네가 그곳으로 날아가 조니 일을 해결하고 왔으면 하네. 솔로조에게는 캘리포니아에서 돌아온 뒤 만나자고 전하게. 그밖에 다른 일은 없나?" 헤이건이 공손하게 말했다. "병원에서 연락이 왔습니다. 콘실리에리 아반단도가 위독하답니다. 오늘밤을 넘기기 힘들 거라고 하더군요. 그의 가족이 돌보고 있답니다."

헤이건은 젠코 아반단도가 암에 걸려 병상에 눕고 난 뒤 일 년째 콘실리에리를 맡아오고 있었다. 그는 이제 돈 코를레오네가 그 직책에 정식으로 임명해주기를 기다리고 있었다. 그러나 거기에는 넘어야할 산이 있었다. 간부직은 전통적으로 부모가 모두 이탈리아인인 경우에만 맡을 수 있도록 되어 있었다. 그래서 임시로나마 그가 맡는데 대해서도 반대의 의견이 분분했다. 뿐만 아니라 이제 겨우 서른다섯 살인 그가 성공적인 콘실리에리가 되기에는 필요한 경험과 지략이 부족하다는 말까지 들려왔다.

그러나 돈 코를레오네는 그에게 어떤 언질도 주지 않고 "코니가 새신랑과 언제 떠난다고 하던가?"라고만 물었다.

헤이건은 손목시계를 들여다보았다. "몇 분 있으면 케이크를 자를 시간입니다. 그러고 나서 30분 뒤면 떠날 겁니다." 그는 이 말을 하면서 문득 다른 생각이 들었다. "그건 그렇고, 새신랑말입니다. 우리 패밀리에서 중요한 직책을 줘야 하지 않을까요?"

"그건 안되네." 헤이건은 돈 코를레오네의 대답이 너무 단호해서 놀랐다. 돈 코를레오네는 손바닥으로 책상을 쳤다. "절대 안돼. 밥은 먹고 살도록 해줘야겠지만 패밀리의 사업에 관여하게 해서는 안되네. 소니나 프레디, 클레멘자 그밖의 사람들에게도 말해 두게."

"세 아들에게 나와 함께 불쌍한 젠코를 문병하러 가자고 말하게. 마지막 가는 길에 경의를 표해야지. 프레디에게는 대형차를 운전하라고 일러두고, 조니에게도 함께 갈 수 있는지 물어봐." 헤이건은 의아한 표정으로 그를 쳐다보았다. "자네는 오늘밤 캘리포니아로 떠나게. 젠코를 문병할 시간이 없어. 다만 내가 병원에서 돌아온 뒤에 출발하게. 할 말이 있으니. 알겠나?"

"알겠습니다. 프레디에게 몇 시에 차를 대기시켜 놓으라고 할까요?" 헤이건이 물었다.

"하객들이 돌아간 뒤에. 그때까진 젠코가 날 기다려 줄 거야." 돈 코를레오네가 말했다.

"상원의원이 전화하셨습니다. 결혼식에 참석하지 못해 미안하지만 이해해 주실 걸로 생각한다고 하더군요. 도로 건너편에서 자동차 번호를 적고 있는 FBI 요원들 때문인 것 같습니다. 하지만 특별히 사람을 통해 선물을 보내오셨습니다."

돈 코를레오네는 고개를 끄덕였다. 그는 자신이 상원의원에게 오지 말라고 일렀다는 사실을 헤이건에게 말하지 않았다. "그래, 멋진 선물을 보냈던가?"

독일계 아일랜드 사람인 헤이건은 '그렇다.'는 의미로 마치 이탈리아인 같이 표정을 지었다. "값이 꽤 나가는 은제 골동품입니다. 적어도 천 달러는 주었을 것 같습니다. 정품을 사느라 많은 시간이 걸렸다고 하더군요. 그런 사람들에게는 가격보다 그게 더 중요하니까요."

돈 코를레오네는 상원의원 같은 지위에 있는 사람이 자신에게 그런 경의를 표했다는데 대해 굳이 기쁨을 감추지 않았다. 상원의원은 루카 브라시처럼 그의 조직에서 주춧돌과 같았다. 이번 선물로 그는 자신에 대한 충성을 새삼 맹세한 것이다.

조니 폰테인이 정원에 나타났을 때 케이 애덤스는 즉시 그를 알아보았다. 그녀는 무척 흥분한 목소리로 말했다. "당신 가족이 조니 폰테인과 알고 지낸다는 말은 한번도 한 적이 없잖아요. 지금 결심했어요. 당신과 결혼하기로."

"그를 만나보고 싶지 않소?" 마이클이 물었다.

"지금은 말고요." 케이는 이렇게 말하며 한숨을 쉬었다. "지난 3년간 그의 열렬한 팬이었어요. 그가 캐피톨에서 공연할 때마다 뉴욕에 가서 환호성을 질렀죠. 정말 멋졌어요."

"그럼 나중에 만나게 해주지." 마이클이 말했다.

조니가 노래를 마치고 돈 코를레오네와 집안으로 들어가자 케이는 마이클에게 짖궂게 물었다. "조니 폰테인 같은 대스타가 당신 아버지에게 무슨 부탁을 하러 왔을까요?"

"그는 아버지의 대자야. 그리고 오늘 조니 폰테인은 인기 배우로 아버지를 찾아온 게 아니야." 마이클이 말했다.

케이 애덤스는 즐겁게 웃었다. "대단한 사연이 있는 것처럼 들리는 군요."

마이클은 고개를 저었다. "거기에 대해선 말할 수 없어." 그러자 케이는 "나를 믿고 말해봐요."라며 간청했다.

마이클이 입을 열었다. 애인을 즐겁게 해준다거나 조니가 자랑스러워서 말하려는 게 아니었다. 그는 아버지가 8년 전에는 지금보다 성격이 급했다는 말 외에는 다른 설명은 하지 않고 그 일이 대자의 일이기 때문에 개인적인 명예가 걸린 것으로 생각했던 것 같다고 말했다.

그는 간단하게 이야기를 해주었다. 8년 전 조니 폰테인은 유명한 댄스 밴드와 함께 노래를 부르면서 인기를 얻기 시작했는데 나중에는 비중 높은 라디오 프로그램에서 그를 서로 모셔가려고 다투기도 했다. 그런데 그때 레스 헤일리라는 밴드의 리더이자 유명한 흥행업자가 조니에 대해 5년 전속 계약을 맺은 상태였다. 그것은 당시 흥행업계의 일반적인 계약 관행이었다. 레스 헤일리는 자기 멋대로 조니의 출연 계약을 맺고 개런티의 대부분을 가로챘다.

그러자 돈 코를레오네는 레스 헤일리와 개인적으로 협상에 들어갔다. 그는 조니 폰테인을 전속 계약에서 풀어주는 대가로 2만 달러를 지불하겠다고 제안했다. 그러자 헤일리는 조니가 벌어들이는 돈의 절반만 떼겠다고 응수했다. 돈 코를레오네는 빙긋이 웃으면서 그렇다면 자기가 제안한 2만 달러를 만 달러로 깎겠다고 했다.

자기가 속해있는 흥행업계 외의 세상에 대해서는 아무것도 몰랐던 순진한 밴드 리더는 제시 금액을 낮춘 것이 무엇을 의미하는지 전혀 눈치채지 못했다. 그는 제안을 거절했다.

다음날 돈 코를레오네는 은밀히 밴드 리더를 만나러 갔다. 절친한 친구 2명과 동행한 채였다. 바로 콘실리에리인 젠코 아반단도와 루카 브라시였다. 돈 코를레오네는 레스 헤일리를 설득해 1만 달러를 받고 조니 폰테인에 관한 모든 계약을 포기한다는 각서에 서명하게 했다. 그 자리에 목격자는 아무도 없었다. 돈 코를레오네는 밴드 리더의 머리에 총구를 겨누고 1분 안에 서류에 서명을 하지 않으면 뇌수를 쏟게 될 거라고 심각하게 말했다. 레스 헤일리는 서명했다. 돈 코를레오네는 권총을 주머니에 넣고 보증수표를 건네주었다.

그후의 이야기는 한 편의 드라마였다. 그는 전국적으로 인기있는 유명가수가 되었다. 헐리우드 뮤지컬의 성공으로 제작자에게 큰 돈을 벌어주기도 했다. 그의 음반은 수백만 달러어치나 팔렸다. 그 무렵 그는 금발의 육감적인 여배우와 결혼하기 위해 순진하고 마음씨 고운 아내와 두 아이를 버렸다. 그러나 얼마 안되어 그녀가 '창녀'라는 것을 알게 되었다. 상심한 조니는 술과 도박에 빠지고 여러 여자들을 전전했다. 그러다가 성대에 이상이 왔고 음반은 더 이상 팔리지 않게 되었다. 음반 회사들은 그와의 계약을 갱신하지 않았다. 그래서 이제 그는 자기 대부를 찾아오게 된 것이다.

케이는 생각에 잠긴 표정으로 물었다. "당신, 정말로 아버지 때문에 질투를 느끼지 않아요? 지금까지 들려준 얘기만 봐도 자식보다는 남에게 더 신경을 쓰시는 분 같네요. 인정이 무척 많으신 분 같아요." 그녀는 쓴웃음을 지었다. "물론 그분 방식이 합법적인 것만은 아니지만요."

마이클은 한숨을 내쉬었다. "그렇게 들릴 수도 있겠군. 하지만 이 점만은 분명히 해두지. 북극 탐험가가 탐험을 떠나는 길에 식량 주머니를 이곳저곳에 감춰 놓는다는 말 들었지? 언젠가는 그것이 필요해 질 때를 대비해서이지. 아버지가 호의를 베푸는 것도 그것과 비슷해. 언젠가는 아버지가 그들의 도움을 필요로 할 때 그들이 갚아줄 거라고 생각하시는 거야."

땅거미가 질 무렵, 웨딩케이크가 당도하고 왁자지껄하게 먹고 떠드는 시간이 이어졌다. 나조린이 특별히 만든 케이크에는 어지러울 정도로 정교한 조개 모양의 크림으로 장식되어 있었다. 코니가 화장실에 간 사이 금발의 신랑은 참지 못하고 손가락으로 케이크를 떼어먹었다. 돈은 친절하게 대문 앞까지 나와 하객들을 배웅했다. 어느 틈엔가 검정색 세단과 함께 FBI 요원들은 사라지고 없었다.

마침내 도로에는 프레디가 운전하는 검정색의 긴 캐딜락 한 대만이 남게 되었다. 돈 코를레오네는 나이와 체격에 비해 민첩한 동작으로 앞자리에 올라탔다. 소니와 마이클, 조니 폰테인은 뒷자리에 탔다. 돈 코를레오네가 마이클에게 물었다. "네 여자친구를 혼자 시내로 돌려보낼 생각이냐?"

마이클이 고개를 끄덕였다. "톰이 데려다주기로 했어요." 돈 코를레오네는 헤이건의 유능함에 흡족해하며 고개를 끄덕였다.

아직까지 유류 배급제가 실시되고 있어서 벨트 파크웨이에서 맨해튼의 프렌치 병원까지 가는 길에는 차가 별로 없었다. 1시간 정도면 충분히 병원에 닿을 것이다. 돈 코를레오네는 막내아들에게 학교에 잘 다니고 있는지 물었다. 마이클은 고개를 끄덕였다. 뒷자리에 앉은 소니가 아버지에게 물었다. "조니가 그러는데 아버지께서 헐리우드 영화계에 진출하도록 도와주시기로 했다면서요? 저도 그곳에 따라가서 도울까요?"

돈 코를레오네가 퉁명스럽게 말했다. "톰이 오늘밤에 간다. 간단한 일이니 너의 도움은 필요없을 게야."

소니 코를레오네가 웃으면서 말했다. "조니는 그렇게 쉽게 해결되지 않을 거라고 하던데요. 그래서 저를 보내실 거라고 생각했죠."

돈 코를레오네는 고개를 돌려 조니 폰테인에게 물었다. "나를 못 믿는 게냐? 이 대부가 한번 하겠다고 말한 것을 이루지 못한 적이 있느냐 말이다. 내가 그렇게 얼간이로 취급받는 줄 몰랐구나."

조니는 아차 싶어서 서둘러서 사과했다. "대부님, 그자는 정말 거물급이에요. 돈으로도 그를 움직일 수 없다구요. 거물급 커넥션을 가지고 있는데다가 저를 증오하거든요. 대부님께서 어떻게 하시려는지 정말 모르겠어요."

돈 코를레오네는 다정하게 웃으며 말했다. "내가 말하지 않았느냐,

넌 꼭 그 배역을 맡게 될 거라고." 그는 팔꿈치로 마이클을 쿡 찌르며 말했다. "나의 대자를 실망시켜선 안되겠지. 그렇지, 마이클?"

한 순간도 아버지를 의심해본 적이 없는 마이클은 고개를 끄덕였다.

모두들 병원 출입구를 향해 걸어가는 길에 돈 코를레오네는 마이클의 팔을 잡아당겼다. 그래서 자연히 다른 사람들보다 뒤처지게 되었다. "마이클, 대학을 졸업하면 내게 찾아와라. 네가 좋아할 만한 계획을 세워놓았다."

마이클은 아무런 대꾸도 하지 않았다. 기분이 상한 돈 코를레오네가 퉁명스럽게 말했다. "네가 어떤 생각을 갖고 있는지 짐작하고 있다. 네가 싫어하는 일을 맡길 생각은 추호도 없어. 하지만 이건 특별한 일이야. 지금은 네 생각대로 살아라. 너도 남자니까. 하지만 학업을 마치면 아들로서 내게 돌아와야 한다."

젠코 아반단도의 아내와 세 딸은 검정색 옷을 입고 병원의 흰색 타일 위에 살찐 까마귀떼처럼 모여있었다. 그들은 엘리베이터에서 내리는 돈 코를레오네를 보자 보호를 바라는 듯 본능적으로 그에게로 몰려들었다. 뚱뚱하고 억세보이는 아반단도 부인은 호사스런 검정색 옷을 입었고, 뚱뚱한 딸들도 수수한 검정색 옷을 입고 있었다. 아반단도 부인은 돈 코를레오네의 뺨에 입을 맞춘 뒤 서럽게 울기 시작했다. "경사스런 따님의 결혼식 날에 여기까지 와주시다니!"

돈 코를레오네는 이런 인사에는 대꾸하지 않고 "20년 동안 내 오른팔이었던 친구였는데, 당연히 찾아와야지요."라고 말했다. 그는 이 예비 미망인이 오늘밤 자기 남편이 죽을지도 모른다는 사실을 알지 못하고 있다는 걸 눈치챘다. 젠코 아반단도가 암 선고를 받고 나서 1년 가까이 이 병원에 입원해 있었던 탓에 아내는 남편의 병을 일상적인 삶의 한 부분으로 여겨왔던 것이다. 오늘밤도 또 하나의 고비일 뿐이라고 생각하는 것 같았다. 그녀는 계속해서 주절거렸다. "들어가서 불쌍한 남편 좀 위로해 주세요. 당신을 보고 싶어했어요. 불쌍한 양반, 결혼식에 참석해서 축하를 드리고 싶어했는데 의사가 허락하지 않았죠. 그래서 이렇게 경사스런 날 당신이 찾아와 주었으면 하고 바랐어요. 하지만 전 가당치도 않은 일이라고 핀잔을 주었죠. 아, 그런데 남자들의 우정은 여자들보다 진한가 봐요. 이렇게 와주시다니! 자, 어서 안으로 들어가세요. 당신을 보면 남편이 기뻐할 거예요."

젠코 아반단도의 1인 병실에서 간호사와 의사가 막 나오고 있었다. 진지한 표정의 젊은 의사는 명령하기 위해 태어난 것 같은, 다시 말하면 부족한 것 없이 유복하게 살아온 듯한 분위기를 풍겼다. 겁을 먹은 딸 중에 하나가 조심스럽게 물었다. "케네디 박사님, 지금 아버지를 면회해도 될까요?"

의사는 초조하게 서성이는 여러 명의 사람들을 힐끗 쳐다보았다. '저 사람들은 안에 있는 환자가 고통스런 통증으로 죽어가고 있다는 사실을 모르나? 하긴 그들이 곁에 있어서 환자가 편안하게 잠들 수 있다면 그게 좋을지도 모르겠군.' 의사는 이렇게 생각했다. 그리고는 의외로 친절하게 "가까운 가족들이라면 괜찮을 것 같군요."라고 말했다. 그 말이 떨어지자마자 부인과 딸이 어색하게 꽉 끼는 턱시도를 입은 땅딸막한 남자에게로 달려가는 모습을 보고 의사는 적잖이 놀란 것 같았다.

땅딸막한 남자가 입을 열었다. 그의 말투에는 이탈리아어의 억양이 약간 남아 있었다. "의사선생, 환자가 죽어간다는 말이 사실입니까?" 돈 코를레오네였다.

"그렇습니다." 의사가 말했다.

"그럼 병원에서는 더 이상 할 일이 없군요. 그럼 나머지는 우리가 하리다. 환자를 편안하게 해줘야겠소. 우리가 그의 눈을 감겨주겠소. 우리가 그를 땅에 묻고 장례식에서 울어주겠소. 유가족도 우리가 보살펴 주겠소." 남편의 죽음을 담담하게 인정하는 돈 코를레오네의 말을 들은 아반단도 부인이 울음을 터뜨리고 말았다.

의사는 어깨를 으쓱했다. '이런 촌사람들한테 자세히 설명해봤자 소용없다. 그런데 이 남자의 말을 들어보니 타당하기는 하군. 그렇지, 내 역할은 끝났지.' 의사는 이렇게 생각하면서 친절하게 말했다. "간호사가 안내해 줄 때까지 기다려 주십시오. 환자를 대할 때 필요한 몇 가지 주의사항을 일러줄 겁니다." 그는 이렇게 말한 뒤 흰 가운 자락을 펄럭이며 복도를 내려갔다.

간호사가 병실로 들어갔고, 그들은 기다렸다. 얼마 후 간호사가 나오더니 병실 문을 열어주며 들어가라는 손짓을 했다. "환자가 고열과 통증으로 혼수상태이니 자극하지 않도록 하셔야 합니다. 그리고 부인만 빼곤 오래 계실 수 없습니다." 간호사가 말을 마치고서 그제서야 조니 폰테인을 발견하고는 눈이 휘둥그레졌다. 조니가 그녀에게 옅은 미소를 보내자 그녀는 눈길을 끌려고 노골적으로 그를 쳐다보았다. 조니는 나중에 건드려 보자고 생각하고는 서둘러 다른 사람들을 따라 병실로 들어갔다.

죽음과 오랜 사투를 벌여온 젠코 아반단도는 기진맥진해진 몸으로 침대 위에 누워 있었다. 뼈밖에 남지 않은 앙상한 몸이었다. 한때 숱 많고 뻣뻣하던 검은 머리카락은 지저분한데다 실같이 가느다래져서 한 움큼밖에 되어 보이지 않았다. 돈 코를레오네가 짐짓 쾌활하게 말했다. "젠코, 내가 아들들과 함께 왔네. 이것 보게, 조니까지 헐리우드에서 곧장 달려왔다네."

죽어가는 남자는 돈 코를레오네에 대한 감사의 표시로 충혈된 눈을 떠보였다. 그는 뼈만 남은 앙상한 손을 내밀어 젊은이들의 살집 두둑한 손을 잡았다. 그의 아내와 딸들은 침대 둘레에 서서 다른 한 손을 잡고 뺨에 입을 맞추었다.

돈 코를레오네도 옛 친구의 손을 잡고 위로해 주려고 애썼다. "어서 털고 일어나야지. 그래야 함께 이탈리아의 고향마을로 돌아가서 아버지들이 포도주 가게 앞에서 하던 보치아(boccie: 그리스의 공던지기에서 유래한 경기로 볼링과 유사하다. 이탈리아에서 한때 성행했다) 놀이를 할 게 아닌가."

환자는 고개를 끄덕였다. 그는 젊은이들과 가족에게 침대 곁에서 물러나라는 손짓을 하면서 다른 한 손은 돈 코를레오네를 향해 내밀었다. 그는 무슨 말인가 하려고 했다. 돈 코를레오네는 침대 곁 의자에 앉아 그의 입에 귀를 가까이 댔다. 젠코 아반단도는 어린시절 이야기를 꺼냈다. 칠흑처럼 검은 그의 눈동자는 무언가를 말하고 싶은 것 같았다. 그가 뭐라고 속삭이자 돈은 허리를 굽혀 귀를 더 가까이 가져갔다.

이윽고 돈 코를레오네는 고개를 저으며 눈물을 흘렸다. 병실 안의 사람들은 그 모습을 보고 놀랐다. 아반단도의 떨리는 목소리는 점점 더 커져서 방안 가득 울렸다. 그는 고통스럽지만 초인적인 노력으로 머리를 베개에서 들어올렸다. 눈동자는 허공을 응시하고 있지만 앙상한 손가락은 돈 코를레오네를 가리키고 있었다. "대부님, 대부님!" 그는 무작정 이렇게 외쳤다. "나 좀 살려주시오. 부탁입니다. 내 살이 타고 벌레들이 머리 속을 갉아먹고 있어요. 대부님, 나 좀 살려주세요. 당신에겐 힘이 있잖습니까? 불쌍한 내 마누라가 울지 않도록 해주세요. 우린 어릴 적 친구가 아닙니까? 난 지은 죄가 있어서 지옥에 떨어질 텐데 나를 이대로 죽게 내버려둘 겁니까?"

돈 코를레오네는 아무 말이 없었다. 아반단도가 다시 입을 열었다. "오늘이 따님 결혼식이니 내 부탁을 거절하지 못하겠죠?"

돈 코를레오네는 신성모독을 범하고 있는 옛 친구를 조용히 타일렀다. "여보게, 난 그만한 힘이 없다네. 그랬다면 진작에 내가 자비를 베풀었을 걸세. 나를 믿게나. 하지만 죽음을 두려워하지 말게. 지옥도 두려워하지 말고. 내가 매일 아침저녁으로 자네의 영혼을 위해 미사를 올리게 하겠네. 자네 처와 아이들도 자네를 위해 기도할 거야. 이토록 많은 사람들이 자비를 베풀어달라고 간청하는데 하느님이 어떻게 지옥에 빠뜨리시겠나."

가죽만 남은 환자의 앙상한 얼굴에는 교활한 표정이 나타났다. "그럼, 이미 손을 써놓으셨단 말입니까?" 아반단도가 물었다.

돈은 다정함을 거두고 냉정한 목소리로 단호하게 말했다. "그건 신성모독이네. 모든 걸 하늘에 맡기게."

아반단도는 머리를 도로 베개에 내려놓았다. 그의 눈은 희망의 빛을 잃고 있었다. 그때 간호사가 들어오더니 사무적인 태도로 사람들을 밖으로 나가게 했다. 돈 코를레오네가 의자에서 일어나자 아반단도가 손을 내밀었다. "대부님, 제 곁에 있어 주세요. 제가 편안히 죽도록 도와주세요. 대부님이 제 곁에 있으면 죽음도 놀라서 도망칠 지도 모르니까요. 아니면 하나님께 나를 잘 봐달라고 한마디 해주실 수 있지 않습니까?" 죽어가는 사람은 이제 농담을 하듯 한 눈을 찡긋했다. 그러다 혹시 돈 코를레오네가 거절할까 두려운 듯 손을 움켜쥐며 간절하게 말했다. "우린 피로 맺은 형제이지 않습니까. 제발 내 곁에 남아서 손을 잡아주세요. 우리가 사람들을 해친 것처럼 저놈의 죽음도 물리칠 수 있을 거예요. 제발 저를 배반하지 말아주세요."

돈 코를레오네는 사람들에게 밖으로 나가라고 손짓했다. 그들이 나가자 그는 젠코 아반단도의 힘 없는 손을 자신의 커다란 손으로 잡았다. 그는 함께 죽음을 기다리는 것처럼 친구를 부드럽고 편안하게 안심시켜주었다. 마치 인간에게 가장 강력한 범죄의 응징자로부터 젠코 아반단도의 생명을 구출해 낼 수 있을 것처럼.

코니는 결혼식이 무사히 끝나서 매우 흡족했다. 카를로 리치도 기교와 힘을 이용해 첫날밤의 새신랑 역할을 성실히 이행했다. 그는 신부의 지갑에 든 돈이 2만 달러가 넘을 거라는 생각에 잔뜩 고무되었다. 그러나 신부는 처녀성을 기꺼이 포기한 것과는 달리 자기 지갑은 쉽게 포기하려 들지 않았다. 그래서 신랑은 그녀의 한쪽 눈을 멍들게 한 뒤에야 지갑을 손에 넣을 수 있었다.

루시 맨시니는 소니 코를레오네가 데이트 신청을 해올 것을 믿고 전화오기만 기다리고 있었다. 그러다 결국은 자신이 그의 집에 전화를 걸었으나 여자의 목소리가 들리자 전화를 끊어버렸다. 그녀는 결혼식장에서 두 사람이 반 시간 동안이나 함께 사라진 것을 두고 사람들이 수군거렸으며, 소니가 또 하나의 희생자를 찾아냈다는 소문이 벌써 쫙 퍼졌다는 사실을 모르고 있었다. 소니가 자기 여동생의 들러리를 '버려 놓았다는' 소문이었다.

결혼식에 다녀온 후 아메리고 보나세라는 끔찍한 악몽에 시달렸다. 꿈 속에서 돈 코를레오네는 끝이 뾰족한 모자를 쓰고 아래위가 붙은 옷을 입고 두터운 장갑을 끼고 있었다. 그는 자신의 장의사 앞에서 총알 박힌 시체들을 내려놓으며 "잊지 말게, 아메리고. 사람들 모르게 빨리 묻어버리게."라고 지시했다. 그가 얼마나 큰 소리로 한참 동안 잠꼬대를 하던지 곁에서 자던 아내가 그를 깨웠다. "아니, 무슨 사람이 결혼식에 갔다와서 악몽을 꿔요?" 그녀가 투덜거렸다.

케이 애덤스는 파울리 가또와 클레멘자의 호위를 받으며 뉴욕 시티 호텔로 돌아왔다. 가또는 크고 호화스런 자동차를 운전했다. 클레멘자는 뒷자리에 앉았고 케이에게는 운전석 옆에 앉게 했다. 케이는 두 남자가 마치 딴 세상에 살고 있는 사람 같은 인상을 받았다. 그들의 억양만 보면 브루클린 출신 같은데 지나칠 정도로 깍듯하게 그녀를 대접했다. 자동차를 타고 가는 동안 케이는 두 남자에게 말을 걸었는데 그들이 마이클을 존경과 흠모의 상대로 생각하는 것을 듣고 적잖이 놀랐다. 마이클은 자기가 아버지의 세계와 전혀 연결되어 있지 않다고 누누이 말해왔다. 그런데 지금 클레멘자는 캑캑거리는 쉰 목소리로 '노인네'가 마이클을 세 아들 중 가장 신임하며 틀림없이 가업을 잇는 후계자로 지목할 거라고 확신시켜 주는 것이었다.

"무슨 사업이죠?" 케이가 자연스럽게 물었다.

파울리 가또는 방향을 바꾸면서 그녀를 힐끗 쳐다보았다. 뒷자리에 있던 클레멘자는 의외라는 듯 되물었다. "마이클이 말하지 않던가요? 코를레오네 씨는 미국에서 가장 큰 이탈리아 올리브유 수입상입니다. 이제 전쟁이 끝났으니 사업이 더욱 번창할 겁니다. 마이클처럼 똑똑한 아들이 필요할 겁니다."

호텔에 도착하자 클레멘자는 굳이 데스크까지 그녀를 따라오겠다고 했다. 케이가 완강히 거부해도 그는 끝까지 우겼다. "대부께서 당신이 호텔에 들어가는 것을 확인하라고 했기 때문에 어쩔 수 없습니다."

그는 케이에게 방 열쇠를 건네 준 후에도 엘리베이터까지 따라와 그녀가 엘리베이터를 탈 때까지 기다렸다. 그녀가 웃으면서 손을 흔들자 그는 그때서야 만족스런 웃음을 지었다. 그는 케이가 사라지자 프론트로 가서 직원에게 물었다. "방금 그 아가씨의 이름이 뭐라고 기록되어 있소?"

호텔 직원은 차가운 눈초리로 클레멘자를 훑어보았다. 클레멘자는 지폐 한 장을 꺼내 호텔 직원의 손에 쥐어 주었다. 호텔 직원은 얼른 대답했다. "마이클 코를레오네 부부라고 적혀 있습니다."

차에 돌아온 파울리 가또가 말했다. "귀부인이 따로 없구면요."

클레멘자는 툴툴거리며 "마이클과 그렇고 그런 사이군."이라고 말했다. 그렇지 않고는 실제로 부부행세를 할 리 없다고 생각하는 것이다. "내일 아침 일찍 날 데리러 오게. 헤이건이 바로 해결해야 할 일이 있다고 했어." 파울리 가또에게 말했다.

톰 헤이건이 아내에게 작별 키스를 하고 공항으로 떠난 것은 일요일 늦은 밤이었다. 그는 국방성 본부 직원이 감사의 선물로 준 특별 비행기표가 있어서 로스앤젤레스까지 가는데 별 어려움이 없었다.

톰 헤이건에게는 바빴지만 만족스러웠던 하루였다. 젠코 아반단도는 그날 새벽 3시에 숨을 거두었고 병원에서 돌아온 돈 코를레오네는 헤이건에게 정식으로 패밀리의 콘실리에리가 되었음을 알려주었다. 그것은 이제 헤이건이 권력은 말할 것도 없고 엄청난 부를 모을 수 있게 됨을 의미했다.

돈 코를레오네는 오랫동안 지속되어온 마피아의 전통을 깨뜨렸다. 콘실리에리는 반드시 순수한 시칠리아인의 혈통을 가진 사람이 맡게 되어 있는데, 헤이건이 코를레오네 가에서 자랐다는 사실도 그 전통에서 예외가 될 수 없었다. 혈통이 문제였다. 그들은 침묵의 법인 오메르타(omerta: 조직의 비밀을 목숨을 걸고 함부로 발설하지 않는 것)에 길들여진 시칠리아 출신에게만 콘실리에리의 중요한 직책을 믿고 맡길 수 있다고 믿었다. 패밀리에는 방침을 정하는 우두머리인 돈 코를레오네와 그의 명령을 실행에 옮기는 행동대원들 사이에 완충역할을 하는 세 계급이 있었다. 아무나 우두머리를 직접 대면할 수 없게 되어 있는 것이다. 따라서 콘실리에리는 마음먹기에 따라 얼마든지 배반자가 될 수 있었다.

일요일 아침 돈 코를레오네는 아메리고 보나세라의 딸을 성폭행한 두 청년에 대해 구체적인 보복 지시를 내렸다. 물론 톰 헤이건을 통해 은밀히 지시했다. 그리고 헤이건은 그날 오후 늦게 역시 아무도 없는 데서 클레멘자에게 지시를 내렸고, 클레멘자는 파울리 가또에게 명령을 했다. 파울리 가또는 이 일에 필요한 적격자를 선발해서 명령을 수행하면 된다. 파울리 가또와 행동대원들은 누가, 무슨 이유로 이런 지시를 내렸는지 전혀 알지 못했다. 따라서 각 계급의 중간 보스들은 돈 코를레오네에 대해 배신 행위를 할 수도 있었다. 다행히 지금까지는 그런 일이 없었지만 그럴 가능성은 언제나 있었다. 하지만 그런 일말의 우려에 대한 대책 또한 마련되어 있었다. 배반한 계급의 중간 보스를 제거해 버리는 것이다.

콘실리에리는 말 그대로 우두머리의 고문 역할, 즉 오른팔의 참모라고 할 수 있다. 우두머리의 가까운 친구이자 동료였다. 중요한 출장 시에는 우두머리가 탄 자동차를 운전하고, 회의 중일 때는 외부로 나가 간식거리나 커피, 샌드위치, 담배 등을 사다주기도 했다. 그는 우두머리가 알고 있는 거의 모든 것을 알고 있어야 하며, 조직의 최하부 조직까지 속속들이 알고 있어야 한다. 그는 이 세상에서 우두머리를 파멸시킬 수 있는 유일한 한 사람이기도 하다. 그러나 지금까지 우두머리를 배신한 콘실리에리는 한 명도 없었다. 미국에서 자력으로 정착에 성공한 시칠리아 출신의 패밀리들 중에도 그런 사고는 단 한 건도 없었다. 그랬다가는 끝장이기 때문이다. 그러나 신의만 지키면 부와 권력을 보장받을 수 있을 뿐만 아니라 존경도 받게된다는 것을 콘실리에리들은 잘 알고 있었다. 혹시 불운이 닥치더라도 아내와 아이들은 자기가 살아있거나 자유로운 몸일 때와 마찬가지로 보호받고 보살핌을 받을 거라고 믿었다. 신의만 지킨다면.

콘실리에리는 우두머리가 공개적으로 해야하는 일이 있는데, 신분을 드러낼 수 없을 경우 대신 그 일을 했다. 헤이건이 지금 캘리포니아로 날아가는 것도 그런 경우였다. 그는 정식 콘실리에리가 된 뒤 처음 맡는 이 일이 자신의 능력을 평가하는데 큰 영향을 줄 거라고 생각했다. 사실 패밀리의 사업 규모에 비하면 조니 폰테인이 전쟁 영화에서 원하는 배역을 맡느냐 마느냐는 사소한 문제였다. 그보다는 이번 금요일에 있을 버질 솔로조와의 회담이 더 중요할 것이다. 그 일도 역시 헤이건이 유능한 콘실리에리의 자격을 갖췄는지 평가하는 잣대가 될 것이다.

피스톤 엔진 비행기는 잔뜩 긴장하고 있는 헤이건의 마음을 더욱 조마조마하게 만들었다. 그는 긴장을 풀기 위해 승무원에게 마티니 한 잔을 청했다. 돈 코를레오네와 조니에게서 영화 제작자 잭 월츠에 대해서는 대충 설명을 들었다. 조니는 헤이건이 월츠를 설득하지 못할 거라고 말했다. 하지만 돈 코를레오네가 조니와의 약속을 어떻게든 지키리라는 점에 대해서는 의심하지 않았다. 이제 헤이건의 역할은 월츠와 접촉해 협상을 성공적으로 이루는 일이었다.

헤이건은 등받이에 편안히 기댄 채 월츠에 대해 들은 정보를 정리해 보았다. 잭 월츠는 헐리우드의 3대 영화 제작자 중 한 명으로 스튜디오를 소유하고 있으며 수십 명의 스타와 계약을 맺고 있다. 그는 또 전쟁 홍보와 영화 산업에 관해 미국 대통령의 자문역할을 하면서 선전용 영화를 제작하는데 일조하고 있다. 그는 가끔 백악관 만찬에도 참석하고 헐리우드에 있는 자택에 J. 에드가 후버를 초대하기도 한다. 하지만 정치적인 인맥이나 영향력이 소문만큼 대단한 것 같지는 않다. 이런 관계는 모두 공식적인 관계일 뿐이지 사적인 친분을 뜻하는 것은 아니었다. 왜냐하면 그 자신이 굉장한 반동주의자인데다가 그렇게 하면 무덤 속의 적군까지 살아나게 할 수 있다는 사실에도 아랑곳하지 않고 권력을 함부로 휘두르는 과대망상증 환자이기 때문이다.

헤이건은 한숨을 내쉬었다. 잭 월츠를 '조종할 수 있는' 방법은 없을지도 모른다는 생각이 들었다. 그는 서류 가방을 열고 서류를 읽어 보려고 했으나 금세 피곤해졌다. 그래서 마티니를 한 잔 더 주문하고 나서 자신의 인생을 반추해 보았다. 지금까지 후회는 없었다. 오히려 자신은 굉장히 운이 좋은 편이라는 생각이 들었다. 어쨌든 십 년 전 자신이 선택한 길이 최선이었음이 입증되었다. 어떤 남자라도 이만하면 성공하고 행복한 인생이 아닌가. 특히 요즘 들어서는 삶의 재미가 새록새록 솟아났다.

서른다섯 살의 헤이건은 짧게 자른 머리에 평범한 외모를 가졌으며, 키가 크고 마른 편이었다. 그는 변호사 시험을 통과하고 3년 동안 실무를 쌓은 정식 변호사이지만 코를레오네 패밀리에서는 법률적인 업무를 담당하지는 않았다.

그는 열한 살 때부터 소니 코를레오네의 동갑내기 친구였다. 헤이건의 어머니는 실명한 뒤 그가 열한 살이던 해에 세상을 떠났다. 그 바람에 술주정뱅이였던 헤이건의 아버지는 완전히 구제불능의 술주정뱅이가 되고 말았다. 그의 아버지는 원래 목수로 평생 부정한 짓을 한번도 한 적이 없는 성실한 사람이었다. 그러나 술 때문에 가정은 파탄 났고 결국 목숨까지도 잃게 되었다. 졸지에 고아가 된 헤이건은 낮에는 거리를 쏘다니다가 밤이 되면 건물의 로비나 복도에 쓰러져 잠을 잤다. 그의 여동생은 어떤 집의 양녀로 들어갔지만 그에게는 그런 기회도 돌아오지 않았다. 게다가 1920년대만 해도 사회복지단체에서는 자기들의 자선을 뿌리칠 만큼 반항적인 열한 살 소년을 끝까지 돌봐주지 않았다. 그러던 중 헤이건은 눈병을 앓게 되었다. 이웃사람들은 그 눈병이 죽은 어머니로부터 유전되었거나 전염된 것이라며 수군거렸다. 그래서 그는 어디를 가나 따돌림을 당했다. 그러나 어느 날 거만하지만 동정심이 많은 소년 소니 코를레오네는 헤이건을 자기 집으로 데려와 거기에서 살라고 명령했다. 그날 저녁 톰 헤이건은 평생을 두고 그 맛을 잊지 못할 토마토 소스를 듬뿍 얹은 따뜻한 스파게티를 대접받았다. 그리고 푹신한 철제 침대에서 잠을 잤다.

돈 코를레오네는 이 소년에 대해 별 말 없이, 어떤 식의 논의도 거치지 않고 자연스럽게 소년이 자기 집에 머물 수 있도록 허락했다. 게다가 몸소 유명한 안과의사에게 데려가 눈병을 고쳐주었다. 나중에는 소년이 법과 대학에 진학하도록 후원했다. 이럴 때마다 돈 코를레오네는 아버지라기 보다는 후견인처럼 행동했다. 별달리 애정을 표시하지 않았지만 이상해보일 만큼 자식들보다 헤이건에게 더 친절하게 대했다. 그렇다고 보호자로서의 권리를 주장한 적은 없었다. 헤이건이 법과 대학에 간 것도 순전히 자기 선택에 따른 것이었다. 언젠가 돈 코를레오네가 "서류 가방을 든 변호사가 총을 가진 백 명보다 돈을 더 많이 벌수 있다."고 말하는 것을 들은 후였다. 헤이건과는 대조적으로 소니와 프레디는 아버지의 반대에도 불구하고 고등학교를 졸업한 뒤 가업에 뛰어들겠다고 고집해서 아버지를 실망시켰다. 유일하게 대학에 간 마이클도 도중에 해병대에 자원 입대하고 그 다음날 진주만으로 배속되었다.

변호사 시험을 통과한 헤이건은 결혼을 하고 자신의 가정을 꾸리게되었다. 신부는 뉴저지에 사는 이탈리아 출신의 아가씨로 당시로는 드물게 대학까지 졸업한 재원이었다. 결혼식은 돈 코를레오네의 자택에서 거행되었다. 식이 끝난 뒤 돈 코를레오네는 헤이건에게 원한다면 부동산 관련 변호사로 개업시켜 주고, 의뢰인들을 모아 주겠다고 했다.

그러나 톰 헤이건은 고개를 숙이고 정중하게 "대부님을 위해 일하고 싶습니다."라고 말했다.

돈 코를레오네는 놀라면서도 내심 기뻤다. "내가 어떤 사람인지 아느냐?"

헤이건은 고개를 끄덕였다. 그러나 그때만 해도 그의 위력이 어느 정도인지 정확히 알지는 못했다. 적어도 젠코 아반단도가 병석에 눕게 되어 대리로 콘실리에리 직책을 맡기 전까지는 그랬다. 고개를 숙이고 있던 헤이건의 시선이 돈 코를레오네의 시선과 마주쳤다. "대부님의 아드님과 마찬가지로 대부님을 위해 일하고 싶습니다." 그 말은 돈 코를레오네를 아버지로 생각하고 절대적으로 충성하겠다는 뜻이었다. 설령 돈 코를레오네가 자신의 위대함을 전설로 만들기 위해 의도적으로 자선을 베풀었다고 해도 어린 헤이건은 그 집에 들어온 뒤 처음으로 아버지의 정이라는 것을 느꼈다. 돈 코를레오네는 두 팔 벌려 헤이건을 안아 주었고, 이후에도 자기 아들과 다름없이 대해 주었다. 이따금 "톰, 네 부모를 잊어선 안된다."고 말하며 헤이건은 물론, 자신을 일깨워주었지만 말이다.

물론 헤이건이 자기 부모를 잊을 리는 없었다. 그의 어머니는 정신 능력이 백치나 다름없는데다 심한 빈혈을 앓아서 자식들에게 애정을 느끼거나 표현할 만한 마음의 여유가 없었다. 헤이건은 특히 아버지를 증오했다. 어린 헤이건에게 어머니의 실명과 죽음은 큰 충격이었고 운명의 장난인지 그조차 눈병에 걸리고 말았다. 헤이건은 이러다가 눈이 멀게 되는 게 아닐까 두려웠다. 그후 증오하던 아버지마저 죽자 열한 살 소년은 성격이 삐뚤어지고 죽음을 기다리는 짐승처럼 거리를 배회했다. 한 건물 복도에서 잠자고 있던 그를 소니 코를레오네가 자기 집으로 데려간 날은 운명의 날이었다. 그후에 일어난 일은 기적이었다. 헤이건은 소니의 집에 온 후에도 오랫동안 밤마다 악몽에 시달렸다. 꿈속에서 그는 흰 지팡이를 짚은 장님이었고 옆에 있는 그의 아이들도 자그만 지팡이를 짚은 채 함께 구걸을 했다. 가끔 악몽에서 깨어나 돈 코를레오네의 얼굴을 대하면 그는 비로소 안전하다는 것을 실감했다.

그러나 돈 코를레오네는 패밀리의 사업에 관여하는 한편, 일반적인 변호사 업무도 3년 정도 경험하라고 권유했다. 이 3년 동안의 경험은 훗날 헤이건에게 큰 도움을 주었고, 헤이건의 능력에 대한 의구심을 깨끗이 씻을 수 있는 기회가 되었다. 그는 돈 코를레오네가 관계하고 있는 일류 범죄전문 법률 회사에서 2년간 수습사원으로 일했다. 사람들은 그가 이 분야에 천부적인 능력을 갖고 있다고 칭찬했다. 그는 탁월한 능력을 발휘했으며, 그때의 경험이 밑거름이 되어 패밀리 사업에 본격적으로 관여해 6년이 지났지만 한번도 돈 코를레오네로부터 과오를 지적받지 않았다.

헤이건이 콘실리에리 직책을 맡게 되자 다른 시칠리아 출신의 패밀리들은 코를레오네 패밀리를 경멸하며 '아일랜드 갱단'이라고 불렀다. 헤이건은 이런 조롱도 웃음으로 받아넘겼다. 그러나 한편으로는 자기가 도저히 돈 코를레오네의 후계자가 될 수 없다는 것을 확실하게 깨달았다. 하지만 그는 만족했다. 자신의 은인과 은인의 가족에게 무례한 야망을 품는 것이 결코 그의 인생 목표는 아니었던 것이다.

비행기가 로스앤젤레스에 착륙했을 때는 새벽이었다. 헤이건은 호텔의 객실을 정한 뒤 우선 샤워를 하고 면도를 했다. 그런 다음 창밖으로 여명이 밝아오는 모습을 지켜보았다. 그는 아침식사와 신문을 방으로 갖다 달라고 주문한 다음 잭 월츠와 만나기로 한 오전 10시가 될 때까지 느긋하게 쉬었다. 약속은 생각보다 수월하게 이루어졌다.

로스앤젤레스에 오기 전날 헤이건은 영화 노조의 핵심 간부인 빌리 고프라는 남자에게 전화를 걸었다. 헤이건은 고프에게 잭 월츠와의 회담을 주선해 달라고 부탁했다. 그리고 만약 회담 결과가 만족스럽지 않을 경우, 그의 영화 제작소에서 노조 파업이 일어날 각오를 해야 될 거라고 은근히 위협하라고 일렀다. 한 시간 후에 헤이건은 고프의 전화를 받았다. 고프는 약속이 다음날 오전 10시로 잡혔으며, 월츠에게 파업 얘기를 했지만 별로 두려워하지 않는 것 같다고 전했다. 그러면서 고프는 "만일 파업을 일으켜야 한다면 내가 직접 돈 코를레오네를 만나겠소."라고 말했다.

"물론 그렇게 되면 그분께서 직접 지시할 겁니다." 헤이건은 그렇게 될 가능성이 거의 없을거라고 확신했다. 고프가 돈 코를레오네에게 협력한다는 사실은 별로 놀랍지 않았다. 코를레오네 패밀리의 영향력은 표면적으로는 뉴욕에 한정되어 있는 것처럼 보이지만 사실 돈 코를레오네가 암흑가에서 두각을 나타나게 된 것은 노조를 통해서였다. 노조 지도자들 중에는 아직도 그에게 우정어린 부채를 지고 있는 사람들이 많았다.

그러나 약속 시간이 오전 10시라는 게 불길한 징조였다. 그것은 헤이건이 그날 약속자 명단 중에 가장 첫 번째로 올라있다는 뜻이며, 그렇게 되면 점심식사 초대를 받을 가능성이 없다는 뜻이었다. 월츠가 그를 하찮은 상대로 여기고 있다는 의미이기도 했다. 어쩌면 고프는 월츠에게 뇌물을 받았기 때문에 그를 충분히 위협하지 못했을 지도 모른다. 돈 코를레오네는 그동안 세상의 주목으로부터 거리를 두어왔기 때문에 조직밖에서는 영향력이 크지 않아 사업에 불리할 때도 있었다.

헤이건의 분석은 사실로 드러났다. 월츠는 약속 시간을 훌쩍 지나 30분이나 늦게 나타났다. 하지만 헤이건은 아무렇지도 않은 척했다. 호화롭게 꾸민 응접실은 아늑했고, 맞은편 자두색 소파에는 헤이건이 본 그 어떤 소녀보다도 아름다운 소녀가 앉아있었다. 열한 살이나 열두 살밖에 안되어 보이는 소녀는 고급스런 어른 스타일의 옷을 입고 있었다. 믿을 수 없을 만큼 아름다운 금발에 크고 깊은 푸른색 눈동자를 가진 소녀의 입술은 신선한 산딸기처럼 붉었다. 곁에는 어머니인 듯한 여인이 앉아있었는데 어쩌나 거만하고 차갑게 헤이건을 노려보던지 얼굴을 한방 갈겨주고 싶은 기분이었다. 헤이건은 문득 '소녀가 천사라면 그 어머니는 악마같다.' 는 생각이 들었다.

이윽고 잔뜩 멋을 낸 뚱뚱한 중년 여인이 들어오더니 그를 안내했다. 헤이건은 사무실의 여러 부서를 통과해 영화 제작자 사무실로 갔다. 헤이건은 깔끔한 분위기의 사무실과 거기서 근무하는 사람들의 화려함에 자못 긴장이 되었다. 그는 미소를 지어 보였다. 그들은 일단 사무직이라도 구해 영화사에 들어온 다음 영화계로 진출하고 싶어하는 세상 물정에 밝은 사람들이었다. 그러나 이들 대부분이 영화계에 발을 들여 놓지도 못하고 패배를 인정한 뒤 고향으로 돌아갈 거라는 것을 헤이건은 알고 있었다.

잭 월츠는 키가 크고 건장한 체격의 소유자로 꼭 맞게 재단된 양복으로 거대한 배를 교묘히 감추고 있었다. 헤이건은 그의 경력에 대해 이미 숙지하고 있었다. 월츠는 열 살 때부터 빈 맥주 통을 손수레에 실어 나르는 일을 했고, 스무 살이 되어서는 아버지를 도와 운동복 만드는 일을 했다. 서른 살에는 뉴욕을 떠나 서부로 이사한 다음 닉로디언(nikleodeon: 영화 전용 5센트 짜리 극장)에 투자한 것을 계기로 영화계에 발을 들여놓게 되었다. 마흔 살에는 헐리우드에서 가장 큰 영향력을 가진 실력자가 되었지만 말이 거칠고 호색한이며 특히 어린 예비 스타들을 잡아먹는 사나운 늑대로 악명을 떨쳤다. 그러다가 쉰 살이 되자 그는 스스로 변신을 꾀했다. 영국인 비서에게 화술과 옷 입는 법을 배웠고, 영국인 집사로부터 사교술을 배웠다. 그는 첫 번째 아내가 죽자 얼굴만 예쁘지 연기에는 별 관심이 없는 유명 여배우와 재혼했다. 이제 예순 살이 된 그는 옛 대화가들의 작품을 수집하는 미술품 애호가이자 대통령 자문단의 멤버이기도 하며 자기 이름을 딴 수백만 달러의 재단을 설립하여 예술영화도 후원하고 있었다. 그의 딸은 영국의 상원의원에게 시집갔고, 아들은 이탈리아의 공주와 결혼했다.

미국의 영화 평론가들이 의무감에 사로잡혀 꼬박꼬박 실어주는 기사에 의하면 그는 최근 자기 소유의 경주마에게 열정을 쏟고 있으며 지난 해에는 천만 달러나 쏟아부었다고 한다. 또 세계적으로 유명한 영국산 경주마 하르툼(Khartoum)을 자그마치 60만 달러에 사들이더니 그 말은 경주에 내보내지 않고 자기가 소유한 말들의 종마로 사용하겠다는 공언을 해서 신문의 헤드라인을 장식한 적도 있었다.

그는 헤이건을 친절하게 맞이했다. 적당히 그을리고 이발사가 공들여 면도한 덕택에 깔끔해 보이는 그는 웃을 때면 얼굴이 약간 일그러졌다. 그러나 아무리 많은 돈을 들이고 최고의 기술자가 꾸며 주었어도 나이는 속일 수 없었다. 그의 얼굴은 마치 접주름을 잡은 듯 주글주글했다. 그러나 행동거지만은 자신감이 넘쳤으며 돈 코를레오네처럼 자기가 속한 세계에서의 절대적인 명령권자가 가진 분위기가 엿보였다.

헤이건은 곧장 용건을 꺼냈다. 자기는 조니 폰테인의 친구가 보낸 특사인데, 대단한 실력가인 그 친구는 월츠 씨가 작은 부탁만 들어주면 틀림없이 무한한 감사와 우정을 베풀 거라고 말했다. 그 부탁이란 다름이 아니라 '귀하의 제작사에서 다음 주에 촬영을 들어가는 새로운 전쟁 영화에 조니 폰테인을 출연시켜 주는 것'이라고 말했다.

그 말을 들은 주름진 월츠의 표정에는 별다른 변화가 보이지 않았다. 그는 여전히 친절한 말투로 물었다. "내가 무슨 힘이 있다고 당신의 친구가 부탁을 하는 겁니까?" 그의 말투에는 자기를 낮추는 듯하면서도 오만한 구석이 있었다.

헤이건은 그의 말에 아랑곳하지 않았다. "사장님께선 노조 문제 때문에 골머리를 앓고 계신 걸로 알고 있습니다. 그분은 그 문제를 책임지고 깨끗이 해결해 주실 겁니다. 또 사장님의 제작사에서 돈을 많이 벌어다주는 남자 배우가 최근에 마리화나는 물론이고 헤로인까지 끊은 걸로 알고 있습니다. 그분은 그 배우가 더 이상 마약을 구할 수 없도록 보장해 줄 겁니다. 그밖에도 앞으로 무슨 문제가 생긴다면 주저 말고 제게 전화를 주십시오. 책임지고 해결해 드리겠습니다."

잭 월츠는 마치 어린애가 제 자랑하는 듯한 말을 듣고 있었다. 그리고 나서 의도적으로 동부의 뒷골목 말투를 써서 거칠게 말했다. "지금 내게 공갈치는 거요?"

헤이건은 침착함을 잃지 않았다. "결코 아닙니다. 저는 제 친구를 위해 선처해 주실 수 있는지 여쭤보러 왔을 뿐입니다. 그렇게 하시더라도 결코 손해볼 게 없으시다는 말씀을 설명드리는 겁니다."

그는 무언가에 생각이 미친 듯 얼굴 표정이 분노로 일그러졌다. 입은 실룩거리고 번쩍 빛나는 눈동자 위로 염색한 숱 많은 눈썹이 꿈틀거렸다. 그는 책상 너머 앉아있는 헤이건을 향해 몸을 기울였다. "이 말만 번드르르한 개새끼야, 당신 보스가 누군지 모르지만 내 말을 분명하게 전해. 조니 폰테인은 절대로 영화에 못 나와. 암흑가에 활개치는 마피아놈들이 다 달려들어도 안될 걸." 그는 자세를 바로 하고 말을 계속했다. "내 충고 한마디 하지. J. 에드가 후버가 내 친구야. 그 사람 명성은 알겠지. 그 친구한테 내가 협박받고 있다는 사실을 알리면 네 놈들쯤은 쥐도 새도 모르게 없애버릴 수 있어."

헤이건은 참을성 있게 듣고 있었다. 월츠 정도의 지위에 있는 사람이라면 이렇게 나올 거라고 예상했었다. 그러나 이렇게 어리석게 행동하는 자가 수억만 달러의 가치가 있는 영화사의 대표가 될 수 있을까 의아했다. 돈 코를레오네는 지금도 돈을 투자할 만한 새로운 사업거리를 찾고 있었다. 그러나 이 회사의 최고 경영자라는 사람이 이렇게 어리석다면 영화도 마찬가지일 것이다. 헤이건은 이 정도의 모욕에는 기분이 상하지도 않았다. 그는 돈 코를레오네에게서 직접 협상의 기술을 배웠다. 돈 코를레오네는 '절대 화를 내서는 안된다. 협박을 해서도 안된다. 이성적으로 사람을 대해야 한다.'고 강조했다. 이탈리아어로 '레지오네(ragione)'라고 말하는 '이성'은 마치 '리조인(rejoin)'처럼 들려서 '리즌(reason)'으로 표현하는 게 훨씬 듣기 좋았다. 이성적으로 사람을 대하라는 말은 어떤 위협이나 모욕도 무시하고 관대히 넘기라는 뜻이었다. 헤이건은 돈 코를레오네가 자기의 뜻을 관철시키기 위해 무려 여덟 시간이나 협상 테이블에 앉아 온갖 수모를 겪으며 악명높은 미치광이들을 설득하는 모습을 본 적이 있다. 결국 돈 코를레오네는 여덟 시간만에 포기했다는 의미로 두 손을 들었다. 그러고는 옆 사람에게 "도저히 논리적으로 설득이 되지 않는 사람이군."이라고 말하고 회의실을 나가버렸다. 그러자 순간 상대방의 얼굴이 두려움으로 하얗게 질렸다. 그는 얼른 특사를 보내 돈 코를레오네를 다시 협상 테이블로 불러서 협상을 타결했다. 그러나 두 달 후 그 유력 인사는 단골 이발소에서 총에 맞아 암살되었다. 헤이건은 차분하게 목소리를 가라앉힌 뒤 다시 협상을 시작했다. "자, 제 명함을 보시면 알겠지만 전 변호사입니다. 제 목을 걸까요? 제가 어디 협박하는 말을 한마디라도 했습니까? 전 다만 조니 폰테인을 그 영화에 출연시켜 주신다면 어떤 조건이든 들어드릴 용의가 있다는 걸 말씀드렸을 뿐입니다. 저는 이미 자그만 호의에 대해 막대한 대가를 제시했습니다. 사장님께도 분명 유리한 조건이라고 생각할 겁니다. 더군다나 조니는 자기가 그 역할을 완벽하게 소화해 낼 수 있을 거라고 사장님도 인정하셨다고 말하더군요. 그렇지 않았더라면 제가 감히 부탁도 드리지 못했을 겁니다. 혹시 사장님께서 조니를 못 미더워 하신다면 저의 보스가 영화에 투자를 하는 방법도 고려할 수 있습니다. 다만 이 자리에서 분명히 해주십시오. 사장님이 거절하시면 문제가 복잡해질 겁니다. 누구도 사장님을 협박하거나 강요할 수 없습니다. 우리도 사장님과 후버 국장의 관계에 대해 잘 알고 있습니다. 덧붙이면 저의 보스도 그 점을 고려하고 있습니다. 그렇기 때문에 매우 신중한 입장을 갖고 있습니다."

월츠는 빨간 깃털이 달린 커다란 펜으로 낙서를 하다가 돈을 대겠다는 말에 구미가 당기는지 낙서를 멈췄다. 그리고 "이 영화 제작비는 무려 5백만 달러요."라고 말했다.

헤이건은 놀랍다는 듯이 휘파람을 불었다. 하지만 상대가 심적 동요를 느낀다는 것을 알 수 있었다. 헤이건은 무심한 척하면서 "보스가 결정만 내리면 돈을 대줄 부자 친구들은 아주 많습니다."라고 말했다.

월츠는 처음으로 이 문제를 진지하게 생각하는 것처럼 보였다. 그는 헤이건의 명함을 꼼꼼히 읽었다. "처음 보는 이름이군요. 난 뉴욕의 유명한 변호사는 거의 다 알고 있는데, 당신은 처음이오."

"저도 권위 있는 법무 법인에 소속되어 있습니다. 이 일 하나만 맡고 있습니다. 사장님의 시간을 너무 많이 빼앗은 것 같습니다. 이만 가보겠습니다." 헤이건은 자리에서 일어나 월츠와 악수를 했다. 그는 문을 향해 몇 발자국 걸어 나오다 돌아서서 월츠에게 말했다. "사장님께서는 실속없이 겉만 번지르르한 사람들을 더 많이 상대하시는 것 같은데, 저 같으면 반대로 하겠습니다. 서로 친구가 된다면 저에 대해 더 많은 것을 알게 되실 겁니다. 생각이 있으시면 호텔로 전화 주십시오." 그는 여기에서 말을 멈췄다가 다시 말했다. "사장님께 실례가 되는지는 모르지만 저의 보스는 후버 국장이 돕지 못하는 일도 도울 수 있습니다." 영화 제작자의 눈이 가늘어졌다. 월츠가 드디어 감을 잡은 것이다. "그건 그렇고 개인적으로 사장님의 영화를 좋아합니다. 아무쪼록 계속해서 좋은 작품 만드시기 바랍니다." 헤이건은 최대한 알랑거리는 목소리로 말했다.

오후 늦게 영화 제작자의 비서가 전화를 했다. 1시간 내에 자동차가 데리러 갈 테니 그의 전원 주택에서 저녁식사나 하자는 초대였다. 덧붙여서 자동차로 3시간쯤 걸리지만 차내에 주류와 간단한 전채 요리가 준비되어 있다고 알려주었다. 헤이건은 월츠가 개인 소유의 비행기로 출장을 다닌다는 사실을 알고 있었기 때문에 왜 비행기를 태워주지 않을까 의아했다. 비서는 더욱 친절하게 "월츠 씨께서 하룻밤 거기서 묵으시고 다음날 아침 공항까지 모셔드리면 어떨까 말씀하셨습니다."라고 말했다.

"그렇게 하지요." 헤이건이 말했다. 그러나 그 점 또한 의심이 갔다. '월츠는 내가 내일 아침 비행기로 뉴욕에 돌아가는 걸 어떻게 알았을까? 아마 사설 탐정을 고용해서 나에 대한 정보를 얻었을 지도 모른다. 그렇다면 내가 돈 코를레오네의 대리자라는 단서를 잡았다는 말인데, 그것은 결국 그가 돈 코를레오네의 정체를 알고 있으며, 그가 이번 제의를 진지하게 생각하기 시작했다는 것을 의미한다.' 어쨌든 헤이건은 모종의 음모가 진행되고 있을지 모른다는 생각이 들었다. 어쩌면 월츠는 오늘 아침 보았던 것보다 훨씬 영리한 사람일지도 모른다.

잭 월츠의 저택은 마치 영화 세트 같았다. 광활한 대지 위에 사방에는 검은 흙을 수북히 깔아놓은 말 훈련장이 있고 최신식 마구간과 말 먹이로 이용하는 목초지가 큼직큼직하게 배치된 농장식 대저택이었다. 울타리 주위에는 꽃들이 심어져 있고 나무들은 영화배우의 손톱처럼 정성스럽게 다듬어져 있었다.

월츠는 공기 조절이 자유롭도록 만들어진 유리 현관 앞에서 헤이건을 반갑게 맞았다. 그는 목의 단추를 채우지 않은 푸른색 실크 셔츠와 겨자색 바지를 입고 부드러운 가죽 샌들을 신은 편안한 옷차림이었다. 세련된 색의 고급스런 옷은 거칠고 주름 많은 그의 얼굴과 조화를 이루지 못했다. 그는 헤이건에게 커다란 마티니 잔을 건네고 자신도 한 잔 들었다. 그는 오전보다는 한결 우호적인 태도를 취했다. 헤이건의 어깨에 팔을 얹더니 "저녁식사 전까지 시간이 남으니 제 말들을 보여 드리지요."라고 말했다. 마구간으로 걸어가는 길에 그가 먼저 말을 꺼냈다. "당신에 대해 몇 가지 알아봤소. 왜 보스가 코를레오네 씨라고 말하지 않았소? 난 당신을 조니가 나를 속이기 위해 고용한 삼류 사기꾼쯤으로 생각했소. 물론 난 쉽게 속아 넘어가지도 않겠지만 어쨌든 난 적을 만드는 게 싫소. 자, 이제 말 구경이나 합시다. 사업 얘기는 저녁식사 후에 나누고."

뜻밖에도 월츠는 매우 사려깊은 주인이었다. 그는 삶의 재미를 새로 찾았으며, 자기의 마구간을 미국 최고로 만들고 싶다고 말했다. 마구간은 전체를 내화성이 강한 소재로 만들고 최고의 위생 설비를 갖추고 있으며 사설 경비원들을 고용하여 철저히 감시한다고 했다. 그는 마지막으로 외벽에 커다란 동판 명패가 붙어있는 마구간으로 데려갔다. 동판에는 '하르툼'이라고 새겨져 있었다.

마구간 내부는 말에 대해 문외한인 헤이건이 보기에도 무척 아름다웠다. 하르툼은 커다란 이마에 흰색 다이아몬드 반점을 제외하고는 온몸이 칠흑처럼 까만 색이었다. 영롱한 갈색 눈은 황금 사과처럼 빛났고 팽팽한 몸체를 뒤덮은 까만 털은 비단결 같았다. 월츠는 어린애처럼 자랑을 늘어 놓았다. "세상에서 가장 뛰어난 경주마요. 작년에 60만 달러에 영국에서 사들였는데, 아마 러시아 차르라도 말 한 마리를 그만한 값에 사들이진 못할 걸요. 하지만 이놈을 경주에 참가시킬 계획은 없소. 당분간 마구간에 넣어두려고 합니다. 알려졌다시피 미국 최고의 경주마로 훈련시킬 겁니다." 그는 말의 갈기를 쓰다듬으면서 "하르툼, 하르툼." 하고 부드럽게 불렀다. 그의 목소리에는 진정한 애정이 담겨 있었으며, 동물도 거기에 반응을 보였다. 월츠는 헤이건을 보며 말했다. "이만하면 일급 기수 아닙니까? 난 열다섯 살 때 처음 말을 타 보았죠." 그가 웃으면서 말했다. "우리 할머니 중에 러시아 출신 할머니가 계셨는데, 아마 코사크인에게 겁탈을 당하셨나 봅니다. 그래서 제 몸에 그 피가 흐르나 봅니다." 그는 하르툼의 배를 간지럽히며 찬사를 늘어놓았다. "어허, 이 녀석 물건 좀 보시오. 나도 저런 물건을 가졌으면."

두 사람은 저녁식사를 하러 저택으로 돌아왔다. 집사의 지시에 따라 세 명의 웨이터가 돌아가며 시중을 들었다. 금사로 수놓은 식탁보에 식기들도 모두 은제품이었지만 음식은 평범했다. 월츠는 혼자 살고 있고 식성도 별로 까다롭지 않은 게 분명했다. 웨이터가 커다란 하바나 시가에 불을 붙여 주었다. 헤이건이 월츠에게 물었다. "조니에게 그 배역을 맡기실 겁니까?' 라고 물었다.

"아니, 그럴 수는 없소. 설령 내가 하고 싶어도 조니를 영화에 출연시킬 수는 없습니다. 전 출연자와 촬영진에 대한 계약이 이미 끝났소."

그는 시가를 한 모금 빨았다.

다급해진 헤이건이 물었다. "월츠 씨, 제일 윗선에 계신 분으로서 그런 변명은 구차하십니다. 사장님이 하시겠다면 무슨 일이든 가능하지요. 혹시 저의 의뢰인이 약속을 지키지 못할까봐 그러시는 겁니까?" 헤이건이 시가 연기를 후~ 하고 불었다.

"노조가 문제를 일으킬 거라는 건 알고 있소. 고프 그 개자식이 전화를 했는데 그런 얘길 하더군. 하지만 당신은 내가 매년 그놈에게 10만 달러씩 쥐어준다는 걸 모르는 것 같소. 그리고 우리 회사의 그 남자 배우에게 헤로인을 공급하지 않겠다는 당신 말도 믿소. 하지만 난 그런건 별로 신경 쓰지 않소. 그리고 영화 제작비 말인데, 난 돈도 충분하오. 헤이건 씨, 난 폰테인을 좋아하지 않소. 당신 보스에게 보고하시오. 이번 일은 도와드릴 수 없고 다른 기회에 노력해보겠다고."

'이 교활한 녀석, 그 따위 말을 하려고 날 여기까지 데려온 거야? 분명 무슨 꿍꿍이가 있을 거야.' 헤이건은 이렇게 생각하고는 냉정하게 말했다. "상황을 잘 이해하지 못하시는군요. 코를레오네 씨는 조니 폰테인의 대부입니다. 신성한 종교로 맺어진 아주 절친한 사이란 말입니다." 월츠는 종교를 언급하는 대목에서 고개를 끄덕였다. 헤이건은 계속해서 말했다. "이탈리아인들은 농담을 좋아하지 않습니다. 먹고 살기가 힘들기 때문이지요. 그래서 그들에게는 돌봐주는 아버지가 둘입니다. 대부의 역할도 그런 겁니다. 조니의 아버지가 죽고 난 뒤 코를레오네 씨는 그를 아들과 다름없이 돌봐왔습니다. 이번에 거절당하면 그는 다시는 부탁하지 않을 겁니다."

월츠는 개의치 않는다는 듯 어깨를 으쓱했다. "죄송하군요. 대답은 역시 '노' 입니다. 하지만 여기까지 온 김에 묻겠는데 노동조합 문제를 깨끗이 해결하려면 얼마면 되겠소? 지금 당장 현금으로 드리겠소."

헤이건은 이제서야 한 가지 수수께끼를 풀었다. 왜 월츠가 조니에게 배역을 주지 않기로 작정했으면서도 자기에게 그토록 많은 공을 들였는지 말이다. 그리고 오늘 만남에서는 그의 대답이 바뀔 것 같지도 않았다. 월츠는 전혀 불안해하지 않았다. 돈 코를레오네의 위력도 두려워하지 않았다. 전국적인 정치적 인맥과 FBI 국장과의 친분을 이용해 거액의 재산과 영화계에서 절대적인 권력을 쥔 사람답게 돈 코를레오네에게 전혀 주눅들지 않았다. 헤이건이 보기에도 월츠는 자신의 위치를 제대로 알고 있는 사람 같았다. 그가 만약 노조 파업으로 인해 손해 볼 것을 기꺼이 감수한다면 돈 코를레오네에게 굽히고 들어갈 이유가 없을 것이다. 돈 코를레오네가 지금까지 써온 공식에서 단 한 차례의 계산 착오가 생긴 셈이다. 돈 코를레오네는 자기 대자에게 배역을 맡게 해주겠다고 약속했고, 헤이건이 아는 한 그는 이런 약속을 어긴 적이 한번도 없었다.

헤이건은 조용히 말했다. "사장님은 뭔가 잘못 알고 계시는군요. 코를레오네 씨는 당신이 선처해주시면 우정어린 보답의 차원에서 노조 문제를 해결해주겠다고 말씀하신 겁니다. 이를테면 우정어린 영향력의 교환 그 이상도 이하도 아닌 것입니다. 하지만 사장님은 내 제의를 진지하게 받아들이지 않았습니다. 제 실수였던 것 같습니다."

월츠는 마치 이 순간을 기다려온 것처럼 버럭 화를 냈다. "내가 오해를 했다니? 그게 마피아 스타일이오? 당신들은 위협을 할 때도 이렇게 올리브유를 바르고 감언이설을 합니까? 내가 분명히 말하지. 조니 폰테인은 절대 배역을 맡을 수 없을 걸. 물론 조니는 그 역에 적격자고 그 역으로 스타가 될거야. 하지만 난 빨갱이에다 난봉꾼은 좋아하지 않아. 아니 무엇보다 그놈을 이 영화에 출연시킬 마음이 추호도 없어. 그 이유를 말해볼까? 그는 내가 가장 아끼는 유망주를 버려 놓았어. 5년 동안 노래와 춤과 연기 연습을 시키느라 수천, 수백 달러를 투자했어. 그녀를 일류 스타로 만들 계획이었지. 아니 솔직하게 말하지. 난 거짓말하는 체질이 아니야, 그건 돈 문제만은 아니라구. 그 여자는 굉장한 미인인데다 내가 만나본 여자 중에 최고였어. 난 전 세계 여자들을 모두 경험해 보았거든. 그런데 조니란 놈이 올리브유 바른 목소리로 여자를 꾀어 도망치게 만들었지. 그 여자는 날 바보로 만들 작정을 하고 모든 걸 던져버렸어. 나 정도의 위치에 있는 남자가 웃음거리가 되는 것을 참을 수 있다고 생각해? 내겐 그만한 아량이 없어. 그래서 조니를 내쫓아 버린거야."

헤이건은 처음으로 월츠의 말에 놀랐다. 막대한 부와 권력을 소유한 이런 남자가 사소한 문제 때문에 사업이나 중요한 문제를 결정할 때 영향을 받을 줄은 미처 몰랐다. 헤이건의 세상에서도, 코를레오네의 세상에서도 육체적인 아름다움이나 여자의 성적인 매력은 하찮게 여겨졌고, 거의 문제가 되지 않았다. 그런 문제는 결혼 생활이나 가문에 수치를 주지 않는 이상 철저하게 개인적인 일로 치부했다. 헤이건은 이제 마지막 시도를 하리라 마음먹었다.

"잭 월츠 씨, 당신의 심정을 이해할 것 같습니다. 그렇지만 냉정히 생각해 보세요. 분한 마음이 그렇게 중요합니까? 당신에게는 사소한 일이지만 저의 의뢰인에게는 대단히 중요한 문제입니다. 코를레오네 씨는 어린 조니를 팔에 안고 세례를 받으셨습니다. 그리고 조니의 친아버지가 죽자 아버지의 역할을 하셨죠. 그밖에 많은 사람들이 자기를 도와준 데 대한 감사와 경의의 표시로 그분을 '대부'라고 부릅니다."

월츠가 갑자기 자리에서 벌떡 일어났다. "이야기는 충분히 들었어. 네 놈들은 내게 명령할 수 없어. 내가 네 놈들에게 명령하지. 자, 내가 지금 이 수화기를 들면 당신은 오늘밤 구치소에서 보내게 될 거야. 설령 마피아 단원들이 내게 엉뚱한 짓거리를 해도 경찰은 내가 일개 밴드 리더가 아니라는 걸 밝혀내고 말 걸. 나도 얘기를 들어서 알고 있는데 당신네 보스도 언제 어떻게 암살될지 결코 알 수 없을 걸. 난 백악관도 움직일 수 있어."

멍청한 개자식. 저런 자식이 어떻게 실력자가 되었는지 헤이건은 의심스러웠다. 대통령의 고문이자 세계 최대의 영화제작사 사장이 아닌가! 그는 돈 코를레오네가 반드시 영화 사업에 뛰어들어야 한다고 생각했다. '저 자식은 말을 액면 그대로만 받아들이는군. 아직도 내 말뜻을 몰라.' 하고 헤이건은 생각했다.

"저녁 초대 감사했습니다. 유쾌한 저녁이었습니다. 실례지만 공항까지 데려다주실 수 있으십니까? 이곳에서 밤을 보내서는 안될 것 같군요." 헤이건은 월츠에게 냉담한 미소를 지었다. "코를레오네 씨는 좋지 않은 소식이라도 빨리 듣길 원하시거든요."

헤이건은 불빛이 배어 나오는 저택의 현관에서 차를 기다렸다. 그때 두 여인이 주차해 있던 기다란 리무진에 막 올라타는 모습을 보았다. 그들은 그날 아침 월츠의 사무실에서 본 그 아름다운 금발 소녀와 어머니였다.

그러나 잘라 붙인 것처럼 또렷했던 소녀의 입술선은 경계선이 희미해질 만큼 퉁퉁 부어서 단정치 않아 보였다. 푸른 색의 눈동자는 막이 낀 듯 흐려 보였고, 차를 타기 위해 층계를 내려올 때 그녀의 긴 다리는 갓 태어난 망아지 새끼처럼 휘청거렸다. 그 어머니는 소녀를 부축해서 차에 태우면서 귓가에 대고 쉿 하며 주의를 주었다. 그리고 나서 고개를 돌려 잠시 헤이건을 노려본 다음 리무진에 올라탔다. 그녀의 눈빛은 마치 먹이를 포획한 매처럼 의기양양해 보였다.

그제서야 헤이건은 자신이 로스앤젤레스에서 비행기를 타고 오지 못한 이유를 알아차렸다. 소녀와 그 어머니는 영화제작자와 함께 이곳에 왔을 것이다. 월츠는 저녁식사 전까지 휴식을 취할 충분한 시간이 있었고 그때 어린 소녀에게 부정한 일을 저지른 것이 틀림없었다. 조니는 왜 이런 추잡한 세계에서 살고 싶어할까? 부디 조니에게 행운이 있길, 그리고 월츠에게도.

파울리 가또는 원래 서두르는 것을 싫어했다. 특히 폭력을 행사해야 하는 일일 때는 더욱 그랬다. 그는 사전 계획을 철저하게 세워야 마음이 놓였다. 오늘밤처럼 비록 상대가 풋내기라 해도 한 사람만 실수하면 심각한 사고로 돌변할 수 있는 것이다. 그는 지금 맥주를 홀짝거리며 두 청년이 어린 매춘부에게 수작 거는 모습을 지켜보고 있었다.

파울리 가또는 저 애송이들에 대한 정보를 모두 숙지한 상태였다. 그들의 이름은 제리 와그너와 케빈 무넌이었다. 둘 다 스무 살 정도로 잘생긴 외모에 갈색 머리였고, 체격이 건장하고 키가 컸다. 2주일만 지나면 그들은 개강이라 타 지역의 대학으로 돌아가야 했다. 둘 다 정치적인 영향력을 갖고 있는 아버지를 두었고 대학생이라는 신분 덕분에 지금까지 징집이 연기되었다. 그들은 또 아메리고 보나세라의 딸을 추행한 죄목으로 집행유예를 선고받은 처지였다. 벌레보다 못한 놈들, 군대에도 가지 않은 놈들이 자정 이후에 술집을 출입하지 않나, 집행유예 중인데도 창녀 꽁무니나 쫓아다니고 그야말로 인간 쓰레기로군. 이렇게 생각하는 파울리 가또 자신도 사실은 징병을 기피했다. 의사가 '이 입영대상자는 스물여섯 살의 백인 남자로 결혼을 하지 않았음'을 증명하는 서류 외에 정신질환으로 전기 충격 치료를 받았다는 가짜 병적 기록표를 첨부하여 징병위원회에 제출해준 덕분이었다. 그러나 파울리 가또는 자기가 징집 면제를 받을 자격이 있다고 생각했다. 이를

테면 그는 시범 케이스였다. 가또의 징집 면제를 성공시킨 후 클레멘자는 불법 징집 면제를 패밀리의 사업으로 키워나갔다.

이 청년들이 대학으로 돌아가기 전에 해치워야 한다고 주장한 사람은 클레멘자였다. 그런데 왜 이런 일을 하필 뉴욕 한복판에서 벌여야 하는지 가또는 의아했다. 클레멘자는 단순히 명령만 내리기보다는 자질구레한 것까지 지시를 하는 경우가 많았다. 만일 저 매춘부가 놈들을 따라 나간다면 오늘밤은 허탕을 치고 말 것이다.

여자들의 웃고 떠드는 소리가 들렸다. "너 미쳤어, 제리? 난 네 차에 타지 않을 거야. 그 불쌍한 여자애처럼 병원에 갇히는 신세가 되긴 싫다구." 여자들의 음성은 의기양양하고 장난기가 배어있었다. 상황이 만족스럽게 돌아가고 있었다. 파울리 가또는 맥주 잔을 비우고 어두운 거리로 나갔다. 완벽하다. 자정이 넘은 시간이었고 불을 밝힌 술집은 단 한 곳뿐이었다. 나머지는 모두 문을 닫은 상태였다. 파출소의 순찰차는 클레멘자가 손을 써놓았을 것이다. 아마 무전기로 연락을 받을 때까지는 이 근처에 얼씬거리지도 않을 것이다. 그리고 때가 되어도 천천히 나타날 것이다.

파울리 가또는 세비 자동차 좌석에 몸을 눕히다시피 기댔다. 뒷자리에 앉은 두 명은 체격이 큰 편인데도 불구하고 눈에 잘 띄지 않았다. 파울리가 지시를 내렸다. "저들이 나오면 해치워."

그는 아직도 계획을 너무 급하게 세웠다고 생각하고 있었다. 클레멘자는 파울리에게 두 놈의 경찰 보관용 사진 사본을 주면서 그들이 매일밤 술을 마시고 술집 여자들과 노닥거린다는 술집을 알려 주었다. 파울리는 새로 선발한 신참대원 둘에게 이 쓰레기들을 해치울 수 있는 기회를 주기로 했다. 그리고 따로 주의사항을 일러주었다. '절대 머리 뒤나 정수리를 때려서는 안된다. 우발적으로 그들을 죽여서는 안되기 때문이다. 기분 내키는 대로 때려서는 안된다. 다시 말해 너무 심하게 때려도, 반대로 너무 가볍게 때려서도 안된다.' 이런 지시를 하면서 그는 마지막으로 경고를 했다. "만일 그 쓰레기들이 한 달 안에 병원에서 퇴원하면 너희들은 트럭 운전수로 돌아가는 거야."

덩치 큰 두 행동대원이 자동차에서 내렸다. 그들은 허름한 술집도 그대로 지나치지 않는 무명 권투선수였는데, 소규모의 고리대금업을 하는 소니 코를레오네에게 발탁된 뒤 먹고 사는데 별 어려움 없이 지내왔다. 그들은 천성적으로 감사의 마음을 표현하지 않고는 못 배기는 성격이었다.

제리 와그너와 케빈 무넌이 술집에서 나왔을 때 행동대원들은 만반의 준비를 갖추고 있었다. 애송이들은 술집 아가씨의 비꼬는 말에 자존심이 상할 대로 상해 있었다. 그때 자동차 범퍼에 기대있던 파울리 가또가 능글맞게 웃으며 그들을 불렀다. "이봐, 바람둥이들, 매춘부들한테도 딱지 맞았나 보군."

두 청년은 마침 잘 걸렸다는 듯 그를 돌아다보았다. 파울리 가또가 자신들의 모욕감을 해소할 좋은 배출구로 보였다. 담비처럼 조그만 얼굴에 작고 마른 체격인데다 무엇보다 교활하게 보였기 때문이다. 그들은 무턱대고 가또에게 덤벼들다가 뒤에서 튀어나온 두 덩치들에게 팔을 잡혔다. 이때를 놓치지 않고 파울리 가또는 오른손으로 주머니에 넣어둔 손가락용 놋쇠 조각을 꺼냈다. 철심이 박혀있는 것으로 1주일에 세 번 체육관에서 운동할 때 사용하던 건데 오늘 제대로 실습하게 된 것이다. 그는 그것을 손가락에 낀 다음 오른편에 있는 와그너의 코를 갈겼다. 와그너를 잡고 있던 행동대원이 그를 들어올리자 파울리는 그의 사타구니를 정확하게 먹였다. 그런 다음 비틀거리는 와그너를 다시 한 방 더 먹였다. 이와 같은 상황이 벌어지는데는 6초도 걸리지 않았다.

이제 두 단원은 비명을 지르는 케빈 무넌을 표적으로 삼았다. 그들은 근육 투성이 팔로 무넌을 잡고 다른 한 손으로는 비명을 지르지 못하도록 목을 졸랐다.

파울리 가또는 자동차에 올라탄 뒤 시동을 걸었다. 행동대원들은 무넌을 때려 초주검으로 만들어놓았다. 그들은 마치 언제나 그랬던 것처럼 놀랄 만큼 잔인하고 침착했다. 그들은 허둥지둥 주먹을 날린 게 아니라 적절한 때에 자신의 무거운 체중을 모두 실어 느린 속도로 정확히 가격했다. 한 대 가격할 때마다 퍽 하는 소리와 함께 살이 찢겨져 나갔다. 무넌의 얼굴은 분간하기도 어려웠다.

그들은 보도에 나동그라져 있는 무넌을 내버려두고 다시 와그너에게 달려들었다. 간신히 제 발로 일어선 와그너는 도움을 청하기 위해 소리를 질렀다. 술집에서 누군가 나왔고 그들은 더 빨리 일을 처리해야 했다. 그들은 무릎으로 와그너를 쳐서 무릎을 꿇게 만들었다. 그러자 한 명이 그의 팔을 잡아 비틀고 나서 등뼈를 발로 찼다. 빡 하고 뼈가 부서지는 소리가 들렸다. 와그너의 고통에 찬 비명 소리에 거리에 있는 집들의 창문이 하나 둘 열리기 시작했다. 그들의 행동은 더욱 빨라졌다. 한 명은 두 손으로 와그너의 머리를 단단히 조이면서 일으켰다. 그러자 또 한 녀석은 커다란 주먹으로 죽은 듯이 꼼짝않은 표적을 강타했다.

이윽고 술집에서 많은 사람들이 몰려 나왔지만 누구도 간섭하려 들지 않았다. 파울리 가또가 "자, 이제 됐다."라고 소리쳤다. 두 거구가 자동차에 올라타자 파울리 가또는 속력을 높였다. 자동차의 생김새를 설명하는 목격자도 있을 테고 번호판을 보았다는 사람들도 나타나겠지만 별로 걱정할 필요는 없을 것이다. 번호판은 캘리포니아에서 훔친 것이며, 뉴욕에는 검정색 셰비 자동차가 10만 대나 되니까.

2

목요일 아침 톰 헤이건은 시내에 있는 자기 변호사 사무실에 나갔다. 금요일에 있을 버질 솔로조와의 회의를 앞두고 다른 잡무를 처리하려는 것이었다. 이번 회담은 굉장히 중요했다. 그래서 헤이건은 돈 코를레오네에게 오늘 저녁 시간을 모두 할애해 달라고 요청했다. 솔로조가 내놓은 제안에 대해 충분한 사전 논의를 할 작정이었다. 헤이건은 홀가분한 마음으로 회의 준비를 하기 위해 그 전에 자질구레한 문제들을 모두 해치우고 싶었다.

헤이건이 화요일 밤 늦게 캘리포니아에서 돌아와 월츠와의 협상 결과를 보고했을 때 돈 코를레오네는 별로 놀라지 않는 것 같았다. 그는 헤이건에게 상세한 부분까지 꼬치꼬치 캐물었고, 헤이건이 아름다운 소녀와 그 어머니에 관한 이야기를 하자 얼굴을 찌푸렸다. 그는 "개자식."이라고 중얼거렸다. 돈 코를레오네가 쓰는 가장 심한 욕이었다. 그리고 그는 한마디 덧붙였다. "그 친구, 불알이 달렸던가?"

헤이건은 그가 왜 이렇게 묻는지 잘 알고 있었다. 지난 몇 년 사이에 알게 된 바인데, 돈 코를레오네가 중요하게 생각하는 가치는 보통 사람들의 그것과 달랐고, 그의 말 역시도 다른 의미를 가졌다. 그는 '월츠라는 사람이 남자이던가, 굳은 의지의 소유자이던가'를 묻는 게 아니었다. 헤이건이 보기에 월츠는 물론 남자이고 의지도 강해 보였다. 그러나 돈 코를레오네가 묻는 것은 그런 게 아니었다. 그 영화제작자는 위협에 굴복하지 않을 만큼 용기를 가졌던가? 제작 과정이 지연되거나 주연 배우가 헤로인 복용자라는 스캔들에 휘말리는 데서 오는 재정적인 손해를 기꺼이 감수할 만하던가? 물론 월츠는 얼마든지 그럴 사람이었다. 그러나 돈 코를레오네가 알고 싶어하는 것은 그런 게 아닐 것이다. 아마 그의 질문은 이런 것인지도 모른다. 잭 월츠는 복수를 당해 명예나 지위, 모든 것을 잃더라도 소신을 지킬 만큼 배짱이 있던가?

헤이건은 빙그레 웃었다. 거의 그래본 적은 없지만 지금은 돈 코를레오네와 농담을 하고 싶은 기분이 들었다. "그가 시칠리아 사람인지 물으시는 겁니까?" 돈 코를레오네는 농담의 진의를 알아차리고 유쾌하게 고개를 끄덕였다. "물론 아닙니다." 헤이건이 대답했다.

이야기는 그게 전부였다. 돈 코를레오네는 이튿날까지 그 문제에 대해 곰곰이 생각했다. 수요일 오후 그는 헤이건을 집으로 불러 몇 가지 지시를 내렸다. 남은 근무 시간 동안 해야할 일들이었다. 그리고는 마지막으로 어리둥절할 정도로 헤이건을 칭찬했다. 그 순간 헤이건은 돈 코를레오네가 문제를 해결한 게 아닐까 하는 생각이 들었다. 아마 오늘 아침 월츠가 전화를 걸어 조니 폰테인이 새로운 전쟁 영화의 주연으로 발탁되었다는 소식을 전했는지도 모른다.

그때 전화벨이 울렸다. 아메리고 보나세라였다. 장의사의 음성은 고마운 나머지 떨고 있었다. 그는 헤이건에게 대부에 대한 우정은 변치 않을 것임을 전해달라고 부탁했다. 또 자기집에 한번 들러달라, 이 아메리고 보나세라는 은인인 대부를 위해 목숨도 바칠 것이라고 전해달라고 했다. 헤이건은 틀림없이 전하겠다고 했다.

데일리 뉴스지에는 도로에 쓰러져 있는 제리 와그너와 케빈 무넌의 모습이 대문짝만하게 실렸다. 흠씬 두들겨 맞은 그들의 모습은 차마 눈뜨고 보지 못할 정도였다. 기사에 의하면 그들은 수개월 간 병원 신세를 지고 성형수술을 받아야 하며, 목숨이 붙어있는 것만도 기적이라고 했다. 헤이건은 즉시 클레멘자에게 전화를 걸어 파울리 가또에게 포상이 있을 거라고 했다. 그는 자신의 임무를 완벽하게 수행한 것이다.

헤이건은 세 시간에 걸쳐 패밀리 소유의 부동산 회사와 올리브유 수입 회사 그리고 건설 회사에서 벌어들인 매출액을 합산하는 일을 재빨리 해치웠다. 지금은 모든 사업이 신통치 않게 돌아가지만 전쟁이 끝나면 경기도 풀리고 모두 상황이 나아질 것이다. 그때 비서가 캘리포니아에서 전화가 왔다고 말했다. 방금 전까지만 해도 일에 열중하느라 조니 폰테인 문제는 잊고 있었다. 그는 작은 기대감에 긴장하며 수화기를 들었다. "네, 제가 헤이건입니다."

전화선을 타고 들려오는 음성은 증오와 흥분으로 벌벌 떨려 알아듣기가 어려웠다. 그건 분명 월츠의 목소리였다. "야, 새꺄, 내가 네 놈을 백 년 동안 감옥에 처넣을 테니 두고 봐. 내가 어떻게 해서든 네 놈을 잡고 말거야. 그리고 조니 폰테인의 불알도 무사하지 못할 줄 알아. 알았냐? 이탈리아 새끼야."

헤이건은 친절하게 말했다. "저는 독일계 아일랜드인입니다." 상대방은 한참을 말이 없다가 전화를 찰칵하고 끊었다. 헤이건은 빙긋이 웃었다. 월츠는 돈 코를레오네에 대해서는 입도 뻥긋하지 못했다. 천재는 반드시 그만한 대접을 받는 법이다.

잭 월츠는 항상 혼자 잠을 잤다. 영화에서 무도회 장면을 찍어도 될 만큼 널따란 침실에 열 명이 누워도 될 만한 커다란 침대가 있지만 10년 전, 첫 번째 아내가 죽고 난 후 그는 줄곧 혼자서 잠을 잤다. 그렇다고 그가 여자와 전혀 잠자리를 하지 않았다는 뜻은 아니다. 그는 나이에 비해 정력이 좋은 편이었다. 그러나 요즘은 상대가 아주 어린 소녀들이어야만 관계를 가질 수 있고, 그것도 고작 몇 시간 동안만 몸과 인내심이 그 젊음을 감당할 수 있었다.

목요일 아침, 그는 일찍 잠을 깼다. 여명의 빛이 스며든 널따란 침실은 안개 낀 초원처럼 신비한 느낌을 주었다. 그런데 침대 발치 아래쪽으로 눈에 익은 물체가 보였다. 월츠는 자세히 보려고 팔꿈치로 기어갔다. 그것은 말의 머리였다. 순간 그의 팔꿈치가 후둘거렸다. 월츠는 손을 뻗어 침대 곁에 놓인 스탠드를 켰다.

순간 그는 온몸으로 충격을 받았다. 마치 거대한 망치로 가슴을 한대 얻어맞은 것처럼 심장이 비정상적으로 뛰었고 울컥 구역질이 났다. 전날 먹은 것이 곰털 깔개에 몽땅 쏟아져 나왔다.

댕강 잘린 하르툼의 윤기 흐르는 까만 색 머리는 피가 떡처럼 굳어져서 깔개 위에 달라붙어 있었다. 흰색의 가느다란 힘줄이 드러나 보였다. 주둥이는 온통 거품 투성이였고 황금처럼 반짝이던 사과 크기의 두 눈은 출혈이 생겨서 썩은 과일처럼 얼룩져 있었다. 월츠는 공포심에 사로잡혀 하인을 불렀다. 그리고 곧장 헤이건에게 전화를 걸어 복수하겠다고 협박을 했다. 그의 미치광이 같은 행동에 놀란 집사는 주치의를 불렀다. 그리고 영화사의 참모에게 연락을 한다고 법석을 떨었지만 그들이 도착하기 전에 월츠는 이성을 되찾았다.

월츠는 쉽사리 충격에서 벗어나지 못했다. 도대체 어떤 부류의 인간이 60만 달러짜리 말을 죽일 수 있단 말인가? 한마디 경고의 말도 없이 말이다. 어떻게 해주면 계획을 철회할 수 있다느니 뭐 그런 협상도 없이 말이다. 얼마나 비싸고 가치 있는 것인지 상관하지도 않고 이렇게 잔인한 짓을 저질렀다는 것은 자기가 곧 법이요 하늘이라는 생각을 갖고 있는 자일 것이다. 자기 안전을 확실히 책임질 수 있는 능력과 힘을 가지고 의지대로 밀어붙일 수 있는 자일 것이다. 사고가 있은 후 월츠는 누군가 사전에 다량의 마취제를 주사하고 나서 느긋하게 그 거대한 삼각형의 머리를 도끼로 내려쳤다는 사실을 알게 되었다. 그러나 순찰을 돌았던 경비원들은 아무 소리도 듣지 못했다고 주장했다. 월츠는 이 모든 일이 어처구니 없게만 느껴졌다. 아니다, 그들은 틀림없이 알고 있었을 것이다. 분명 돈에 매수되어 말의 주인이 누구인지 털어놓았을 것이다.

월츠는 바보가 아니다. 다만 자만심이 너무 강한 사람이었다. 그는 자기 왕국의 힘이 돈 코를레오네의 왕국보다 더 강력하다고 믿었다. 그것은 실수였다. 돈 코를레오네는 그렇지 않다는 걸 보여준 것이다. 월츠는 이 무언의 메시지가 무엇을 뜻하는지 이해했다. 월츠의 재산이 제아무리 많고 미국의 대통령이나 FBI 국장과 절친한 사이라도 한낱 이탈리아 올리브 기름 수입상한테 얼마든지 목숨을 잃을 수도 있다는 뜻이었다. 그까짓 조니 폰테인한테 배역을 주지 않았다는 이유만으로 말이다. 믿을 수 없는 일이었다. 누구라도 마음대로 사람을 죽일 권리는 없다. 아무리 대단한 권력자라도 그런 짓은 할 수 없다. 왜냐하면 그건 비상식적인 일이기 때문이다. 누구라도 자기 돈이나 기업, 권력을 이용해 하고 싶은 것을 마음대로 할 수 없다. 그것은 공산주의보다 몇십 배 악질이다. 이런 일은 근절되어야 한다. 절대 있어서는 안되는 일이다.

월츠는 주치의가 처방해 준 약한 진정제를 먹었다. 그랬더니 마음이 진정되고 이성적으로 판단할 수 있게 되었다. 그를 정말로 충격에 빠뜨린 점은 60만 달러짜리의 세계적인 명마를 죽이라고 명령할 만큼 돈 코를레오네라는 작자가 충동적이라는 사실이었다. 자그마치 60만 달러짜리를! 게다가 이것은 시작에 불과하다. 월츠는 소름이 끼쳤다. 그는 자신이 쌓아올린 인생을 돌아다 보았다. 그는 부자다. 손가락만 까딱하면 세계에서 가장 아름다운 여자들을 얼마든지 취할 수 있다. 실제로 어느 나라에 갔을 때는 왕과 왕비의 영접을 받은 적도 있었다. 그는 돈과 권력으로 누릴 수 있는 완벽한 삶을 살았다. 그런데 일시적인 감정 때문에 이 모든 것을 잃는다면 이 얼마나 어리석은 짓인가. 어쩌면 돈 코를레오네를 찾아가야 할지도 모른다. 경주마 살해범으로 법적인 처벌을 받게 하면 어떨까? 월츠는 이런 생각을 하다 갑자기 큰 소리로 웃었다. 의사와 하인들은 불안한 얼굴로 그를 쳐다보았다. 그때 또 다른 생각이 떠올랐다. 누군가가 이렇게 오만방자하게 그의 힘을 경멸하고 무시했다는 사실이 사람들에게 알려지면 그는 캘리포니아의 웃음거리가 될 것이 뻔하다. 그렇다, 그래서 놈들은 월츠가 아니라 하르툼을 죽인 것이다. 어쩌면 좀더 지능적이고 악랄한 보복을 준비하고 있을지도 모른다.

월츠는 즉각 명령을 내렸다. 자신의 심복에게 모종의 조치를 취하게 했다. 우선 하인들과 주치의에게는 이번 사건에 대해 발설하지 말라는 함구령을 냈다. 신문사에는 경주마 하르툼이 영국에서 선적되어 오는 동안 걸린 질병으로 죽은 것으로 알리도록 했다. 그리고 자기 소유의 땅에 은밀히 시체를 묻으라고 명령했다.

여섯 시간 후 조니 폰테인은 영화사의 수석 프로듀서에게서 전화를 받았다. 다음 월요일에 촬영을 시작한다는 내용이었다.

그날 저녁 헤이건은 다음날로 예정된 버질 솔로조와의 중요한 회동을 앞두고 준비를 하기 위해 돈 코를레오네의 집으로 갔다. 장남 소니 코를레오네는 이미 와 있었다. 소니의 큐피드처럼 잘생기고 통통한 얼굴은 피곤에 절어있었다. 여전히 그 들러리 아가씨와 만나고 있는 게 틀림없었다. 그 또한 문제였다.

돈 코를레오네는 디 노빌리를 물고 안락의자에 앉아 있었다. 헤이건은 자기 사무실에 그 시가를 상자째 보관하고 있었다. 그가 하바나산으로 바꾸라고 권유했지만 돈 코를레오네는 목구멍에 좋지 않다며 끝내 바꾸지 않았다.

"우리가 알아야 할 것을 내가 다 알고 있는 건가?" 돈 코를레오네가 물었다.

헤이건은 서류철을 열어 서류를 꺼냈다. 서류에는 만일을 위해 증거는 남기지 않되 중요한 사항은 빠뜨리지 않도록 수수께끼 같은 암호로 표시되어 있었다. "솔로조가 도움을 청하러 올 겁니다. 그 자는 우리 패밀리에서 최소한 백만 달러를 지원해 달라고 할 겁니다. 또 마약사범에 관한 면죄부도 약속해 달라고 할 겁니다. 우리에게 할당될 마약이 어느 정도인지 잘 모르지만 타탈리아가 솔로조의 신변을 보장해주니 그들에게도 할당이 떨어질 겁니다. 문제는 마약입니다. 솔로조는 터키에서 계약 상인이 재배한 양귀비를 배로 시칠리아까지 운반합니다. 그 과정에 별 문제는 없는 것 같습니다. 시칠리아에서는 마약 원료를 가공해 헤로인으로 만듭니다. 그에게는 안전 밸브 설비가 있어서 헤로인을 모르핀으로 만들었다가 필요하면 다시 헤로인으로 만들 수 있다고 합니다. 시칠리아 공장은 여러 가지 경로로 보호받는 걸로 알고 있습니다. 유일한 걸림돌은 그것을 어떻게 이 나라에 들여와 배포시키느냐 하는 점입니다. 초기 자본 또한 그렇습니다. 백만 달러가 되는 큰돈이 나무에 주렁주렁 열리는 것도 아니니까요." 돈 코를레오네는 얼굴을 찌푸렸다. 이 노인은 불필요한 사업 확장을 좋아하지 않기 때문이다. 헤이건은 서둘러 설명해 내려갔다.

"사람들은 솔로조를 터키 사람이라고 부릅니다. 그가 오랜 세월 터키에서 살면서 현지인과 결혼하여 자식까지 둔 걸로 압니다. 젊었을 때만 그랬는지는 모르지만 칼 쓰는 솜씨가 보통이 아닌 걸로 알려져 있습니다. 물론 사업상의 일이나 합당한 이유가 있을 때 한해서랍니다. 솔로조는 매우 유능한 보스랍니다. 마약 사업에 관해선 일인자로 알려져 있죠. 두 번의 전과 기록이 있는데, 한번은 이탈리아, 한번은 미국에서입니다. 이 점이 우리에게 유리한 건 분명합니다. 두목인데다 전과 기록이 있기 때문에 일 처리를 허술하게 하진 않을 테니까요. 또 미국에도 처와 세 아이가 있는데 훌륭한 가장입니다. 그는 생계를 책임져야 하는 만큼 어떤 위험이 두려워 사업을 포기하지는 않을 겁니다."

돈 코를레오네는 시가 연기를 한 번 내뿜은 다음 말했다. "산티노, 네 생각은 어떠냐?"

헤이건은 소니가 무슨 말을 할지 알고 있었다. 소니는 아버지의 지시를 받는 것에 염증을 느끼고 있었다. 그는 자기 소유의 큰 사업체를 원했다. 이런 사업거리라면 그도 구미가 당길 것이다.

소니는 스카치 한 잔을 죽 들이켰다. "백색 가루는 엄청난 수익원이죠. 하지만 위험할 수도 있어요. 어떤 사람들은 20년 동안 감옥 신세를 지기도 한다는데, 직접 장사에 뛰어드는 것보다는 돈이나 대고 보호만 해주는 게 좋을 것 같은데요."

헤이건은 수긍한다는 표정으로 소니를 바라보았다. 그는 자신에게 유리한 카드를 내놓았다. 가장 확실하고 자기에게 유리한 방안을 선택한 것이다.

돈 코를레오네가 시가를 한 번 더 내뿜었다. "그럼, 톰, 네 생각은 어떠냐?"

헤이건은 자기 생각을 솔직히 말하기로 작정했다. 그는 돈 코를레오네가 솔로조의 제안을 거절할 거라는 사실을 이미 알고 있었다. 그러나 그의 경험상 드문 일이지만 돈 코를레오네는 이번 일에 대해 철저하게 따져보지 않은 것 같은 생각이 들었다. 그는 그렇게 먼 장래의 계획까지 세우지 않은 것이다.

"말해봐라, 톰. 시칠리아 사람이라고 항상 보스의 말에 찬성하는 건 아니니 마음놓고 말해 봐." 돈 코를레오네가 재촉하자 모두들 웃었다.

"제 생각에는 허락하셔야 한다고 봅니다. 그 이유는 아실 겁니다. 하지만 가장 중요한 건 마약은 다른 어떤 사업보다 돈을 많이 벌 수 있다는 겁니다. 우리가 뛰어들지 않고 다른 누군가가 하게 된다면 아마 타탈리아 패밀리일 겁니다. 그들은 벌어들인 막대한 돈으로 더 많은 재산과 경찰과 정치력도 갖게 될 것이고 우리 패밀리보다 더 강력해질 겁니다. 그러면 우리 사업을 잠식하고 무너뜨리려고 하겠죠. 국가 간에도 그렇지 않습니까? 남들이 무장을 하면 우리도 무장을 해야 합니다. 남들이 경제적으로 부강해지면 그만큼 우리에게 위협이 되는 겁니다. 우린 지금 도박 사업과 노동조합에 관여하고 있습니다. 하지만 그보다 더 황금알을 낳는 사업이 있습니다. 바로 마약 사업이죠. 우리도 참여해야 합니다. 그렇지 않으면 지금의 위치가 위태로워집니다. 당장은 아니더라도 10년쯤 후면."

돈 코를레오네는 깊이 감명받은 것 같았다. 그는 시가 연기를 내뿜으며 중얼거렸다. "음, 대단히 중요한 일이야." 그는 한숨을 내쉬며 자리에서 일어났다. "내일 솔로조와 몇 시에 만나기로 돼 있지?"

헤이건이 기대에 찬 음성으로 대답했다. "그가 아침 10시에 여기로 올 겁니다." 대부는 그를 만날 게 분명해 보였다.

"너희 둘도 나와 함께 가자." 돈 코를레오네는 이렇게 말하며 아들의 팔짱을 끼고 일으켜 세웠다. "산티노, 오늘밤 푹 자둬라. 이 몰골이 뭐냐. 네 몸뚱이는 네가 잘 돌봐야지. 언제나 청춘일 것 같으냐?"

소니는 아버지의 이런 관심에 고무되어 헤이건이 감히 묻지 못했던 말을 꺼냈다. "아버지, 그런데 대체 어떻게 결정하실 거예요?"

돈 코를레오네는 웃음을 지었다. "할당량 비율이나 그밖의 자세한 내용을 듣기 전까지는 낸들 어찌 알겠느냐? 게다가 오늘밤 이 자리에서 나온 제안에 대해 더 생각해 봐야겠다. 어쨌든 성급하게 결론 내릴 일은 아니다." 그는 밖으로 나가면서 헤이건에게 무심코 말했다. "자네, 그 터키인이 전쟁 전에 매춘부들을 상대로 마약을 팔았다는 정보 갖고 있나? 지금 타탈리아 패밀리가 하는 것처럼 말야. 잊어버리기 전에 적어두게." 돈 코를레오네는 조롱하는 투로 말했다. 헤이건은 얼굴이 빨개졌다. 그는 일부러 그 이야기를 하지 않았다. 그 사실이 혹시 대부의 결정에 편견으로 작용하지 않을까 염려스러웠기 때문이다. 그는 섹스 문제에 관해선 엄격하기로 소문이 난 사람이었다.

'터키인' 버질 솔로조는 중간 정도의 다부진 체격에 검은 얼굴이 진짜 터키인처럼 보였다. 그의 코는 시미터 칼(아라비아인이나 페르시아인들이 쓰는 초승달 모양의 칼, 신월도)처럼 생겼고 눈초리가 매서워 어쩐지 범접 못할 위엄이 풍겼다.

소니 코를레오네는 문가에서 그를 맞으며 헤이건과 돈 코를레오네가 기다리고 있는 사무실로 안내했다. 헤이건은 루카 브라시를 빼고 그보다 더 위협적인 사람을 본 적이 없었다.

사람들 간에 환영의 악수가 이어졌다. 헤이건은 만약 돈 코를레오네가 '이 자는 진짜 사내일 것 같으냐'고 물으면 그렇다고 대답할 것 같았다. 그는 이토록 힘이 넘쳐 보이는 사내를 보지 못했다. 심지어 돈 코를레오네보다도 상대를 압도하는 힘이 더 크게 느껴졌다. 솔직히 돈 코를레오네는 첫인상이 좋지 않은 편이다. 처음 만난 사람에게는 순박한 촌뜨기 같은 인상을 주었다.

솔로조는 앉자마자 용건을 꺼냈다. 사업 내용은 마약이다. 모든 준비는 철저하게 되어 있다. 터키에 있는 양귀비 밭에서 매년 상당량의 원료를 조달할 수 있다. 이 원료를 프랑스의 비밀 공장에서 모르핀으로 만든다. 이것을 다시 시칠리아로 가져와 절대적으로 안전한 공장에서 헤로인으로 정제한다. 두 나라간의 밀거래는 매우 안전하니 걱정할 것 없다. 다만 미국으로 들어오는 과정에서 FBI를 매수할 수 없기 때문에 약 5퍼센트의 손실과 위험이 따른다. 그러나 수익이 워낙 막대하고 위험은 전혀 없다. 대강 이런 내용이었다.

"그렇게 수월하게 되는 일인데 왜 나를 찾아왔소? 내가 그만한 호의를 받을 자격이 있겠소?" 돈 코를레오네가 친절하게 물었다.

솔로조의 검은 얼굴은 여전히 무표정했다. "내겐 2백만 달러의 현금이 필요합니다. 요직에 있는 실력자 친구를 둔 사람도 아마 저의 거래원이 되면 몇 년간 검찰의 추적을 당할 겁니다. 불가피한 일이죠. 하지만 별일 없을 거라는 걸 제가 보장해 줘야 합니다. 아니 그보다는 판사가 가벼운 형량을 선고하도록 손을 써줘야 한다는 말이 정확하겠죠. 그러니까 우리쪽 사람들이 경찰에 걸려들었을 때 그들이 형무소에서 1, 2년 이상 썩지 않도록 보장해 줄 친구가 필요한 거죠. 그런 보장이 확실해야 그들이 발설하지 않거든요. 만약 그들이 10년, 20년 동안 형을 살게 된다면 누가 알겠습니까? 이 세계에 있는 사람들은 대체로 마음이 약하거든요. 만약 그들이 입을 열면 더 중요한 사람들이 곤경에 빠집니다. 따라서 무엇보다 법적으로 보호해 주는 게 필수적입니다. 돈 코를레오네께서는 구두닦이가 은화 갖고 있듯 많은 판사들을 수하에 거느리고 계시단 말을 들었습니다."

돈 코를레오네는 그런 찬사를 인정한다는 듯 말을 가로막지 않았다.

"우리 패밀리에는 얼마나 떼어 주겠소?" 그가 물었다.

솔로조의 눈이 반짝였다. "50퍼센트입니다." 그는 음성을 더 부드럽게 바꾸어서 말을 계속했다. "그럼 첫해에 적어도 3, 4백만 달러는 버는 겁니다. 해마다 계속 늘어날 겁니다."

돈 코를레오네가 물었다. "그럼 타탈리아 쪽은 얼마나 먹게 되는 거요?"

솔로조는 처음으로 긴장한 듯 보였다 "그쪽은 제 지분에서 일부 떼어 줄 겁니다. 물건을 만드는 과정에서 그쪽 도움이 필요하거든요."

"그럼 우리는 순전히 돈만 대고 지역만 보호해 주면 50퍼센트를 받는 거군. 제조에는 관여하지 않아도 된다, 이 말씀이요?"

솔로조는 고개를 끄덕였다. "현금 2백만 달러가 '순전히 투자 자금'이라고 생각하시면 됩니다. 돈 코를레오네 씨, 축하합니다."

돈 코를레오네는 잠깐 동안 아무 말이 없었다. "난 타탈리아 사람들을 존중하기 때문에 당신을 믿고 만났소. 왜냐하면 당신이 그들에게 인정받은 만큼 신중한 사람이라고 들었기 때문이오. 하지만 당신의 제안을 거절해야 할 것 같소. 당신의 사업은 이익이 막대하지만 그만큼 위험도 크오. 자칫하다가는 내 다른 사업에도 위험을 줄 수 있소. 내가 경찰 쪽에 친구들이 많은 건 사실이오. 하지만 내가 도박이 아닌 마약 사업을 한다고 해도 그들이 그만큼 우정을 지켜줄진 의문이오. 경찰들은 도박이나 술은 별로 해로운 범죄는 아니라고 생각하지만 마약은 지저분한 사업이라고 생각하고 있소. 그렇기 때문에 아마 누구도 보호해 주지 않을 거요. 그건 내 생각이 아니라 그들의 생각이오. 경찰은 마약이 누군가의 생계 수단이건 아니건 상관하지 않소. 내 생각에도 이 사업은 위험부담이 너무 크오. 우리 패밀리 식구들 모두가 지난 10년간 큰 위험이나 손해 없이 잘 살아왔소. 나는 그들을 위험에 빠뜨리거나 안락한 생계를 망칠 수는 없소."

그 순간 솔로조의 얼굴에 한 줄기 실망의 빛이 스쳤다. 그리고는 자기를 지원해달라는 듯 헤이건과 소니를 바라보며 눈을 깜빡거렸다. "혹시 2백만 달러에 대한 담보가 필요한 겁니까?"

돈 코를레오네는 냉정하게 웃으며 말했다. "아니오."

솔로조는 다시 시도했다. "타탈리아 패밀리도 당신의 투자액에 대해 보장을 해줄 겁니다."

소니 코를레오네가 판단과 절차에 있어서 씻을 수 없는 말실수를 저지른 게 바로 이때였다. 소니는 호기심이 발동한 듯 "그럼 타탈리아 쪽에서 어떤 이득도 취하지 않고 투자액을 고스란히 되돌려준다는 말입니까?"라고 물었다.

느닷없이 튀어나온 소니의 말에 헤이건은 가슴이 철렁했다. 영문을 몰라 당황하는 장남을 바라보는 돈 코를레오네의 시선도 차갑고 위협적으로 변했다. 그러나 솔로조는 흡족한 표정으로 다시 눈을 깜빡거렸다. 그는 돈 코를레오네의 철벽 같은 요새에 생긴 하나의 틈을 눈치채고 있었다. 돈 코를레오네는 얼른 뒤로 한 걸음 물러난 듯한 태도를 취했다. "요새 젊은 애들은 욕심이 많아. 예의도 없고, 어른 말하는데 함부로 끼어 들고, 나이는 먹을 만큼 먹었는데 말야. 솔로조 씨, 난 내 자식들의 장래를 망치고 싶지 않습니다. 다시 한 번 말하지만 내 생각은 확고하오. 아무쪼록 사업이 번창해서 돈 많이 벌길 빌겠소. 실망시켜서 미안하오."

솔로조는 고개를 숙이며 돈 코를레오네와 악수를 했다. 그리고 나서 헤이건의 배웅을 받으며 바깥에 세워둔 자신의 자동차로 갔다. 헤이건이 작별인사를 할 때 그의 얼굴에는 별다른 표정이 없었다.

방으로 돌아오자 기다리고 있던 돈 코를레오네가 물었다. "자넨 그 사람에 대해 어떻게 생각하나?"

"그는 시칠리아 사람입니다." 헤이건이 간단히 말했다.

돈 코를레오네는 의미심장하게 고개를 끄덕였다. 그는 아들을 돌아보며 부드럽게 타일렀다. "산티노, 패밀리 밖의 누구라도 너의 생각을 알게 해서는 안된다. 네가 그들의 손끝에 놀아날 거라는 인상을 주어선 안된다는 말이다. 젊은 여자와 코미디를 벌이더니 뇌가 말랑말랑해진 모양이군. 당장 집어 치우고 사업에만 전념하도록 해라. 이제 그만 내 눈앞에서 사라져."

소니는 아버지의 꾸중에 놀라는 것 같았다. 소니는 아버지가 그의 바람기를 모른 체할 거라고 생각했을까? 또 오늘 아침 자신이 얼마나 위험스런 실수를 했는지 정말 모르는 것일까? 헤이건은 그 점이 궁금했다. 만일 그렇다면 절대 산티노 코를레오네의 콘실리에리는 되지 말아야할 것 같았다.

돈 코를레오네는 소니가 방을 나가자 안락의자에 깊숙이 몸을 파묻었다. 그리고 헤이건이 따라준 위스키 술잔을 들었다. 그는 헤이건에게 말했다. "루카 브라시를 부르게."

그로부터 3개월 후, 헤이건은 시내 사무실에서 서둘러 서류 정리를 하고 있었다. 아내와 아이들에게 줄 크리스마스 선물을 사기 위해 평소보다 일찍 퇴근을 하기 위해서였다. 그때 조니 폰테인에게서 전화가 걸려왔다. 조니는 들뜬 목소리로 영화는 이미 촬영이 끝나 편집에 들어갔다고 했다. 조니는 대부에게 눈이 튀어나올 만큼 멋진 크리스마스 선물을 보냈다고 했다. 자신이 직접 가져갈까 했지만 영화 작업에서 몇 가지 해야할 일이 남아있다고 했다. 그리고 자신은 태평양이 바라보이는 저택에서 크리스마스를 보낼 거라고 했다. 통화가 길어지자 헤이건은 조급해진 마음을 드러내지 않으려고 노력했다. 조니 폰테인에게서 더 이상 예전과 같은 매력은 느껴지지 않았다. 하지만 헤이건은 호기심이 발동해서 "선물이 대체 뭔가?"하고 물었다. 조니 폰테인은 낄낄 웃으며 "말할 수 없네. 아마 모든 크리스마스 선물 중에서 최고일 걸세."라고 말한 뒤 전화를 끊었다.

10분 후 비서가 코니에게서 전화가 왔다고 했다. 한숨이 절로 나왔다. 처녀 시절에는 그렇게 상냥했던 코니가 결혼 후에는 성가신 존재가 되어버린 것이다. 그녀는 남편에 대한 불평을 끝없이 늘어놓았다. 게다가 친정에 한 번 들르면 2, 3일 동안 머무르는 일이 다반사였다. 카를로 리치는 알고 보니 빈털터리였다. 조그만 사업을 하는데 밤낮 거기에만 신경을 썼다. 게다가 허구헌 날 술만 마시고 사창가에 출입하고 도박에 빠져있는 것도 모자라 이따금 마누라 때리는 버릇도 생겼다. 코니는 가족들에겐 비밀로 하고 헤이건에게만 고민을 털어놓았다. 헤이건은 코니가 또 새로운 걱정거리를 늘어놓는 게 아닐까 하는 생각이 들었다.

그러나 크리스마스 분위기는 코니도 들뜨게 만드는 것 같았다. 코니는 그에게 아버지 선물로 무엇이 좋을지 물었다. 또 소니와 프레디, 마이클 선물은 무엇이 좋을지 물어보면서 어머니 선물은 이미 생각해둔 게 있다고 했다. 헤이건은 몇 가지를 제시했지만 코니는 모두 마음에 들지 않는다고 퇴짜를 놓았다. 그리고는 전화를 그냥 끊어버렸다.

전화벨이 다시 울렸다. 헤이건은 서류를 바구니에 던져버렸다. 제기랄, 그는 그대로 사무실을 나가려고 했다. 그러자 비서가 마이클 코를레오네 전화라고 했다. 그는 반갑게 전화를 받았다. 그는 마이클을 좋아했다.

"톰, 내일 케이와 함께 뉴욕에 갈 계획이에요. 크리스마스 전에 영감

님에게 중요한 발표를 하려는데 내일 밤에 집에 계시죠?'

"물론. 크리스마스 후에도 집에 계실 거야. 내가 도와줄 일 없나?' 헤이건이 물었다.

마이클은 자기 아버지처럼 말수가 적었다. "없어요. 크리스마스엔 모두들 롱비치에 오겠죠?' 마이클이 물었다.

"그럴 거야." 헤이건은 마이클이 전에 없이 많은 말을 하고 전화를 끊자 기분이 좋아졌다.

그는 비서를 시켜 아내한테 전화를 걸어 조금 늦겠지만 저녁식사는 함께 할 수 있을 거라고 전하라고 했다. 빌딩 밖으로 나온 헤이건은 메이시 백화점을 향해 활기차게 걸었다. 그때 어떤 사람이 그를 가로막았다. 놀랍게도 솔로조였다.

솔로조는 헤이건의 팔을 끌며 낮은 목소리로 말했다. "놀라지 마시오. 얘기 좀 하려는 것뿐이니까."

그때 근처에 서 있던 자동차 문이 갑자기 열렸다. 솔로조는 급하게 말했다. "타시오. 얘기 좀 합시다."

헤이건은 팔을 빼려고 했다. 더 이상 놀라지는 않았지만 불쾌했다. "난 그럴 시간 없소." 헤이건이 말했다. 순간 뒤쪽에서 남자 두 명이 나타나자 헤이건은 다리에 힘이 쭉 빠졌다. 솔로조가 나지막이 말했다. "어서 차에 타시오. 마음만 먹으면 당신을 당장 죽일 수도 있지만 그건 아니오. 나를 믿으시오."

헤이건은 조금도 신뢰하지 않았지만 자동차에 올라탔다.

마이클 코를레오네는 헤이건에게 전화했을 때 거짓말을 했다. 그는 이미 뉴욕에 와 있었고 10블럭도 채 떨어지지 않은 펜실베니아 호텔에서 전화를 걸었던 것이다. 그가 전화를 끊자 케이 애덤스는 담배를 꺼내들며 말했다. "마이클, 거짓말이 수준급이네요."

　침대에 앉아있는 케이 곁에 마이클도 앉았다. "모두 당신을 위해서 야. 만일 내가 가족에게 우리가 함께 시내에 있는 걸 말해봐. 지금 당장 달려가야 할 걸. 그렇게되면 외식도 할 수 없고, 영화를 보러 외출할 수 도 없어. 게다가 오늘밤 함께 잘 수도 없고. 결혼 전에 함께 자는 건 아 버지 집에선 꿈도 꿀 수 없는 일이야." 그는 케이에게 팔을 두르며 입 술에 가볍게 키스했다. 그녀의 입술은 달콤했다. 마이클은 케이를 침 대 위로 조심스레 쓰러뜨렸다. 케이는 그를 받아들일 준비를 하며 눈 을 감았다. 마이클은 더할 나위없는 행복을 느꼈다. 태평양 전투에 참 가해서 몇 년을 보내는 동안 마이클은 피로 물들은 섬에서 케이 애덤 스 같은 여인을 꿈꾸었다. 우유같이 하얀 피부와 연약하고 아름다운 몸매에 정열이 가득한 케이 같은 미인을. 케이가 눈을 살며시 뜨고 그 의 얼굴을 끌어당겨 키스를 했다. 두 사람은 그렇게 사랑을 나눈 후 저 녁을 먹고 영화를 보기 위해 밖으로 나갔다.

　저녁을 먹은 뒤 두 사람은 쇼핑객들로 북적이는 불이 환히 켜진 백 화점 앞을 지나갔다. 마이클이 물었다. "크리스마스 선물로 무얼 사줄 까?"

　케이는 그를 꼭 껴안으며 말했다. "당신만 있으면 돼요. 당신 아버지 가 날 허락할 것 같아요?"

　마이클이 다정하게 말했다. "그건 걱정하지 않아도 돼. 그것보다 당 신 부모님은 날 좋아하실까?"

　케이가 어깨를 으쓱했다. "난 신경쓰지 않아요."

　"실은 법적으로 이름을 바꾸는 것까지 생각해봤어. 하지만 집에 무 슨 사고가 난다면 이름을 바꿔도 아무 소용없을 거야. 당신은 정말 코 를레오네 가의 사람이 되고 싶어?" 마이클이 농담투의 말로 물었다.

"물론이에요." 케이가 웃음기를 거두고 말했다. 두 사람은 포옹했다. 그들은 크리스마스 주간에 친구 두 명만 증인으로 세워 시청의 조용한 공회당에서 결혼식을 치를까도 생각했다. 그러나 마이클은 자기 아버지에게 알려야 한다고 고집을 피웠다. 그는 아버지가 비밀로 치르지만 않는다면 결코 결혼을 반대하지 않을 거라고 설득했다. 하지만 케이는 마음을 놓치 못했다. 자기 부모에게는 결혼식 후에나 알릴 거라고 했다. "우리 부모님은 내가 임신했다고 생각하실 거야." 케이가 말했다. 마이클은 씩 웃으며 말했다. "그건 우리 부모님도 마찬가지야."

두 사람은 누구도 마이클이 자기 가족과 절연을 해야 한다는 사실을 입에 올리지 않았지만, 케이는 마이클이 어느 정도 가족을 멀리하고 있다는데 대해 죄책감을 가졌다. 그들은 학교를 졸업할 때까지 서로 주말에만 데이트를 하고 여름방학에는 함께 지내기로 했다. 생각만 해도 정말 행복할 것 같았다.

극장에서는 '캐루절(Carousel)'이라는 뮤지컬을 공연하고 있었다. 감상적인 허풍선이 도둑 이야기에 두 사람은 실컷 즐겁게 웃었다. 극장을 나왔을 때는 수은주가 한층 내려가 있었다. 케이는 마이클을 꼭 껴안으며 말했다. "결혼하면 나 두들겨 패고 별 보이게 할 거 아니죠?"

마이클이 웃음을 터뜨리며 말했다. "난 수학 교수가 될 거야. 호텔에 돌아가기 전에 뭐 좀 먹을까?" 그가 물었다.

케이는 고개를 저었다. 그리고 의미심장한 눈길로 그를 올려다 보았다. 그녀는 열렬히 사랑을 나누고 싶을 때 그런 표정을 지었다. 마이클은 미소를 지으며 추운 거리에서 그녀와 입맞춤을 했다. 배가 고팠지만 호텔 방으로 샌드위치를 주문시켜 먹어야겠다고 생각했다.

호텔 로비에서 마이클은 케이를 신문 판매대 쪽으로 떠밀며 말했다.

"열쇠를 찾는 동안 신문 좀 가져와." 전쟁이 끝났는데도 호텔에 직원이 부족해서 열쇠를 찾으려면 줄을 서야했다. 방 열쇠를 받아든 마이클은 조급하게 케이를 찾았다. 케이는 신문 판매대 곁에 서서 손에 들고있는 신문을 뚫어져라 읽고 있었다. 마이클이 다가가자 케이가 고개를 들었다. 케이의 눈에 눈물이 가득 고여 있었다. "오, 마이클." 그녀가 조그맣게 울먹였다. 마이클은 신문을 빼앗아 읽기 시작했다. 그가 처음 본 것은 도로에 흥건하게 피를 흘리고 쓰러져있는 아버지의 사진이었다. 옆에는 어린애처럼 울고있는 남자가 있었다. 형 프레디였다. 마이클 코를레오네는 몸이 얼음처럼 차가워지는 걸 느꼈다. 슬픔도 두려움도 없고 오직 차가운 분노만 솟구쳤다. 그는 케이에게 "방으로 올라가."라고 말했다. 하지만 그녀의 팔을 부축해서 엘리베이터까지 태워주어야 했다. 두 사람은 아무 말없이 방으로 올라갔다. 방으로 들어온 마이클은 침대에 앉아 신문을 펼쳤다. 신문의 헤드라인이 눈에 들어왔다. '비토 코를레오네 피습. 범죄 조직의 두목 치명상을 당하다. 삼엄한 경찰의 경비하에 수사 진행 중. 예상되는 공포의 마피아 전쟁.'

마이클은 다리에 힘이 죽 빠졌다. "아버지는 돌아가시지 않았어. 놈들이 죽이지는 않은 모양이야." 마이클은 케이에게 말한 뒤 신문을 다시 읽기 시작했다. 아버지는 오후 다섯 시쯤 총에 맞았다. 그가 케이와 사랑을 나누고 저녁식사를 하고 극장에서 즐겁게 보냈을 시간에 아버지는 죽음의 문턱까지 갔던 것이다. 마이클은 죄책감이 밀려왔다. "우리 지금 병원에 가봐야 하는 것 아녜요?" 케이가 물었다.

마이클은 고개를 가로 저었다. "먼저 집에 전화를 해야겠어. 이 짓을 저지른 놈들은 제정신이 아니야. 다행히 아버지는 목숨을 건졌지만 또 어떤 일이 일어날지 몰라."

두 사람은 롱비치의 집에 여러 번 전화를 걸어 20분만에 겨우 통화

할 수 있었다. 소니의 목소리가 들렸다.

"형, 나야, 마이클이야." 마이클이 말했다.

소니는 안도의 한숨을 쉬었다. "마이클, 너 이 녀석 왜 이렇게 우리를 걱정시키는 거야? 도대체 지금 어디 있는 거야? 널 찾으려고 네가 사는 촌동네에 사람을 보냈다."

"아버지는 어떠셔? 얼마나 다치신 거야?" 마이클이 물었다.

"중상이야. 놈들이 다섯 발이나 쐈어. 하지만 워낙 강인한 분이라서 이겨내실 거야." 소니의 음성에 자부심이 배어났다. "의사들 말이 고비는 넘기셨대. 이봐, 마이클, 내가 지금 바빠서 더 이상 전화 받기 어렵다. 넌 어디 있는 거야?"

"뉴욕. 톰이 내가 오늘 집에 간다고 말하지 않았어?" 마이클이 물었다.

소니의 음성이 약간 가라앉았다. "놈들이 톰을 납치해 갔어. 내가 널 걱정하는 것도 그때문이야. 톰의 처는 지금 여기에 와 있어. 그녀는 아직 남편 소식을 몰라. 경찰도 행방을 모르고 있어. 차라리 그쪽은 모르는 게 나아. 이번 일을 저지른 놈들은 제정신이 아냐. 너도 즉시 그곳을 빠져 나와. 입 조심하고, 알았어?"

"알겠어. 그런데 누가 그런 짓 했는지 알아?" 마이클이 물었다.

"루카 브라시가 알아내기만 하면 녀석들을 깨끗이 손 봐줄 거야. 우리들도 준비하고 있고."

"나도 한 시간 내에 택시로 여길 빠져 나갈거야." 마이클은 전화를 끊었다. 세 시간 정도 지났으니 온 시내에 신문이 배포되었을 것이다. 라디오 뉴스에도 방송되었을 것이다. 루카가 이 소식을 모를 리 없었다. 마이클은 여러 가지 생각이 떠올랐다. 루카 브라시는 어디 있는 걸까? 이 순간 헤이건이 납치된 이유는 뭘까? 롱비치에 있는 소니 코를레오네는 무슨 걱정을 하고 있을까?

　그날 오후 4시 45분경 돈 코를레오네는 올리브유 수입 회사의 직원이 가져다 준 서류 검토를 모두 마쳤다. 그는 웃옷을 입으려다 말고 석간 신문에 빠져있는 프레디를 가볍게 꾸중했다. "가또에게 자동차 대기시켜 놓으라고 일러라. 몇 분 후에 집에 돌아갈 테니."

　프레디가 투덜거렸다. "제가 할 게요. 파울리는 오늘 아침 아프다고 연락이 왔어요. 또 감기에 걸렸나봐요."

　돈 코를레오네는 잠깐 생각에 잠겼다. "이 달 들어 벌써 세 번째로군. 좀더 건강한 녀석으로 갈아치우라고 톰한테 일러라."

　프레디는 반발했다. "파울리는 좋은 녀석이에요. 제 입으로 아프다고 했으면 정말 아플 거예요. 제가 차를 가져오면 돼요." 그는 사무실을 떠났다. 돈 코를레오네는 창문 밖으로 아들이 9번가를 가로질러 주차장으로 걸어가는 모습을 지켜보았다. 헤이건의 사무실에 전화를 걸었지만 받지 않았다. 롱비치의 집에 전화를 해봐도 받지 않았다. 다소 짜증이 난 그는 다시 창밖을 내다보았다. 어느새 자동차가 빌딩 앞 도로변에 주차되어 있었다. 프레디는 팔짱을 끼고 차에 기대 서서 크리스마스 쇼핑객들을 바라보고 있었다. 돈 코를레오네는 자켓을 입었다. 그러자 사무장이 얼른 달려와 오버코트 입는 것을 도와주었다. 돈 코를레오네는 그의 친절을 다소 부담스러워하면서 현관 밖으로 나갔다.

　초겨울이라서 밖은 일찌감치 어두컴컴해져 있었다. 프레디는 커다란 뷰익 자동차에 편안히 기대있었다. 그는 아버지가 나오는 모습을 보자 도로로 나가 운전석 문을 열고 차에 올라탔다. 돈 코를레오네는 인도 쪽에서 자동차에 타려고 주춤거리다가 모퉁이에 늘어서 있는 과일 노점상들을 돌아보았다. 이것은 최근에 생긴 그의 버릇이었다. 그는 초록색 상자에 들어있는 노란색 복숭아나 오렌지 같은 철 지난 과일을 좋아했다. 노점상이 그를 알아보고 쏜살같이 튀어나왔다. 돈 코를레오네는 상인이 보여주는 과일이 마음에 들지 않아 다른 과일을 가리켰다. 상인은 그가 고른 과일 중 아래 부분이 문드러진 것을 보여주면서 잘못 골랐다고 말했다. 이윽고 돈 코를레오네는 과일을 골라 봉지를 왼손에 들고 5달러를 지불했다. 그가 노점상에게서 잔돈을 거슬러 받고 자동차로 돌아가려는 찰나였다. 두 남자가 모퉁이에서 튀어나왔다. 그 순간 돈 코를레오네는 무슨 일이 일어날지 직감적으로 알아차렸다.

사람들의 눈에 띄지 않으려고 검정색 오버코트에 검정색 모자를 깊숙이 눌러 쓴 두 남자는 돈 코를레오네의 민첩한 행동을 예상하지 못했다. 돈 코를레오네는 과일 봉지를 집어 던지고 거구에 어울리지 않을 만큼 재빠른 몸짓으로 자동차를 향해 돌진했다. 그가 "프레도, 프레도!" 하고 소리치는 순간 두 남자는 방아쇠를 당겼다.

첫 번째 총알은 돈 코를레오네의 등을 관통했다. 망치로 얻어맞은 듯한 충격에 그는 자동차 쪽으로 고꾸라지는 듯했다. 이때 두 번째 총알이 엉덩이를 스쳤고 그는 도로 가운데로 나가떨어졌다. 두 명의 총잡이는 구르는 과일에 미끄러지지 않으려고 조심하면서 최후의 마무리 일발을 위해 다시 조준을 했다. 그때 프레디 코를레오네가 급히 자동차 밖으로 나왔다. 아마 돈 코를레오네가 아들의 이름을 부른 지 5초도 안되었을 것이다. 총잡이는 길가에 쓰러져있는 돈 코를레오네를 향해 서둘러 두 발을 더 발사했다. 한 발은 팔에 다른 한 발은 오른쪽 장딴지를 맞혔다. 총격을 당한 부위는 치명적인 곳은 아니었지만 과다 출혈로 그 주위에는 작은 피웅덩이가 생겼다. 돈 코를레오네는 이미 의식을 잃은 상태였다.

프레디는 아버지의 목소리를 듣고 난 뒤 곧 두 발의 총격 소리를 들었다. 그는 급히 자동차 밖으로 튀어 나왔지만 너무 놀라서 총을 꺼내지도 못했다. 두 암살자는 프레디도 쉽게 쏘아 죽일 수 있었지만 그들 역시 겁에 질린 상태였다. 프레디가 무장하고 있다는 사실을 알고 있는 데다 거기서 너무 오랜 시간을 끌었기 때문이다. 그들은 피투성이가 된 채 쓰러져있는 돈 코를레오네 곁에 프레디를 남겨 두고 모퉁이를 돌아 사라졌다. 거리에 있던 사람들은 겁에 질려 가게 앞이나 인도로 몰려가고 어떤 사람들은 서로 부둥켜안거나 떼를 지어 서 있었다.

프레디는 여전히 총을 꺼내지 못하고 있었다. 그는 완전히 넋이 나간 것 같았다. 시커먼 도로 위에 얼굴을 대고 누워 있는 아버지는 마치 피바다 위에 떠있는 검은 섬처럼 보였다. 프레디는 신체적인 쇼크 상태로 빠져들었다. 사람들은 다시 한 걸음씩 뒤로 물러섰고 누군가가 축 늘어지는 그를 인도로 끌어내 기대어 앉을 수 있게 도와 주었다. 돈 코를레오네 주위에는 사람들이 동그랗게 몰려들어 있었다. 이윽고 경찰차가 사이렌을 요란히 울리며 인파를 뚫고 들어왔다. 경찰 바로 뒤에는 데일리 뉴스의 중계차가 서 있었다. 사진기자들은 경찰들을 제치고 급히 뛰어들어 피투성이 돈 코를레오네의 사진을 찍어 댔다. 몇 분뒤 구급차가 도착했다. 사진기자들은 이제 주위의 시선을 의식하지 않고 울고 있는 프레디 코를레오네에게 몰려들었다. 큐피드처럼 강인한얼굴에 콧물이 줄줄 흐르는 커다란 코, 두터운 입술이 묘하게도 우스꽝스런 표정을 연출했다. 이어서 형사들이 들이닥쳤고 더 많은 경찰차가 도착했다. 한 형사가 프레디 곁에 무릎을 꿇고 앉아 질문을 퍼부었지만 충격에서 헤어나지 못한 그는 아무 대답도 하지 않았다. 형사는 프레디의 코트 안자락을 뒤져 지갑을 꺼냈다. 그리고 지갑 안에 있는 신분증을 들여다보며 자신의 동료를 불렀다. 불과 몇 초 사이에 사복 형사들은 그를 구경꾼들에게서 격리시켜 주었다. 어떤 형사는 프레디가 어깨에 찬 권총집에서 권총을 꺼내 자세히 살펴보았다. 그런 다음 프레디를 일으켜 세워 경찰차에 밀어 넣었다. 경찰차가 사라지고 난 자리에 데일리 뉴스의 중계차가 들어섰다. 사진기자들은 아직도 사건 현장과 목격자들을 찍어 대고 있었다.

아버지의 저격 사건이 일어난 지 30분쯤 지난 뒤 소니 코를레오네는 쉴 틈 없이 다섯 통의 전화를 받았다. 첫 번째 전화는 형사 존 필립스에게서 온 것이었다. 패밀리에서 정기적으로 봉급을 받고 있는 그는 총격 현장에 가장 먼저 도착한 사복 형사들 틈에 끼어 있었다. "내가 누군지 알겠소?" 필립스 형사가 물었다.

"아, 네." 소니는 전화가 왔다는 아내의 말에 낮잠에서 막 깬 직후였다.

필립스는 서론 없이 곧장 본론으로 들어갔다. "누군가 당신 아버지를 쐈소. 15분 전에. 생명에는 지장이 없는 것 같지만 중상이오. 사람들이 프렌치 병원으로 데려갔소. 당신 동생 프레디는 첼시 경찰지서에 연행되었소. 프레디가 풀러나면 의사 진찰을 받아보는 게 좋을 거요. 나는 지금 병원으로 갈 참이오. 당신 아버지가 말씀을 하실 수 있다면 몇 가지 물어보려고. 또 연락하겠소."

테이블 맞은편에 서 있던 소니의 아내 산드라는 남편의 얼굴이 벌겋게 달아오르며 이내 눈동자가 흐릿해지는 것을 보았다. "무슨 일이에요?" 그녀가 조그맣게 물었다. 그는 입 다물라는 손짓을 하더니 등을 돌려 전화에 대고 "생명에는 정말 지장 없는 거요?"라고 물었다.

"그렇소. 틀림없소." 형사가 대답했다. "피는 많이 흘렸지만 보기만큼 심각한 상태 같지는 않소."

"고맙습니다. 내일 아침 8시 정각에 집에 있겠습니다."

소니는 전화를 내려놓은 채 꼼짝 않고 있었다. 그는 자신의 가장 큰 약점이 다혈질적인 성격이라는 것을 잘 알고 있었다. 바로 이런 경우 분노는 치명적일 수도 있다. 그가 먼저 해야할 일은 톰 헤이건에게 연락하는 일이었다. 그러나 전화를 걸기도 전에 전화벨이 울렸다. 돈 코를레오네의 집무실이 있는 구역에서 패밀리의 허가를 받고 영업을 하는 마권업자에게서 걸려 온 전화였다. 마권업자는 대부가 총을 맞았는데, 거리에서 즉사한 것 같다고 전해왔다. 확인을 하기 위해 몇 가지 질문을 던졌더니 마권업자에게 정보를 제공한 자는 현장 근처에는 가지 않았던 것 같았다. 소니는 그 정보가 틀렸다고 알려주었다. 그보다는 필립스의 정보가 더 정확할 것이다. 이어서 세 번째 전화가 걸려 왔다. 데일리 뉴스의 기자였다. 그가 자기 신분을 밝히자마자 소니는 전화를 끊어 버렸다.

소니는 헤이건의 집으로 전화를 걸어 그의 아내에게 톰이 아직 집에 돌아오지 않았느냐고 물었다. 그녀는 20분이면 충분히 도착할 시간인데 아직 오지 않았다, 하지만 저녁식사 전에는 돌아올 거라고 대답했다. "집에 오면 제게 전화하라고 전해 주십시오." 소니는 이렇게 말하고 전화를 끊었다.

그는 냉철하게 생각하려고 노력했다. 아버지라면 이런 상황에서 어떤 반응을 보였을까 상상해보려고 애썼다. 이번 일은 물론 솔로조의 소행일 것이다. 그렇지만 힘있는 어떤 세력이 배후에 있지 않는 한 돈 코를레오네 같은 거물을 제거하려 들기는 어렵다. 그가 이런 생각을 하고 있을 때 네 번째 전화벨이 울렸다. 전화선의 저쪽 끝에서 들려오는 음성은 점잖고 부드러웠다. "산티노 코를레오네 씨?"

"접니다." 소니가 말했다.

"우리가 톰 헤이건 씨를 보호하고 있습니다. 그분은 세 시간 내에 우리의 제안을 갖고 풀려날 겁니다. 부디 그의 말을 듣기 전에는 섣불리 행동하지 마시오. 지금은 모두 현명하게 행동해야 합니다. 당신의 그 유명한 불같은 성격을 자제하기 바라오." 그 음성의 남자는 조롱하는 투로 말했다. 확신할 수 없지만 그는 솔로조 같았다. 고의로 목소리를 낮춘 것 같았다. "알았소. 기다리겠소." 소니가 이렇게 말하자 상대편에서 철커덕 하고 전화를 끊었다. 그는 두툼한 금줄 손목시계를 들여다보며 전화가 걸려 온 정확한 시간을 식탁보 위에 적었다.

소니는 얼굴을 찡그린 채 식탁에 앉았다. 그의 아내가 "여보, 무슨 일이에요?"라고 물었다. 그는 침착하게 "노인네가 총을 맞았어."라고 말했다. 아내가 충격 받는 모습을 본 소니는 얼른 "걱정하지마, 돌아가신 건 아니야. 아무 일도 없을 거야."라고 말했다. 그는 헤이건에 관한 이야기는 하지 않았다. 그때 다섯 번째 전화벨이 울렸다.

클레멘자였다. 뚱뚱한 남자의 숨이 찬 듯하고 걸걸한 목소리가 다급하게 들려왔다. "아버지 소식 들었나?" 그가 물었다.

"네. 하지만 돌아가시진 않았어요." 소니가 말했다. 수화기에서는 클레멘자의 깊은 안도의 숨소리가 들렸다. 그러더니 이내 격정적인 목소리로 "오, 하느님, 감사합니다. 감사합니다."를 연발했다. 클레멘자는 다시 걱정스럽게 물었다. "정말인가? 난 도로에서 숨을 거뒀다는 소식을 듣고 그만…."

"아니, 살아 계세요." 소니는 수화기에서 들려오는 클레멘자의 말 한마디, 한마디를 주의깊게 들었다. 그 감정은 진실인 것 같으면서도 어쩐지 연기를 하고 있을지 모른다는 생각이 들었기 때문이다.

"이제 대부의 역할을 자네가 맡아야 하네, 소니. 내가 뭐 도울 일 없겠나?" 클레멘자가 말했다.

"아버지 댁으로 오십시오. 파울리 가또와 함께." 소니가 말했다.

"그것뿐인가? 병원이나 자네의 집무실에 사람을 보내지 않아도 될까?" 클레멘자가 물었다.

"아니요. 그냥 파울리 가또와 둘이서만 와주세요." 소니가 말했다. 두 사람 사이에는 잠깐 침묵이 흘렀다. 어쩌면 클레멘자는 소니의 진의를 눈치챘는지도 모른다. 소니는 좀더 자연스럽게 보이려고 "도대체 파울리 녀석은 어디에서 뭘 하고 있는 거예요?"라고 물었다.

곧 클레멘자의 걸걸하고 헐떡이는 듯한 목소리가 들려 왔다. 그는 두둔하는 투로 말했다. "파울리 녀석은 몸이 아프다고 하네. 감기에 걸려서 집에 있을 거야. 올 겨울 내내 골골하는구만."

소니는 순간 예민하게 반응했다. "지난 몇 달간 몇 번이나 집에 있었습니까?"

"아마 서너 번쯤. 내가 프레디에게 다른 녀석으로 갈아치우자고 했더니 그럴 필요 없다고 하더군. 자네도 알다시피 지난 10년간 별 사고 없이 잘 해왔잖나."

"그건 그렇죠. 어쨌든 아버지 댁에서 뵙겠습니다. 꼭 파울리도 데리고 오세요. 오시는 길에 들러서 데려오세요. 아무리 몸이 아프다고 해도 반드시 데려와야 합니다. 아셨죠?" 소니는 대답도 듣지 않고 수화기를 쿵 하고 내려놓았다.

그의 아내는 숨죽여 훌쩍거리고 있었다. 그런 아내를 쳐다보며 소니는 퉁명스럽게 말했다. "패밀리 식구들이 전화하면 아버지 집무실의 직통전화로 연락하라고 해. 그밖의 사람들이 전화하면 아무것도 모르는 척하고. 만일 톰의 처가 전화하면 사업상 문제 때문에 톰이 당분간 집에 들어가지 못할 거라고 얘기해, 알았지?"

그는 잠시 생각에 잠겼다가 말했다. "우리편 애들이 몇 명 여기에 상주할 거야." 아내가 놀란 표정을 짓자 그는 얼른 말을 이었다. "그렇다고 걱정할 건 없어. 내가 여기로 불렀을 뿐이야. 당신은 그들이 시키는 대로 하면 돼. 혹시 내게 할 말이 있으면 아버지의 직통전화로 연락해. 하지만 정말 중요한 일이 아니면 연락하지 마. 걱정하지 말고." 그는 집을 나섰다.

어느새 땅거미가 지고 12월의 찬 바람이 주택들 사이로 휘몰아치고 있었다. 소니는 어둠 속으로 걸어 들어가는 게 전혀 두렵지 않았다. 여덟 채의 집들은 모두 돈 코를레오네의 소유였다. 정문 양쪽에 있는 두 채는 패밀리의 가신들이 가족과 함께 임대해 살고 있고, 지하층에는 독신자인 식객이 살았다. 나머지 반원(半圓) 모양으로 늘어서 있는 여섯 채에는 조직원들이 살고 있었다. 그 중 한 채는 톰의 가족, 다른 한 채는 소니의 가족이 살았다. 돈 코를레오네가 살고 있는 집은 그중에서도 가장 작고 수수했다. 나머지 세 채는 돈 코를레오네의 은퇴한 친구들이 휴가를 보내러 올 때 무료로 임대해 주었다. 평화롭게만 보이는 이 저택은 난공불락의 요새였다.

여덟 채의 집들 모두 주변까지 훤하도록 조명 시설이 완벽하게 되어 있어서 누구라도 이 단지에 잠복해 들어오기는 불가능했다. 소니는 길을 건너 아버지의 집으로 갔다. "어머니, 어디 계세요?" 소니가 큰 소리로 부르자 코를레오네 부인이 부엌에서 나왔다. 부엌에서는 후추 볶는 냄새가 났다. 그녀가 무슨 말을 꺼내려 하자 소니는 어머니의 팔짱을 끼더니 의자에 앉게 했다. "방금 연락을 받았어요. 걱정하지 마세요. 아버지는 병원에 계시대요. 조금 다치셨어요. 어서 옷을 입고 병원에 가실 준비를 하세요. 차를 대기시켜 놓았어요. 운전사가 모셔다 드릴 거예요. 알았죠?"

어머니는 한동안 아들을 물끄러미 쳐다보다가 이탈리아어로 물었다. "총 맞은 거지?"

소니가 고개를 끄덕였다. 그녀는 한동안 고개를 푹 숙이고 있다가 다시 부엌으로 들어갔다. 소니가 따라 들어갔다. 어머니는 후추 볶던 팬을 불에서 내려놓은 다음 부엌을 나와 침실로 올라갔다. 소니는 프라이팬의 후추를 바구니에 들어있는 빵에 얹어 샌드위치를 만들어 먹었다. 손가락에서 뜨거운 올리브 기름이 뚝뚝 떨어졌다. 그는 모퉁이에 있는 아버지의 집무실로 들어가 캐비넷을 열고 전화를 꺼냈다. 가짜 이름과 가짜 주소로 등록한 비밀 전화였다. 그는 제일 먼저 루카 브라시에게 전화를 걸었으나 받지 않았다. 그 다음으로 돈 코를레오네에게 충성을 맹세한 브루클린의 카포레짐(caporegime: 조직의 중간 보스)에게 전화를 걸었다. 그의 이름은 테시오였다. 소니는 테시오에게 자세한 사고 소식을 전한 뒤 몇 가지 지시를 내렸다. 테시오는 믿을 수 있는 행동대원을 50명 정도 모아보겠다고 했다. 또 병원에도 경호원을 파견하고 롱비치에도 경호할 사람들을 보내겠다고 했다. "놈들이 클레멘자도 매수했나?" 테시오가 물었다. "아니요. 하지만 지금 이 시간부터 클레멘자의 부하들은 쓰지 않을 작정입니다." 소니가 말했다. 테시오는 그 말이 무슨 뜻인지 금방 알아차렸다. 그는 잠시 머뭇거리다가 이렇게 말했다. "여보게, 소니. 자네 아버지라면 그렇게 말하지 않았을 걸세. 너무 앞서 나가지 말게. 난 클레멘자가 우리를 배반했다고는 생각지 않네."

"고맙습니다. 저도 그렇게 생각하지는 않지만 만일을 대비해 조심하는 게 좋죠."

"물론 그렇지." 테시오가 대답했다.

"또 한 가지 드릴 말씀은 제 막내동생 마이클이 뉴햄프셔의 하노버 대학에 다닙니다. 풍파가 잠잠해질 때까지 집에 와있게 하려는데, 보스턴에 있는 사람들을 보내 이곳으로 데리고 오도록 하세요. 제가 전화를 걸어 짐을 싸놓으라고 하겠습니다. 전 모든 걸 확실히 하기 위해 확률 게임을 하는 겁니다."

"알았네. 나도 모든 문제를 처리하자마자 자네 아버지 댁으로 가겠네. 자네도 내 부하들 잘 알지?"

"네, 알겠습니다." 소니는 전화를 끊은 뒤 작은 벽으로 가서 금고 문을 열었다. 그리고 푸른색 가죽 표지의 방명록을 꺼냈다. 그는 T자 항목이 있는 곳을 펼친 다음 자신이 찾는 이름이 나올 때까지 뒤적였다. "레이 패럴, 크리스마스 전야, 5천 달러." 이렇게 씌여진 곳 바로 옆에 전화번호가 적혀있었다. 소니는 다이얼을 돌렸다. "여보세요, 패럴?" 전화선 맞은편의 남자가 "전화 바뀠습니다."라고 대답했다. "저, 산티노 코를레오네입니다. 한 가지 부탁이 있는데 당장 실행에 옮겨주십시오. 전화번호 두 개만 확인해주고 지난 3개월 동안 그들이 주고 받은 통화 내역을 알려주십시오." 그는 패럴에게 파울리 가또의 집 전화와 클레멘자의 집 전화번호를 알려주었다. 그리고 나서 "이 일은 매우 긴급합니다. 자정 전까지 알려주십시오. 그럼 최고의 크리스마스 선물이 기다리고 있을 겁니다."라고 덧붙였다.

그는 다시 해결해야 할 문제를 생각하려다가 루카 브라시에게 다시 한 번 더 전화를 걸었다. 역시 이번에도 전화를 받지 않았다. 그는 이 점이 마음에 걸렸다. 루카는 소식을 듣자마자 달려올 사람이다. 소니는 회전의자에 등을 편안히 기댔다. 한 시간만 있으면 집안은 몰려온 패밀리 식구들로 가득 찰 것이다. 그는 그들에게 어떻게 해야할지 지시를 내릴 것이다. 그는 이제야 자신이 얼마나 중대한 상황에 처해 있는지 실감이 났다. 이것은 코를레오네 패밀리와 그 권좌가 10년 만에 맞는 도전이었다. 솔로조가 배후 인물인 것은 틀림없지만 그 역시 새로운 뉴욕의 5대 패밀리 중 최소 한 개파 이상의 지원이 없이는 감히 이런 공격을 시도하지 못할 것이다. 그들은 분명 타탈리아 패밀리일 것이다. 그것은 패밀리 간에 전면전을 벌이든지 아니면 솔로조의 조건을 수락해야 하는 것을 의미했다. 소니는 잔인하게 미소를 지었다. 교활한 터키인의 계획은 그럴 듯 했지만 행운은 따르지 않았다. 노인네는 살아있고 전쟁은 시작이다. 루카 브라시와 코를레오네 패밀리가 내리게 될 결론은 단 한가지일 것이다. 그러나 다시 걱정이 고개를 쳐들었다. 도대체 루카 브라시는 어디에 있는 걸까?

3

자동차에는 헤이건과 운전수를 포함해 네 명이 타고 있었다. 헤이건은 뒷좌석 가운데 앉고 도로에서 헤이건을 덮쳤던 두 사내는 그의 양쪽에 앉았다. 솔로조는 앞자리에 앉았다. 헤이건의 오른쪽에 앉은 사내가 손을 뻗더니 앞을 보지 못하도록 헤이건이 쓰고 있는 모자를 푹 눌렀다. "손가락도 까닥하지 마." 그가 협박했다.

20분도 채 걸리지 않은 짧은 거리를 달려간 뒤 차에서 내렸을 때는 어둠이 내린 뒤였다. 헤이건은 그곳이 어디인지 분간할 수 없었다. 사람들은 헤이건을 지하실로 끌고 내려가 등받이가 곧은 식탁 의자에 앉혔다. 솔로조는 식탁 맞은편에 앉았다. 그의 검은 얼굴은 독수리처럼 매섭게 보였다.

"두려워하지 마시오. 난 당신이 패밀리의 몸통인 걸 알고 있소. 당신이 코를레오네 가를 돕는 것과 마찬가지로 나도 도와주기를 바라오."

담배를 입에 무는 헤이건의 손이 덜덜 떨렸다. 사내들 중 한 명이 식탁 위에 있는 위스키 병을 가지고 오더니 커피 잔에 한 잔 따라주었다. 헤이건은 입안을 얼얼하게 만드는 술을 단숨에 들이켰다. 그랬더니 손 떨림이 진정되고 다리에도 힘이 생겼다.

"당신의 보스는 죽었소." 솔로조가 말했다. 그는 헤이건의 눈에 눈물이 고이는 모습을 보며 잠시 멈칫했다. "그의 사무실 밖 도로에 쓰러져 있는 걸 보았소. 나는 그 소식을 듣자마자 당신을 납치한 거요. 이제 당신은 나와 소니를 화해시켜 줘야 하오."

헤이건은 아무 말이 없었다. 그는 대부의 죽음을 슬퍼하는 자신에 대해 놀라고 있었다. 죽음의 공포와 슬픔이 뒤섞인 감정이었다. 솔로조가 다시 입을 열었다. "소니는 분명 내 거래에 생각이 있었소. 그렇지 않소? 당신도 그게 현명한 일인지 알고 있을 것이오. 마약은 유망사업이오. 누구든 몇 년만 하면 엄청난 돈을 벌 수 있소. 돈 코를레오네는 이제 한물간 구세대요. 이제 그의 시대는 끝났는데 본인만 그걸 몰라. 어쨌든 그는 이제 죽었고 난 소니를 상대로 새롭게 흥정할 생각이오. 그러니 당신이 소니를 설득해보시오."

"그럴 가망성은 없을 걸요. 소니는 수단과 방법을 가리지 않고 당신을 추적할 거요." 헤이건이 말했다.

"그야 처음에는 그렇게 나오겠지. 그러니까 당신이 곁에서 설득을 해야 한단 말이요. 타탈리아 패밀리는 그들의 조직원을 총동원해서 나를 지원하고 있소. 뉴욕의 다른 패밀리들은 우리의 전면전을 막기 위해 어떤 식으로든 개입할 거요. 우리가 싸우면 그들의 사업에 방해가 되기 때문이지. 하지만 소니가 내 제안을 받아들이면 다른 패밀리들은 개입하지 않을 것이오. 비록 돈 코를레오네의 오랜 친구들일지라도."

헤이건은 대답은 하지 않고 자기 손만 뚫어지게 내려다보았다. 솔로조가 계속해서 설득했다. "돈 코를레오네는 갔소. 과거에는 그의 말을 거역한다는 건 꿈도 못 꾸었을 거요. 다른 패밀리들은 그가 시칠리아인은 고사하고 이탈리아인도 아닌 아일랜드인을 콘실리에리로 임명했기 때문에 그를 신뢰하지 않고 있소. 대전쟁으로 발전하는 날에는 돈 코를레오네 패밀리는 붕괴되고 나를 포함해서 모든 사람들이 손해를 입을 거요. 나는 돈이 필요하다기 보다 당신네가 가진 정치권과의 친분이 필요하오. 그러니 소니와 카포레짐에게 말 좀 해주시오. 그러면 많은 피를 흘리지 않아도 될 테니."

헤이건은 위스키를 한 잔 더 마시기 위해 잔을 내밀었다. "해보겠소. 하지만 소니는 고집이 센 사람이오. 게다가 루카 브라시를 제재할 수 없을 거요. 당신은 루카를 조심해야 할 거요. 만일 내가 당신의 거래에 응하면 나 역시 루카를 두려워 해야 할 거요."

솔로조는 낮은 음성으로 말했다. "루카는 내게 맡기시오. 당신은 소니와 다른 두 형제를 맡으시오. 그들에게 이렇게 말하시오. 오늘 프레디가 노인네와 함께 죽을 수도 있었는데 솔로조가 죽이지 말 것을 강력히 주장했다고 말이요. 나는 불필요한 악감정이 생기는 걸 원치 않으니까. 프레디가 살아있는 건 이 솔로조 덕분이라고 말해주시오."

마침내 헤이건의 마음이 흔들렸다. 그는 처음으로 솔로조가 자신을 인질로 잡은 게 아니고 죽이지도 않을 거라는 사실을 정말로 믿게 되었다. 갑자기 두려움이 안도감으로 바뀌면서 부끄러워서 온몸이 달아올랐다. 솔로조는 그런 그의 마음을 이해하는 듯 조용히 미소를 지으며 그를 바라봤다. 헤이건은 곰곰이 생각해 보았다. 만일 솔로조의 설득을 받아들이지 않는다면 자신을 죽일 것이다. 솔로조는 헤이건이 책임있는 콘실리에리로서 자신의 생각을 정확히 전달해 주기를 바란다. 그 점을 생각하면 솔로조의 행위가 옳을지도 모른다. 타탈리아파와 코를레오네파 간의 전쟁은 어떤 일이 있어도 막아야 한다. 코를레오네파는 죽음의 원한을 묻어버리고 흥정을 해야 한다. 그런 다음 적당한 기회에 솔로조를 제거하면 되지 않는가.

헤이건은 고개를 들어 솔로조와 눈길이 마주치는 순간 그가 자신의 생각을 이미 훤히 꿰고 있다는 것을 직감했다. 터키인은 웃고 있었다. 헤이건의 머리 속에는 또 한 가지 생각이 스쳤다. 솔로조가 저렇게 태연하게 웃는 걸 보면 루카 브라시에게 무슨 일이 생긴 건 아닐까? 루카도 매수되었을까? 그는 돈 코를레오네가 솔로조의 요구를 거절하던 날 밤의 기억이 떠올랐다. 돈 코를레오네는 비밀리에 루카를 호출했다. 그러나 지금은 그런 일까지 걱정할 때가 아니다. 어떻게든 롱비치에 있는 코를레오네 패밀리의 요새로 안전하게 돌아가야 한다. "최선을 다하겠소. 당신이 옳다고 믿고 있소. 아마 대부도 그걸 바라실 거요." 헤이건이 솔로조에게 말했다.

솔로조는 진지하게 고개를 끄덕였다. "좋소. 나도 피흘리는 건 좋아하지 않소. 사업가인 내게 피는 돈으로 치면 너무 막대한 손실이요." 그때 전화벨이 울렸고 헤이건 뒤에 앉아 있던 사내가 전화를 받았다. 그는 "알았어. 내가 그렇게 전할게."라고 퉁명스럽게 내뱉은 뒤 전화를 끊었다. 그 사내는 솔로조에게 다가와 귀에 대고 속삭였다. 순간 솔로조의 안색이 창백하게 변하고 두 눈은 분노로 이글거렸다. 헤이건은 문득 두려움에 휩싸였다. 솔로조가 그를 쳐다보며 골똘히 뭔가 생각했다. 그 순간 헤이건은 자신이 풀려나지 못할지도 모른다는 생각이 들었다. 그것은 죽음을 의미했다. "노인네가 아직 살아 있다는 군. 몸 속에 총알 다섯 개가 박혔는데도 아직 살아있다는군." 솔로조는 체념한 듯 어깨를 으쓱했다. "운이 없군. 나나 당신이나."

4

마이클 코를레오네가 롱비치의 저택에 도착했을 때 좁은 출입구는 쇠사슬로 굳게 봉쇄되어 있었다. 여덟 채의 집들은 모두 전등이 훤히 켜져있고 구부러진 시멘트 보도를 따라 적어도 10대의 자동차가 주차되어 있었다.

낯선 남자 둘이 쇠사슬 옆에 기대있었다. 그들 중 한 명이 브루클린 억양이 밴 말투로 "거기 누구요?"하고 물었다.

마이클이 그들에게 대답했다. 출입문에서 가까운 집에서 뛰어나온 한 남자가 마이클의 얼굴을 뚫어지게 살피더니 "두목의 아들이야. 들여보내."라고 말했다. 마아클은 이 남자를 따라 아버지의 집으로 갔고, 다시 그곳 문가에 서 있던 두 남자가 그를 집안으로 안내했다.

거실로 들어갈 때까지 저택 주변에는 온통 낯선 남자들뿐이었다. 집안에 들어가자 소파에 불안하게 앉아 담배를 피우고 있는 헤이건의 아내 테레사를 발견했다. 그녀 앞의 탁자에는 위스키 잔이 놓여 있었다. 다른 한쪽의 소파에는 덩치 큰 클레멘자가 앉아 있었다. 그는 굳어진 얼굴에 땀을 몹시 흘리고 있었고 손가락에 낀 담배는 침이 묻어 검게 빛났다.

클레멘자가 마이클을 위로하기 위해 두 손을 잡고 웅얼거렸다. "자네 어머니는 아버지와 함께 병원에 계시네. 아버지는 괜찮으실 거야." 파울리 가또는 그에게 악수를 청했다. 마이클은 호기심 어린 눈으로 그를 쳐다보았다. 아버지의 경호원으로 알고 있는 가또가 그날 몸이 아파 집에 있었다는 사실은 알지 못한 상태였으나 그의 야위고 검은 얼굴에서 긴장을 느꼈다. 그는 가또가 머리가 비상해서 미묘한 문제도 어려움 없이 잘 처리하는데 요즘 들어 자신의 직책을 소홀히 한다는 말을 들은 바 있었다. 응접실의 한쪽 구석에는 그가 잘 알지 못하는 여러 명의 남자들이 있었다. 그들은 클레멘자의 부하들이 아니었다. 마이클은 이런 사실들을 종합한 결과 클레멘자와 가또가 의심을 받고 있다는 결론을 내렸다. 그는 파울리 가또가 현장에 있었을 거라고 생각하고 그에게 물었다. "프레디는 괜찮아요? 다친 데 없어요?"

"의사가 주사를 한 대 놔줬더니 잠이 들었네." 클레멘자가 대답했다.

마이클은 헤이건의 아내에게 다가가 뺨에 입을 맞추었다. 두 사람은 언제나 사이가 좋은 편이었다. "너무 걱정하지 말아요. 톰은 괜찮을 거예요. 아직 소니와 말해 보지 않았죠?" 마이클이 속삭였다.

테레사는 잠깐 그에게 안겨서 고개를 흔들었다. 그녀는 이탈리아인이라기 보다는 미국인에 가까워 보이는 섬세하고 무척 아름다운 여자였다. 그녀는 두려움에 떨고 있었다. 마이클은 테레사의 손을 잡고 소파에서 일으켜 주었다. 그런 다음 아버지의 집무실인 구석방으로 데리고 갔다.

소니는 책상 뒤로 의자를 빼고 앉아 한 손에는 노란색 메모지, 다른 한 손에는 연필을 쥐고 있었다. 그와 함께 방에 있던 유일한 사람은 카포레짐 테시오로, 마이클은 그를 보자마자 집안에 와 있는 새로운 경호원들이 그의 부하들인 것을 알아차렸다. 그 역시 손에 메모지와 연필을 들고 있었다.

소니가 그들을 보자 책상 뒤에서 걸어나와 헤이건의 아내를 두 팔로 안았다. "걱정하지 말아요, 테레사. 톰은 아무 일 없어요. 놈들이 톰에게 어떤 제안을 하려는 것일 뿐이요. 녀석들 입으로도 헤이건을 풀어줄 거라고 했소. 그는 조직원이 아니라 단지 변호사일 뿐이니 누구도 그를 해칠 이유가 없소."

그는 테레사를 안았던 팔을 풀고 나서 마이클과도 포옹하며 뺨에 입을 맞추었다. 마이클은 기겁을 하며 소니를 밀쳐내고는 웃었다. "형은 날 실컷 팬 다음에 꼭 이런 식으로 달래줬지." 둘은 어렸을 때 자주 싸웠다.

소니가 어깨를 으쓱했다. "그 촌동네에서 널 못 찾아낼까봐 얼마나 걱정했는지 모른다. 녀석들이 널 해치면 가만있을 작정이 아니었지만 그보다도 그런 소식을 어머니께 전하고 싶지 않았거든. 아버지에 대한 얘기도 하는 수 없이 말씀드려야 했다."

"어머니는 어떠서?" 마이클이 물었다.

"괜찮으셔. 전에도 그런 일을 겪으셨잖니. 나도 그렇고. 하지만 넌 너무 어려서 기억하지 못할 거야. 네가 자라는 동안에는 별 사고가 없었으니." 그는 잠시 말을 멈췄다 "어머니는 아버지와 병원에 계셔. 아버지는 자리에서 일어나실 거야."

"우린 어떻게 해?" 마이클이 물었다.

소니는 고개를 흔들며 결연하게 말했다. "난 모든 일이 정리되기 전에는 이 집을 떠날 수 없어." 전화벨이 울렸다. 소니는 수화기를 들고 집중해서 들었다. 그러는 동안 마이클은 책상 위 노란 메모지에 소니가 적어놓은 내용을 흘끗 쳐다봤다. 거기에는 일곱 명의 이름이 적혀 있었다. 첫 번째 세 개는 솔로조, 필립 타탈리아 그리고 존 타탈리아였다. 소니와 테시오를 훼방놓은 핵심세력들에 대한 살생부일 거라는 생각이 들었다.

소니는 전화를 끊고 테레사 헤이건과 마이클에게 말했다. "두 사람은 밖에 나가서 기다려 줘. 테시오와 마저 끝내야할 사업상의 문제가 있어서 말야."

헤이건의 아내가 물었다. "방금 톰에 관한 전화 아니에요?"라고 물었다. 신경이 날카로워질 대로 날카로워진 그녀는 놀라서 울고 있었다. 소니는 그녀를 보듬어주며 문으로 안내했다. "내가 맹세할 게요. 톰은 무사해요. 거실에 가서 기다리고 있어요. 내가 무슨 소식 들으면 금방 알려줄 게요." 그는 그녀가 나가자 문을 닫았다. 마이클은 커다란 가죽 안락의자에 앉아있었다. 소니는 그를 날카롭게 쏘아본 다음 책상 뒤의 의자에 앉았다.

"넌 나와 함께 있자, 마이클. 네가 듣고 싶지 않은 얘기를 들어야 할지도 모르지만." 그가 말했다.

마이클은 담배에 불을 붙였다. "나도 도울 수 있어요."

"안돼, 넌 안돼. 내가 너까지 이 일에 끌어들인 걸 노인네가 아시면 괴로워 하실 거야." 소니가 말했다.

마이클은 자리에서 일어서서 소리쳤다. "형, 나도 아버지 아들이야. 내가 아버지를 도울 수 없을 것 같아? 나도 할 수 있어. 밖으로 뛰쳐나가 사람들을 죽이지는 않겠지만 나도 할 수 있어. 제발 날 어린애 취급하지 말라구. 난 참전도 했었어. 총도 맞아봤다구. 기억해? 나는 일본군도 몇 명 죽였어. 형이 사람을 죽일 수 있으면 나도 죽일 수 있어, 내가 겁쟁이인 줄 알아?"

소니는 동생을 보며 씩 웃었다. "이러다가 내 행동대원이 되겠다고 하는 건 아닌지 모르겠구나. 좋아. 여기 있으면서 전화나 받아." 그는 테시오를 돌아보며 말했다. "방금 전화를 받았는데, 이제 우리가 해야 할 일이 생겼어요." 그리고 마이클에게도 말했다. "누군가 아버지를 죽이려고 했어. 클레멘자일 수도 있고 파울리 가또일 수도 있어. 녀석은 오늘따라 몸이 아프다고 출근도 하지 않았어. 난 누군지 알 것 같아. 마이클, 넌 대학생이니 얼마나 똑똑한지 보겠다. 누가 솔로조에게 매수되었을 것 같으냐?"

마이클은 다시 가죽 소파에 앉아 등을 편안히 기댔다. 그는 모든 가능성에 대해 생각해 보았다. 클레멘자는 코를레오네 패밀리의 카포레짐이었다. 돈 코를레오네는 그를 백만장자로 만들어 주었고 두 사람은 20년 지기다. 조직에서도 핵심적인 위치를 차지하고 있다. 클레멘자가 아버지를 배신할 이유가 무엇일까? 돈일까? 그는 지금도 부자지만 원래 탐욕스런 사람이다. 그럼 권력일까? 아버지에게서 받은 사소한 모욕에 대한 복수일까? 헤이건을 콘실리에리로 임명한 것 때문일까? 아니면 사업적으로 계산해보니 솔로조가 아버지보다 더 나아 보인걸까? 아니다. 클레멘자가 배신한다는 것은 상상할 수도 없는 일이다. 아니 어쩌면 마이클 자신이 그걸 바라고 있는 지도 몰랐다. 그 뚱보 아저씨는 마이클이 어렸을 때 선물도 자주 해주고 아버지가 바쁠 때면 함께 외출도 자주 했었다. 마이클은 클레멘자의 배신은 도저히 있을 수 없는 일이라고 생각했다.

그러나 한편으로 솔로조는 코를레오네 패밀리에서 그 누구보다도 클레멘자가 탐이 났을 수도 있다.

마이클은 파울리 가또에 대해서도 생각했다. 파울리는 아직까지는 그렇게 부자가 아니다. 그는 자신이 이 조직에서 출세할 수 있을까 계산해 보다가 보통 사람들처럼 더 나은 인생의 기회를 꿈꿨는지도 모른다. 젊은 사람이니 만큼 권력도 잡아 보고 싶지 않겠는가. 파울리는 충분히 그럴 수 있다. 하지만 파울리는 마이클과 6학년 때 같은 반 친구였다. 마이클은 파울리도 아니길 바랐다.

그는 고개를 저으며 "둘 다 아닐 거야."라고 말했다. 그러나 소니는 정답을 알고 있다고 말했으므로 둘 중에 한 명은 맞을 것이다. 마이클은 파울리에게 한 표 던지기로 했다.

소니가 그를 보며 미소를 지었다. "걱정마, 클레멘자 아저씨는 아니야. 바로 파울리야."

마이클은 테시오가 안도하는 모습을 보았다. 같은 카포레짐으로서 그는 클레멘자가 아니길 내심 바라고 있었다. 또 배신 행위에 간부급이 개입되지 않았다면 지금 상황은 별로 심각한 편이 아니다. 테시오가 조심스럽게 입을 열었다. "그럼 우리 애들은 내일 돌려보내도 되겠는가?"

"아니, 모레쯤에요. 그때까지는 누구도 이 사실을 몰랐으면 합니다. 내 동생과 함께 패밀리의 사업에 관해 개인적으로 얘기를 나누고 싶습니다. 끝날 때까지 거실에서 기다려 주십시오. 우리 명단에 관해 마저 이야기하고 싶습니다. 테시오와 클레멘자 아저씨가 함께 해주실 일이에요."

"알겠네." 테시오는 이렇게 말하고 밖으로 나갔다.

"파울리가 범인이란 걸 어떻게 알았어?" 마이클이 물었다.

"전화 회사에 아는 사람이 있어서 파울리의 전화 통화 내역을 추적해 보라고 했지. 클레멘자 아저씨도. 파울리는 이 달 들어 3일이나 아프다고 쉬었는데, 그때마다 사무실 밖 공중전화에서 누군가와 통화를 했어. 오늘도 마찬가지고. 그들은 파울리가 전화를 받고 내려오는지 아니면 다른 사람을 보내는지 확인한 거야. 아니면 다른 이유가 있었겠지. 어쨌든 그건 중요하지 않고." 소니가 어깨를 으쓱했다. "범인이 파울리라서 얼마나 다행이냐. 우리에겐 클레멘자 아저씨의 잔인무도함이 필요하거든."

마이클은 망설이다 물어 보았다. "전면전으로 갈 거예요?"

소니의 눈에 굳은 결의가 엿보였다. "톰을 풀어주자마자 시작할 거야. 노인네가 다른 말씀하시기 전에."

"아버지가 지시할 때까지 기다리면 안돼요?"

소니가 의아한 듯 그를 바라보았다. "네가 무공훈장을 받았다는 거 사실이냐? 총대를 메고 싸워야 해. 내가 걱정하는 것은 놈들이 톰을 풀어 주지 않으면 어쩌나 하는 것뿐이야."

마이클이 놀라면서 물었다. "왜요?"

다시 소니의 음성이 가라앉았다. "놈들은 노인네가 끝장난 줄 알고 톰을 납치해 간 거야. 나와 톰이 초장에 무릎을 꿇고 자기 제안을 수락하게 만들려고 그런 거지. 이제 노인네가 살아 있다는 걸 알게 됐으니 내가 흥정에 응할 수 없을 거고, 따라서 톰도 쓸모가 없게 되었다고 생각할 거야. 솔로조 마음대로 헤이건을 풀어줄 수도, 죽일 수도 있어. 만일 죽일 생각이 있다면 우리를 협박하면서 진짜 비열한 흥정을 하려 들 거야."

마이클이 조용히 말했다. "솔로조가 형과 협상이 될 거라고 생각하는 이유는 뭐지요?"

소니는 얼굴이 빨개지면서 그 순간 아무 대답도 하지 못했다. 이윽고 그가 입을 열었다. "몇 달 전 솔로조가 마약 사업 건으로 우리를 찾아온 적이 있어. 영감은 거절을 하고 돌려보냈지. 그런데 그 회동에서 내가 마치 거래를 원하는 것처럼 입을 잘못 놀렸어. 그게 결정적인 실수였던 것 같아. 노인네가 내게 사전에 확실히 언질을 해주셨으면 그 자가 패밀리의 의견이 갈리는 것으로 생각하는 그런 일은 없었을 텐데. 그래서 솔로조는 노인네만 제거하면 내가 자기와 마약사업을 할 것으로 계산한 거지. 노인네가 세상을 뜨면 패밀리의 세력이 적어도 반으로 쪼개질 거라고 계산한 거야. 나는 아버지의 사업이 어느 하나라도 잘못되지 않도록 목숨을 걸고 싸울 거야. 하지만 마약 사업도 우리가 관심을 가져야 할 유망 사업이야. 그 자가 노인네를 죽이려고 했던 것도 개인적인 원한 때문이 아니라 순전히 사업 때문이야. 사업을 위해서는 나도 그와 손잡을 용의가 있어. 물론 그는 내가 끼어 들지 못하게 할 거야. 만약 그럴 경우에는 신변 보장을 확실히 요구할 거야. 하지만 그자 역시 내가 흥정을 받아들인다면 다른 패밀리들의 압력 때문에 몇 년 후라도 보복 전쟁을 못할 거라는 걸 알고 있어. 그 자의 배후에는 타탈리아 패밀리가 있어."

"만일 그들이 아버지를 죽였다면 어떻게 할 생각이었어요?" 마이클이 물었다.

소니는 선뜻 대답했다. "솔로조는 죽은 목숨이지. 나는 어떤 희생도 겁나지 않는다. 다섯 패밀리가 뉴욕에서 전쟁을 벌인다해도 개의치 않아. 타탈리아 패밀리는 깨끗하게 쓸어버릴 거야. 모두가 끝장이 나더라도 상관 않을 거야."

마이클이 부드럽게 말했다. "아버지라면 그렇게 하시지 않을 거야."

소니는 격분한 듯한 몸짓을 했다. "내가 아버지와 다르다는 거 알아. 아마 아버지도 너와 똑같은 생각을 갖고 계실 거야. 하지만 난 싸웠다 하면 단시일 내에 어느 누구 못지 않게 잘 싸울 수 있어. 클레멘자나 테시오 아저씨처럼 나도 열아홉 살 때 대전쟁을 겪었고 사람도 죽여 봤어. 난 아버지에게 큰 도움이 됐어. 그래서 지금도 두렵지 않아. 우리 패밀리에는 당장 나가서 뛸 수 있는 경주마가 얼마든지 있어. 다만 루카가 계속해서 도와주어야 하는데."

마이클이 의아해 하며 물었다. "사람들 말처럼 루카가 그렇게 대단해요? 그렇게 솜씨가 좋아?"

소니는 고개를 끄덕였다. "그는 타의 추종을 불허하는 사람이야. 그가 타탈리아파 세 놈을 맡고 솔로조는 내가 직접 해치울 거야."

마이클은 긴장되는 듯 얼른 자세를 바꿨다. 그는 형의 얼굴을 쳐다보았다. 소니는 이따금 맹수처럼 굴기도 하지만 본심은 따뜻한 사람이었다. 한마디로 좋은 사람이었다. 그는 소니가 이런 얘기를 하는 게 어색했다. 자기가 마치 새로 등극한 로마의 황제이기라도 한 듯 죽여할 사람들의 명단을 휘갈겨 쓴 모습을 보니 섬뜩한 느낌이 들었다. 한편으로 자기는 이런 끔찍한 일에 가담하지 않아도 되고, 아버지가 살아 있어서 더더욱 그러지 않아도 된다는 사실이 다행스럽게 생각되었다. 전화를 받거나 심부름을 하면서 도울 것이다. 소니와 노인네는 루카가 뒤에 있으니 별일 없을 것이다.

그때 거실에서 여자의 비명 소리가 들려 왔다. 오, 맙소사 톰의 아내 목소리였다. 그는 얼른 문을 열고 거실로 나갔다. 거실에 있는 사람들은 모두 일어서 있었다. 소파 옆에서는 톰 헤이건이 당황한 얼굴로 테레사 곁에서 그녀를 부축하고 있었다. 테레사는 엉엉 소리내어 울고 있었다. 마이클은 자신이 들은 비명 소리가 기쁨에 겨워 남편의 이름을 부르는 소리였다는 걸 알게 되었다. 헤이건은 아내의 팔에서 빠져 나와 그녀를 소파에 앉게 했다. 그는 마이클을 보고 씩 웃었다. "마이클, 만나서 반가워. 정말." 그는 여전히 울고 있는 아내를 내버려두고 집무실로 성큼성큼 걸어들어 갔다. 그는 지난 10년간 돈 코를레오네가 주는 밥을 거저 얻어먹고 살아온 게 아니었다. 마이클은 이런 생각을 하며 헤이건에 대한 자부심에 가슴이 터질 것 같았다. 몇몇 노인들도 소니에게 그랬듯이 헤이건의 얼굴을 부벼대지 않던가. 자신이 대견스러운 건 헤이건도 마찬가지였다.

5

　모퉁이 집무실에 소니, 마이클, 톰 헤이건, 클레멘자, 테시오가 한 자리에 앉은 것은 새벽 4시경이었다. 헤이건은 테레사를 설득해서 집으로 돌아가게 했다. 파울리 가또나 테시오의 부하들이 자기를 감시하고 있다는 사실도 모른 채 여전히 거실에 앉아 기다리고 있었다.

　톰 헤이건은 솔로조의 요구 조건을 전달했다. 그는 솔로조가 돈 코를레오네가 살아있다는 사실을 알게된 뒤 자기를 죽일 게 분명했을 텐데 어떻게 살아왔는지 설명하기 시작했다. 그는 빙긋이 웃었다. "내가 연방 대심원 앞에서 변론을 한다고 해도 빌어먹을, 오늘밤 솔로조에게 한 것보다 더 열심히 하지는 못했을 거야. 나는 대부가 비록 살아계시더라도 어떻게든 그 거래를 허락하도록 설득하겠다고 말했어. 소니, 미안하지만 난 자네가 내 손안에 있다고 그랬네. 우린 어릴 적부터 단짝 친구였다, 그 친구 신경을 건드리지 말아라, 일단 소니가 노인네의 사업을 맡게 되었으니 유망한 사업이라고 설득하면 성사될 것이다, 이렇게 말했지." 그는 소니를 보고 미안한 듯 미소를 지었다. 소니는 별일도 아니니 이해한다는 제스처를 취했다.

　마이클은 오른손으로 전화기를 만지작거리며 안락의자에 앉아 두 남자를 관찰했다. 헤이건이 방으로 처음 들어왔을 때 소니는 달려가서 얼싸안았다. 이번 뿐만 아니라 마이클은 소니가 다른 형제들보다 톰 헤이건과 더 친한데 대해 여러 번 질투심을 느꼈다.

　"이제 사업 얘기 좀 해보세. 치밀한 계획을 세워야 하거든. 나와 테시오 아저씨가 만든 이 명단 좀 읽어보게. 테시오 아저씨 것도 클레멘자 아저씨에게 보여 드리세요."

　"작전 회의를 하려면 프레디 형도 이 자리에 있어야 해." 마이클이 말했다.

소니는 빙긋이 웃었다. "프레디는 우리에게 별 도움이 안돼. 의사 말이 충격을 심하게 받아서 절대 안정이 필요하다고 했어. 나로서는 이해할 수 없지만. 프레디가 그 정도로 간이 작은 녀석은 아닌데 말야. 아마 노인네가 총 맞고 쓰러진 모습을 보고 놀랐나 봐. 녀석은 아버지를 신처럼 생각하거든. 그 애는 나와 너랑은 달라."

헤이건이 얼른 말을 받았다. "좋아, 프레디는 빼세. 빼려면 철저히 모든 일에서 제외시켜야 하네. 자, 소니, 내 생각에 모든 일이 끝날 때까지 자네는 이 집을 지켜야 하네. 절대 밖으로 나가지 말란 말일세. 여기가 안전하네. 솔로조를 과소평가해서는 안되네. 그자는 절대 만만한 자가 아니야. 참, 병원은 잘 경호하고 있지?"

소니가 고개를 끄덕였다. "경찰이 병실문을 봉쇄하다시피 하고 있지. 내 부하들에게도 하루 종일 보초를 서고 있고. 그런데 이 리스트 어떤가, 톰?"

헤이건은 리스트의 이름을 읽어보더니 눈살을 찌푸렸다. "맙소사, 소니, 자네 정말 이자들을 어쩔 셈인가? 대부님은 이번 일을 순수하게 사업적인 분쟁으로 생각하실 걸세. 솔로조가 열쇠를 쥐고 있으니 솔로조만 제거하면 모든 게 깨끗이 정리되는 걸세. 타탈리아파를 추격할 이유가 없는 걸세."

소니는 두 명의 카포레짐을 쳐다보았다. 테시오는 어깨를 으쓱하며 말했다. "쉽지 않은 일이긴 하지." 클레멘자는 아무 반응도 하지 않았다.

소니가 클레멘자에게 말했다. "우리가 이 사람들의 허락을 받지 않고 당장 해야 할 일이 있어요. 저 놈의 파울리가 더 이상 여기에 어슬렁거리지 않게 하는 거예요. 명단에 첫 번째 올라있는 놈부터 처리하는 겁니다." 뚱보 카포레짐이 고개를 끄덕였다.

"그런데 도대체 루카는 어디 있는 건가? 솔로조는 루카도 두려워하지 않는 것 같더군. 난 그 점이 두렵네. 만일 루카가 우리를 배신한다면 우린 정말 어려운 처지에 빠질 거야. 무엇보다 그 점을 명심해야 할 걸세. 여기 누구 그와 연락이 닿는 사람 있나요?" 헤이건이 물었다.

"없네. 밤새 전화를 했는데, 아마 어디 사창가에서 자빠져 자고 있겠지." 소니가 말했다.

"아니. 그는 절대 외박을 하는 사람이 아니야. 창녀한테 가더라도 잠은 집에서 자는 사람이야. 마이클, 그가 받을 때까지 계속해서 전화 해보게." 마이클은 말 잘 듣는 아이처럼 수화기를 들고 다이얼 돌리기를 계속했다. 신호는 갔지만 아무도 받지 않았다. "15분마다 계속해서 걸어보게." 결국 헤이건은 이렇게 말했다.

"그래, 톰, 자네가 콘실리에리니까. 또 충고할 일은 없나? 우리가 또 어떻게 해야하지?" 소니가 빈정거렸다.

헤이건은 탁자 위에 있는 위스키를 손수 따라 마셨다. "아버님이 완쾌하셔서 집무를 보실 때까지 우리가 솔로조와 협상을 하는 게 좋겠어. 최종적인 매듭은 아버님이 짓도록 하시고. 나머지 패밀리 식구들은 나중에 그분 지시만 따르면 되네."

소니가 버럭 화를 냈다. "자네 생각에 내가 솔로조 한 놈 처치 못할 것 같은가?"

톰 헤이건은 두 눈을 똑바로 뜨고 그를 처다보았다. "소니, 분명 자네는 그 자와 싸워 이길 수 있어. 코를레오네 패밀리는 세력이 막강하고 클레멘자와 테시오 같은 유능한 카포레짐도 있지. 우린 전면전이 펼쳐질 경우에 천 명까지도 병사를 끌어모을 수 있을 거야. 하지만 결국은 이스트코스트 지역 전체가 피로 물들고 다른 패밀리들도 우리를 비난하게 될 걸세. 우리가 적을 많이 만들게 되는 거지. 그건 자네 아버지께서 절대 바라는 바가 아닐 걸세."

소니도 그 점을 잘 알고 있었다. 그러나 소니는 헤이건에게 이렇게 말했다. "만일 노인네가 죽었다면 그때 자넨 어떻게 조언할 텐가? 콘실리에리 양반."

헤이건은 침착하게 말했다. "그렇다면 솔로조와 본격적으로 흥정해 보는 거지. 다만 아버님의 정치적 인맥이나 개인적인 영향력이 없으면 코를레오네 패밀리의 힘도 반으로 줄어든다는 걸 알아야 하네. 만약 아버님이 안 계시면 다른 뉴욕 패밀리들은 타탈리아와 솔로조를 지원해서 파괴적인 전쟁을 빨리 끝내려고 할걸세. 그럼 자네 아버지가 돌아가신 뒤에 협상을 하게. 그럼 그때까지 기다렸다 보세."

소니는 분노로 얼굴이 창백해졌다. "자네, 그놈들이 죽이려한 게 자네 아버지가 아니라고 그렇게 쉽게 말하는 건가?"

헤이건은 얼른 의기양양하게 대꾸했다. "나는 자네나 마이클만큼 그분에게 좋은 아들이네. 나는 전문가로서의 의견을 말했을 뿐이야. 나도 마음 같아선 당장 놈들을 죽이고 싶어." 헤이건이 발끈하자 소니는 미안한 표정을 지으며 변명했다. "오, 맙소사. 톰, 난 그런 뜻으로 말한 게 아니야." 그러면서도 내심 피는 피로서 대적해야 한다, 다른 방법은 헛수고만 할 뿐이라고 생각하고 있었다.

소니가 잠시 생각에 잠겨 있는 동안 다른 사람들은 어색한 침묵을 지켰다. 이윽고 소니가 한숨을 내쉬며 조용히 말했다. "좋아, 노인네가 완쾌하실 때까지 우린 여기 꼼짝 말고 앉아 있자구. 하지만 톰, 자네 역시 이 저택을 떠나지 말게. 위험을 무릅쓰고 무작정 덤비지 말란 말야. 그리고 마이클, 솔로조가 가족까지 해치지는 않을 거라고 생각하지만 너도 몸조심해라. 만일 그런 일이 있으면 절대 그놈을 가만 두지 않을 거야. 테시오 아저씨, 항시 부하들을 대기시켜 놓되 이 주변을 철저히 탐색하게 하세요. 클레멘자 아저씨는 파울리 가또를 처치한 뒤 저택에서 보초 서고 있는 테시오 아저씨의 부하들과 교대시키세요. 테시오 아저씨는 병원 경비를 맡아 주세요. 톰, 아침이 되면 먼저 전화나 밀사를 통해 솔로조와 협상을 시작하게. 마이클은 내일 클레멘자 아저씨의 부하 두 명을 루카의 집에 보내서 그가 나타날 때까지 기다리거나 찾아보라고 해. 그 미친 놈이 소식을 들었으면 지금 당장이라도 솔로조를 가만두지 않을 텐데. 솔로조가 어떤 제안을 했는지 몰라도 그놈이 아버지를 배신했다는 건 믿을 수가 없어."

헤이건이 마지못해 말했다. "마이클은 이 일에 직접적으로 개입하고 싶지 않을 걸세."

"그렇겠지. 마이클 넌 여기서 전화를 받아 주었으면 좋겠다. 그것도 중요한 일이야."

마이클은 아무 말도 하지 않았다. 그는 난처하고, 부끄러움을 느꼈다. 클레멘자와 테시오도 수치심을 감추려는 듯 애써 무덤덤한 표정을 짓고 있었다. 마이클은 다시 수화기를 들고 루카 브라시에게 다이얼을 돌렸다.

6

피터 클레멘자는 그날밤 통 잠을 이루지 못했다. 그는 아침 일찍 일어나 예전처럼 문앞에 배달된 갓 구운 이탈리아식 빵 한 덩이에 두껍게 썬 제노아 살라미 소시지와 그라파(grappa: 이탈리아산 브랜디) 한 잔으로 아침식사를 했다. 그리고 단순하지만 아름다운 도자기 컵에 뜨거운 커피를 가득 따라 아니스 술을 몇 방울 떨어뜨려 마셨다. 그는 낡은 목욕 가운과 붉은 색 펠트 슬리퍼 차림으로 집안을 휘젓고 다니며 그날 해치워야 할 일들에 대한 계획을 차근차근 세웠다. 간밤에 소니 코를레오네는 파울리 가또를 당장 처치해야 한다고 강력히 주장했다. 그렇다면 오늘 해야 할 것이다.

클레멘자는 마음이 편치 않았다. 자신의 부하였던 가또가 배신했기 때문만은 아니었다. 카포레짐으로서 판단이 틀렸기 때문도 아니었다. 파울리의 배경은 그만하면 완벽했다. 시칠리아 출신이고 코를레오네 가의 아이들과 어릴 적부터 친구였고 실제로 그중에 한 아들과 동급생이기도 했다. 그는 각 단계마다 적절한 교육을 받으며 성장했고 검증을 받았으며 별다른 결격 사유가 없었다. 정식 단원이 된 후에는 동부 지역의 불법 도박장에서 거둬 들이는 수수료와 유령 노조원으로 등록되어 받는 월급으로 꽤 많은 수입도 올리고 있었다. 그러나 클레멘자는 파울리 가또가 패밀리의 규범으로 엄격하게 금하고 있는 권총 강도로 부수입을 올리고 있다는 사실은 알지 못했다. 사실은 이런 모습을 통해 그 사람의 진실함을 평가해야 한다. 이렇게 규범을 어긴다는 것은 유망한 경주마가 다른 말의 레인을 침범하는 것처럼 의욕이 지나치다는 증거다.

파울리는 권총 강도 행각으로 한번도 문제를 일으킨 적이 없었다. 그는 언제나 치밀하게 계획을 세웠고 최소한의 잡음도 일으키지 않았으며 사람을 해친 적도 없었다. 그는 브루클린의 빈민가에 있는 맨해튼 의류 상가나 소규모 도자기 공장에서 3천 달러를 갈취했다. 그러나 젊은 단원들이 딴주머니를 차는 것은 으레 있는 일이었다. 일종의 관행이기도 했다. 그러나 이 전도유망한 파울리 가또가 배신자로 돌변할 줄 누가 예상이나 했을까?

이 아침에 피터 클레멘자를 혼란스럽게 만든 것은 인사상의 문제였다. 가또는 현장을 직접 지휘하는 대단히 비중 있는 역할을 맡아왔다. 문제는 패밀리에서 가또를 대신할 수 있는 인재를 키우지 않았다는데 있었다. 아마 가또의 배반은 '평단원'에게 제대로 분배가 이루어지지 않는다는 점이 중요한 동기였을 것이다. 사내는 기가 세야 하지만 현명할 필요도 있다. 시칠리아의 미덕이요 철칙인 오메르타에 젖어있는 그로서는 경찰을 찾을 수도 없기 때문에 나름대로 안전을 보장할 대책이 절실했을 것이다. 그렇다면 가또는 배신의 대가로 솔로조에게 어떤 삶을 보장받기로 했을까? 클레멘자는 이런 사고가 발생할 때마다 돈 코를레오네에게 평단원의 봉급 인상을 건의했지만 번번이 묵살당하고 말았다. 만일 파울리가 충분한 보수를 받았다면 교활한 솔로조의 감언 이설도 물리칠 수 있지 않았을까.

클레멘자는 마침내 세 명으로 승진 후보자를 압축했다. 첫 번째는 할렘가에서 흑인 보험업자와 손잡고 보험 강매를 하는 녀석이었다. 근육질의 건강한 체격에 힘도 좋고 사교성이 좋아 사람들과 잘 지내다가도 필요하면 야수성을 드러내어 두려워하게 만들었다. 그러나 클레멘자는 반 시간이나 생각하다가 결국 명단에서 지워 버렸다. 흑인들과 너무 사이가 좋다는 점이 몇 가지 성격적인 결함을 연상되게 만들었다. 뿐만 아니라 그가 빠져 나오면 대신 할 만한 사람을 구하기도 어려울 것이다.

두 번째는 맨해튼에서 패밀리가 허가해 준 고리대금업자를 위해 연체 이자를 수금하는 일을 하는 자였다. 그는 마권영업소 일부터 시작해서 성실하게 올라온 사람이었다. 그러나 아직까지는 이런 중요한 직책을 맡을 만한 능력이 부족했다.

마지막으로 그는 로코 램포네를 떠올렸다. 램포네는 패밀리에서 단

기간이지만 인상적인 도제 경험을 쌓았다. 그는 전쟁 중에 아프리카에서 부상을 당하고 1943년에 제대했다. 클레멘자는 패밀리에는 젊은 일꾼이 워낙 부족하기 때문에 다리를 심하게 절어도 그를 채용했다. 램포네는 의류 암시장과 OPA에서 식품 배급표를 관장하는 정부 관리를 상대하는 일부터 시작했다. 그 일에서 실력을 인정받은 램포네는 그후로 패밀리의 복잡하고 어려운 일은 도맡아서 해결했다. 클레멘자가 그를 좋게 여기는 까닭은 정확한 판단력 때문이었다. 그는 벌금형이라든지 6개월 정도의 징역살이와 같은, 작은 희생으로 엄청난 수익만 보장된다면 몸을 사리지 않았다. 그는 어떤 경우에 어느 정도 협박을 해야 하는지 판단하는 감각이 뛰어났다. 따라서 모든 일을 무리 없이 처리하는 편이었고 이는 조직원에게 꼭 필요한 덕목이었다.

세심한 관리자인 클레멘자는 인사 문제를 잘 매듭지은 것 같아 안도의 한숨이 나왔다. 그렇다. 로코 램포네를 보좌관으로 만드는 거다. 클레멘자는 경험이 없는 사람을 '정회원'으로 만드는 일뿐만 아니라 파울리 가또로 인한 개인적인 상처를 치유하는 일도 혼자서 해결하기로 했다. 그는 다른 능력 있고 충성심 강한 행동대원들을 제치고 파울리를 발탁했고 정회원이 되도록 도와주었다. 또 모든 부분에서 그의 경력이 앞서가도록 배려 해주었다. 따라서 파울리는 패밀리를 배신하기에 앞서 자기 보스인 피터 클레멘자를 배신한 것이다. 이런 모욕적인 행위는 반드시 갚아 주어야 한다.

오늘의 작전도 순조롭게 진행될 것이다. 파울리 가또는 너무 서두를 것 없이 오후 3시경에 자기 차로 클레멘자의 집에 오기로 되어 있었다. 클레멘자는 수화기를 들고 로코 램포네의 전화번호를 돌렸다. 그는 자신의 신분을 밝히지 않았다. 다만 "내 집으로 오게. 자네가 할 일이 있네."라고만 말했다. 아직 이른 시간인데도 불구하고 램포네는 당황하거나 잠이 덜 깬 목소리가 아니었다. "네, 알았습니다."라고 명쾌하게 대답하는 것을 듣고 클레멘자는 기분이 좋았다. 역시 괜찮은 녀석이야. "아니 서두를 건 없네. 아침, 점심 모두 먹고 와도 좋아. 하지만 오후 2시를 넘기지 않도록 하게." 클레멘자는 이렇게 덧붙였다.

그는 전화를 끊기 전에 다시 한번 더 우렁차게 "알겠습니다."라고 대답했다. 그는 자기 부하들에게 코를레오네 저택에 있는 테시오의 부하들과 교대할 준비를 해두라고 미리 지시를 내려두었던 것이다. 이렇듯 클레멘자는 부하들을 결코 기계 조작하듯 부려먹지 않기 때문에 부하들에게 절대적으로 신임을 얻고 있었다.

클레멘자는 자신의 캐딜락 자동차를 세차하기로 했다. 그는 자동차를 좋아했다. 자동차로 달리면서 조용한 평화로움에 젖기도 하고, 날씨가 화창할 때면 최고급으로 꾸민 차에 앉아 몇 시간씩 시간을 보내기도 했다. 집보다 차가 더 좋을 때도 있었다. 특히 생각할 일이 있을 때 자동차를 정비하면 정신이 맑아졌다. 이탈리아 고향에서 가끔 당나귀를 단장해 주던 아버지도 지금 나와 똑같은 기분이었으리라고 그는 생각했다.

그는 차고에 난방을 한 다음 세차를 했다. 그리고 오늘의 작전 계획을 치밀하게 세웠다. 쥐새끼 같은 파울리 녀석은 벌써 냄새를 맡았을지 모르므로 조심해서 다뤄야 한다. 노인네가 아직 살아 있기 때문에 지금은 바지에 똥 싼 것처럼 시침떼고 있을 것이다. 그러나 곧 개미에게 엉덩이를 물린 당나귀처럼 펄쩍펄쩍 뛰게 될 것이다. 클레멘자는 직업상 이런 상황에 익숙해져 있었다. 우선 그는 로코가 동행하는 그럴듯한 핑계거리를 만들어야 했다. 그러려면 세 사람이 한 차에 타고 가야만 할 설득력 있는 임무가 필요했다.

물론 엄격히 따진다면 이런 절차는 불필요할 수도 있었다. 파울리 가또는 이런 헛된 의식을 생략한 채 죽일 수도 있다. 이미 독 안에 든 쥐로 도망칠래야 도망칠 수도 없기 때문이다. 그러나 클레멘자는 직업상 필요한 규범을 지키고 절대로 배반하지 않는 것이 얼마나 중요한지 절실히 느끼고 있었다. 마피아 조직에 들어온 이상 보고 들은 일을 절대 발설해서는 안 된다. 이것은 생사와 직결된 문제이기 때문이었다.

  연푸른색 캐딜락을 세차하면서 피터 클레멘자는 자기의 대사와 얼굴 표정을 생각해 보고 직접 연기해 보기도 했다. 파울리에게는 불쾌한 일이 있다는 듯 퉁명스럽게 대하게 될 것이다. 그러면 가또처럼 예민하고 의심 많은 녀석은 자신이 따돌림을 당하고 있다든지 적어도 뭔가 알 수 없는 일이 벌어질 거라는 예감을 가질 것이다. 필요 이상의 친절은 녀석을 더 경계하게 만들 수 있다. 그렇다고 무뚝뚝하게 대하거나 화를 내서는 안된다. 그보다 이유 없이 초조하게 만드는 것이 효과적일 것이다. 파울리 가또는 램포네가 동행하는 것을 의아하게 생각할 것이다. 특히 램포네가 뒷좌석에 앉으면 가장 확실한 경고가 될 것이다. 파울리는 램포네가 뒷통수를 바라보고 있다고 생각하면 불안해서 어쩔 줄 모를 것이다. 클레멘자는 캐딜락을 열심히 문지르고 광택을 냈다. 방심하면 안된다. 파울리 가또는 만만치 않은 녀석이다. 그는 한 명을 더 데려갈까 생각하다 관두기로 했다. 그는 기본 원리에 따르기로 했다. 공범이 한 명이면 세월이 흘러 언젠가는 그놈이 자기 이익을 위해 클레멘자에게 불리한 증언을 할지도 모른다. 그럴 때 그놈의 진술은 클레멘자의 진술과 무조건 반대이기 때문에 균형이 이루어진다. 그러나 공범이 두 명일 경우에는 그 균형이 무너지고 만다. 그러면 클레멘자는 꼼짝없이 대가를 치르게 되는 것이다.

  클레멘자가 불만인 것은 살해한 사실이 '공개적'으로 증명되어야 한다는 점이었다. 즉, 시체가 반드시 발견되어야 했다. 그러나 그는 시체마저 없애버리는 편이 낫다고 생각했다(이런 경우가 아니면 보통 패밀리와 관계 있는 사람이 소유한 뉴저지의 늪이나 근처 해변가에 매장했다). 그러나 배신에 대한 경각심을 높여주고 코를레오네 패밀리가 어리석거나 물러터지지 않다는 것을 적에게 경고하기 위해 시체를 공개했다. 이를테면 솔로조로 하여금 자기 첩자가 이렇게 빨리 발각된 사실을 알고 겁을 먹게 만들어야 하는 것이다. 그렇게 되면 코를레오네 패밀리는 어느 정도 명성을 되찾게 될 것이다. 지금은 대부가 저격당해 남보기 우스운 꼴이 되었지만 말이다.

클레멘자는 한숨을 내쉬었다. 캐딜락은 거대한 푸른색 강철로 만든 달걀처럼 반짝거렸지만 그의 계획은 완전히 정리되지 않은 것이다. 그때 적당한 해결책이 떠올랐다. 세 사람이 은밀히 동행해야 하는 이유가 생각난 것이다.

파울리에게 "매트리스를 깔(마피아 은어로 갱들이 전쟁을 하지 않는 동안 휴식을 취할 수 있는 집을 얻는다는 데서 나온 말)" 아지트를 구하러 간다고 말하는 것이다.

패밀리 간의 전쟁이 격렬해지면 비밀 주택에 본부를 설치하고 '전사'들이 잠을 잘 수 있도록 이른바 매트리스를 깔아 놓는다. 이것은 원래 가족들을 위험에서 보호하기 위해 생겨난 조치였다. 아내나 아이들 같은 비전투원들도 생각지 않은 공격을 받을 수 있기 때문이다. 또 이렇게 함으로써 적이나 경찰에게 이쪽의 움직임을 감쪽같이 숨길 수 있었다.

그래서 비밀 주택을 구할 때는 가장 신뢰하는 카포레짐을 보냈다. 공격이 거세질 경우 그 주택은 시내로 들어가는 비상문처럼 이용되기도 했다. 어쨌든 클레멘자가 이 임무를 맡는 것은 너무도 자연스러웠다. 가또와 램포네에게 가구나 생활용품을 사오라는 등 자질구레한 일을 시키면 될 것이다. 아마 파울리 가또는 또 하나의 고급 정보를 얻게 되었다고 생각하며 회심의 미소를 지을 것이다. 그 똑똑한 머리로 가장 먼저 생각해 내는 것이 '이 정보를 솔로조에게 얼마에 팔까' 하는 것이겠지. 클레멘자는 이런 생각을 하며 히죽히죽 웃었다.

클레멘자는 일찍 도착한 로코 램포네에게 그의 승진 사실과 그날 해야 할 일에 대해 설명해 주었다. 램포네는 뜻밖의 호의에 얼굴빛이 환해지며 패밀리를 위해 충성을 다하겠다고 맹세했다. 클레멘자는 그가 일을 잘 해내리라는 확신이 들었다. 그는 램포네의 어깨를 두드리며 말했다. "지금보다 돈도 더 많이 받을 테니 더 열심히 하게. 돈 문제는 나중에 다시 얘기하세. 자네도 알다시피 지금 우리 패밀리가 중요하고 시급한 문제에 부딪혔네." 램포네는 대가가 확실할 것을 믿고 얼마든지 충성하겠다는 결의를 보여주었다.

클레멘자는 서재로 가더니 총을 한 자루 가져와 램포네에게 주었다. "이걸 사용하게. 경찰들은 절대 알아낼 수 없을 거야. 이 총은 파울리를 죽이고 나서 차에 두고 내리게. 이 일만 끝내면 자네는 처와 아이들을 데리고 플로리다로 휴가를 떠나게. 당장은 자네가 비용을 지불하고 나중에 내가 결제해주지. 마이애미 해변가에 있는 패밀리 호텔을 이용하게. 그럼 내가 필요할 때 자네에게 연락을 취하지."

그때 클레멘자의 아내가 파울리 가또가 도착했다고 전했다. 그는 집 앞에 자동차를 주차해놓고 서 있었다. 클레멘자는 파울리를 차고로 데려갔고 그뒤를 램포네가 따라갔다. 클레멘자는 가또에게 앞자리에 앉으라고 하면서 성난 표정으로 무뚝뚝하게 행동했다. 그는 가또가 늦지 않았는지 확인하려는 듯 손목시계를 들여다보았다.

흰 담비같이 생긴 파울리 가또는 무슨 단서라도 찾을 수 있을까 하여 클레멘자의 얼굴을 뚫어지게 살폈다. 그는 램포네가 자기 뒷자리에 앉자 움찔 놀라며 "램포네, 다른 쪽에 앉게. 자네같이 덩치 큰 사람이 앉으면 백미러가 가리지 않는가."라고 말했다. 램포네는 자연스럽게 얼른 클레멘자 뒤로 자리를 옮겼다.

클레멘자는 가또를 의식하며 볼멘소리로 말했다. "소니 녀석, 단단히 미쳤어. 벌써 매트리스 깔 생각을 하고 있어. 지금부터 웨스트 사이드로 장소를 물색하러 가야 하네. 파울리, 자네와 로코는 나중에 우리 애들이 사용할 물건들을 넉넉히 사서 집안에 갖춰놓게, 그건 그렇고 자네 혹시 좋은 장소 알고 있나?"

예상대로 가또의 음흉한 눈이 반짝하고 빛났다. 파울리는 미끼를 덥석 문 것이다. 자기가 알고 있는 정보가 솔로조에게 얼마만한 가치가 있을까만 계산하고 있지, 자기가 위험에 처했다는 사실은 모르는 것 같았다. 램포네는 아무 관심이 없는 듯 창밖을 내다보면서 천연덕스럽게 자기 역할을 연기하고 있었다. 클레멘자는 자신의 탁월한 계획에 쾌재를 불렀다.

가또는 어깨를 으쓱하며 말했다. "생각해봐야 겠네요."

클레멘자는 계속해서 툴툴거렸다. "운전하는 동안 생각해 보게. 난 오늘 뉴욕에 가야 하네."

파울리는 뛰어난 운전수인데다 오후에는 교통도 복잡하지 않아서 그들이 도착했을 때는 땅거미가 막 지기 시작하고 있었다. 자동차 안에서는 별 다른 말이 없었다. 클레멘자는 파울리에게 워싱턴의 하이츠로 가라고 지시했다. 그는 몇 군데의 아파트를 살펴본 뒤 아더 애비뉴 근처에 차를 주차시키고 기다리라고 했다. 로코 램포네도 차에 있으라고 했다. 그리고는 베라 마리오 레스토랑으로 가서 몇몇 눈에 익은 사람들한테 목례를 한 다음 송아지 고기와 샐러드로 가볍게 저녁을 해결했다. 한 시간쯤 지나 그는 몇 블록을 걸어서 다시 차가 있는 곳으로 왔다. 가또와 램포네는 아직도 기다리고 있었다. "제기랄, 롱비치로 돌아오라고 하는군. 우리에게 다른 일을 시킬 모양이야. 이 일은 나중에라도 할 수 있다고. 로코, 자네 이쪽 어디 살지? 우리가 잠깐 들러서 내려주겠네."

로코는 조용히 말했다. "어머니가 내일 아침 차를 쓰셔야 하는데 롱비치 저택에 차를 두고 왔어요."

"알겠네. 그럼 하는 수 없이 우리와 함께 돌아가야 하겠구먼." 클레멘자가 말했다.

롱비치로 돌아오는 길에 그들은 아무 말도 하지 않았다. 시내로 이어지는 한 간선도로에서 클레멘자가 갑자기 소리쳤다. "파울리, 잠깐 차 좀 길 옆에 세워 보게. 소변 좀 봐야겠네." 오래 전부터 함께 일해왔기 때문에 가또는 뚱뚱한 카포레짐이 방광이 약한 것을 알고 있었다. 그는 자주 이런 요구를 했던 것이다. 가또는 포장도로를 벗어나 소택지로 이어지는 땅 위에 차를 세웠다. 클레멘자는 자동차에서 나와 몇 발자국 떨어진 풀숲으로 들어갔다. 그리고 실제로 오줌을 누었다. 그는 다시 자동차로 돌아와 문을 열면서 재빨리 도로를 살펴보았다. 도로는 불빛 한 점 없이 칠흑처럼 어두웠다. "자, 그만 가지." 클레멘자가 낮게 소리쳤다. 1초 후 자동차의 내부에는 총소리가 울려 퍼졌다. 파울리 가또는 앞으로 튕겨 나가려다 운전대에 부딪혀 다시 좌석에 쿵 하고 떨어졌다. 클레멘자는 두개골 파편과 피가 튀는 것을 피하려고 급히 뒷걸음질쳤다.

로코 램포네는 황급히 뒷좌석에서 빠져 나왔다. 그는 손에 쥐고 있던 총을 소택지로 던져버렸다. 그리고 클레멘자와 함께 미리 주차해 놓은 자동차에 옮겨 탔다. 램포네는 좌석 밑으로 손을 뻗어 열쇠를 찾았다. 그는 자동차를 운전해서 클레멘자를 집까지 데려다 주었다. 그리고 나서 같은 길로 되돌아가지 않고 존스비치 도로를 이용해 곧장 메릭 시내를 통과한 다음 메도우브룩 도로를 타고 노던 주립도로로 빠졌다. 그런 다음 롱아일랜드 고속도로를 타고 화이트스톤 다리를 지나 브롱스를 통과해 맨해튼의 자기 집으로 갔다.

7

돈 코를레오네가 저격당하기 전날밤 그를 가장 흠모하면서도 두려워하는 가신(家臣), 루카 브라시는 적과의 회동을 준비하고 있었다. 그는 이미 몇 개월 전부터 솔로조 일당과 내통하고 있었다. 돈 코를레오네의 명령에 따른 것이었다. 그는 타탈리아 패밀리가 경영하는 나이트클럽에 드나들면서 콜걸 하나에게 의도적으로 접근했다. 그는 이 콜걸과 침대에서 뒹굴면서 자신이 어떻게 해서 코를레오네 패밀리에 발을 들여놓게 되었으며, 그가 얼마나 푸대접을 받고 있는지 불평했다. 콜걸과 놀아난 지 1주일 후 나이트클럽 지배인인 브루노 타탈리아가 접근해왔다. 브루노는 타탈리아 가의 막내아들로 적어도 표면적으로는 매춘사업과 관련이 없었다. 쭉쭉 뻗은 미녀 무용단으로 유명한 이 나이트클럽은 도시의 난봉꾼들에게는 더할 나위 없는 낚시터였다.

첫 번째 만남에서 브루노는 자기 패밀리에서 해결사 노릇을 해달라고 제의했다. 루카는 처음 한 달 동안은 그저 장난처럼 받아들였다. 루카는 어린 매춘부에게 홀딱 빠진 사내 역할에 충실했고 브루노 타탈리아는 경쟁사에서 능력 있는 직원을 스카웃하려는 사업가 역할을 했다. 그러다가 한번은 루카가 마음이 흔들리는 척하면서 이렇게 말했다. "한 가지만 이해해 주시오. 난 절대 대부를 배신할 수 없소. 돈 코를레오네는 내가 존경하는 사람이오. 사업에 있어서도 자식보다 나를 더 앞에 두는 분이오."

브루노 타탈리아는 루카 브라시나 돈 코를레오네, 심지어는 자기 아버지와 같은 구세대들을 드러내놓고 경멸하는 신세대 중 한 명이었다. 별로 존경하지도 않았다. "우리 아버지는 당신이 배신행위를 했다고 생각하지 않을 거예요. 왜 그런 생각을 하죠? 요즘은 패밀리가 달라도 잘 지내잖아요. 예전과는 달라요. 당신은 그냥 직장을 바꾸는 것뿐이에요. 내가 아버지께 말씀드려 볼 게요. 우리 사업에서는 당신과 같은 사람이 언제나 필요하니까요. 이 사업은 힘든 사업이에요. 잘 굴러가게 하려면 당신처럼 강인한 사람이 필요해요. 언제든지 마음이 바뀌면 제게 말씀해 주세요."

루카는 어깨를 으쓱하며 말했다. "지금 있는 데가 나쁘지 않아요." 이렇게 해서 그 문제는 넘어갔다.

루카는 이렇게 불분명한 의사 표현을 해서 타탈리아파로 하여금 그가 돈벌이가 되는 마약 사업에 관해 잘 알고 있으며 단신으로 참여하고 싶은 마음이 있는 것처럼 믿게 만들었다. 이런 식으로 해서 솔로조가 돈 코를레오네를 침범할 준비가 되어 있는지, 마약 사업에 대한 계획은 어떠한 지 알아내기 위해서였다. 그런데 두 달 동안 별다른 일이 일어나지 않자 루카는 돈 코를레오네에게 솔로조가 자신의 실패를 겸허하게 받아들인 것 같다고 보고했다. 돈 코를레오네는 그에게 계속 접촉하되 정면 돌파는 하지 말고 측면에서 지켜보기만 하라고 했다.

돈 코를레오네가 저격 당하기 전날밤 루카는 나이트클럽에 들렀다. 브루노 타탈리아는 그를 보자마자 테이블로 오더니 곁에 앉았다.

"어떤 친구가 당신한테 할 말이 있답니다." 그가 말했다.

"데리고 오게. 자네 친구라면 누구라도 환영이네." 루카가 말했다.

"안돼요. 은밀히 만나고 싶어해요."

"그가 누군데?"

"그저 내 친구예요. 당신에게 한 가지 제안을 하고 싶대요. 오늘밤 늦게 만나 보실래요?"

"좋아. 몇 시에 어디에서?"

타탈리아는 목소리를 낮추더니 "새벽 4시에 클럽 문을 닫아요. 웨이터들이 청소하는 동안 여기에서 만나는 게 어때요?"라고 물었다.

루카는 자신의 습관을 아는 놈인 걸 보니 평소에 자신을 관찰한 게 틀림없을 거라는 생각이 들었다. 그는 보통 오후 서너 시에 일어나 늦은 아침을 먹고 나서 패밀리의 동료들과 도박을 하거나 여자들과 노닥거렸다. 때로는 심야 영화를 보고 난 다음 클럽에 들러 술을 마셨다. 결코 새벽 이전에 잠자리에 드는 적이 없었다. 그래서 새벽 4시로 약속 시간을 정해도 힘들 게 없었다.

"좋아. 4시에 다시 올게." 그는 클럽을 나와 택시를 타고 10번가의 하숙집으로 향했다. 그는 먼 친척뻘인 이탈리아인의 가정에서 하숙을 하고 있었다. 복도 없이 열차 차량처럼 붙어있는 그의 방은 특수 칸막이에 의해 두 개로 나뉘어져 있었다. 그는 가족적인 분위기도 느낄 수 있고, 어떤 형태의 공격에 대해서도 안전한 이런 집 구조가 마음에 들었다.

루카는 교활한 터키 여우가 드디어 털복숭이 꼬리를 드러내기 시작했다고 생각했다. 만일 솔로조 자신이 오늘밤 직접 나와 일의 매듭을 짓게 된다면 대부에게 드릴 크리스마스 선물로 이것만큼 훌륭한 것은 없을 거라고 생각했다. 루카는 방문도 잠그지 않은 채 침대 밑 트렁크에서 방탄 조끼를 꺼냈다. 묵직했다. 그는 옷을 벗은 다음 모직으로 된 속옷 위에 방탄 조끼를 걸치고 나서 셔츠와 웃옷을 입었다. 그는 순간 롱비치에 있는 돈 코를레오네에게 전화를 걸어 새로운 진척 상황을 알릴까 생각하다가 그만두었다. 돈 코를레오네는 누구에게든 전화로 말하는 것을 싫어했고, 또 이 일은 비밀리에 진행되는 것이기 때문에 헤이건이나 소니조차도 모르고 있다는 사실이 떠올랐다.

루카는 항상 총을 소지하고 다녔다. 그는 최고가의 총기 휴대 허가증을 갖고 있었다. 총 만 달러의 비용이 들었지만 경찰에게 몸수색을 당하더라도 교도소에 가지 않으려면 별 도리가 없었다. 그것은 패밀리의 간부들에게나 발급되는 허가증이었다. 그러나 오늘밤 작업을 제대로 끝마치려면 '등록되지 않은' 총이 필요했다. 그렇게 해야 추적 당해도 안심할 수 있었다. 오늘밤에 벌어질 일에 대해 곰곰이 생각하던 루카는 일단 솔로조의 제의를 들어보고 나서 대부에게 보고해야겠다고 생각했다.

그는 클럽으로 돌아가서도 술은 더 이상 마시지 않았다. 그 대신 48번가를 어슬렁거리다 단골인 팻시 식당에서 간단히 늦은 저녁을 먹었다. 그리고는 약속 시간이 될 때까지 클럽 입구의 주택가를 어슬렁거렸다. 그가 클럽으로 들어갈 때 도어맨은 보이지 않았다. 휴대품 보관소의 아가씨도 퇴근을 한 모양이었다. 오직 브루노 타탈리아만이 기다리고 있다가 그를 보더니 룸 가장자리에 있는 한적한 바로 안내했다. 클럽 중앙에는 다이아몬드처럼 번쩍이는 노란 댄스 플로어가 있었고 드문드문 작은 테이블이 놓여져 있었다. 앞쪽에는 어둡고 텅 빈 악단용 무대가 있었고 금속 마이크는 뼈대가 튀어나와 있었다.

루카가 바에 앉자 브루노 타탈리아가 그뒤로 가서 술잔을 가져왔다. 그는 술을 거절하고 담배만 피웠다. 어쩌면 이 일은 솔로조가 아닌 다른 누군가가 사주한 것일지도 모른다. 그가 이런 생각을 하고 있을 때 저만치 어둠 속에서 솔로조가 나타났다.

솔로조는 악수를 청하며 루카의 옆에 앉았다. 브루노가 솔로조 앞에 술잔을 내려놓자 그는 고맙다는 듯이 목례를 했다. "나를 아시겠소?" 솔로조가 물었다.

루카가 고개를 끄덕이며 잔인한 미소를 지었다. 쥐가 제 발로 걸어 나왔군. 변절한 이 시칠리아 놈을 처치하는 기쁨을 오늘 맛보게 될 것이다.

"내가 무슨 말을 할 건지도 알고 있소?" 솔로조가 물었다.

루카는 고개를 저었다.

"꼭 성사시키고 싶은 대형 사업이오. 간부 정도면 수백 만 달러를 벌 수 있지. 첫 번째 선적된 물건에 한해서 5만 달러를 약속하겠소. 다름 아닌 마약이오. 아주 유망한 사업이지."

"왜 나를 찾았소? 대부한테 말해주기를 바라는 건가?" 루카가 말했다.

솔로조가 눈살을 찌푸렸다. "난 이미 영감에게 제의했소. 하지만 전혀 생각이 없더군. 좋아. 그 영감 없이도 난 할 수 있소. 하지만 우리 사업을 보호하려면 당신 같은 실력자가 필요하오. 당신이 돈 코를레오네에게 불만이 많아 배를 갈아타려고 한다는 것도 알고 있소."

루카가 어깨를 으쓱했다. "조건만 좋으면."

솔로조는 의식적으로 그를 바라보며 어떤 결심을 하는 듯했다. "며칠 말미를 줄테니 내 제의에 대해 생각해 보시오." 솔로조가 손을 내밀었지만 루카는 못 본 척하며 급히 담배를 물었다. 그때 바 뒤에 있던 브루노 타탈리아가 얼른 라이터를 꺼내더니 루카의 담배에 불을 붙여주었다. 그런 다음 수상한 행동을 했다. 브루노는 라이터를 바닥에 떨어뜨린 뒤 그걸 줍는 척하며 루카의 오른손을 꽉 쥐었다.

순간 루카는 반사적으로 몸을 의자 밑으로 미끄러뜨리며 손목을 돌려 빼려고 했다. 그러나 솔로조가 그의 나머지 한 쪽 손목을 잡았다. 사실 그때까지만 해도 루카는 완전히 자유롭지는 못해도 둘을 상대할 힘은 충분했다. 그런데 등 뒤 어두컴컴한 곳에서 한 사내가 걸어나오더니 루카의 목에 얇은 비단 끈을 걸었다. 그리고 루카가 숨을 쉬지 못하도록 꽉 잡아당겼다. 루카의 얼굴은 보랏빛으로 변하고 팔의 힘이 서서히 빠지기 시작했다. 루카의 양 팔을 잡고 있던 브루노와 솔로조는 사내가 루카의 목을 더 단단히 조이는 동안 호기심 많은 어린애처럼 그 모습을 지켜 보았다. 갑자기 마루가 축축하고 미끌미끌해졌다. 루카의 괄약근이 통제력을 잃고 벌어지면서 몸속의 배설물이 쏟아져 내린 것이다. 루카에게는 더 이상의 힘이 남아 있지 않았다. 다리는 포개지고 몸은 축 늘어졌다. 솔로조와 타탈리아가 그의 팔을 놓고 뒤로 물러나자 루카의 몸이 바닥으로 쿵 하고 나자빠지고, 그 힘에 끌려 교살자도 무릎을 꿇었다. 루카의 목을 조른 끈은 너무 세게 잡아당기는 바람에 살 속으로 파고 들어 보이지도 않았다. 루카의 눈은 극도로 놀란 듯 밖으로 튀어나왔고, 아이러니하게도 이 놀란 표정이 그가 보여준 가장 인간적인 모습이었다. 그는 이제 주검이었다.

"시체가 발견되지 않게 해. 지금 당장 없애 버려." 솔로조는 이렇게 말한 뒤 어둠속으로 걸어갔다.

8

돈 코를레오네가 저격당한 다음날 패밀리의 식구들은 모두 눈코 뜰 새 없이 바빴다. 마이클은 하루 종일 전화 옆에 앉아 소니에게 전화 내용을 중계했다. 톰 헤이건은 두 사람 사이를 오가며 솔로조와 흥정을 벌일 중재자를 물색하느라 바빴다. 솔로조는 갑자기 잠잠해졌다. 클레멘자와 테시오의 부하들이 그를 색출하려고 시 외곽까지 사정거리에 두었다는 사실을 아는 것 같았다. 그러나 솔로조는 타탈리아파의 간부들과 함께 어디론가 잠적해 버린 것 같았다. 소니는 이 점을 예상하고 있었다. 적들은 그런 기본적인 예방책을 선택할 수밖에 없었을 것이다.

클레멘자도 그날 하루 종일 파울리 가또 건으로 바빴다. 테시오는 루카 브라시의 행방을 찾아내라는 명령을 내렸다. 루카는 저격 사건이 있던 전날밤 이후로 집에 돌아오지 않았다. 예감이 불길했다. 그러나 소니는 루카 브라시가 배신을 했다거나 기습 공격을 당했을 거라고는 생각하지 않았다.

코를레오네 부인은 병원에 다니기 좋도록 친구들과 시내에 머무르고 있었다. 사위인 카를로 리치도 롱비치에 오겠다고 했지만 장인이 마련해 준 사업에나 전념하라는 충고를 들었다. 그는 맨해튼의 이탈리아인 거주지에서 수익성 높은 마권 영업소를 운영하고 있었다. 코니는 병원에 입원해 있는 아버지를 자주 문병하기 위해 시내에서 어머니와 함께 머무르는 날이 많았다.

프레디는 롱비치 본가(本家)의 자기 방에서 안정을 취하고 있었다. 문병 온 소니와 마이클은 그의 창백한 얼굴을 보며 놀랐다. 소니는 프레디의 방을 나서며 "저런, 노인네보다 더 큰 충격을 받은 것처럼 보이네."라고 말했다.

마이클은 어깨를 으쓱했다. 그는 전쟁터에서 그와 비슷한 상황에 처했던 병사들을 본 적이 있었다. 그러나 프레디에게 그런 일이 생길 줄은 몰랐다. 프레디는 형제들 중 몸이 가장 튼튼하고 힘도 셌다. 그러나 아버지에게는 가장 순종적인 아들이었다. 그럼에도 돈 코를레오네가 둘째 아들에게 중요한 사업을 맡기길 꺼려한다는 것은 공공연한 사실이었다. 프레디는 머리 회전이 더디고 마음이 약했다. 또한 수줍음이 많고 배짱도 없었다.

마이클은 오후 늦게 헐리우드의 조니 폰테인에게서 전화를 받았다. 마이클에게 수화기를 건네 받은 소니는 이렇게 말했다. "아냐, 조니. 노인네를 만나러 여기까지 올 필요는 없어. 아버지는 상태가 중한데다가 자네도 좋지 않은 소문에 휘말릴 게 뻔해. 아마, 아버지도 오는 걸 반기지 않을 거네. 아버지가 퇴원하셔서 집으로 오시면 그때나 오게. 그래, 알았어, 아버지에게 안부 전할게." 소니는 전화를 끊고 마이클을 돌아보며 말했다. "조니가 문병하러 캘리포니아에서 날아오고 싶다는데, 아버지가 아시면 무척 좋아하실 거야."

오후 늦게 마이클은 부엌에서 케이의 전화를 받았다. "아버지는 어떠셔?" 그녀가 물었다. 그녀의 음성은 다소 긴장되고 부자연스러웠다. 그녀는 신문에서 갱이라고 부르는 사람이 진짜 그의 아버지이며 저격을 당했다는 사실이 믿어지지 않는 듯 했다.

"괜찮으실 거야." 마이클이 말했다.

"병원에 갈 때 나도 함께 갈까요?" 케이가 물었다.

마이클이 웃었다. 그녀는 마이클이 언젠가 이탈리아의 노인들과 잘 지내려면 예의를 차리는 게 중요하다고 했던 말을 기억하고 있는 것이다. "이건 특별한 경우야. 신문기자가 당신 이름이나 배경에 대해 알아낸 다음 데일리 뉴스의 3면에 걸쳐 대문짝만하게 실을지도 몰라. 전통적인 양키 집안의 처녀가 마피아 대부의 아들과 사랑에 빠지다. 그럼 당신 부모님이 좋아하실까?"

"우리 부모님은 데일리 뉴스 안 보셔." 케이는 이렇게 말하고 뽀로통해져서 입을 다물었다. 어색한 침묵이 흐르고 난 뒤 그녀가 다시 입을 열었다 "마이클, 당신은 괜찮아요? 위험한 거 아니예요?"

마이클은 다시 웃었다. "나는 코를레오네 집안의 계집애로 알려져 있어. 나를 위협할 사람은 없어. 나를 따라다니며 괴롭힐 이유도 없지. 어제 일은 일종의 사고였어. 내가 만나면 자세히 설명해줄게."

"그게 언젠데?" 그녀가 물었다.

마이클은 잠시 생각했다. "오늘밤 늦게 어때? 당신이 묵는 호텔에서 저녁 먹고 병원에 가서 아버지를 뵙는 건 어떨까? 하루 종일 전화 받기도 힘드네. 괜찮지? 단 아무한테도 말하지마. 우리가 함께 있는 모습을 사진기자한테 들키긴 싫으니까. 아냐, 아냐, 케이. 농담이야. 너무 당황스런 요구지? 특히 당신 부모님을 생각하면…"

"괜찮아요. 기다릴게요. 당신 대신 크리스마스 선물 사놓을까요? 아님 다른 필요한 건?"

"됐어. 그냥 외출 준비나 하고 있어."

그녀는 다소 들떠서 웃었다. "알았어요, 준비할게요. 그런데 내가 언젠 꾀죄죄했어요?"

"아니, 그렇지 않아. 그래서 당신은 내게 최고의 여자야."

"사랑해요." 그녀가 말했다. "당신도 사랑한다고 해봐요."

마이클은 부엌에 앉아있는 네 명의 건장한 청년들을 힐끗 쳐다보았다.

"지금은 안돼. 이따가 만나."

"좋아요." 그녀가 전화를 끊었다.

그날의 임무를 끝내고 돌아온 클레멘자는 부엌에서 커다란 냄비를 이용해 토마토 소스를 만드느라 부산스럽게 움직이고 있었다. 마이클은 그에게 목례를 한 다음 모퉁이에 있는 아버지의 집무실로 돌아갔다. 헤이건과 소니가 그를 찾고 있었다. "클레멘자 아저씨, 거기 계시든?' 소니가 물었다.

마이클이 빙그레 웃었다. "군대 취사병처럼 병사들에게 스파게티를 만들고 계셔."

"그 따위 일은 집어치우고 빨리 이리 오시라고 해. 지금 더 중요한 일이 있어. 테시오 아저씨도 함께 모시고 와." 소니가 급하게 말했다.

몇 분 뒤 사람들이 모두 집무실에 모였다. 소니는 다짜고짜 클레멘자에게 물었다. "그놈은 처치했어요?"

클레멘자는 고개를 끄덕였다. "다신 볼 수 없을 걸세."

마이클은 등골이 오싹했다. 그들은 파울리 가또가 결혼식에서 유쾌하게 놀았던 춤꾼 클레멘자에게 살해당했다는 사실을 말하고 있었다.

소니가 헤이건에게 물었다. "자넨 운이 좋았어, 그렇지?"

"그가 이젠 협상하는데 열이 식은 것 같아. 별로 조급해 하지 않는 것 같아. 아니면 워낙 꽁꽁 숨어 있어서 우리 쪽에서 찾아내지 못하는지도 모르지. 어쨌든 아직까지 믿을 만한 중재자를 정하지 못했겠지만 그도 이젠 협상해야 한다는 걸 알거야. 노인네를 설득하지 못했을 때 기회를 잃은 거야." 헤이건이 말했다.

"녀석은 똑똑한 놈이야. 우리가 한번도 상대하지 못한 영리한 놈이지. 노인네가 완쾌될 때까지 기다리면서 자기에 대한 정보를 얻으려 한다는 걸 눈치챘을 거야." 소니가 말했다.

헤이건은 어깨를 으쓱했다. "물론, 그럴 거야. 하지만 협상을 하지 않고는 못 배길 걸. 선택의 여지가 없거든. 내가 내일 시작해 보겠어. 틀림없어."

그때 클레멘자의 부하 하나가 문을 두드렸다. 그는 클레멘자에게 보고했다. "방금 라디오에서 경찰이 파울리 가또를 발견했다는 뉴스가 나왔습니다. 자동차에서 죽어 있더랍니다."

클레멘자는 고개를 끄덕이더니 "걱정할 것 없어."라고 말했다. 부하는 놀란 눈으로 카포레짐을 쳐다보다가 이내 이해하겠다는 표정을 지었다. 그리고 부엌으로 되돌아갔다.

별일 없었다는 듯이 회의는 계속됐다. 소니가 물었다. "아버지는 좀 차도가 있으시다던가?"

헤이건은 고개를 저었다. "생명에는 지장이 없지만 며칠째 사람들과 말씀을 못 나누신다네. 아직 수술에서 회복되는 단계이니 그러실 만도 하지. 어머니와 코니가 며칠째 병원에 계셔. 병원 주위는 경찰이 경호하고 있고 테시오의 부하들도 만일의 경우를 대비해서 병실을 지키고 있어. 며칠 지나면 괜찮아지실 거야. 그때가 되면 아버지의 뜻을 알 수 있을 거야. 그동안 솔로조가 경솔한 짓을 못하도록 막아야 해. 내가 그와 협상을 시작하고 싶어하는 것도 그 때문이야."

소니가 툴툴거렸다. "녀석이 그렇게 하기 전에 클레멘자와 테시오 아저씨를 시켜서 찾아낼거야. 우리에게 운이 따른다면 그 전에 해치울 수 있을지도 몰라."

"자넨 별로 운이 없을 거네. 솔로조는 영리해." 헤이건은 말을 끊었다. "녀석은 일단 협상 테이블에 앉으면 우리 요구를 받아들일 수밖에 없다는 걸 알고 있어. 그가 뭉그적거리고 있는 것도 그 때문일 거야. 아마 지금쯤 뉴욕에 있는 다른 패밀리의 지원을 받으려고 줄을 대고 있을 거야. 그렇게 되면 노인네가 허락을 해도 우린 흥정을 할 수 없어."

소니가 얼굴을 찌푸렸다. "젠장, 도대체 왜 그러지?"

헤이건이 찬찬히 설명하기 시작했다. "전쟁을 피하고 신문이나 정부에서 개입하지 못하게 하려는 거지. 대신 솔로조는 그들에게 마약 사업의 지분을 줄 거야. 자네도 알다시피 마약은 엄청나게 돈이 되는 사업 아닌가. 코를레오네 패밀리야 도박이라는 최고의 사업이 있으니 필요 없지만 다른 패밀리들은 돈이 궁하거든. 그들은 솔로조가 대규모로 사업을 벌일 수 있다는 걸 알고 있지. 그자가 살아 있으면 자기 주머니에 돈이 들어오는데 만일 그에게 무슨 일이라도 생긴다고 해보게."

소니와 마이클은 거기까지는 미처 생각하지 못했다는 표정이었다. 소니의 큐피드 닮은 두툼한 입술과 구릿빛 피부는 납빛으로 변했다. "놈들이 원하는 대로 해줄 수는 없지. 이번 싸움에서 무모하게 굴지 않는 게 좋을 걸."

클레멘자와 테시오는 어떤 희생을 치르고라도 난공불락의 언덕으로 돌진하겠다고 고집부리는 지도자의 얘기를 들으며 마음이 편치 않았다. 헤이건이 차분하게 말했다. "이봐, 소니. 아버지는 자네가 그런 식으로 생각하는 걸 원치 않으실 거야. 그분께서 늘 하시는 말씀, 자네도 알잖은가? '그건 쓸데없는 짓'이라는 말씀. 물론 대부님께서 솔로조와 흥정하라고 하시면 못할 이유가 없지만 이건 개인적인 감정만 가지고 접근하면 안돼. 어디까지나 사업이라구. 우리가 솔로조와 흥정을 하려는데 다른 패밀리들이 방해한다면 그 문제를 협상해야 하네. 그러나 우리가 솔로조와 흥정하기로 결정하면 그들도 환영할 거야. 대부님도 문제를 해결하려면 다른 부분에서 양보하실 거야. 그러나 이런 식으로 피를 보면서까지 문제를 극단적으로 해결하려 해서는 안돼. 자네 아버지를 저격한 것은 인간적인 증오 때문이 아니라 사업 때문이었어. 자네도 그 점을 잊어선 안돼."

소니의 태도는 여전히 강경했다. "좋아. 나도 다 알아. 다만 우리가 솔로조에게 원하는 방식을 다른 사람들은 찬성하지 않는다는 걸 잊지 말게."

소니는 테시오를 보며 "루카에 대한 소식은 없습니까?"라고 물었다.

테시오는 고개를 저었다. "없네. 솔로조가 납치해 간 게 틀림없어."

헤이건은 낮은 음성으로 말했다. "그래 솔로조는 루카를 전혀 두려워하지 않았어. 난 그 점이 의아하더군. 루카 같은 사람을 두려워하지 않을 만큼 바보가 아닌가 해서. 아무래도 루카가 이번 일에 끼어들지 못하도록 손을 쓴 것 같단 말야."

소니가 중얼거렸다. "맙소사, 루카가 나와 싸우는 일이 있어서는 안 되는데. 그건 내가 가장 두려워하는 일이야. 클레멘자, 테시오 아저씨, 어떻게 생각하세요?"

클레멘자는 천천히 입을 열었다. "누구든지 실수할 수 있어. 파울리 좀 봐. 하지만 루카는 한길로만 갈 사람이야. 대부는 그가 믿고 두려워하는 유일한 사람이야. 사람들이 존경할 때나 존경하지 않을 때나 그는 자네 아버지를 존경했어. 루카는 절대 우리를 배신하지 않아. 솔로조가 제아무리 교활한 놈이라도 루카를 유혹하지는 못할 걸세. 루카는 모든 사람, 모든 걸 의심하는 자야. 그는 항상 최악을 준비하지. 그저 며칠 쉬러 어딜 간 모양이니 기다려 보자구. 언젠가는 그의 입으로 직접 들을 수 있겠지."

소니는 테시오를 돌아다보았다. 테시오는 어깨를 으쓱했다. "누구든 배신자가 될 수 있어. 루카는 매우 예민한 사람이야. 어쩌면 대부가 어떤 식으로든 그를 모욕했을지도 몰라. 충분히 그럴 수 있지. 그런데 마침 솔로조가 그에게 뜻밖의 제의를 해 온 거야. 헤이건 말대로 우린 최악을 생각해야 해."

소니가 모두에게 말했다. "솔로조도 파울리 가또의 소식을 듣게 되겠죠? 놈이 어떤 생각을 했을까요?"

클레멘자가 차갑게 웃었다. "녀석도 코를레오네 패밀리가 등신이 아니란 걸 알게 되었을 거야. 자기가 어제 얼마나 운이 좋았는지 깨닫게 될 거야."

소니는 얼른 반박했다. "그건 운이 좋은 게 아니죠. 솔로조는 수주일 동안 계획을 세웠어요. 매일 사무실에 나오는 아버지를 미행하고 하루 일과를 체크했을 거예요. 그리고 나서 파울리를 매수했고 아마도 루카까지. 역시 톰도 정확히 때를 봐서 납치했어요. 모든 걸 자기 마음대로 한 거예요. 그러나 운이 좋았던 게 아니었어요. 그가 고용한 저격수들은 능숙하게 처리하지 못했고, 아버지는 너무 빨리 병원으로 옮겨졌지요. 만일 놈들이 아버지를 죽였으면 나는 흥정에 응할 수밖에 없었고 솔로조가 이겼을 거예요. 하지만 이젠 5년이 걸리든 10년이 걸리든 그를 죽이고 말 거예요. 그러니 녀석이 운이 좋은 게 아니죠."

그때 클레멘자의 부하 한 명이 스파게티 프라이팬과 접시 몇 개, 포크와 포도주를 가져왔다. 그들은 스파게티를 먹으면서 회의를 계속했다. 마이클은 눈이 휘둥그레졌다. 그와 헤이건은 스파게티를 먹지 않았으나 소니와 클레멘자, 테시오는 빵 조각으로 소스가 하나도 남지 않도록 깨끗이 먹어치웠다. 마치 코미디를 보는 것 같았다.

테시오는 파울리를 없앴어도 솔로조는 눈 하나 깜짝하지 않을 것이며 오히려 그걸 예상했을 거라고 했다. 월급 줘야할 입을 하나 덜게 되어 속으로 쾌재를 부르고 있을지도 모른다고 했다. 게다가 솔로조는 놀라지도 않을 것이다. 원래 그런 직업을 가지지 않았는가.

마이클은 다르게 말했다. "전 이 방면에 아마추어지만 여러분이 솔로조에 대해 하시는 말씀과 갑자기 그자가 톰과 연락을 끊었다는 얘길 들으니 뭔가 깜짝 놀랄 만한 꿍꿍이가 있는 것 같습니다. 뭔가 교활한 방법을 써서 자기가 유리한 고지를 선점하려는 것 같아요. 만일 그걸 안다면 우리 쪽에서 기선을 잡을 수 있을 겁니다."

소니는 떨떠름한 듯이 말했다. "나도 그런 생각했어. 내가 생각해 낼 수 있는 건 루카뿐이야. 이미 나온 말이지만 그가 패밀리에 끼친 공헌을 인정해 주려면 이곳에 불러와야 해. 내가 생각할 수 있는 다른 한 가지는 솔로조가 뉴욕의 다른 패밀리들과 내통을 했다면 내일쯤 전쟁 통보를 해오지 않을까 하는 점이야. 우리가 솔로조를 미리 쳐야 하는 이유도 그거야, 알았나, 톰?"

헤이건이 고개를 끄덕였다. "내 생각도 그렇네. 하지만 대부님이 안 계신 상태에서 결정을 할 수는 없네. 다른 패밀리와 결전을 벌일 수 있는 사람은 그분뿐이야. 대부님에겐 그들이 필요로 하는 정치적인 인맥이 있어. 거래의 조건으로 그것을 이용해야 한단 말이네. 물론 대부님이 원하신다면."

클레멘자는 자신의 직속 부하가 최근 배신을 했다는 사실에 다소 머쓱해져서 말했다. "솔로조는 이 집 근처에 얼씬도 못할 거야. 그 점은 걱정하지 않아도 되네."

소니는 골똘히 뭔가를 생각하다 테시오에게 말했다. "병원은 어떻습니까? 부하들을 깔아놓으셨겠죠?"

회의에서 처음으로 테시오는 자신의 의견을 확실하게 말했다. "물론, 안팎으로. 24시간 쉬지 않고 돌리고 있네. 경찰들도 물샐 틈 없이 경비를 하고 있어. 병실 밖에선 형사들이 이제나저제나 대부가 입을 열 때만 기다리고 있고. 우습지 않나. 대부는 아직 음식은 못 드시고 튜브를 통해 영양분을 공급받고 계시니 식사에 대해서는 아직 걱정하지 않아도 되네. 그렇지 않으면 각별히 신경써야 겠지. 솔로조 쪽에서 음식에 독극물을 넣을지도 모르니까. 어쨌든 지금으로선 누구라도 돈의 손끝 하나 건드릴 수 없을 거야."

의자에 앉아 있던 소니가 몸을 뒤로 젖혔다. "아마 나도 아닐 거야. 놈들은 사업을 하려면 나와 같은 패밀리 간부가 필요할 테니까." 그가 마이클을 보며 씩 웃었다. "그게 너라면 어떨까? 솔로조가 협상을 위해 널 볼모로 납치한다면 말이다."

마이클은 케이와 만날 생각을 하며 침울해졌다. 소니는 그를 집밖으로 나가지 못하게 할 것이다. 그러자 눈치 빠른 헤이건이 한마디 했다. "아니야, 솔로조가 보험이 필요했다면 벌써 마이클을 납치했을 거야. 하지만 모두들 알다시피 마이클은 패밀리의 사업에 관여하지 않아. 일개 시민이기 때문에 만일 솔로조가 마이클을 납치한다면 다른 패밀리들의 신임을 잃게 될 거야. 타탈리아파도 마이클이 필요했다면 벌써 납치하도록 도와주었을 거야. 아니야, 그건 너무 단순한 생각이야. 내일쯤이면 모든 패밀리 대표들이 몰려와 우리보고 솔로조와 협상을 벌이라고 설득할 거야. 그게 솔로조가 바라는 거야. 그가 마지막으로 갖고 있는 카드지."

마이클은 안도의 한숨을 내쉬었다. "다행이에요. 저 오늘 시내에 갈 일이 있거든요."

"왜?" 소니가 날카롭게 물었다.

마이클이 씩 웃었다. "병원에 들러 아버지도 문병하고, 어머니와 코니도 보려구요. 그밖에 볼 일도 있고." 마이클은 소니에게 케이 애덤스를 만나러 간다고 말하고 싶지 않았다. 돈 코를레오네처럼 그도 진짜 속내를 절대 드러내는 법이 없었다. 아니, 그에게 말할 필요를 못 느꼈다. 그건 일종의 버릇이었다.

부엌에서 소란스럽게 웅성거리는 소리가 들렸다. 클레멘자가 무슨 일이 일어났는지 보려고 나갔다. 그가 돌아왔을 때 손에는 루카 브라시의 방탄 조끼가 들려 있었다. 조끼를 풀어보니 커다란 물고기가 죽은채 들어 있었다.

클레멘자가 담담하게 말했다. "솔로조가 파울리 가또에 관한 소식을 들었나 보군."

테시오 역시 냉담했다. "게다가 루카 브라시에 관한 소식도 전해주
는군."

소니는 담배에 불을 붙이고 위스키를 마셨다. 당황한 마이클이 물었
다. "저 생선이 도대체 무슨 뜻이죠?' 아일랜드 출신의 헤이건이 대답
해 주었다. "생선은 루카 브라시가 바다 속 깊이 잠들어있다는 뜻이야.
시칠리아 사람들의 풍속이지."

9

그날밤 마이클 코를레오네는 침울한 기분으로 시내에 나갔다. 자기
의지와는 상관없이 패밀리의 사업에 말려드는 느낌이 들었고, 소니가
자신에게 전화 심부름시키는 것도 영 탐탁치 않았다. 사람들이 자기
앞에서 살인 청부와 같은 비밀 사안을 논의할 만큼 자신을 신뢰한다는
사실도 싫었고, 그 전략회의에 참석하는 것도 불편했다. 게다가 케이
를 만나러 가면서 그녀에게도 죄책감을 느꼈다. 마이클은 케이에게 자
기 가족 이야기를 솔직하게 털어놓았던 적이 한번도 없었다. 가족에
대해 말할 때도 실제 인물이라기 보다는 총천연색의 영화에 나오는 모
험가가 연상되도록 과장되게 농담조로 들려주곤 했다. 지금 아버지는
거리에서 저격을 당했고 큰형은 살해 계획을 세우고 있다. 그들에게는
담담하고 간단하게 말할 수 있는 내용이지만 케이에게는 도저히 말할
수 없는 것이다. 아버지가 저격당한 이야기를 할 때도 그것은 우발적
인 '사고'에 가깝고 모든 문제는 해결되었다고 말했다. 젠장, 그런데
그것은 시작에 불과했다. 소니와 톰은 솔로조라는 사내를 제대로 겨냥

하고 있지 못했다. 소니는 그자가 위험인물이라는 걸 알면서도 여전히 그를 과소평가하고 있다. 마이클은 솔로조에게 무서운 꿍꿍이가 있을 거라는 생각을 하려고 애썼다. 그는 분명 배짱있고 영리하며 보통 이상의 힘을 가진 사내다. 마이클, 넌 그가 불시에 습격할지 모른다는 생각을 잊어서는 안된다. 그러나 소니와 톰과 클레멘자와 테시오는 모두들 솔로조쯤은 쉽게 없앨 수 있을 것처럼 떠든다. 물론 그들이 경험 많은 것은 인정해야 한다. 그렇다, 그는 이번 전쟁에서 '일반시민' 일 뿐이다. 마이클은 쓴웃음을 지었다. 젠장, 그들이 이번 전쟁에 참전하면 2차 대전 때 받았던 것보다 더 좋은 훈장을 줄 것인가.

마이클은 이런 생각을 하다가 문득 아버지에게 연민을 느끼지 않는 자신에게 죄책감이 들었다. 마이클은 아버지가 총알 세례를 받았는데도 개인적인 원한이 아니라 사업상의 일일 뿐이라고 이성적으로 말하는 헤이건의 말에 공감했다. 아버지는 일생 동안 휘두른 권력과 주위 사람들에게 강요한 존경의 대가를 치르는 거라고 생각했다.

마이클이 원하는 것은 자신의 일생을 좌우할 이런 굴레로부터 벗어나는 것이었다. 그러나 위기가 끝날 때까지는 가족과 연락을 끊을 수 없을 것이다. 그는 일반시민으로서 능력껏 도와야 할 것이다. 그는 불현듯 자신이 특권 받은 일반시민으로서의 역할과 양심적 반대자의 역할 사이에서 갈등하고 있다는 생각이 들었다. '일반인' 이라는 말이 이렇듯 신경을 거슬리게 하는 것도 그 때문이었다.

클레멘자의 부하 두 명은 그를 시내까지 데려다 준 다음, 더 이상 따라오지 않겠다는 다짐을 한 후 그를 근처에 내려 주었다. 호텔에 도착했을때 케이는 로비에서 그를 기다리고 있었다.

두 사람은 함께 저녁을 먹고 술을 마셨다. "아버지는 몇 시에 찾아뵐 거예요?" 케이가 물었다.

마이클이 자신의 시계를 들여다보았다. "8시 30분에 면회 시간이 끝나. 다른 사람들이 모두 왔다 간 후에 가려고 해. 사람들 만나기 싫어서. 아버지는 1인실에 계시고 전속 간호사가 있으니까 잠깐 앉아 있다가 오면 돼. 아마 내가 곁에 있어도 아직은 말씀을 못하실 거야. 다만 성의를 보이는 거야."

케이가 조용히 말했다. "아버님 참 안되셨어요. 결혼식 날 뵈었을 때 참 좋으신 분 같았는데. 신문에 나온 아버님 기사를 믿을 수가 없어요. 아마 대부분이 진실이 아닐 거예요."

마이클이 다정하게 말했다. "나도 그래." 그는 케이에 대해 비밀을 갖는 자신이 놀라웠다. 그는 케이를 사랑했고 신뢰했다. 그러나 아버지나 패밀리에 대해 결코 모든 것을 말할 수는 없었다. 그녀는 이방인이었던 것이다.

"당신은 어때요?" 케이가 물었다. "신문이 흥분해서 보도하는 갱들의 전쟁에 당신도 끼어들 작정이에요?"

마이클은 빙그레 웃으며 웃옷의 단추를 풀러 활짝 펼쳐 보였다. "봐, 총도 없어." 그것을 본 케이는 웃음을 터뜨렸다.

시간이 늦어져서 그들은 호텔방으로 올라갔다. 케이는 마이클의 무릎 위에 앉아 칵테일을 함께 마셨다. 케이의 옷 속 살결이 실크처럼 부드러웠다. 마이클은 케이의 허벅지 안쪽의 따뜻한 부분을 만졌다. 두 사람은 그 상태에서 침대로 쓰러져 옷을 입은 채 사랑을 나누었다. 두 사람의 입술은 아교로 붙인 듯 떨어질 줄 몰랐다. 사랑을 나눈 뒤에도 그대로 누워 옷을 통해 전해오는 뜨거운 몸의 열기를 느꼈다. 케이가 중얼거렸다. "당신네 대원들을 그렇게 빨리 소집할 수 있어요?"

"응."

"그거 괜찮네요." 케이는 진심으로 감탄했다.

케이와 함께 누워서 빈둥거리던 마이클이 갑자기 손목시계를 들여다보았다. "이런, 10시가 다 되었어. 빨리 병원에 가봐야 해." 그는 욕실로 가서 몸을 씻고 머리를 빗었다. 뒤따라 들어온 케이가 마이클 뒤에 서서 팔로 허리를 감았다. "우리 언제 결혼할까요?" 그녀가 물었다.

"당신이 정해." 마이클이 말했다. "우리 집안이 잠잠해지고 아버지가 회복되시면 즉시 하자구. 당신 부모님께도 말씀드리는 게 좋을 것 같은데."

"뭐라고 말하죠?" 케이가 낮은 음성으로 물었다.

마이클은 그녀의 머리를 빗겨 주었다. "당신의 딸이 이탈리아 출신의 씩씩하고 잘생긴 남자를 만나고 있다고만 말씀드려. 다트머스에 다니는 성적도 우수한 모범생이고. 전쟁 중에 무공훈장에다 명예부상장을 수여했고. 솔직하고, 성실하고. 다만 그의 아버지가 나쁜 사람들을 죽이는 마피아 보스이고, 가끔 고위 공직자에게 뇌물을 주고, 사업 때문에 총에 맞은 벌집이 되고. 하지만 그것하고 솔직하고 성실한 아들과는 아무런 상관이 없다고 말이야. 무슨 말인지 알겠어?"

케이는 그를 밀쳐내고 욕실 문에 기댔다. "정말이에요? 정말? 정말 살인까지 해요?"

마이클은 케이의 머리를 마저 빗겨 주었다. "나도 잘 몰라. 이 세상에 모든 걸 아는 사람은 없어. 하지만 난 별로 놀라지 않을 거야."

마이클이 욕실을 나가려고 하자 케이가 물었다. "우리 언제 또 만나요?"

마이클이 그녀에게 키스했다. "집에 돌아가. 고향의 품에 안겨 우리 문제를 다시 한 번 생각해 보는 게 좋겠어. 난 어떻든 당신이 이 일에 휘말려 드는 거 싫어. 크리스마스 방학 끝나면 학교로 돌아갈 거야. 그럼 하노버에서 함께 지내자. 알았지?"

"알았어요." 케이는 밖으로 나가는 그를 지켜보았다. 그는 엘리베이터에 올라타기 전에 손을 흔들었다. 그녀는 지금처럼 마이클에게 친밀감을 느껴 본 적이 없었다. 이 순간처럼 그를 간절히 사랑한다고 느껴 본 적이 없었다. 만일 그때 누군가가 3년 동안 그를 볼 수 없을 거라고 말해줬더라면 케이는 이별의 고통을 참지 않았을 것이다.

마이클이 프렌치 병원 앞에 도착해 택시에서 내렸을 때 놀랍게도 거리는 황폐할 정도로 텅 비어 있었다. 병원으로 들어가자 로비 역시 텅 비어 있었다. 이런 젠장, 클레멘자와 테시오 아저씨는 뭐하는 거야? 웨스트 포인트 근처에 가보지 않았다고 해도 전초 기지에 대해서는 알만한 사람들이 아닌가? 적어도 로비에 부하 한두 명은 배치시켜 놓아야 하는 게 아닌가.

그때 시각이 밤 10시 30분경이었으니 면회 방문객도 끊긴 시간이었다. 마이클은 신경이 곤두서고 온몸이 긴장됐다. 그는 이미 병실 번호를 알고 있었으므로 안내 데스크에 들르지 않고 곧장 4층으로 올라갔다. 이상하게도 4층 병실에 갈 때까지 아무도 제지하는 사람이 없었다. 심지어는 간호사도 미심쩍은 눈초리로 쳐다보는 게 전부였다. 마이클은 유유히 아버지의 병실로 들어갔다. 병실문 밖에도 사람 하나 얼씬하지 않았다. 젠장 아버지에게 질문하기 위해 대기하고 있다던 형사들은 도대체 어디 갔단 말인가? 병실은 아무라도 들어갈 수 있게 문이 열려져 있었다. 마이클은 안으로 들어갔다. 12월의 달빛이 쏟아져 들어오는 덕분에 마이클은 아버지의 얼굴을 알아볼 수 있었다. 아버지는 고르지 않은 호흡으로 가슴이 얕게 오르내릴 뿐 아무런 움직임이 없었다. 침대 옆 금속 걸이에서 내려온 튜브는 아버지의 코 속으로 연결되어 있었다. 또 다른 튜브는 아버지의 뱃속에 있는 독소를 빨아내어 바닥에 있는 유리 그릇에 뱉어내고 있었다. 마이클은 몇 분 동안 아버지의 모습을 들여다 본 뒤 밖으로 나와 간호사에게 갔다.

"내 이름은 마이클 코를레오네입니다. 아버지 곁에 잠시 있고 싶은데요. 그런데 아버지를 경호하던 형사들은 다 어디 있습니까?" 마이클이 물었다.

나이가 어려 보이는 간호사는 자신의 업무에 큰 자부심을 느끼는 듯했다. "아, 문병객이 너무 많이 찾아오는 바람에 병원 업무에 지장을 주고 있어요. 10분 전쯤에 경찰이 와서 모두 철수시켰어요. 그리고 5분 전쯤 본부에서 비상 소집 명령이 떨어져서 형사들도 돌아갔어요. 하지만 염려 놓으세요. 제가 환자분을 자주 들여다보고 있고, 방안에서 나는 소리도 잘 들으려고 문을 조금 열어 놓았으니까요."

"고맙군요. 잠시 아버지 곁에 있어도 되겠습니까?" 마이클이 물었다.

그녀는 미소를 지으며 "그럼 잠깐만 계시다 가셔야 해요. 아시다시피 그게 면회 수칙이거든요."라고 말했다.

마이클은 아버지의 병실로 돌아왔다. 그는 방안에 있는 수화기를 들고 교환원에게 롱비치의 아버지 집무실 비밀 전화에 연결해 달라고 부탁했다. 소니가 전화를 받았다. "형, 나 지금 병원에 있어. 좀 늦게 왔어. 형, 그런데 여기 아무도 없어. 테시오의 부하들도, 병실 문앞에 있어야 할 형사들도 없고. 아버지는 완전 무방비상태야." 마이클의 목소리가 떨렸다.

긴 침묵 후에 소니의 나지막한 말소리가 들렸다. "그게 바로 솔로조가 움직이기 시작했다는 증거야."

마이클이 말했다. "내 생각도 그래. 하지만 그 자가 어떻게 했길래 경찰이 사람들을 철수시켰고, 그들은 또 어디로 간 거지? 테시오의 부하들은 어떻게 된 거야? 맙소사, 솔로조란 놈이 뉴욕의 경찰청까지 손아귀에 넣었던 말야?"

"진정해. 네가 그렇게 늦게 병원에 간 것도 역시 우리가 운이 좋은 거야. 아버지와 함께 병실에 있어. 안에서 문을 잠그고. 내가 몇 군데 전화를 걸 거야. 15분 이내에 사람들이 그리 갈 거야. 겁먹지 말고 앉아 있어, 알았지?"

"겁먹지 않았어." 놀랍게도 마이클은 난생 처음 아버지의 적에 대한 차가운 증오와 불같은 분노가 끓어오르는 걸 느꼈다.

그는 전화를 끊고 부저를 눌러 간호사를 불렀다. 그는 소니의 명령은 무시하고 자신의 판단에 따르기로 했다. 간호사가 들어오자 그가 말했다. "놀라지 말아요. 우린 아버지를 지금 당장 옮길 겁니다. 다른 층 다른 방으로. 침대를 옮겨야 하니 이 튜브 좀 제거해 주세요.'

간호사가 말했다. "말도 안돼요. 의사 선생님의 지시가 있어야 해요."

마이클이 급히 말했다. "당신도 신문에 난 우리 아버지 기사를 읽었을 거요. 오늘밤 아버지를 보호해 줄 사람이 아무도 없다는 사실, 당신도 알 거예요. 방금 아버지를 살해하러 누군가가 병원으로 오고 있다는 귀뜸을 받았어요. 제발 나를 믿고 도와줘요." 그는 간절히 설득했다.

간호사가 말했다. "튜브를 제거할 필요는 없어요. 침대와 함께 옮기면 돼요."

"빈 병실이 있소?" 마이클이 속삭였다.

"복도 맨 끝 방이에요."

병실을 옮기는 일은 신속하고 효율적으로 진행되었다. 마이클은 간호사에게 말했다. "도와줄 사람이 올 때까지 아버지 곁에 있어 줘요.

만일 당신이 이 자리를 한 발자국이라도 떠났다간 무슨 봉변을 당할지 몰라요."

그때 아버지의 음성이 들렸다. 좀 쉰 듯하지만 대단히 힘있는 음성이었다. "마이클, 너냐? 무슨 일이 일어난 거야, 뭐야?"

마이클은 침대 위로 몸을 숙였다. 그는 아버지의 손을 잡았다. "마이클이에요. 걱정하지 마세요. 이제 제 말을 잘 들으세요. 아무 말씀도 하시면 안돼요. 특히 누군가가 아버지 이름을 부르면요. 사람들이 아버지를 죽이려고 해요, 아시겠어요? 하지만 제가 여기 있으니 걱정하지 마세요."

돈 코를레오네는 자신에게 무슨 일이 일어났었는지 완전히 기억하지 못했다. 그는 빙그레 웃으면서 무어라고 말을 하고 싶었지만 너무 힘들었다. "내가 뭘 두려워하겠느냐. 난 열두 살 때부터 끊임없이 죽음의 위협을 받았다."

10

병원은 출입구가 하나밖에 없는 작은 개인 병원이었다. 마이클은 창문을 통해 거리를 내려다보았다. 굽은 모양의 안뜰에는 거리로 나가는 층계가 있었고, 거리는 오가는 자동차 없이 텅 비어 있었다. 병원으로 들어오는 사람은 누구라도 저 출입구를 통과하게 되어 있었다. 그는 시간이 많지 않다는 사실을 깨닫고 재빨리 병실을 나와 4층에서 걸어 내려왔다. 병원 안뜰 한 켠에는 구급차 전용 주차장이 있는데, 자동차도 구급차도 보이지 않았다.

마이클은 병원 밖 인도에 서서 담배를 한 대 피워 물었다. 그리고는 코트의 단추를 풀고 가로등 밑에 서서 자신의 얼굴이 보이게 했다. 그 때 한 젊은이가 겨드랑이에 꾸러미를 끼고 급히 9번 대로에서 걸어 내려오고 있었다. 군용 점퍼를 입은 청년은 검정색 머리가 덥수룩하게 헝크러져 있었다. 그가 가로등 밑을 지나갈 때 마이클은 왠지 낯이 익다는 생각이 들었지만 정확히 누구인지는 알 수 없었다. 그런데 청년이 그의 앞에서 걸음을 멈추더니 악수를 청하며 억센 이탈리아어 억양으로 달했다. "돈 마이클씨, 저를 기억하십니까? 나조린 제과점 조수, 아니 사위인 엔조라고 합니다. 당신 아버지께서는 제 생명의 은인입니다. 제가 미국에서 쫓겨나지 않도록 도와주셨습니다."

마이클은 그제서야 기억이 나서 악수를 했다.

엔조가 계속해서 말했다. "당신 아버지에 대한 빚을 갚으러 왔습니다. 이렇게 늦은 시각에도 병원에 들어가게 해줄까요?"

마이클은 웃으며 고개를 저었다. "아니오. 어쨌든 고맙습니다. 아버지께 당신이 왔었다고 전해 드리지요." 그때 자동차 하나가 요란하게 도로를 질주해 왔다. 마이클은 순간 긴장했다. 그는 엔조에게 급히 말했다. "빨리 이곳을 피하시오. 무슨 일이 일어날지 몰라요. 경찰과 부딪히면 안되지 않습니까?"

젊은이의 얼굴에 두려움이 번졌다. 공연히 형사사건에 휘말리면 시민권을 박탈당하거나 이탈리아로 추방될지도 모른다. 그러나 젊은이는 완강했다. 그는 이탈리아어로 속삭였다. "만일 사고가 나면 여기 남아 돕겠습니다. 전 돈 코를레오네에게 빚을 갚아야 합니다."

마이클은 가슴이 뭉클했다. 그는 청년에게 다시 가라고 말하려다 문득 그가 이곳을 피해야할 이유가 도대체 무엇이란 말인가 하는 생각이 들었다. 어쩌면 둘이서 솔로조의 부하들을 겁주어 쫓아버릴 수도 있을지 모른다. 분명 한 사람은 거의 그럴 생각이 없지만 말이다. 그는 엔조에게 담배를 한 개 건넨 뒤 불을 붙여 주었다. 두 사람은 차가운 12월의 밤 가로등 밑에 서 있었다. 초록색 이파리들로 만든 크리스마스 장식품이 병원의 노란색 창문에서 반짝거렸다. 그들이 담배를 거의 다 피웠을 무렵, 길고 육중해 보이는 검정색 자동차가 9번 대로를 돌아 30번가로 들어왔다. 자동차는 인도에 가깝게 붙어 그들을 향해 달려오다 서서히 멈췄다. 얼핏 자동차 안을 들여다보니 어쩔 수 없이 끌려온 듯 긴장한 사내들의 얼굴이 보였다. 그런데 멈출 듯 하던 자동차가 다시 속력을 내며 달려갔다. 누군가 마이클을 알아본 게 분명했다. 마이클은 엔조에게 담배를 한 대 더 붙여 주었다. 엔조의 손은 심하게 떨고 있었다. 그러나 놀랍게도 마이클 자신은 전혀 떨고 있지 않았다.

10분도 채 안되는 시간 동안 담배를 피우고 있는데 갑자기 밤 공기를 가르고 경찰차의 사이렌 소리가 들려 왔다. 경찰차는 요란한 소리를 내며 9번 대로를 돌아 병원 앞에 멈추었다. 뒤이어 두 대가 넘는 경찰 기동대도 뒤따랐다. 병원의 출입구는 순식간에 제복을 입은 경찰과 형사들로 가득 찼다. 마이클은 안도의 한숨을 내쉬었다. 유능한 소니가 즉시 문제를 해결한 것이 틀림없었다. 마이클은 그들 쪽으로 다가갔다.

건장한 덩치의 경찰 둘이 마이클의 팔을 잡아챘다. 또 다른 경찰은 그의 몸을 수색하기 시작했다. 그때 금실로 테를 두른 모자를 쓴 뚱뚱한 경찰서장이 계단을 올라오자 그의 부하들은 공손히 그에게 길을 비켜 주었다. 그는 뚱뚱한 허리나 모자 밖으로 삐죽 나온 백발에도 불구하고 민첩하고 활기차 보였다. 얼굴은 살집이 많고 혈색이 좋았다. 그는 마이클에게 다가오더니 거칠게 말했다. "이탈리아 놈들은 몽땅 들어가 앉은 걸로 알고 있는데, 당신은 대체 누구야? 여기서 뭐하는 거야?"

마이클 옆에 서 있던 경찰 한 명이 "무기는 없는데요."라고 말했다.

마이클은 아무 말도 하지 않고 경찰서장의 차가운 푸른 눈동자와 얼굴을 노려보았다. 그때 평상복을 입은 형사가 "이 자는 돈 코를레오네의 아들 마이클입니다."라고 말했다.

마이클이 차분하게 물었다. "저희 아버지를 호위하기로 되어 있는 형사분들께 무슨 일이 있었습니까? 누가 그들을 철수시켰습니까?"

경찰서장은 발끈 성을 냈다. "네깟 놈이 뭔데 우리 일에 참견이야? 내가 철수시켰다. 난 너희 깡패들이 치고 받고 죽이든 관심 없어. 내가 그 영감 보호해 주려고 손가락 하나라도 까닥 하나봐라. 어서 여기서 꺼져. 이 거리에서 꺼져 버리라구. 지금 면회 시간도 아니니 병원에서 얼씬거리지 말라구, 알았나?"

마이클은 눈썹 하나 까딱하지 않고 계속해서 그를 노려보았다. 그러나 경찰서장의 말에 대해 조금도 화를 내지 않았다. 그의 머리 속에는 여러 가지 생각이 빠르게 스쳐 지나갔다. 아까 경찰이 오기 전에 지나갔던 자동차에 솔로조가 타고 있었다. 그가 병원 앞에서 서성거리던 날 본 걸까? 솔로조가 이 경찰서장에게 전화를 걸어 '내가 쥐 새끼 얼씬거리지 못하게 하라고 돈을 줬는데 어떻게 코를레오네 식구들이 병원 주위를 어슬렁거리는 거요? 하고 따진 건 아닐까? 소니가 말한 대로 모든 것이 치밀하게 계획된 건 아닐까? 그렇지 않고는 모든 일이 이렇게 아귀가 들어맞을 수 없다. 마이클은 냉정함을 잃지 않으려고 노력하면서 서장에게 말했다. "당신네 경찰이 우리 아버지를 보호해 줄 때까지 나는 한 발자국도 병원을 떠날 수 없습니다."

서장은 아무런 반응도 보이지 않았다. 그는 곁에 서 있는 형사에게 말했다. "필, 이놈을 잡아들여."

형사는 망설이면서 말했다. "이 친구는 무장도 안 했는 걸요. 게다가 전쟁 유공자이고 범죄에 관여한 적도 없습니다. 자칫하면 언론에서 걸고 넘어갈 수 있습니다."

서장은 노여움으로 벌개진 얼굴로 형사를 노려보았다.

"잔말 말고 체포해."

마이클은 냉정하게 생각하고 화를 내지 않으려고 노력했다. "솔로조란 작자가 우리 아버지를 죽여 달라고 얼마를 줬죠?"

경찰서장은 마이클을 노려보더니 건장한 두 경찰관에게 "잡아들여."라고 소리쳤다. 마이클은 양쪽 팔이 눌리는 통증을 느꼈다. 순간 서장의 커다란 주먹이 얼굴을 향해 날아왔다. 그는 피하려고 했지만 주먹이 광대뼈 언저리를 쳤다. 두개골 안에서 수류탄이 폭발하는 것 같았다. 입 속은 이내 피로 가득했고 조그맣고 딱딱한 알갱이들이 느껴졌다. 이가 부러진 것 같았다. 머리 한쪽은 공기가 들어간 듯 부풀어 올랐다. 다리에 힘이 빠져 경찰관 두 명이 잡아주지 않았으면 그대로 주저앉았을지도 모른다. 그러나 의식은 말짱했다. 사복 형사가 다시 때리려는 서장 앞을 가로막았다. "이런 맙소사. 서장님, 지금 사람을 때렸어요."

서장은 큰 소리로 말했다. "난 건드리지도 않았어. 저놈이 내게 덤벼들다 저렇게 된 거라구. 알았나? 저놈은 연행을 거부했어."

마이클은 피로 시야가 흐린 상태에서 몇 대의 자동차가 갓돌 가까이 차를 세우는 모습을 보았다. 자동차에서 사내들이 내렸다. 그중에 한 명은 클레멘자의 변호사였다. 그는 경찰서장에게 조용하고 점잖게 항의했다. "코를레오네 패밀리에서 코를레오네 씨를 보호하기 위해 두 명의 사설 탐정을 고용했습니다. 나와 함께 온 이 사람들은 총기 허가증을 갖고 있습니다, 서장님. 만일 당신이 이 친구를 체포하신다면 내일 아침 법원에 출두해서 그 이유를 해명하셔야 할 겁니다."

변호사는 마이클에게 말했다. "당신을 이렇게 만든 사람을 고소하길 원합니까?"

마이클은 위 아래 턱이 동시에 움직이지 않아서 우물우물 말해야 했다. "미끌어졌어요. 미끄러져서 넘어진 거예요." 서장이 의기양양하게 마이클을 쳐다보았다. 마이클은 그 시선에 웃음으로 답하려고 애썼다. 그는 무슨 수를 써서라도 지금 자기 뇌를 통제하는 무서울 정도의 냉담함, 몸 전체에 들끓는 냉랭한 증오감을 숨기고 싶었다. 그는 이 세상 누구에게도 자신의 감정 때문에 위협적인 존재가 되고 싶지 않았다. 마치 돈 코를레오네가 그러지 않았던 것처럼. 마이클은 곧 병원으로 옮겨졌으나 이내 의식을 잃었다.

이튿날 아침 눈을 떠보니 턱은 철사로 연결되어 있고 왼쪽 이 네 개가 없었다. 침대 옆에는 헤이건이 앉아 있었다.

"마취약을 쓴 거야?" 마이클이 물었다.

"응, 잇몸에 박힌 뼈조각을 꺼내야 했는데, 통증이 무척 심할 거라고 생각했나 봐. 게다가 자네는 성한 이가 거의 없어."

"그밖에 잘못된 곳 없어요?"

"응. 소니는 자네가 롱비치로 왔으면 하는데 그럴 수 있겠나?"

"물론이야. 아버지는 어떠세요?"

헤이건의 얼굴이 붉게 상기되었다. "이제야 문제가 해결된 것 같네. 사설 수사관을 고용했는데 병원을 철통같이 수비하고 있어. 자세한 이야기는 차 속에서 해 주겠네."

클레멘자가 운전을 하고 마이클과 헤이건은 뒷자리에 앉았다. 마이클은 머리가 지끈지끈 아프기 시작했다. "지난 밤 무슨 일이 일어난 거예요? 어떻게 알았어요?"

헤이건 조용히 설명했다. "소니의 첩자인 필립스 형사가 어제 그 자리에 있었어. 그가 우리에게 연락해 줬어. 경찰서장인 맥클러스키라는 자는 경찰관 시절부터 우리에게 악감정을 갖고 있었어. 우리가 떡값을 적게 주었거든. 그자는 욕심이 많고 사업을 같이 하기에는 미덥지 못해서 말야. 그런데 솔로조에게 엄청난 돈을 받은 게 틀림없어. 맥클러스키는 면회 시간이 끝난 뒤 병원에 있던 테시오의 부하들을 몽땅 체포한 모양이야. 그들이 총을 소지하고 있어서 성가시게 생각한 거지. 맥클러스키는 대부의 병실 앞에서 공식적으로 경호를 하던 형사들도 쫓아 버렸어. 비상 소집 명령을 내려놓고 다른 경찰들로 교체시킬 심산이었던 거야. 필립스 말로는 그는 또 그럴 놈이라고 하더구먼. 솔로조가 대부를 살해하면 거액을 주거나 한 몫 떼어 주겠다고 약속한 게 틀림없어."

"내가 폭행당한 것도 신문에 났어요?"

"아니, 입 다물고 있었어. 사람들이 알아서 좋을 게 없어. 경찰에게도 우리에게도."

"네. 그런데 엔조는 도망쳤어요?"

"응, 그가 자네보다 똑똑해. 경찰이 오자 달아났거든. 솔로조의 자동차가 왔을 때 자네와 함께 있겠다고 우겼다는데 정말인가?"

"네. 괜찮은 친구 같았어요."

"그는 각별히 몸조심해야 돼. 그런데 몸은 좀 어때?" 헤이건이 걱정스럽게 물었다. "몸이 엉망이구나."

"괜찮아요. 그런데 경찰서장의 이름이 뭐예요?"

"맥클러스키. 그건 그렇고 우리 코를레오네 패밀리가 유리한 입지에 서게 됐다는 소식을 들으면 기분이 좀 나아질 거네. 오늘 새벽 4시에 부르노 타탈리아를 해치웠어."

마이클이 자리에서 일어나 앉았다. "어떻게요? 당분간 꼼짝 않고 지켜보기만 할 것 같더니."

헤이건은 어깨를 으쓱했다. "병원에서 그 소동이 벌어지고 난 후 소니는 단단히 화가 났어. 그래서 애들을 뉴욕과 뉴저지 일대에 풀었지. 그리고 간밤에 리스트를 만들었어. 소니를 말려도 보았지만 안 듣더군. 마이클, 자네가 소니를 말려 보게. 아직은 전쟁을 벌이지 않고도 문제 해결의 여지가 남아 있어."

"내가 얘기해 볼 게요. 오늘 새벽에 협상이 있죠?"

"그렇네. 솔로조가 마침내 만나자고 연락을 해 왔어. 지금 중재자가 세부 사항을 정리하고 있어. 협상이 성립됐다는 것은 우리가 이긴다는 뜻이야. 솔로조 놈이 자기가 진 것을 알고 목숨이나 부지하겠다고 만나자는 거지." 헤이건이 잠시 말을 멈췄다. "아마도 우리가 맞공격을 하지 않으니까 우리를 만만히 보고 거저 먹으려고 들었던 것 같아. 그런데 이제 타탈리아의 아들 하나가 당하고 나니 우리가 정말 뭔가 하려 한다는 걸 안 게지. 녀석은 대부님을 상대로 위험한 도박을 했어. 그건 그렇고 루카 소식을 알아냈어. 놈들이 아버지를 저격하기 전날 그를 죽였어. 브루노의 나이트 클럽에서. 이제야 의문이 풀리지 않나?"

"무방비 상태에서 그를 죽였겠군요."

롱비치의 저택으로 들어가는 입구는 기다란 검은 자동차 한 대가 가로막고 있었다. 차 앞에는 두 명의 사내가 기대 선 채 지키고 있었다. 그런데 양쪽 두 집의 이층 창문이 열려 있었다. 맙소사, 정말 소니가 한바탕 뒤엎어버리려는 심산인 것 같았다.

클레멘자는 자동차를 마당 바깥에 세워 놓고 걸어서 안으로 들어갔다. 두 명의 경호원은 클레멘자의 부하였다. 그는 인사 대신 얼굴을 찌푸렸다. 그들도 아는 체하며 목례를 했다. 미소도 반가운 인사도 없었다. 클레멘자는 헤이건과 마이클 코를레오네를 집으로 데리고 들어갔다.

그들이 초인종을 누르기도 전에 다른 보초가 문을 열어 주었다. 창문을 통해 그들을 보았던 것이다. 그들은 모퉁이의 집무실로 들어갔다. 소니와 테시오가 기다리고 있었다. 소니가 마이클에게 다가가 손으로 얼굴을 쓰다듬으며 장난스럽게 "아이구 아팠지, 마이클."이라고 너스레를 떨었다. 마이클은 그의 손을 뿌리치고 책상을 돌아가 철사로 고정시킨 턱의 통증을 가라앉히기 위해 술잔에 스카치를 따랐다.

다섯 명은 방안에 죽 둘러앉았지만 지난 번 회의 때와는 분위기가 달랐다. 소니는 더 명랑하고 시끄러워졌는데, 마이클은 그런 변화가 무엇을 의미하는지 짐작할 수 있었다. 자신보다 나이가 많은 맏형은 이제 더 이상 어떤 의심도 하지 않는 것이다. 그는 자기 계획대로 할 것이며, 무엇도 그의 마음을 돌릴 수 없을 것이다. 간밤에 솔로조가 마이클을 공격한 것이 최후의 결심을 하게 만들었던 것이다. 이제는 더 이상 휴전할 이유가 없어진 것이다.

"자네가 간 뒤 중재자에게서 연락이 왔어. 드디어 솔로조가 만나고 싶다는군." 소니가 헤이건에게 말하며 웃음을 터뜨렸다. "개자식, 겁도 없어. 어제 밤에 그런 짓을 저질러 놓고 이튿날 만나자고 해? 우리가 뒤로 물러서서 제 놈이 지껄이는 대로 다 받아줄 줄 알았나 보네. 뻔뻔스런 녀석 같으니라구."

톰이 호기심이 나서 물었다. "그래, 뭐라고 대답했나?"

소니가 씩 웃었다. "물론 만나겠다고 했지. 언제든지 말하라고 했어. 난 급할 거 없으니까. 길가에 내 부하들을 스물네 시간 이내에 쫙 깔아놓을 수 있으니까. 만일 네 놈이 똥구멍의 터럭 하나라도 보이면 곧장 죽음이다, 원한다면 언제든지 죽여주겠다 그랬지."

"무슨 제안은 없었나?" 헤이건이 물었다.

"있었네. 놈은 자신의 제안을 들으려면 마이클을 보내라고 하더군. 중재자가 마이클의 안전을 보장해 주겠다더군. 그런데 솔로조 제 놈의 안전을 보장해 달란 말은 없더군. 차마 그것까지는 요구할 수 없었던 모양이지. 회담 장소는 아직 모르는데, 그놈의 부하가 마이클을 회담 장소로 데려갈 모양이야. 아마 마이클의 귀가 솔깃해지도록 뭔가 제시하겠지. 어쨌든 회담 장소는 비밀이고 거래 조건은 우리가 물리치기 어려울 정도로 파격적이겠지. "

"타탈리아파는 브루노의 죽음에 대해 어떻게 나올 것 같은가?" 헤이건이 물었다.

"그건 협상의 한 조건으로 나오겠지. 중재자 말이 타탈리아는 이미 솔로조와 한 배를 타기로 합의했대. 제 놈들이 우리 아버지에게 저지른 짓이 있으니 브루노 타탈리아의 일은 입 밖에도 내지 못할 걸. 그건 협상 조건이 못돼. 뻔뻔스런 자식들." 소니가 다시 웃었다.

헤이건이 조심스럽게 말했다. "아무튼 그들이 하는 말을 들어야 하지 않겠어?"

소니는 고개를 설레설레 흔들었다. "아냐, 콘실리에리. 이번에는 아냐." 그의 말투에는 이탈리아어의 억양이 희미하게 남아 있었다. 그는 장난스럽게 굴려고 의식적으로 아버지를 흉내냈다. "더 이상 만남은 필요 없어. 회의도 필요 없고. 솔로조의 계략에 넘어가선 안돼. 중재자가 또 한 번 전화해서 대답을 요구하면 이 한 가지만 전해 주게. 우린 솔로조를 원한다고. 그렇지 않으면 전면전에 들어간다고. 우린 매트리스를 깔고 거리에 있는 우리 대원들을 소집할 거라고. 사업이란 고통 없이는 안되는 거라는 말도."

"다른 패밀리는 전쟁을 원하지 않을 걸세. 그건 모두에게 큰 부담을 주는 거야." 헤이건이 말했다.

소니는 어깨를 으쓱했다. "해결책은 간단해. 내게 솔로조를 보내주면 돼. 그렇지 않으면 코를레오네 패밀리와 싸우던가." 소니는 잠시 말을 멈췄다가 고함을 질렀다. "어떻게 하라는 충고는 더 이상 필요 없네, 톰. 이미 결정은 났어. 자네의 직책은 내가 성공하게 돕는 거야, 알겠나?"

헤이건은 고개를 숙였다. 그는 한동안 깊은 생각에 빠졌다. 그리고 입을 열었다. "경찰서에 있는 자네 친구가 말하길 맥클러스키 서장은 솔로조에게 돈을 받은 게 틀림없대. 뿐만 아니라 맥클러스키는 마약 사업에 부분적으로 참여할 거라네. 맥클러스키는 솔로조의 경호원이라는 거야. 맥클러스키 없이 솔로조가 은신처 밖으로 나올 수나 있을 것 같은가. 솔로조가 회담 장소에서 마이클을 만날 때도 맥클러스키는 그 옆에 앉아 있을 걸. 그는 총만 없으면 일반인이네. 소니, 자네가 알아야 할 것은 솔로조가 이렇게 호위를 받는 한 그를 죽이기 어렵다는 거야. 뉴욕 경찰서장에게 총을 겨누고도 무사했던 사람은 지금까지 아무도 없어. 이 지역에서 곤란한 일이 생기면 신문사나 경찰, 교회, 모든 곳에서 들고 일어날 거야. 그건 최악의 사태야. 패밀리들은 자네가 그렇게 하기를 바라지 않을 거야. 그럼 돈 코를레오네 패밀리는 따돌림을 당하게 되고 대부의 정치적인 영향력도 끝장이네. 그래서 신중하게 생각하자는 거네."

소니는 어깨를 으쓱했다. "맥클러스키는 영원히 솔로조 곁에 붙어 있을 수 없을 걸."

테시오와 클레멘자는 감히 의견도 내지 못하고 땀만 뻘뻘 흘리며 초조하게 담배를 빨아댔다. 만일 잘못된 결정이 난다면 일선에 나가야 하는 것은 그들이었다.

마이클이 처음으로 입을 열었다. "아버지를 병원에서 이곳으로 옮겨 올 수 있을까요?"

헤이건이 고개를 저었다. "나도 물어 보았는데 불가능해. 아버지는 상태가 위중하셔서. 이겨내기는 하시겠지만 여러 가지 집중 치료를 받아야 하고 수술도 더 남았어. 그건 불가능해."

"그럼 지금 당장 솔로조에게 연락하세요. 더 이상 기다릴 수 없어요. 그 자는 정말 위험한 놈이에요. 아마 새로운 전략으로 나올 거예요. 중요한 것은 그가 여전히 아버지를 죽이려고 한다는 점이에요. 그도 자기 목숨을 건지기 위해선 패배를 기꺼이 받아들여야 한다고 생각할 거예요. 하지만 그는 아버지에게 또 다시 총을 쏠 거예요. 더군다나 경찰서장이 그를 도와준다면 어떤 일이 일어날 지는 뻔한 거예요. 지금 당장 솔로조를 제거해야 해요."

소니가 골똘히 생각하며 턱을 문질렀다. "네 말이 맞다. 네가 핵심을 찔렀어. 그래, 솔로조가 다시 노인네를 죽이려 하는 일은 막아야 해."

헤이건이 침착하게 말했다. "그럼, 맥클러스키 서장은 어떡하고?"

소니가 야릇한 미소를 지으며 마이클을 돌아봤다. "그래, 그 더러운 경찰서장은 어떻게 할까?"

마이클은 천천히 말하기 시작했다. "이건 극단적인 생각이긴 하지만 때론 극단적인 방법이 정당화 될 때도 있다고 생각해요. 맥클러스키도 죽이지 않으면 안돼요. 빠져나갈 구멍은 있어요. 그가 자기 직무를 성실히 수행하는 경찰서장이 아니다, 공직자면서도 자기에게 떨어질 떡고물만 바라보고 부정한 음모에 가담했다는 사실을 넌지시 알리는 거예요. 우리와 연관되어 있는 신문기자들에게 그 사실을 뒷받침할 수 있는 충분한 증거를 주면 돼요. 그럴 때 압력을 가해서는 안돼요. 제 생각이 어때요?" 마이클은 사람들의 표정을 조심스레 살폈다. 테시오와 클레멘자의 표정은 어두웠고 아무 말도 하지 않았다. 소니는 여전히 야릇한 미소를 지으며 말했다. "계속해 봐, 잘하고 있어. 아버지는 늘 이렇게 말씀하시지, 어린애 머리에서 나온 생각치고는. 자, 어서 말해 봐. 좀더 들러다오."

헤이건도 엷은 미소를 띠며 시선을 돌렸다. 마이클의 얼굴이 상기되었다. "저들은 내가 솔로조와 회담하기를 바라고 있어요. 나, 솔로조, 맥클러스키가 한자리에 모이게 되는 거예요. 그럼 지금부터 이틀 동안 회의를 준비하고 우리 정보원들에게 회의가 어디서 열릴지 알아보게 하는 거예요. 반드시 공개적인 장소를 고집해야 해요. 아파트나 주택 같은 곳에 나를 데려가려 한다면 우린 가지 않겠다, 저녁 시간대의 레스토랑이나 바 같은 곳이어야 안심하고 가겠다고 하는 거예요. 그건 그들 역시도 바라는 바일 거예요. 그럼 솔로조도 우리가 감히 서장을 총으로 쏘리라고는 생각하지 못하겠죠. 내가 그들을 만나면 놈들은 내 몸을 수색할테니 난 총을 소지하지 말아야 해요. 그러나 내가 회의를 하는 동안 여러분이 내게 무기를 건넬 수 있는 방법을 생각해 보세요. 그때 내가 그 둘을 다 처치하는 거죠."

네 명이 일제히 마이클을 쳐다봤다. 클레멘자와 테시오는 특히 놀란 표정을 지었다. 헤이건도 다소 슬프지만 놀란 눈으로 쳐다보았다. 그러자 소니가 갑자기 큐피드 닮은 잘생긴 얼굴이 실룩거릴 정도로 큰 소리로 웃음을 터뜨렸다. 거짓 웃음이 아니라 마음에서 우러나는 박장대소였다. 그는 정말 배꼽을 잡고 웃었다. 그는 우스워서 헐떡거리면서도 손가락으로 마이클을 가리키며 무언가 말을 하려고 했다. "이봐, 대학생, 넌 원래 패밀리 사업에 얽혀 들고 싶어하지 않았잖아. 맥클러스키가 네 얼굴을 갈겼다고 경찰서장과 솔로조를 죽이겠다는 게냐? 그건 개인적인 감정일 뿐이야. 사업과 개인적인 감정은 다른 거야. 넌 얼굴을 맞았다고 이 두 녀석을 죽이고 싶어해. 그건 순전히 깡패 짓거리야. 요즘 들어 이런 깡패들이 많아졌다니까."

클레멘자와 테시오는 소니가 동생이 용감하게 이런 제안을 내놓은 것이 대견스러워 웃는 것으로 오해하고는 자신들도 마이클에게 지원을 보내듯 큰 소리로 웃었다. 오직 헤이건만이 심각한 표정을 풀지 않았다.

마이클은 모두를 둘러본 다음 여전히 웃음을 그치지 못하고 있는 소니를 주시했다. 소니가 말했다. "그래, 네가 두 놈을 다 해치우겠다고? 이봐, 그놈들이 호락호락하게 네게 당할 것 같으냐? 아마 널 전기 의자에 앉혀 버릴걸, 알겠어? 이건 전쟁 영웅이 할 수 있는 일이 아냐. 1마일 밖에서 사람들을 쏘는 게 아니라구. 교실에서 수업할 때처럼 상대방 눈동자의 흰 부위가 똑똑히 보이는 데서 쏴야 한단 말이야. 바로 네 옆에서 놈들의 머리가 흔들리고 뇌수가 너의 그 말쑥한 아이비리그 양복으로 쏟아질 거야. 이래도 그깟 멍청한 경찰 녀석이 널 때렸다는 이유로 그런 짓을 할 수 있겠느냐?"

마이클이 일어섰다. "그만 웃지 못해." 마이클이 정색을 하고 말하는 바람에 클레멘자와 테시오의 표정에선 웃음기가 일시에 가셨다. 체격이 건장한 편이 아니었지만 그 순간 마이클에게선 사람들을 압도하는 위엄이 풍겼다. 그는 돈 코를레오네의 화신이었다. 그의 눈은 핏기 없는 황갈색이었고, 얼굴은 표백한 듯 창백했다. 여차하면 자기보다 나이 많고 힘센 형에게 달려들 태세였다. 아마 손에 무기라도 들려 있었으면 소니를 위험에 빠뜨렸을지도 모른다. 소니가 웃음을 거두자 마이클은 차갑고 결연한 음성으로 말했다. "개자식, 넌 내가 못할 거라고 생각하는 거지?"

소니는 웃음의 흔적이라곤 찾아볼 수 없는 표정을 지었다. "네가 할 수 있다는 건 알아. 난 네 말 때문에 웃은 게 아니야. 어떻게 이런 재미난 일이 벌어질 수 있을까 생각하니 우스웠을 뿐이야. 난 항상 네가 우리집에서 가장 강한 놈이라고 생각했어. 아버지보다도. 넌 유일하게 아버지를 거부할 수 있는 놈이야. 어렸을 적 네가 기억난다. 그때 네 성깔이 대단했지. 내가 너보다 나이가 많은데도 내게 덤벼들곤 했지. 프레디는 적어도 1주일에 한번은 네게 얻어터졌을 걸. 그런데 지금 솔로조란 놈은 네가 맥클러스키에게 주먹 한 방 먹이지 못했다고 해서, 네가 패밀리 간의 싸움판에 한번도 가담한 적이 없다고 해서 널 약하다고 생각하고 있어. 너와 맞부딪혀도 전혀 두려울 게 없다고 생각한 거야. 맥클러스키 역시 널 애송이로 생각하겠지." 소니는 여기서 잠깐 말을 끊었다가 다시 계속했다. 음성이 훨씬 부드러워진 것 같았다. "하지만 넌 어쨌든 코를레오네 가의 아들이야. 나만이 그걸 알지. 난 아버지가 저격을 당한 뒤 사흘 동안 여기 이렇게 앉아서 기다렸다. 네가 입고 있는 아이비리그 교복과 전쟁 영웅 훈장을 벗어버리기를 말야. 네가 나의 오른팔이 되어 아버지와 우리 패밀리를 붕괴시키려는 놈들을 함께 물리칠 수 있기를 말야. 그런데 넌 턱에 붕대를 두르고 나타났어. 그런데 네가 이걸 한다구?' 소니는 우스꽝스럽게 주먹으로 한방 갈기는 흉내를 반복했다. "이거 어때?'

순간 방안에 감돌던 긴장이 풀어졌다. 마이클은 머리를 흔들며. "형, 나는 이게 유일한 방법이기 때문에 하려는 거야. 솔로조가 아버지를 또 죽이게 내버려 둘 수는 없어. 이 일은 그에게 가까이 접근할 수 있는 사람만이 할 수 있어. 게다가 내가 생각해 낸 방법이야. 형이 다른 누군가를 사주해서 경찰서장을 죽일 수는 없잖아. 아마 형이 직접 한다면 가능할지도 모르지. 그러나 형에겐 아내와 아이들이 있어. 아버지가 완쾌되실 때까지 패밀리의 사업을 끌어나가야 하구. 그러면 나와 프레디 형만 남아. 프레디는 충격을 받아 꼼짝도 하지 못해. 결국 남는 건 나야. 이건 당연한 이치야. 턱에 붕대를 감은 것과 그건 아무런 상관도 없어."

소니가 다가오더니 그를 포옹했다. "네 말이 전적으로 옳다. 네가 무슨 말을 하더라도 그 말이 중요한 게 아니라 지금 네가 우리와 함께 있다는 사실이 중요한 거야. 톰, 자네도 무슨 말 좀 해보게나."

헤이건이 어깨를 으쓱했다. "이유야 정당하지. 내 생각에도 솔로조는 협상에 진지하게 나올 것 같지 않아. 그는 여전히 대부를 죽이려고 하고 있거든. 어쨌든 과거 행적을 보고 평가한다면 솔로조를 죽이는 수밖에 없어. 그 경찰 녀석도 함께. 하지만 누가 이 일을 하든지 엄청난 부담을 가져야 할 거야. 그런데 이걸 마이클이 한다고?"

소니가 부드럽게 말했다. "내가 할 수 있어."

그 말이 끝나기 무섭게 헤이건이 고개를 저었다. "솔로조는 주변에 경찰서장이 열 명이 있어도 자네를 1마일 이내에 접근하지 못하게 할 거야. 게다가 자네는 패밀리의 실질적인 보스잖나. 자네가 위험에 빠져서는 안돼." 헤이건이 말을 멈추더니 클레멘자와 테시오에게 말했다.

"두 분 중에 아무나 정말 이 일을 잘해낼 수 있는 중간 간부를 추천해 보세요. 남은 여생 돈 걱정은 할 필요가 없게 해줄 겁니다."

클레멘자가 먼저 입을 열었다. "솔로조가 얼굴을 몰라야 하는데 그런 적임자가 없네. 그자는 당장에 알아볼 거야. 나나 테시오도 금방 알아볼 테고."

헤이건이 말했다. "아직 실적을 쌓지 못한 신입 대원 중에 정말 배짱 좋은 사람 없어요?"

두 카포레짐은 고개를 가로 저었다. 테시오는 무심하게 웃으면서

"마이너리그에서 월드시리즈에 출전시킬 선수를 뽑는 것 같군." 이라고 농담을 했다.

소니가 침울한 목소리로 끼어 들었다. "마이클밖에 없어. 이유는 수천 가지야. 그중에 가장 중요한 것은 그들이 마이클을 대단치 않게 생각한다는 점이야. 내가 장담하건대 마이클은 그 일을 해낼 수 있어. 비열한 솔로조 녀석을 죽이려면 총 한 방이면 되지만 그러니까 더욱 중요한 거야. 그러니 이제 우리는 마이클을 지원해 줄 최선의 방법이나 찾읍시다. 톰과 클레멘자, 테시오 아저씨는 솔로조가 마이클과 어디에서 회담을 할 것인지 알아내세요. 비용은 얼마가 들어도 상관치 않아요. 그곳을 알아내면 우리가 마이클의 손에 어떤 방법으로 무기를 쥐어 줄 것인가도 결정되겠지. 클레멘자 아저씨, 아저씨가 소장하고 있는 총 중에서 가장 안전하고 성능 좋은 걸 골라 보세요. 전혀 출처를 찾아내지 못할 것으로 말이에요. 총알이 많이 들어가고 총신이 짧아야 해요. 정확도는 떨어져도 괜찮겠죠. 마이클이 바로 놈들 앞에서 총을 쏠 테니까요. 마이클, 넌 총을 쏘자마자 그걸 마루 바닥에 던져버려라. 절대 몸에 지녀서는 안돼. 클레멘자 아저씨, 마이클의 지문이 남지 않도록 갖고 있는 특수 테이프로 총신과 방아쇠를 둘러 주세요. 그리고 이걸 기억해, 마이클, 우리가 염탐꾼 등 모든 만반의 준비를 해 놓을 거야. 그러나 그들이 네게 총을 겨누게 만들면 타이밍을 맞추기 힘들어져. 우리 자동차가 밖에 서 있을 거야. 넌 그 사건이 잠잠해질 때까지 장기 휴가를 떠나야 해. 아마 오랜 시간 떠나 있어야 할거야. 그렇다고 네 여자친구에게 작별인사를 하거나 전화를 걸어선 안돼. 모든 일이 끝나고 네가 이 나라를 떠난 후에 우리가 그녀에게 너의 안전을 알려주마. 이 모든 건 명령이다." 소니는 동생을 보고 미소를 지었다. "이제 클레멘자 아저씨에게 맡겨. 아저씨가 네게 맞는 총을 골라 손 봐주실 거야. 연습도 많이 필요 없어. 우리가 다른 건 다 준비할테니 걱정 마라, 알았지?"

마이클 코를레오네는 모골이 송연해지면서도 알 수 없는 쾌감이 전신에 퍼지는 느낌이 들었다. "형, 케이에게 이 일에 대해 말하지 말라는 따위의 충고는 필요 없어. 내가 그녀에게 전화를 걸어 작별인사라도 할 것 같아?"

소니가 성급히 변명했다. "알았어. 넌 아직 신참내기니까 내가 자세히 설명해 주는 거야. 잊어버려."

마이클이 웃음을 띠며 말했다. "신참내기라니, 무슨 뜻이야? 나도 형만큼 아버지 말씀 열심히 들었어. 형은 내가 그 정도 머리도 없을 거라고 생각해?" 두 사람은 함께 웃었다.

헤이건이 모두를 위해 술잔에 술을 따랐다. 다소 울적해 보였다. 정치가가 전쟁터로 가야하듯 변호사는 법정으로 돌아가야 하는 게 아닐까. "좋아, 어쨌든 이제 우리 한탕 하는 거야."

11

마크 맥클러스키 서장은 마권이 두둑하게 들어있는 봉투 세 개를 만지작거리며 집무실에 앉아 있었다. 그는 얼굴을 찡그리며 마권에 적혀있는 이상한 암호를 해독할 방법을 궁리했다. 그것은 그에게 매우 중요한 일이었다. 봉투는 어젯밤, 그의 부하들이 코를레오네 패밀리의 마권 영업소를 급습해서 압수한 마권들이었다. 이 마권업자는 도박꾼들이 우승을 해서 판돈을 싹쓸이 해 가지 못하도록 마권을 도로 사들이려고 했던 것 같았다.

마크 맥클러스키 서장에게는 마권의 암호를 해독하는 게 매우 중요했다. 왜냐하면 그가 마권을 마권업자에게 되팔 때 사기당하고 싶지 않았기 때문이다. 만일 실제 5만 달러어치의 마권이라면 아마 마권업자는 그것을 5천 달러에는 사들일 것이다. 그러나 그것보다 배팅 금액이 많고, 마권이 10달러 또는 20만 달러라면 되팔 수 있는 값은 더 높아져야 할 것이다. 맥클러스키는 봉투를 만지작거리면서 마권업자가 애 좀 타게 내버려둬야겠다고 생각했다. 그러면 그쪽에서 제 발로 걸어와 흥정을 할 테고, 실제 금액이 얼마인지도 짐작할 수 있을 것이다.

맥클러스키는 사무실 벽에 걸린 시계를 바라보았다. 비열하기 짝이 없는 솔로조를 데리고 코를레오네 패밀리를 만나러 갈 시간이었다. 맥클러스키는 탈의실로 가서 사복으로 갈아입은 다음 아내에게 전화를 걸어 저녁식사 약속에다 야근까지 하게 되어 집에 들어가지 못한다고 말했다. 그는 자기 일에 대해 절대 아내에게 털어놓는 법이 없었다. 아내는 자기가 남편의 경찰 월급만 가지고 사는 줄 알고 있었다. 맥클러스키는 흥분되면서도 툴툴거렸다. 그런 버릇은 일찍이 어머니에게서 배운 것이다. 그의 아버지는 그에게 인생을 요령있게 살아가는 법을 가르쳐주었다.

경사였던 아버지는 매주 아들을 데리고 관내를 순찰했다. 그럴 때마다 아버지는 여섯 살 난 아들을 가리키며 "이 애가 내 아들놈입니다."라고 가게 주인들에게 소개했다.

그러면 가게 주인은 손을 흔들고 아이에게 과분한 칭찬을 퍼부은 뒤 금고에서 5달러나 10달러를 꺼내 선물로 주었다. 이렇게 하루 순찰을 돌고 나면 어린 마크 맥클러스키의 주머니는 지폐로 불룩해졌다. 소년은 아버지의 친구들이 매달 돈을 주는 것을 보고 자신을 무척 좋아한다는 생각에 자부심을 느꼈다. 물론 아버지는 아들의 대학교육을 위해 그 돈을 은행에 저금하게 했고 그에게는 기껏해야 5센트밖에 남지 않았다.

그 당시 역시 경찰이었던 삼촌이 그에게 커서 무엇이 되고 싶냐고 물으면 그는 혀 짧은 소리로 "경찰관."이라고 대답했다. 그러면 식구들이 와자지껄한 웃음을 터뜨리며 즐거워했다. 그후 아버지는 그가 대학에 진학하기를 바랐지만 맥클러스키는 고등학교를 졸업한 후 곧바로 경찰이 되었다.

맥클러스키는 유능하고 용감한 경찰이었다. 뒷골목의 깡패들도 그가 나타나면 슬슬 피했고 나중에는 순찰 구역에서 완전히 사라졌다. 그는 거칠었지만 아주 정직한 경찰이었다. 쓰레기 수거나 주차 위반을 단속하는 길에 아들을 데리고 다니며 푼돈을 모금하는 짓 따위는 절대 하지 않았다. 직접 자신의 손으로 챙겼다. 그래야 자신이 벌었다는 것을 느낄 수 있었기 때문이다. 특히 겨울 밤 같은 때 다른 경찰들처럼 순찰을 돌다 영화관에 불쑥 들어가거나 음식점에서 빈둥거리며 시간을 보내는 일은 없었다. 그는 언제나 자기 관할 구역을 성실하게 순찰했다. 그리고 자기 구역의 가게들을 철저하게 보호해 주었다. 순찰 도중에 바워리(Bowery: 싸구려 술집이나 여인숙 등이 많기로 유명한 뉴욕의 거리 중 하나) 거리에서 쏟아져 나온 술주정뱅이들이 행패를 부리기라도 하면 다시는 오지 못하도록 혼줄을 내 쫓아버렸다. 그래서 그의 관할 구역 주민들은 그를 고마워했다. 그리고 감사의 표시를 했다.

그는 또한 법과 질서도 신봉했다. 그는 절대로 관할 구역의 마권업자들에게 절대로 가욋돈을 요구하는 등 문제를 일으키지 않았다. 경찰서에 전체적으로 들어오는 뒷돈에서 자기 지분을 얻는데 만족했다. 그의 이름이 다른 경찰들과 함께 업자의 리스트에 올라 있어도 결코 그 이상을 요구해 본 적이 없었다. 그는 정당한 뇌물만 받는 정직한 경찰관이었고 파격적으로 승진한 적은 없지만 그렇다고 누락된 적도 없었다.

이 시기에 그에게는 아들 넷을 비롯한 대가족이 달려 있었다. 그러나 네 아들 중 어느 하나도 경찰이 되지 않고 모두 대학에 진학했다. 모두 포드햄 대학으로 진학했는데 때마침 그가 경사에서 경위, 나중에는 서장으로 승진하였기 때문에 별 어려움 없이 대학에 보내는 것처럼 보였다. 그런데 맥클러스키가 '한푼도 안 깎아주는 사람' 으로 악명을 떨치기 시작한 것도 이 무렵 부터였다. 그의 관할 구역 마권업자들은 같은 뉴욕의 다른 지역 마권업자들보다 더 많은 돈을 보호비 명목으로 서장에 갖다 바쳐야 했다. 아마도 아들 넷의 대학 학비 때문이었던 듯했다.

맥클러스키 본인은 깨끗한 뇌물에 대해서는 아무런 가책을 느끼지 못했다. 왜 자기 아들들이 학비가 싼 뉴욕시립 대학이나 전문 대학을 가야만 한단 말인가. 그것은 경찰청에서 자식 교육을 제대로 시킬 수 있을 만큼 충분한 월급을 주지 않았기 때문이다. 그는 자신의 생명줄과도 같은 이런 업자들을 철저히 보호했고, 순찰 중에 적발한 권총 강도, 해결사, 뚜쟁이들이 벌인 총격전에 대한 소환장도 책상 서랍에 간직해 두었다. 맥클러스키는 그들이 기반을 잡도록 도와주었다. 그는 평범한 사람들을 위해 도시의 뒷골목을 안전하게 만들었고 당연히 그의 실적은 매번 최하인 C점이었다. 그러나 그는 자신의 적은 월급에 대해 분개하지 않고 모두들 스스로 제 살 길을 찾아야 한다고 생각했을 뿐이었다.

브루노 타탈리아는 그가 오래 알고 지내는 친구였다. 브루노는 그의 아들 하나와 포드햄 대학에 같이 다녔는데, 마침 브루노가 나이트클럽을 개업했을 때 맥클러스키의 가족들을 초청하여 술과 저녁식사를 대접하며 쇼도 보여주었다. 브루노는 자신의 나이트클럽에서 유명한 가수나 헐리우드 스타들의 공연이 있으면 언제나 그의 가족들을 초대했다. 물론 이따금 카바레 영업에 필요한 고용인들이나 매춘이나 절도를 한 예쁜 아가씨들의 전과 기록을 삭제해 달라는 등 가벼운 청탁도 했다.

맥클러스키는 뇌물을 주는 사람한테 이유를 묻지 않는 것을 원칙으로 삼았다. 솔로조가 돈 코를레오네가 입원하고 있는 병원을 무방비 상태로 만들어 달라며 접근했을 때도 맥클러스키는 이유를 묻지 않았다. 그는 대가만 요구했다. 솔로조가 그에게 1만 달러를 제시했을 때도 맥클러스키는 이유를 묻지 않았지만 의미는 짐작할 수 있었다. 그는 망설이지 않았다. 코를레오네라면 카포네보다도 정치적인 영향력이 더 큰 최대 마피아 두목이 아니던가. 누구든 그를 죽이는 사람은 나라에 큰 애국을 하는 것이다. 맥클러스키는 선수금을 받고 그 일을 착수했다. 그런데 솔로조에게서 병원 앞에 코를레오네 일당 두 명이 서 있다는 전화를 받고 그는 벌컥 화가 났다. 테시오의 부하들을 모조리 체포했고 코를레오네의 병실 문앞에서 보초를 서던 형사들도 불러들이지 않았던가. 이제 원칙을 반드시 지키는 그의 성격에 1만 달러를 돌려주지 않으면 안 될 상황이 된 것이다. 선수금을 이미 아이들의 학비에 충당하기로 계획을 세워 놓은 터였다. 그래서 그는 화가 난 상태에서 병원으로 달려갔고 마이클 코를레오네에게 폭력을 휘두른 것이다.

그러나 그것은 맥클러스키에게 더 큰 건을 맡기기 위한 일종의 예비 테스트와도 같았다. 타탈리아 나이트 클럽에서 만난 솔로조는 그에게 더 좋은 거래 조건을 제시했다. 맥클러스키는 이번에도 내용이나 동기는 묻지 않고 액수만 확실히 했다. 그는 자신이 이런 위험에 처하리라는 생각은 한번도 해본 적이 없었다. 그 누구도 감히 뉴욕의 경찰서장을 죽이는 꿈을 꾸지 못하듯이 말이다. 마피아에서 가장 거친 깡패라도 가장 하위직의 경찰이 따귀를 때리면 참고 맞는 수밖에 없다. 경찰을 죽여 봤자 유리할 게 아무것도 없기 때문이다. 그래서 깡패들이 체포를 거부하거나 범죄 현장에서 도망가다 느닷없이 총을 맞아 죽는 일이 있는 것이다. 하기는 경찰에게 그 정도의 권한도 없고서야 누가 그런 일을 하려고 들겠는가?

맥클러스키는 긴 한 숨을 쉬고 경찰서를 나갈 채비를 했다. 사람이 살아간다는 것은 끝없는 어려움의 연속이다. 그는 조금 전 아일랜드에 사는 처형이 수년간 암과 싸우다 죽었다는 연락을 받았다. 처형의 병원비로 들어간 돈도 적지 않았는데 이제 장례비마저 그의 손에서 나갈 판이다. 고향에서 감자 농사를 짓고 있는 삼촌과 숙모에게도 이제부터 생활비를 조금씩 보내야 한다. 그렇다고 그가 그 돈을 아까워하는 것은 아니었다. 그와 아내는 고향에서 왕과 왕비 대접을 받았다. 아마 이번 여름에도 부부는 고향을 방문하게 될 것이다. 전쟁이 끝난데다 이번 일을 성공하면 더 많은 돈이 들어올 테니 말이다. 맥클러스키는 부하에게 자신이 필요한 경우를 대비해서 어느 지역, 어느 장소에 있을 거라고 일러두었다. 그는 특별히 조심해야할 필요가 없었다. 그는 솔로조에게 그를 만나고 있는 동안에는 항상 염탐꾼을 붙여 달라고 요구했다. 그는 경찰서를 나와 몇 블록을 걸어간 다음 택시를 타고 솔로조가 기다리고 있는 장소로 갔다.

마이클이 외국으로 탈출할 수 있도록 모든 준비를 하는 일은 톰 헤이건이 맡았다. 그는 위조 여권과 선원 신분증, 그가 타게 될 시칠리아행 이탈리아 화물선의 침실 예약까지 마친 상태였다. 그는 작전을 세운 그날로 시칠리아에 밀사를 파견하여 어느 시골 마을에 마피아 두목이 거처할 은신처를 마련해 놓게 했다.

소니는 자동차 한 대와 신임할 수 있는 운전수를 딸려서 마이클이 회담 장소를 빠져 나왔을 때 그를 바로 태울 수 있도록 조처를 취해 놓았다. 운전은 테시오가 맡겠다고 자원했다. 자동차는 겉보기에는 낡았지만 성능 좋은 모터를 부착했다. 또 위조 번호판을 달아서 추적이 불가능하게 만들었다. 그동안 긴급한 경우를 대비해 특별히 준비해 놓은 자동차였다.

마이클은 클레멘자와 시간을 보내며 그에게 맞춘 권총을 가지고 사격 연습을 했다. 끝이 매끄러운 실탄 22발을 장전할 수 있으며, 사람 몸에 박힌 총알을 꺼내면 커다란 구멍이 생기는 총이었다. 표적으로부터 다섯 발자국쯤 떨어져서 총을 쏘면 가장 정확하며, 그 거리를 넘으면 총알이 제멋대로 발사될 수 있다는 것을 그는 알았다. 방아쇠는 마이클의 손가락에 딱 맞았지만 클레멘자는 도구를 이용해 더욱 쉽게 당길 수 있게 약간 넓혀 주었다. 총성은 신경쓰지 않기로 했다. 총성이 크게 울릴수록 오히려 사람들은 마이클 주위로 감히 다가가지 못할 것이다. 다만 상황을 이해하지 못하는 순진한 구경꾼이나 의협심에 불타서 훼방놓을 사람이 없기를 바랐다.

클레멘자는 마이클을 지도하는 일을 게을리하지 않았다. "총을 쏘자마자 밑으로 떨어뜨리는 게 아니네, 그냥 손을 옆으로 내리면 총이 자연스럽게 밑으로 빠질 거야. 아무도 눈치채지 못할 걸세. 모두들 자네가 여전히 총을 갖고 있다고 생각할 거야. 그래서 자네 얼굴만 쳐다 볼 거야. 얼른 그 자리를 벗어나되 절대 뛰어서는 안되네. 다른 사람들과 눈을 마주쳐서도 안되지만 그렇다고 사람들의 시선을 피해서도 안되네. 걱정 말게. 사람들은 자네를 두려워하고 피할 거야. 아무도 방해하지 않을 거란 말일세. 자네가 밖으로 나오면 테시오가 자동차 안에서 기다리고 있을 거야. 자동차를 타게 되면 나머지는 그에게 맡기게. 교통사고는 염려하지 말게. 이런 일이 얼마나 순식간에 진행되는지 알게 되면 놀랄 걸세. 이제 이 모자를 쓰고 자네 모습이 어떤지 한번 보게."

그는 마이클의 머리에 회색 중절모를 씌워 주었다. 모자를 한번도 써보지 않은 마이클은 어색하게만 느껴졌다. 클레멘자는 그를 안심시켜 주었다. "이런 경우에는 신분을 감추는데 도움이 된다네. 대개 목격자들에게 모자 벗은 모습을 보여주면 구분을 잘 못하거든. 그리고 지문에 대해서는 걱정할 것 없어. 개머리판이나 방아쇠 모두 특수 처리를 해서 지문이 남지 않으니까. 그러니 다른 부분만 손이 닿지 않게 하면 되네."

"회담 장소는 알아냈답니까?" 마이클이 물었다.

클레멘자는 어깨를 으쓱했다. "아직, 솔로조가 워낙 신중한 녀석이라. 하지만 그가 자네를 해치지 않을까 염려할 필요는 없네. 자네가 안전하게 돌아올 때까지 중재자의 목숨은 우리 손에 달려있으니까. 만일 자네에게 무슨 일이 일어나면 중재자도 무사하지 못할 거야."

"도대체 왜 그놈이 위험을 자초하는 걸까요?"

"엄청난 대가를 기다리고 있겠지. 한몫 단단히 잡게 될 걸. 또 패밀리에서도 중요한 인물로 떠오르게 되겠지. 또 자신에게 아무 일도 일어나지 않게 솔로조가 책임져 줄 거라는 확신도 있겠고. 물론 솔로조에겐 자네와 맞바꿀 생각이 없을 정도로 중요한 인물이니 안심해도 좋아. 우린 지옥 끝까지 따라가는 사람들이니까."

"잘못되면 어떻게 되죠?" 마이클이 물었다.

"안되네. 타탈리아 패밀리와 코를레오네 패밀리의 전면전이지. 다른 패밀리들은 대부분 타탈리아 편에 설 거야. 공중위생국에서 이번 겨울 시체 치우느라 고생 좀 하게 되겠지." 클레멘자는 어깨를 으쓱했다.

"이런 일은 10년에 한 번씩 일어나야 더러운 피들을 청소할 수 있지. 그리고 사소한 문제를 가지고 그들 마음대로 하게 내버려두면 우리를 얕잡아 보고 누르려고 한단 말이야. 자넨 그걸 차단하게 되는거야. 사람들이 뮌헨(뮌헨회담: 체코의 수덴텐란트(Sudentenland)를 독일에게 할양하기로 한 독일, 영국, 프랑스, 이탈리아 간의 조약. 1938년 히틀러가 강압적으로 체결시킴)에서 히틀러부터 꼼짝 못하게 눌렀어야 하는 것처럼 말야. 그때 그렇게 하지 못해서 재앙이 닥친 거 아닌가."

마이클은 전에도 아버지에게 비슷한 얘기를 들은 적이 있었다. 전쟁이 시작되기 전인 1939년 어느 날이었던 것 같다. 만일 패밀리가 국정을 운영했다면 2차 세계대전은 일어나지 않았을 것이다. 마이클은 이런 생각을 하면서 피식 웃었다.

그들은 자동차를 타고 돈의 집으로 돌아왔다. 소니는 여전히 그곳을 본부로 삼고 있었다. 마이클은 도대체 언제까지 소니가 저렇게 숨어있을 수 있을까 걱정스러웠다. 결국 그도 밖으로 나가지 않으면 안 될 것이다. 그들은 소파에서 낮잠을 자고 있는 소니를 발견했다. 탁자에는 먹다 남은 점심식사, 스테이크 조각, 빵 부스러기, 반쯤 남은 위스키병이 어지럽게 널브러져 있었다.

평소에 깔끔한 아버지가 사용할 때는 집무실이 가구를 제대로 갖추지 않은 것처럼 썰렁해 보였었다. 마이클은 형을 흔들어 깨웠다. "부랑자처럼 살지 말고 청소 좀 하는 게 어때?"

소니가 하품을 했다. "내무반 검열이라고도 하는 거야? 마이클, 우린 아직 회담 장소를 알아내지 못했어. 끝내 알아내지 못하면 어떻게 네게 총을 전해주지?"

"내가 가지고 가면 안 될까?" 마이클이 물었다. "아마 녀석들이 나는 수색하지 않을 거야. 설령 하더라도 우리가 현명하게 대처한다면 들키지 않을 수 있어. 그리고 만에 하나 총을 들키면 또 어때. 총은 뺏어가 더라도 나를 어떻게 하지는 않을 거야."

소니가 고개를 저었다. "안돼. 반드시 솔로조란 놈을 없애야 돼. 명 심해. 가능하면 그놈을 먼저 죽여. 맥클러스키는 우둔하고 몸놀림도 느려서 그놈은 조금 천천히 죽여도 될 거야. 참, 클레멘자가 총을 떨어 뜨리라고 말하던?"

"응, 백만 번쯤." 마이클이 말했다.

소니는 소파에서 일어나더니 기지개를 폈다. "턱은 좀 어때?"

"별로야." 마이클은 철사로 고정시킬 때 주사한 마취약 때문에 얼얼 한 부위를 빼고는 전체적으로 욱신욱신 쑤셨다. 그는 탁자 위의 위스 키 병을 잡더니 벌컥벌컥 들이마셨다. 통증이 가라앉는 것 같았다.

"마음 편히 가져, 마이클. 지금은 술로 긴장을 풀어선 안돼." 소니가 말했다.

"오, 맙소사, 소니 형, 어린애 취급 좀 그만해. 난 솔로조보다 더 거 친 녀석들과 더 악조건에서 전투를 했어. 제기랄, 그놈한테 박격포가 있어? 공중 지원이 있어? 아님 대포가 있어? 여우처럼 약삭빠르고 돈으 로 매수한 경찰이 옆에 있다는 것 빼면 아무것도 아냐. 누구든 죽이려 고 마음만 먹으면 아무 문제도 없어. 그 마음 먹기가 어렵지. 놈들은 자 기가 죽게 될 줄 모르고 있을 걸."

톰 헤이건이 방으로 들어왔다. 그는 가볍게 목례를 한 뒤 곧장 전화 기 쪽으로 걸어갔다. 그리고는 이곳저곳 전화를 걸어보더니 소니를 향 해 고개를 돌렸다. "아무 연락이 없군. 솔로조는 되도록 막판까지 비밀 로 할 거야."

그때 전화벨이 울렸다. 소니는 수화기를 들고도 아무 말 하지 않았 다. 아마 사전에 그렇게 하기로 약속이 된 것 같았다. 그는 메모지에 뭔가 받아 적었다. "알았어, 그리 갈게." 그는 이렇게 말한 뒤 전화를 끊었다.

소니가 웃었다. "개자식, 진짜 물건은 물건이군. 이게 조건이란다. 오늘밤 8시에 그놈과 맥클러스키 서장이 브로드웨이에 있는 잭 뎀프시 바 앞으로 마이클을 데리러 올 거야. 그런 다음 장소를 옮긴대. 마이클과 솔로조는 아일랜드인 경찰이 알아들 수 없도록 이탈리아어를 쓸 거래. 맥클러스키는 이탈리아어라고는 '솔디(soldi: 돈)'라는 말밖에 모르니 걱정 말라더군. 그놈이 너에 대해 뒷조사를 했어. 네가 시칠리아 사투리까지 안다는 걸 알고 있는 걸 보니."

마이클은 심드렁하게 말했다. "할 이야기가 뭐가 있다구."

헤이건이 말했다. "우리가 중재자를 손에 넣을 때까지 마이클을 보내면 안돼. 그는 어디에 있나?"

클레멘자가 고개를 끄덕였다. "그놈은 우리집에서 부하 셋이랑 피노클을 하고 있어. 내 전화를 받기 전에는 그를 절대 풀어주지 말라고 일러 났네."

소니는 가죽 안락의자로 돌아갔다. "그렇담 이제 회담 장소를 어떻게 알아낸다? 톰, 타탈리아 패밀리와 줄이 닿는 정보원 있지 않나? 그에게 정보를 빼오게 할 수 없을까?"

헤이건이 어깨를 으쓱했다. "솔로즈는 영악한 놈이라 함부로 사람을 쓰지 않아. 경호원으로는 서장 하나로 충분하지만, 총보다 보안이 더 중요하다고 생각하는 놈이야. 그가 잘하는 거지. 우린 마이클을 미행하고, 잘 되기를 기도할 수밖에 없게 됐어."

소니가 고개를 저었다. "아냐, 놈들이 그 방법을 택했을 땐 우리 쪽에서 미행하리란 걸 계산에 넣지 않았을 리가 없어. 아마 그것부터 먼저 확인할 걸."

그때 시각이 오후 5시였다. 소니가 근심 어린 표정으로 말했다. "마이클을 데리러 왔을 때 자동차에 누가 타고 있던 그냥 총을 쏘라고 하는 수밖에 없어."

헤이건이 고개를 저었다. "솔로조가 자동차에 타고 있지 않을 경우엔 어떡하나? 닭 쫓던 개 신세가 될지도 모르네. 젠장, 우린 어떻게 해서든지 솔로조가 그를 어디로 데려갈지 알아내야 하네."

그때 클레멘자가 끼어 들었다. "그것보다 왜 그렇게 철저히 비밀로 하려는지 알아봐야 할 것 같네."

마이클이 얼른 말을 받았다. "그게 유리하기 때문이겠죠. 그렇지 않고서야 왜 우리에게 무엇이든 알려주지 않겠어요? 게다가 그는 냄새를 맡았어요. 경찰서장이 그림자처럼 따라다녀도 의심이 많은 성격이 분명해요."

헤이건이 손가락으로 딱 하고 소리를 냈다. "바로 그거야, 필립스 형사 말야. 소니, 자네가 전화해보는 게 어때? 그 사람이라면 서장이 어디에서 만나는지 알아낼 수 있을 거야. 한번 해볼만 해. 맥클러스키는 절대 자신이 가는 곳을 말하지 않겠지만 말야."

소니가 수화기를 들고 다이얼을 돌렸다. 그는 예의바르게 물어본 뒤 전화를 끊었다. "그가 전화해주기로 했네." 소니가 말했다.

30분 가까이 기다렸을 때 전화가 왔다. 필립스였다. 소니는 메모지에 무언가를 적은 다음 전화를 끊었다. 그의 얼굴이 환하게 펴졌다. "이제 됐어. 맥클러스키 서장은 항상 행선지를 밝히고 다닌다네. 오늘 8시부터 10시까지는 브롱스의 루나 아주레에 레스토랑에 있을 거라고 했대. 거기 어디인지 아나?"

테시오가 자신만만하게 말했다. "내가 알아. 우리에겐 아주 좋은 곳이야. 사람들이 은밀하게 대화할 수 있도록 높다란 칸막이가 되어 있지. 음식 맛도 좋고. 사람들이 자기 일에만 신경 쓸 수 있어서 완벽해."
그는 허리를 구부리고 소니의 책상 위에 담배꽁초로 지도를 그렸다.
"이쪽이 출입구네. 마이클, 자넨 일이 끝나자마자 밖으로 걸어나와 왼쪽으로 꼬부라진 다음 모퉁이를 돌게. 그럼 내가 기다리고 있다가 헤드라이트로 신호를 보낼 테니. 만일 문제가 생기면 고함을 질러. 그럼 내가 들어가서 자네를 데리고 나오겠네. 클레멘자, 당신도 서둘러야겠네. 빨리 사람을 그리로 보내 총을 갖다두게 하게. 그곳은 구식 화장실이라 물통과 벽 사이에 공간이 있네. 자네 부하를 시켜 그곳에 총을 숨겨놓게 하라구. 마이클, 놈들이 자네 몸 수색을 한 뒤 무기가 없다는 사실을 알면 자네에 대해 크게 경계하지 않을 거야. 그럼 레스토랑에 도착해서 잠시 기다렸다 실례하겠다고 말하게. 아니, 허락을 구하는 게 낫겠지. 먼저 속이 좋지 않은 척 연기를 하면 자연스럽겠지. 그들은 별로 의심하지 않을 거야. 하지만 다시 나타나선 시간을 낭비해서는 안되네. 테이블에 앉지 말고 그대로 총을 발사하게. 결코 기회를 엿보아선 안되네. 머리 속에 두 발을 쏘아야 한다는 생각을 갖고, 가능한 다리를 빨리 움직여야 해."

소니는 그의 말을 주의깊게 경청했다. "총은 아무에게도 들키지 않게 잘 갖다 놓아야 합니다. 마이클이 화장실에서 나올 때 빈손으로 나오지 않게요."

클레멘자가 힘주어 말했다. "총은 틀림없이 숨겨 놓겠네."

"좋습니다." 소니가 말했다.

테시오와 클레멘자가 먼저 자리를 떴다. 톰 헤이건이 말했다. "소니, 내가 마이클을 뉴욕까지 데려다 주겠네."

"안돼. 자넨 여기 있어. 마이클이 임무를 마치면 그때부터 우리의 작업이 시작되네. 난 자네가 필요해. 신문사에는 손을 써놨나?"

헤이건이 고개를 끄덕였다. "일이 터지자마자 그들에게 소식을 줄거야."

소니는 자리에서 일어나 마이클 앞으로 걸어가 손을 내밀었다. "좋아, 마이클, 이제 시작이야. 어머니께는 내가 잘 말씀드릴 게. 그리고 적당한 때가 되면 너의 여자친구에게도 연락을 해볼 게. 알았지?"

"알았어. 그런데 다시 돌아오려면 얼마나 걸릴까?"

"적어도 1년." 소니가 말했다.

톰 헤이건이 끼어 들었다. "대부께서 그보다 더 빨리 돌아올 수 있게 손을 쓰실 거야, 마이클. 하지만 큰 기대는 하지마. 거기에는 여러 가지 변수가 있어. 신문기자들이 사건을 얼마나 유리하게 써주느냐, 경찰청에서도 사건을 얼마나 감쪽같이 덮어주느냐, 다른 패밀리들이 얼마나 격렬한 반응을 보이느냐에 따라 달라질 거야. 여러 가지 복잡하고 어려운 일이 생길거야. 그 점만은 분명해."

마이클이 헤이건에게 악수를 청했다. "최선을 다해 주세요. 또 다시 3년 이상 집을 떠나 있긴 싫어요."

헤이건이 부드럽게 말했다. "마음을 바꾸기에 아직 늦은 건 아니네, 마이클. 우리가 다른 사람을 쓸 수 있다면 지금부터 다시 생각할 수도 있어. 반드시 솔로조를 제거할 필요도 없구."

마이클이 웃었다. "우린 어떤 생각이라도 말할 수 있어요. 하지만 이건 우리가 처음으로 옳다고 생각한 방법이에요. 난 평생 편하게 살아왔어요. 이제 내 의무를 할 때가 온 거예요."

"자네 턱을 때렸다고 해서 섣불리 결정해서는 안돼. 맥클러스키는 단순한 인간이야. 사사로운 감정이 아니라 비즈니스였어."

헤이건은 두 번째로 마이클 코를레오네의 얼굴에 돈의 얼굴이 겹쳐지면서 하나가 되는 것을 보았다.

"톰, 웃기지마. 이건 순전히 개인적인 감정 때문이야. 어디로 봐서 사업상의 일이야? 누구나 살아 있는 동안에는 목구멍에 거미줄 치지 않게 매일 먹어야 해. 그건 개인적인 일이야. 그런데도 사람들은 그걸 사업상의 일이라고 부르지. 내가 이걸 어디에서 배웠다고 생각해? 그래, 아버지야. 대부. 아버지는 친구가 벼락을 맞아도 당신 개인의 일로 생각하시는 분이야. 내가 해군에 입대한 것도 당신 개인의 일로 생각하셨어. 참 대단하신 분이야. 위대한 보스야. 아버지는 모든 일을 당신의 일처럼 생각하셨어. 마치 신이기라도 한 것처럼 참새 꼬리에서 빠진 깃털 한 개까지도 신경 쓰신다니까. 대체 그게 무슨 상관이야, 그렇지 않아? 사고를 개인적인 모욕으로 생각하는 사람에겐 사고가 일어나지 않아. 그래 난 뒤늦게 이 세계에 뛰어들었어, 하지만 언제든지 뛰어들 조건은 충분해. 제기랄, 내 쪼개진 턱도 내겐 개인적인 사고야. 솔로조가 우리 아버지를 죽이려고 하는 것도 개인적인 일로 생각해." 그가 웃었다. "아버지에게 말해 줘. 내가 아버지를 그대로 닮아서 아버지가 내게 했던 그대로 당신한테 되돌려 드리게 되어 기쁘게 생각한다고. 좋은 아버지셨다고." 마이클은 잠시 말을 멈추고 나서 골똘히 생각했다. "아버진 날 한번도 때린 적이 없어서. 소니 형도 프레디 형도 그리고 물론 코니도. 코니에게는 소리 한번 지르신 적이 없는 분이지. 그런데, 형, 이제 내게 진실을 말해 줘. 아버지가 죽인 사람들이 몇 명이나 되는지."

톰 헤이건이 고개를 돌렸다. "네가 아버지한테 배우지 않은 점 한 가지만 말하마. 바로 이런 식의 말씀이지. 해야할 일을 하는 거라면 거기에 대해 절대 말하지마. 그걸 정당화시키려고 노력하지마. 아무리 해도 그건 정당화될 수 없는 일이야. 넌 그냥 하면 돼. 그리고 나서 잊어버려."

마이클 코를레오네가 얼굴을 찌푸리며 조용히 말했다. "형도 콘실리에리로서 보스와 우리 패밀리를 위해 솔로조를 살려두는 게 위험하다는데 동의하지?"

"물론이야."

"알았어, 그럼 죽여야 해."

마이클 코를레오네는 브로드웨이의 잭 뎀프시 레스토랑 앞에 서서 그들을 기다리고 있었다. 손목시계를 들여다봤다. 8시가 되려면 5분이 남았다. 솔로조는 시간을 정확히 지킬 것이다. 마이클은 자신이 거기서 아주 오랫동안 서 있었던 것 같은 느낌이 들었다. 벌써 15분째 기다리고 있었다.

롱비치에서 차를 타고 오는 동안 그는 헤이건에게 했던 말을 잊으려고 애썼다. 이제 그의 인생은 돌이킬 수 없는 길로 들어선 것이다. 그렇다, 오늘밤 이후부터 전혀 새로운 인생이 펼쳐질 것이다. 만약 이 쓰레기들을 몽땅 쓸어버리지 않으면 그가 죽을지도 모른다. 마이클은 결연해지려고 노력했다. 자신의 손에 패밀리의 모든 것이 달렸다는 생각을 마음에 새겼다. 솔로조는 멍청한 꼭두각시가 아니다, 맥클러스키는 언제 깨질지 모르는 계란과 같다. 철사로 고정한 턱이 욱신욱신 쑤셨지만 오히려 자극을 주어 고마웠다. 통증이 그의 정신과 신경을 깨어있게 해줄 것이다.

브로드웨이 거리는 영화 상영시간이 가까웠는데도 추운 겨울 밤이라 인파가 많지 않았다. 기다란 검정색 자동차가 인도쪽으로 붙이며 다가오자 마이클은 움찔하고 뒤로 물러섰다. 운전수가 앞문을 열며 "타시오, 마이클." 이라고 말했다. 그와 안면이 없는 운전사는 기름 바른 까만 머리에 셔츠 깃을 풀어 젖힌 젊은 남자였다. 자동차에 올라타자 뒷좌석에 맥클러스키 서장과 솔로조가 앉아 있었다.

솔로조는 앞으로 손을 내밀었고 마이클은 그와 악수를 했다. 손은 단단하지만 따뜻하고 거칠었다. "만나서 반갑네, 마이클. 이번에 모든 문제가 해결되길 바라오. 어쩌다 모든 상황이 최악이 되어버렸소. 이 건 결코 내가 바라던 바가 아닌데, 이런 일이 일어나지 말았어야 했는데 말야."

마이클 코를레오네는 조용히 말했다. "나도 오늘밤 모든 게 해결돼서 아버지가 더 이상 고통을 당하지 않기를 바랍니다."

"그런 일은 없을 거네." 솔로조가 진지하게 말했다. "우리 애들이 다시는 그런 일을 저지르지 않을 거라고 자네에게 맹세하지. 우리 대화하는 동안에는 마음을 열기로 하세. 자넨 형 소니처럼 성격이 불 같지 않길 바라네. 그런 사람과는 사업 얘기를 하기가 불가능하지."

맥클러스키 서장이 투덜거렸다. "성격은 그래도 사람은 괜찮지." 그가 마이클에게 몸을 기울이더니 다정하게 어깨를 토닥거려주었다. "지난 밤에는 미안했네, 마이클. 나도 경찰 해먹기에는 너무 나이가 들었나봐, 성질 다스리기가 예전 같지 않아. 곧 은퇴해야 할 것 같아. 화가 나면 참을 수가 없고 매일 짜증이 난다니까. 이해해주게." 그는 한탄을 하면서 마이클의 몸을 샅샅이 수색했다.

마이클은 운전수의 입가에 엷은 미소가 번지는 것을 목격했다. 자동차는 특별히 미행자를 의식하지 않고 서쪽으로 달렸다. 웨스트 사이드 고속도로에 진입하자 곳곳의 도로 정체로 속도가 빨라졌다 느려졌다 했다. 누군가 미행하는 사람이 있다면 그와 똑같이 해야할 것이다. 그런데 놀랍게도 자동차는 조지 워싱턴 다리를 지나 뉴저지를 향해 달리고 있었다. 소니가 잘못된 정보를 전해 받은 것이다.

다리 진입로를 요리조리 빠져나온 자동차는 반짝이는 도심의 야경을 뒤로하고 질주하기 시작했다. 마이클은 멍한 표정을 지었다. 도대체 나를 늪지에 처박을 꿍꿍인가, 아니면 교활한 솔로조가 막판에 회담 장소를 바꾼 것일까? 그러나 그렇게 다리를 거의 건너고 있을 때 운전사가 갑자기 핸들을 홱 잡아 돌렸다. 묵직한 자동차는 공중에 튀어 올라 반대편 뉴욕으로 가는 차선 위로 떨어졌다. 맥클러스키와 솔로조는 순간 똑같이 따라 하는 차가 있는지 확인하려는 듯 고개를 뒤로 돌렸다. 자동차는 이제 제대로 뉴욕을 향해 달렸다. 그들은 다리를 벗어나 브롱스 동부로 향했다. 그러다 미행자를 따돌리려는 듯 도중에 사잇길로 들어갔다. 이때가 거의 9시였다. 그들은 이제 미행자가 정말로 없다고 안심한 것 같았다. 솔로조는 담배에 불을 붙인 다음 담배갑을 맥클러스키와 마이클에게 건네주었다. 두 사람은 거절했다.

솔로조가 운전사에게 말했다. "오늘 잘했어. 잊지 않겠네."

10분 후 자동차는 이탈리아 주택가에 있는 작은 레스토랑 앞에 다다랐다. 거리에는 아무도 없었고 늦은 시각이라 저녁을 먹는 사람들도 많지 않았다. 마이클은 운전수가 함께 들어갈까봐 걱정했지만 다행히 자동차에 남았다. 중재자는 운전사에 대해선 언급하지 않았다. 결국 운전사를 데리고 왔기 때문에 솔로조는 약속을 어긴 것이다. 하지만 마이클은 그것에 대해 언급하지 않았다. 자신이 성공적인 협상을 바라는 것처럼 보이려면 굳이 트집을 잡지 않는 게 좋을 것 같아서였다.

솔로조가 칸막이 있는 자리를 원하지 않았기 때문에 세 사람은 하나뿐인 둥근 테이블에 앉았다. 레스토랑에는 그들 말고 두 명이 더 있었다. 마이클은 그들이 솔로조의 패거리가 아닐까 하는 생각이 들었다. 그러나 그건 중요한 일이 아니었다. 그들이 끼어 들기 전에 모든 상황이 종료될 것이다.

맥클러스키가 호기심 어린 표정으로 물었다. "이곳이 이탈리아 음식을 잘하나?"

솔로조가 그를 안심시켰다. "송아지고기 맛 좀 봐요. 뉴욕에서 최고랍니다." 이윽고 웨이터가 포도주병을 가져오더니 마개를 땄다. 그는 잔 세 개에 포도주를 가득 따랐다. 맥클러스키는 정색을 하며 술을 거절했다. "난 술을 마시지 않는 유일한 아일랜드인일 거요. 술 때문에 망가지는 사람들을 하도 많이 봐서."

솔로조가 서장에게 양해를 구했다. "지금부터 이탈리아어로 마이클과 할 얘기가 있습니다. 당신을 믿지 못해서가 아니라 제가 영어로는 속엣말을 제대로 표현하지 못하기 때문입니다. 마이클에게 우리가 오늘밤 합의를 보는 것이 모두에게 이익이라는 걸 설명하려고 하니 기분 나빠하지 마십쇼. 당신을 못 믿어서가 아니니까."

맥클러스키 서장은 두 사람에게 묘한 미소를 지었다. "알았소. 두 사람이 잘 해보쇼. 난 송아지고기와 스파게티나 먹고 있을 테니."

솔로조는 빠른 시칠리아어로 말하기 시작했다. "나와 당신 아버지 사이에 일어났던 일들은 순전히 사업상의 문제라는 걸 이해하기 바라오. 난 돈 코를레오네를 존경하기 때문에 아버지의 조직에 들어갈 기회를 달라고 간청했소. 그러나 당신 아버지는 구세대라 현상유지에 만족하시는 것 같소. 하지만 내가 하고 있는 사업은 유망사업이오. 수익성을 따질 것도 없는, 몇 백만 달러가 걸린 미래형 사업이오. 그런데 당신 아버지는 비현실적인 편견 때문에 자기 방식만 고집하셨소. 내게도 '자네나 잘 해보게.' 라고 말씀하셨지만 우리 둘 다 그게 비현실적이라는 걸 알지. 하지만 우린 서로 협조하지 않으면 안되도록 되어 있소. 그분이 진짜 내게 하고 싶은 말씀은 내가 사업을 꾸려갈 능력이 없다는 것일 거요. 난 그분을 존경하지만 내게 당신의 의견을 강요하는 걸 참을 수 없었소. 그래서 그런 일이 일어난 거고. 나는 모든 다른 뉴욕 패밀리들의 암묵적인 지지를 받고 있소. 타탈리아 패밀리는 내 동업자요. 만일 이 전쟁이 계속된다면 코를레오네 패밀리는 고립을 면치 못하게 될 것이오. 당신 아버지가 완쾌하신다면 얘기가 달라지겠지만. 소니는 그만한 존경을 받지 못하고 대부가 될 재목이 아니오. 아일랜드인 고문인 헤이건도 젠코 아반단도와 같은 인물은 아니오. 참, 얼마 전에 돌아가셨다는 말을 듣고 얼마나 안타까웠는지. 오늘 내가 만나자고 한 것은 평화협정을 맺고 싶어서. 우리, 당신 아버지가 완쾌하여 이 협상을 할 때까지 적대감정을 풀기로 하는 게 어떻소. 타탈리아 패밀리도 내 설득을 받아들여 브루노에 대한 일을 덮어두기로 했소. 우리 화해합시다. 나도 그러는 동안 생활비를 벌어야 하기 때문에 소규모나마 내 사업을 할 작정이오. 당신들의 협조를 구하는 것은 아니지만 당신들이 방해만 하지 말아 줄 것을 부탁하오. 이것이 나의 제안이오. 난 당신에게 내 제의에 동의해 줄 만한 권위가 있다고 믿소."

마이클은 시칠리아어로 대답했다. "당신이 말하는 사업을 어떻게 시작할 것인지, 우리 패밀리의 역할은 무엇이고, 우리가 이 사업에서 얻게 되는 이익은 무엇인지 좀더 자세히 설명해 주시오."

"내 제의의 세부 내용까지 알고자 하는 거요?" 솔로조가 물었다.

마이클이 차분하게 대답했다. "무엇보다 중요한 건 아버지의 목숨을 더 이상 위협하지 않겠다는 확답을 받는 거요."

솔로조는 손을 번쩍 들어올렸다. "내가 어떻게 해주면 믿을 거요? 나는 거절을 당한 사람이오. 기회도 잃어버렸소. 당신은 날 그렇게 대단하게 보는가 본데 나는 그렇게 영리하지 않소."

마이클은 이 회담이 며칠간의 말미를 얻기 위한 것이라는 확신이 들었다. 솔로조는 아버지를 죽이려는 또다른 시도를 할 것이다. 재미있는 사실은 솔로조가 자신을 어린아이 취급한다는 것이었다. 마이클은 전신에 퍼지는 야릇하고 짜릿한 증오심을 느꼈다. 그는 괴로운 듯한 표정을 만들었다. 솔로조가 급히 물었다. "왜 그러시오?"

마이클이 난처한 표정을 지으며 말했다. "포도주가 방광으로 직행했나 봅니다. 지금까지 참고 있었는데, 화장실 좀 다녀와도 되겠습니까?"

솔로조는 검은 눈동자를 굴리며 의도적으로 그의 표정을 살폈다. 그는 거칠게 마이클의 바지 가랑이 속으로 손을 넣어 훑으며 무기가 있나 더듬었다. 마이클은 불쾌한 표정을 지었다. 맥클러스키가 퉁명스럽게 말했다. "내가 검사해 보았소. 나는 수천 명의 젊은 놈들을 수색한 경험이 있소. 그놈은 깨끗했소."

솔로조는 못마땅한 표정을 지었다. 그렇다고 화장실을 못 가게 할 수도 없었다. 그는 테이블 맞은편에 앉아 있는 사람들을 힐끗 쳐다본 다음 눈썹을 치켜올리고 화장실 문쪽을 노려보았다. 손님으로 가장한 솔로조 일당은 자신이 이미 확인해 보았는데 아무것도 없었다는 표시로 가볍게 목례했다. 솔로조는 마지못해 "빨리 갔다 오시오."라고 말했다. 그는 여러가지 예방 조치를 취했음에도 불구하고 신경이 곤두섰다.

마이클은 일어서서 화장실로 갔다. 세면대 옆에는 철망 선반이 있고 그 안에 분홍색 비누통이 놓여 있었다. 그는 화장실로 들어가서 실제로 소변을 보았다.

그리고 나서 마이클은 에나멜 물통 뒤로 손을 뻗었다. 테이프로 붙여 놓은 끝이 뭉툭하고 작은 권총이 손끝에 닿았다. 그는 지문 걱정은 하지 말라는 클레멘자의 말을 떠올리며 권총을 마지막으로 점검해 보았다. 그런 다음 권총을 허리에 찔러 넣고 바지 위로 윗옷을 내어 단추를 잠궜다. 그는 손을 씻고 머리에 물을 묻혔다. 그리고 손수건으로 수도꼭지의 지문을 닦고 화장실을 나왔다.

솔로조는 화장실 문을 노려보고 앉아 있었다. 그의 검은 눈이 기민하게 번뜩였다. 마이클이 미소를 지었다. "이제 편히 얘기할 수 있겠네요." 그는 안도의 한숨을 쉬었다.

맥클러스키 서장은 벌써 송아지고기와 스파게티를 먹고 있었다. 뻣뻣하게 앉아 마이클을 주시하던 벽 쪽의 남자는 한눈에 봐도 긴장이 풀어진 것 같았다.

마이클이 다시 자리에 앉았다. 그는 클레멘자가 화장실에서 나온 뒤 지체하지 말고 곧장 총을 발사하라는 말이 기억났다. 하지만 본능적인 경고인지 아니면 겁을 집어먹어서인지 그렇게 하지 못했다. 이게 만일 액션 영화를 찍는 중이라면 틀림없이 NG일 거라는 생각이 들었다. 그는 자신이 앉아 있다는 사실에 너무 다행스럽고 안심이 됐다. 얼마나 떨었던지 다리에 힘이 모두 빠져 버렸기 때문이다.

솔로조가 그에게 몸을 기울였다. 마이클은 테이블에 배를 바짝 대고 그 밑으로 웃옷 단추를 열었다. 얼굴 표정은 열심히 듣는 척했지만 솔로조가 뭐라고 지껄이는지 하나도 귀에 들어오지 않았다. 그저 횡설수설하는 말처럼 들렸다. 온몸의 피가 거꾸로 솟구쳐 올라오는 것처럼 느껴졌다. 그는 테이블 밑으로 오른손을 넣어 허리에 찬 권총을 잡았다. 그리고 천천히 총을 뺐다. 그때 웨이터가 주문을 받으러 왔다. 솔로조는 고개를 돌려 웨이터에게 말을 했다. 마이클은 왼손으로 테이블을 꽉 잡은 다음 바깥쪽으로 밀쳐 내면서 오른손으로는 권총을 꺼내 솔로조의 머리에 겨누었다. 솔로조 역시 몸놀림이 얼마나 민첩한지 이미 마이클을 피하려는 동작을 취했다. 그러나 나이가 더 젊은 마이클이 한 발 앞서 방아쇠를 당겼다. 총알이 솔로조의 눈과 귀를 정확히 관통했다. 솔로조의 머리에서 피덩어리가 울컥울컥 쏟아지고 뼈 조각이 애꿎은 웨이터의 상의로 튀었다. 마이클은 본능적으로 더 이상 쏠 필요가 없음을 직감했다. 솔로조는 고개가 돌아가며 최후의 순간을 맞았다. 마이클은 그의 눈에서 촛불이 꺼지듯 생명의 빛이 사라지는 것을 보았다.

그리고 나서 겨우 1초가 흘렀을까 마이클은 재빨리 총구를 맥클러스키에게로 돌렸다. 경찰서장은 이 일이 자신과 상관없다는 듯 담담하게 솔로조를 응시했다. 그 자신도 위험에 처했다는 사실을 직감하지 못하는 것 같았다. 그는 송아지고기를 찍은 포크를 손에 든 채 마이클을 쳐다보았다. 마이클이 웃으면서 방아쇠를 당길 때에도 그는 왜 굴복하거나 도망가지 않느냐며 노골적으로 분개하는 모습이 역력했다. 이번 총격은 실수였다. 치명적이 아니었다. 맥클러스키의 황소같이 두꺼운 목을 관통하자 커다란 송아지고기가 목에 걸려 질식할 것 같은 신음이 흘러나왔다. 그러고는 찢겨진 폐로 숨을 내쉴 때마다 피가 울컥울컥 쏟아져 나왔다. 마이클은 유유히 그리고 정확하게 그의 백발 정수리를 맞혔다.

방안은 마치 붉은 색 안개가 가득 차 있는 것 같았다. 마이클은 벽에 붙어 있는 남자를 보았다. 그는 마비된 것처럼 꼼짝 않고 서 있었다. 이제 그는 조심스럽게 테이블 위에 손을 올려놓고 사방을 살폈다. 웨이터는 믿기 어렵다는 듯이 마이클을 쳐다보며 공포에 떨며 다리를 질질 끌고 주방 쪽으로 뒷걸음질쳤다. 솔로조는 아직 의자에 앉은 채로 몸 한쪽을 테이블에 걸치고 있었다. 거대한 맥클러스키의 몸도 미끄러져 의자와 함께 바닥에 나동그라져 있었다. 마이클은 그대로 총을 밑으로 떨어뜨렸는데 맥클러스키의 몸에 맞는 바람에 아무런 소리가 나지 않았다. 그는 벽에 붙어 있는 남자도, 자신이 총을 떨어뜨리는 걸 보고 있던 웨이터도 쳐다보지 않았다. 솔로조의 차는 갓길에 주차되어 있었으나 운전수는 보이지 않았다. 마이클은 왼쪽으로 걸어가서 모퉁이를 돌았다. 찌그러진 세단이 헤드라이트를 번쩍이며 그에게로 다가오더니 문이 열렸다. 그가 올라타자 자동차는 굉음을 울리며 질주하기 시작했다. 운전석에는 테시오가 앉아 있었다. 그의 얼굴은 대리석처럼 굳어 있었다.

"솔로조를 먹어치웠나?" 테시오가 물었다.

순간 마이클은 테시오의 말에 정신이 번쩍 들었다. 그 표현은 대개 성적인 의미로 여자를 강간했을 때 쓰는 말이었다. 그는 테시오가 왜 그런 말을 쓰는지 궁금해졌다. "네, 둘 다." 마이클이 대답했다.

"정말?"

"머리에서 뇌수가 흘러나온 걸 봤어요."

자동차에는 마이클이 갈아입을 옷이 준비되어 있었다. 20분 뒤면 그는 시칠리아에 정박할 이탈리아행 화물선을 타게 될 것이다. 그리고 두 시간 뒤면 배는 바다 한가운데 떠 있게 될 것이고, 그는 객실에서 지옥불처럼 타오르는 뉴욕의 야경을 감상할 수 있을 것이다. 이제 조금만 있으면 이 악몽에서 벗어나게 될 것을 생각하며 마이클은 말할 수 없는 안도감에 젖었다. 그것은 낯설지 않은 감정이었다. 그의 해병대 분함대가 전투지였던 섬을 출발할 때의 느낌과 비슷했다. 전쟁이 끝나기 전이었지만 가벼운 부상을 입었던 그는 섬을 떠나 의무선으로 후송되었다. 바로 그때와 같은 안도감이 들었다. 그곳은 아수라장이 되었겠지만 어쨌든 자신은 거기에 없을 것이다.

솔로조와 맥클러스키 서장이 살해된 다음날 뉴욕의 모든 경찰서와 파출소에는 다음과 같은 공문이 내려갔다. '오늘 이 시간 이후로 맥클러스키 서장의 살해범이 체포될 때까지 도박과 매춘, 그 어떤 종류의 불법 행위도 금지된다. 도시 전역에 대규모의 경찰 수색대를 급파한

다. 모든 불법 비즈니스 행위는 금지된다.'

그 사건 후에 패밀리연합의 밀사가 찾아와 코를레오네 패밀리에게 살인 행위를 포기해 줄 것을 부탁했다. 그러나 상관하지 말라는 대답만 듣고 돌아갔다. 그날밤 롱비치의 코를레오네 저택에서는 폭발 사건이 터져 쇠사슬로 묶어 놓은 자동차가 공중분해 되었다. 또 행동대원 두 명이 그리니치 빌리지의 한 이탈리아 레스토랑에서 식사를 하던 도중 살해되었다. 1946년, 다섯 개 패밀리의 전쟁이 시작되던 날이었다.

제2부

12

"내일 아침에 봐, 빌리." 조니 폰테인은 하인에게 퇴근하라는 듯 손
짓을 하며 말했다. 흑인 집사는 태평양이 바라보이는 널따란 식당 겸
거실을 나오며 꾸벅 절을 했다. 하인으로서 정중하게 하는 인사가 아
니라 주인이 저녁식사에 손님을 초대했을 때 하는 가볍고 친근한 목례
였다.

조니의 손님은 뉴욕 그리니치 빌리지 출신의 샤론 무어라는 여배우
였다. 그녀는 늙은 정부가 제작하는 영화에서 단역이라도 맡을 요량으
로 헐리우드로 왔다. 조니는 월츠의 영화에 출연하고 있을 때 세트장
에 놀러 온 그녀를 만났는데, 젊고 매력적이고 발랄하다고 느껴 저녁
식사에 그녀를 초대한 것이다. 조니가 베푸는 저녁 만찬은 훌륭하기로
소문이 난데다 유명한 배우의 초대라서 그녀는 즉석에서 응낙했다.

샤론 무어는 조니가 명성에 걸맞게 적극적으로 유혹할 거라고 예상
했지만, 조니는 그런 헐리우드의 난봉꾼을 경멸하는 사람이었다. 그는
여자에게 진정으로 매력을 느끼지 않는 이상 절대 아무 여자와 자는
법이 없었다. 물론 술에 잔뜩 취해서 기억도 나지 않는 낯선 여자와 한
침대에 누워 있었던 적은 간혹 있지만 말이다. 서른다섯 살 나이에 한
차례 이혼 경험도 있고 두 번째 아내와도 별거중이라 수없이 허리띠를
풀 수도 있었건만 그는 그러고 싶지 않았다. 그러나 샤론 무어에게는
거부할 수 없는 어떤 매력이 있었다.

조니 폰테인은 먹성이 좋은 편은 아니지만 젊고 매력적인 아가씨들
은 예쁜 옷을 사고 싶어하고 데이트할 때는 고급스런 음식을 먹고 싶
어한다는 걸 알고 있기 때문에 갖가지 비싸고 맛있는 음식들로 상을
차리게 했다. 또 한 켠에는 바구니에 담긴 샴페인, 스카치, 위스키, 맥

주 등의 각종 술도 준비되어 있었다. 조니는 식사를 마치자 태평양이 한눈에 들어오는 거실로 여자를 안내했다. 그는 전축에 엘라 피츠제럴드의 레코드를 올려놓고 샤론과 함께 소파에 앉았다. 그녀가 어린 시절 어떤 소녀였는지, 말괄량이였는지 남자애들에게 인기는 있었는지, 수수했는지 예뻤는지, 새침데기였는지 명랑했는지 등 자질구레한 것들에 대해 이야기를 나누었다. 조니는 언제나 이런 사소한 일들이 감정을 고조시키고, 나아가 사랑을 나누고 싶은 욕망을 자극한다는 사실을 알고 있었다.

그들은 소파에 아주 편안하고 다정하게 앉았다. 조니는 샤론의 입술에 부드럽게 입을 맞췄다. 샤론은 거부하지 않았고 조니 역시 모든 것을 그녀에게 맡겼다. 커다란 창문 밖에는 달빛을 받은 태평양이 검푸른 시트처럼 펼쳐져 있었다.

"당신 노래를 틀면 안돼요?" 샤론이 애교스럽게 졸라댔다. 조니는 그녀를 바라보며 미소를 지었다. 졸라대는 샤론의 표정이 싫지 않았다. "난 헐리우드 타입이 아니야."

"나를 위해 몇 곡만 들려줘요. 아니면 노래를 직접 불러 주든가. 영화에서처럼 말이에요. 스크린에서 아가씨들이 그랬던 것처럼 나도 당신 앞에서 흐물흐물 녹아버릴 거예요."

조니가 크게 소리내어 웃었다. 그도 지금보다 젊었을 때는 일부러 그렇게 하려고 노력했다. 그 결과 여자들은 그에게 섹시하게 보이려고 애쓰거나 카메라에 담긴 허구의 모습을 보며 애간장을 녹이고 연모했다. 그러나 지금은 여자 앞에서 노래를 부르고 싶은 생각이 전혀 없었다. 무엇보다 수개월 동안 노래를 부르지 않았고 목소리에 대한 자신도 없었다. 게다가 일반 사람들은 프로들이 노래 실력을 돋보이게 하려고 얼마나 기계 장치에 의존하는지 이해하지 못했다. 그는 젊은 시절의 열정적인 목소리를 들을 때면 나이가 들어 머리가 벗겨지고 배나온 중년남자가 남자로서의 매력이 넘치던 젊은 시절을 회고할 때와 같은 부끄러움을 느꼈다.

"내 목소리도 이제 한물 갔어. 아니 솔직히 말하면 내 노래를 듣기가 괴로워."

그들은 술을 한 모금 마셨다. "이번 영화에서 연기가 최고였다고 들었어요. 그런데 한푼도 받지 않고 출연했다는 게 사실이에요?" 샤론이 물었다.

"교통비 정도 받았지."

조니는 여자의 브랜디 잔에 술을 더 따라 주고 금으로 장식한 담배갑에서 담배를 꺼내 불을 붙여 주었다. 샤론은 담배를 뻐끔거리면서 술을 한 모금 마셨다. 조니는 자기 잔에는 브랜디를 더 많이 따른 다음 다시 샤론의 옆에 앉았다. 자신을 흥분시키고, 기분을 돋구려면 더 많은 알콜이 필요했다. 그의 처지가 애인간의 일반적인 역할까지 뒤바꿔버린 것이다. 그는 여자 대신 자기가 술을 더 많이 마셔야 했다. 그가 내키지 않을 때도 여자들은 더 적극적으로 나오기 일쑤였다. 지난 2년간 자존심에 상처를 많이 입은 그는 젊은 여자와 하룻밤 보내거나 여자를 저녁식사에 초대하고 값비싼 선물을 한 다음 여자가 기분 나빠하지 않을 정도로 점잖게 차버리는 단순한 방법으로 자존심을 회복하려고 노력했다. 그런데도 여자들은 유명한 조니 폰테인과 하룻밤 보낸 것을 자랑거리인 양 떠벌리고 다녔다. 이게 진정한 사랑이 아니란 건 알지만 여자가 예쁘고 정말 매력적인데 어찌 한번 건드려보지 않을 수 있겠는가. 그는 억세고 뻔뻔스런 여자, 하룻밤 자고 나서 다음날로 친구에게 조르르 달려가 조니 폰테인과 잤다고 자랑하고, 한술 더 떠 기대보다 시원치 않더라는 말까지 덧붙이는 여자들을 경멸했다. 그런데 그가 더 놀란 점은 유명한 가수이자 영화배우와 잤다고 말하는 부인을 용서하는 너그러운 남편들이었다. 그 점은 정말로 그를 혼란에 빠뜨렸다.

그는 엘라 피츠제럴드의 노래를 사랑했다. 깨끗한 목소리와 순수한 내용의 가사가 마음에 들었다. 그의 노래는 조니의 마음에 와 닿는 유일한 노래였고 조니는 이 세상에 누구보다 자기가 그 노래를 잘 이해할 거라고 생각했다. 조니는 소파에 편히 기대어 브랜디를 한 모금 마시자 목구멍이 후끈해졌다. 그러자 레코드를 듣는 게 아니라 진짜 노래를 부르고 싶은 충동을 느꼈다. 그러나 아직까지 낯선 사람 앞에서 하기에는 어려웠다. 그는 술을 홀짝이고 있는 샤론의 무릎 위에 손을 편히 얹었다. 어린아이처럼 온기가 그리웠을 뿐 엉큼한 생각은 없었다. 무릎에 얹은 손으로 샤론의 실크 드레스를 들추었다. 그동안 수없이 보아 온 여느 여자들과 마찬가지로 금색 망사스타킹 틈으로 우유처럼 뽀얀 허벅지가 드러났다. 그 모습을 보자 그의 몸 사이에서는 따뜻하고 끈끈한 것이 흘러나왔다. 여전히 기적은 일어났다. 그것마저 목소리처럼 불능에 빠진다면 도대체 그가 할 수 있는 건 무엇일까.

조니는 술잔을 칵테일 테이블에 올려놓고 샤론에게 다가갔다. 그의 손길은 매우 섬세하고 민감했다. 그의 애무에는 음탕함이라든지 격렬한 욕정 같은 것은 없었다. 그는 샤론의 입술에 키스하면서 가만히 그녀의 젖무덤에 손을 댔다. 그의 손이 다시 따뜻한 허벅지로 내려갔다. 비단같이 매끄러운 살결이었다. 샤론은 열정적이지는 않지만 따뜻한 키스로 보답했고, 그는 그런 키스를 좋아했다. 그는 남자가 머리카락만 만져도 갑자기 모터에 전기가 통한 것처럼 격정에 휘말리는 여자는 좋아하지 않았다.

그는 욕망을 불러일으키기 위해 늘 하던 그 짓을 슬그머니 하기 시작했다. 가운데 손가락으로 여자의 허벅지 사이 깊은 곳을 살짝 건드렸다. 여자에 따라서는 섹스로 돌입하려는 이런 움직임을 느끼지 못하는 경우도 있었다. 그가 동시에 격렬한 키스를 하기 때문에 거기에 몰두하느라 느끼지 못할 수도 있었을 것이다. 그와 반대로 어떤 여자들은 손가락을 받아들이려고 적극적으로 엉덩이를 들이밀곤 했다. 물론 그가 유명해지기 전에 어떤 여자는 이런 짓을 하면 그의 뺨을 때리기도 했다. 어쨌든 그것은 그의 버릇이었고 보통은 목적을 충분히 달성했다.

그런데 샤론의 반응은 의외였다. 그녀는 애무건 키스건 순순히 받아들이다가 돌연 입술을 떼고 몸도 살짝 뒤로 빼더니 술잔을 들었다. 이것은 완곡하지만 명백한 거절 의사였다. 가끔 일어나는 일이었다. 아주 가끔. 하지만 얼마든지 일어날 수 있는 일이었다. 조니도 자기 술잔을 들고 담배를 피워 물었다.

샤론은 명랑하고 부드럽게 이유를 설명하기 시작했다. "조니, 당신을 좋아하지 않아서가 아니에요. 당신은 내가 생각했던 것보다 훨씬 좋은 남자예요. 그렇다고 내가 결벽증이 있는 여자란 뜻도 아니에요. 다만 그러기에는 내가 우선 흥분해야 하지 않아요?"

조니 폰테인은 웃음을 지었다. 그래도 여전히 그는 샤론이 싫지 않았다. "내가 당신을 흥분시키지 못했단 말이군."

샤론은 약간 당황했다. "당신이 유명한 가수로 이름을 날릴 때 난 어린애였어요. 나도 당신을 좋아하긴 했지만 세대가 달라요. 혹시 당신이 나처럼 영화배우 출신이라면 1초도 안 걸려 팬티를 벗었을지도 모르죠."

이 말을 듣고 그는 정나미가 떨어졌다. 그녀는 달콤하고 유머스럽고 영리하지만, 조니의 배경이 자신에게 도움이 되지 않기 때문에 자진해서 몸을 허락하거나 유혹하지 않은 것이다. 정말로 당돌한 아이였다. 전에도 이런 일이 몇 번 있었다. 데이트는 계속 하면서도 그와 절대 잠은 자지 않겠다고 맹세한 여자가 있었다. 그녀가 그를 얼마나 좋아했는지는 모르지만 친구들에게는 '유명한 조니 폰테인과 잘 수 있었는데 내가 거절했다.'고 떠들고 다녔다. 이제 나이를 먹고 보니 그 점은 얼마든지 이해할 수 있고, 화도 나지 않았다.

지금도 조니는 그녀에게 미련을 두지 않아서인지 마음이 더욱 느긋해졌다. 술을 한 모금 마시고 태평양을 바라보았다. "화내지 마세요, 조니. 아무래도 난 너무 솔직한 것 같아요. 헐리우드 여자들은 '굿나잇 키스'처럼 아무렇지도 않게 옷을 벗는데. 전 아직 이곳 물정에 익숙지 않아서요."

조니는 미소를 지으며 샤론의 뺨을 쓰다듬었다. 그리고는 조심스럽게 치마를 내려 둥글고 매끄러운 무릎을 덮어 주었다. "괜찮소. 난 구식 데이트가 좋아." 그는 자신의 본심을 털어놓지 않았다. 그는 오히려 최고의 연인이 되어야 한다는 부담에서 벗어나고 스크린에서 보여주는 우상과 같은 이미지를 유지하지 않아도 되어서 마음이 편했다. 또 여자가 스크린 밖의 자기 모습에 실망하지나 않았을까 눈치보지 않아도 되고 섹스를 단순하고 일상적인 일 이상으로 생각하는 여자의 기대를 충족시켜 줄 필요가 없어서 홀가분했다.

샤론은 술을 더 마시고 몇 차례 가벼운 키스를 나눈 후 돌아갈 채비를 했다. 조니는 "나중에 또 연락해도 될까?"라고 정중하게 물었다.

그녀는 솔직 담백하게 행동했다. "당신은 괜히 시간 낭비하고 싶지 않다고 생각하고 있죠? 나도 다 알고 있어요. 오늘밤 즐거웠어요. 언젠가는 내 아이들에게 유명한 조니 폰테인과 그의 아파트에서 단둘이 저녁식사를 했다고 자랑하겠어요."

그는 미소를 지으며 말했다. "당신이 유혹에 굴복하지 않았다는 것도." 두 사람은 웃었다. "아마 아이들이 절대 믿지 않을 걸요." 샤론이 말했다. 이 말을 들은 조니는 샤론의 진심이 무엇인지 몰라서 다소 헷갈렸다. 그래서 "원한다면 내가 증명서를 써주겠소."라고 말했다. 그녀는 고개를 저었지만 조니는 계속해서 말했다. "사람들이 당신을 의심하면 내게 전화를 해요. 내가 그들에게 사실을 말해 주겠소. 내가 아파트를 뛰어다니며 당신을 끈질기게 잡으려고 했지만 당신은 끝까지 명예를 지켰다고. 알았소?"

조니는 뒤늦게 샤론의 자존심에 상처를 준 것 같아 다소 비참하고 괴로운 기분이 들었다. 그녀도 그가 열심히 노력하지 않았다는 것을 책망하고 있었던 것이다. 그는 샤론이 거절한 것을 다행스럽게 생각했지만 정작 샤론은 자신의 매력이 부족해서 오늘밤 승자가 되었다고 생각하고 있었다. 그녀는 자신이 유명한 조니 폰테인을 거절한 얘기를 들려줄 때면 "그 사람이 별로 끈질기게 나오지 않더라."라는 말을 덧붙이지 않으면 안 될 것이다. 그런 샤론의 마음을 헤아린 조니는 마지막으로 "기분 안 좋은 일이 있을 때 내게 전화해요. 내가 알고 있는 여자들과 모두 관계를 갖는 건 아니니까. 알았지?"라고 말했다.

"알았어요." 샤론은 이렇게 말하고 밖으로 나갔다.

그는 이제 길고긴 밤을 혼자 보내야 했다. 그는 잭 월츠가 '정육점에 진열된 고기'라고 부르는 무명 여배우들을 얼마든지 데리고 놀 수도 있었다. 그러나 그는 인간적인 관계가 그리웠다. 인간다운 대화를 원했다. 문득 전처 버지니아가 떠올랐다. 이제 영화 촬영도 끝났으니 아이들과 보낼 시간도 많아졌다. 다시 그 울타리 안으로 돌아가고 싶었다. 게다가 버지니아도 걱정스러웠다. 그녀를 쫓아다니며, 조니 폰테인의 전처와 자 보았다고 떠들고 다닐 헐리우드의 백수건달들을 상대할 준비가 되어 있지 않았다. 그가 아는 한 그런 일을 미리 귀뜸해 줄 사람은 없었다. 두 번째 부인에 대해서는 간혹 그런 말들이 들리지만 그래도 사람의 일은 모르는 법이다.

그는 수화기를 집어 들었다.

금방 그녀의 목소리를 알아차렸다. 열살 때 처음 그 목소리를 들었고 4B활동을 함께 할 때도 늘 듣던 목소리였으니 그것은 별로 놀랄 일도 아니다. "잘 있었어, 지니? 오늘밤 바빠? 내가 잠깐 들러도 될까?"

"괜찮아요. 아이들은 자고 있는데, 깨우고 싶지 않아요."

"알았어. 난 그냥 당신과 얘기하고 싶어."

그가 감정을 들키지 않으려고 머뭇거리는 사이 지니가 물었다. "안 좋은 일이 있어요? 아니면 무슨 중요한 일이라도?"

"아니. 오늘 영화 촬영도 끝났고…. 당신과 만나서 그냥 이런저런 얘기가 하고 싶어서…. 아이들이 잔다면 그냥 아이들 얼굴이나 보구."

"그래요, 그럼. 당신이 아빠 노릇 한다는 데 말릴 이유가 없죠."

"고맙소. 30분 안에 갈게."

한때 자기가 살았던 비버리힐즈의 집에 도착한 조니는 자동차에 앉아 물끄러미 집을 바라보았다. 대부의 말이 떠올랐다. '네가 원하는 인생을 살아라, 네가 원하는 게 무엇인지 안다면 기회를 잡아라.' 그러나 내가 원하는 것이 도대체 무엇이란 말인가.

지니는 문 앞에서 그를 기다리고 있었다. 다른 남자에겐 눈길도 주지 않았던, 검은 머리의 예쁘고 착한 이웃집 이탈리아 처녀. 그녀는 한때 그에게 가장 소중한 존재였다. 내가 아직 그녀를 원하는 걸까, 스스로 물어 보았지만 대답은 '노' 였다. 무엇보다 그는 더 이상 지니와 사랑을 나눌 수 없었다. 서로에 대한 매력이 사라졌기 때문이다. 그것 말고도 그녀는 남편을 결코 용서해 주지 않을 것이다. 하지만 그들 사이에 더 이상 적개심은 없었다.

지니가 집에서 만든 쿠키와 커피를 곁들여 거실로 내왔다. "소파에 눕지 그래요. 피곤해 보이는데." 그는 웃옷과 신발을 벗고 넥타이도 느슨하게 풀었다. 지니는 얼굴에 빈정거리는 듯한 미소를 띠고 맞은 편 의자에 앉았다. "정말 우습네요."

"뭐가 우습지?" 그는 커피를 마시다가 옷소매에 커피를 약간 쏟았다.

"천하의 조니 폰테인이 데이트없이 지낼 때가 다 있다니."

"천하의 조니가 아직도 그럴 수만 있다면 얼마나 좋겠어."

평소에는 그렇게 직선적으로 말한 적이 없는 그녀가 조니에게는 좀 의외였다. 지니가 물었다. "진짜 무슨 문제라도 있는 거예요?"

조니가 씩 웃었다. "내 아파트에서 어떤 여자와 데이트를 했는데 거절당했소. 하지만 보다시피 오히려 다행이오."

놀랍게도 지니의 표정에 분노가 스쳤다. "그 따위 매춘부 때문에 상심한 거예요? 아마 관심을 더 끌려고 그랬을 거예요." 조니는 아내가 사실은 자신을 거절한 여자한테 화내고 있다는 것을 깨달았다.

"빌어먹을, 난 이제 그런 것들에 염증이 생겼어. 하긴 나도 철 좀 들어야 하지 않겠소. 노래를 부를 수 없게 되니 여자들과도 잘 안되는 것 같아. 얼굴도 예전 같지 않고. 그렇지 않소?"

지니는 달래듯이 말했다. "당신은 언제나 사진보다 실물이 훨씬 나아요."

조니가 고개를 저었다. "아냐, 나도 점점 살이 찌고 머리도 벗겨지고 있어. 이번 영화가 성공하지 못하면 피자 굽는 법이나 배워야 할까 봐. 아니면 당신을 대신 영화계에 진출시킬까? 당신은 여전히 아름다운데."

그녀는 서른다섯 살인데도 여전히 매력적이었다. 아마 헐리우드 밖에는 이런 경우가 수없이 많을 것이다. 헐리우드 시내를 나그네쥐처럼 쏘다니는 젊고 아름다운 아가씨들은 1년 혹은 2년만 지나면 그 아름다움이 사라져 버린다. 그들 중에는 남자들의 심장을 멎게할 만큼 매혹적인 여자들도 있다. 입을 열지 않거나 성공에 대한 탐욕이 아름다운 눈을 가리지 않는 한 말이다. 평범한 여자들은 신체적인 매력으로 따지면 그들과 경쟁하려는 꿈도 꿀 수 없다. 아무리 똑똑하고 맵시와 몸가짐이 훌륭해도 그런 여자들의 타고난 아름다움에 압도당하고 만다. 만일 헐리우드의 미의 기준이 달라진다면 평범하고 그리 밉지 않은 외모를 가진 여자들에게도 기회가 돌아갈 것이다. 지니는 남편이 괜히 자신을 치켜 세워 주려고 그런 말을 하는 거라고 생각했다. 남편은 그런 면에서는 좋은 사람이었다. 인기가 최절정이었을 때도 그는 여자에게 친절했다. 찬사를 퍼붓고 담배에 불을 붙여 주고 문을 열어 주는 등 예의가 깍듯했다. 이렇게 친절이 몸에 밴 남자가 따로 만나는 여자들한테는 오죽했을까. 그는 심지어 이름도 모른 채 하룻밤을 보내는 여자들한테도 예의를 갖췄을 것이다.

지니는 다정하게 웃으며 그를 바라보았다. "지난 12년 동안 그렇게 아부했으면 됐지, 그만 좀 해요. 이젠 안 속아요."

그는 한숨을 내쉬며 소파에 몸을 길게 뻗었다. "농담 아냐, 지니, 그만하면 예뻐. 나도 그 정도만 되면 좋겠어."

지니는 아무 말도 하지 않았다. 남편은 몹시 우울해 보였다. "당신, 이번 영화 어때요? 성공할 것 같아요?"

조니가 고개를 끄덕였다. "응, 잘될 거야. 아카데미상 타고 흥행만 잘 되면 노래 부르지 않아도 재기에 성공할 수 있어. 그럼 당신과 아이들에게도 더 많은 돈을 줄 수 있을 테구."

"우린 돈은 충분해요."

"난 아이들이 보고 싶소. 안정을 찾고 싶은 마음도 있어. 내가 금요일 저녁마다 함께 식사하러 와도 괜찮겠소? 아무리 바빠도 절대 금요일은 잊지 않겠소. 아무리 먼 곳에 있어도 반드시 오겠어. 그리고 할 수만 있다면 주말도 함께 보내고, 아이들이 방학 때면 내 집에 와서 함께 지내고."

지니는 쟁반을 가슴에 대며 말했다. "아무래도 좋아요. 당신이 아이들에게 아빠 노릇하기를 바래서 재혼하지 않은 건 아니지만." 그녀는 별 감정없이 이 말을 했지만 조니 폰테인은 천장을 응시하며 그녀가 언젠가 그들의 결혼생활이 깨지고 그의 인기가 추락하기 시작했을 때 내뱉었던 잔인한 말을 조금은 반성하고 있다는 생각을 했다.

"참, 그런데 누가 내게 전화했는지 한번 맞춰봐요."

조니는 아내와 한번도 그런 살가운 장난을 쳐 본 적이 없다. "누군데?"

"적어도 한 사람은 추측할 수 있을 텐데." 지니가 이렇게 귀띔해 주었지만 조니는 맞히지 못했다. "당신의 대부." 지니가 말했다.

조니는 정말 놀랐다. "그분은 누구에게든 절대 전화하는 분이 아닌데. 당신한테 뭐라고 하셨어?"

"나보고 당신을 도와주래요. 당신이 예전처럼 인기를 얻을 수 있을 거라고 하셨어요. 당신을 믿어 주는 사람들만 있으면 재기할 거라고 하셨어요. 그래서 왜 내가 그래야 하느냐고 물었죠. 그랬더니 당신이 애들 아빠이기 때문이라고 하셨어요. 그렇게 자상한 분한테 사람들이 왜 험한 말을 하는지 모르겠어요."

지니는 원래 전화를 싫어하기 때문에 침실과 부엌을 빼곤 전화를 설치하지 않았다. 그때 부엌에 있는 전화벨이 울렸다. 지니가 달려가서 전화를 받았다. 거실로 돌아왔을 때 그녀는 놀란 표정이었다. "당신 전화예요. 톰 헤이건 씨인데, 당신한테 중요한 용건이 있대요."

조니는 부엌으로 가서 전화를 받았다.

"나야, 톰."

톰의 목소리는 차분했다. "조니, 대부께서 나보고 자네를 만나 보라고 하시네. 촬영은 끝났지만 이왕 돕는 것 끝까지 도우시겠다고. 오늘 아침 비행기를 타고 가라고 하시는데, 자네, 로스앤젤레스까지 와 줄 수 있겠나? 오늘밤에 다시 뉴욕으로 돌아와야 하니 나를 위해 밤 시간을 비워 놓을 필요는 없을 거야."

"물론이지, 톰. 오늘밤 얼마든지 뺏어도 좋아. 내친 김에 하룻밤 묵고 쉬었다 가지. 내가 파티를 열어줄테니 영화배우들도 만나고." 그는 자신이 고향 사람들을 수치스러워 하지 않는다는 것을 알리기 위해 그런 제의를 자주 했다.

"고맙네, 하지만 아침 비행기를 다시 타고 돌아와야 해. 좋아, 그럼 11시 30분쯤 만나지."

"알았네."

"자네는 차에 타고 있게나. 내가 비행기에서 내려 자네에게 갈 테니, 자네가 사람을 하나 보내게."

"알았네."

조니는 전화를 끊고 거실로 돌아갔다. 지니는 궁금한 표정으로 그를 쳐다보았다. "대부님께서 나를 끝까지 도와주실 계획이 있으신가 봐. 내게 영화 배역까지 맡게 해주셨는데, 도대체 뭘까? 이제 그만 내 일은 손떼시길 바랐는데."

그는 이렇게 말하며 소파에 앉았다. 몹시 피곤해 보였다. "오늘밤 집에 가지 말고 손님방에서 자고 가지 그래요? 아이들이랑 아침도 함께 먹고요. 꼭 집에 가야 할 필요는 없잖아요. 당신이 매일 집에서 혼자 지내는 거 싫어요. 왜 외롭게 지내요?"

"집에서 자는 날은 많지 않소."

"당신은 하나도 변하지 않았군요. 그럼, 다른 방을 준비해 놓을 게요."

"당신 침실에서 자면 안될까?"

지니는 얼굴을 붉히며 "안돼요."라고 말했다. 그녀는 남편을 보고 웃었고 그도 미소로 화답했다. 그들은 역시 친구 사이였다.

다음날 아침 조니는 느지막이 눈을 떴다. 드리워진 블라인드 틈새로 햇살이 들어왔다. 그 때가 오후였으면 절대 그런 햇살은 들어오지 않았을 것이다. "이봐, 지니. 내가 늦은 아침을 먹을 수 있는 거요?" 멀찍한 곳에서 지니의 목소리가 들려 왔다. "잠깐만 기다려요."

정말 잠깐이었다. 그녀는 모든 것을 미리 준비해 놓은 게 틀림없었다. 오븐을 데워 놓고 쟁반에 접시도 올려놓고 일어나자마자 담배를 피우는 조니를 위해 담배와 라이터까지. 침실 문이 열리고 어린 두 딸이 아침식사를 올려놓은 수레를 밀고 들어왔다.

그 모습이 얼마나 예쁜지 조니는 가슴이 벅차 올랐다. 딸들의 얼굴은 환하게 빛났고 호기심어린 눈동자는 아빠 품에 달려들고 싶은 마음이 간절한 나머지 생기가 넘쳤다. 두 딸은 긴 머리를 리본으로 묶고 긴 드레스를 입고 독특한 흰색 가죽구두를 신고 있었다. 두 딸은 조니가 담배를 피우는 동안 수레 옆에 서서 아빠가 이름을 부르며 두 팔을 벌려 안아 주기를 기다렸다. 이윽고 두 딸이 그의 품에 달려들었다. 조니가 까칠한 수염으로 싱그러운 향기가 나는 두 딸의 뺨을 비비대자 아이들은 비명을 질렀다. 이때 지니가 아침식사가 담긴 수레를 마저 밀고 와서는 조니가 침대에서 아침을 먹을 수 있게 해주었다. 그녀는 침대에 걸터앉아 커피를 따르고 빵에 버터를 발라 주었다. 딸들은 침대 옆 소파에 앉아 아빠를 바라보았다. 이제 베개를 던지며 장난칠 나이가 지난 두 딸은 서로 헝크러진 머리를 손으로 매만져 주고 있었다. '오, 하나님, 저 아이들도 얼마 안 있어 숙녀가 되고 헐리우드의 사내 녀석들이 귀찮게 따라다니겠지요.'

그는 딸들과 토스트와 베이컨을 나누어 먹고 커피도 한 모금씩 마시게 해주었다. 그것은 그가 밴드와 밤무대에서 노래 부르느라 아이들과 함께 식사하는 일이 드물었던 시절에 생긴 버릇이었다. 그 때는 오후에 아침을, 아침에 저녁식사를 했는데, 그럴 때마다 딸들은 이렇게 아빠 옆에 앉아 음식 얻어먹는 것을 좋아했다. 자신들과 달리 아침 7시에 스테이크와 감자튀김을 먹고 오후에 베이컨과 계란후라이를 먹는 것이 아이들은 마냥 신기했던 것이다.

지니와 몇 명 안되는 그의 절친한 친구들만 그가 딸들을 얼마나 끔찍이 사랑하는지 알고 있었다. 실제로 조니가 이혼과 가출을 감행하는데에도 딸들이 최대의 걸림돌이었다. 그래서 그는 어떻게 해서든지 아빠라는 위치는 지키려고 했고 교묘한 방법으로 지니의 재혼을 원하지 않는다는 뜻을 비쳤다. 그녀에 대한 질투가 아니라 아빠라는 위치를 빼앗기고 싶지 않았기 때문이었다. 그는 그녀가 재혼을 하지 않는 대신 거액의 생활비를 대기로 약속했다. 이것은 지니가 애인을 집안에 끌어들이지 않는 한 연애는 얼마든지 할 수 있다는 뜻이기도 했다. 그러나 솔직히 이 점에 있어서 조니는 그녀를 절대적으로 신뢰했다. 지니는 섹스에 있어서 지나칠 정도로 수줍고 보수적인 여자였다. 헐리우드의 바람둥이들이 돈 냄새를 맡거나 그녀의 유명한 남편을 통해 뭔가를 얻으려고 그녀 주위를 기웃거리기도 했어도 성공률은 제로였다.

조니는 전날밤 자기가 같이 자고 싶다고 말한 것 때문에 그녀가 화

228 대부

해를 기대할 거라는 염려는 하지 않았다. 두 사람 모두 예전의 결혼 생활로 되돌아가고 싶어하지 않았다. 지니는 남편의 바람기를 너무나 잘 알고 있었다. 그가 공연하는 여배우들하고 적어도 한번은 동침한다는 소문을 들어서 알고 있었다. 남편이 아름다운 여자들에게 굴복하는 것처럼 여자들도 남편의 남성적인 매력 앞에서는 억제할 수 없기 때문이리라.

"당신, 빨리 옷 갈아입어요. 톰이 도착할 시간이에요." 그는 딸들을 방 밖으로 나가게 했다.

"알았어. 그런데 지니, 내가 이혼할 거라는 거 알아? 다시 자유의 몸이 될 것 같아."

그녀는 남편이 옷 갈아입는 모습을 지켜봤다. 돈 코를레오네 가의 딸 결혼식 이후 그들이 새로운 타협점을 찾게 된 후 그는 그녀의 집에 올 때마다 항상 깨끗한 옷을 갈아입을 수 있었다.

"크리스마스가 2주일밖에 남지 않았어요. 당신이 여기서 보내고 싶다면 준비해 놓을 게요."

그는 그때 처음 명절이란 것에 대해 생각했다. 그의 목소리가 정상이었을 때는 비록 신성한 성탄절이라도 그에게는 노래로 돈 벌어먹기 좋은 날일 뿐이었다. 언제나 일이 첫 번째 아니면 두 번째였다. 그리고 작년 성탄절에는 두 번째 아내에게 청혼하러 스페인까지 따라갔었다.

"좋도록 해. 크리스마스 전야와 크리스마스는 여기서 보내지." 그러나 그는 12월 마지막날 밤에 대해서는 아무 말도 하지 않았다. 그 날은 아내를 동반하지 않은 채 친구들과 술이 곤드레만드레 취해도 죄책감을 느낄 필요가 없었다.

지니는 그가 웃옷 입는 것을 도와주고 먼지도 털어 주었다. 조니는 결벽증이 있다고 생각할 정도로 깔끔했다. 그는 아내가 준 셔츠의 세

탁 상태가 마음에 들지 않는데다 유행이 지나버려 지금 입고 있는 옷과 어울리지 않고, 커프스 단추가 너무 튀어 보여서 이맛살을 찌푸렸다. 그녀는 웃으며 "톰이 눈치채지 못할 거예요."라고 말해 주었다.

집안의 세 여자가 그를 따라 현관을 지나 그가 차를 타는 곳까지 배웅을 나왔다. 어린 두 딸은 아빠의 손을 하나씩 잡았다. 지니는 그 뒤를 따르며 남편의 행복해 하는 모습에 자신도 기쁨을 느꼈다. 자동차 있는 곳까지 오자 조니는 두 딸을 차례대로 안아 올린 다음 입을 맞추고 내려놓았다. 그리고 아내에게도 키스하고 차에 올라탔다. 그는 결코 질질 끄는 작별인사를 좋아하지 않았다.

그의 집에서는 그의 홍보 담당자와 조수가 톰을 맞으러 나갈 준비를 하고 있었다. 차를 빌려 홍보 담당자와 한 사람의 측근이 동행할 예정이었다. 조니는 자기 차를 주차해 놓고 공항에 나갈 자동차로 갈아탔다. 공항에 도착해서 홍보 담당자가 톰 헤이건을 데리러 간 사이 그는 차 안에 앉아 기다렸다. 헤이건이 오자 그들은 다시 차를 타고 조니의 집으로 되돌아왔다.

마침내 거실에는 조니와 톰만 남게 되었다. 둘 사이에는 서먹서먹함이 남아 있었다. 코니의 결혼식 전 방탕한 생활을 하던 조니를 대부가 꾸중했을 때 헤이건은 조니가 대부에게 전화를 걸어도 바꿔주지 않았다. 조니는 아직도 그 점을 섭섭하게 생각하고 있었다. 헤이건은 그때 자신의 행동에 대해 아무런 변명도 하지 않았다. 헤이건은 그럴 수밖에 없었다. 대부는 사람들에게 존경을 받았지만 동시에 사람들이 그를 전지전능한 존재로 생각한 나머지 불만의 대상이 되는 경우도 많았다. 톰 헤이건은 그런 불평과 불만의 피뢰침 역할을 해야 했다.

"대부께서 몇 가지 일에 대해 자네를 도와주라고 나를 여기 보내셨네. 크리스마스 이전에 처리했으면 하네."

조니 폰테인은 어깨를 으쓱했다. "영화는 끝났네. 감독이 아주 공정한 친구인데 나한테 잘 해줬어. 월츠에게 개런티도 받지 못했지만 내가 출연한 장면이 워낙 중요해서 편집 과정에서 잘리는 일은 없었지. 천하의 월츠라도 천만 달러짜리 영화를 망칠 수는 없겠지. 이제 모든 것은 관객들이 어떤 평을 내려주느냐에 달려 있어."

헤이건은 조심스럽게 말을 꺼냈다. "배우의 경력에서 아카데미상을 수상하는 게 그렇게 중요한가? 대중적으로 알려지는 것 뿐, 그밖에 별다른 의미는 없지 않은가?" 그는 이렇게 말하다가 급히 혼자서 결론을 냈다. "그렇군, 명예를 얻겠군. 사람들은 명예를 좋아하니까."

조니 폰테인은 헤이건을 보고 빙긋이 웃었다. "대부님이나 자네는 모를 걸세. 아카데미상 수상이란 건 배우에게 정말 굉장한 거네. 그 상을 타면 적어도 10년은 더 버틸 수 있지. 배우는 자신이 원하는 배역을 고를 수 있고, 대중들은 그 배우를 보러 영화관에 가지. 이게 전부는 아니지만 배우의 경력에서는 절대적으로 중요해. 나도 아카데미상을 염두에 두고 있어. 그렇게 대단한 배우는 아니지만 무엇보다 가수라는 경력도 있고, 내가 맡은 역할은 틀림없어. 그리고 내 연기도 좋았고, 농담이 아냐."

톰 헤이건은 어깨를 으쓱했다. "대부님은 현재의 상황으로는 자네가 수상하지 못할 거라고 하셨네."

조니 폰테인은 화를 냈다. "자네 지금 무슨 말을 하는 건가? 영화 상영은 고사하고 아직 편집도 다 끝나지 않았어. 게다가 대부님이 영화계에 대해 뭘 아시나? 도대체 왜 자넨 3천 마일이나 날아와서 내게 그따위 말을 하는 건가?" 그는 얼마나 격분을 했던지 눈물까지 핑 돌았다.

헤이건은 걱정스럽게 말했다. "조니, 난 영화에 관해서는 문외한이네. 난 대부님이 보낸 심부름꾼에 불과해. 하지만 우리는 우리대로 이 문제에 대해 장시간 논의를 했네. 대부님은 자네의 장래에 대해 걱정을 많이 하시네. 그분은 자네한테 아직 도움이 필요할 거라고 생각하시며, 자네 문제를 이번 한번에 모두 해결하고 싶어하시네. 내가 여기 온 이유도 그 때문일세. 조니, 자네도 이젠 좀더 크게 발전해야 하지 않나. 가수나 영화 배우로서만 만족해서는 안 된단 말일세. 남자로 태어난 이상 최고 실력자로 클 생각을 해야 하지 않겠나."

조니 폰테인은 웃으면서 잔에 술을 가득 따랐다. "그러기 위해선 내가 오스카상을 타야한단 말일세. 내 목소리도 한물 갔네. 목소리만이라도 제대로 나온다면 내가 어떻게든 해보겠네. 맙소사. 대부는 어떻게 내가 그 상을 수상하지 못할 거라는 걸 아시지? 아, 물론 그분은 아시겠지. 절대 허튼 말을 하시는 분이 아니니까."

헤이건은 담배에 불을 붙였다. "잭 월츠가 자네를 후보에 올리는데 영화사의 돈을 한 푼도 쓰지 않을 거라는 정보를 입수했네. 심사위원들에게 자네를 수상하지 못하게 해 달라고 한 건 아니지만 홍보에 들어갈 비용을 한푼도 못 내놓겠다는 말이 그 말이 아니고 뭐겠나. 그자는 또 제삼자를 이용해 될 수 있는 한 반대표를 모으는 작업을 하고 있어. 직책, 돈, 미인계 등 모든 수단을 써서 심사위원들을 매수하고 있단 말일세. 영화 홍행에는 가능한 피해가 적게 가도록 하면서 그 짓을 하고 있네."

조니 폰테인이 어깨를 으쓱했다. 그는 위스키를 잔 가득 따르고 단숨에 비웠다. "그럼 난 완전히 죽는 거군."

헤이건은 조니의 입꼬리가 치켜 올라가는 모습을 보았다. "음주는 자네 목소리에 해롭네."

"개새끼!"

헤이건의 표정은 갑자기 차갑게 굳어졌다. 그리고는 "좋아, 이 문제를 순전히 사무적으로 다루겠네."라고 말했다.

조니 폰테인은 술잔을 내려놓고 헤이건에게 다가갔다. "미안하네, 톰, 내가 그만 실수를 했네. 빌어먹을 잭 월츠 자식을 죽이고 싶다는 마음에 자네에게 화풀이를 했네. 대부한테 또 야단 들을까 겁나는군. 그래서 내가 자네에게 짜증을 부렸네." 조니는 눈물을 글썽거리더니 위스키 잔을 벽을 향해 던졌다. 그러나 약하게 던졌는지 술잔이 단단했는지 산산조각이 나기는커녕 마루에 떨어져서는 그에게 다시 굴러 왔다. 그 모습을 보며 조니는 쓴웃음을 지었다. "제기랄!"

그는 방 저쪽으로 걸어가서는 헤이건과 마주 보이게 앉았다. "자네도 알다시피 난 오랫동안 내가 갖고 싶은 걸 모두 가졌어. 그런데 지니와 이혼하고 만사가 꼬이기 시작했네. 목소리도 잃어버리고 레코드 판매도 끊겼네. 더 이상 영화 작업도 할 수가 없었어. 그때 대부께선 내게 화만 내시고 전화를 걸어도 받지 않고 내가 뉴욕에 갔을 때도 보려고 하지 않으셨지. 그럴 때마다 나와 대부님을 가로막은 사람은 바로 자네였네. 그래서 자네를 원망한 적도 많았어. 하지만 자네가 대부님에게 어떤 명령을 받지 않고는 절대 그럴 사람이 아니란 걸 나도 아네. 자넨 그분의 심기를 불편하게 해드릴 수 없을 테니까. 나도 모르게 욕이 나왔지만 지금까지 자넨 언제나 옳았네. 자네에게 사과하네. 그리고 자네 충고를 받아들이겠네. 목소리를 되찾을 때까지 더 이상 술은 마시지 않겠네. 됐지?"

그의 사과는 진지했다. 헤이건은 어느새 조니에 대한 화가 풀어졌다. 돈 코를레오네도 이 서른다섯 살의 '소년'에게 뭔가 매력이 있기에 좋아하는 거라고 헤이건은 생각했다. "잊어버리게, 조니." 헤이건은 조니의 속마음을 알고 당황했고, 대부가 자신을 싫어할지도 모른다는 두려움을 갖고 있다는 것을 알고 또 한 번 당황했다. 물론 어떤 이유라도 돈 코를레오네가 누군가에게서 등을 돌리는 일은 절대 없을 것이다. 그의 사랑은 오직 자신에게만 변덕스러울 뿐이었다.

"상황이 그리 나쁜 것만은 아니네. 대부님은 월츠가 자네를 반대하려고 사용한 모든 계략을 무효화시킬 수 있다고 하셨어. 아마도 자넨 아카데미상을 수상하게 될 걸세. 하지만 그분은 그걸로 자네 문제가 해결된다고 생각하지 않으셔. 만일 자네가 스스로 제작자가 될 수 있는 머리와 배짱을 가졌다면 밑바닥부터 꼭대기까지 철저하게 자네 소유의 회사를 차려주고 싶어하시네. 대부는 그걸 알고 싶어하시네."

"도대체 어떻게 내가 상을 타게 해주신다는 건가?" 조니가 믿어지지 않는다는 표정으로 물었다.

헤이건은 명쾌하게 설명하기 시작했다. "월츠는 제 맘대로 할 수 있다고 생각하면서 대부는 왜 하실 수 없다고 생각하는 건가? 자네는 우선 우리가 하는 사업에 대해 신뢰를 가져야 하네. 자네만 알고 있게. 대부께서는 잭 월츠보다 더욱 더 강력한 힘을 가진 분이야. 아카데미상을 어떻게 좌우할 수 있냐고? 그분은 할 수 있으시네. 그분은 남들을 조종하는 자들을 조종하는 분일세. 공장의 노동조합이나 투표권을 가진 모든 사람들을 조종하신다 이 말이네. 물론 자네의 능력이 우선 중요하고 자신의 장점을 갈고 닦아야 하겠지. 어쨌든 대부는 잭 월츠보다 머리가 좋으셔. 그분은 심사위원들을 찾아가서 머리에 총을 겨누고 '조니 폰테인에게 한 표 던지지 않으면 무사하지 못할 줄 알아.' 라고 협박하는 짓 따위는 하지 않으시지. 주먹을 써도 안되는 일, 큰 원한을 사거나 부정적인 감정만 불러일으킬 일일 경우에는 결코 주먹을 쓰지 않으시지. 아마 그분은 그들이 원해서 자네에게 표를 던지게 만드실 거네. 물론 그들은 그만한 이익이 돌아오기 때문에 그렇게 하는 거지. 어쨌든 그분이 어떻게 해서 자네가 상을 타게 해주실 지에 대해 내가 말할 수 있는 건 이게 전부네. 아마 그분이 손을 쓰지 않는다면 자넨 상을 타지 못할 거야."

"알았네. 자네만 믿겠네. 그리고 물론 나는 제작자가 될 만한 머리와 배짱은 있네. 단지 그만한 돈이 없는 거지. 어떤 은행에서 내게 돈을 빌려주겠나. 영화를 만들려면 수백만 달러가 필요한데."

헤이건이 얼른 대답했다. "만약 자네가 상을 받고 나면 자네가 제작할 영화를 세 편쯤 기획해 보게. 그리고 영화계에서 최고의 전문가, 최고의 기술자, 최고의 스타, 자네에게 필요한 모든 사람들을 채용하게. 세 편에서 다섯 편 정도 계획을 잡아 보게나."

"자네 제정신인가! 그 많은 영화를 찍으려면 적어도 2천만 달러는 필요할 거야."

"돈이 필요하면 내게 연락해. 자금을 조달할 수 있도록 여기 캘리포니아의 은행에 연락을 취할테니까. 걱정하지 말고 그 은행에서 언제든지 필요한 돈을 가져다 쓰게. 대출을 받을 때는 모든 법적 절차를 밟아 일상적인 사업 자금 대출을 받는 식으로 하게. 그들이 승인해 줄 걸세. 다만 그 전에 내게 먼저 액수와 구체적인 사용 계획을 알려줘야 하네, 알았나?"

조니는 오랫동안 침묵을 지켰다. 이윽고 그가 조용히 입을 열었다. "또 다른 요구 조건은 없나?"

헤이건이 미소를 지었다. "2천만 달러를 빌려주면서 무슨 요구 조건이 또 있느냐 이 말인가? 물론 있네." 헤이건은 이렇게 말하고 조니가 무슨 반응을 보이는지 기다렸다. "만일 대부님이 자네에게 어떤 대가를 요구하신다면 자네는 아무것도 하지 않으려고 하겠지."

"그렇게 중요한 일이라면 대부님께서 내게 직접 말해주셨을 거네. 내 말뜻을 알겠나? 난 자네나 소니의 말은 믿을 수 없으니."

헤이건은 조니의 정확한 판단에 내심 놀랐다. 조니 폰테인도 어느 정도 머리는 있었다. 그도 돈 코를레오네가 자기를 편애하지만 위험한 일을 할 만큼 어리석은 사람이 아니라는 걸 너무나도 잘 알고 있는 것이다. 그는 조니에게 말했다. "이것 한 가지는 안심해도 되네. 대부께서는 나와 소니에게 자네 일에 간섭하지 말라고 엄한 지시를 내리셨네. 우리가 잘못해서 자네가 피해를 입지 않도록 말이야. 그리고 그분 자신도 이 일에 절대 관여하지 않으실 거네. 그러니 그분이 요구하는 일이라면 구태여 말씀하시기 전에 자네가 먼저 해드리게, 알았나?"

조니가 웃었다. "알겠네."

"또 그분은 자네를 믿고 계시네. 자네가 그만한 머리는 있다고 생각하고 은행에서도 돈을 투자할 거라고 생각해서. 다시 말해 당신이 돈을 투자하는 거지. 일종의 사업상 거래네. 이 점을 잊지 말게. 돈을 가지고 허튼 데 써서는 안 되네. 자네는 그 분의 총애를 받지만 2천만 달러는 거액이 아닌가. 그 어른이 모험을 거신 거야."

"걱정 붙들어 매시라고 전하게. 잭 월츠 같은 놈이 영화계의 천재라면 누구라도 할 수 있네."

"대부님 생각도 바로 그거네."

"공항까지 날 좀 데려다 주게. 내가 말하고 싶은 용건은 이게 전부네. 자네가 모든 부분에 대한 계약서에 서명하고 전속 변호사를 고용하면 내가 더 이상 관여하지 않겠네. 하지만 서명하기 전에 모든 것을 내가 보고 그것이 자네에게 적합한지 확인했으면 하네. 또 파업 같은 건 절대 없도록 하게. 그렇게 되면 영화 제작 비용을 얼마라도 깎아 먹게 되니. 회계사가 그걸 영화제작비에 포함해서 처리하더라도 그 수치는 무시해 버리게."

조니가 조심스럽게 물었다. "그밖에 내가 자네 결재를 받아야 할 게
또 있나? 대본이라든지 배우 캐스팅 같은 거."

헤이건은 고개를 저었다. "아니 없네. 대부님이 반대하는 일이 있을
수도 있지만 만일 그런 일이 생기면 자네에게 직접 말씀하실 걸세. 하
지만 내 생각에는 그럴 일이 거의 없을 거네. 영화에 대해선 관심도 없
으시지만 관여하지도 않으실 거야. 그분은 간섭을 좋아하지 않으셔.
내 경험상 분명히 말해 줄 수 있네."

"좋았어. 그럼 내가 직접 공항까지 바래다 주겠네. 대부님께도 감사
드린다고 전해 주게. 전화로라도 감사한다고 말씀드리고 싶은데 전화
는 절대 받지 않으시더군. 도대체 왜 그러시는 건가?"

헤이건은 어깨를 으쓱했다. "그분은 전화로는 거의 말씀을 하지 않
으셔. 아주 일상적인 말조차도 녹음이 될까봐 그러시지. 말 몇 마디를
교묘히 짜깁기해서 마치 다른 말을 한 것처럼 조작할까봐 경계하시는
것 같아. 언젠가는 당국에 의해 기소당할 거라는 걸 예상하시고 미리
대비하시는 게 아닐까."

그들은 조니의 자동차를 타고 공항으로 갔다. 헤이건은 조니가 생각
보다 괜찮은 친구라는 생각이 들었다. 그런 줄 이미 알고 있었지만 손
수 운전을 해서 공항에 데려다 주는 것만 봐도 틀림없다고 생각했다.
그것이 돈 코를레오네가 항상 말하는 인간적인 예의라는 것이리라. 사
과 건도 그렇다. 그는 진지하게 사과했다. 조니를 오랫동안 알고 지낸
헤이건은 그 사과가 결코 두려움에서 나온 게 아니라는 것을 알고 있
었다. 조니는 배짱이 있는 친구였다. 그가 영화사 사장이나 아내와 문
제를 일으키는 것도 알고 보면 그 때문이다. 또 조니는 돈 코를레오네
를 두려워하지 않는 몇 안되는 사람들 중의 하나였다. 조니와 마이클

이 아마 그렇게 할 수 있는 유일한 두 사람이 아닐까. 그와 조니는 앞으로도 서로에 대해 많은 것을 알아야 할 것이다. 그리고 조니는 이제부터 몇 가지 테스트를 통과하여 자신이 얼마나 영리한 사람인지 입증해야 할 것이다. 돈 코를레오네가 더 이상 사전 결재를 요구하지 못하도록 뭔가 보여줘야할 것이다. 헤이건은 조니 폰테인이 그런 거래 조건을 이해할 만큼 영리할까 의심스러웠다.

조니는 헤이건을 공항에 내려주고 집으로 돌아왔다(헤이건은 조니가 탑승시간이 될 때까지 같이 있어 준다고 하는 것을 극구 사양했다). 그녀는 남편이 다시 찾아온 것을 보고 깜짝 놀랐다. 조니는 여러 가지 생각할 것도 있고 계획도 세워야 하기 때문에 그곳에 머물고 싶었다. 그는 헤이건이 들려준 소식이 자신의 인생 전체를 뒤바꿀 수도 있을 만큼 중대한 일이라는 걸 알았다. 그도 한때는 대스타였지만 서른다섯 살인 지금은 별 볼일 없게 되고 말았다. 더 이상 자신을 속일 수는 없었다. 그가 설령 최고의 배우에게 주어지는 아카데미상을 수상하더라도 도대체 그것이 무슨 소용이 있단 말인가? 목소리가 되돌아오지 않는다면 아무 소용이 없다. 그는 진정한 힘도 진정한 능력도 없는 이류일 뿐이다. 심지어 여자가 그를 퇴짜놓은 것도 그녀가 영악하고 똑똑하기 때문이라지만 만일 그가 정상의 위치에 있더라도 그렇게 냉담하게 굴었을까? 이제 돈 코를레오네가 지원을 해준다면 그는 헐리우드의 그 누구보다 거물이 될 수 있을 것이다. 그는 왕이 될 수도 있다. 조니 폰테인은 회심의 미소를 지었다. 그렇다, 그도 돈 코를레오네처럼 될 수 있는 것이다.

앞으로 몇 주일 동안 아니 그보다 더 오래 지니의 집에서 지내는 것이 좋을 것이다. 매일 아이들과 외출도 하고 친구들도 만날 수 있을 것이다. 담배와 술을 끊고 정말로 자기 건강을 돌볼 수 있게 될 것이다. 그러면 성대가 다시 건강해질지도 모른다. 만일 그렇게 되고, 그리고 돈 코를레오네가 자금만 대준다면 그는 난공불락의 성공을 거두게 될 것이다. 미국 같은 나라에서 그렇게만 되면 황제가 되는 거나 다름없다. 무엇보다 목소리가 언제 돌아올지, 배우로서 인기를 얼마나 유지할 수 있을지 초조해 하지 않아도 된다. 돈과 권력을 쥔 황제가 될 것이다.

지니는 그를 위해 손님방에 다시 침구를 마련했다. 그것은 그녀의 침실을 함께 쓰지 않겠다는, 즉 부부로 살지 않겠다는 의미이기도 했다. 그들은 다시는 예전 관계를 복원시킬 수 없을 것이다. 비록 연예가 가십란 기자나 영화 팬들은 결혼의 실패가 순전히 그의 잘못인 것 처럼 떠들어대지만 따지고 보면 그녀가 빌미를 제공한 점도 있었다.

인기가수가 되고 영화계에서 뮤지컬 코미디 스타로 이름을 날릴 때에도 조니 폰테인은 결코 아내와 아이들을 소홀히 한 적이 없었다. 그도 별 수 없이 보수적인 이탈리아 남자였기 때문이다. 물론 그가 부정한 짓을 저지르게 된 것은 불가피한 일이었다. 그런 직업에 종사하는 이상 유혹은 끊임없이 그를 따라다녔다. 그는 마른 듯 섬세한 외모에도 불구하고 라틴계 특유의 다부진 몸매와 강단이 있어 보였다. 여자들은 그런 타입을 좋아했다. 그는 예쁘고 순진하고 얌전해 보이는 여자들을 좋아했지만 얼마쯤 지나 옷을 벗겨 놓으면 순진한 얼굴과 반대로 단정치 못하고 육감적이며 음탕하기 일쑤였다. 오히려 섹시한 여자, 날렵한 농구선수처럼 요리조리 잘 빼는 여자, 수백 명의 남자들과 자본 것처럼 구는 여자들이 오히려 성적으로 수줍음이 많고 소심했다. 게다가 몇 시간을 걸쳐 실랑이를 벌인 끝에 막상 따 먹어 보면 처녀인 경우도 많았다.

헐리우드 건달들은 그의 처녀 밝힘증을 비웃었다. 사람들은 그가 이탈리아 노인네처럼 고리타분한 취향을 가졌다고 놀리거나 처녀가 오랄섹스를 하게 되려면 얼마나 오랜 시간이 걸리는 줄 아느냐, 그렇지 않고 처음부터 적극적으로 나온다면 별 수 없는 음란한 여자일 거라고 충고했다. 그러나 조니는 그렇게 생각하지 않았다. '네 놈들은 여자 다루는 법을 모른다.'라고 반박했다. 처녀들은 정공법으로 공략해 들어가야 한다. 난생 처음 남자를 경험하는 처녀보다 더 순결한 존재가 또 있을까? 아, 처녀지를 밟는 그 설레임을 무엇에 비할까? 여자의 다리가 자기 몸을 휘감고 누워있을 때의 그 기분! 그들의 허벅지, 엉덩이 모양, 피부색은 어쩌면 그렇게도 제각각일까. 그가 디트로이트에서 나이 어린 유색인종 처녀들과 동침할 때 안 사실인데, 흰색, 갈색, 검정색의 피부라도 여자들마다 그 농담(濃淡)이 조금씩 달랐다. 그 중에는 같은 나이트클럽에 소속돼 있던 재즈 싱어의 어린 딸도 있었는데, 그가 만난 여자들 중에 가장 달콤했다. 그녀의 입술은 후추를 섞은 따뜻한 꿀맛이 났고, 갈색 피부는 풍부한 크림처럼 부드러웠다. 하느님이 만드신 어떤 여자보다도 매력적이었던 그녀 역시 처녀였다.

남자들은 정도의 차이만 있지 모이기만 하면 오랄섹스에 대해 수군거리는데 조니는 그런 것을 즐기지 않았다. 그는 오랄섹스를 한 뒤에는 그 여자를 좋아할 수 없었다. 그것은 남자를 제대로 만족시켜 주지 않기 때문이다. 그가 두 번째 아내와 결국 별거에 들어간 이유도 그녀가 오랄섹스만을 좋아한 반면 그는 어떻게든 삽입을 하려고 고집했기 때문이었다. 그런 그를 보고 그녀는 고리타분하다느니 어린애 같다느니 하며 놀려댔다. 아마 그녀와의 마지막 밤에도 그런 식으로 그를 거절했던 것 같다. 어쨌든 그렇게 거절하고 나면 그녀도 편안하게 잠들 수 없었을 것이다. 여자가 섹스를 정말로 좋아하는지 판단하려면 그녀가 오랄섹스를 좋아하는지 좋아하지 않는지 보면 된다. 특히 경험이 많지 않은 여자들인 경우에 더욱 그렇다. 그가 정말 중오하는 여자는 열두 살에 첫 경험을 해서 스무 살쯤이면 모든 방법을 통달하고 만나자마자 곧장 행동으로 들어가는 그런 부류이다. 주로 빼어난 미인들 중에 그런 경우가 많은데, 사내들이 속아넘어가기 딱 알맞다.

지니는 커피와 케이크를 침실로 가져와서 테이블 위에 놓았다. 조니는 헤이건이 영화 몇 편을 제작하도록 돈을 대기로 했다는 설명을 간단히 해주었고, 지니는 그 말을 듣고 매우 기뻐했다. 그는 다시 한 번 주목을 받게 될 것이다. 돈 코를레오네의 영향력이 얼마나 큰지 잘 모르는 지니는 헤이건이 뉴욕에서 왔다는 사실이 어떤 의미를 갖는지 정확히 이해하지 못했다. 조니는 헤이건이 법적인 세부 문제도 도와주기로 했다고 덧붙여 말했다.

커피를 마시고 나서 조니는 밤에 전화 걸 곳도 있고 장래 계획도 세워야하고 할 일이 많다고 했다. "이 모든 게 아이들을 위해서야." 그가 이렇게 말하자 지니는 감사의 미소를 짓고 굿나잇 키스를 한 다음 방을 나갔다.

책상 위에는 흑연 색깔의 쿠바산 시가와 그가 좋아하는 모노그램 담배가 가득 든 유리 담배케이스가 놓여 있었다. 조니는 의자에 몸을 편히 기댄 채 전화를 걸기 시작했다. 그의 두뇌는 체계적으로 돌아가고 있었다. 그는 우선 새 영화의 각본으로 쓰고 싶은 베스트셀러 소설의 작가에게 전화를 걸었다. 작가는 힘든 무명시절을 거쳐 문학 시장에 혜성처럼 떠오른 남자로 그와 동년배였다. 그는 거물이 되겠다는 기대에 차서 헐리우드에 왔지만 다른 대부분의 작가들처럼 개똥만도 못한 대우를 받았다. 어느날 밤 브라운 더비에서 조니는 그 작가가 모욕당하는 광경을 목격하였다. 그 작가는 시내에서 가슴이 풍만한 한 여배우와 데이트를 즐기곤 했는데 나중에는 동거한다는 소문도 들렸다. 어쨌든 그들이 저녁식사를 하는 동안 여배우는 자기를 보고 손을 흔든 쥐새끼처럼 생긴 희극배우에게 반해 유명한 작가를 헌신짝처럼 차버렸다. 조니는 그때 헐리우드에서의 인간 등급에 관해 제대로 알게 되었다. 그가 세계적인 유명작가라는 것도 헐리우드에서는 통하지 않았다. 여배우는 작가를 차버리고 보잘 것 없는 영화계의 사기꾼을 선택한 것이다.

조니는 뉴욕의 자택에 머무르고 있는 작가에게 전화를 걸어 시나리오에서 자기를 중요하게 취급해 준 것에 대해 우선 감사의 말을 전했다. 그의 작품에 대해 마음에도 없는 아첨을 떨었다. 그러면서 자연스럽게 다음 소설이 어떻게 진행되고 있으며 내용은 어떠한지 물었다. 작가가 특별히 재미있는 대목이라며 이야기해 주는 내용을 듣고나서 조니는 담배에 불을 붙이며 이렇게 말했다. "소설이 끝나면 한번 읽어보고 싶군요. 제게 사본을 보내 주시겠습니까? 월츠 씨와 작업하실 때보다 더 좋은 조건으로 거래하고 싶군요."

작가는 진지하게 그러겠다고 대답했다. 월츠는 사기꾼이어서 소설에 대한 판권 구입비를 땅콩만큼 밖에 지불하지 않았다. 조니는 크리스마스 휴가가 끝나면 뉴욕에 가서 자신의 동업자들과 저녁식사나 함께 하자고 청했다. 그러면서 "얼굴이 반반한 아가씨들도 몇 명 알고 있답니다."라고 농담도 던졌다. 작가는 웃으면서 흔쾌히 청을 받아들였다.

다음으로 조니는 자신이 최근에 촬영을 끝낸 영화사의 감독과 촬영감독에게 전화를 걸어 자신의 일을 도와달라고 했다. 그는 월츠가 자신의 아카데미상 수상을 방해하고 있다는 이야기를 들려주면서 그들이 자신의 일을 도와주면 두 배로 사례하겠다고 했다. 또 특별한 요구

사항이 있을 경우 전화만 주면 해결해 주겠노라고 자신있게 말했다.

그런 다음 조니는 가장 어려운 상대인 잭 월츠에게도 전화를 걸었다. 그리고는 영화에서 배역을 주어서 고맙게 생각하고 있으며 언제든지 다시 함께 일하게 된다면 기쁠 거라고 말했다. 그것은 월츠를 어리둥절하게 만들어 주려는 속셈이었다. 며칠 지나면 월츠는 이것이 완전히 속임수이며 자기로 하여금 뭔가 느끼게 하기 위한 작전이었다는 것을 알고 약이 오를 것이다.

그는 책상에 걸터앉아 담배를 피웠다. 사이드 테이블에는 위스키가 놓여 있었지만 술을 마시지 않겠다고 한, 자신과의 그리고 헤이건과의 약속을 지켰다. 실은 담배도 피우면 안 되지만 한편으로 생각하니 모든 게 바보 같은 짓인지도 모른다는 생각이 들었다. 술과 담배를 끊는다고 목소리가 돌아오는 것도 아니지 않은가. 너무 지나치지만 않으면 상관없다. 아니 오히려 도움이 될지도 모른다. 지금은 모든 것으로부터 도움을 받아도 부족하며 어떻게든 성공의 가능성을 높여야 한다.

집안은 조용하고 이혼한 아내와 사랑스런 딸들은 잠들어 있었다. 그는 가족을 버렸을 때가 살아오면서 가장 어려운 시기가 아니었나하는 생각이 들었다. 창녀나 다름없는 두 번째 아내 때문에 그들을 버렸다. 그러나 지금도 그녀는 생각만 해도 저절로 미소가 새어나올 만큼 여러모로 사랑스런 여자였다. 게다가 그의 인생이 구원받은 것은 마음 속으로 그녀를 미워하지 않기로 마음먹은 날부터였다. 그날 이후 그는 전처와 딸들, 여자친구, 두 번째 아내 그리고 유명한 조니 폰테인이 자고 졸랐지만 거절했다고 자랑하고 다닐 샤론 무어까지도 미워하지 않게 되었다.

조니는 처음에 밴드와 함께 이곳저곳 떠돌아다니며 노래 부르다 라디오 스타가 되었고 이어 영화에도 진출했으며 이제 마침내 영화제작까지 하게 되었다. 그는 지금까지 자신이 원하는 대로 살고 원하는 여자들과 사랑을 나누었지만 그것 때문에 사생활을 망친 적은 없었다. 그러다가 두 번째 아내 마고트 애쉬톤과 사랑에 빠졌다. 그러나 그녀 때문에 그동안 쌓아올린 경력도 쓸모없게 되고 목소리에도 이상이 생겼고 가정도 깨져 버렸다. 그리고 결국 빈털터리가 되어 버렸다.

조니는 언제나 관대하고 공정한 사람이었다. 그래서 이혼할 때 전처에게 자신의 전 재산을 주었다. 특히 두 딸에게는 레코드 판매 수입, 영화 개런티, 클럽 회원권 등 자신이 벌어들인 모든 것을 주었다. 그가 유명하고 부자였을 때도 전처의 부탁을 거절한 적이 한번도 없었다. 아내의 오빠나 여동생, 장인과 장모는 물론이고 아내의 학창시절 친구와 그 가족까지도 힘껏 도왔다. 그는 결코 거만한 유명인사가 아니었다. 다소 마음에 들지 않는 아내의 두 여동생 결혼식에서 축가도 불렀다. 그는 자존심을 완전히 접어야 하는 경우가 아니라면 무엇이든 거절하는 법이 없었다.

그런데 더 이상 영화 출연도 못하고 노래도 부르지 못하고, 두 번째 아내까지 그를 배신하면서 맨 밑바닥까지 추락했을 무렵, 그가 지니와 두 딸과 함께 며칠을 보낸 적이 있었다. 비참한 기분에 젖어 있던 그는 어떻게 하룻밤 정도는 지니의 동정심에 매달려 볼 작정이었다. 그런데 그날 밤 우연히 자신의 레코드를 듣던 조니는 자기 목소리가 예전과 달라진 것을 알았다. 애꿎은 음향기술자의 실수를 핑계 대긴 했지만 솔직히 너무 형편없게 들렸다. 그는 레코드를 집어던지며 다시는 노래를 부르지 않겠다고 다짐했다. 그리고 코니 코를레오네의 결혼식에서 니노와 부른 것을 빼면 한 곡도 부르지 않았다.

조니는 그때 자신의 불운을 알아차린 지니의 얼굴 표정을 한시도 잊은 적이 없었다. 겨우 일 초 남짓 스쳐 간 표정인데도 잊혀지지 않을 만큼 그의 뇌리에 깊이 남았던 것이다. 그녀는 안타까운 척하면서도 통쾌해 하는 표정이었다. 조니는 순간 그녀가 지금까지 얼마나 자기를 경멸하고 증오해 왔던가 확인할 수 있었다. 지니는 얼른 표정을 바꾸어 냉정하지만 친절하게 연민을 보여주었고 그는 그걸 받아들이는 척했다. 하지만 그 일이 있은 지 며칠 후 조니는 지난 시절 사귀었던 여자들을 찾아 집을 나갔다. 때로는 친구로 때로는 동지로 함께 잠도 자고, 자기 능력 한도 내에서 모든 도움을 주었고, 직업을 구해 주거나 수백 혹은 수천 달러에 달하는 선물을 하기도 했던 여자들이었다. 그러나 그녀들의 표정에서도 경멸섞인 만족감이 스치는 것을 보았다.

이쯤해서 조니는 어떤 결단을 내려야 한다고 생각했다. 성공한 제작자나 작가, 감독, 배우들처럼 욕망과 증오에 불타서 아름다운 여자들을 희생시킬까? '여자는 아무리 잘해줘도 배신하며, 싸워서 이겨야 할 적이다.' 라고 생각하고 돈과 권력을 이용해 여자를 손에 넣을까? 아니면 여자를 미워하지 말고 계속해서 믿어야 할까.

그러나 그는 여자라는 존재를 사랑하지 않을 수 없었다. 그의 마음속에는 아무리 여자들이 배신을 잘하고 더러운 존재라도 계속해서 여자를 사랑하지 못하면 영혼이 죽을 것 같은 두려움이 잠재해 있었던 것이다. 세상에서 가장 사랑하는 여자들이 그가 무너지고 경멸 당하는 모습을 은근히 즐기더라도 상관없었다. 정절을 버리는 게 아니라 그보다 더 악랄한 방법으로 그를 배신한다고 해도 상관없었다. 그에게는 선택의 여지가 없었다. 그는 여자들을 받아들였다. 그래서 여자들에게 받는 상처를 숨기면서 사랑을 나누고 선물 공세를 했다. 그동안 여자들에게 구속받지 않고 그 애정을 최대한 이용하며 살아온 데 대한 대가를 치르는 거라고 생각했기 때문에 여자들을 용서할 수 있었다. 그

러나 그가 여자들에게 최선을 다하지 않는 것에 대해서는 일말의 죄책
감도 느끼지 않았다. 아이들의 아빠임을 주장하면서도 자신이 지니를
어떻게 취급했는 지에 대해 조금도 가책을 느끼지 않았으며 심지어 지
니와 재결합할 생각이 추호도 없었으며, 그녀에게도 그점을 분명히 했
다. 절정에서 추락하는 그를 구원해 준 것은 바로 그런 각오였다. 그가
여자들에게 받은 상처 위에는 두꺼운 딱지가 앉고 있었다.

조니는 몹시 피로해서 잠들고 싶었지만 기억 속에 선명히 떠오르는
노래 한 곡이 있었다. 니노 발렌티와 부르던 노래였다. 순간 돈 코를레
오네를 기쁘게 해 줄 수 있는 일이 떠올랐다. 그는 수화기를 들고 교환
원에게 뉴욕을 연결해 달라고 했다. 그리고 소니 코를레오네에게 니노
발렌티의 전화번호를 물어 니노에게 전화했다. 니노는 평소와 마찬가
지로 약간 취해있었다.

"이봐, 니노. 이곳에 와서 나와 함께 일하지 않겠나. 난 지금 믿을 수
있는 친구가 필요해."

니노는 농담섞인 말투로 대답했다. "글쎄, 잘 모르겠네, 조니. 트럭
회사에 취직했는데 매주 꼬박꼬박 150달러가 나온다네. 오다가다 아줌
마들을 웃겨 주기도 하고, 이만하면 과분한 일자리네. 그런데 자네 조
건은 어떤가?"

"5백 달러부터 시작하지. 게다가 영화배우들이랑 데이트도 할 수 있
네. 어떤가? 내 파티에서 노래도 부르게 해 주겠네."

"괜찮군. 생각해 보겠네. 내 변호사와 회계사 그리고 내 트럭 조수와
도 상의해 보겠네."

"이봐, 농담하지 말게, 니노." "난 자네가 필요해. 내일 아침 당장 비
행기로 날아오게. 1년간 주급 5백 달러의 계약서에 서명하게. 자네가
내 애인들을 가로채서 해고당하더라도 지금 일자리의 1년치 연봉보다

많을 걸세. 어떤가?"

잠시 침묵했다 다시 입을 연 니노의 음성은 또렷했다. "이봐, 조니, 지금 농담하나?"

"나 진지하게 말하는 거야. 뉴욕의 내 중계사무실에 가게. 그들이 비행기 티켓과 약간의 현금을 마련해 줄 거야. 내가 아침 일찍 전화해 두겠네. 그럼 오후에 출발하게. 어때? 그럼 내가 사람을 보내 자네를 우리집으로 데려오게 하겠네."

다시 한 번 긴 침묵이 이어졌다. 이윽고 전혀 그답지 않게 가라앉은 목소리로 니노가 말했다. "알았네, 조니." 그는 술 한 모금 마시지 않은 것 같은 목소리로 말했다.

조니는 전화를 끊고 잘 준비를 했다. 자기 레코드를 집어던진 이후로 지금보다 마음이 편안했던 적은 없었던 것 같았다.

13

조니 폰테인은 널따란 녹음 스튜디오에 앉아 노란 메모지 위에 비용을 계산하고 있었다. 그와 무명시절을 함께 보낸 음악 친구들로 구성된 악단은 줄을 맞춰 섰다. 그가 힘든 시기를 보낼 때도 우정을 잃지 않았던 단장 겸 지휘자는 악사들에게 연습할 악보를 나눠주었다. 그의 이름은 에디 닐스였다. 그는 다른 스케줄이 빽빽하게 차 있지만 조니에 대한 옛정을 생각해서 이 녹음 작업을 흔쾌히 승낙했다.

니노 발렌티는 피아노 앞에 앉아 초조하게 건반을 두드려 보며 틈틈이 커다란 잔에 담긴 호밀 위스키로 목을 축였다. 조니는 그 점을 별로 신경 쓰지 않았다. 니노는 술이 취해도 정신이 말짱할 때나 다름없이 노래를 불렀고 오늘 취입하는 곡도 니노는 굳이 연습할 게 없었다.

에디 닐스는 옛 이탈리아와 시칠리아의 민요를 특별히 편곡했다. 코니 코를레오네의 결혼식에서 니노와 조니가 듀엣으로 불렀던 곡도 포함되어 있었다. 조니는 돈 코를레오네가 이 곡을 좋아한다는 사실을 알고 이 곡부터 녹음하기로 했다. 대부에게 완벽한 크리스마스 선물이 될 것이다. 뿐만 아니라 이 정도의 레코드라면 백만 장까지는 안 가더라도 잘 팔릴 것 같은 예감이 들었다. 이렇게 니노를 도와주는 것은 대부에 대한 은혜를 갚는 거라는 계산도 했다. 니노도 조니와 마찬가지로 돈 코를레오네의 대자였던 것이다.

조니는 옆에 있는 접이 의자 위에 클립보드와 메모지를 내려놓고 피아노 옆 단상으로 올라갔다.

"이봐, 친구." 조니가 이렇게 부르자 니노는 그를 힐끗 쳐다보며 억지 미소를 지었다. 니노는 몸이 안 좋아 보였다. 조니는 허리를 굽혀 그의 어깨를 쓰다듬어 주며 "긴장하지 마. 오늘 작업 잘하라구. 헐리우드에서 가장 예쁘고 잘 빠진 애로 붙여줄테니."라고 말했다.

니노는 위스키를 벌컥벌컥 들이마셨다. "어떤 아가씬가?"

조니가 호탕하게 웃었다. "디나 던, 내가 보장하는 물건이야."

니노는 귀가 솔깃했지만 별로 기대하지 않는 척했다. "왜, 처녀는 없나?"

악단이 메들리의 오프닝곡을 연주하기 시작했다. 조니 폰테인은 귀를 기울여 들었다. 먼저 에디 닐스가 특별히 편곡한 전체 곡들을 연주할 것이다. 그런 다음에는 일차로 녹음할 곡을 연주한다. 조니는 열심히 들으면서 각 악절을 어떻게 처리할 것인지, 각 곡마다 자신이 어떤 식으로 들어가야 할 지 마음속으로 정리했다. 그는 자신의 목소리가 오래가지 못한다는 것을 알고 있었다. 그래서 니노가 노래의 대부분을 부르고 자신은 화음을 넣어 주는 정도로 하려고 마음먹고 있었다. 물론 듀엣 곡 이외의 곡을 부르기 위해 자신의 목소리를 아껴야 할 필요도 있었다.

그는 니노를 단상 위로 끌어올려 마이크 앞에 서게 했다. 니노는 초반부에 한 번 실수하더니 자꾸만 실수를 했고 급기야는 난처해서 얼굴이 빨개졌다. 그러자 조니는 "이봐, 자네 초과근무 수당을 노리는 건가?"라며 농담을 던졌다.

"내 만돌린이 없으니 흥이 나지 않아서 그렇네."

조니는 잠시 생각을 하더니 "그럼 손에 술잔을 들게."라고 말했다.

일종의 트릭을 사용하는 것이다. 니노는 노래를 부르는 동안에는 술을 마시지 않았지만 감정이 살아나기 시작했다. 조니도 니노의 주 선율에 장단을 맞춰 주는 식으로, 긴장하지 않고 쉽게 노래를 불렀다. 조니는 이런 식으로 노래를 부르는 것이 흡족하지 않지만 스스로 자신의 기술적인 재주에 놀랐다. 10년간의 가수 경험이 헛된 것만은 아니라는 생각이 들었던 것이다.

드디어 두 사람이 합창할 부분이 되자 조니는 목소리를 마음껏 내질렀고 성대의 통증없이 무사히 마쳤다. 단원들은 목소리가 굳어진 고참 가수들에게서는 듣기 힘든 이 마지막 부분의 열창을 듣고 완전히 매료되었다. 단원들은 악기를 내려놓고 발을 구르며 박수를 쳤고 드러머도 그들에게 호응하며 드럼을 쳐주었다.

휴식과 회의를 포함해 근 네 시간의 작업이 끝났다. 에디 닐스는 조니에게 다가와 나직하게 말했다. "목소리 상태가 좋아 보이네. 자네에게 꼭 어울릴 새 곡이 있는데, 이대로 레코딩에 들어가는 게 어때?"

조니는 고개를 저었다. "이봐 에디, 날 놀리지 말게. 앞으로 서너 시간 동안 말도 하기 힘들 정도로 목이 쉴 거야. 그건 그렇고 오늘 작업을

보완해야겠지?'

"니노는 내일 스튜디오에 나와야 할 거야. 몇 가지 미흡한 점이 있거든. 하지만 내가 생각했던 것보다 훨씬 좋았어. 그리고 자네가 부른 부분 중에 마음에 들지 않는 게 있으면 음향기사를 시켜 수정하게 하겠네, 됐나?' 에디는 잠시 생각하더니 이렇게 말했다.

"알았네. 완성된 레코드는 언제 들어 볼 수 있을까?'

"내일 밤쯤. 자네 집에서 들어볼텐가?'

"그러지, 에디 고맙네. 그럼 내일 보세." 조니는 이렇게 말한 뒤 니노의 팔짱을 끼고 스튜디오를 나갔다. 그들은 곧장 조니의 집으로 향했다.

이때가 저녁 늦은 시간이었다. 니노는 여전히 술에 반쯤 취한 상태였다. 조니는 그에게 샤워한 다음 잠깐 낮잠이나 자라고 했다. 그들은 밤 11시에 큰 파티에 참석하기로 되어 있었다.

니노가 잠에서 깨었을 때 조니가 간단히 설명을 했다. "우리가 가는 곳은 배우들의 '론리 하트 클럽'에서 여는 파티야. 오늘밤 거기 오는 여자들은 자네가 영화에서 봤던 풍만한 몸매의 귀부인들이지. 많은 남자들이 그 여자들과 한 번 자고 싶어서 침을 흘린다네. 그 여자들이 오늘 파티에 오는 이유는 단순해. 하룻밤 같이 잘 남자를 구하려는 거지. 왠지 아나? 그 여자들은 남자에 대해 많이 굶주렸거든. 나이는 많지만, 귀부인들이 그렇듯 아무하고나 잘 수는 없거든."

"그런데 자네 목소리가 왜 그런가?'

조니는 거의 속삭이듯이 말했다. "노래를 약간만 불러도 이렇게 되네. 지금부터 한 달 동안은 노래를 부를 수 없을 거야. 쉰 목소리는 며칠 지나면 나아지겠지만."

니노는 잠시 생각에 잠겼다. "저런, 괜찮나?'

조니는 어깨를 으쓱했다. "이봐, 니노, 오늘밤에는 술을 너무 많이 마시지 말게. 자넨 헐리우드의 갈보들에게 내 서민 친구가 힘이 좋다는 걸 보여줘야 하네. 명심하게, 이 귀부인들이 영화계에서는 대단한 실력자들이기 때문에 잘만 하면 일자리도 얻을 수 있네. 하룻밤 재미 보고 그녀들에게 잘 보이는 것도 나쁘지 않을 걸세."

니노는 술잔에 술을 따라 단숨에 들이키더니 싱글싱글 웃으며 말했다. "나야 언제 봐도 매력적이지. 그런데 자네가 어떻게 내게 진짜 디나 던을 소개해 준단 말인가, 농담이지?"

"그건 걱정 말게. 하지만 너무 기대하진 말게. 자네 생각과는 다를 수도 있으니."

헐리우드 영화 스타들의 '론리 하트 클럽'은(주연급의 청춘 스타들이 주도하기 때문에 그런 이름이 붙여졌다) 매주 금요일 밤 월츠 영화사의 선전 담당 겸 홍보 자문인 로이 메켈로이의, 스튜디오가 달린 호화 저택에서 열렸다. 형식상으로는 메켈로이의 집에서 열리는 파티지만 아이디어는 잭 월츠의 머리에서 나왔다. 그에게 돈을 벌어 준 일류 여배우들 중에는 이제 나이를 먹어서 특수 조명 시설이나 천재적인 분장사의 도움이 없으면 도저히 영화에 출연할 수 없는 여자들이 많았다. 그들은 신체적, 정신적으로도 무감각해져서 더 이상 사랑에 빠질 수도, 더 이상 사랑에 빠진 여인의 역할도 맡을 수 없게 되었다. 그런 여배우들은 돈과 명예, 예전의 아름다움만 가지고는 새로운 남자를 만날 수도 없었다. 그래서 이런 늙은 여배우들이 마음놓고 남자를 구할 수 있게 해주려고 매주 이런 파티를 여는 것이다. 그러다가 남자를 잘 만나면 전속 섹스 파트너를 버리고 인생의 새로운 전기를 맞게 될 수도 있었다. 그러나 이 모임은 가끔 분위기가 과열되어 싸움으로 번지거나 문란한 놀음으로 경찰관이 출동하는 일도 있었다. 그래서 월츠는 홍보 담당 고문의 집에서 파티를 열기로 결심했다. 신문기자나 경찰관에게 약간의 사례를 하면 거기만큼 파티를 조용하고 원만하게 치르기에 좋은 장소가 없는 셈이다. 그러나 그 영화사에 전속된 젊은 남자 배우들 중에 아직 스타덤에 오르지 못하거나 배역을 맡지 못한 배우들에게는 금요일 밤 파티에 참석하는 것이 언제나 즐거운 일만은 아니었다. 파티 도중에 아직 개봉되지 않은 새 영화의 시사회가 열리기 때문이다. 사실 그것은 파티를 여는 구실이기도 했다. 사람들은 파티에 참석할 때 "어떤 새로운 영화를 보여주는지 보러 가자."라고 말했다. 따라서 파티는 일종의 사업 전략의 하나였다.

젊은 여배우들은 금요일 밤 파티에 참가하는 것이 금지되었다. 아니 엄두를 내지 못했다. 모두가 암암리에 그런 압력을 받았다.

새로운 영화의 시사회는 자정에 열릴 예정이었고 조니와 니노가 도착한 시각은 11시였다. 말쑥한 차림의 로이 메켈로이는 첫눈에도 그라는 것을 알 수 있었다. 그는 조니 폰테인을 보자 깜짝 놀라며 반가워했다. "아니, 이게 누구야, 자네 여기서 뭐하나?"

조니는 고개를 까딱했다. "내 고향 사촌을 안내해 주고 있지요. 이 친구는 니노예요."

메켈로이는 니노의 손을 부여잡고 찬찬히 뜯어보았다. "여자들이 산 채로 잡아먹으려 들겠군." 그는 조니를 보며 살짝 말하고, 두 사람을 후원으로 안내했다.

후원에는 커다란 방들이 여러 개 있는데, 방마다 정원과 수영장으로 통하는 유리문을 활짝 열어 놓았다. 그곳에는 백여 명의 사람들이 손에 마실 것을 들고 돌아다니며 무리지어 담소를 나누고 있었다. 정원의 가로등은 여자들의 얼굴과 피부를 예술적으로 돋보이게 해주었다.

그들 중에는 니노가 10대였을 때 흑백영화에서 보았던 여배우들이 있었다. 사춘기 시절 에로틱한 꿈속에서 연인이 되어 주곤 했던 그녀들은 이제 괴물 분장을 한 것처럼 추해 보였다. 영혼과 육체의 피로함은 무엇으로도 감출 수가 없었다. 세월이 그들의 신성함을 녹슬게 만든 것이다. 여배우들은 니노가 기억하는 영화에서처럼 매력적으로 포즈도 취하고 움직이기도 했지만 호르몬이 분비되지 않는 밀랍인형처럼 보였다. 니노는 술 두 잔을 마신 다음 술병이 가득 진열되어 있는 테이블 주위를 어슬렁거렸다. 조니가 그에게 다가왔다. 두 사람은 뒤에서 디나 던의 매혹적인 목소리가 들릴 때까지 한동안 그렇게 술을 마셨다.

많은 사람들과 마찬가지로 니노에게도 그 목소리는 오래도록 뇌리에 박혀 있었다. 디나 던은 아카데미상을 두 번이나 수상한 헐리우드의 막대한 수입원이었다. 스크린에서는 암코양이같은 여성적인 매력으로 모든 남자들을 꼼짝못하게 만들었는데 그녀의 입에서 나오는 말들은 은막에서 듣던 것과는 딴판이었다. "어이, 조니, 하룻밤 자고 가더니 그만이더군. 난 덕분에 또 다시 정신과 신세를 졌다구. 왜 다시 찾아오지 않았어?"

조니는 앞으로 내민 그녀의 뺨에 키스했다. "녹초가 되어 한 달 동안이나 힘을 못썼지. 이쪽은 내 사촌 니노. 잘생기고 힘도 좋은 이탈리아 사내지. 이 친구라면 당신을 상대할 수 있을 거야."

디나 던은 니노에게 야릇한 시선을 던지며 말했다. "저 친구도 시사회 보고 싶어해?"

조니는 웃음을 터뜨렸다. "글쎄, 아마 한번도 이런 데 온 적이 없을걸. 당신이 좀 안내해 줘."

니노는 디나 던과 단둘이 남게 되자 술만 들이켰다. 태연하려고 노력했지만 잘 되지 않았다. 디나 던은 살짝 들린 코와 정교한 조각상 같은 이목구비를 지닌 앵글로 색슨계의 전형적인 미인이었다. 그는 그녀에 대해 잘 알았다. 영화 속에서 비행기 조종사인 남편이 아이들만 남겨 놓고 죽었을 때 상심해서 침실에서 혼자 우는 모습을 본 적이 있다. 비열한 클라크 케이블이 그녀를 농락하고 떠나갔을 때도 분노와 괴로움과 모욕을 안으로 삭히며 품위를 잃지 않았다(디나 던은 영화에서 한번도 색골로 나온 적이 없었다). 그녀가 사랑하는 남자의 품에 안겨 행복감에 얼굴이 상기되던 모습도 본 적이 있고 아름답게 죽어가는 모습은 12번도 더 보았다. 니노는 어릴 적 꿈꾸던 여자를 만나 이렇게 단둘이 있게 되었지만 그녀에게서 처음 들은 말은 예상치 못한 것이었다.

"조니는 이 동네에서 사내 구실을 하는 몇 안되는 남자들 중에 하나죠. 나머지는 동성연애자거나 창녀도 상대하지 못하는 병신들이죠. 페니스에다 스페인 파리를 한트럭 집어넣어도 소용없을 거에요." 그녀는 니노의 손을 잡더니 사람들이 드나들지 않는 방의 구석으로 끌고 갔다.

그녀는 매력적으로 보이려고 노력하면서 그에 대해 질문을 퍼부었다. 덕분에 니노도 그녀의 속셈을 알 수 있었다. 지금은 부잣집 딸이면서 마구간지기나 운전수에게 친절을 베푸는 역할을 하고 있지만 한때 영화 속에서의 그녀는 남자로 하여금 욕정을 억제하게 만들거나(상대역은 스펜서 트레이시였다) 남자에 대한 뜨거운 욕망으로 모든 걸 집어던지는(상대역은 클라크 케이블이었다) 역할을 맡았다. 그러나 아무래도 상관없었다. 어느덧 니노는 그녀에게 자신과 조니가 뉴욕에서 함께 자란 얘기, 조니와 작은 클럽에서 함께 노래를 불렀던 시절의 얘기를 풀어놓고 있었다. 그녀는 놀랍게도 크나큰 연민과 관심을 보였다.

그러면서 무심코 "조니가 잭 월츠에게 어떻게 배역을 따냈는지 알고 있어요?"라고 물었다. 니노는 얼굴이 굳어지며 고개를 저었다. 그녀는 더 이상 물어보지 않았다.

시간이 흘러 월츠의 새로운 영화를 볼 시간이 되었다. 디나 던은 따뜻한 손으로 니노를 잡아끌고 시사회실로 갔다. 창문이 없는 그 방에는 두 명씩 앉을 수 있는 조그만 소파가 오십여 개쯤 점점이 흩어져 있었다. 마치 사람들에게 각자 작은 개인 소유의 섬을 제공한 것 같았다.

의자마다 작은 사이드 테이블이 달려 있고 그 위에는 얼음 그릇과 유리컵, 술병에 재떨이까지 준비되어 있었다. 니노는 디나 던에게 담배를 주고 불을 붙여 준 다음 술 두 잔을 준비했다. 두 사람은 서로 아무 말도 하지 않았다. 몇 분 뒤 불이 꺼졌다.

니노는 불이 꺼진 후 뭔가 대단한 광경이 벌어지리라 기대했다. 마침내 그도 헐리우드의 타락상을 목격하게 되는 순간이었다. 그러나 디나 던이 한마디 다정한 귀뜸의 말도 해주지 않고 자신의 성기를 게걸스럽게 탐닉하리라고는 전혀 예상치 못했다. 그는 아무렇지도 않게 술을 마시며 영화를 보려고 했지만 아무것도 보이지 않고 아무 맛도 느낄 수 없었다. 지금껏 한번도 경험하지 못한 색다른 방법에 쾌감을 느꼈지만 그것은 어둠 속에서 자신을 애무하는 여자가 사춘기 시절 꿈속에서의 상대였기 때문이었다.

그의 남성다움은 이렇게 모욕을 당했다. 세계적인 여배우 디나 던이 절정에 다다르고 만족스러워하자 그는 어둠 속에서 그녀에게 술을 따라주고 담배에 불을 붙여 주며 흥분을 가라앉혀 주었다. 그리고 최대한 느긋한 목소리로 "영화가 괜찮네요."라고 말했다.

그는 옆에 앉은 디나의 몸이 굳어지는 것을 느꼈다. 그녀는 좀더 다른 찬사를 기다리고 있었던 것일까? 니노는 가까이 있는 술병을 들고 그녀의 잔에 가득 부어 주었다. 여자가 어떤 걸 바라는지 내가 알게 뭐야. 그녀는 니노를 마치 싸구려 남창 취급하고 있지 않는가. 어떤 이유에선지 그는 이런 여자들에게 차가운 분노를 느꼈다. 그들은 다시 15분 동안 영화를 감상했다. 니노는 되도록 그녀에게 몸이 닿지 않도록 몸을 옆으로 기울였다.

마침내 그녀가 낮고 거칠게 속삭였다. "뻣뻣하게 굴지 말아요. 당신도 좋아하잖아."

니노는 술을 한 모금 마시고 평소처럼 퉁명스럽게 말했다. "항상 이런 건 아니요. 내가 정말 흥분했을 때 어떤지 당신이 봐야 하는데."

그녀는 피식 웃으며 나머지 영화를 보는 동안 아무 말도 하지 않았다. 마침내 영화가 끝나고 불이 켜졌다. 니노는 사방을 둘러보았다. 비록 아무 소리도 나지 않았지만 어둠 속 여기저기에서 별의별 짓이 다 벌어졌다는 것을 눈치챌 수 있었다. 몇몇 귀부인들은 방금 일을 끝낸 듯 표정이 굳어 있으면서도 얼굴은 환하고 눈이 빛났다. 그들은 영사실을 어슬렁어슬렁 걸어나왔다. 디나 던은 얼른 니노를 내버려두고 성격 배우로 유명한 어떤 나이 많은 남자에게 가서 말을 걸었다. 오늘 실제로 보니 그는 동성연애자였다. 그는 생각에 잠긴 듯한 표정으로 천천히 술을 마셨다.

조니 폰테인이 니노에게 다가와 말을 걸었다. "어이, 친구, 좋은 시간 보냈나?"

니노는 싱긋 웃었다. "지금 제정신이 아니네. 정말 별천지구먼. 이제 고향에 돌아가서 디나 던에게 당했다고 말할 수 있게 됐네."

조니가 웃음을 터뜨렸다. "만일 그 여자가 자네를 집으로 초대했다면 이보다 즐겁게 해주었을 텐데. 그래 초대는 받았나?"

니노는 고개를 저었다. "난 영화에 더 몰두했었네." 그는 이렇게 말했지만 이번에는 조니가 웃지 않았다.

"진지하게 생각해 보게. 그런 여자는 자네에게 많은 걸 줄 수 있어. 자네도 얼마든지 이용해 먹을 수 있지. 자넨 여자에 대해 별로 까다롭지 않잖아. 전엔 어떤 여자라도 상관하지 않았잖나."

니노는 술에 취한 것처럼 유리컵을 좌우로 흔들며 큰소리로 외쳤다. "그래, 못생겼지만 그 여자들에겐 여자다운 데가 있었어." 구석에 있던 디나 던이 고개를 돌려 그들을 쳐다봤다. 니노는 컵을 흔들며 그녀에게 인사했다.

조니 폰테인이 한숨을 쉬었다. "좋아, 자넨 영락없는 이탈리아 촌놈이야."

"그래, 난 바뀌지 않을 걸세." 니노는 술 취한 듯한 특유의 미소를 지었다.

조니는 그를 속속들이 이해했다. 그가 술 취한 척한다는 것도 알고 있었다. 제정신으로는 새로운 헐리우드 보스에게 사실대로 말할 수 없어서 일부러 취한 척하는 것이다. 조니는 니노의 목에 팔을 두르고 다정하게 말했다. "이봐, 현명한 친구, 자넨 나와 1년 계약을 맺었네. 그러니 자네가 하고 싶은 대로 하게. 난 자네를 해고시킬 수 없으니."

"자네가 나를 해고할 수 없다고?" 니노가 술 취한 척 말했다.

"없지."

"제기랄!"

그 순간 조니의 표정이 분노로 바뀌었다. 그러나 니노는 아무렇지도 않은 듯 웃고 있었다. 순간 조니는 자기가 지난 몇 년간 더 영리해졌거나 아니면 스타덤에서 추락하면서 더 예민해진 게 아닌가 하는 생각이 들었다. 그 순간 어린시절 노래 파트너였던 니노가 왜 성공하지 못했는지, 그리고 왜 지금도 성공할 수 있는 기회를 박차려고 하는지 이해가 되었다. 니노는 자기를 위해 마련한 모든 것으로부터 모욕감을 느끼고 있는 게 분명했다.

조니는 니노의 팔짱을 끼고 저택 밖으로 나왔다. 니노는 이제 걷기도 힘들어졌다. 조니는 그를 달래듯이 말했다. "좋아, 그럼 날 위해 노래 부르게. 자네가 돈을 벌게 해주겠네. 자네 인생을 좌우하려는 게 아닐세. 자네가 하고 싶은 일을 하게. 알았나? 자넨 나를 위해 노래 부르고 돈만 벌게 해줘. 나는 더 이상 노래를 부를 수 없어. 알겠나, 친구?"

니노는 허리를 똑바로 세웠다. "자네를 위해 노래를 부르겠네, 조니." 그는 거의 알아듣기 힘든 발음으로 이렇게 말했다. "그런데, 내가 자네보다 노래 더 잘하는 가수야. 난 항상 자네보다 노래를 잘 불렀어. 그거 알지?"

조니는 걸음을 멈추고 생각했다. 그랬다. 조니의 목소리가 건강했을 때 니노는 자신과 같은 리그에 속할 수 없었고, 어려서 함께 노래를 부를 때부터 줄곧 그랬었다. 술 취한 니노는 캘리포니아의 달빛 아래를 누비듯이 비틀거리며 조니의 대답을 기다리고 있었다. "제기랄." 조니의 입에서 조그맣게 욕설이 튀어나오자 두 사람은 누가 더 나을 것도 없이 똑같았던 어린시절처럼 한바탕 소리내어 웃었다.

조니 폰테인은 돈 코를레오네의 저격 사실을 전해 듣고 대부의 안위뿐만 아니라 앞으로 자신의 영화 사업이 순탄하게 진행될 것인지 걱정스러웠다. 그는 병원에 있는 대부를 만나러 당장이라도 뉴욕으로 가고 싶었지만 사람들은 그의 인기에 나쁜 영향을 줄 수 있고 그건 돈 코를레오네가 바라는 일이 아닐 거라며 만류했다. 그래서 조니는 때가 될 때까지 기다리기로 했다. 1주일 뒤에 톰 헤이건은 심부름꾼을 보내 자금 문제는 여전히 유효하지만 일단 한 편만 제작에 들어가라는 말을 전했다.

　한편 조니는 니노가 헐리우드와 캘리포니아 안에서 원하는 대로 살도록 해주었다. 니노는 젊은 여배우들한테 인기가 있었다. 조니는 가끔 전화를 걸어 니노와 밤새 술을 마시기도 했지만 결코 그에게 기대지 않았다. 돈 코를레오네가 저격당했다는 이야기를 나누다 니노가 조니에게 말했다. "자네도 알겠지만 내가 언젠가 대부님께 조직에서 일하게 해달라고 간청했더니 거절하셨네. 트럭 운전도 싫증이 나고 돈도 더 많이 벌고 싶었거든. 그런데 그분이 뭐라셨는지 아는가? 누구나 한 가지의 운명을 타고나는데, 내 운명은 음악가가 되는 거라고 하셨네. 난 그 말씀을 생각하면서 도저히 방탕하게 살 수 없었지."

　조니는 그 말을 곰곰이 생각해 보았다. 역시 대부는 세상에서 가장 현명한 사람이었다. 그분은 니노가 절대 깡패가 될 수 없다는 것을 알고 있었다. 만일 그랬다면 자신이 죽거나 아니면 남을 죽였을 것이다. 그런데 돈 코를레오네는 니노가 예술가가 될 거라는 걸 어떻게 아셨을까? 젠장, 그분은 언젠가는 내가 니노를 도와줄 거라는 것을 아셨던 것이다. 그렇다면 그걸 어떻게 아셨을까? 언젠가 대부가 니노의 이야기를 꺼낸 적이 있는데, 그때 대부의 당부가 머리 속에 남아 조니로 하여금 대부에 대한 은혜를 니노를 도와주는 것으로 보답하게 만들었던 것 같다. 물론 대부는 그렇게 하라고 강요한 적이 없었다. 다만 그렇게 하면 대부가 좋아할 거라고 생각했을 뿐이다. 조니 폰테인은 한숨을 쉬었다. 대부는 총에 맞아 부상을 당하고 월츠는 반대 운동을 벌이고 자기 편이 아무도 없으니 아카데미상도 포기해야 한다. 자기를 위해 압력을 넣고 지원해줄 수 있는 사람은 돈 코를레오네 밖에 없는데 이런 일이 터지고 보니 모든 게 막막했다. 조니는 힘닿는 대로 대부를 돕겠다고 했지만 헤이건은 단호하게 거절했다.

조니는 영화 때문에 점점 바빠졌다. 그가 출연했던 영화의 원작자는 새 작품을 완성한 뒤 조니의 초청으로 서부에 왔다. 그리고는 중개인 없이 영화화하는 문제를 상의했고 곧장 제작에 들어가게 되었다. 그의 두 번째 작품은 조니가 원하는 내용이었다. 노래를 부를 필요도 없고 주로 여자와 섹스에 관한 흥미로운 이야기로 니노에게 꼭 맞는 역도 하나 있었다. 니노처럼 말하고 니노처럼 행동하면 되었고 심지어는 그와 외모도 비슷한 캐릭터였다. 정말 묘한 우연이었다. 니노가 해야할 일이라곤 스크린 위에서 자신의 모습 그대로만 보여주면 되는 것이다.

조니는 일사천리로 일을 진행했다. 그는 자기가 생각했던 것보다 제작에 대해 많이 알고 있었지만 수석 프로듀서를 채용했다. 재능은 뛰어나지만 블랙리스트에 올라 있어 일거리를 찾지 못하고 있던 사람이었다. 조니는 그런 약점을 이용하지 않고 공평한 조건으로 계약서를 작성했다. 그리고는 "이번 기회에 나 돈 좀 많이 벌게 해주쇼."라고 솔직하게 말했다.

그런데 어느날 수석 프로듀서가 찾아와 노조 대표에게 5만 달러라는 거액을 주어야 할 것 같다는 말을 했다. 초과 수당을 지불하고 사람을 더 채용하느라 그렇지 않아도 힘든데 5만 달러라면 결코 적지 않은 금액이었다. 조니는 수석 프로듀서가 자신을 속이는 것인지 아닌지 알 수 없어서 자기에게 '노조 대표를 보내라.' 라고 말했다.

노조 대표는 빌리 고프였다. "노조 문제는 내 친구들이 잘 해결한 걸로 알고 있는데 왜 이러나? 그 점에 대해선 걱정 말라는 얘길 들었는데."

"누가 그런 소릴 해?"

"누가 그랬는지 잘 알 텐데. 그분 성함은 말하지 않겠지만 그분 한마디면 그걸로 모든 게 결정되지."

"모든 게 바뀌었어. 당신 친구들은 곤경에 처했고, 그분의 말도 더 이상 여기까지 통하지 않지."

조니는 어깨를 으쓱했다. "이틀 뒤에 날 다시 찾아오게, 알았지?"

고프가 씩 웃었다. "좋아, 조니. 하지만 뉴욕에 전화를 해봐도 별 수 없을 걸."

그러나 뉴욕에 전화를 한 게 효과가 있었다. 헤이건의 사무실로 전화를 했더니 딱 잘라서 돈을 주지 말라고 대답했다. "자네가 그놈에게 동전 한푼이라도 주면 대부님께서 언짢아하실 걸세. 그건 대부님의 위신을 떨어뜨리는 일이고 지금 이런 상황에 그런 일까지 있어선 안되지."

"내가 대부님께 말씀드려 볼까? 아니면 자네가 하겠나? 이제 곧 영화를 찍어야하는데…"

"지금 당장은 누구도 말씀드릴 수 없네. 상태가 매우 중하시거든. 내가 소니에게 말은 해놓겠네. 하지만 이건 내가 결정하겠네. 절대 그 영악한 놈에게 한푼도 줘서는 안돼. 그리고 무슨 일 있으면 내가 전화하겠네."

조니는 전화를 끊고 나서 약간 화가 났다. 노조가 시끄러워지면 돈이 더 들게 되고 그러면 영화 제작도 차질을 빚을 수밖에 없다. 그는 순간 조용히 5만 달러를 고프에게 쥐어줄까 하는 생각이 들었다. 어떻게 돈 코를레오네의 말과 헤이건의 말이 같을 수 있단 말인가. 그러나 그는 며칠만 기다려 보기로 했다.

그리고 기다린 덕분에 5만 달러를 벌게 되었다. 이틀 밤 뒤 고프가 글렌데인의 자기 집에서 총살된 채 발견된 것이다. 노조 문제에 대한 잡음도 더 이상 나오지 않았다. 조니는 그가 살해됐다는 사실에 몸이 오싹했다. 돈 코를레오네의 무서운 손길이 자기와 가까운 곳까지 미칠 수 있다는 것을 처음 실감했기 때문이다.

날이 지날수록 조니는 대본을 준비하고 배우를 캐스팅하고 제작의 세부적인 일을 챙기느라 점점 더 바빠져서 목소리 때문에 노래를 부를 수 없다는 사실을 잊고 지냈다. 그러나 아카데미상 후보자가 발표되고 자신이 후보에 지명되기는 했지만 전국적으로 중계될 수상식에서 노래를 부를 가수 명단에 포함되지 않은 것을 알고는 매우 실망했다. 그러나 그는 모든 것을 잊고 영화에 열중하기로 했다. 이제 대부가 더 이상 압력을 넣지 못하게 됐으니 아카데미상을 수상할 꿈은 아예 접었다. 그저 후보 명단에 오른 것만으로도 만족하기로 한 것이다.

그와 니노가 녹음한 이탈리아 민요 레코드는 최근에 녹음한 그 어떤 레코드보다 판매 실적이 좋았다. 하지만 엄밀히 말하면 이것은 자기보다는 니노의 성공이라는 것을 인정해야 했다. 그는 직업 가수로서 다시는 노래를 부를 수 없을 거라고 체념하게 되었다.

그는 1주일에 한번 지니와 아이들과 저녁식사를 했다. 아무리 바빠도 이 일을 빠뜨린 적은 없었다. 하지만 지니와 잠자리를 하지는 않았다. 그러는 사이 두 번째 아내와도 서둘러 이혼을 하고 그는 다시 독신이 되었다. 그런데 이상하게도 쉽게 응해주는 여배우들과의 섹스에 흥미가 없어지고 갑자기 점잖 빼는 신사가 되어 버렸다. 나이 어린 여배우들이나 정상의 위치에 있으면서 그에게 호의를 보이는 여배우들에게도 관심이 가지 않았다. 그보다는 열심히 일하는 게 좋았다. 그는 대개 홀로 집에 돌아와 예전의 자기 레코드를 들으며 술을 한 잔 마시거나 바에 가서 왕년의 곡들을 흥얼거렸다. 그에게도 좋았던 시절이 있었는데 그때는 그것을 몰랐다. 좋은 목소리는 누구라도 가질 수 있는 일이니 그건 제처두고라도 그 시절이 좋았다. 그는 진정한 예술가였는데 그걸 몰랐고, 자기가 얼마나 그 일을 좋아하는지도 깨닫지 못했다.

그렇게 한창 날리던 중에 술과 담배와 여자로 목소리를 망가뜨린 것이다.

이따금 니노가 놀러와서 함께 술을 마시며 레코드를 들을 때면 조니는 "야, 이 이탈리아 촌놈아, 넌 평생 저렇게 노래부르지 못할 거다."라며 빈정거렸다. 그러면 니노는 그 매력적인 미소를 띠고 고개를 끄덕였다. 그러면서 마치 조니의 속을 훤히 알고 있다는 것처럼 연민어린 목소리로 "그래, 아마 난 못 부를 거야."라고 맞장구를 쳐주곤 했다.

마침내 새로운 영화 촬영을 1주일 앞두고 아카데미 수상식이 있었다. 조니는 니노에게 함께 가달라고 청했지만 니노는 거절했다. "이봐, 내가 지금까지 자네에게 부탁이란 걸 한 적 있었어? 없었지? 오늘 저녁만 내 부탁을 들어줘. 내가 수상하지 못했을 때 진심으로 서운해 할 사람은 자네뿐이라구."

순간 니노는 당황한 표정을 지었다. "그래, 알겠네. 하지만 자네가 상을 받지 못하면 그날로 그 일은 잊어버리는 거네. 내가 책임질 테니 술이나 왕창 퍼먹고 풀어 버리게. 그럼 난 그날 취하지도 못하겠군. 젠장. 어때, 이만하면 좋은 친구지?"

"암, 그래야 좋은 친구지."

아카데미 수상식이 있던 날 저녁 니노는 약속을 지켰다. 술을 마시지 않고 조니의 집으로 가서 함께 수상식장으로 향했다. 니노는 조니가 왜 여자친구나 특히 전처인 지니를 수상식에 초대하지 않았을까 의아해했다. 지니는 그에게 의지가 되어주지 못하는 걸까? 니노는 술을 한 잔만 마시게 되기를, 길고 끔찍한 밤이 되지 않기를 바랐다.

니노 발렌티는 자신의 가장 절친한 친구가 수상자로 호명되기 전에는 아카데미 수상식 행사가 지루하게만 느껴졌다. 그러다 "조니 폰테인!"이라는 소리를 듣는 순간 자리를 박차고 일어나 경중경중 뛰며 박수를 쳤다. 조니가 억지로 앉히려고 하자 니노는 조니의 손을 잡고 힘껏 흔들었다. 그는 자신의 옛 친구가 믿을 수 있는 누군가와의 인간적인 접촉을 절실히 원한다는 사실을 깨달았다. 이 영광스런 순간에 자신밖에는 축하해 줄 사람이 없다는 사실이 가슴 아팠다.

그 이후에 벌어진 일들은 정말 끔찍한 악몽이었다. 잭 월츠의 영화가 모든 중요한 상을 모두 휩쓸었기 때문에 그의 스튜디오에서 열린 파티에는 신문기자들과 짝을 찾는 남녀들이 모여들어 아수라장이 되었다. 니노는 약속을 지키기 위해 술 한 모금 입에 대지 않고 조니를 보필했다. 그러나 조니 폰테인에게 잠깐 얘기나 하자며 이 방 저 방으로 잡아끄는 여자들 때문에 조니는 술이 자꾸만 과해졌다.

한편 최고 여배우상을 수상한 여자도 마찬가지 신세였지만 은근히 그런 걸 즐기는 것 같았다. 오직 니노만이 그 파티장에서 여자를 거부한 유일한 남자였다.

마침내 누군가가 기가 막힌 아이디어를 하나 냈다. 두 수상자가 공개적으로 섹스를 하고 다른 사람들은 그 모습을 구경하자는 거였다. 여배우는 벌써 옷을 홀랑 벗었고 다른 여배우는 조니 폰테인의 옷을 벗기기 시작했다. 그때 유일하게 술에 취하지 않은 니노는 옷이 반쯤 벗겨진 조니를 어깨에 들쳐 메고 사람들의 손길을 뿌리치며 집을 빠져나와 자동차에 올라탔다. 조니를 집에 데려가면서 니노는 생각했다. 이런 게 성공이라면 나는 원치 않는다고.

제3부

14

    소년 코를레오네는 열두 살 나이 때도 진짜 사나이다웠다. 무어족처럼 생긴 이 아이는 피부가 검고 키는 작고 말랐다. 시칠리아의 코를레오네 마을에서 태어난 그의 본명은 비토 안돌리니였다. 그런데 아버지를 죽인 낯선 사람들이 아들마저 죽이려고 하자 어머니는 어린 아들을 미국으로 보내 친구집에 맡겼다. 그리고 이 새로운 땅에서 그는 자신의 이름을 코를레오네로 바꿨다. 고향에 대한 끈을 놓지 않기 위해서였다. 이것은 그의 평생 몇 번 안되는 감상적인 결단 중의 하나였다.

    세기가 바뀌는 시기, 시칠리아에서는 마피아가 로마의 공식적인 정부보다 권한이 더 큰 제2의 정부가 되었다. 비토 코를레오네의 아버지는 동네 사람과 싸움을 했는데, 그 상대가 마피아를 찾아가 문제해결을 의뢰했다. 아버지는 마피아의 압력에 굴복하지 않고 싸우다 그만 그 지역 마피아 두목을 살해했고 1주일 후 아버지는 루파라(lupara) 총을 맞아 온몸이 갈기갈기 찢긴 시체로 발견되었다. 장례식이 끝나고 한 달 뒤 마피아의 총잡이는 소년 비토에 대해 이것저것 알아보러 왔다. 그들은 소년이 언젠가는 아버지에 대한 복수를 할지 모르니 죽이기로 음모를 꾸몄다. 그래서 열두 살 소년 비토는 친척집에 숨어 있다가 미국으로 가는 배를 탔다. 그는 아반단도 가족과 함께 배를 탔는데 훗날 그집 아들 젠코는 그의 콘실리에리가 되었다.

    소년 비토는 뉴욕의 헬스 키친 9번가에 있는 아반단도의 식료품점에서 점원으로 일했다. 열여덟 살이 되자 비토는 시칠리아에서 막 건너온 이탈리아 아가씨와 결혼을 했다. 열여섯 살밖에 안 된 소녀였지만 요리도 잘하고 마음씨도 착한 아내였다. 두 사람은 비토가 일하고 있는 곳에서 몇 블록 떨어지지 않은 35번가 근처 10번가에 셋집을 얻었다. 2년 뒤 장남 산티노가 태어났는데, 비토의 친구들은 아기가 어찌나 아버지를 잘 따르는지 소니(sonny: 애야, 아가 또는 자네와 같이 친근하게 부르는 호칭)라고 불렀다.

그의 이웃에는 파누치라고 하는 남자가 살고 있었다. 그는 뚱뚱한 체구에 우락부락한 인상을 가진 이탈리아인으로 밝은 색의 최고급 정장과 크림색의 중절모를 쓰고 다녔다. 이 남자는 폭력과 협박으로 상점주인이나 일반 사람들의 돈을 갈취하는 마피아 일파인 '검은 손'의 일원이었다. 그러나 마을 주민들도 대부분 거칠었기 때문에 파누치의 폭력이나 위협은 집안에 건장한 남자가 없는 노인 부부들에게나 먹혀들었다. 어떤 상점 주인들은 그에게 시달리기 싫어서 돈을 조금 쥐어주기도 했다. 그렇지만 파누치는 이탈리아 복권을 불법적으로 판매하거나 집에서 도박판을 벌이는 범죄자들을 소탕하는 거리의 청소부 역할도 했다. 아반단도 역시 아들의 만류에도 불구하고 조금씩 뇌물을 바쳤다. 아들 젠코는 파누치를 가만 두지 않겠다며 주먹을 부르르 떨었지만 아버지는 아들을 말렸다. 비토 코를레오네는 감정적으로라도 이런 일에 말려들지 않고 지켜보기만 했다.

어느날 세 젊은이가 파누치를 습격하여 칼로 목을 긋는 일이 일어났다. 죽을 만큼 깊은 상처는 아니었지만 한쪽 귀에서 다른 쪽 귀까지 마치 반원처럼 그었기 때문에 그를 겁주기에는 충분했고 출혈도 심했다. 비토는 목에 피를 흘린 채 도망가는 파누치를 보았다. 양복에 수치스런 핏자국을 남기기 싫어 크림색 중절모를 턱에 대고 허겁지겁 도망가는 그의 모습을 비토는 오래도록 잊지 못했다.

그러나 이 습격은 오히려 파누치에게 유리하게 돌아갔다. 세 명의 젊은이는 살인 청부업자가 아니라 단순한 동네 건달들로, 파누치가 더 이상 갈취를 못하도록 경고하려고 그런 짓을 저질렀다. 그런데 몇 주일 후 한 청년은 총에 맞아 죽고 나머지 두 청년의 가족들은 파누치에게 보복하지 않겠다는 약속을 받아 내기 위해 보상금을 지급해야 했다. 그후 파누치에게 바쳐야 하는 뇌물의 액수는 더욱 많아졌고 파누치는 그 구역 도박장의 동업자가 되었다. 비토 코를레오네는 이런 일이 남의 일처럼 생각되었기 때문에 곧 그 일을 잊었다.

1차 세계대전이 발발하여 수입 올리브유가 귀해지자 파누치는 아반단도의 식료품점에 올리브유를 비롯해 이탈리아산 살라미 소시지, 햄, 치즈 등을 공급해 주었고 약간의 투자까지 하게 되었다. 게다가 자기 조카까지 그 가게에 취직시키는 바람에 비토 코를레오네는 억울하게 일자리를 잃게 되었다.

이 무렵 둘째 프레데리코가 막 태어난 터라 비토 코를레오네는 네 식구를 먹여 살려야 할 처지였다. 그때까지 비토는 자신의 생각을 좀처럼 표현하지 않는 조용한 젊은이였다. 식료품점 주인의 아들이자 절친한 친구인 젠코 아반단도는 비토에게 미안해하며, 아버지의 행동을 비난했다. 젠코는 수치심에 얼굴을 붉히며 비토에게 먹을 것에 대해 걱정하지 않게 해주겠다고 맹세를 했다. 즉, 젠코는 친구를 위해 식료품점에서 식품을 훔치려는 심산이었다. 그러나 비토는 아들이 아버지 가게를 터는 것은 수치스러운 짓이라며 단호하게 거절했다.

젊은 비토는 비열한 파누치에 대한 분노를 억누를 수가 없었다. 그렇지만 이런 분노를 드러내지 않고 때를 기다리기로 했다. 그는 몇 달간 철도 공사판에서 막노동을 했다. 그러나 종전(終戰) 무렵에는 공사에 차질이 생겨 한 달에 며칠밖에 일을 하지 못했다. 게다가 공사판 감독은 대부분이 아일랜드인이나 미국인이었는데 일꾼들에게 심한 욕설을 퍼부었다. 비토는 억양까지 완벽하지는 않더라도 영어를 곧잘 했지만 알아듣지 못하는 척 무심한 표정을 지으며 하루하루를 견디고 있었다.

어느날 저녁 비토가 가족과 저녁식사를 하고 있는데 창문 두드리는 소리가 들렸다. 구멍이 뚫린 환기구로 이어지는 옆집 창문에서 들리는 소리였다. 커튼을 열어보니 옆집에 사는 젊은 청년인 피터 클레멘자가 창문 밖으로 얼굴을 내밀고 있었다. 그는 흰 헝겊에 싼 꾸러미를 불쑥 내밀었다.

"이봐요. 내가 말할 때까지 이것 좀 맡아 줘요, 빨리." 클레멘자는 다급하게 말했다. 비토는 깊이 생각할 틈도 없이 환기구를 통해 그 꾸러미를 받아 들었다. 클레멘자의 얼굴은 긴장되고 위급해 보였다. 그가 어떤 곤경에 처해 있는 것 같아 비토는 본능적으로 도와주었다. 그런데 꾸러미를 부엌에 가져와 흰 헝겊을 펼쳐 보니 권총 다섯 자루가 들어 있었다. 그는 얼른 도로 싸서 침실 벽장에 넣고 기다렸다. 클레멘자는 경찰에 쫓기고 있었다. 그가 환기구를 통해 권총을 건네주었을 때 경찰들이 그의 집 현관문을 두드리고 있었던 게 분명했다.

비토는 이 일을 아무에게도 말하지 않았다. 물론 겁에 질린 아내도 자기 남편이 감옥에 잡혀 갈까봐 이웃 부인들과 수다를 떠는 중에도 감히 입을 열지 못했다. 이틀 뒤 다시 모습을 나타낸 피터 클레멘자는 비토에게 태연하게 "제 물건 잘 갖고 있죠?"라고 물었다.

비토는 고개를 끄덕였다. 그는 별로 말을 많이 하지 않는 성격이었다. 클레멘자는 비토의 집으로 성큼성큼 따라 들어와 비토가 주는 포도주를 받아 마셨다. 그동안 비토는 침실 벽장 속에서 꾸러미를 꺼내 왔다.

퉁퉁하고 사람 좋아 보이는 클레멘자는 초조하게 비토를 기다리며 포도주를 마시고 있었다. "이 안에 든 거 봤어요?"

비토는 무심하게 고개를 저었다. "나와 상관없는 것엔 관심 없소."

두 사람은 그날 저녁 내내 함께 포도주를 마셨다. 그들은 서로 통하는 데가 있었다. 클레멘자는 주로 이야기하는 쪽이고 비토 코를레오네는 이야기를 들어주었다. 그날 이후 그들은 마음을 터놓는 친구가 되었다.

며칠 뒤 클레멘자는 비토 코를레오네의 아내에게 거실에 깔 좋은 카펫이 필요하냐고 물어왔다. 그는 비토에게 카펫을 가지러 가자고 했다.

클레멘자는 두 개의 대리석 기둥에 현관 계단 역시 흰 대리석으로 만든 한 주택으로 안내했다. 클레멘자가 열쇠로 문을 열고 두 사람은 호사스런 집안으로 들어갔다. "저쪽으로 가서 카펫 마는 걸 도와주게."

붉은 색의 고급 양모로 만든 카펫이었다. 비토 코를레오네는 클레멘자의 후한 인심에 놀랐다. 두 사람은 카펫을 만 뒤 각자 한쪽씩 들었다. 그들이 카펫을 들고 현관으로 나오려는 찰나였다.

초인종이 울렸다. 클레멘자는 얼른 카펫을 내려놓고 창문으로 다가갔다. 그는 커튼을 약간 젖히고 밖을 내다보면서 웃옷 안에서 총을 꺼냈다. 비토 코를레오네는 순간 자신들이 낯선 사람의 집에서 카펫을 훔쳤다는 사실을 깨달았다.

초인종이 다시 한번 울렸다. 비토는 얼른 클레멘자 옆으로 다가가 나란히 섰다. 현관에 서 있는 사람은 사복 경찰이었다. 경찰은 마지막으로 초인종을 한번 더 눌러보더니 어깨를 으쓱하고는 대리석 계단을 내려갔다.

클레멘자는 만족스러운 듯 걸걸한 목소리로 "이봐, 가자구."라고 말했다. 그가 다시 카펫의 한쪽을 들고 비토가 다른 한쪽을 들었다. 경찰이 모퉁이를 마저 돌아가기도 전에 두 사람은 참나무로 만든 육중한 현관문을 열고 밖으로 나왔다. 30분 후에 그들은 비토 코를레오네의 아파트 거실에 카펫을 펼쳐놓고 거실 바닥 크기에 맞게 카펫을 잘라 냈다. 남는 카펫은 침실에 깔았다. 클레멘자는 솜씨좋은 일꾼이었다. 잘 맞지도 않는(사실 그는 뚱뚱해 보이지 않으려고 헐렁한 옷을 좋아 했다) 웃옷에 달린 커다란 주머니 속에는 카펫을 자르는데 필요한 도구가 없는 것 없이 죄다 들어 있었다.

시간이 흘렀지만 비토 코를레오네의 사정은 나아지지 않았다. 가족들이 아름다운 카펫만 뜯어먹고 있게 할 수는 없었다. 일을 하지 않으면 처자식이 굶어 죽을 게 뻔했다. 비토는 살 궁리를 하는 동안에는 젠코의 식료품점에서 얻어다 먹을 수밖에 없었다. 그런데 어느날 클레멘자와 한동네에 사는 건달인 테시오가 그를 찾아왔다. 남에게 아쉬운 소리 하지 않는 비토의 성격은 잘 알지만 워낙 절망적인 상태라 그냥 보고 있을 수만은 없었기 때문이다. 그들은 자기들과 함께 일하지 않겠느냐고 물었다. 31번가에 있는 공장에서 짐을 싣고 나오는 트럭 뒤를 쫓아가 실크 옷을 강탈하는 일이었다. 위험할 것은 없었다. 트럭 운전수들은 겁이 많아서 총만 보면 천사처럼 갓길에 트럭을 세운다. 그러면 그 트럭을 몰고 친구의 창고에 짐을 부려 놓는다. 물건의 일부는 이탈리아인 도매상에 팔고 일부는 이탈리아인 거주 지역—브롱스의 아더 애비뉴, 멀베리 스트리트, 맨해튼의 첼시 구역—에서 방문판매로 팔면 되는데, 모두가 딸들에게 그런 좋은 옷을 입히지 못해 세일할 때만 기다리는 가난한 이탈리아 가정이다. 그들은 이렇게 설명하며 운전수가 꼭 필요하다고 했다. 비토가 아반단도 식료품점에서 트럭으로 배달했던 사실을 알고 있었던 것이다. 1919년만해도 자동차 운전수는 각광받는 직업이었다.

비토 코를레오네는 꺼림칙했지만 그들의 제의를 받아들이기로 했다. 다만 자기 몫으로 적어도 1천 달러는 챙겨야 한다는 조건을 내걸었다. 그러나 젊은 동료들은 그에게 정기적인 일이 아니기 때문에 성급하게 장물을 분배하는 것은 무모하다고 했다. 비토는 그들의 방식이 너무도 허술하게 보였지만 그들이 선량하고 인정많은 친구들처럼 생각되었다. 털털한 피터 클레멘자도, 마르고 우울해 보이는 테시오도 믿음직스러웠다.

일 자체는 별 어려움 없이 진행되었다. 첫 날 비토 코를레오네는 두 동료가 총을 들고 운전수를 트럭에서 내리게 하는 동안 놀라서 바라보기만 했다. 두렵지는 않았지만 클레멘자와 테시오의 냉혹한 모습은 뜻밖이었다. 그들은 즐거운 마음일 리가 없는데도 운전수에게 '착하게 굴면 네 마누라에게 드레스 몇 벌 보내 주겠다.' 라고 농담을 했다. 비토는 혼자서 드레스를 팔러 다니기 쑥스러워서 자기 몫의 장물은 장물아비한테 넘겼고 자신은 7백 달러만 먹었다. 그러나 1919년만해도 이 정도면 꽤 많은 돈이었다.

이튿날 비토 코를레오네는 거리에서 크림색 정장을 하고 흰색 중절모를 쓴 파누치를 만났다. 파누치는 야수 같은 얼굴에 이쪽 귀에서 턱 아래를 지나 저쪽 귀까지 둥글게 나 있는 흉터를 무엇으로도 가리지 않은 모습이었다. 짙고 검은 눈썹에 험상궂게 생긴 얼굴이지만 웃으니 묘하게도 친근하게 느껴졌다.

그는 투박한 시칠리아 억양으로 "어이, 젊은 친구." 라며 말을 걸어 왔다. "요즘 벼락부자가 됐다더구먼. 네 친구들도 말야. 그런데 나에 대한 대접이 소홀하다고 생각지 않나? 이웃지간에 내 부리도 젖게 해 줘야지." 그는 시칠리아의 마피아가 쓰는 "Fari vagnari a pizzu"라는 말을 썼다. 'pizzu'는 카나리아 같은 작은 새의 주둥이를 의미했다. 파누치는 장물의 분배를 요구하는 거였다.

비토 코를레오네는 평소 습관대로 아무 대꾸도 하지 않았다. 그는 파누치의 말뜻을 즉시 알아차렸지만 그가 확실한 요구를 할 때까지 잠자코 있었다.

파누치는 올가미처럼 생긴 얼굴 상처가 팽팽하게 당겨지고 금니가 훤히 드러나도록 웃었다. 그는 더위를 식히려는 듯 손수건으로 얼굴을 문지르고 웃옷의 단추를 열었다. 그러나 실은 자루처럼 큰 바지의 허리춤에 꽂혀 있는 권총을 보여주려는 것이었다. 그는 한숨을 내쉬며 말했다. "내게 5백 달러만 주게. 그럼 모욕당한 걸 잊어버릴 테니. 요즘 젊은 것들은 어른에 대한 예의를 모른단 말야."

비토 코를레오네는 그를 보며 미소를 지었다. 비록 혈기왕성한 젊은이지만 그 미소는 파누치가 잠시 섬뜩하게 느낄 정도로 차가웠다. 파누치는 다시 말을 이었다. "그렇지 않으면 조만간 경찰이 자네를 만나러 갈 걸세. 그럼 자네 처와 아이들은 수치를 당하고 다시 궁핍하게 살게 되겠지. 아, 물론 내 부리를 조금만 적셔준다면야 내 정보가 틀릴 수도 있지. 3백 달러면 되네. 단, 나를 속이려 하면 안되지."

처음으로 비토 코를레오네가 입을 열었다. 그의 음성은 침착했고 어떤 분노도 느낄 수 없었다. 젊은이가 윗사람에게 하듯이 정중한 말투였다. "저의 동료 둘이 제 몫의 돈을 갖고 있습니다. 그들에게 말해 보겠습니다."

파누치는 안심하는 듯했다. "자네 두 친구들에게도 같은 정도로 내 부리를 적셔 달라고 전해 주게나. 클레멘자와 나는 자주 거래를 했으니 알아들을 걸세. 그가 자네보다 이런 문제에는 경험이 많으니 그의 충고를 듣도록 하게."

비토 코를레오네는 어깨를 으쓱하며 애써 주눅든 표정을 지었다. "저는 이런 일이 처음이라서요. 대부처럼 자상하게 설명해 주셔서 고맙습니다."

파누치는 흡족한 표정을 지었다. "자넨 훌륭한 젊은이군." 그는 이렇게 말하며 털투성이 손으로 비토의 손을 잡아채어 꽉 쥐었다. "어른을 존경할 줄 아는군. 다음부턴 내게 먼저 상의하게나, 알았지? 내가 자네를 도울 수 있을 걸세."

그후 비토 코를레오네는 파누치에게 그처럼 완벽하게 자신을 감출 수 있었던 것은 다혈질의 아버지가 시칠리아 마피아에게 죽음을 당했던 기억 때문이라는 것을 깨달았다. 물론 당시에는 자기의 목숨과 자유를 담보로 어렵게 번 돈을 이 남자에게 빼앗길 수 없다는 결의와 분노가 솟구쳤다. 두려운 것은 아무것도 없었다. 그는 솔직히 파누치가 바보라는 생각이 들었다. 클레멘자의 경우를 보더라도 어리석은 시칠리아 사람들은 돈 몇 푼을 벌기 위해 자기 목숨을 쉽게 내놓았다. 클레멘자는 겨우 카펫 하나를 훔치려 경찰관을 죽일 뻔했다. 테시오도 흡혈귀와 같은 냉혈한이었다.

그날밤 늦게 비토 코를레오네는 클레멘자의 아파트에서 이제 막 입문한 범죄 세계에 대해 두 번째 교훈을 얻었다. 클레멘자는 욕설을 퍼붓고 테시오는 얼굴을 찌푸렸지만 두 사람은 2백 달러로 막을 수 있는 방법에 대해 논의하기 시작했다. 테시오는 그렇게 할 수 있을 거라고 생각했다.

그러나 클레멘자는 단호했다. "그놈이 우리 물건을 산 의류 도매상을 통해 우리가 얼마나 해먹었는지 알아낸 게 틀림없어. 파누치는 3백 달러에서 한푼도 깎지 않을 거야. 우린 줄 수밖에 없어."

비토는 속으로 놀랐지만 밖으로는 표현하지 않았다. "우리가 왜 그놈한테 갖다 바쳐야하지? 그것도 우리 셋이. 우리는 그놈보다 힘도 세고 총도 가지고 있어. 왜 우리가 번 돈을 그에게 바쳐야하냔 말야."

클레멘자는 차근차근 설명하기 시작했다. "파누치에게는 정말 짐승 같은 친구들이 있어. 경찰과도 내통하고 있고. 그놈이 우리 계획을 알려고 하는 건 경찰에게 우리에 대한 정보를 팔아 넘기려는 것이네. 나중에 그걸로 덕을 보기도 하고. 경찰은 그의 뒤를 봐주겠지. 이렇게 주고 받는 거야. 게다가 그놈은 마란젤라에게서 이 지역 관할권을 받았다구." 마란젤라는 신문에 자주 오르내리는 악당으로 갈취, 도박, 무장 강도 등을 전문으로 하는 범죄 조직의 두목이었다.

클레멘자는 그가 직접 만든 포도주를 내왔다. 이어서 그의 아내는 살라미와 올리브, 이탈리아식 빵을 식탁에 차려 놓고, 집 앞에서 이웃 부인네들과 수다를 떨기 위해 의자를 가지고 나갔다. 그녀는 미국에 온 지 몇 년 안되는 젊은 새댁이라 아직 영어를 알아듣지 못했다.

비토 코를레오네는 두 친구와 앉아서 포도주를 마셨다. 그는 과거 그 어느 때에도 지금처럼 머리를 굴린 적이 없었다. 그는 자신이 지금 얼마나 냉철하게 생각하고 있는지 놀랍기만 했다. 그는 파누치에 관해 알고 있는 내용을 모두 떠올렸다. 목에 상처를 입은 뒤 턱 밑에 중절모를 대고 피를 뚝뚝 흘리며 도망가던 모습도 기억났다. 한 명은 칼로 죽이고 다른 두 명은 보상금을 받고 교묘하게 형을 면하게 해주었던 일도 떠올랐다. 그는 갑자기 파누치가 대단한 인맥이 있는 게 아니며, 어쩌면 그런 건 아예 없을지 모른다는 생각이 들었다. 그놈은 경찰에 밀고할 만한 놈이 못된다. 보상금을 받기 위해 복수할 놈도 못된다. 진짜 마피아 두목이라면 나머지 두 놈도 죽였을 것이다. 파누치는 운이 좋아서 한 명을 죽였지만 잔뜩 경계하고 있는 나머지 두 놈마저 죽일 만한 실력은 없었던 것이다. 그래서 마지못해 돈을 받는 척 했던 것이다. 그가 상점 주인과 도박장에서 돈을 뜯을 수 있는 것은 순전히 그 자신의 잔인함과 힘 덕분이었다. 비토 코를레오네가 알기에도 파누치에게 뇌물을 상납하지 않는 도박장이 한 곳 있었다. 그렇다고 그곳 주인에게 어떤 사고가 일어났다는 말을 들은 적은 없었다.

그렇다! 파누치는 혼자다. 혹시 현금이 당장 들어오는 특수한 일을 해야 할 때는 총잡이를 고용할지도 모른다. 이제 비토 코를레오네에게는 중대한 결정이 남았다. 그의 생명을 걸어야 하는 일이었다.

그 일을 경험하면서 그는 모든 사람에게 주어진 운명은 하나밖에 없다는 신념을 또 한 번 확인했다. 그날밤 그가 파누치에게 뇌물을 상납했다면 아마도 평생 조그만 식료품점의 점원 노릇이나 했을지 모른다. 그러나 운명은 그를 지하세계의 두목이 되게 했고 그 운명의 길에 파누치를 제물로 던져 놓았던 것이다.

포도주 한 병을 다 마셨을 때 비토는 클레멘자와 테시오에게 의미심장한 말을 했다. "자네들만 좋다면 각자가 파누치에게 줄 2백 달러를 내게 주게. 장담하건대 내가 2백 달러만 낼 수 있게 하겠네. 모든 건 내게 맡기게. 자네들이 만족하도록 이 문제를 해결하지."

클레멘자가 의심스런 눈길을 보냈다. 비토는 단호하게 말했다. "난 친구로 받아들인 사람들을 한번도 속인 적이 없네. 내일 자네들이 직접 파누치에게 요구한 돈이 얼마냐고 물어보게. 하지만 그에게 직접 돈을 줘서는 안되네. 그와 싸워서도 안돼. 그에게 돈을 얼마나 줘야 하는지만 물어 보게. 그리고 나를 통해 돈을 전달하겠다고 말하게. 자네들이 그가 요구한 돈을 기꺼이 낼 거라고 안심시켜 줘야 하네. 한푼이라도 깎자는 말은 하지 말고. 그 말은 내가 할테니. 자네들 말처럼 그가 정말 위험한 놈이라면 기분을 상하게 해서는 안되네."

그들은 그렇게 하겠다고 했다. 다음날 클레멘자는 파누치를 만나 비토가 속임수를 쓰고 있지 않다는 것을 확인했다. 그리고나서 비토의 아파트로 와서 2백 달러를 내놓았다. 그는 비토 코를레오네를 바라보며 "파누치가 3백 달러 밑으로는 안된다고 하던데 자네가 어떻게 2백 달러만 받게 할 건가?"라고 물었다.

비토 코를레오네는 자신있는 목소리로 말했다. "걱정하지 말게. 다만 내가 자네들을 도와주었다는 것만 기억하게."

잠시 후 테시오가 왔다. 테시오는 클레멘자만큼 힘이 좋지는 못했지만 내성적이고 예민하고 영리했다. 그는 뭔가 제대로 되고 있지 않다고 느끼고 있었다. 그래서 약간 불안해하고 있었다. 그가 비토 코를레오네에게 말했다. "검은 손, 그놈을 조심하게. 그는 아주 교활한 놈이야. 자네가 돈을 건네줄 때 내가 증인으로 여기 있을까?"

비토 코를레오네는 고개를 저으며 테시오에게 말했다. "파누치에게 내가 오늘밤 아홉 시에 우리집에서 돈을 주겠다고 말하게. 놈에게 포도주 한 잔을 먹인 다음 조금 덜 주는 이유를 설명하겠네."

테시오가 고개를 끄덕였다. "하지만 생각대로 되지 않을 거야. 파누치는 절대 봐주지 않을 놈이야."

"내가 결론을 내겠네." 비토 코를레오네는 이렇게 말했다. 죽이기 직전의 마지막 경고의 의미를 담고 있는 이 말은 그후 유명한 구절이 되었다. 그가 돈 코를레오네가 된 후 적에게 자리에 앉으라고 권하며 결론을 내자고 말하면 그것은 피를 보거나 살인을 하지 않고 문제를 해결할 마지막 기회라는 의미였다.

비토 코를레오네는 저녁을 먹은 뒤 아내에게 두 아들, 소니와 프레디를 밖에 내보내되 허락없이는 집으로 들어오지 못하게 하라고 단단히 일렀다. 심지어 아내에게 아파트 현관에 앉아 아이들을 감시하라고 했다. 파누치와 개인적인 볼 일이 있는데 절대 방해받고 싶지 않다고 설명했다. 아내의 얼굴에 두려운 기색이 보이자 그는 벌컥 화를 내더니 조용히 타일렀다. "당신, 바보랑 결혼했다고 생각해?" 그녀는 놀라서 아무 말도 하지 않았다. 그녀가 두려워하는 것은 파누치가 아니라 남편이었다. 그녀 앞에서 남편은 시시각각 위험스런 힘을 발산하는 남자로 변하고 있었다. 남편은 시칠리아의 젊은 남자답지 않게 언제나 조용하고 말이 없었지만 다정하고 침착한 사람이었다. 그녀가 보고 있는 것은 누구를 해롭게 하기 위한 것이 아니라 이제 막 자신의 운명을 시작한 젊은이가 스스로 보호하려고 발산한 보호색이었을 뿐이었다. 그때 나이가 스물다섯 살이었으니 출발은 늦었지만 화려한 편이었다.

비토 코를레오네는 파누치를 죽이기로 결심했다. 그렇게 하면 그는 7백 달러를 벌게 되는 것이다. 자신이 지불해야 하는 3백 달러, 테시오에게서 받은 2백 달러와 클레멘자에게서 받은 2백 달러가 고스란히 남게 되는 것이다. 반면에 파누치를 죽이지 않으면 쌩쌩한 현금으로 7백 달러를 바쳐야 할 것이다. 결국 파누치의 목숨 값은 7백 달러도 되지 않는 것이다. 그는 파누치를 살려두기 위해 7백 달러를 지불하고 싶지 않았다. 만일 파누치가 목숨을 건지기 위해 수술비로 7백 달러가 필요하다고 해도 절대 빌려주지 않을 것이다. 파누치에게 빚을 진 것도 아니고 그렇다고 그와 피를 나눈 형제도 아니다. 파누치를 형제처럼 사랑하는 것도 아니다. 그런데 왜 파누치에게 7백 달러를 주어야 한단 말인가.

이건 파누치가 강제로 7백 달러를 빼앗으려고 했기 때문에 생긴 당연한 결과다. 이런 억울한 일을 왜 앉아서 당해야 하는가? 세상은 이런 놈이 없어야 정상적으로 굴러가는 것이다.

물론 그렇게 하는데는 몇 가지 현실적인 위험도 따를 것이다. 파누치의 배후에는 필경 암흑가의 친구들이 있을 것이며 그들이 복수를 할 수도 있다. 파누치 자신도 위험인물이라서 쉽게 죽이기 어려울지도 모른다. 경찰에 잡혀가서 전기 고문을 받을 수도 있다. 그러나 비토 코를레오네는 아버지가 사람을 죽인 후로 사형선고를 받은 것이나 다름없이 살아왔다. 열두 살 소년이었을 때 마피아를 피해 바다 건너 낯선 땅에 왔고 이름도 바꿔야 했다. 침묵의 방관자로 살아온 세월은 그에게 다른 사람보다 더 영리하고 더 많은 용기를 갖고 있다는 자신감을 심어 주었다. 비록 그 지능과 용기를 써먹을 기회는 한번도 없었지만.

그러나 그는 아직도 운명의 길로 첫발을 내딛기 전에 망설이고 있었다. 한 꾸러미로 묶은 7백 달러를 꺼내기 편하도록 한쪽 바지 주머니에 넣어 놓긴 했지만 말이다. 그는 돈을 왼쪽 주머니로 옮겨 넣었다. 그리고 오른쪽 주머니에는 클레멘자가 트럭 강탈할 때 사용하라고 준 권총을 집어넣었다.

저녁 9시 정각 파누치가 문을 두드렸다. 비토 코를레오네는 클레멘자가 가져온 포도주를 식탁 위에 올려놓았다.

파누치는 포도주 병 옆에 흰색 중절모를 벗어 놓았다. 토마토색 바탕이 보이지 않을 정도로 꽃무늬가 요란한 공단 넥타이도 풀었다. 여름 밤은 덥고 가스등은 희미했다. 아파트는 너무도 조용했다. 그러나 비토 코를레오네는 얼음처럼 차가운 표정으로 앉아 있었다. 파누치는 돈 꾸러미를 받아 세어 보더니 커다란 가죽 지갑에 쑤셔 넣고 포도주를 한 모금 마셨다. "2백 달러 더 줘야지." 파누치는 험상궂고 무표정한 얼굴로 말했다.

"그동안 일을 못해서 조금 부족합니다. 몇 주일 내에 드리지요." 비토 코를레오네는 마지못해 애원하는 척했다.

이 정도면 성의가 고마워 봐줄 것이다. 파누치는 이미 돈을 받았고 조금 더 기다려 주는 것도 어렵지 않을 것이다. 어쩌면 나머지 돈은 아예 포기하거나 기한을 좀더 늦춰 달라고 해도 '그러마.' 할지 모른다. 파누치는 포도주 잔을 단숨에 비우고 말했다. "정말 정확한 젊은이로구먼. 내가 왜 전에는 몰라봤을까? 그렇게 얌전해서 어디 자기 밥그릇이나 찾겠나. 앞으로 좋은 일거리가 생기면 자네에게도 좀 나눠주겠네."

비토 코를레오네는 관심이 있는 척 공손히 고개를 끄덕이며 포도주를 따라 주었다. 그러나 파누치는 그만 가는 게 낫겠다고 생각한 듯 자리에서 일어나 비토와 악수를 했다. "잘 있게, 젊은이. 너무 기분 나쁘게 생각하지 말고. 자네 자신을 위해서도 오늘밤 좋은 일을 한 걸세."

비토 코를레오네는 파누치가 계단을 내려가 아파트를 빠져나가는 모습을 지켜보았다. 거리에는 그가 코를레오네의 집을 무사히 나갔다는 것을 증명해 줄 만한 목격자들이 많았다. 그가 모퉁이를 돌아 11번가 쪽으로 가는 걸 보니 자기 아파트로 가는 게 틀림없었다. 아마 다시 거리로 나가기 전에 돈을 집에 두고 가려는 것 같았다. 총도 두고 가려는 것일 테지. 비토 코를레오네는 아파트를 나와 계단을 통해 지붕 위로 올라갔다. 그는 옥상을 타고 가다가 비상계단을 통해 뒷마당으로 내려왔다. 그리고는 뒷문을 열고 들어가 앞문으로 나왔다. 길 건너편에 파누치가 사는 아파트가 있었다.

아파트 단지는 서쪽으로 10번가까지 이어져 있었다. 11번가에는 주로 뉴욕 중앙 철도에 화물을 싣거나 11번가에서 허드슨 강에 이르는 지역을 거미줄처럼 연결하는 화물 집하장을 쉽게 이용하려는 기업들의 임대 창고가 많이 있었다. 파누치의 아파트는 이 황무지에서 왼쪽에 위치해 있는데 철도노동자, 건설노동자 그리고 싸구려 매춘부들이 주로 살았다. 이들은 떠들썩한 이탈리아인들처럼 거리에 나와 앉아 수다를 떨지 않고 맥주집에 들어앉아 월급이나 축내기 일쑤였다. 그래서 비토 코를레오네는 수월하게 황량한 11번가를 가로질러 파누치의 아파트로 숨어 들어갈 수 있었다. 그는 한번도 사용해 보지 않은 총을 꺼내 들고 파누치를 기다렸다.

파누치가 10번가에서 걸어올 것을 예상하고 현관 유리창을 통해 지켜보고 있었다. 클레멘자가 총에서 안전핀이 어느 것인지 가르쳐 주었고 총알을 빼고 방아쇠를 당기는 방법도 보여주었다. 그러나 비토는 시칠리아에서 아홉 살 무렵부터 아버지를 따라 사냥터에 다니면서 루파라라고 부르는 엽총 쏘는 방법을 배웠다. 어린 소년인데도 루파라를 다룰 줄 알았기 때문에 아버지를 죽인 마피아들에게 위험인물로 찍힌 것이다.

어두운 복도에서 기다리고 있으려니 파누치의 흰색 중절모가 도로를 건너 문 쪽으로 걸어오는 게 보였다. 비토는 뒷걸음질쳐서 계단으로 올라가는 문 안쪽에 어깨를 바짝 붙였다. 그는 총을 쏘기 위해 권총을 앞으로 내밀었다. 문 바깥쪽에서 두 발자국밖에 떨어지지 않은 곳에 쭉 뻗은 그의 손이 있었다. 문이 열리면서 허옇고 냄새나는 커다란 파누치의 몸뚱이가 불빛을 막았다. 비토 코를레오네는 권총을 쏘았다.

열린 문틈으로 총성이 퍼져 나가고 폭발음의 여진에 건물 전체가 흔들렸다. 파누치는 겨우 문틀을 붙잡고 서서 자기 총을 꺼내려고 했다. 그가 얼마나 힘껏 몸부림쳤는지 웃옷의 단추가 뜯겨져 나가고 앞섶이 풀어 헤쳐졌다. 그틈에 총이 보였지만 흰 셔츠 앞부분에 이미 거미줄처럼 피가 번져 나오기 시작했다. 비토 코를레오네는 혈관에 바늘을 꽂듯 천천히 상처를 향해 두 번째 총알을 발사했다.

파누치는 무릎을 꿇고 앞으로 넘어졌다. 그는 무서운 신음소리를 냈다. 고통스런 육체에서 나오는 인간의 신음소리는 마치 코미디 같았다. 신음소리가 계속되자 비토는 파누치의 개기름이 흐르는 뺨에 총구를 대고 머리를 향해 세 번째 총알을 쏘았다. 5초도 안되어 숨이 끊긴 파누치는 쿵 하고 문을 치면서 앞으로 쓰러졌다.

비토는 죽은 남자의 웃옷 주머니에서 조심스럽게 커다란 지갑을 꺼내 자기 셔츠 안에 넣었다. 그리고 나서 창고가 있는 도로를 건너 뒷뜰을 통해 비상계단을 타고 지붕 위로 올라갔다. 그곳에 올라가니 거리가 한눈에 들어왔다. 파누치의 시체는 아직 문가에 놓여져 있었고 다른 사람이 발견한 흔적은 보이지 않았다. 아파트의 창문 두 개가 열리고 거기에서 사람들의 검은 머리가 보였지만, 그에게 그들의 얼굴이 보이지 않으니 그들도 자신을 보지 못할 게 분명했다. 게다가 이런 사람들이 경찰에 신고할 리가 없었다. 파누치는 새벽, 아니 경찰이 순찰하다 발견할 때까지 그렇게 거기 누워 있을 것이다. 그 아파트에 사는 사람들은 경찰에게 의심을 받거나 질문을 받기 싫어서 일부러 신고하지 않을 것이다. 그들은 문을 걸어 잠그고 아무것도 못들은 체할 것이다.

서두르지 않아도 될 것 같았다. 비토는 지붕을 타고 자신의 아파트 위까지 온 다음 문을 열고 집안으로 들어가 다시 문을 잠궜다. 그는 파누치의 지갑을 열어 보았다. 그가 준 7백 달러 말고 1달러 몇 장과 5달러짜리 동전이 들어 있었다.

또 한쪽에는 5달러짜리 금화가 들어 있었다. 아마 행운을 비는 부적 같았다. 만일 파누치가 돈 많은 갱이었다면 이렇게 푼돈만 가지고 다니지는 않았을 것이다. 비토는 그에 대한 의혹이 조금은 풀어지는 것 같았다.

그는 지갑과 총을 없애야 한다고 생각했다(지갑에 들어 있는 금화는 그냥 놔둬야겠다고 생각했다). 그래서 다시 지붕 위로 올라가 몇 발자국 떨어진 곳에 있는 통풍구에 지갑을 던졌다. 그는 권총에서 총알을 빼고 총신을 지붕 위에 내리쳤다. 총신은 부숴지지 않았다. 그는 총신을 잡고 이번에는 개머리판을 굴뚝에 내리쳤다. 개머리판이 두 쪽으로 갈라지자 이것을 다시 내리쳤더니 총신과 방아쇠로 쪼개졌다. 그는 이

것을 각각 통풍구에 집어던졌다. 그것들은 5층 아래 바닥으로 떨어지면서 아무런 소리도 내지 않았다. 쓰레기가 쌓여 푹신했기 때문이다. 아침이면 더 많은 쓰레기가 창문에서 쏟아져 내릴 것이고 운이 좋으면 모든 것을 감쪽같이 덮어줄 것이다. 비토는 다시 자기 집으로 돌아갔다.

그는 약간 떨렸지만 온전히 통제할 수 있었다. 우선 피가 튀었을지 모르므로 옷을 벗어 아내가 빨래할 때 사용하는 금속 대야에 던져 넣었다. 그리고 잿물과 가루비누를 물에 듬뿍 풀어 옷을 담근 뒤 금속 빨래판에 올려놓고 벅벅 비벼 빨았다. 이어 비눗기가 남지 않도록 여러 번 헹군 다음 침실 구석에 널어놓은 다른 빨래들과 섞이도록 널었다. 그는 깨끗한 바지와 셔츠를 입고 집 앞에서 놀고 있는 아내와 아이들을 데리러 나갔다.

그러나 이렇게 용의주도할 필요는 없었다. 새벽에나 시체를 발견한 경찰은 비토 코를레오네에게 한번도 탐문하러 오지 않았다. 파누치가 자신의 집에 들렀던 날 밤 총에 맞아 죽었다는 사실을 어떻게 경찰이 모를 수 있을까 그는 놀라웠다. 자신은 파누치가 아무 일 없이 자신의 집을 나갔다는 것을 증명하기 위해 그토록 고심하지 않았던가. 나중에야 들은 말인데 경찰은 파누치가 살해된 사실을 알고 오히려 박수를 쳤으며 살인범을 찾으려고도 하지 않았다고 한다. 또 다른 갱단의 소행이라고 짐작하고 근처의 깡패나 살인청부 전과가 있는 자들을 심문하는 데서 그쳤다. 그래서 비토는 한번도 용의 선상에 오르지 않았던 것이다.

이렇게 해서 경찰의 의표는 찔렀지만 동업자들 문제는 또 달랐다. 피터 클레멘자와 테시오는 다음 주 또 다다음 주에도 그를 피하다 어느날 아침 찾아왔다. 분명 존경을 표하기 위해 온 것이다. 비토 코를레오네는 그들은 반갑게 맞이하며 포도주를 내왔다.

클레멘자가 먼저 입을 열었다. "요즘 아무도 9번가의 가게 주인들에게서 돈을 걷지 않는다더군. 근처의 도박장에서도 마찬가지고."

비토 코를레오네는 아무 말 없이 두 사람을 뚫어지게 쳐다보았다. 테시오가 말했다. "우리가 파누치의 고객들을 인수할까? 우리가 요구하면 돈을 줄 텐데."

비토 코를레오네는 어깨를 으쓱했다. "나보고? 난 그런 일엔 관심없네."

클레멘자가 소리내어 웃었다. 그는 젊어서 배가 나오기 전인데도 뚱뚱한 사람처럼 너털웃음을 지었다. "내가 트럭 사업할 때 쓰라고 준 권총 어떻게 됐나? 필요 없으면 다시 돌려주게." 그가 비토에게 말했다.

비토 코를레오네는 아주 천천히 주머니에서 지폐 뭉치를 꺼내더니 10달러짜리 5장을 뺐다. "자, 여기 총값이네. 트럭 일을 한 뒤에 총을 버렸네." 그는 두 사람을 보면서 싱긋 웃었다.

그 미소가 어떤 효과를 주는지 그때는 비토 코를레오네도 잘 알지 못했다. 위협하려는 의도가 없는데도 어딘지 차가운 데가 있는 미소였다. 마치 자기는 그 일을 개인적인 장난거리처럼 생각하고 있다는 듯한 미소였다. 그러나 죽음을 초래한 일에 대해 미소를 짓고, 그 장난이라는 것이 결코 개인적인 일이 아니고, 또 입은 웃고 있지만 눈은 웃지 않고 있었다. 차분하고 조용한 사람인 줄만 알았는데 갑자기 본색을 드러내서 두 사람은 무척 놀라고 있었다.

클레멘자가 고개를 저었다. "돈은 받고 싶지 않네." 비토는 돈을 주머니에 넣었다. 그리고 기다렸다. 그들은 서로에 대해 너무도 잘 알았다. 그들은 비토가 파누치를 죽였다는 사실도 알고 있었고 누구도 그 일에 대해서는 입 밖에 내지 않았지만 몇 주일 못 가 동네 사람들도 그 사실을 알게 되었다. 비토 코를레오네는 누구에게나 '존경받는 사람' 대접을 받았다. 그러나 비토는 파누치가 하던 일을 인계 받을 마음은 없었다.

그 뒤에 일어난 일들은 어쩌면 당연한 결과였다. 어느날 비토의 아내는 같은 아파트에 사는 과부를 데리고 왔다. 이탈리아 출신인 그 부인은 남에게 부탁을 할 줄 모르는 성격이었다. 그녀는 아버지 없는 아이들을 키우느라 뼈 빠지게 고생을 했다. 그런데 열여섯 살 난 아들은 일해서 번 돈을 봉투를 뜯지도 않고 어머니에게 바치는 착한 아들이었다. 의류 공장에 다니는 열일곱 살된 딸도 마찬가지였다. 밤이면 온 가족이 모여 앉아 얼마 안되는 돈을 벌기 위해 봉투에 단추를 다는 일을 했다. 그 여인의 이름은 콜롬보 부인이었다.

비토 코를레오네의 아내가 말했다. "콜롬보 부인이 부탁이 있대요. 지금 무척 어려운 지경에 처했나 봐요."

비토 코를레오네는 돈을 꾸러 왔을 거라고 생각하고 준비를 했다. 그러나 그게 아니었다. 그녀의 집에는 막내아들이 좋아하는 개가 한 마리 있었다. 그런데 밤에 개가 짖는다는 주민들의 불평을 듣고 주인이 콜롬보 부인을 찾아와 개를 당장 없애버리라고 했다. 그녀는 그러겠다고 했지만 당장 개를 없애지 못했다. 그러자 주인은 속았다고 생각하고 당장 집을 비워 달라고 했다. 그녀는 이번에는 꼭 개를 없애겠다고 약속했다. 그러나 집주인은 불같이 화를 내면서 이번에는 절대로 봐줄 수 없다고 했다. 만약 비워 주지 않으면 경찰을 불러 쫓아내겠다고 했다. 콜롬보 부인이 하는 수 없이 롱아일랜드에 사는 친척집에 개를 주려고 했더니 어린 아들이 울며불며 떼를 썼다. 그래서 이제 거리에 나앉게 된 것이다.

비토 코를레오네는 부드럽게 물었다. "왜 내게 그런 부탁을 합니까?"

콜롬보 부인은 그의 아내를 보며 고개를 끄덕였다. "부인이 선생님께 말씀드려 보라더군요."

그는 놀랐다. 아내는 한번도 그가 파누치를 살해한 날 왜 옷을 빨아 널었는지 물어본 적이 없었다. 그에게 일도 하지 않는데 어디서 돈을 가져오는지 묻지도 않았다. 심지어 지금 그녀의 얼굴은 태연하기까지 했다. 비토는 콜롬보 부인에게 "제가 돈을 좀 드릴 테니 이사를 하시죠. 그럼 되지 않습니까?"라고 말했다.

그러나 부인은 고개를 저으며 눈물을 흘렸다. "제 친구들은 모두 여기 살아요. 이탈리아에서 함께 자란 친구들이죠. 제가 어떻게 여기를 떠나 낯선 동네에서 살겠습니까? 제발 집주인에게 말씀드려서 여기에 그대로 살게 해주세요."

비토는 고개를 끄덕였다. "알겠습니다. 그럼 그렇게 해보겠습니다. 이사하실 필요는 없습니다. 제가 내일 아침 집주인에게 말해 보겠습니다."

아내는 그를 보며 빙긋이 웃었다. 그는 못 본 척했지만 기분이 좋았다. 콜롬보 부인은 그래도 못 미더워하며 "집주인이 정말 그냥 살라고 할까요?"하고 물었다.

"로베르토 씨 말인가요?" 그가 놀란 목소리로 물었다. "아, 물론 그렇게 할 겁니다. 그는 마음씨가 좋은 사람입니다. 제가 전후사정을 잘 설명하면 아주머니의 불행을 동정할 사람입니다. 더 이상 걱정하지 마세요. 아이들을 위해 아주머니 건강이나 잘 챙기세요."

집주인 로베르토는 자신이 세놓은 다섯 채의 집을 점검하기 위해 매일 동네에 들렀다. 그는 배에서 막 내린 이탈리아 노동자들을 큰 회사에 팔아 넘기는 인력 브로커였다. 그는 돈을 버는 족족 집을 한 채씩 사들었다. 이탈리아 북부 출신으로 교육을 좀 받았다고 시칠리아와 나폴리 출신의 문맹인 남부 이민자들을 멸시했다. 집안 곳곳에 벼룩 같은 해충이 우글거리고, 환기통으로 쓰레기나 버리고 벽에 기어다니는 벼룩이나 쥐들도 손을 쳐들어 쫓지 않는 게으른 족속이라고 비난했다. 집에서는 좋은 아빠요 남편인 로베르토는 본성이 악한 사람은 아니지만 자기가 투자한 재산이나 돈, 집주인으로서 어쩔 수 없이 들어가는 비용에 대한 걱정으로 신경이 닳아빠져 늘 신경질적이었다. 비토 코를레오네가 거리에서 그를 붙잡고 부탁할 게 있다고 하니까 그는 무뚝뚝하게 대했다. 남부 출신 이민자들은 잘못 건드리면 칼로 찌른다고 생각했기 때문에 그는 상대가 아무리 얌전하게 생긴 젊은이라고 해도 무례하게 나오지는 않았다.

"로베르토 씨, 남편도 없이 불쌍하게 사는 제 아내의 친구가 어떤 이유로 선생께서 집을 비워 달라고 하셨다면서 제게 하소연을 해왔더군요. 매우 걱정이 많더군요. 돈도 없는데다가 이곳이 아니면 고향 친구도 없습니다. 제가 선생께서 뭔가 오해를 하셨을 것 같으니 잘 말씀드려 보겠다고 했습니다. 문제가 됐던 개는 없애버렸다고 하니 그냥 살게 해주시죠. 같은 이탈리아 출신으로 제가 부탁드립니다."

로베르토는 자기 앞에 서 있는 젊은 남자를 꼼꼼히 훑기 시작했다. 중간 정도의 체격이지만 다부지고, 농사꾼 같아 보이지만 강도는 아니고, 당당히 웃으면서 자신을 이탈리아인이라고 소개하는 비토를 보며 로베르토는 어깨를 으쓱했다. "이미 다른 사람에게 집을 세줬소. 더 높은 값에. 당신 친구 때문에 새로 들어올 사람을 실망시켜선 안되지 않습니까?"

비토 코를레오네는 알겠다는 듯이 고개를 끄덕였다. "한 달에 얼마나 더 올렸습니까?"

"5달러." 실은 거짓말이었다. 철로 변의 어두침침한 방 네 개짜리 아파트를 미망인에게 12달러에 세놓고 있었는데 새로운 입주자에게 그보다 더 많이 받을 수는 없는 것이다.

비토 코를레오네는 주머니에서 지폐 뭉치를 꺼내 10달러짜리 3장을 뺐다. "6개월치 인상금은 선불로 내겠습니다. 그 부인은 자존심이 강한 분이니 이 일은 비밀로 해주십시오. 6개월 뒤에 다시 봅시다. 물론 그 집에서 개를 키우게 해주셔야 합니다."

"젠장, 네 놈이 누군데 나한테 이래라저래라 하는 거야? 말조심하지 않으면 다시 시칠리아로 쫓겨날 줄 알아!'

비토 코를레오네는 놀라서 손을 쳐들었다. "난 그저 부탁을 하는 거요. 누구든 친구에게 부탁할 때가 있지 않겠소. 사람 일은 아무도 모르지 않소. 자, 이 돈을 내 호의로 생각하고 받아두시오. 그리고 마음대로 결정하시오. 난 당신과 싸우고 싶지 않으니." 그는 로베르토의 손에 돈을 쥐어 줬다. "이건 작은 내 성의요. 돈은 그냥 받고 다시 한 번 더 생각해 주시오. 정 내일 아침이라도 돈을 돌려주고 싶다면 그렇게 하시고. 당신이 군이 부인을 내쫓고 싶다면 내가 어떻게 말리겠소. 어쨌든 당신 집인데. 그리고 집에서 개를 기르지 말라고 하는 것도 이해합니다. 나 역시 동물을 싫어하니까." 그는 로베르토의 어깨를 토닥거렸다. "이번 청은 꼭 들어주시오. 잊지 않겠습니다. 그리고 당신 친구들에게 나라는 사람에 대해 물어 보시오. 은혜는 꼭 갚는 사람이라고 말할 테니."

로베르토는 이미 조금은 눈치채고 있었다. 그날 저녁 그는 비토 코를레오네에 대해 알아보았다. 그리고 다음날 아침까지 기다리지 않았다. 로베르토는 그날밤 코를레오네의 집에 찾아갔다. 그는 밤늦게 방문해서 미안하다고 말하며 코를레오네 부인에게서 포도주도 한 잔 얼어먹었다. 그는 비토 코를레오네에게 자신이 큰 오해를 했다며 콜롬보 부인은 물론 계속해서 그 집에 살고 개도 키울 수 있게 될 거라고 말했다. 한술 더 떠 서로 없는 처지에 싼 임대료를 주고 살면서 개 짖는 소리를 불평하는 입주민들이 야속하다고 했다. 그는 돌아가는 길에 비토 코를레오네가 준 30달러를 식탁 위에 올려놓으며 퍽 겸손한 태도로 말했다. "불쌍한 미망인을 도와주시는 따뜻한 마음씨가 저를 부끄럽게 하는군요. 저도 그런 크리스찬의 자비를 본받겠습니다. 집세는 전처럼 받기로 하겠습니다."

걱정했던 일들이 코미디처럼 결말이 났다. 비토는 포도주를 따라 주고 케이크를 권했다. 그리고 악수를 청하면서 그의 너그러운 마음을 칭찬했다. 로베르토는 한숨을 내쉬며 비토 코를레오네 같은 친구를 알게 된 덕분에 자신의 인간에 대한 신뢰가 회복됐다고 말했다. 그 집을 나오며 두려움에 뼈가 젤리처럼 흐물흐물해진 로베르토는 택시를 타고 브롱스에 있는 집으로 와서 곧장 잠자리에 들었다. 그리고 사흘 동안 그 동네에는 얼씬도 하지 않았다.

비토 코를레오네는 어느덧 이 일대에서 '존경받는 인물'이 되었다. 사람들은 그가 시칠리아 마피아의 단원일 거라고 수군거렸다. 어느날 도박장을 경영하는 남자가 자발적으로 그를 찾아와 '우정'의 징표로 매주 20달러를 상납하겠다고 말했다. 그러면서 도박꾼들에게 그의 보호를 받는다는 것을 확인해 줄 수 있도록 매주 한두 번만 도박장을 방문해달라고 했다.

풋내기 깡패들 때문에 골치를 썩는 상점 주인들도 그를 찾아와 보호를 요청했다. 그는 승낙했고 그에 대한 대가를 받았다. 얼마 안 가 그는 1주일에 백 달러라는 엄청난 수입을 올리게 되었다. 그는 친구이자 동업자인 클레멘자와 테시오가 따로 요구하지 않았는데도 수입의 일부를 떼어 주었다. 그리고 마침내 어린시절 친구였던 젠코 아반단도와 올리브유 수입하는 일을 하기로 결정했다. 젠코는 이탈리아에서 올리브유를 적당한 가격에 들여와 자기 아버지의 창고에 저장했다. 클레멘자와 테시오는 판매를 담당했다. 그들은 맨해튼과 브루클린, 브롱스로 확장해 나가면서 이탈리아 식료품점마다 자신들의 젠코 푸라 올리브유(비토 코를레오네는 그의 이름을 따서 상표로 만들어야 한다는 것을 한사코 거절했다)를 들여놓도록 설득했다. 물론 비토는 자금의 대부분을 투자한 회사대표였다. 또 상점 주인들이 클레멘자나 테시오와 협상하기 싫어하는 경우에는 자신이 직접 영업에 나서기도 했다. 그럴 때면 타의 추종을 불허하는 자신의 설득력을 발휘했다.

그후 몇 년 동안 비토 코를레오네는 작은 사업이긴 하지만 역동적으로 확장시켜 나가는데 전력하면서 매우 만족한 인생을 보냈다. 그는 헌신적인 아버지요 남편이었지만 너무 바빠서 가족과 함께 보내는 시간은 적었다. 젠코 푸라 올리브유는 미국에서 가장 잘 팔리는 이탈리아산 식용유가 되면서 조직도 급속히 커져갔다. 어느 사업가와 마찬가지로 그도 경쟁사로 하여금 시장을 포기하게 만들거나 자신의 회사에 합병시켜 버리는 방식으로 독점 체제를 유지하려고 했다. 그러나 애초에 경제적으로 누구의 도움을 받지 않고 시작한 데다 광고보다는 입소문에 의존해 왔고, 그의 제품이 다른 제품보다 품질면에서 월등히 나을 게 없었기 때문에 합법적인 사업가들이 이용하는 방법으로는 독점권을 획득하기 어려웠다. 결국 자신의 힘과 '존경받을 만한 사람' 이라는 명성에 의존할 수밖에 없었다.

젊었을 때도 비토 코를레오네는 '상식적인 사람' 으로 알려져 있었다. 그는 절대 위협을 하지 않았다. 그는 언제나 논리적이었기 때문에 상대가 거절할 수가 없었다. 또 언제나 상대방도 이익을 공유한다는 인식을 분명하게 심어 줬고 어느 쪽도 손해나는 법이 없게 했다. 그러기 위해서 분명한 수단을 사용했다. 천재적인 사업가들이 대개 그렇듯이 그도 자유 경쟁은 소모적이고 독점 체제가 효율적이라는 것을 알고 있었다. 그래서 어떻게 해서든지 독점권을 확보하려고 애썼다. 브루클린에는 성격이 불같고 고집스럽고 상식이 통하지 않는 식용유 도매업자들이 있었다. 그들은 비토가 인내심을 가지고 차근차근 설명을 해도 비토 코를레오네의 비전을 이해하지 않으려고 했다. 결국 두 손을 든 비토 코를레오네는 테시오를 브루클린으로 보내 사장을 만나 문제를 해결하라고 했다. 테시오는 그의 창고를 불태우고 올리브유 운반 트럭을 전복시켜 거리를 기름 웅덩이로 만들어 버렸다. 이 일을 알게 된 밀라노 도매업자는 10세기 이상 이탈리아인들이 지켜 온 오메르타의 규칙을 깨고, 평소에 못마땅하게 생각해 오던 이탈리아 출신의 수입업자를 당국에 고발해 버렸다. 그러나 경찰에서 사건을 조사 하기도 전에 그 도매업자는 행방불명이 되었다. 그리고 뒤에 남은 헌신적인 아내와 다행히 이미 성인이었던 세 자녀가 사업을 물려받아 젠코 푸라 기름 회사와 쉽게 타협을 보았다.

위대한 사람은 태어날 때부터 위대한 게 아니다. 성장하면서 그렇게 만들어진다. 비토 코를레오네 역시 마찬가지였다. 금주법이 통과되고 술 판매가 금지되면서 비토 코를레오네는 평범하고, 다소 무자비한 사업에서 제일 먼저 발을 뺀 덕분에 범죄 세계의 위대한 두목으로 부상할 수 있었다. 하루 아침에 이루어진 일이 아니고 1년 사이에 이루어진 일도 아니었다. 금주법 시행 기간이 끝나고 대공황이 시작되던 무렵이었다. 비토 코를레오네는 대부라는 의미를 담은 돈(Don: 보스라는 의미), 즉 돈 코를레오네가 되었다.

시작은 우연이었다. 젠코 푸라 기름 회사에서 배달용 트럭을 6대 굴릴 때였다. 비토 코를레오네는 클레멘자를 통해 캐나다에서 알콜과 위스키를 밀수하는 이탈리아 밀조주업자들을 접촉하게 되었다. 그들은 자신의 밀수품을 뉴욕 각지에 보급할 트럭과 배달원이 필요했다. 특히 믿을 수 있고 신중하며, 과감하고 힘도 센 배달원을 원했다. 트럭과 인력에 대한 비용은 그 쪽에서 기꺼이 지불하겠다고 했다. 그 사용료가 얼마나 막대했던지 비토 코를레오네는 트럭을 밀수업자와 밀조주업자에게 독점적으로 대여해 주기 위해 자신의 기름 사업은 뒷전으로 밀어 놓았다. 사실 그들은 돈을 지불하면서 은근히 협박하기도 했다. 그러나 비토 코를레오네는 이제 사업가로서 어느 정도 성숙해졌기 때문에 협박한다고 해서 모욕감을 느끼거나 돈이 되는 기회를 포기할 만큼 어리석지는 않았다. 그는 협박의 내용을 잘 분석해 보고 협박의 이행 가능성이 없다 싶으면 무시해 버렸다. 협박해 봤자 별 소용이 없는 데도 협박하는 멍청한 동업자들이 많았기 때문이다. 어쨌든 그는 그러한 일을 겪으며 사업을 하면서 적절한 시기를 타는 것이 얼마나 중요한지 배웠다.

그는 다시 전성기를 맞았다. 그러나 무엇보다 중요한 것은 그 일을 함으로써 많은 경험을 쌓았고 귀중한 인맥을 확보하게 되었다는 것이다. 그는 은행가가 담보물 쌓아 놓듯 선행을 쌓았다. 그후 몇 년간 비토 코를레오네는 재주만 좋은 사람이 아니라 그 분야에서도 천재임이 분명해졌다.

그는 이탈리아 이민자들의 보호자를 자처했다. 당시 이민자들은 대개 집에서 소규모의 주류 밀매를 하면서 노동자들에게 한 잔에 15센트를 받고 위스키를 팔았다. 그는 콜롬보 부인의 막내아들이 견진성사를 받을 때 기꺼이 대부가 되어 주었고 20달러짜리 금화도 선물했다. 한번은 그의 트럭 몇 대가 경찰의 불심검문에 걸린 일이 있어서 젠코 아반단도는 경찰청과 법원에 연줄이 있는 변호사를 고용했다. 코를레오네측은 그 변호사에게 뇌물 대상자의 명단과 지급액을 한눈에 볼 수 있도록 만들라고 했다. 그런데 뇌물 액수가 생각보다 많아져서 변호사가 이 명단을 축소하려고 하자 비토 코를레오네는 그를 안심시켰다. "아니네, 우리에게 당장 도움을 줄 수 없는 사람들도 모두 명단에 넣게. 난 원래 우정을 소중하게 생각하고 은혜를 베푸는 일을 좋아하는 사람이야."

시간이 흐르면서 코를레오네의 세력은 더욱 커지고 트럭도 늘어났다. 그에 비례해 명단의 길이도 길어졌다. 하지만 테시오와 클레멘자의 직속 부하들이 늘어나면서 자연히 조직의 체계가 느슨해졌다. 그래서 비토 코를레오네는 조직 정비에 들어갔다. 클레멘자와 테시오에게는 각각 중간 보스격인 카포레짐이라는 계급을 달아 주었고, 그 밑의 부하들은 행동대원으로 임명했다. 젠코 아반단도에게는 고문이라는 의미의 콘실리에리라는 직책을 맡겼다. 돈 코를레오네는 젠코 또는 카포레짐에게만 명령을 내렸다. 따라서 그가 명령 내리는 현장은 몇몇 특정한 사람 외에는 목격할 수가 없었다. 그런 다음 그는 테시오와 그 부하들을 독립시켜 브루클린 지역을 관할하게 했다. 오래 전부터 테시오와 클레멘자에게 정말 필요한 경우가 아니면 사적으로라도 자주 어울리지 말 것을 강조했다. 비토는 그것을 보안 때문이라고 설명했지만 영리한 테시오는 그의 의도를 꿰뚫고 있었다. 비토는 두 세력이 공모하여 자신에게 반란을 일으킬 위험을 차단하고 전략상 실수가 생기지 않게 하려는 것이었다. 그 대신 테시오에게는 브루클린을 마음대로 주무를 수 있는 권한을 주었고 클레멘자는 평생을 그의 수하에서 보내게 했다. 테시오에 비하면 클레멘자는 쾌활하긴 하지만 성격이 불같고 무모하고 잔인해서 고삐를 더 조일 필요가 있었던 것이다.

대공황은 비토 코를레오네의 세력을 더욱 증강시켜 주었다. 사실 이 때부터 그는 돈 코를레오네로 불리기 시작했다. 시내 곳곳마다 정직한 사람들이 제대로 된 일자리를 구걸하고 다녔다. 자존심이 강한 가장들은 체면이 깎였고 식구들은 경멸해 마지않는 관료들이 주는 공적인 자선을 얻기 위해 굽실거려야 했다. 그러나 돈 코를레오네의 부하들은 고개를 빳빳이 들고, 주머니에는 은화와 지폐를 두둑이 채우고 거리를 활보했다. 실직의 공포는 전혀 없었다. 돈 코를레오네처럼 겸손한 사람도 생기는 자부심을 억제할 수가 없었다. 그는 자기 세계와 자기 사람들을 아버지처럼 보살폈다. 적어도 그를 위해 피땀 흘리는 사람들이 그 때문에 자유와 생명의 위협을 받는 일이 없게 하려고 노력했다. 혹시 그의 부하들이 운이 없어 경찰에 체포되거나 감옥에 가게 되면 불쌍한 가족들에게 생계비를 지급했다. 비참한 생활을 면할 정도로 적은 액수를 주는 게 아니라 감옥에 가지 않은 동료가 받는 만큼 주었다.

　이것은 물론 순수한 크리스찬의 자선은 아니었다. 절친한 친구들도 돈 코를레오네를 하늘에서 내려온 성자라고 생각하는 사람은 없었다. 이렇게 관용을 베푸는 데는 나름대로 계산이 있었다. 감옥에 간 부하들은 자기가 입만 다물고 있으면 처자식은 알아서 돌봐줄 거라는 믿음이 있었다. 자기가 경찰에 정보를 넘기지 않으면 감옥을 나설 때 따뜻한 환영을 받게 될 거라는 확신이 있었다. 집에 가면 맛있는 음식에, 집에서 만든 라비올리 와인과 친구들, 친척들이 그가 자유의 몸이 된 것을 축하해 주기 위해 모여 있으리라. 밤이 되면 콘실리에리인 젠코 아반단도와 돈 코를레오네가 손수 충직한 부하에게 용기를 치하하며 포도주를 따라 주리라. 업무에 복귀하기 전 가족과 1, 2주일 즐기라고 두둑한 액수의 포상금을 주리라. 그들은 이런 확신을 갖고 갖은 고초를 견뎠다. 그것은 돈 코를레오네의 무한한 연민이며 이해심이었다.

이즈음 돈 코를레오네는 자기의 적수들이 비록 자기보다 더 큰 세계를 지배하지만 자기만큼 조직을 잘 다스리지는 못한다는 자부심이 있었다. 끊임없이 도움을 청하러 오는 이웃들 덕분에 이런 자부심은 더욱 확고해졌다. 그들은 극빈자 구호금을 받게 해달라거나 아들을 취직시켜 달라거나 감옥에서 빼달라며 찾아왔다. 꼭 필요한 약간의 돈을 빌려 달라거나 실직 상태인데 집주인이 집을 비워 달라고 한다며 하소연하는 사람들도 있었다.

돈 비토 코를레오네는 어떠한 부탁도 들어주었다. 뿐만 아니라 도움을 받는 사람들이 수치심을 갖지 않도록 따뜻하게 마음을 써주고 용기 있는 말을 해주기도 했다. 사람들은 국회의원 선거나 시장 선거 때에도 대부인 돈 코를레오네를 찾아와 누구를 뽑아야 하느냐고 물었다. 그는 자연히 정당의 대표가 조언을 구할 만큼 정치력을 갖게 되었고 이런 능력을 정치가처럼 긴 안목을 갖고 이용했다. 이를테면 가난한 이탈리안 가정의 똑똑한 아이를 대학에 진학하도록 도와주고, 그 소년이 훗날 변호사나 판사가 되어 자기 조직을 돕게 만드는 것이다. 그는 위대한 국가 지도자의 통찰력으로 자기 조직의 미래를 계획했다.

금주법의 폐지는 그의 조직이 휘청거릴 정도로 큰 타격을 주었지만 그는 즉시 적절한 조치를 취했다. 1933년 그는 맨해튼의 부둣가 야바위판, 야구경기 도박, 경마 도박, 포커 게임이나 숫자맞히기 복권과 같은 무면허 도박장을 장악하고 있는 사람에게 밀사를 보냈다. 그의 이름은 살바토레 마란자노로 뉴욕 지하세계의 유명한 실력자 중 하나였다. 코를레오네의 밀사는 마란자노에게 양쪽이 지분을 똑같이 나누는 동업자 관계를 제의했다. 경찰과 정치인 인맥을 갖고 있는 비토 코를레오네 조직이 마란자노의 조직에 튼튼한 우산이 되어 줄 수 있을 뿐만 아니라 세력을 보강하여 브루클린과 브롱스로 세력을 확장해 나가도록 도와줄 수 있다고 설득했다. 그러나 마란자노는 코앞의 이익만 보는 사람이라 코를레오네의 제안을 불쾌히 여기며 거절해 버렸다. 그 유명한 알 카포네가 그의 친구인데다가 조직력과 전쟁 자금도 풍부했기 때문이다. 게다가 당시 국회에서 진짜 마피아보다 더 많은 논쟁을 불러일으켰던 신출내기의 부상(浮上)을 대단치 않게 여겼다. 그러나 마란자노의 거절은 1933년 대전쟁을 촉발시켰고 그 결과 뉴욕의 암흑 세계는 완전히 재편되었다.

언뜻 보면 불공평한 전쟁처럼 보였다. 살바토레 마란자노에게는 강력한 조직과 실력 있는 행동대원들이 있었다. 게다가 요청하기만 하면 달려와 줄 시카고의 카포네라는 지원군도 있었다. 당시 뉴욕의 사창가를 장악하고 마약 밀수를 소규모로 하던 타탈리아 패밀리와도 친분을 갖고 있었다. 또 행동대원들을 이용해 유태인들로 구성된 의류 조합 노조에 압력을 넣고, 부동산 거래에 이탈리아 폭력배를 동원해 준 인연으로 알게 된 기업가들을 통해 정치적인 실력 행사도 할 수 있었다.

이에 반해 돈 코를레오네는 클레멘자와 테시오가 이끄는 작지만 조직력이 월등한 행동대밖에 없었다. 정치인과 경찰 인맥은 마란자노를 지원하는 기업가들에 눌려 큰힘을 발휘하지 못했다. 그러나 그의 이점은 조직이 적들에게 거의 노출되지 않는다는 점이었다. 지하세계에서는 그의 하부 조직이 얼마만한 힘을 갖고 있는지 알려져 있지 않았다. 심지어는 브루클린의 테시오를 별개의 독립된 조직으로 알고 있을 정도였다.

그럼에도 불구하고 코를레오네 패밀리에게 이 전쟁은 아주 불리한 것이었다. 비토 코를레오네가 중요한 일격을 가해 판세를 바꿔 놓기 전에는 말이다.

마란자노는 급부상한 코를레오네를 제거하기 위해 정예의 총잡이들을 뉴욕으로 보내달라고 카포네에게 요청했다. 하지만 코를레오네 패밀리에게는 두 명의 총잡이가 열차편으로 도착할 거라는 소식을 전해 준 시카고의 친구들이 있었다. 비토 코를레오네는 루카 브라시를 급파하여 그들을 처치했다. 그 묘한 분위기를 풍기는 남자가 잔인한 본능을 마음껏 발휘할 수 있도록 기회를 주었던 것이다.

카포네의 부하 두 놈은 손과 발이 묶이고 작은 목욕수건으로 입이 틀어 막힌 채 비명도 지르지 못했다.

이윽고 브라시는 벽에 걸린 도끼를 들고 놈들을 한 명씩 찍기 시작했다. 먼저 한 놈의 두 발을 찍고 무릎을 찍은 다음 몸통과 허벅지 사이의 가랑이를 도끼로 내리쳤다. 브라시는 힘이 넘쳤지만 허벅지를 찍을 때는 도끼를 여러 번 휘둘러야 했다. 그때 희생자는 이미 숨이 넘어간 상태였다. 창고 마루에는 살점과 뼈 조각들이 여기저기 흩어져 있고 피가 흥건히 고였다. 브라시가 두 번째 희생자에게 고개를 돌렸을 때 그는 더 이상 수고할 필요가 없었다. 나머지 한 놈은 공포에 질려 입에 물고 있던 수건을 삼켜 질식사했던 것이다. 경찰이 사인을 조사하기 위해 그를 해부했는데 뱃속에서 수건이 발견되었다.

며칠 뒤 시카고의 카포네는 비토 코를레오네에게서 메시지를 받았다. 그 요지는 이랬다. "내가 적들을 어떻게 처치했는지 이제 알 것이오. 왜 시칠리아 사람끼리 싸우는데 나폴리 사람이 끼어 들었소? 내가 당신을 친구로 생각해 주기를 바란다면 내 요구를 들어주기 바라오. 당신 같은 거물이라면 도움을 청하는 친구보다는 스스로 해결할 능력이 있고, 당신에게 도움을 줄 수 있는 친구를 갖는 편이 훨씬 유익하다는 것을 충분히 알고 있을 거요. 만일 내 우정을 원치 않는다면 그래도 좋소. 하지만 그렇게 되면 이 도시의 기후는 당신에게 퍽 불쾌하게 느껴질 것이오. 당신과 같은 나폴리 출신에게는 건강에 좋지 않을 것이요. 그리고 또 한 가지, 다시는 뉴욕에 발을 들여놓지 못하게 될 것이요."

편지를 이렇게 거만하게 쓴 것은 계산된 것이었다. 돈 코를레오네는 카포네가 잔인한 것은 분명하지만 어리석고 별로 대단치 않은 인물이라고 생각했다. 사람들 보는 앞에서 오만하게 굴고 돈 자랑을 많이 해서 정치적인 영향력을 거의 잃게 된 사실만 봐도 짐작할 수 있었다. 돈 코를레오네는 정치적인 영향력이나 자신의 모습을 위장하지 않으면 카포네뿐만 아니라 어느 조직도 쉽게 붕괴될 수 있다는 신념이 확고했다. 그는 카포네가 이미 붕괴의 길을 걷고 있다는 걸 알았다. 아무리 잔인하고 강력해도 카포네의 영향력은 시카고의 경계를 넘지 못한다는 점도 간파하고 있었다.

돈 코를레오네의 전략은 성공적이었다. 그의 흉포함 때문이 아니라 민첩하고 냉정하게 대응한 공이 더 컸다. 그의 머리가 그렇게 비상하다면 앞으로 그와의 전투는 언제나 위험을 수반할 가능성이 컸다. 카포네는 돈 코를레오네가 암시하는 보복이 두렵지 않더라도 그의 우정을 받아들이는 게 훨씬 현명하다고 판단했다. 그래서 뉴욕전쟁에 간섭하지 않겠다는 메시지를 돈에게 보냈다.

그리하여 불리했던 판세는 동등해졌다. 비토 코를레오네는 카포네에게 굴복을 받아 낸 것과 더불어 미국 지하세계를 통틀어 최고의 '존경'을 얻게 되었다. 6개월 동안 그는 마란자노와의 싸움에서 우위를 빼앗기지 않았다. 그는 마란자노가 보호해오던 크랩 도박장을 습격하고 할렘가의 숫자맞히기 도박장을 접수하여 그날의 수입뿐만 아니라 복권도 몽땅 털어왔다. 그는 어느 곳에서든 적과 싸웠다. 심지어 의류조합에 클레멘자와 그의 부하들을 투입시켜 노조원들 편에 서게 한 다음 의류 기업주들을 협박하여 마란자노에게 불법으로 월급을 주도록 압력을 넣었던 노조 간부들과 대항해서 싸우게 했다. 그는 모든 곳에서 뛰어난 지략과 조직으로 승리자가 되었다. 명랑하고도 난폭한 클레멘자가 일단 전쟁의 흐름을 바꿔 놓으면 대기하고 있던 테시오의 대원들을 내보내 마란자노를 추격했다.

이렇게 되자 마란자노는 밀사를 보내 평화협정을 맺자고 제의했다. 비토 코를레오네는 이 구실 저 구실을 대며 만나기를 거절했다. 그러자 마란자노의 행동대원들이 질 게 뻔한 싸움에서 죽기 싫어 하나둘 이탈하기 시작했다. 마권영업자들과 고리대금업자들은 자신들을 보호해 달라며 코를레오네 조직에게 뇌물을 바치기 시작했다. 이렇게 해서 전쟁은 거의 끝난 거나 마찬가지였다.

그리고 마침내 1933년 12월, 그믐날 밤이었다. 테시오는 혼자서 마란자노의 요새로 숨어들어 갔다. 화해를 하고 싶은 마음이 간절했던 마란자노의 호위병들이 자기들의 보스를 살해하는데 동의했던 것이다. 그들은 코를레오네와의 회의장소가 브루클린의 한 레스토랑으로 정해졌다는 말을 듣고 마란자노의 경호원을 뒤따라갔다. 경호원들은 예약해 둔 테이블에 앉아 빵을 뜯어먹고 있는 마란자노를 두고 나왔다. 그때 테시오와 그의 부하 넷이 레스토랑으로 숨어 들어가 민첩하고 정확하게 총을 쐈다. 마란자노는 빵 조각을 반쯤 입에 문 채 총탄 세례를 받았다. 이로써 전쟁은 완전히 끝났다.

마란자노의 조직은 코를레오네 조직에 흡수되었다. 돈 코를레오네는 수금 체제를 새로 정비했지만 마권영업자나 숫자맞히기 도박장을 관할하던 마란자노의 하부조직은 손대지 않았다. 코를레오네 조직은 덤으로 훗날 매우 중요한 세력기반이 되어 준 의류조합 노조사업에도 발을 들여놓게 되었다. 이로써 그는 본거지에서 어려움을 겪던 사업상의 문제들을 일거에 해결했다.

산티노 코를레오네, 즉 장남인 소니는 그때 열여섯 살이었는데 몰라보게 성장하여 키는 180센티미터가 넘었고 어깨는 딱 벌어졌으며 섬세하면서도 남자답게 잘생긴 얼굴이었다. 그는 조용한 성격의 프레디나 당시 아장아장 걷던 마이클에 비해 끊임없이 말썽을 일으켰다. 학창시절에도 툭하면 싸우고 학교 성적도 형편 없었다. 마침내 소년의 대부이자 지도를 맡고 있던 클레멘자는 어느날 저녁 돈 코를레오네를 찾아와 소니가 무장강도짓을 했는데 잘못하면 큰일 나겠다고 알렸다. 클레멘자의 말에 따르면 소니가 대장이고, 졸개 둘을 데리고 강도짓을 했다는 것이다.

화를 잘 내지 않는 비토 코를레오네도 이때만은 노발대발했다. 당시 톰 헤이건이 그의 집에 3년째 같이 살고 있었는데, 그는 클레멘자에게 그 고아 소년도 함께 강도짓을 했는지 물어 보았다. 클레멘자는 고개를 저었다. 돈 코를레오네는 자동차를 보내 산티노를 당장 젠코 푸라 올리브유 회사 사무실로 잡아오게 했다.

돈 코를레오네는 그때 처음으로 좌절을 맛보았다. 그는 아들과 둘이 있는 자리에서 버럭 화를 내며 시칠리아 사투리로 욕설을 퍼부었다. 분노를 표현하는데 그 말만큼 속이 후련해지게 하는 말은 없었다. 그는 마지막으로 이렇게 물었다. "도대체 무슨 이유로 그 따위 짓을 했느냐?"

소니는 화가 나서 아무 말도 하지 않고 그냥 서 있었다. 참다 못한 돈 코를레오네가 경멸에 찬 목소리로 고함을 질렀다. "바보 같으니라구. 그래 그 짓을 해서 얼마나 벌었느냐? 15달러? 20달러? 그래 고작 20달러와 인생을 바꿀 참이냐?"

소니는 이 마지막 말은 듣지 못한 것처럼 반항하듯이 소리쳤다. "아버지가 파누치를 죽이는 걸 봤단 말예요."

"아…!, 아…!' 돈은 신음소리를 내며 뒷걸음질쳐서 의자에 펄썩 주저 앉았다. 그리고 기다렸다.

"파누치가 우리집을 나가자 어머니가 집으로 들어가도 된다고 하셨어요. 그때 아버지가 지붕 위로 올라가길래 따라갔어요. 아버지 행동을 다 지켜봤어요. 난 옥상 위에 있다가 아버지가 총과 총알을 없애는 것도 봤어요."

돈은 깊은 한숨을 내쉬었다. "그래, 그럼 내가 네게 할 말이 없다. 학교에 다니고 싶지 않느냐, 변호사가 되고 싶지 않느냐? 변호사는 서류가방 하나만 들고 다니면서 복면하고 총 든 강도 천 명보다 더 많은 돈을 벌 수 있다."

소니는 아버지를 보며 장난스럽게 씩 웃었다. "아버지 조직에 들어가고 싶어요." 그러나 돈의 얼굴은 아직 굳어 있었다. 소니는 농담을 받아 주지 않는 아버지를 보며 얼른 "올리브유 파는 일을 배우고 싶어요."라고 말했다.

돈 코를레오네는 여전히 아무 말도 하지 않았다. 마침내 그는 어깨를 으쓱했다. "사람은 누구나 한 가지 운명을 타고 난다." 그는 파누치의 살해 장면을 목격한 것이 아들로 하여금 그런 결심을 하게 한 것에 대해서는 더 이상 말을 하지 않았다. 다만 고개를 돌리고 조용히 말했다. "내일 아침 9시에 이리 나와라. 젠코가 네게 할 일을 가르쳐 줄 테니."

젠코 아반단도는 콘실리에리다운 예리한 시각으로 돈 코를레오네의 진의를 파악했다. 그래서 소니에게 주로 아버지를 호위하라고 시켰다. 그렇게 하면 후계자가 되는데 필요한 훈련을 저절로 쌓을 수 있기 때문이었다. 돈 코를레오네 역시 기회가 있을 때마다 사업 수완을 장남에게 가르치기 시작했다.

돈 코를레오네는 사람은 오직 한 가지 운명만 가지고 있다는 지론을 거듭 주입시키는 것 외에 소니에게 불 같은 성미를 다스리라고 끊임없이 주의를 주었다. 그는 남을 위협하는 것이 가장 어리석은 짓이며, 생각없이 분노를 내뱉는 것은 가장 위험한 행위라고 말했다. 돈 코를레오네 자신도 한번도 노골적으로 남을 협박하거나 분노를 조절하지 못하고 밖으로 표현한 적이 없었다. 그런 일은 상상할 수도 없었다. 돈 코를레오네는 바로 이런 자기의 행동방식을 아들에게 가르치고 싶었다. 그는 친구가 자기 장점을 과소평가하게 하지 않고, 자기의 약점을 과대평가하게 하는 것이 사람이 살아가는데 가장 중요한 무기가 될 수 있다는 점을 누누이 강조했다.

카포레짐인 클레멘자는 소니를 데리고 다니며 사격술과 여러 가지 무기 사용법을 가르쳤다. 미국에서 나고 자란 소니는 이탈리아 로프술에 별 흥미를 느끼지 못하고 대신 간단하고 직접적인 미국식 권총을 더 좋아해서 클레멘자를 실망시켰다. 그러나 소니는 아버지의 차를 운전하면서 자질구레한 일을 도와주는 등 아버지의 친근한 동반자가 되어 주었다. 2년 후쯤에는 아버지의 회사에 들어간 여느 아들들처럼 똑똑하거나 의욕 넘치지는 않지만 간단한 일을 그럭저럭 처리하는 정도가 되었다.

그러는 사이에 어린시절 친구이자 중간에 양자로 들어온 톰 헤이건은 대학에 진학했다. 프레디는 아직 고등학생이었고 그 아래 마이클은 초등학생이었다. 네 번째로 태어난 막내 코니는 걸음마를 시작한 아기였다. 그의 가족이 브롱스에 있는 아파트로 이사한 지도 오래 되었다. 돈 코를레오네는 롱아일랜드에 집을 사는 문제를 고려 중이었지만 구상 중인 다른 계획 때문에 잠시 보류했다.

비토 코를레오네는 꿈이 원대한 남자였다. 당시 미국의 대도시는 지하세계의 분쟁으로 몸살을 앓고 있었다. 야심 있는 대원들은 스스로 보스가 되려고 곳곳에서 기습전을 벌였다. 코를레오네와 같은 보스들은 자기 구역과 사업을 보호하는데 전력을 기울였다. 그는 신문과 정부 기관이 이런 살인 행각을 빌미로 점점 더 엄격한 치안법을 만들고 강력한 경찰력을 주장하게 될 거라고 예상했다. 게다가 이런 식으로 여론이 악화되면 일반 시민들의 분노로 인해 그와 그의 부하들이 민주적 절차에서 배제될 게 불을 보듯 뻔했다. 그것은 생각만 해도 끔찍한 일이었다. 코를레오네 조직은 내부적으로 별 동요없이 평온했다. 그래서 그는 서로 적대시하는 뉴욕의 일당들이 평화협정을 맺도록 주선하고 나아가 미국 전체 범죄단체 간에 전쟁을 끝내게 하려는 계획을 세웠다.

그는 자기가 가진 사명감이 얼마나 위험한 것인지 잘 알고 있었다. 그는 첫해에 뉴욕의 갱단 두목들과 만나 회의를 했다. 우선 안면을 익히고 나서 그들의 의견을 타진한 다음 관할 지역을 조정하여 느슨한 연대의 공동체로 바꾸자고 제안했다. 그러나 조직이 너무 많고 이해관계가 너무도 다양해 충돌이 생겼다. 합의는 도저히 불가능했다. 역사 속의 위대한 통치자나 법 집행자가 그랬듯이 돈 코를레오네도 조직의 수를 어느 정도 줄이지 않고는 명령을 내리고 평화를 유지하는 일이 불가능하다는 진리를 터득했다.

5, 6개 정도의 '패밀리'는 그가 쉽게 제거할 수 없을 만큼 강력했다. 그러나 나머지 검은손 테러리스트라든지 무면허 고리대금업자들, 합법적인 기관의 보호를 받지 않는 폭력배들이 운영하는 마권업자들은 제거하기 쉬울 것 같았다. 그래서 그는 이 군소 갱단을 상대로 식민지 전쟁을 벌여서 하나씩 코를레오네 조직에 흡수해 버렸다.

뉴욕 지역을 평정하는 데는 3년이 걸렸는데 그 과정에서 예상치 못한 행운도 얻었다. 사실 처음에는 그 행운이 불운처럼 보이기도 했다. 돈 코를레오네가 점찍어 놓은 아일랜드 출신의 권총강도 일당들을 굴복시키는 일은 진짜 아일랜드 영토를 흡수하는 것만큼이나 우여곡절이 많았다. 한 아일랜드 총잡이가 죽을 각오를 하고 코를레오네의 호위망을 뚫고 들어와 돈 코를레오네의 가슴에 총을 쏜 것이다. 이 암살자는 즉시 총탄 세례를 받고 즉사했지만 그는 이미 피해를 입은 상태였다.

그러나 이 사건은 산티노 코를레오네에게 기회를 주었다. 아버지가 활동을 할 수 없게 되자 소니는 카포레짐 계급을 부여받아 자기 행동대원들을 거느리며 지휘권을 행사했다. 그는 마치 젊은 나폴레옹처럼 도시 게릴라 전투에 탁월한 능력을 보여주었다. 게다가 정복자 돈 코를레오네의 유일한 결점이라고 할 수 있는 냉철함과 무자비함을 소니는 유감없이 발휘했다.

1935년부터 1937년까지만 해도 소니 코를레오네는 지하세계에 알려진 처형자 중 가장 교활하고 잔인하기로 이름이 높았다. 단 그의 명성도 루카 브라시 라는 무시무시한 이름 앞에서는 빛이 바래졌다.

단신으로 아일랜드 출신의 총잡이를 뒤쫓아가 깨끗이 해치운 것도 브라시였다. 여섯 개의 막강한 패밀리 중 하나가 군소 갱단 제거 작업을 방해하고 혼자서 독식하려 들 때 경고 표시로 그 패밀리의 두목을 암살한 것도 브라시였다. 그 직후 돈 코를레오네는 상처를 회복하고 그 패밀리와 평화협정을 맺었다.

1937년까지 뉴욕의 지하세계에는 평화와 조화의 분위기였다. 물론 가벼운 오해와 사고도 있었고 이따금 치명적인 사건도 있었다.

고대 도시의 통치자들이 성벽 주위에서 으르렁거리던 야만족들을 걱정스런 눈길로 감시한 것처럼 돈 코를레오네도 그의 세계 바깥에서 벌어지는 일들에 대해 감시의 눈초리를 거두지 않았다. 그는 히틀러의 출현과 스페인의 몰락, 뮌헨에서 영국이 독일에 굴복하는 것도 눈여겨보았다. 그는 바깥세계의 변화에 동요하지 않고 다가올 또 하나의 세계 전쟁을 정확히 예견하며 그 전쟁이 사회에 어떤 영향을 미칠 것인가에 대해 계산을 했다. 그러는 사이 그가 거느린 조직은 전보다 더욱 견고해졌다. 무릇 전쟁이 일어나더라도 미리 내다보고 발빠르게 대비하는 사람들은 전쟁을 이용해 막대한 부를 축적할 수 있다. 그러나 그러기 위해서는 바깥세계가 전쟁으로 시끄럽더라도 자기가 지배하는 영역은 반드시 평화가 유지되어야 한다.

돈 코를레오네는 미국 전역을 돌아다니며 자신의 평화 의지를 피력했다. 그는 로스앤젤레스, 샌프란시스코, 클리블랜드, 시카고, 필라델피아, 마이애미, 보스턴 등지를 돌아다니며 같은 일을 하는 동업자들과 회담을 가졌다. 그는 지하세계의 평화의 사도였고 1939년까지 미국 내 가장 강력한 조직들 간에 평화협정을 이끌어 내어 어떤 교황보다도 큰 성공을 거두었다. 이 합의서는 미국의 헌법처럼 각 범죄 조직 간에 내부적인 권위를 존중받았다. 합의서의 내용은 각 조직 간에 세력권을 존중함으로써 지하세계의 평화를 도모하자는 약속이었다.

그래서 1939년 2차 세계대전이 발발했을 때, 또 미국이 1941년 참전했을 때에도 돈 비토 코를레오네의 세계는 평화롭고 안정된 상태에서 미국의 다른 산업이 부흥한 것과 때를 같이하여 황금을 수확할 준비가 되어 있었다. 코를레오네 패밀리는 OPA 식품 배급표와 가솔린 배급표 심지어는 여행 우선권까지 암시장에서 거래했다. 이렇게 함으로써 군수물자 계약서를 손에 넣을 수 있게 되었고, 정부와 계약하지 못해 원료 부족을 겪고 있는 의류조합 산하 의류 회사들에게 암시장의 물자를 공급할 수 있게 되었다. 또한 그는 징집 대상자인 조직의 행동대원들이 외국 간의 전쟁에 나가지 않도록 면제시켜 주었다. 그는 의사들을 매수해 신체 검사를 받기 전 의사들이 준 약을 먹게 하거나 징집을 면제받는 대신 군수 회사에 근무토록 함으로써 군대를 가지 않게 도와주었다.

돈 코를레오네는 자신이 지배하는 조직에 대해 자부심을 가졌다. 법과 명령을 신봉하는 사람들이 수백만 명씩 죽어가고 있을 때 그에게 충성을 맹세하는 젊은이들은 안전하게 이 시기를 즐겼던 것이다. 그런데 정작 막내아들 마이클은 아버지의 도움을 거절하고 자기 조국을 위해 자원 입대함으로써 그를 괴롭혔다. 더욱 놀라운 것은 조직의 몇몇 젊은이들도 마이클을 따라 자원 입대한 것이다. 그중에 한 명은 자기 카포레짐에게 "이 나라가 나를 위해 해준 게 많다."라는 말까지 했다. 이 이야기를 들은 돈 코를레오네는 화를 내며 "그에게 도움을 준 건 조국이 아니라 내가 아니더냐."라고 말했다. 평소 같았으면 배신을 하고 떠나는 이런 녀석들은 혼이 났겠지만 그는 마이클을 내버려둔 것처럼 다른 젊은이들도 내버려둘 수밖에 없었다.

2차 세계대전이 끝날 무렵 돈 코를레오네는 세상이 또 한 번 바뀔 것이며, 그에 따라 자기가 거느리는 조직도 바뀌어야 한다고 생각했다. 물론 희생을 치르지 않고도 그렇게 할 수 있다고 확신했다.

돈 코를레오네는 자신의 경험을 통해 그런 믿음을 확인할 수 있었다. 그가 지금까지 올바른 길을 걸어올 수 있었던 것은 개인적인 두 가지 사건 덕분이었다. 그가 처음 이 직업에 발을 들여놓았을 무렵 한 제과점의 조수였던 나조린은 결혼을 앞두고 그를 찾아와 도움을 청했다. 그와 아름다운 약혼녀는 그동안 근근히 모은 3백 달러를 한 가구점 주인에게 지불하고 신혼집을 꾸미는데 필요한 가구들을 모두 골랐다. 침실에 넣을 튼튼한 침대와 옷장, 램프와 거실을 꾸밀 쿠션, 좋은 소파와 금사로 짠 안락의자 세트 등등. 나조린과 약혼녀는 가구들이 가득 진열되어 있는 커다란 창고에서 원하는 가구를 고르며 행복한 시간을 보냈다. 가구점 주인은 그들이 피땀 흘려 모은 3백 달러를 받아 챙기며 그들의 셋집으로 1주일 안에 배달을 해주겠다고 약속했다.

그러나 가구점은 다음 주에 파산해 버렸다. 가구들로 가득 찼던 커다란 창고는 굳게 닫혀 있었다. 가구점 주인은 일찌감치 도망가고 채권자들은 하늘을 향해 분노만 터뜨리고 있었다. 그들 중 한 명인 나조린은 변호사를 찾아갔지만, 변호사는 법원에서 판결이 나고 모든 채권자들과 협의를 볼 때까지 아무 권리도 주장할 수 없다고 말했다. 더군다나 그렇게 되려면 3년 정도 걸리는데, 그때 가서 10센트라도 받는다면 다행일 거라고 했다.

그 말을 들은 비토 코를레오네는 믿어지지 않으면서도 다소 웃기고 생각했다. 이거야 말로 법이 도둑질이나 다름없는 범죄를 방조하는 게 아닌가! 가구점 주인은 롱아일랜드에 호화 주택과 최고급 승용차를 소유하고 아이들도 모두 대학에 보낼 만큼 부자였다. 그런데 어떻게 불쌍한 제과점 조수인 나조린의 3백 달러를 떼어먹고 가구를 주지도 않는단 말인가. 비토 코를레오네는 젠코 아반단도에게 젠코 푸라 기름 회사의 변호사와 함께 사실을 확인해 보라고 했다.

나조린의 이야기는 모두 사실이었다. 가구점 주인은 개인 재산을 모두 아내의 명의로 등록해 놓은데다가, 가구점은 법인 조직이어서 그가 개인적으로 책임져야 할 의무는 하나도 없었다. 가구점 주인은 자기가 파산선고를 받게 될 것을 알고 있으면서도 나조린에게 돈을 받았으니 정말 파렴치한 작자가 아닐 수 없었다. 돈 코를레오네는 이런 일이 장사꾼들 사이에서는 흔히 벌어지는 일이라는 것을 알게 되었지만 법으로는 어떻게 해볼 도리가 없었다.

물론 문제는 쉽게 해결되었다. 돈 코를레오네는 젠코 아반단도를 보내 가구점 주인을 만나 담판을 지으라고 했다. 예상대로 정신이 번쩍 든 가구점 주인은 즉시 상황을 판단하고 가구를 배달해 주겠다고 약속했다. 비토 코를레오네에게 이 일은 중요한 교훈을 주었다.

두 번째 사건은 그보다도 훨씬 더 큰 교훈을 주었다. 1939년 돈 코를레오네는 교외로 이사를 가기로 결심했다. 다른 부모들과 마찬가지로 아이들이 좀더 좋은 학교에 다니고 좋은 친구들을 사귀기 바랐기 때문이다. 게다가 자신의 이름이 잘 알려져 있지 않은 전원에서 살고 싶다는 것도 중요한 이유였다. 그는 롱아일랜드에 넓은 터를 마련했다. 그 당시에는 집을 네 채 지었지만 훗날 집을 더 지을 땅은 얼마든지 남아 있었다. 그때 소니는 산드라와 정식으로 약혼을 하고 곧 결혼을 앞두고 있었는데, 그 중 한 채는 그에게 마련해 줄 계획이었다. 또 다른 한 채는 젠코 아반단도와 가족에게 내어 주고 나머지 한 채는 빈 채로 둘 작정이었다.

이사온 지 1주일 되는 어느날 인부 세 명이 트럭을 타고 왔다. 그들은 롱아일랜드의 보일러 검사관이라고 주장했다. 돈 코를레오네의 젊은 보좌관 하나가 그들을 데리고 지하의 보일러실로 데리고 갔다. 돈과 그의 아내, 소니는 정원에서 짭짤한 바다 공기를 즐기고 있는 중이었다.

그런데 불쾌하게도 조금 있다가 보좌관이 그를 부르러 왔다. 보일러실에 내려가보니 하나같이 퉁명스런 세 명의 인부는 보일러 주위에 빙 둘러 서 있었다. 그들은 보일러를 뜯어내 시멘트 바닥에 너저분하게 늘어놓고 있었다. 그중에 가장 고압적으로 구는 한 남자가 껄렁거리며 말했다. "당신네 보일러는 기준 미달이야. 수리를 원한다면 인건비에 부품값까지 150달러만 내슈. 그럼 군청직원 검사까지 통과되게 해 줄

테니." 그는 빨간 종이딱지를 꺼냈다. "이 딱지를 여기 이렇게 붙이면 군청에서 누가 나와도 무사 통과지."

돈 코를레오네는 웃음이 나왔다. 새집으로 이사오면서 패밀리 사업의 각종 업무를 잊고 지내다보니 약간 따분했던 차였다. 그는 평소보다 더 엉터리 영어를 써서 "만일 내가 돈을 주지 않으면 이 보일러는 어떻게 되는 거요?"라고 물어 보았다.

세 명 중의 우두머리는 어깨를 으쓱했다. "보일러를 이대로 두는 수밖에 없지." 그는 바닥에 흩어져 있는 금속부품을 가리키며 말했다.

돈 코를레오네는 주눅든 목소리로 "기다리시죠. 돈을 가져올 테니." 라고 말했다. 그리고 나서 그는 정원으로 나가 소니에게 설명했다. "보일러실에 어떤 사람들이 있는데, 난 도무지 그놈들이 무얼 원하는지 통 모르겠다. 가서 문제 좀 해결하고 와라." 이것은 단지 농담이 아니었다. 그는 아들을 자신의 직속부하로 생각하고 있었다. 이것은 사업가라면 반드시 통과해야 할 일종의 시험이었다.

그러나 소니의 해결 방법은 아버지를 만족시키기 못했다. 너무 직접적이었고, 시칠리아 사람 특유의 섬세함이 부족했다. 소니는 예리한 검이라기 보다는 뭉툭한 몽둥이와 같았다. 소니는 그 우두머리의 요구를 듣자마자 세 놈에게 권총을 들이대고 꼼짝 못하게 한 다음 보좌관에게 몽둥이를 가져와 흠씬 두들겨 패주라고 했다. 그런 다음 보일러를 다시 조립해 놓고 지하실도 깨끗이 청소해 놓으라고 했다. 그는 그들의 신분을 조사하여 그들이 서포크 지역에 본사를 둔 집수리 회사의 고용인이라는 사실을 밝혀 냈다. 그리고 회사 사장의 이름까지 알아냈다. 소니는 세 명을 트럭에 태워 쫓아 보내면서 "롱비치에 다시 한 번 얼씬하면 불알을 귀에 걸어줄 테다."라고 호통을 쳤다.

이것이 더 나이가 들고 잔인해지기 전 청년 산티노의 전형적인 모습이었다. 그는 자기가 살고 있는 지역까지 신경써서 보호했다. 그는 집수리 회사의 사장실에 직접 찾아가 롱비치에 그런 부하 직원들이 다시는 발도 들여놓지 못하게 하라고 으름장을 놓았다. 그후 코를레오네 패밀리는 이 지역의 경찰들과 내통하여 사업을 시작하자마자 경찰에게서 사소한 범죄 행위나 불만에 대한 정보를 입수할 수 있었다. 그 결과 1년도 안되어 롱비치는 미국 내 같은 규모의 지역에 비해 범죄가 가장 적은 지역이 되었다. 전문적인 권총강도나 폭력배들은 이 지역에서 사고를 일으키지 말라는 경고를 받았다. 그들이 경고를 무시했을 경우 한번은 봐주었다. 그러나 두 번째 어기면 그들은 쥐도 새도 모르게 없어졌다. 집수리 회사의 사기꾼들이나 방문판매를 하는 협박꾼들도 롱비치에서는 환영받지 못할 거라는 경고를 정중하게 받았다. 이 경고를 무시하는 사람들은 죽지 않을 정도로 폭력을 당했다. 법과 적절한 권위를 존경하지 않는 지역의 건달들에게는 아버지와 같은 마음으로 집으로 돌아가라고 타일렀다. 롱비치는 점차 시범 도시가 되었다.

돈 코를레오네는 이같은 사기 영업들이 법에 저촉되지 않는다는 사실이 퍽 인상적이었다. 게다가 정직한 젊은이였던 시절에는 자신과 무관한 것만 같았던 그 세계도 자기 능력을 발휘할 만한 곳이었다. 코를레오네는 그 세계로 들어가기 위해 적절한 방법들을 강구했다.

그렇게 자신의 제국을 확장해 나가면서 돈 코를레오네는 롱비치의 저택에서 행복한 나날을 보냈다. 평화협정을 깨뜨린 솔로조가 그의 제국을 침범해 그를 병원 침상으로 보내기 전까지는.

제4부

15

뉴햄프셔에 외국인이 오면 창가에서 내다보고 있는 주부들이나, 문 뒤에서 빈둥거리고 있는 가게 주인들 눈에 금방 띄게 마련이었다. 그러니 뉴욕 번호판을 단 검정색 자동차가 애덤스 가의 집 앞에 멈춰섰을 때 마을사람들은 그것이 낯선 사람의 방문이라는 걸 한눈에 알 수 있었다.

대학에 다니고 있지만 소읍 태생인 케이 애덤스 역시 침실 문가에서 외부 광경을 유심히 살펴보고 있었다. 시험공부를 하다 점심을 먹기 위해 아래층으로 내려오던 그녀는 이쪽으로 오던 자동차가 집 앞에 멈춰서려 할 때도 별로 놀라지 않았다. 다만 갱 영화에서 본 듯한 차림의 건장한 두 남자가 차에서 내리자 그녀는 서둘러 층계를 내려갔다. 케이는 마이클이나 그의 가족이 보낸 사람들일 거라고 생각하고 그들이 아버지나 어머니와 만나는 일이 없기를 바랐다. 그건 마이클의 친구들이 부끄러워서가 아니었다. 단지 보수적인 부모님은 자기 딸이 이런 사람들을 알고 있다는 사실조차 이해하지 못할 것 같아서다.

케이가 현관문에 다다랐을 때 마침 초인종이 울렸다. 그녀는 어머니에게 "내가 나가볼게요."라고 말한 다음 문을 열었다. 거기에는 덩치 큰 남자 두 명이 서 있었다. 그중에 한 남자는 마치 총을 꺼내려는 갱처럼 가슴 안쪽으로 손을 넣었다. 순간 놀란 케이는 숨이 탁 막혔지만 남자는 작은 가죽지갑을 꺼내 펼치더니 신분증을 보여주었다. "뉴욕 경찰서 존 필립 형사라고 합니다." 그는 짙은 검정 눈썹에 어두운 표정을 한 옆 남자를 가리키며 "나의 동료 시리아니 형사입니다."라고 말했다. "케이 애덤스 양 맞으시죠?"

케이는 고개를 끄덕였다. "실례지만 얘기 좀 나누고 싶군요. 마이클 코를레오네 씨에 대해."

케이는 그들이 집에 들어오도록 옆으로 비켜섰다. 그때 아버지가 서재로 통하는 작은 복도에서 나타나서는 "케이, 무슨 일이냐?"하고 물었다.

케이의 아버지는 은발에 체격이 호리호리하고 고상하게 보이는 신사였다. 그는 마을의 침례교회 목사이면서 학자로서 종교계에서도 명성이 있었다. 케이는 아버지를 완전히 이해하지 못했다. 또 가끔 아버지의 생각에 당황할 때도 있었다. 하지만 그녀는 아버지가 자신을 무관심하게 대하지만 딸을 사랑한다는 것을 알고 있었다. 비록 자신은 아버지를 한번도 가깝게 느껴 본 적은 없지만 신뢰했다. 그래서 케이는 솔직하게 "이분들은 뉴욕에서 오신 형사분들이세요. 내가 아는 남자에 대해 물어볼 게 있으시대요."라고 말했다.

애덤스 씨는 별로 놀라지 않고 "서재로 들어가시죠."라고 말했다.

필립스 형사는 공손하게 "이곳에서 우리끼리 얘기하고 싶습니다."라고 말했다.

"그건 케이가 결정할 일 같군요. 애야, 너 혼자 이분들과 얘기할래, 아니면 내가 옆에 있어줄까? 아님 네 엄마를 부를까?" 아버지가 부드럽게 말했다.

케이는 고개를 저으며 말했다. "아녜요. 혼자 있겠어요."

애덤스 씨는 필립스 형사에게 "내 서재를 이용하시오. 점심을 함께 들겠소?"라고 물었다. 두 남자는 고개를 저었다. 케이는 그들을 서재로 안내했다.

그들은 케이가 어렸을 적 아버지의 커다란 가죽 의자에 앉았을 때처럼 소파 끝에 엉덩이를 걸치고 불편하게 앉았다. 필립스 형사가 말을 꺼냈다. "애덤스 양, 지난 3주일 동안 마이클 코를레오네를 만나거나 연락을 받은 적 있습니까?' 이 한마디만으로도 그녀는 불길한 예감이 들었다. 3주일 전에 뉴욕 경찰서장과 버질 솔로조라는 이름의 마약 밀수업자가 살해되었다는 머릿기사를 보스턴 신문에서 읽은 적이 있기 때문이다. 기사에 의하면 코를레오네 패밀리가 연루된 소규모 전쟁이었다고 했다.

케이는 고개를 저었다. "아니요. 제가 그를 마지막으로 본 것은 그가 병원에 입원중인 아버지를 만나러 가던 날이었어요. 아마 한 달도 넘었을 거예요."

옆에 있던 다른 형사가 쉰 목소리로 물었다. "우리도 그 사실은 다 알고 있습니다. 그뒤로 만나거나 연락한 적은 없습니까?'

"아니요." 케이가 대답했다.

필립스 형사가 친절하게 물었다. "혹시 그와 연락이 된다면 좀 알려주십시오. 우린 마이클 코를레오네를 꼭 만나야 합니다. 중요한 일입니다. 그리고 경고합니다만, 애덤스 양이 그와 연락을 취한다면 아주 위험한 상황에 말려들게 됩니다. 어떤 식으로든 그를 도우면 애덤스 양 자신이 심각한 위험에 처하게 될 겁니다."

케이는 의자에서 몸을 일으켰다. "내가 왜 그를 도우면 안되죠? 우리는 결혼할 거예요. 결혼할 사람끼리 서로 도와주는 거 아니예요?'

그녀의 말에 대답을 한 이는 시리아니 형사였다. "만일 당신이 돕게 되면 공범자가 되는 겁니다. 우리는 당신 남자친구를 찾고 있습니다. 그는 뉴욕 경찰서장과 그 경찰서장이 접촉하던 정보 제공자를 살인한 혐의를 받고 있습니다. 우린 마이클 코를레오네가 그들을 살해했다는 걸 알고 있습니다."

케이는 도무지 믿어지지 않는다는 듯이 어처구니없는 표정으로 웃음을 터뜨렸다. 그러나 형사들의 표정은 풀어지지 않았다. "마이클은 그런 짓을 할 사람이 못돼요. 가족과도 거의 담을 쌓고 지낸다구요. 그 여동생 결혼식에 갔을 때도 나와 마찬가지로 남 취급을 받았어요. 만일 그가 지금 숨어 있다면 자기 이름이 신문에 오르내리는 게 싫어서, 사람들 앞에 알려지는 게 싫어서일 거예요. 마이클은 갱이 아니에요. 누구보다 내가 그를 잘 알아요. 그는 살인 같은 비열한 짓을 하기에는 너무 선량한 사람이라구요. 내가 아는 한 법 없이도 살 사람이에요. 그가 거짓말하는 것도 본 적이 없어요."

필립스 형사는 부드럽게 말했다. "그를 안 지는 얼마나 되었죠?"

"1년이 넘었어요." 케이는 두 남자가 미소를 짓자 의아한 표정을 지었다.

"애덤스 양이 몇 가지 반드시 알아야 할 것이 있습니다." 필립스 형사가 말했다. "그날밤 그는 당신과 헤어져서 병원으로 갔습니다. 그런데 병원을 나오다가 병원에서 공무수행 중인 경찰과 시비가 붙었습니다. 그가 먼저 달려들었지만 오히려 얻어맞아 턱이 깨지고 이도 몇 개 부러졌죠. 그런데 그가 친구들과 롱비치에 있는 코를레오네 저택을 떠난 다음날 밤 그와 싸웠던 경찰 간부는 총에 맞아 죽고 마이클 코를레오네는 사라졌습니다. 행방불명이죠. 우리에게도 정보 제공자가 있습니다. 그들은 모두 마이클 코를레오네를 지목하지만 그를 법정에 세울 수 있는 증거가 없습니다. 사실 현장을 목격한 웨이터는 마이클의 사진을 보여주었더니 알아보지 못하더군요. 아마 실물을 대하면 알아보겠죠. 솔로조의 운전사도 지금은 함구하고 있지만 마이클 코를레오네가 우리 손아귀에 들어오면 입을 열게 할 수 있을 겁니다. 그래서 우린 경찰들을 풀어 그를 찾고 있어요. FBI도 그를 찾고 있고 그밖에 모든 인력을 동원해 수색하고 있습니다. 지금까지는 성과가 없지만 애덤스 양이 단서를 줄 거라고 생각하고 있습니다."

케이는 차갑게 "난 한마디도 믿지 못하겠어요."라고 말했다. 그러나 마이클의 턱이 부러졌다는 말을 듣자 마음이 아팠다. 하지만 그런 이유로 마이클이 살인을 했을 리는 없다.

"마이클에게 연락이 오면 우리에게 연락주실 거죠?" 필립스 형사가 물었다.

케이는 고개를 저었다. 시리아니 형사가 퉁명스럽게 말했다. "우린 당신 두 사람이 호텔에서 잤다는 사실도 알고 있소. 호텔 숙박계도 있고 목격자도 있소. 만일 우리가 이 사실을 신문사에 흘리면 당신 부모님은 무척 수치스럽게 생각하실 거요. 그분들처럼 명망있는 분이 딸이 갱단의 아들과 호텔에서 잠을 잤다는 얘길 들으면 어떻게 나오실까. 지금 당장 깨끗이 털어놓지 않으면 노인네들을 불러 모두 얘기하겠소."

케이는 놀라서 그를 쳐다보았다. 그리고는 자리에서 일어나 서재 문 앞으로 걸어가더니 문을 열었다. 아버지는 거실 창가에 서서 파이프 담배를 피우고 있었다. 그녀는 "아버지, 잠깐 들어오세요."라고 소리쳤다. 그는 돌아서더니 딸에게 미소를 지으며 서재로 걸어왔다. 그는 딸의 허리에 팔을 두른 채 서재에 들어온 다음 형사들에게 물었다. "무슨 일입니까?"

그들이 대답하지 못하자 케이는 시리아니 형사를 차갑게 쏘아보며 "자, 다 털어놓아 보세요."라고 말했다.

시리아니는 얼굴이 빨개졌다. "애덤스 씨, 따님을 위해서라도 말씀을 드려야겠군요. 따님은 우리가 경찰 간부의 살인자로 지목하고 있는 청년과 사귀고 있습니다. 따님에게도 방금 말했지만 우리 일에 협조하지 않으면 곤란한 상황에 말려들 수 있습니다. 그런데도 이 일이 왜 중요한지 이해하지 못하는군요. 애덤스 씨께서 타일러 주셔야 할 것 같습니다."

"무슨 말씀을 하시는지, 도무지 믿을 수가 없군요." 애덤스는 정중하게 말했다.

"댁의 따님과 마이클 코를레오네가 1년 넘게 동거를 했단 말입니다. 부부행세를 하면서 밤이 되면 호텔에서 잠을 잤다구요. 마이클 코를레오네는 경찰서장 살인 사건의 용의자로 조사가 필요합니다. 그런데 따님은 우리를 도와주려 하지도 않고 정보 제공도 거절하고 있습니다. 이건 모두 사실입니다. 선생께서는 믿지 못하겠다고 하시지만 그 모든 것에 대해 증거를 댈 수 있습니다."

"당신 말을 의심하는 게 아니오." 애덤스 씨가 부드럽게 말했다.

"내 딸이 그런 위험에 말려들 수 있다는 게 믿을 수 없다는 말이오. 형사님들이 제 딸을…." 이 말을 할 때 그는 학자다운 호기심 많은 표정을 지었다. "아, '정부(情婦)'라고 부르던가요? 그렇게만 부르지 않는다면 내가 들은 말을 모두 믿겠소."

케이는 놀란 표정으로 아버지를 쳐다봤다. 아버지는 학구적인 방식으로 그들을 조롱하고 있었다. 또 모든 일을 너무도 대수롭지 않게 받아들이고 있었다.

애덤스 씨가 단호하게 말했다. "만일 그 젊은이가 우리집에 나타나면 내 즉시 당국에 출두시키지요. 아마 내 딸도 그럴 겁니다. 그럼, 여기서 실례하겠습니다. 점심식사가 식을 것 같군요."

그는 최대한 예의를 갖춰서 형사들을 집밖으로 내몰고 부드럽게 그러나 굳게 현관문을 닫았다. 그는 케이의 팔짱을 끼고 집 뒷편에 있는 부엌으로 갔다. "자, 어서 가자. 엄마가 기다리신다."

부엌에 다다르자 케이는 아버지가 보여준 뜻밖의 애정에 긴장이 풀어지면서 소리없이 흐느껴 울기 시작했다. 부엌에 있는 어머니는 그 모습을 못 본 척했다. 짐작컨대 아버지는 형사가 왔다는 얘기를 어머니에게 말한 것이 틀림없었다. 케이가 자기 자리에 앉자 어머니는 말없이 음식을 덜어 주었다. 세 사람이 모두 식탁에 앉자 아버지는 고개를 숙이고 감사기도를 올렸다.

애덤스 부인은 키가 작고 뚱뚱했지만 언제나 옷을 단정하게 입고 머리도 깔끔하게 빗어 넘겼다. 케이는 어머니의 흐트러진 모습을 본 적이 없었다. 어머니는 딸에 대해 별로 간섭하지 않고 일정한 거리를 두었다. 지금도 마찬가지였다. "케이, 그만 울어라. 아무것도 아닌 일을 가지고 공연히 소동을 벌이는 게야. 아무렴 다트머스 학생인데 그런 불미스런 일에 연관됐겠니?"

케이는 놀라서 어머니를 올려다보았다. "마이클이 다트머스 대학에 다니는 줄 어떻게 아세요?"

어머니는 흐뭇한 표정을 지으며 말했다. "젊은애들은 정말 이상하다니까. 자기네들만 똑똑한 줄 알아. 우린 그 청년에 대해 벌써부터 알고 있었어. 네가 말하지 않아서 입다물고 있었을 뿐이지."

"어떻게 아셨어요?" 케이가 물었다. 그녀는 자신과 마이클이 함께 잤다는 사실을 알고 있는 아버지의 얼굴을 똑바로 쳐다볼 수 없었다. 그래서 아버지가 "네 편지를 뜯어봤지."라고 말하며 웃음짓는 모습도 보지 못했다.

케이는 쑥스러워 하면서도 화가 났다. 이제야 아버지 얼굴을 볼 수 있었다. 아버지의 행동은 그녀 자신의 죄보다 더욱 수치스런 일이었다. 케이는 아버지가 그랬다는 사실을 도저히 믿을 수가 없었다. "아빠, 아니죠? 진짜 그러신 거 아니죠?"

애덤스 씨는 딸을 보며 미소를 지었다. "어떤 게 더 큰 죄인지 생각해 봤다. 네 편지를 뜯어본 게 더 나쁜지 아니면 하나뿐인 딸이 위험에 처해있는 걸 모른 체하는 것이 더 나쁜 일인지. 그런데 선택은 간단했고 그게 옳았다고 생각한다."

애덤스 부인은 구운 닭고기를 한입 베어 물면서 말했다. "얘야, 넌 나이에 비해 너무 순진해. 그래서 우리가 더욱 알고 있어야 했어. 그런데도 넌 한마디도 하지 않더구나."

그때 처음으로 케이는 마이클이 편지에 노골적인 애정 표현을 써 주지 않은 것을 고마워했다. 또 부모님이 자신의 편지를 보지 못한 것을 다행으로 생각했다. "그의 가족 때문에 걱정하실까봐 말씀드리지 않은 거예요."

"그런 줄 알고 있었다. 그런데 마이클에게선 연락이 없었니?" 애덤스 씨가 명랑한 목소리로 물었다.

케이는 고개를 저었다. "그가 범죄를 저질렀다니 믿을 수가 없어요."

케이는 식탁을 마주하고 부모님이 서로 눈길을 보내는 걸 보았다. 조금 있다가 애덤스 씨가 부드럽게 말했다. "만일 그가 죄가 없으면서도 행방을 감추었다면 혹시 무슨 일이 일어난 게 아닐까?"

케이는 처음에 그 말뜻을 잘 이해하지 못했다. 그러다 얼마 후 식탁에서 일어나 자기 방으로 달려갔다.

3일 후 케이 애덤스는 롱비치의 코를레오네 저택 앞에서 택시를 내렸다. 그 집을 찾아가겠다고 미리 전화를 해둔 터였다. 톰 헤이건이 현관문에서 그녀를 맞이했다. 케이는 그가 톰인 것을 알고 실망을 했다. 톰은 자신에게 아무것도 말해주지 않을 것이라고 생각했기 때문이다.

거실에 들어가자 톰이 마실 것을 내왔다. 케이는 집 주변에 두 명의 남자들이 어슬렁거리고 있는 것을 보았지만 소니는 아니었다. 그녀는 톰 헤이건에게 단도직입적으로 물었다. "마이클 어디 있어요? 어떻게 하면 마이클에게 연락할 수 있죠?"

헤이건이 차분하게 설명했다. "마이클은 무사해요. 하지만 그가 지금 어디 있는지는 우리도 몰라요. 마이클은 경찰서장이 총에 맞았다는 소리를 듣고 자기가 누명을 쓸까 봐 걱정했어요. 그래서 행방을 감추기로 결정했어요. 내게 몇 달 안에 연락하겠다고 했어요."

그러나 그 이야기는 거짓이었다. 게다가 케이가 믿도록 없는 이야기까지 덧붙인 것이다.

"경찰서장이 마이클의 턱을 때렸다구요?" 케이가 물었다.

"그런 것 같습니다. 하지만 마이클은 복수심이 강한 친구가 아니에요. 내가 장담하건대 이번 일과는 아무 상관이 없을 겁니다."

케이는 가방을 열고 편지를 꺼냈다. "마이클을 만나게 되면 이 편지 좀 전해 주세요."

헤이건은 고개를 저었다. "제가 이 편지를 받고, 당신이 법정에서 내가 이 편지를 받았다고 진술하게 되면 내가 그의 행방에 대해 알고 있는 것처럼 해석될 수 있습니다. 조금만 더 기다려 주십시오. 틀림없이 마이클이 연락을 할 겁니다."

그녀는 음료수를 마신 뒤 자리에서 일어났다. 헤이건이 그녀를 배웅하기 위해 복도까지 따라 나왔는데, 그때 문이 열리며 한 부인이 들어왔다. 키가 작고 뚱뚱하며 검정색 옷을 입고 있었다. 케이는 그녀가 마이클의 어머니라는 걸 알았다. 케이는 부인의 손을 잡으며 "안녕하세요, 코를레오네 부인."이라고 인사했다.

부인의 작고 까만 눈동자가 그녀를 얼핏 쳐다보니 이내 눈을 깜박이며 올리브껍질 같은 얼굴에 희미한 그러나 왠지 모르게 진실로 반가워하는 듯한 미소를 지었다. "아, 마이클의 여자친구로군." 코를레오네 부인은 이렇게 말했다. 강한 이탈리아 억양이 남아있어서 케이는 겨우 알아들었다. "뭣 좀 먹었수?" 케이는 먹고 싶은 생각이 없어서 먹지 않았다고 하자 코를레오네 부인은 화를 내면서 "먼길을 왔는데 커피라도 대접하지 않고 뭐하느냐?"며 헤이건에게 이탈리아어로 꾸중을 했다. 그녀는 케이의 손을 잡아챈 다음 부엌으로 데리고 갔다. 늙은 부인의 손은 놀라울 정도로 따뜻하고 힘이 셌다. "커피도 마시고 뭣 좀 먹어요. 사람을 시켜 집까지 데려다 줄 테니. 이렇게 예쁜 처녀가 혼자 기차를 타는 건 좋지 않아요." 그녀는 케이를 앉게 한 다음 코트와 모자를 의자에 걸쳐놓고 분주하게 손을 놀렸다. 몇 분 후 식탁에는 빵과 치즈, 살라미 소시지가 차려지고 스토브에는 커피가 끓고 있었다.

케이는 망설이다가 입을 열었다. "마이클에 대해 알아보려고 왔어요. 그에게서 아무런 연락이 없어서요. 헤이건 씨는 그가 어디 있는지 아무도 모른다, 조금 있으면 돌아올 거라고만 하네요."

헤이건이 얼른 말을 받았다. "지금은 그 말밖에 해줄 수가 없어요, 어머니."

코를레오네 부인은 노여움이 가신 얼굴로 그를 바라보았다. "지금 내게 어떻게 말해야 한다고 강요하는 게냐? 내 남편도 내게 어떻게 하라고 명령하지는 않아. 오, 하느님께서 그 애를 보살펴 주세요." 그녀는 성호를 그었다.

"코를레오네 씨는 좀 어떠세요?" 케이가 물었다.

"괜찮다우. 이제 나이도 들어가는데 자꾸만 그런 어리석은 일을 벌이니." 그녀는 자신의 머리를 툭툭 치면서 대답했다. 그녀는 케이에게 커피를 따라 주며 빵과 치즈도 먹어 보라고 권했다.

커피를 다 마신 뒤 코를레오네 부인은 갈색의 두 손으로 케이의 손을 잡았다. 그리고 조용히 말했다. "마이클은 편지하지 않을 거유, 연락도 오지 않을 거구. 아마 2, 3년간 숨어 있어야 할 거야. 아니 어쩌면 그보다 더 길어질지도 몰라. 이제 가족에게 돌아가 훌륭한 청년을 만나서 결혼해야지."

케이는 지갑에서 편지를 꺼냈다. "이 편지를 마이클에게 꼭 전해 주세요."

늙은 부인은 편지를 받아 들고는 케이의 뺨을 어루만졌다. "그래. 꼭 전해 주지." 그것을 본 헤이건이 만류하려고 하자 부인은 이탈리아어로 소리를 질렀다. 부인은 케이를 현관까지 데려다 주었다. 그리고는 케이의 뺨에 입을 맞추며 "마이클은 잊어요. 더 이상 아가씨의 남자가 아니라우."라고 말했다.

집앞에는 두 명의 남자가 차를 대기시켜 놓고 케이를 기다리고 있었다. 그들은 그녀를 뉴욕의 호텔로 데려다 주면서 아무 말도 하지 않았다. 케이도 마찬가지였다. 그녀는 현실을 받아들이려고 애썼다. 자신이 사랑하는 남자가 냉혈한 살인자라니. 그것은 가장 확실한 정보원인 그의 어머니에게서 들은 말이었다.

16

카를로 리치는 세상에 대해 화가 나 있는 소년 같았다. 코를레오네 가로 장가든 후 맨해튼 동부 지역에서 조그만 마권영업소를 운영하고 있는 카를로는 따돌림을 당하고 있다고 느꼈다. 사실 결혼 전에는 롱비치에 있는 집 한 채를 염두에 두고 있었다. 돈 코를레오네가 은퇴자촌으로 들어가고 자신은 그 집을 차지하고 모든 것의 중심에 서게 될 것으로 기대했다. 그러나 돈 코를레오네는 그를 제대로 대접해 주지 않았다. '홍, 위대한 대부라고? 그는 속으로 비웃었다. 길거리에서 멍청한 삼류 깡패에게 총이나 맞다니, 이젠 골방에나 들어앉아야 할 늙은이 주제에. 그는 늙은이가 빨리 죽기를 바랐다. 한때 친구였던 소니가 패밀리의 우두머리가 되면 자기도 핵심부에 들어갈 수 있는 기회를 얻게 되리라고 기대했다.

그는 아내가 커피를 따르는 모습을 지켜보았다. 맙소사, 저 여편네가 왜 저렇게 변했지. 결혼 생활 5개월만에 그녀는 몸이 펑퍼짐해지고 배까지 불러왔다. 동부에 사는 여느 이탈리아 여자들처럼 뒤룩뒤룩 살이 찐 것이다.

그는 손을 뻗어 코니의 퉁퉁한 엉덩이를 어루만졌다. 코니가 미소를 짓자, 그는 "돼지보다 엉덩이가 더 크군."이라며 경멸했다. 그는 아내가 상처를 받고 눈물을 흘리면 기분이 좋았다. 코니가 제아무리 위대한 대부의 딸이라고 해도 결국 그의 아내였다. 이제는 자기 소유이니 마음대로 해도 괜찮다고 생각했다. 카를로는 코를레오네 가족 하나가 자기 발밑에 있다고 생각하면 그렇게 통쾌할 수가 없었다.

그들은 처음부터 어긋나기 시작했다. 코니는 선물로 받은 두둑한 돈지갑을 자신을 위해 간직하려고 했지만 카를로는 까맣고 매력적인 눈빛으로 그 돈을 빼앗았다. 그리고 그 돈을 어디에 써버렸는지 말도 하지 않았다. 그것은 분명 문제있는 행동이었다. 그런데도 카를로는 조금도 양심의 가책을 느끼지 않았다. 게다가 경마장과 쇼걸에게 거의 만 5천 달러나 갖다 바쳤다.

그는 자신의 뒷모습을 보고 있는 코니의 눈길을 느꼈다. 그래서 식탁 저편에 있는 빵접시를 잡으려고 손을 뻗으면서 근육을 한껏 수축시켰다. 그는 방금 햄과 계란을 먹어 치웠지만 체격이 큰 만큼 아침 밥도 많이 먹었다. 그는 자신이 아내에게 어떤 모습으로 비칠까 생각하면 어깨가 으쓱해졌다. 짧게 자른 금발에 노란 털이 무성한 팔뚝, 떡 벌어진 어깨, 날씬한 허리 어느모로 보아도 개기름이 흐르는 시커먼 이탈리아 사내에 비할 수 없을 것이다. 그는 패밀리에서 일하는 덩치 좋은 행동대원들보다도 자신이 육체적으로 훨씬 강인하다고 자부했다. 클레멘자나 테시오, 로코 람포네, 파울리 같은 녀석들도 얼마든지 때려눕힐 수 있다고 생각했다. 그는 문득 파울리에 대한 소식이 궁금했다. 소니에 대해서도 생각했다. 비록 소니가 자신보다 몸집이 크지만 일대일로 붙으면 소니도 이길 수 있을 거라고 생각했다. 그래도 소니를 두려워하는 것은 그에 대한 소문 때문이었다. 카를로는 소니의 사람 좋고 활달한 모습 외에 다른 모습은 본 적이 없었다. 그렇다, 소니는 그의 친구였다. 아마도 늙은 대부가 죽고 나면 뭔가 새로운 길이 열릴 것이다.

그는 여유있게 커피를 마셨다. 그는 이 아파트가 싫었다. 서부의 널찍한 집에 살던 버릇이 남아 있어서 더욱 그랬다. 잠시 후면 그는 오전 영업을 하기 위해 시내를 가로질러 그의 마권영업소로 가야 했다. 일요일이기 때문에 야구경기 외에 마지막 농구경기와 밤에 열릴 스피드 경마까지 중요한 게임들이 한꺼번에 열렸다. 그는 코니가 자기 뒤에서 분주히 움직이는 걸 느끼고 돌아다보았다.

그녀는 그가 가장 싫어하는 뉴욕 촌뜨기 스타일의 옷차림을 하고 있었다. 벨트가 달린 꽃무늬 실크 원피스에 팔찌와 귀걸이 그리고 주름 장식의 소매까지. 20년이나 나이 들어 보였다.

"도대체 어딜 가는 거야?" 그가 물었다.

"아버지 좀 뵈러 롱비치에 가려구요. 아직 침대에 누워 계시니 말벗이라도 해드리려구요."

카를로는 호기심이 발동했다. "소니는 아직도 쇼를 하고 있나?"

코니는 냉담한 표정으로 그를 바라보았다. "쇼라니요?"

그는 발끈 화가 났다. "이 더러운 이탈리아년이, 내가 그 따위로 말하지 말랬잖아, 그럼 뱃속에 있는 애새끼가 튀어나오도록 맞을 거라고 했지?" 코니는 잔뜩 겁에 질린 표정을 지었고 그 모습에 카를로는 더욱 성질이 난폭해졌다. 그는 자리에서 벌떡 일어나 그녀의 얼굴을 때렸다. 얼굴에 빨간 손자국이 났다. 그는 정확하게 세 대를 더 때렸다. 그녀의 윗입술이 찢어져 피가 나고 부어오른 것이 보였다. 그는 순간 멈칫하며 흔적이 남지 않도록 조심할 걸 하는 생각이 들었다. 코니는 침실로 뛰어들어가 문을 쾅 하고 닫았다. 잠시 후 열쇠를 돌려 문을 잠그는 소리가 들렸다. 그는 웃으면서 식탁으로 돌아가 커피잔을 깨끗이 비웠다.

카를로는 옷 입을 시간이 될 때까지 담배를 피웠다. 그는 문을 두드리며 소리쳤다. "발로 차기 전에 어서 문 열어." 그러나 아무 대답이 없었다. "어서, 나 옷 갈아 입어야 해." 그는 성난 목소리로 말했다. 코니가 침대에서 일어나 문으로 걸어오는 소리가 들렸다. 그리고 열쇠 돌리는 소리가 났다. 그가 방으로 들어오자 코니는 등을 돌리고 침대로 걸어간 다음 벽을 향해 다시 드러누웠다.

그가 급히 옷을 차려입고 보니 코니는 속옷 차림이었다. 그는 코니가 아버지 병문안을 가서 어떤 소식이라도 가지고 오기를 바랬다. "왜 그래? 몇 대 맞았다고 힘이 다 빠져버린 거야?" 코니는 게으른 매춘부처럼 보였다.

"나 안 갈 거야." 코니는 울먹거리면서 말했다. 그는 불쑥 팔을 뻗어 그녀를 돌아눕혔다. 그런 뒤에야 그녀가 왜 친정에 가지 않으려고 하는지 짐작할 것 같았다.

자신이 생각보다 더 세게 때린 게 분명했다. 코니의 왼쪽 뺨은 부었고 찢어진 윗입술은 풍선처럼 흉측하게 부풀어오르고 코밑은 하얗게 변해 있었다. "좋아, 하지만 난 오늘 늦게 들어 올 거야. 일요일이 가장 바쁜날이니까."

아파트를 나선 카를로는 자동차에 주차위반 딱지가 붙어 있는 것을 발견했다. 15달러짜리 녹색 딱지였다. 그는 그 딱지를 다른 잡동사니들과 함께 앞좌석의 정리함에 처넣었다. 그는 기분이 좋았다. 옆에서 끊임없이 잔소리를 늘어놓는 암캐를 때려 주고 나니 속이 시원했다. 자신을 박대하는 코를레오네가 사람들에 대한 좌절감을 해소할 수 있어서였다.

그가 처음으로 코니에게 손을 댔을 때는 약간 걱정하기도 했다. 코니는 곧장 롱비치로 달려가 부모에게 불평을 늘어놓으며 멍든 눈을 보여주었다. 카를로는 정말 진땀을 흘렸다. 그러나 집으로 돌아왔을 때 그녀는 몰라보게 유순하고 말 잘 듣는 이탈리아 여자가 되어 있었다. 그는 미안한 마음에 몇 주일 동안은 완벽한 남편이 되려고 노력했다. 모든 면에서 아내를 위해 주고 친절하고 사랑스러운 남편이 되어 주고, 매일 아침저녁으로 사랑해주었다. 결국 그녀는 남편이 다시는 그런 짓을 하지 않을 거라고 생각하고 친정에서 있었던 일을 들려주었다.

그녀의 부모는 냉정하게도 딸을 동정하지 않고 이상하게도 재미있어 했다. 어머니만 다소 안쓰러워하며 남편에게 사위를 만나 보라고 했다. 그러나 돈 코를레오네는 거절했다. "그 애는 내 딸이지만 이제는 남편에게 속해 있어. 제 남편이 알아서 할 일이야. 이탈리아의 왕도 부부 관계에 대해선 간섭하지 못하는 법이야. 집으로 돌아가거라. 그리고 어떻게 해야 남편이 널 때리지 않을지 생각해 봐."

코니는 아버지에게 화를 내며 말했다. "아버지는 어머니를 때린 적이 없잖아요?" 코니는 아버지가 사랑하는 딸이었기 때문에 그렇게 무례하게 말할 수 있었다. "네 엄마는 맞을 짓을 한 적이 없어." 남편의 말에 노부인은 고개를 끄덕이며 미소를 지었다.

코니는 남편이 결혼식 선물로 받은 돈을 빼앗아 가서는 어디에 썼는지 말도 하지 않는다고 일렀다. 돈 코를레오네는 어깨를 으쓱하며 이렇게 말했다. "엄마가 너처럼 주제넘게 군다면 나라도 그렇게 했을 거야."

그래서 코니는 다소 당황하고 놀란 채 집으로 돌아왔다. 그녀는 언제나 아버지가 가장 사랑하는 딸이었는데, 갑자기 왜 냉정해졌는지 이해할 수 없었다.

하지만 돈 코를레오네는 겉으로는 딸 편을 들어주지 않았지만 속마음은 달랐다. 그는 카를로 리치가 결혼선물로 받은 돈을 어디에 썼는지 사람을 시켜 알아보게 했다. 그리고 사위의 마권영업소 직원을 통해 리치의 행동 하나하나를 모두 헤이건에게 보고하게 했다. 하지만 그는 차마 대놓고 간섭할 수 없었다. 남자가 처가 식구들을 두려워해서야 어떻게 남편 구실을 제대로 하겠는가? 이것은 그가 감히 끼어들 수 없는 상황이었다. 그 뒤 코니가 임신을 하자 그는 자신의 판단이 지혜로웠다는 확신을 갖게 되었다. 그래서 그후에 코니가 몇 차례 더 맞았다고 어머니를 찾아와 하소연하고, 걱정스러워진 아내가 그에게 그 사실을 말했을 때도 참견하지 않았다. 코니가 결국엔 이혼을 해야 할지도 모르겠다는 말을 했을 때 그는 처음으로 딸에게 크게 화를 냈다. "그는 네 아이의 아버지야. 어떻게 애비 없는 자식을 낳으려고 하느냐?"

이런 일들을 알게 된 카를로 리치는 더욱 기세등등해졌다. 그는 이제 완벽하게 안전했다. 그는 마권영업소의 서기인 샐리 래그즈와 코치에게 코니가 건방지게 굴었을 때 자신이 한바탕 난리를 친 이야기를 해주며 허풍을 떨었다. 그들은 위대한 돈 코를레오네의 딸을 거칠게 다루는 그의 배짱에 존경의 눈길을 보냈다.

그러나 그가 소니 코를레오네의 성질을 알았더라면 그렇게 안심하지 못했을 것이다. 소니 코를레오네가 구타 사실을 알게 된다면 죽일 것처럼 달려들 텐데 그런 불 같은 성질은 돈 코를레오네의 명령 외에는 무엇으로도 꺾을 수 없었다. 아버지의 명령만은 소니라도 감히 거역할 수 없기 때문이다. 소니는 그런 자신의 성질을 다스릴 자신이 없어서 그동안 카를로를 피해 왔던 것이다.

이 아름다운 일요일 아침에 자신이 완벽하게 안전하다고 느낀 카를로 리치는 96번가의 도심을 가로질러 동부지역으로 향했다. 반대편에서 소니의 자동차가 자기 집을 향해 달려오는 것을 보지 못한 채.

소니 코를레오네는 집을 나와 시내에서 루시 맨시니와 밤을 보냈다. 그는 앞에 둘 뒤에 둘 모두 네 명의 경호원을 데리고 다녔다. 바로 옆에는 경호원이 필요하지 않았다. 습격을 받더라도 한 명 정도는 자신이 방어할 수 있기 때문이다. 다른 경호원들은 각자가 자기 차를 타고 따라다니고 루시의 아파트 인근에 얻어 놓은 숙소를 이용했다. 소니가 너무 자주 오지만 않는다면 그것이 가장 안전하게 루시를 만날 수 있는 방법이었다. 그는 시내에 나온 김에 여동생 코니를 태워서 롱비치에 데려갈 계획이었다. 카를로는 마권영업소에 출근했을 시간이고, 워낙 째째해서 제 여편네에게는 차 한 대 사줄 놈이 아니라고 생각했다. 그래서 자신이 태워 갈 작정이었다.

소니는 앞에 앉은 경호원 둘이 일단 건물에 들어갔다 나온 뒤에 따라가기 위해 기다렸다. 뒤에 앉은 두 명의 경호원은 차 뒤에서 거리를 살폈다. 소니도 계속해서 경계의 눈길을 멈추지 않았다. 적들이 지금 그가 시내에 있다는 사실을 알아내기란 백만 분의 일의 가능성밖에 없지만 항시 조심해야 했다. 그것은 1930년대의 전쟁을 겪으면서 터득한 진리였다.

소니는 엘리베이터를 이용하지 않았다. 그것은 죽음의 함정이었다. 그는 코니의 아파트까지 8층을 빠르게 올라가서 문을 두드렸다. 카를로의 자동차가 나가는 것을 보았으므로 코니는 혼자 있을 것이다. 그런데 안에서는 대답이 없었다. 그는 다시 문을 두드렸고, 안에서 겁먹은 듯 조그만 목소리로 "누구세요?"하는 소리가 들렸다.

그 목소리에 소니는 가슴이 덜컥 내려앉았다. 코니는 오만할 정도로 언제나 명랑했고 집안식구들 중 누구보다 씩씩하고 말괄량이였다. '도대체 코니에게 무슨 일이 있는 걸까?' 소니는 이런 생각을 하며 "응, 오빠야."라고 말했다. 안쪽에서 빗장을 여는 소리가 들리고 문이 열리자마자 코니가 소니의 품에 와락 안기며 울기 시작했다. 소니는 너무 놀라서 그 자리에 그렇게 서있었다. 이윽고 여동생을 집안으로 데리고 들어간 소니는 코니의 퉁퉁 부은 얼굴을 보고 불길한 예감이 들었다.

소니는 코니를 밀쳐버리고 당장 계단을 내려가 녀석의 뒤를 쫓을까 생각했다. 끓어오르는 분노로 얼굴이 일그러졌다. 코니는 그 모습을 보고 오빠에게 매달렸다. 그를 못가게 하려고 방안으로 끌고 들어가려고 했다. 코니는 이제 무서워서 울고 있었다. 오빠의 성질을 잘 알고 있기 때문에 그동안 소니에겐 카를로에 대해 아무 말도 하지 않았던 것이다. 코니는 계속해서 오빠를 방안으로 끌고 들어가려고 했다.

"모두 내 잘못이야. 내가 싸움을 걸었고, 내가 때리려고 했기 때문에 얻어맞은 거야. 그는 이렇게 세게 때릴 마음은 없었어. 내가 먼저 시비를 건 거야."

소니의 잘생긴 얼굴은 어느덧 조금 진정이 된 것 같았다. "지금 당장 아버지한테 가자."

코니는 아무 대답이 없었다. 소니가 말을 덧붙였다. "난 네가 오늘 집에 갈 줄 알고 데려가려고 들른 거야. 시내에 나올 일이 있었거든."

그녀는 고개를 가로 저었다. "아버지께 이런 모습 보여 드리고 싶지 않아. 다음 주에 갈게."

"알았다." 소니는 이렇게 말하고 부엌으로 가서 전화를 걸었다. "의사를 이곳으로 불렀다. 진찰받고 네 얼굴도 치료를 받아야겠다. 어떻든 넌 몸조심을 해야 돼. 아기를 낳으려면 몇 개월 남았지?"

"응, 두 달." 코니가 말했다. "오빠, 제발 아무 짓도 하지 말아. 부탁이야, 응?"

소니는 웃었다. 그러나 곧 무언가 생각하는 듯 얼굴 표정이 잔인하게 일그러졌다. "걱정하지마. 내 조카가 태어나기도 전에 고아가 되는 일은 없게 할 테니까." 그는 코니의 상처난 얼굴에 가볍게 키스하고 아파트를 떠났다.

동부지역 112번가 사탕가게 앞에는 자동차들이 두 줄로 길게 주차되어 있었다. 그곳은 카를로 리치의 마권영업소 본부였다. 가게 앞에 있는 골목길에는 일요일 아침을 맞아 아빠들이 어린아이들을 데리고 나와 캐치볼을 하거나 서로 모여서 내기를 했다. 카를로 리치의 차가 골목으로 들어오자 사람들은 공놀이를 멈추고 아이들을 달래기 위해 아이스크림부터 사주었다. 그런 다음 신문을 보면서 그날 선발로 나오는 투수들을 분석한 다음 우승팀에 돈을 걸게 될 것이다.

카를로는 가게 뒷편에 있는 큰 방으로 들어갔다. 샐리 래그즈라고 부르는 조그만 키에 비쩍 마른 남자와 코치라고 부르는 덩치가 크고 쉰 목소리를 가진 두 명의 서기는 경기가 시작하기를 기다리고 있었다. 그들은 칸이 쳐져 있는 커다란 공책을 앞에 두고 배팅 금액을 적을 준비를 하고 있었다. 나무로 된 단상 위 칠판에는 16개 야구팀의 이름이 서로 대항할 팀별로 묶여져서 적혀 있었다. 서로 대항할 한쌍의 팀 이름 밑에는 네모 표시가 되어 있는데, 그곳에 우승 예상팀을 적는 것이다.

카를로는 코치에게 물었다. "오늘 가게 전화는 통화가 되나?"

코치는 고개를 가로 저었다. "아직 안되는데요."

카를로는 벽에 붙은 전화기로 가서 다이얼을 돌렸다. 샐리 래그즈와 코치는 그가 그날 야구경기를 하는 모든 팀의 평균 점수와 승률을 적는 모습을 물끄러미 쳐다보았다. 그는 전화를 끊고 나서 칠판에다 각 게임별 예상 우승팀을 분필로 적었다. 카를로만 까맣게 몰랐지, 사실 두 사람은 예전부터 카를로의 성적을 알고 있었다. 이 일을 시작한 첫 주에 카를로는 우승 예상팀을 칠판에 잘못 적는 바람에 모든 도박꾼들의 꿈인 '미들' 을 허용했던 적이 있었다. 즉, 카를로가 배팅한 팀에 다른 물주는 배팅을 하지 않았는데, 상대방의 배팅이 옳아서 도박꾼들은 손해를 보지 않고 카를로의 장부에만 손해가 가게 만들었던 것이다. 이 실수로 그 주에 6천 달러의 손실을 가져왔고, 돈 코를레오네는 사위의 능력에 대해 어떤 확고한 판단을 내리게 됐다. 그래서 직원들에게 은밀히 카를로의 업무상 행동 하나하나를 모두 체크하도록 명령을 내린 것이다.

정상적으로라면 코를레오네 패밀리의 고위 간부들은 이런 자잘한 일에 대해서는 관심을 갖지 않는다. 그들까지 올라오는데는 적어도 다섯 단계의 계급이 있었기 때문이다. 그러나 마권영업은 사위의 능력을 알아보기 위한 하나의 시험 도구였기 때문에 매일매일 그 기록을 톰 헤이건에게 직접 보고하게 되어 있었다.

우승 예상팀 명단이 게시되자 도박꾼들은 사탕가게 뒤편의 방으로 몰려들어 경기 대전표가 적힌 신문에 우승 가망성이 있는 투수와 팀의 이름을 적었다. 한 도박꾼은 데리고 온 꼬마와 함께 칠판을 올려다 보고 있었다. 많은 돈을 건 이 남자는 손을 붙잡고 있는 딸아이에게 "얘야, 오늘은 자이언츠가 이기겠니, 아니면 파이어리츠가 이기겠니?" 하고 장난스럽게 물었다. 다양한 이름에 정신을 뺏긴 여자아이가 "자이언츠가 파이어리츠보다 세요?" 하고 물었다. 그러자 그 아빠는 껄껄 웃었다.

두 서기 앞에 줄이 만들어지기 시작했다. 서기 한 명은 배팅 용지 하나를 다 채우면 반으로 찢어서 모아놓은 돈을 싼 다음 카를로에게 건넸다. 카를로는 뒤쪽에 있는 비상구를 통해 사탕가게 주인이 사는 아파트로 올라갔다. 그는 중앙거래소에 전화로 배팅을 신청하고 나서 돈은 작은 벽장금고에 넣고 커튼으로 가렸다. 그리고 배팅 용지는 태워 재로 만들어 변기에 넣어 씻겨 내려가게 한 다음, 다시 사탕가게로 내려왔다.

일요일의 게임은 블루법(Blue Law: 모든 전자제품과 모자, 의류, 가구 등 소매용품 등의 일요일 판매를 금지하는 법)에 의해 오후 2시 이전에 시작하는 경우가 없었다. 그래서 1차 도박꾼들은 내기가 끝나면 가족들과 함께 해변으로 나가고 그렇지 않은 독신 도박꾼들이나 일요일인데도 무더운 도심의 아파트에 가족을 남겨 놓고 끝장을 보려는 도박꾼들은 다시 패거리를 만들었다. 이들 독신자 도박꾼들은 큰손들이 많았다. 그들은 2차로 두 경기가 동시에 열리는 4시경이 되면 더 많은 판돈을 들고 왔다. 그들에다가 해변에서 돌아와 손해 금액을 만회하려는 일부 기혼자 도박꾼들까지 합세하여 카를로는 일요일에도 정상 근무에다 야간 근무까지 했다.

1시 30분경이면 도박이 잠깐 소강 상태이기 때문에 카를로와 샐리 래그즈는 밖으로 나가 사탕가게 옆에 있는 계단에 앉아 신선한 공기를 마셨다. 그들은 아이들이 하는 약식 야구 게임을 보았다. 경찰차가 한 대 지나갔지만 그냥 무시했다. 이 도박장은 경찰서의 보호를 받고 있기 때문에 동네 파출소에서는 건드리지 못했다. 혹시 최상부의 명령이 떨어지면 모를까, 설령 그렇더라도 장기간의 영업정지 정도에서 그쳤다.

코치가 밖으로 나와 그들 곁에 앉았다. 세 사람은 야구와 여자에 대해 잡담을 했다. 카를로가 웃으면서 말했다. "오늘 또 마누라를 두들겨 팼어. 내가 주인이란 걸 가르쳐 주려고 말야."

코치가 무심코 말했다. "이제 꽤 배가 불렀을텐데, 그렇죠?"

"아, 그래서 얼굴만 몇 대 갈겨 줬지. 상처나지 않게 말야. 이 마누라가 내 상전 노릇을 하려고 한단 말야. 난 그 꼴은 못 보지." 카를로가 의기양양하게 말했다.

몇몇 도박꾼들은 여전히 근처를 배회하고 몇 명은 카를로와 서기들이 앉아 있는 계단 위에 앉아 야구에 관해 잡담을 했다. 갑자기 거리에서 야구를 하던 아이들이 흩어졌다. 자동차 하나가 요란한 소리를 내며 동네 안으로 달려오더니 사탕가게 앞에 멈췄다. 너무 급히 멈춰서는 바람에 타이어에서 끽 하는 소리가 났다. 자동차가 완전히 멈추기도 전에 운전석에서 사람이 튀어나왔다. 그가 너무 빨리 움직여서 사람들은 마비가 된 듯 멍하니 바라보았다. 그 남자는 소니 코를레오네였다.

입꼬리가 치켜 올라가고 입술이 두툼하니 큐피드처럼 잘생긴 그의 얼굴은 추악한 분노의 가면을 쓴 것 같았다. 그는 어느새 계단으로 올라와 카를로 리치의 멱살을 잡았다. 그리고 카를로를 계단 밑으로 메다꽂으려고 했다. 그러나 카를로는 근육질의 팔로 계단의 금속 난간을 잡고 매달렸다. 그리고 머리와 얼굴을 어깨 밑으로 숨기며 몸을 잔뜩 움츠렸다. 소니는 그의 셔츠를 갈기갈기 찢었다.

소니는 잔뜩 움츠린 카를로를 주먹으로 때리기 시작했고 너무 화가 나서 잘 나오지 않는 목소리로 욕설을 퍼부었다. 카를로는 결코 작은 체격이 아니었지만 전혀 반항하지 않았다. 자신을 방어하기 위해 비명을 지르지도 않았다. 코치와 샐리 래그즈는 소니가 카를로를 죽일 거라고 생각했지만 감히 끼어들 수도 없었거니와 그의 운명을 나눠지고 싶은 마음은 추호도 없었다. 자신들을 내몬 운전수에게 욕을 해대던 아이들은 어느새 몰려들어 무섭고도 흥미로운 싸움 구경을 했다. 워낙 거친 환경에서 자라는 아이들이지만 소니의 격노하는 모습은 입을 꾹 다물게 만들었다. 그러는 사이에 또 다른 자동차가 들어와 소니 뒤에 멈춰 서더니 차에서 2명의 경호원이 뛰어내렸다. 그들은 그곳에서 벌어지고 있는 광경을 보고 감히 제재하지 못했다. 다만 어떤 멍청한 행인이 카를로를 도와주려고 할 경우에 대비해서 경계를 늦추지 않고 언제라도 소니를 방어할 태세를 취하고 있었다.

사태를 더욱 처참하게 만든 것은 카를로가 완전히 굴복했기 때문이었다. 허나 그렇게 하지 않았으면 목숨을 건지지 못했을 것이다. 그는 소니가 거리로 끌어내리지 못하게 쇠난간에 매달렸다. 겉으로 보면 체격이 비슷했지만 그는 여전히 반격을 하지 않았다. 소니의 분노가 사그라들 때까지 그렇게 목과 머리에 빗발치는 주먹 세례를 받고만 있었다. 소니는 마침내 숨을 씩씩거리며 카를로를 내려다보며 소리를 질렀다. "이 더러운 새끼, 또 한번만 내 동생 때리면 죽여버릴 줄 알아."

이 말과 함께 긴장이 풀어졌다. 물론 소니가 그를 죽일 마음이 있었다면 굳이 그렇게 위협할 필요가 없었을 것이다. 죽일 수가 없었기 때문에 좌절감에서 내뱉은 말이었다. 카를로는 소니를 쳐다보지 못했다. 그는 여전히 고개를 숙이고 있었고 쇠난간을 잡았던 두 손과 팔은 힘없이 엉겼다. 자동차가 요란한 소리를 내며 떠나갈 때까지 그는 그렇게 앉아 있었다. 이윽고 코치가 걱정스러워 하는 듯한 목소리로 말했다. "됐어요. 카를로, 이제 가게로 들어가요. 빨리 여길 피해요."

계단 위에 웅크리고 앉아 있던 카를로는 자리에서 힘겹게 일어나며 난간을 감았던 손을 풀었다. 몸을 일으키니 자신을 뚫어지게 쳐다보는 아이들이 보였다. 인간의 품위가 추락하는 광경을 목격한 아이들의 얼굴은 일그러져 있었다. 그는 약간 현기증을 느꼈지만 그것은 충격 때문이었다. 원시적인 공포감에 몸의 제어능력을 잃었기 때문이다. 실제로 엄청난 주먹질에도 불구하고 겉으로 드러나는 상처는 없었다. 그는 코치의 부축을 받으며 사탕가게 뒷방으로 들어갔다. 찢어지거나 피가 나지는 않았지만 얼굴이 붓고 멍들어서 얼굴에 얼음찜질을 했다. 이제 두려움은 사라졌지만 소니에게 당한 굴욕감 때문에 속이 메스껍고 토할 것만 같았다. 코치는 술 취한 사람에게 하듯 카를로를 세면대로 데려간 다음 위층에 있는 침대에 눕게 해주었다. 샐리 래그즈는 도망을 갔는지 보이지 않았다.

샐리 래그즈는 3번가로 걸어 내려와 로코 램포네에게 전화로 모든 일을 보고했다. 로코는 침착하게 소식을 전해들은 뒤 자신의 카포레짐인 피터 클레멘자에게 보고했다. 클레멘자는 신음하듯이 "저런, 소니가 성질을 이기지 못하고 기어이 사고를 쳤구먼."이라고 말했다. 그러나 신중하게도 그의 손가락이 전화기의 후크를 눌러서 로코는 그 말을 듣지 못했다.

클레멘자는 롱비치의 톰 헤이건에게 전화를 걸었다. 헤이건은 한 동안 말이 없었다. "가능하면 빨리 롱비치로 오는 도로에 부하들을 보내세요. 교통 정체나 사고 등으로 길이 막힐 경우를 대비해서요. 소니가 그렇게 화가 났을 땐 자기가 무슨 짓을 하고 있는지도 모릅니다. 어쩌면 적들이 소니가 시내에 있다는 소식을 들었을지도 모릅니다. 그렇지 않을 수도 있지만요."

클레멘자는 의아하다는 듯이 물었다. "내 부하들이 도착할 때쯤이면 소니가 집에 닿지 않겠소? 타탈리아 사람들도 그걸 알 텐데."

"압니다." 헤이건이 신중하게 말했다. "하지만 예상치 못한 일이 생기면 소니에게 도움이 필요할 겁니다. 최선을 다해서 막아야죠."

부루퉁해진 클레멘자는 로코 램포네를 불러 몇 명의 부하와 차를 가지고 롱비치로 가는 길목을 지키라고 했다. 그는 그대로 자신이 아끼는 캐딜락을 타고 자기 집을 지키는 세 명의 경호원과 함께 애틀랜틱 비치 브릿지를 건너 뉴욕으로 향했다.

그렇지 않아도 사탕가게 인근에 살면서 타탈리아 패밀리의 첩자 노릇을 하던 도박꾼 하나가 자기 편 사람에게 연락을 했다. 그러나 타탈리아 패밀리는 전시의 연락 체계가 단순화되어 있지 못해서 그 소식이 카포레짐을 통해 타탈리아 패밀리의 보스에게 전달되기까지 많은 시간이 걸렸다. 그 때쯤 소니 코를레오네는 무사하게 롱비치에 있는 아버지의 집으로 돌아가 격분한 아버지의 얼굴을 대했다.

17

코를레오네 패밀리와 다섯 패밀리의 연합군 사이에 일어난 1947년 전쟁은 양쪽이 모두 엄청난 희생을 치러야 했다. 거기에 맥클러스키 서장 살해 사건을 해결하려는 경찰의 압박으로 상황은 한층 더 복잡하게 꼬였다. 경찰청의 경관들이 도박과 그 하부조직을 보호하라는 정치권의 압력을 무시하는 일은 드물지만 이 경우에는 정치인들도 별 도리가 없었다.

경찰의 보호를 받지 못하게 되었어도 코를레오네 패밀리는 다른 패밀리들만큼 피해를 많이 입진 않았다. 코를레오네 조직은 수입의 대부분을 도박 사업에 의존하고 있었는데, 그중에서도 '폴리시'(policy: 숫자맞히기 도박) 도박장만 타격을 입었다. 도박장을 운영하는 업주는 경찰망에 포위되면 돈을 걸기도 전에 반쯤 두들겨 맞았다. 심지어 물주들이 습격을 받으면 손실이 막대했다. 그렇게 되면 보호비를 상납해온 물주들은 카포레짐에 강력하게 항의를 했고, 카포레짐은 그 불만을 패밀리의 협의회에 안건으로 내놓았다. 그러나 이번에는 아무것도 해결되는 게 없었고 물주들은 파산 통보를 받았다. 그런 가운데 도박이 성행하는 할렘가에서는 조직에 소속되지 않은 흑인들이 그런 도박장을 인수했고 그들은 경찰이 명확하게 판단하기 어렵도록 점조직으로 운영되었다.

맥클러스키 서장이 죽은 뒤 몇몇 신문들은 그와 솔로조와의 내통 사실을 기사화했다. 그들은 맥클러스키가 죽기 직전 현금으로 거액의 돈을 받았다고 폭로했다. 이런 기사는 헤이건이 제공한 정보를 토대로 쓰여진 것이었다. 경찰청에서는 이런 기사에 대해 긍정도 부인도 하지 않았지만 효과는 있었다. 경찰 당국은 정보 제공자, 즉 코를레오네 패밀리에게서 뇌물을 받은 경찰을 통해 맥클러스키가 사이비 경찰이었다는 얘기를 들었다. 맥클러스키가 대가성 없는 뇌물을 받았다면 하급 경찰들은 그에 대해 그렇게 큰 부담을 느끼지 않았을 것이다. 그러나 그는 가장 더러운 돈인 살인자와 마약 거래자의 돈을 받았다. 경찰관의 양심상 이것은 용서할 수 없는 일이었다.

헤이건은 경찰들이 너무도 순진하게 법과 규칙을 신봉한다고 생각했다. 그들은 시민에 대한 봉사보다 법과 질서를 더 중시한다. 법과 질서는 마술과 같아서 거기서 경찰 자신의 권력이 나오고, 그들이 그처럼 소중하게 따지는 시민의 권리도 거기서 나온다. 그러나 경찰은 자신들이 섬기는 시민에 대해서는 언제나 웅어리진 불만을 갖고 있다. 경찰에게 시민은 감시자인 동시에 먹이다. 감시자로서 시민은 고마움을 모르고 독설을 퍼붓고, 까다롭게 요구하는 게 많다. 먹이로서의 시민들은 불안하고 위험투성이며 교활하다. 그런데 경찰이 피의자를 겨우 손아귀에 넣으면 경찰이 그토록 옹호하는 사회 메커니즘은 모든 수단을 동원해 그에게서 전리품을 빼앗아 버린다. 그렇게 경찰관을 곤경에 빠뜨리는 집단 중 하나가 바로 정치가다. 재판관들은 악랄한 깡패에게 관대한 집행유예를 선고한다. 명망있는 변호사들도 무죄를 장담하지 못하는 사건에 대해 원고가 주지사나 미국의 대통령이라는 신분만으로도 관대한 처분이 내려지기도 한다. 그래서 시간이 지나면 경찰들은 현실과 타협하게 된다. 도대체 깡패들이 주는 돈을 받지 않아야 할 이유가 무엇이란 말인가? 우리도 돈이 필요하다. 경찰관의 아이들이라고 해서 대학에 가지 말란 법이 있는가? 경찰관의 아내라고 해서 고급 백화점에서 쇼핑하면 안된다는 법이 있는가? 경찰은 겨울휴가를 플로리다의 따뜻한 햇볕을 받으며 지내면 안된다는 이유가 있단 말인가? 결국 그들은 목숨을 걸고 부정을 저지르게 된다. 이건 농담이 아니다.

그러나 부정을 저지르는 경찰관도 대개는 일정한 선을 그어 놓고 뇌물을 받는다. 마권업자의 영업 행위를 원활하게 해주기 위해 돈을 받거나 주차위반 딱지나 속도위반 딱지를 떼기 싫어하는 사람에게 돈을 받는다. 콜걸이나 매춘부의 거래 행위를 허용해 주고 돈을 받기도 한다. 이런 행위는 어떻게 보면 인간적인 범죄다. 그러나 그들도 마약이나 무장강도, 강간, 살인과 같은 범죄와 관련된 돈은 받지 않는다. 이런 뇌물을 받는 것은 자신의 권위에 대한 모욕이라고 생각한다.

경찰들에게 맥클러스키의 살인 사건은 국왕 시해에 해당되는 일이었다. 그러나 그가 살해되던 당시 악명높은 마약상과 함께 있었으며, 살해 음모에 가담했다는 의혹을 받게 되자 경찰측의 복수심은 사그라들기 시작했다. 그런데다 그들도 어쨌든 저당 잡힌 물건에 대한 상환금이나 자동차 할부금, 아이들 양육비 등으로 여전히 돈이 들어갈 곳은 많았다. 뒷돈이 없으면 도무지 수지를 맞출 재간이 없었다. 무허가 노점상이 건네주는 돈은 점심값을 하기에나 알맞고 주차위반을 눈감아주고 받는 돈은 용돈하기 좋았다. 돈이 좀더 궁한 경찰관은 관내의 경범죄 용의자들(동성애자, 폭행범)을 족쳐서 돈을 빼앗았다. 그들은 점점 더 철면피가 되어 갔으며 결국에는 떡값을 올려 받고 패밀리의 영업을 허용하게 되었다. 그러자 발빠른 관내의 뇌물 수금원은 상납자 명단을 만들고, 그 명단을 지역 파출소에 배포하여 매달 할당액을 거두어들이게 했다. 그렇게하자 다시 사회의 질서가 회복되는 것 같았다.

돈 코를레오네의 병실을 사복 형사가 지키게 하자는 것은 헤이건의 아이디어였다. 물론 강력한 테시오의 부하들도 더 많이 충원되었다. 그러나 소니는 이에 만족하지 않았다. 2월 중순 돈 코를레오네가 어느 정도 회복되자 소니는 아버지를 구급차에 태워 집으로 옮겼다. 그는 집을 개조하고 침실을 응급상황에 필요한 장비를 모두 갖춘 병실로 꾸몄다. 뿐만 아니라 24시간 간호할 수 있는 특별 간호사를 채용하고, 막대한 비용을 지불하고 케네디 박사를 주치의로 상주하게 했다. 적어도 아버지가 간호사의 도움만 받아도 될 때까지는 그렇게 해야 안심이 되었다.

돈 코를레오네의 저택은 난공불락의 성으로 변했다. 부하들은 별채로 이사하고, 그곳에 살던 사람들은 휴가를 받아 이탈리아의 고향으로 여행을 떠나게 했다. 물론 패밀리가 모든 비용을 지불했다.

프레디 코를레오네는 라스베이거스로 떠났다. 요양 겸 신흥 특급 호텔 카지노에서 패밀리 사업의 기반을 마련해 보겠다는 계획이 있었다. 라스베이거스는 서부 해안 제국의 일부로 여전히 중립적이었고, 무엇보다 그 제국의 대부가 프레디의 신변 안전을 보장해 주기로 했다. 그러자 뉴욕의 5대 패밀리들은 프레디를 따라 라스베이거스로 진출하는 꿈을 접었다. 그렇게 되면 더 많은 적이 생기기 때문이다. 뉴욕에만도 그들이 해결해야 할 골칫거리들이 많았기 때문이다.

케네디 박사는 대부 앞에서 사업에 관해 의논하는 것을 절대 금지시켰다. 그러나 이 명령은 완전히 무시되었다. 대부가 전쟁에 관한 회의를 자기 방에서 갖도록 강력히 주장했기 때문이다. 소니와 톰 헤이건, 피터 클레멘자, 테시오는 대부가 집에 돌아온 첫날 밤에 그곳에 모였다.

돈 코를레오네는 병약해져서 말을 많이 하지는 못했지만 사람들의 이야기를 듣고 거부권을 행사하고 싶어했다. 카지노 사업을 배우도록 프레디를 라스베이거스로 보내기로 했다는 설명을 듣자 그는 찬성한다는 듯 고개를 끄덕였다. 브루노 타탈리아가 코를레오네 가의 하수인에게 살해되었다는 말을 들었을 땐 고개를 저으며 깊은 한숨을 내뱉었다. 그러나 무엇보다 그를 가장 고통스럽게 만든 것은 마이클이 솔로조와 맥클러스키 서장을 죽이고 시칠리아로 피신했다는 말을 들었을 때였다. 이 소식을 듣자 돈 코를레오네는 나가라고 손짓을 했고, 그들은 모퉁이방으로 옮겨 회의를 계속했다.

소니 코를레오네는 책상 뒤에 있는 커다란 의자에 앉아 긴장을 풀었다. "의사가 사업에 관여해도 좋다고 할 때까지 한 2주일 정도는 노인네를 편히 쉬게 해드려야 할 것 같습니다." 그는 잠시 말을 멈췄다. "완쾌되실 때까지 다시 제가 일을 진행시키겠습니다. 이제 활동을 해도 좋다고 경찰에게서 통보를 받았습니다. 우선 할렘가의 폴리시 도박장부터 해결해야 합니다. 지금 흑인들이 재미를 보고 있는데 이제 우리가 되찾아야 합니다. 그놈들이 지금 열을 올려 장사를 하고 있지만, 뭐 좋습니다. 그놈들은 원래 그러니까요. 그런데 그 주인이란 놈들이 우승자한테 돈을 제대로 주지 않고 있어요. 자기네들은 캐딜락을 타고 다니면서 도박꾼들한테는 돈을 줄 때까지 조금만 기다리라고 하거나 어떤 때는 우승 금액의 반밖에 주지 않는다고 하더군요. 주인들이 도박꾼들에게 부자로 보이는 건 좋지 않습니다. 그렇게 좋은 옷을 입고 다니는 것도 좋지 않구요. 새차를 몰고 다니는 것도, 우승자의 돈을 떼어먹는 것도 마찬가집니다. 그런 어중이떠중이들이 이 사업을 하게 되면 우리 이름만 더럽히기 때문에 막아야 합니다. 톰, 당장 그 계획을 실천에 옮기세. 자네가 승인만 해주면 모든 일은 일사천리로 풀리게 돼 있네."

"할렘에는 몇몇 골치아픈 녀석들이 있어요. 녀석들은 큰돈 맛을 알았기 때문에 일개 도박장 주인이나 물주로 돌아가려고 하지 않을 거예요." 헤이건이 말했다.

소니가 어깨를 으쓱했다. "클레멘자 아저씨에게 그놈들의 이름만 대주게. 녀석들 늘씬하게 패주는 건 아저씨 몫이니까."

클레멘자는 헤이건에게 말했다. "그거야 문제없지."

이때 테시오가 중요한 문제를 제기했다. "일단 우리가 활동을 개시하면 5대 패밀리들도 움직이기 시작할 걸세. 할렘에 있는 우리 물주들과 동부지역에 있는 마권업자들을 공격할 거야. 심지어 우리가 있는 의류조합까지 가서 행패를 부릴지 몰라. 이런 식으로 전쟁을 하면 막대한 희생을 치를 수밖에 없네."

"그렇지는 않을 겁니다. 그렇게 되면 우리가 곧장 반격할 거라는 걸 알고 있거든요. 전 평화 협상을 타진하고 있어요. 아마 타탈리아 애들한테 보상을 해주면 모든 문제가 해결될 수 있을 겁니다." 소니가 말했다.

헤이건이 말했다. "이런 협상에서 우린 절대 불리합니다. 지난 몇 주 동안 그들이 입은 금전적 손해는 막대한데, 그걸 우리 탓으로 돌릴 거예요. 공평하게 손해보자 이거죠. 제 생각엔 그들이 그걸 빌미로 마약 거래에 우릴 끌어들이고 우리 패밀리의 정치적인 영향력을 같이 좀 이용해 보자, 이렇게 나올 것 같습니다. 즉, 솔로조만 빠졌을 뿐 솔로조식의 거래 방법인 거죠. 우리에게 몇 가지 방법으로 타격을 주기 전에는 방침을 바꾸지 않을 겁니다. 우리가 부드럽게 나가면 자신들의 마약 거래 조건을 들어줄 거라고 계산할 겁니다."

소니가 단호하게 말했다. "마약 거래는 안돼. 아버지가 반대하고 있어. 아버지 마음이 바뀌기 전에는 안돼."

헤이건이 활발한 목소리로 말했다. "그럼 우린 전략상 문제에 부딪히게 됩니다. 우리 돈은 지금 공중에 떠다니고 있어요. 마권영업과 폴리시 도박만으로는 더 이상 조직을 키울 수 없습니다. 언젠가는 타격을 받게 될 겁니다. 타탈리아 패밀리만 해도 콜걸과 매춘 사업 그리고 부두 노조에 관여하고 있죠. 도대체 우리가 무슨 수로 그들에게 타격을 입히겠습니까? 다른 패밀리들도 도박사업을 하고 있죠. 하지만 그들은 건축 사업이나 대부업을 겸업하거나 노동조합이나 정부 계약에도 관여하고 있습니다. 하다못해 권총 강도짓을 해서 순진한 사람들의 돈을 빼앗기도 합니다. 그들의 돈은 거리에 떠 있는 게 아닙니다. 타탈리아 나이트 클럽도 평판이 나쁘지만 너무 유명해서 건드리지 못하지 않습니까? 게다가 대부께서 아직 활동을 못하시니 그들의 정치적 영향력이 우리보다 뒤질 것도 없습니다. 이게 바로 우리의 심각한 문젭니다."

"그건 내 문제네, 톰." 소니가 이렇게 말했다. "내가 해답을 찾아보겠습니다. 계속해서 협상을 하고 다른 문제는 진행시키죠. 이제 각자 사업장으로 돌아가 상황을 지켜봅시다. 그리고나서 다시 얘기하죠. 클레멘자, 테시오 아저씨는 부하들이 많으니까 5개 파가 한꺼번에 덤벼도 대항할 수 있으실 겁니다. 총에는 총, 아니면 그들이 원하는 대로 상대해 주죠. 조만간 매트리스를 깔아야 할 것 같군요."

흑인 물주의 활동을 제지시키는 데는 별 어려움이 없었다. 경찰에게 정보를 줘서 폐쇄시켜 버리면 됐다. 당시에 흑인들은 이런 사업을 하기 위해 고위 경찰이나 정부 관리들에게 뇌물을 주는 것이 불가능했다. 이것은 일종의 인종적 편견, 다시 말해 인종차별 때문이었다. 하지만 할렘 지역은 지금까지 별로 어려운 문제가 없었기 때문에 이번에도 잘 해결될 것이라고 낙관했다.

5대 패밀리는 예상치 않았던 방향에서 공격해 왔다. 의류 노조의 실력자이자 코를레오네 패밀리의 회원인 2명이 피살을 당한 것이다. 그리고나서 코를레오네 패밀리의 고리대금업자들이 마권업자들과 마찬가지로 부두에서 영업을 제지당했다. 이로써 부두 노조 지부는 완전히 5대 패밀리에게 넘어간 셈이다. 또 뉴욕 시내를 장악했던 코를레오네 마권업자들도 소속을 바꾸라는 협박을 받았다. 결국 코를레오네 패밀리와 오랜 친구이자 동업자였던 할렘가의 최대 도박판 물주가 무참하게 살해당하는 사건이 일어났다. 소니는 더 이상 선택의 여지가 없었다. 그는 자신의 카포레짐에게 매트리스를 깔라고 지시를 내렸다.

도심의 아파트 두 채에는 부하들이 잘 침대와 음식을 보관할 냉장고, 총과 탄약이 준비되었다. 클레멘자와 테시오가 각각 한 채씩 맡았다. 패밀리의 모든 마권업자들에게는 경호원이 배치되었다. 그러나 할렘가의 폴리시 도박판 물주는 끝내 적에게 굴복하고 말았다. 그 순간에는 어떻게 손을 쓸 수도 없었다. 이렇게 되면 코를레오네 패밀리는 돈으로 보상을 해줘야하기 때문에 들어오는 돈은 더욱 줄어들었다. 그런데 시간이 지나면서 다른 문제들도 드러났다. 무엇보다 그 동안 코를레오네 패밀리가 너무 우월감에 빠져 있었다는 점은 심각한 문제였다.

돈 코를레오네는 아직 회복이 되지 않아 일선에 나서기에는 어려웠고, 그 때문에 패밀리의 정치적인 영향력은 상당 부분 약화되었다. 또 지난 10년간 평화롭게 지내다보니 클레멘자와 테시오, 두 카포레짐의 전투력은 많이 녹슨 상태였다. 클레멘자는 여전히 유능한 지휘관이고 관리자이지만 더 이상 사병을 이끌 수 있는 젊은 패기나 힘이 부족했다. 테시오도 나이를 먹으면서 성격이 원만해져 잔인함이 퇴색했다. 톰 헤이건은 유능하지만 전시의 콘실리에리로서는 역부족이었다. 그의 결정적인 약점은 시칠리아 출신이 아니라는 점이었다.

소니 코를레오네는 전시 체제를 갖추는데 있어서 패밀리의 이런 약점을 간파하고 있었지만 달리 어떤 처방을 내릴 수가 없었다. 그는 보스가 아니었기 때문이다. 오직 보스만이 카포레짐이나 콘실리에리를 교체할 수 있었다. 게다가 역할을 교체하면 자칫 배신을 불러와서 상황을 더 어렵게 만들 수도 있었다. 소니는 처음에 돈 코를레오네가 완쾌하여 일선에 나설 수 있을 때까지만 어떻게든 전투를 유보하려고 했다. 그러나 폴리시 도박판이 넘어가고 마권업자들이 습격을 받으면서 패밀리의 위상은 날이 갈수록 위태로워졌다. 그는 마침내 반격을 결심했다.

그리고 이왕이면 적의 심장부를 치겠다고 결심했다. 멋진 전략을 세워 다섯 패밀리의 두목들을 제거하겠다는 계획을 세웠다. 그리고 그들을 감시하기 위한 활동을 개시했다. 그러나 1주일 뒤 적의 우두머리가 갑자기 지하로 숨어버리고 대중들 앞에 더 이상 나타나지 않았다.

이렇게 해서 5개 파 패밀리와 코를레오네 제국의 전쟁은 교착상태에 빠지게 되었다.

18

멀베리가에 있는 그의 장의사에서 몇 블록 떨어지지 않은 곳에 살았던 아메리고 보나세라는 언제나 집에 가서 저녁을 먹었다. 저녁식사를 마치면 그는 자신의 일터로 돌아가 장의사 건물에 당당하게 누워 있는 고인에게 애도의 뜻을 표하며 유가족을 위로했다.

그는 사람들이 꺼림칙하고 하찮게 여기는, 자신의 직업에 대해 농담하는 걸 싫어했다. 물론 그의 친구나 가족, 이웃들은 그런 농담을 하지 않았다. 수백년 동안 눈썹에 땀이 맺히도록 일해서 먹고 살아온 사람들에게는 어떤 직업도 존경할 가치가 있었던 것이다.

금도금을 한 성모마리아 조각상들이 늘어서 있고 그 옆에 빨간 양초가 깜박거리는 잘 꾸며진 아파트에서 아메리고 보나세라는 아내와 저녁식사를 했다. 그는 카멜 담배에 불을 붙이고 미국산 위스키를 한 잔

마시며 긴장을 풀었다. 아내가 뜨근뜨근한 스프를 식탁으로 가져왔다. 지금은 이 집에 두 사람밖에 살지 않고 있었다. 그는 딸을 보스턴에 있는 이모집으로 보냈다. 거기에서 지내다 보면 돈 코를레오네가 처단한 두 악당에게 받은 끔직한 상처를 치유할 수 있을까 해서다.

스프를 먹고 있을 때 그의 아내가 물었다. "오늘밤 일하러 가야 돼요?"

아메리고 보나세라가 고개를 끄덕였다. 남편을 존경하는 그녀였지만 한 가지 이해 못하는 점이 있었다. 남편이 자기 직업에 있어서 중요하게 생각하는 것은 기술적인 부분이 아니라는 점이었다. 그녀는 사람들과 마찬가지로 남편이 관 속에 누워있는 시신을 산사람처럼 꾸며 주는 기술이 좋아서 돈을 잘 버는 거라고 생각했다. 실제로 이 분야에 있어서 그의 기술은 가히 전설적이었다. 그러나 아메리고 보나세라는 장례식 전날밤 유족들과 함께 밤샘하는 일을 더 중요하게 생각하고 철저히 지켰다. 사랑하는 고인을 옆에 두고 밤새 친척이나 친지들의 문상을 받을 때 유족들은 그가 필요했다.

그는 충직한 죽음의 동반자였다. 그는 장례식에 어울리는 근엄하지만 강하고 연민어린 표정과 흔들림 없는 나지막한 음성으로 장례식을 지휘했다. 유족들이 슬픔을 조용히 안으로 삭이도록 도와주고, 자비를 베풀어줄 마음의 여유가 없는 부모를 대신해 막무가내인 아이들을 꾸짖었다. 유족을 위로할 때는 상투적인 말로 즉석에서 생각나는 대로 말하는 법이 결코 없었다. 그래서 어떤 가족이든 아메리고 보나세라에게 한번 장례를 맡긴 뒤에는 계속해서 그를 찾아왔다. 그는 살아 생전 가장 끔직한 밤을 보낼 자신의 고객을 절대 방치해 두지 않았다.

그는 보통 저녁을 먹고 나서 잠깐 눈을 붙였다. 그리고 나서 세수를 하고 면도를 하고 거뭇거뭇한 면도 자국을 감추기 위해 파우더를 발랐다. 양치질도 반드시 했다. 깨끗한 속옷과 새하얀 셔츠를 입고 검정색 타이를 맨 다음 검정 양복을 입고 검정 구두, 검정 양말을 신었다. 그것은 우울한 분위기를 풍기려는 것이 아니라 유족에 대한 예의였다. 또 그 나이 또래의 이탈리아 남자들에게는 시시한 일로 여겨지겠지만 그는 항상 머리를 검게 염색했다. 희끗희끗하게 변해가는 머리색이 그의 직업에는 어울리지 않았기 때문이다.

그가 스프를 다 먹자 아내는 식용유로 볶은 시금치 약간과 조그만 스테이크 덩어리를 내왔다. 그는 소식가였다. 저녁식사를 마치자 그는 커피를 마시고 카멜 담배를 한 대 더 피웠다. 커피를 마시면서 그는 불쌍한 딸을 생각했다. 딸애는 다시는 예전으로 돌아갈 수 없을 것이다. 예쁜 얼굴은 예전처럼 돌아왔지만 눈에는 불안과 공포가 가시지 않아서 아버지로선 차마 두고 볼 수가 없었다. 그래서 한동안 보스턴에서 지내라고 보낸 것이다. 시간이 흐르면 상처도 아물 것이다. 그는 고통과 공포가 아무리 견디기 힘들어도 죽음보다는 낫다고 생각했다. 직업이 그를 낙관주의자로 만든 것이다.

그가 커피를 거의 다 마셨을 때 거실 전화가 울렸다. 아내는 남편이 집에 있을 때면 절대 전화를 받지 않기 때문에 그는 자리에서 일어나며 커피를 마저 마시고 담배불을 비벼 껐다. 그는 전화를 받으러 걸어가는 동안 타이를 풀고 셔츠의 단추도 풀며 잠깐 낮잠 잘 준비를 했다. 그는 정중한 목소리로 전화를 받았다.

상대방의 목소리는 거칠고 긴장되어 있었다. "톰 헤이건입니다. 대부님의 부탁을 받고 전화드리는 겁니다."

방금 마신 커피가 뱃속을 휘저으며 싸르르 통증이 왔다. 그가 딸의 명예를 위해 돈 코를레오네에게 복수를 부탁한 지 1년이 넘어가면서 그동안 빚을 갚아야겠다는 생각이 조금씩 희미해진 터였다. 두 악당의 피투성이 얼굴을 보았을 때는 돈 코를레오네의 은혜를 갚기 위해서라면 무슨 일이라도 할 수 있을 것 같았다. 그러나 세월은 아름다움보다 감사의 마음을 더 빨리 녹슬게 했다. 보나세라는 이제 불행을 겪은 인간의 고통을 알 수 있을 것 같았다. 그는 당황해서 말을 더듬거렸다. "네, 압니다. 듣고 있습니다."

그는 헤이건의 차가운 음성을 듣고 놀랐다. 이탈리아 사람은 아니지만 헤이건은 언제나 부드러운 사람이었다. 그러나 지금은 사무적이고 무뚝뚝했다. "당신은 대부께 빚을 졌습니다. 대부께선 당신이 꼭 빚을 갚을 걸로 생각하고 계십니다. 당신도 이런 기회가 와서 다행스럽게 생각하실 겁니다. 한 시간 안에 아니 한 시간 전후로 대부께서 도움을 청하러 장의사에 가실 겁니다. 그러니 그곳에 계십시오. 당신 외에 다른 직원들은 남아있지 않게 하십시오. 혹시 이의 있으시면 지금 말씀하십시오. 제가 대부님께 말씀드리겠습니다. 그래야 다른 친구를 찾아볼 테니까요."

아메리고 보나세라는 기가 막혀서 울고 싶었다. "어떻게 내가 대부의 부탁을 거절할 수 있겠습니까? 그를 위해서라면 무슨 일이든 할 겁니다. 난 그분께 진 빚을 한시라도 잊어본 적이 없습니다. 오늘 일 끝나면 즉시 찾아 뵙겠습니다."

헤이건의 목소리는 이제 조금 부드러워진 것 같았지만 여전히 뭔가 이상한 구석이 있었다. "고맙습니다. 대부님은 당신을 조금도 의심하지 않으십니다. 의심했던 건 접니다. 그분의 부탁을 들어주십시오. 그리고 언제든지 어려운 일이 있으면 제게 오십시오. 저의 개인적인 우정으로 힘껏 도와드리겠습니다."

이 말은 아메리고 보나세라를 더욱 놀라게 했다. 그는 더듬더듬 "오늘밤에 대부가 직접 찾아오신다구요?"라고 물었다.

"그렇습니다." 헤이건이 말했다.

"그럼 부상에서 완전히 회복되신 거군요. 정말 다행이군요." 보나세라는 이렇게 말했지만 진심이라고 보기에는 어쩐지 미심쩍은 부분이 있었다.

잠깐 동안 침묵한 뒤 헤이건이 조용히 대답했다. "그렇습니다." 그런 다음 찰칵 하고 전화가 끊어졌다.

보나세라는 식은땀을 흘렸다. 그는 침실로 가서 셔츠를 갈아입고 양치질을 했다. 그러나 면도를 하거나 타이를 바꿔 매지는 않았다. 그는 낮에 맸던 타이를 그대로 맸다. 그는 장의사에 전화를 걸어 조수에게 오늘밤에는 앞쪽 방만 사용하고 유가족과 함께 있으라고 했다. 자신은 작업실에 일이 많아 바쁠 거라고 했다. 조수가 질문을 하려고 하자 그는 말을 가로막고는 시키는대로 하라고 잘라 말했다.

그가 재킷을 입고 나오는데 아직 저녁식사를 하고 있던 아내가 놀라는 눈으로 쳐다보았다. "일하러 나가봐야 해." 그녀는 남편의 표정을 보며 뭐라고 물어 볼 엄두가 나지 않았다. 보나세라는 집을 나와 몇 블록 떨어진 곳에 있는 장의사까지 걸어갔다.

꽤 넓은 부지에 세워진 장의사 건물은 주위에 하얀 울타리가 처져 있었다. 이 건물 뒤에서 큰길까지는 구급차나 장의차가 지나갈 수 있을 정도의 좁은 길이 나 있었다. 보나세라는 대문을 잠그지 않고 열어두었다. 그런 다음 건물 뒤로 돌아가서 그곳에 있는 커다란 문을 통해 안으로 들어갔다. 그때 장의사의 한쪽 영안실에서 고인에게 애도를 표하러 들어가는 문상객들이 보였다.

수년 전 그가 은퇴를 앞둔 한 장의사에게 이 건물을 사들였을 때만 해도 문상객들이 영안실로 들어가려면 열 계단이나 허리를 구부리고 올라가야 했다. 이것이 문제였다. 노인이나 다리가 아픈 문상객들은 계단을 오르내리기가 힘들어서 전 주인은 건물 옆에 작은 승강기를 설치해 놓았다. 원래는 관을 내리는데 사용하던 승강기였다. 승강기가 사람들을 태우고 올라가 뚜껑문을 통해 관 옆에 그들을 내려놓으면 검정색 의자에 앉아 있던 문상객들은 조금씩 옆으로 자리를 비켜 주었다. 그런 다음 집에 돌아갈 때도 마찬가지로 승강기를 타고 내려왔다.

아메리고 보나세라는 이 방법이 너무 옹색하고 보기 흉하다고 생각했다. 그래서 건물 앞쪽에 계단을 없애고 쉽게 출입하도록 개조했다. 그러나 관을 내리는데 사용하는 승강기는 물론 그대로 두었다.

건물 뒤편은 빈소로부터 소리가 새어 나지 않도록 방음문을 설치했고, 사무실과 염습을 하는 방, 장례용품 판매점, 각종 화학약품이나 꺼림칙한 도구들을 넣어 두는 방이 있었다. 보나세라는 사무실 책상에 앉아 카멜 담배를 피웠다. 이 건물에서 그가 담배를 피우는 일은 아주 드물었다. 그는 돈 코를레오네가 오기를 기다렸다.

돈 코를레오네를 기다리는 기분은 아주 절망적이었다. 그가 무슨 일을 부탁할 것인지 뻔했기 때문이다. 지난 1년 동안 돈 코를레오네 패밀리가 뉴욕의 5대 패밀리들과 벌인 전쟁에 관한 기사가 연일 신문지상을 가득 채웠었다. 양쪽에는 많은 사상자가 생겼다. 아마 돈 코를레오네 패밀리는 중요한 인물을 죽여 놓고 그의 시신을 은밀히 없애 주기를 바라는 것일 게다. 그런 일을 처리하는데 등록된 장의사가 공식적으로 매장하는 것보다 더 좋은 방법이 또 어디 있겠는가. 게다가 그는 꼼짝없이 그 일을 해야 할 것이다. 이를테면 살인의 공범이 되는 것이다. 만일 이 일이 밝혀진다면 그는 감옥에서 몇 년을 살아야 할 것이다. 그의 아내와 딸은 사람들에게 경멸을 당할 것이며 아메리고 보나세라의 명성은 마피아 전쟁이 낳은 피의 진흙탕 속으로 추락하고 말 것이다.

그는 카멜을 한 개비 더 피웠다. 그리고 나서 끔찍한 생각을 했다. 다른 마피아 패밀리에서 내가 코를레오네 가를 도운 사실을 알면 적대시하지 않을까. 혹시 나를 죽이려고 하지 않을까. 그는 대부에게 찾아가 복수를 부탁했던 날이 저주스러웠다. 자기 아내와 돈 코를레오네의 아내가 친구가 되기로 한 그날이 저주스러웠다. 자기 딸과 미국 그리고 자신의 성공이 저주스러웠다. 그러다가 다시 그만의 긍정적인 성격으로 돌아왔다. 돈 코를레오네는 현명한 사람이니까 모든 일이 잘 될 것이다. 분명 모든 일은 영원히 비밀로 묻혀지고 말 것이다. 그가 침착하게 행동하면 별일 없을 것이다. 물론 돈 코를레오네의 신경을 거슬리게 하는 것보다 더 치명적인 일은 없을 것이다.

그때 자갈길에 자동차 굴러가는 소리가 났다. 그는 귀로 듣는 것만으로도 자동차가 좁은 골목으로 들어와 뒷마당에 차를 주차하고 있음을 알 수 있었다. 아메리고 보나세라가 뒷문을 열고 그들을 맞았다. 뚱뚱한 몸집의 클레멘자가 들어오고 이어서 험상궂게 생긴 두 젊은이가 따라 들어왔다. 그들은 보나세라에게 한마디 말도 없이 방들을 둘러본 다음 두 젊은이만 남기고 클레멘자는 밖으로 나갔다.

잠시 후 보나세라는 좁은 골목에 앰블런스가 들어오는 소리를 들었다. 이윽고 클레멘자가 들것을 든 두 남자와 함께 들어왔다. 아메리고는 최악의 상황임을 직감했다. 들것 위에 둘둘 만 회색 담요 아래 비죽이 나온 맨발이 보였다.

클레멘자는 들것 위에 있는 시체를 방부처리실로 옮기라고 손짓을 했다. 그러자 어두컴컴한 뒷마당에서 또 한 남자가 불이 훤히 켜진 사무실로 들어왔다. 돈 코를레오네였다.

돈은 오랜 병원 생활로 살이 많이 빠졌고 몸놀림도 불편해 보였다. 모자를 벗어 손에 쥐자 머리카락도 듬성듬성해 보였다. 보나세라가 결혼식에서 보았을 때보다 더 노쇠했지만 권위만은 여전해 보였다. 돈 코를레오네는 모자를 가슴에 대고 보나세라에게 말했다. "친구여, 자네가 나를 위해 기꺼이 이 일을 할 텐가?"

보나세라는 고개를 끄덕였다. 돈 코를레오네가 들것을 따라 방부처리실로 들어가고 보나세라도 뒤를 따랐다. 홈이 파인 테이블 위에 시체가 올려졌다. 돈 코를레오네가 모자를 든 손을 살짝 움직였더니 다른 남자들이 방을 나갔다.

보나세라는 나지막히 말했다. "제가 어떻게 해드릴까요?"

돈 코를레오네는 테이블을 응시하고 있었다. "자네가 날 사랑하듯이 자네의 모든 힘과 기술을 다해서 도와주기 바라네. 애 엄마에게 이런 모습을 보이고 싶지 않네." 그는 테이블로 다가가서 회색 담요를 끌어내렸다. 오랜 수련기간과 경험을 쌓고, 자기 의지가 강한 아메리고 보나세라였지만 그 모습을 본 순간 공포에 사로잡혔다. 테이블에는 총알 세례를 받은 소니 코를레오네가 누워 있었다. 피투성이가 된 왼쪽 눈은 수정체가 산산이 터져 있었다. 콧등과 왼쪽 광대뼈는 으깨어지고 주저앉아 버린 상태였다.

순간 돈 코를레오네는 다리가 휘청하면서 팔을 뻗어 보나세라에게 간신히 몸을 지탱했다. "보시오. 놈들이 내 아들을 이렇게 죽였소."

19

소니 코를레오네가 피의 소모전을 치루고 결국 죽게 된 것은 아마도 교착상태 때문이었을 것이다. 그 바람에 그의 음울하고 다혈질적인 성격이 고삐를 늦춘 것이리라. 어쨌든 그해 봄과 여름에 코를레오네 패밀리는 적의 지원군에게 무차별적인 공격을 가했다. 타탈리아 패밀리의 뚜쟁이들은 할렘 지역에서 저격을 당했고 부두의 건달들도 학살을 당했다. 5개 파 패밀리에 충성하던 노조 간부들에게는 중립을 지키라는 경고를 했다. 그럼에도 코를레오네파의 마권업자들과 고리대금업자들이 여전히 부두에서 영업을 제지당하자 소니는 클레멘자와 그의 부하들을 보내 그 일대를 쑥대밭으로 만들어 버렸다.

그러나 이렇게 무자비하게 습격을 해도 전쟁의 결과에는 아무런 영향을 끼치지 못했다. 소니는 뛰어난 전술가여서 여러 차례 빛나는 승리를 거두었다. 그러나 정말로 필요한 것은 돈 코를레오네의 천재적인 전략이었다. 이렇게 모든 것을 소모적인 기습 전투에 쏟아 붓다보니 양쪽 모두 목적없이 막대한 돈과 인명만 허비할 뿐이었다. 결국 코를레오네 패밀리는 사위인 카를로 리치에게 생계 수단으로 마련해 주었던 마권영업소를 비롯해 가장 돈벌이가 잘되던 도박장 몇 군데를 폐쇄해야만 했다. 그 바람에 카를로는 술이나 퍼마시고 바람이나 피고 다녀서 코니를 더욱 속상하게 했다. 소니에게 두들겨 맞은 이후로 카를로는 감히 아내를 다시 때리지는 못했지만 잠자리를 거부했다. 코니는 남편의 바지단을 붙잡고 매달리기도 했지만 그는 독특한 귀족적 취미를 가진 로마인이라도 되는 양 냉담하게 굴었다. 그리고는 "또 오빠한테 전화해서 내가 그것도 안 해준다고 일러바치지 그래. 그럼 당장 달려와 개 패듯이 패겠지."라고 빈정거렸다.

그 일이 있은 후 소니는 카를로에게 지나치게 예의를 갖춰 대했지만 카를로는 그런 소니가 두렵기만 했다. 카를로는 소니가 자기를 죽일지도 모른다고 생각했다. 짐승 같은 성격에 다른 사람도 죽여 봤으니 얼마든지 그럴 것이다. 반면에 카를로 자신이 살인을 하려면 온갖 용기와 의지를 불러모으지 않으면 안된다. 그래서 카를로는 절대 자신이 소니 코를레오네보다 나은 사람이라는 생각을 할 수 없었다. 오히려 소니의 가공할 만한 야만성, 이제는 전설이 되어버린 그 야만성을 부러워하고 있다는 말이 정확할 것이다.

톰 헤이건은 콘실리에리로서 소니의 책략은 찬성하지 않았지만 어느 정도 성과는 있었다고 인정하기 때문에 대부에게 이의를 제기하지 않기로 했다. 소모전이 계속됨에 따라 5대 패밀리는 수세에 몰리더니 반격도 약해지고 결국은 전투를 중단하게 되었다. 헤이건은 적들이 외견상으로만 평정된 거라고 불안해했지만 소니는 환호성을 질렀다. "내가 마구 쏴대야겠네. 그래야 놈들이 협상해 달라고 와서 빌지."

정작 소니가 걱정하는 것은 다른 문제였다. 그의 아내가 루시 맨시니와 자기 남편이 놀아난다는 소문을 듣고 바가지를 긁어댔기 때문이다. 평소에는 남편의 잠자리 기술을 가지고 공공연히 불평을 하던 그녀였지만 너무 오랫동안 잠자리를 함께 하지 않다 보니 남편이 그리워졌다. 그러나 아내의 바가지는 소니를 더 괴롭게 만들었다.

게다가 소니는 적들의 감시대상이라 엄청난 긴장 속에서 살았다. 행동 하나하나를 각별히 조심해야 했고 루시 맨시니를 만나는 것도 적에게 감지 당하고 있다는 사실을 알고 있었다. 더군다나 아파트는 전통적으로 취약한 장소이기 때문에 세심하게 주의를 기울였다. 본인은 거의 눈치채지 못했지만 루시는 하루 24시간 소니의 부하들에게 감시를 받았다. 그러다가 같은 층에 빈집이 나오자 소니는 즉시 부하들 중 한명에게 그 집에 세를 들게 했다.

돈 코를레오네는 점차 건강이 회복되어 머지않아 일선에 복귀할 수 있게 되었다. 그렇게 되면 전세가 코를레오네 패밀리 쪽으로 기울게 될 것이다. 소니는 그 점을 확신했다. 그동안만 자신이 패밀리 제국을 잘 수호하면 아버지의 신임을 얻게 될 것이다. 게다가 이 자리가 절대적으로 세습적인 것은 아니지만 코를레오네 제국의 후계자로 자신의 입지를 굳힐 수 있을 거라고 계산했다.

그러나 적들도 나름대로 계획을 세우고 있었다. 그들 역시 상황을 분석하고 완패를 면하기 위해서는 소니 코를레오네를 죽이는 수밖에 없다는 결론을 내렸다. 그렇게 되면 지금보다 상황이 나아질 것이고 합리적이라고 알려져 있는 돈 코를레오네와 협상이 가능할 거라고 생각했다. 그들은 피에 굶주린 야만인 같은 태도 때문에 소니를 싫어했다. 게다가 소니는 사업 감각도 떨어진다고 여겼다. 그 누구도 혼란과 고통뿐이었던 과거의 시절로 돌아가고 싶어하지 않았다.

어느날 저녁 코니 코를레오네는 카를로를 찾는 익명의 여자에게서 전화를 받았다. "누구세요?" 코니가 물었다.

상대방 여자는 키득거리며 "나 카를로의 여자친구예요. 오늘밤 시내에 나가야 하기 때문에 못 만난다고 전해주세요."라고 말했다.

"더러운 년. 더러운 갈보년." 코니 코를레오네는 수화기에 대고 이렇게 욕설을 퍼부었다. 그러자 상대방은 찰칵 하고 전화를 끊었다.

카를로는 그날 오후 경마장에 가고 없었다. 그랬다가 오후 늦게 돈도 잃고 술이 반쯤 취한 채 술병을 들고 집으로 돌아왔다. 그가 집안으로 들어서자마자 코니는 욕설을 퍼부었다. 카를로는 코니를 무시하고 샤워를 하러 들어갔다. 그런 다음 욕실에서 나와 코니 앞에서 옷도 입지 않은 채 몸을 말리며 외출할 준비를 하기 시작했다.

코니는 손을 엉덩이에 얹고 화가 나서 얼굴색이 붉으락 푸르락했다. "아무 데도 못 가. 당신 여자친구가 전화를 했는데 오늘밤 못 만나겠대. 이 나쁜 놈아, 우리 전화번호를 그년한테 가르쳐 줬어? 오늘 너 죽고 나 죽고 해보자." 코니는 카를로에게 덤벼들어 발길질을 하고 얼굴을 할퀴었다.

카를로는 우람한 팔을 들어 코니의 손길을 막았다. "미쳤군." 그는 차갑게 말했다. 그러나 코니는 그가 겁을 먹고 있다는 것을 눈치챘다. 여자가 화나면 무슨 일을 저지를지도 모른다는 것을 그도 알고 있기 때문이다. 그래서 "그 여자가 농담한 거야. 미치겠군."하며 얼버무렸다.

코니는 갑자기 그의 팔을 피해 손톱으로 얼굴을 할퀴었다. 얼굴 살점이 떨어져 나갔다. 그런데 놀랍게도 카를로는 참을성을 발휘하여 코니를 밀쳐 내기만 했다. 코니는 자신이 임신 중이기 때문에 그가 조심한다는 것을 알았지만 그럴수록 남편이 만만하게 보여서 더욱 난폭하게 굴었다. 묘한 쾌감이 느껴지기도 했다. 이제 얼마 안 있으면 아무것도 할 수 없게 될 것이다. 의사가 마지막 두 달 동안은 섹스도 삼가라고 했지만 코니는 그전에라도 별로 하고 싶은 마음이 없었다. 대신 카를로를 육체적으로 괴롭히면 기분이 좋았다. 코니는 그를 따라 침실로 들어갔다.

카를로가 겁에 질린 모습을 보자 코니는 더욱 기세등등해져서 말했다. "집에 있어야 해. 집에서 한 발자국도 못 나갈 줄 알아."

"알았어, 알았어." 그가 말했다. 그는 팬티만 걸친 채 아직 옷도 입지 않은 상태였다. 그는 자신의 역삼각형 상체와 황금빛 피부를 자랑스러워하며 그런 차림으로 집안을 돌아다니길 좋아했다. 코니는 열망하는 시선으로 카를로를 쳐다보았다. 그는 애써 웃으면서 "이봐, 뭐 먹을 것 좀 줘야 하는 거 아냐?"라고 말했다.

코니는 그 말을 듣자 아내의 본분이 생각나서 화가 누그러졌다. 그녀는 어머니를 닮아 요리 솜씨가 좋았다. 후추를 뿌린 소고기를 튀기고 프라이팬이 뜨거워지는 동안 샐러드를 준비했다. 그동안 카를로는 침대에 느긋하게 누워 내일 벌어질 경마 대전표를 읽고 있었다. 그리고 옆에 놓인 위스키를 술잔에 가득 따른 뒤 조금씩 마셨다.

코니가 침실로 왔다. 그녀는 초대받지 못한 손님처럼 침대에 가까이 가지도 못하고 문가에 서 있었다. "식탁에 음식 차려 놨어요." 코니가 말했다.

"아직 배고프지 않은데." 카를로는 계속해서 대전표를 읽었다.

"식탁에 차려놨다니까요." 코니가 고집스럽게 말했다.

"그냥 둬, 이 고집불통아." 카를로가 말했다. 그는 컵에 따라 놓은 위스키를 한입에 마신 뒤 다시 한 잔 따랐다. 더 이상 코니는 거들떠 보지도 않았다.

부아가 난 코니는 부엌으로 달려들어가 음식이 담겨 있는 접시들을 몽땅 싱크대에 쓸어 넣었다. 와장창 접시 깨지는 소리가 들리고 카를로가 침실에서 튀어 나왔다. 부엌벽에 기름기 흐르는 소고기와 후추가루가 묻어 있었다. 지나치게 깔끔한 카를로는 그 모습을 보고 화가 나서 참을 수가 없었다. "이 더러운 이탈리아년 같으니라구, 어서 치우지 못해! 안 그러면 똥 싸도록 맞을 줄 알아."

"흥, 무서워서 당장 치워야겠네." 코니는 이렇게 말하더니 짐승처럼 손톱을 세워 보이며 그의 맨 가슴을 할퀴려고 했다.

카를로는 침실로 가더니 벨트를 들고 나왔다. 그리고는 "어서 치우지 못해!" 라며 으름장을 놓았다. 코니는 그 자리에 꼼짝 않고 서 있었고, 카를로는 허리띠로 옷을 많이 껴입은 그녀의 엉덩이를 내리쳤다. 가죽의 뜨끔뜨끔한 통증이 전해졌지만 상처는 없었다. 코니는 부엌 선반으로 가서 서랍을 연 다음 기다란 식빵칼을 꺼내 손에 단단히 쥐었다.

카를로가 웃음을 터뜨렸다. "흥, 코를레오네 가의 딸까지 살인자구먼." 그는 이렇게 말하며 식탁 위에 허리띠를 내려놓고 코니에게 다가

갔다. 코니는 순간 그의 사타구니를 향해 칼을 휘둘렀지만 임신한 몸이라 몸놀림이 둔했다. 재빨리 피한 카를로가 그녀의 손에서 쉽게 칼을 빼앗았다. 그는 상처가 생기지 않도록 중간 정도의 세기로 그녀의 뺨을 때렸다. 코니가 부엌으로 피하자 그는 계속해서 때리며 그녀를 침실로 몰았다. 코니가 손가락을 물려고 하자, 그는 그녀의 머리카락을 움켜쥔 채 머리를 들어올렸다. 그리고 코니가 고통과 모욕감에 어린애처럼 엉엉 울 때까지 계속해서 뺨을 때린 다음 침대로 밀어 버렸다. 그는 탁자 위에 놓여 있는 위스키를 병째 들이켰다. 이제는 많이 취해서 연한 푸른색 눈에 광기가 보였다. 코니는 정말로 그가 두려워졌다.

카를로는 다리를 벌리고 서서 술을 마셨다. 그러더니 허리를 구부려 코니의 살찐 허벅지를 세게 꼬집었다. 코니는 고통스러워서 그만 하고 애걸했다. "이런 살찐 돼지 같으니라구." 그는 혐오스럽다는 듯이 이렇게 말하고 침실을 나갔다.

코니는 너무 놀라고 두려워서 남편이 다른 방에서 무엇을 하는지 감히 보지도 못한 채 침대에 누워 있었다. 마침내 그녀는 몸을 일으켜 방문으로 가서 거실을 내다보았다. 카를로는 새로운 위스키 병을 딴 다음 소파에 드러누웠다. 잠시 후면 그는 술에 취해 곯아떨어질 것이다. 코니는 그때 부엌으로 가서 롱비치에 전화를 걸어 어머니에게 자기를 데려갈 만한 사람을 보내 달라고 할 작정이었다. 다만 소니가 전화를 받지 않기를 바랄 뿐이었다. 톰 헤이건이나 어머니에게 이야기하는 것이 가장 좋으리라.

돈 코를레오네의 부엌 전화벨이 울린 것은 밤 10시가 다 되어서였다. 그의 충실한 경호원 한 명이 전화를 받아서 코니의 어머니를 바꿔 주었다. 그러나 코를레오네 부인은 딸이 무슨 말을 하는지 잘 알아들을 수가 없었다. 아직도 겁에 질려 있는 코니가 옆방에 있는 남편이 듣지 못하도록 작은 목소리로 속삭였기 때문이다. 게다가 얼굴을 맞아 입술이 퉁퉁 부어서 발음도 정확하지가 않았다. 그래서 코를레오네 부인은 경호원에게 톰 헤이건과 함께 거실에 있는 소니를 불러오라고 손짓을 했다.

소니가 부엌으로 와서 어머니에게서 전화를 건네 받았다. "나야, 코니." 그가 말했다.

코니는 자기 남편이나 오빠가 무슨 짓을 저지를지 몰랐기 때문에 더욱 당황해서 말이 더욱 꼬였다. "오빠, 빨리 우리집으로 차 좀 보내줘. 가서 얘기할 게. 오빠말고 톰 오빠가 와 줘. 아무 일도 아니야. 그냥 집에 가려는 거야." 그녀는 이렇게 중얼거렸다.

이때 헤이건이 부엌으로 왔다. 돈 코를레오네는 위층 침실에서 진정제를 맞고 잠든 뒤였다. 헤이건은 어떤 위기가 닥치든지 소니에 대한 감시를 느슨히 하고 싶지 않았다. 집안을 지키는 두 명의 경호원들도 부엌에 있었다. 모든 사람들이 소니가 전화를 받는 모습을 뚫어지게 쳐다보았다.

소니 코를레오네의 성격 중에 난폭함이 알 수 없는 심연에서 솟아나고 있는 게 틀림없었다. 그의 두꺼운 목은 핏줄이 불끈 솟아오르고 눈빛은 증오심으로 흐려지고 얼굴 근육은 흉하게 일그러졌다. 몸속에서 분비된 아드레날린 때문에 손이 떨리는 것만 빼면 마치 죽은 사람처럼 안색이 잿빛으로 변했다. 그러나 여동생에게 말하는 목소리만은 침착하고 결연했다. "거기에 기다리고 있어. 그냥 거기에 기다리고 있어." 그는 이렇게 말하고 전화를 끊었다.

"이 개새끼, 이 개새끼를!" 소니는 너무 화가 난 나머지 한동안 멍하니 서 있더니 이렇게 중얼거리고 집 밖으로 나가 버렸다.

헤이건은 소니의 표정을 보고 마지막 남아 있던 이성마저 사라졌다는 것을 읽을 수 있었다. 이런 상태에서 소니는 무슨 짓이든 할 수 있다. 어쩌면 차를 타고 시내로 들어가는 동안 분노가 가라앉고 이성을 되찾을지도 모른다. 그러나 이성이 있으면 자신은 보호할 수 있으나 상대에게 위험한 일을 저지를지도 모른다. 밖에서 자동차 시동 거는 소리가 들렸다. "따라가!" 헤이건은 즉시 경호원에게 지시했다.

헤이건은 서둘러 몇 군데 전화를 걸었다. 먼저 시내에 살고 있는 소니의 부하에게 당장 카를로 리치의 아파트로 가서 카를로를 피신시키라고 지시했다. 다른 부하들은 소니가 도착할 때까지 코니 곁에 있으라고 했다. 그는 소니의 행동을 막아야 한다고 생각했으며, 돈 코를레오네도 자기 행동을 지지해 줄 거라고 믿었다. 그는 소니가 사람들 앞에서 카를로를 죽일까봐 두려웠다. 다섯 패밀리가 오랫동안 잠잠한 것을 보니 일종의 평화협정을 바라는 게 분명했다.

소니는 자신의 뷰익 자동차를 몰고 저택을 빠져나갈 때 이미 어느 정도 지각은 되찾은 상태였다. 그는 두 명의 경호원이 자동차를 타고 자기를 따라온다는 것을 알고 있었지만 묵인했다. 그는 위험한 일은 일어나지 않을 거라고 생각했다. 다섯 패밀리가 반격을 하지 않고 있으니 더 이상 전투는 없을 거라고 생각했다. 자동차 계기판의 비밀 사물함에 자동차 열쇠가 있었다. 이 자동차는 부하의 명의로 등록되어 있어서 소니 자신은 법적인 문제에 걸려들 위험이 없었다. 그렇더라도 그는 무기를 사용하게 되지 않기를 바랐다. 그러나 자기가 카를로 리치에게 어떤 짓을 하게 될지는 확신할 수 없었다.

하지만 냉정하게 생각해 보면 여동생의 남편이자 아직 태어나지도 않은 아기의 아버지를 죽일 수는 없었다. 그러나 가정폭력만은 안된다. 그것은 단순한 부부싸움이 아니었다. 카를로는 나쁜 놈이다. 소니는 자신을 통해 코니가 그를 만나게 되었다는 사실에 책임감을 느끼고 있었다.

소니의 폭력성에 있어서 역설적인 부분은 여자들은 절대 때리지 않는다는 점이다. 물론 하나뿐인 아이한테도 늘 절절 맸다. 카를로를 두들겨 패던 날도 그가 반격하지 않고 맞고만 있었던 것이 소니의 살의(殺意)를 가라앉혔다. 상대방의 완벽한 복종이 그의 폭력성을 무장 해제시켰던 것이다. 소니는 어렸을 때부터 마음이 무척 여린 편이었다. 그런 그가 살인자가 된 것은 순전히 운명적인 것이었다.

그러나 어쨌든 그는 이번 기회에 이 문제를 해결해야겠다고 생각했다. 소니는 롱비치에서 존스비치의 국도로 빠져나가기 위해 자동차를 제방길로 몰았다. 뉴욕에 갈 때 그는 언제나 이 길을 이용했다. 교통이 덜 복잡했기 때문이다.

그는 경호원을 시켜 코니를 집으로 데려가게 한 다음 자신은 카를로와 담판을 지리라 결심했다. 그뒤에 어떤 일이 일어날지는 자신도 몰랐다. 만일 그 녀석이 정말로 코니를 해쳤다면 다리 몽둥이를 부러뜨려 놓을지도 모른다. 그러나 제방길 너머에서 불어오는 찝찔한 바람이 그의 분노를 식혀 주었다. 그는 줄곧 창문을 열어 놓았다.

그는 언제나 그랬듯이 존스비치 제방길을 따라 달렸다. 1년 중 이맘때 게다가 이 시간대에는 자동차가 거의 없어서 국도로 진입할 때까지 엄청난 속도로 달릴 수 있었다. 아마 국도 역시 차가 많지 않을 것이다. 속력을 내 달리면 위험한 긴장감도 해소될 것이다. 그는 이미 경호원이 탄 자동차를 저만치 따돌린 상태였다.

제방길에는 가로등이 희미하게 비추고 있었고 자동차는 한 대도 없었다. 저만치 앞에 하얀 원뿔 모양의 톨게이트가 보였다.

톨게이트의 매표소는 여러 군데가 있었지만 교통량이 많은 낮에만 직원들이 근무했다. 소니는 브레이크를 밟으며 주머니에서 잔돈을 찾았다. 잔돈이 없자 그는 지갑을 꺼내 한 손으로 지갑을 펼쳐 지폐를 꺼낸 다음 불이 켜있는 매표소 부스 쪽으로 차를 움직였다. 어떤 자동차하나가 앞을 가로막은 채 운전자가 요금 징수원에게 방향을 묻고 있었다. 소니가 경적을 울리자 앞에 있던 차는 옆으로 길을 비켜 주었다.

소니는 매표소 직원에게 1달러짜리 지폐를 내고 잔돈을 기다렸다. 대서양의 바다바람이 차 안을 싸늘하게 만들었기 때문에 그는 빨리 창문을 닫고 싶었다. 그러나 매표소 직원은 잔돈을 거슬러 주는 손길이 서툴렀다. 게다가 동전을 바닥에 떨어뜨리는 바람에 동전을 찾느라 허리를 구부려서 머리와 상체가 보이지 않았다.

앞에 있던 자동차는 주행을 하지 않고 몇 미터 앞에서 여전히 길을 가로막고 있었다. 그때 어두컴컴한 매표소 안에서 한 남자가 튀어나와 오른쪽으로 뛰어 가는 모습이 보였다. 하지만 소니는 그에 대해 생각할 틈이 없었다. 앞에 주차되어 있는 차에서 두 남자가 나오더니 그를 향해 걸어왔다. 매표소 직원은 여전히 보이지 않았다. 그 순간 산티노 코를레오네는 자신이 죽게 될 거라는 걸 직감했다. 그러나 숨어 있던 두려움이 실체를 드러내면서 그는 오히려 폭력성이 자취를 감추고 머리가 맑아지며 정화되는 걸 느꼈다.

그렇지만 소니는 목숨을 부지하기 위해 반사적으로 거대한 몸을 차문을 향해 날렸고 그 바람에 문이 열렸다. 그때 컴컴한 매표소 안에 있던 남자가 총을 발사했다. 총알은 소니의 머리와 목을 관통했다. 소니의 거대한 몸이 차 밖으로 미끄러져 나왔다. 앞에 있던 두 남자는 각각 총을 들고 있었고 어두운 매표소에 있던 남자도 발사를 멈추었다. 소니의 몸은 다리만 차에 걸친 채 상체는 아스팔트로 나동그라졌다. 두 남자는 소니의 몸에 각각 총을 발사한 다음 발로 얼굴을 짓이겨 버렸다. 여러 사람이 총을 쏘았다는 흔적을 남기기 위해서였다.

잠시 후 네 남자, 즉 살인자 세 명과 한 명의 가짜 매표소 직원은 차에 올라탄 뒤 존스비치 맞은편 메우도브룩 도로를 향해 차를 몰았다. 몇 분 뒤에 도착한 소니의 부하들은 소니의 시체를 발견하고 범인들을 추격하려고 했지만 소니의 시체와 자동차가 길을 가로막고 있어서 포기했다. 그들은 크게 원을 그리며 방향을 바꿔 롱비치로 되돌아갔다. 가는 도중에 처음 발견한 공중전화로 뛰어가서 톰 헤이건에게 전화를 걸었다. "소니가 죽었어요. 존스비치 톨게이트에서 놈들한테 당했어요."

헤이건의 목소리는 지나치게 담담했다. "알았네. 당장 클레멘자의 집으로 가 이리로 모셔와. 그가 지시하는 대로 따르고."

부엌에서 전화를 받고 있는 헤이건의 옆에는 딸이 도착하면 먹일 간식을 준비하느라 분주하게 움직이는 코를레오네 부인이 있었다. 그는 노부인이 눈치채지 못하도록 침착성을 잃지 않으려고 노력했다. 코를레오네 부인은 무슨 일이 벌어졌나 보다 눈치는 챘지만 굳이 알려고 하지 않았다. 돈 코를레오네와 반평생 넘게 살아오면서 모르는 게 오히려 현명하다는 깨달음을 얻었기 때문이다. 만일 꼭 알아야 할 일이 터졌다면 조만간 듣게 될 것이다. 게다가 그녀에게 고통을 주는 일이라면 누가 말해 주지 않아도 알게 될 것이다. 그녀는 아직까지 아들들을 잃지 않은 것을 다행으로 여겼지만 도대체 남자들은 이런 여자들의 고통을 알기나 할까 싶었다. 그녀는 담담히 커피를 끓이고 식탁에 음식을 차렸다. 그녀의 경험상 아무리 고통스럽고 두려워도 배는 고팠다. 또 배가 부르면 고통도 줄어들었다. 만일 의사가 약물로 고통을 덜어주려고 하면 그녀는 화를 낼 것이다. 그러나 커피와 빵조각은 달랐다. 그녀는 그런 구식 문화가 몸에 맞는 사람이었다.

그래서 톰 헤이건이 얼른 구석방으로 자리를 피할 때도 그녀는 가만히 지켜만 보았다. 헤이건은 방에 들어서자마자 몸이 떨려 그 자리에 주저앉았다. 그는 악마에게 간청하듯 두 팔로 무릎을 감싸고 앉아 머리를 푹 숙였다.

헤이건은 자신이 전시(戰時)의 콘실리에리로 적합하지 않다는 것을 이제야 깨달았다. 그는 다섯 패밀리가 표면적으로 겁을 내는 모습에 완전히 속은 것이다. 그들은 머리 속으로 음모를 꾸미며 피묻은 손을 쳐들고 자극해 주기만을 기다렸다. 치명적인 일격을 가할 기회만 엿보다가 결국 일을 저지른 것이다. 예전의 젠코 아반단도라면 결코 그런 함정에 빠지지 않았을 것이다. 쥐새끼 냄새를 맡자마자 불을 피워 내쫓고 이중삼중으로 경계를 강화했을 것이다. 헤이건은 이런 후회를 하면서 슬픔이 밀려왔다. 소니는 그의 진정한 형제였고 구원자였다. 함께 장난감을 가지고 놀 때는 그의 영웅이었다. 소니는 한번도 그를 못살게 군 적이 없었고 핏줄을 나눈 형제처럼 대해 주었다. 그가 솔로조에게 풀려났을 때는 팔벌려 맞아주며 진심으로 기뻐했다. 소니가 자라면서 잔인해지고 난폭해졌지만 헤이건에게는 아무 상관 없었다.

그는 코를레오네 부인에게 아들의 죽음을 알릴 수가 없어서 도망치듯 부엌을 빠져 나왔다. 그는 돈 코를레오네를 아버지로, 소니를 형제로 생각했지만 노부인을 자기 어머니로 생각해본 적은 없었다. 그녀에 대한 애정은 프레디나 마이클, 코니에 대한 애정과 같았다. 자기에게 친절을 베풀어 준 사람에 대한 애정일 뿐이었다. 그러나 헤이건은 노부인에게 사실을 털어놓을 수 없었다. 요 몇 달 사이에 그녀는 아들을 모두 잃었다. 프레디는 네바다로 귀양을 갔고, 마이클은 목숨을 보전하러 시칠리아로 갔고, 이제 산티노마저 죽었다. 그녀는 세 아들 중에 누구를 가장 사랑할까? 그녀는 한번도 모정을 겉으로 내색한 적이 없었다.

시간이 어느 정도 지나자 헤이건은 이성을 되찾고 전화를 걸었다. 코니의 전화번호를 돌렸다. 한참 벨이 울린 후 코니의 속삭이는 목소리가 들렸다.

헤이건은 부드럽게 말했다. "코니, 나 톰이야. 네 남편 좀 바꿔 줘. 할 말이 있어."

코니는 다소 놀란 목소리로 물었다. "톰 오빠, 소니 오빠가 여기 오고 있지 않아요?"

"아냐, 소니는 거기 못 갈거야. 너무 걱정하지 말고 카를로나 깨워. 중요하게 할 말이 있어서 그래."

코니가 울먹이기 시작했다. "오빠, 그 사람이 나를 또 때렸어. 내가 집에 전화한 걸 알면 또 때릴 거야."

헤이건이 부드럽게 타일렀다. "때리지 않을 거야. 나와 통화하면 모든 일이 잘 해결될 거야. 어서 카를로에게 가서 중요한 일이 있으니 전화받으라고 해."

5분 정도 흘러 위스키와 잠에 취해 발음이 불분명한 카를로의 목소리가 들렸다. 헤이건은 그가 정신이 바짝 들도록 날카롭게 말했다.

"카를로, 정신 똑바로 차리고 내 말 들어. 내가 자네에게 굉장히 충격적인 얘기를 할 거야. 내가 얘기를 하면 아무렇지도 않은 것처럼 대답해야 하네. 내가 코니에게 굉장히 중요한 일이라고 했으니까 그녀에게도 그렇게 말해 주게. 패밀리에서 자네 부부에게 롱비치의 집 한 채를 내주고 일자리도 주기로 결정했다고 코니한테 말하게. 대부께서 자네 부부가 더 잘 살기를 바라며 기회를 주시기로 최종 결정을 내리셨다고. 알아듣겠나?"

카를로는 기대에 찬 목소리로 대답했다. "네, 네. 알았습니다."

헤이건은 말을 계속했다. "몇 분 있으면 내 부하 몇 명이 자네 부부를 데려오기 위해 자네집 문을 두드릴 거네. 그들이 오면 먼저 내게 전화하라고 하게. 단지 그렇게만 말하면 되네. 다른 말은 하지 말고. 내가 그들에게 자네를 코니 곁에 있게 해주라고 지시할 거야, 알았나?"

"네, 네, 알았습니다." 카를로는 흥분된 목소리로 말했다. 그는 헤이건의 긴장된 목소리에서 뭔가 중요한 말이 나올 것 같아서 가슴이 조마조마했다.

헤이건이 단도직입적으로 말했다. "오늘밤 적들이 소니를 죽였네. 자넨 아무 말 하지 말게. 자네가 잠든 사이 코니가 전화를 해서 그가 거기 가는 중이었네. 코니는 이 사실을 모르게 하게. 혹시 의심을 하더라도 절대 사실을 말해 줘서는 안돼. 그렇지 않으면 모든 게 자기 탓이라고 생각할 거야. 오늘밤은 자네가 코니 곁에 있어 주게, 절대 아무 말도 하지 말고. 그리고 자네 코니와 화해하고 좀더 좋은 남편이 되길 바라네. 적어도 코니가 아이를 낳을 때까지는 그녀 곁에 있어 주게. 내일 아침 자네나 대부님 또는 노마님이 직접 코니에게 얘기해 줄 걸세. 그 때까지는 자네가 코니 옆에 있어줘. 나를 위해서라도. 그럼 나도 그 은혜는 잊지 않겠네, 알겠나?"

카를로의 목소리는 다소 떨렸다. "물론이죠, 헤이건. 물론입니다. 나와 당신은 언제나 잘 지내지 않았습니까. 고맙습니다. 제 맘 이해하시죠?"

"알았네. 아무도 자네가 코니와 싸워서 이번 사건이 일어났다고 비난하지 않을 걸세. 그 점은 걱정하지 말게. 내가 알아서 처리하겠네." 헤이건은 잠시 말을 멈췄다가 이내 달래는 듯이 부드럽게 말했다. "자, 이제 가서 코니를 돌봐 주게."

헤이건은 돈 코를레오네에게서 절대 위험해서는 안된다는 것을 배왔다. 카를로는 헤이건의 말을 곧이곧대로 받아들였지만 실은 죽음의 문턱까지 와 있었다.

헤이건은 테시오에게도 전화를 걸어 당장 롱비치의 저택에 와 달라고 했다. 그도 이유를 말하지 않았고 테시오도 묻지 않았다. 헤이건은 한숨을 내쉬었다. 이제 자신이 가장 두려워했던 일을 할 차례였다.

그는 수면제에 취해 자고 있는 돈 코를레오네를 깨워야 했다. 세상에서 가장 사랑하는 사람에게 그의 영토와 장남을 제대로 지키지 못해 잃고 말았다는 말을 전해야 했다. 아직 병상에서 일어나지 못하고 있는 사람에게 그가 전투에 나가지 못하면 모든 것을 잃게 될지 모른다는 말을 해야 했다. 헤이건은 다른 방법을 생각할 수 없었다. 오직 위대한 돈 코를레오네만이 이 처참한 패배에서 벗어나 교착상태로라도 전쟁을 끝고 갈 수 있을 것이다. 헤이건은 돈 코를레오네의 주치의에게 승낙도 받지 않았다. 그래봐야 아무 소용도 없을 것이다. 의사가 뭐라고 지시하든 심지어 침대에서 한 발자국도 움직여서는 안된다고 하더라도 그는 자신의 양아버지에게 알리고 그의 지시를 따라야 할 것이다. 물론 돈 코를레오네가 어떻게 나올 것인가에 대해서는 의심의 여지가 없었다. 의료진의 의견을 물어볼 필요도 없다. 아니 지금은 그 어느 것도 상관할 때가 아니다. 돈 코를레오네는 사실을 알아야 하고 코를레오네 패밀리가 다섯 패밀리를 공격할 것인지 아니면 굴복할 것인지 결정을 내려야 한다.

그러나 이런 결심에도 불구하고 헤이건은 다가올 순간이 몹시도 두려웠다. 그는 나름대로 마음의 준비를 했다. '나는 모든 면에 있어서 죄책감을 버리지 못할 것이다. 그렇다고 자책만 하고 있는 것은 돈 코를레오네에게 부담만 더해줄 뿐이다. 내가 슬픔을 내보일수록 돈의 슬픔은 커진다. 또한 내가 전시의 콘실리에리로서 능력이 부족하다고 자

책하는 것은 돈 코를레오네로 하여금 사람을 잘못 뽑았다는 것을 인정하게 만드는 것밖에는 안된다.'

헤이건은 일단 소식을 전하고 상황을 역전시키기 위해서는 어떻게 해야할 지 분석한 뒤에 침묵을 지켜야 한다고 생각했다. 그후의 대응은 돈 코를레오네의 지시에 따라야 할 것이다. 만일 돈 코를레오네가 그를 책망한다면 그때 가서 죄책감을 표현해도 늦지는 않을 것이다. 만일 돈 코를레오네가 슬퍼한다면 그때 가서 슬픔을 드러내도 될 것이다.

헤이건은 자동차 모터 소리에 고개를 들었다. 저택으로 들어오는 자동차들 소리였다. 카포레짐들이 속속 도착하고 있었다. 먼저 그들에게 상황을 간단히 설명하고 위층으로 올라가 돈 코를레오네를 깨워야 할 것이다. 그는 자리에서 일어나 책상 옆에 있는 장식장으로 가서 술잔과 술병을 꺼냈다. 그런데 한동안 감각이 마비되어 술을 따르지 못하고 그 자리에 우두커니 서 있었다. 그때 등 뒤에서 방문이 살며시 닫히는 소리가 들렸다. 고개를 돌리니 총을 맞은 후 처음으로 정장을 한 돈 코를레오네가 서 있었다.

방안으로 걸어 들어온 돈 코를레오네는 자신의 커다란 가죽 안락의자에 앉았다. 그는 몸이 다소 경직되고 체구에 비해서 옷이 헐렁할 뿐 헤이건의 눈에는 예전과 다름없어 보였다. 돈 코를레오네는 완전히 회복되지 않았다는 외적인 증거들을 자신의 의지로 무시하기로 한 것 같았다. 그는 예전의 힘과 정기를 그대로 갖춘 엄격한 모습 그대로였다. 그는 안락의자에 허리를 꼿꼿이 펴고 앉아 헤이건에게 "나도 술 한 잔 주게."라고 말했다.

헤이건은 병을 따서 감초맛 나는 독한 술을 두 잔 따랐다. 이 술은 해마다 돈 코를레오네의 옛 친구가 집에서 빚어 트럭에 싣고 선물로 가져오는 것으로 가게에서 파는 술보다 훨씬 도수가 높았다.

"마누라가 잠도 자지 않고 울고 있네. 창 밖으로 보니 이 한밤중에 카포레짐들이 속속 도착하고. 그러니 콘실리에리인 자네는 모든 사람들이 알고 있는 걸 이 보스에게도 말해 줘야 하지 않는가." 돈 코를레오네가 말했다.

헤이건은 조용히 말했다. "어머니께는 아무것도 말씀드리지 않았습니다. 그리고 지금 막 위층으로 올라가서 모든 걸 말씀드릴 참이었습니다."

돈 코를레오네가 담담하게 말했다. "일단 술을 한 잔 마셔야 했겠지."

"네."

"자, 한 잔 마셨으니 이젠 내게 말해 보게." 이 말은 헤이건의 나약함을 가볍게 질책하는 말이었다.

"놈들이 제방길에서 소니를 총으로 쏘았습니다." 헤이건이 말했다. "소니는 죽었습니다."

돈 코를레오네는 눈을 깜빡거렸다. 순간 그는 얼굴이 창백해지면서 의지의 벽이 허물어지고 육체의 힘도 소진된 것 같았다. 그러나 그것은 몇 초에 불과했을 뿐 그는 곧 회복했다.

그는 책상 위에 놓인 두 주먹을 꽉 쥐며 헤이건의 눈을 똑바로 쳐다보았다. "무슨 일이 일어났었는지 내게 죄다 말해 보게." 그는 이렇게 말하고 난 뒤 이내 손사래를 쳤다. "아냐, 클레멘자와 테시오가 올 때까지 기다리지. 똑같은 얘길 두 번 할 필요는 없으니까."

잠시 후 두 카포레짐이 경호를 받으며 방으로 들어왔다. 그들은 돈 코를레오네가 직접 자기들을 맞았기 때문에 그가 아들의 죽음을 알고 있다는 걸 알았다. 그들은 오랜 동료로서 돈 코를레오네와 포옹을 했다. 그리고 그날밤 일어난 일에 대해 듣기 전 헤이건이 따라 준 술을 마셨다.

돈 코를레오네는 설명을 듣고 나서 한마디만 물었다. "내 아들이 죽은 게 확실한가?"

"그렇습니다." 클레멘자가 대답했다. "산티노의 부하들이 경호를 맡았었는데, 나를 데리러 왔길래 물어 봤죠. 그들이 보기에 부상이 너무 심해서 살 수 없었을 거라고 하더군요. 목숨을 걸고 맹세했습니다."

돈 코를레오네는 몇 분간 침묵한 것 외에는 특별한 감정의 변화없이 이 최후의 판결을 받아들였다. "자네들 누구도 이 일과 자신을 연관시켜 걱정해서는 안되네. 자네들 누구도 섣불리 복수를 마음먹어서도 안되네. 내가 특별히 지시하기 전에는 내 아들의 살인자를 추적하기 위한 어떤 조사를 해서도 안되네. 내가 지시내리기 전에는 5대 패밀리에 대한 공격도 중단하게. 장례식이 끝날 때까지는 패밀리의 사업도 중단하고, 모든 보호조치도 중단하게. 장례식이 끝난 뒤 다시 이 자리에 모여서 해야할 일을 의논하세. 오늘밤 우리가 산티노를 위해 할 수 있는 일은 그를 천주교 예식으로 장례를 치르는 일이야. 나는 이 일을 경찰이나 다른 관계 당국과 함께 해결할 거야. 클레멘자, 자네는 부하들을 시켜 내 경호를 맡게 해주게. 테시오, 자네는 우리 가족을 경호해 줘. 톰은 아메리고 보나세라에게 전화를 걸어 오늘밤 중으로 내가 그의 도움을 필요로 한다고 말해두게. 그의 장의사에서 나를 기다려 달라고 해. 한 시간이 걸릴지, 두 시간 혹은 세 시간이 걸릴지도 모르지. 다들 내 말 이해하겠어?"

세 명의 남자가 고개를 끄덕였다. 돈 코를레오네가 말했다. "클레멘자, 부하 몇 명을 데리고 자동차에서 나를 기다려 주게. 준비하는데 몇 분이면 될 걸세. 톰, 오늘 자네 조치는 훌륭했어. 아침에 내가 코니와 어머니를 함께 볼 수 있게 해주게. 그리고 코니와 사위놈이 이곳에 살도록 조치를 취해 놓고. 산드라의 친구들을 집으로 불러 위로해 주도록 하게. 내 마누라도 나와 얘기가 끝나면 위로해 주라고 보낼 거야. 마누라의 입으로 소니의 일을 전해 주도록 할 참이네. 그런 다음 부인네들이 소니의 영혼을 위해 교회에서 미사를 드리고 기도할 수 있게 하겠네."

돈 코를레오네는 가죽의자에서 몸을 일으켰다. 다른 사람들도 그와 함께 일어났고, 클레멘자와 테시오는 그를 다시 껴안았다. 헤이건은 방문을 열어 놓고 기다렸다. 돈 코를레오네는 밖으로 나가려다 걸음을 멈추고 헤이건을 바라보았다. 그러더니 헤이건의 뺨을 손으로 쓰다듬더니 그를 덥석 안고 이탈리아어로 말했다. "자넨 참 좋은 아들이야. 자네마저 없었으면 어떻게 되었을까." 그는 어려운 때에 헤이건이 적절히 조치를 취했다고 칭찬했다. 그런 다음 침실로 올라가서 아내에게 이 사실을 전했다. 그 시간 헤이건은 장의업자 아메리고 보나세라에게 전화를 걸어 코를레오네 가에 은혜를 갚으라고 했다.

제5부

20

산티노 코를레오네의 죽음은 전 미국의 암흑가에 큰 충격을 일으켰다. 게다가 돈 코를레오네가 패밀리의 사안을 처리하기 위해 병상에서 일어났다는 사실이 알려지고 장례식에 잠입한 첩자들에게서 그가 완전히 회복된 것 같다는 정보를 입수하자 5대 패밀리의 두목들은 틀림없이 닥쳐올 피의 보복전쟁에 대비하기 위해 필사적인 노력을 기울였다. 과거 몇 번의 불행을 가지고 돈 코를레오네를 하찮게 생각하는 사람은 아무도 없었다. 돈 코를레오네는 평생 두세 번 정도의 실수만 했을 뿐이며 그때마다 많은 교훈을 얻었다.

그러나 헤이건만은 돈 코를레오네의 진짜 의도를 짐작하고 있었기 때문에 5대 패밀리에 평화사절단을 보낼 때도 별로 놀라지 않았다. 돈 코를레오네는 평화를 제의할 뿐만 아니라 미국의 모든 패밀리들을 뉴욕에 초대하여 총회를 갖자고 했다. 뉴욕의 패밀리들은 전국에서 가장 강력한 세력이었기 때문에 그들의 평화는 곧 전 암흑가의 평화와 직결되었다.

처음에는 이런 의도를 의심하는 이들이 있었다. 돈 코를레오네가 함정을 파고 있는 게 아닐까? 적들을 방심하게 하려는 속셈이 아닐까? 아들의 죽음을 보복하려고 대량학살을 계획하고 있는 게 아닐까? 그러나 돈 코를레오네는 자신의 의도가 순수하다는 것을 확인시켜 주었다. 그는 이 총회에 전국의 모든 패밀리가 참가하도록 했을 뿐만 아니라 자기 부하들에게 전투 준비를 시키거나 다른 패밀리들과 동맹하려는 움직임을 보이지 않았다. 게다가 자기 의도가 진심이라는 것을 보여주고 대규모 총회가 안전하다는 것을 보장하기 위해 가장 확실한 카드를 내놓았다. 보카치오 패밀리에게 이번 일을 도와 달라고 청한 것이다.

보카치오 패밀리는 한때 시칠리아 마피아 중에서도 대단히 흉포하기로 이름이 높았지만 미국에 건너온 뒤 평화의 도구가 된 독특한 존재였다. 한때는 야만적인 해결사로 먹고 살았던 단원들이 이제는 소위 성자(聖者)같은 방법을 생계 수단으로 삼게 된 것이다. 보카치오 패밀리는 혈연관계로 이루어진 끈끈한 조직이었다. 그렇지 않아도 가족보다 조직에 대한 헌신을 우선으로 하는 마피아의 세계에서 혈연관계로 맺어진 패밀리에 대한 충성은 더욱 엄격했다.

보카치오 패밀리는 시칠리아 남부 일부 지역의 특정 경제권을 지배할 당시 사돈의 8촌까지 합해 단원이 2백여 명에 이르렀다. 패밀리의 수입은 네다섯 군데의 물방앗간에서 나왔는데, 공동소유는 아니지만 패밀리 단원들이 모두 거기에서 일하고 먹고 생계를 유지할 수 있었다. 근친결혼으로 맺어진 그들은 그렇게 함으로써 적에 대해 공동 전선을 펼칠 수 있었다.

시칠리아 섬 보카치오 패밀리의 관할구역 내에서는 누구도 감히 그들과 경쟁하기 위해 물방앗간을 세울 수 없었다. 또 그들의 허락없이 저수지를 만들어서 물을 판매하는 일도 불가능했다. 한번은 어떤 세도가의 영주가 개인적으로 물방앗간을 세웠는데, 자고 일어나 보니 그 물방앗간이 불타 버리고 없었다. 그는 관계 당국에 고발했고, 그쪽에서는 보카치오 패밀리의 단원 셋을 체포했다. 그런데 재판이 열리기 며칠 전 영주의 저택이 불타 버렸고 얼마 안 있어 기소와 고발은 철회되었다. 그 일이 있고 몇 개월 후 이탈리아 정부의 고위 관리 한 명이 시칠리아에 거대한 댐을 건설하여 섬의 만성적인 물 부족 사태를 해결하려고 하였다. 보카치오 일당이기도 한 그 지역 원주민들은 잔인하게 웃으며 로마에서 온 기술자들이 측량하는 모습을 지켜보았다. 이어서 경찰들도 밀려들어 그 지역에 주둔하기 시작했다.

겉으로 봐서는 댐 건설을 막을 방법이 없을 것 같았다. 팔레르모에는 배로 실어온 각종 건설 자재며 장비들이 쌓여 갔다. 그러나 공사는 시작도 하지 못하고 거기서 끝나고 말았다. 보카치오 패밀리는 동료 마피아 두목들과 접촉해서 지원 약속을 받아 냈다. 그리고 얼마 안 있어 일꾼들의 파업으로 중장비는 방치되고, 경장비는 도둑맞았다. 때를 같이 해서 이탈리아 의회에서 마피아 출신 국회의원이 댐 건설 계획 입안자에게 반격을 가하기 시작했다. 이런 상황이 몇 년째 지속되는 동안 무솔리니가 정권을 잡았다. 독재자 무솔리니는 댐 건설을 속개하라고 지시를 내렸지만 이행되지 않았다. 그는 마피아가 자기 정권에 위협적인 존재이며, 장차 자신의 정권과 맞먹는 권위를 갖게 될 거라는 것을 눈치채고 마피아 소탕령을 내렸다. 그에 따라 마피아 단원으로 의심되는 사람은 체포되어 감옥에 가거나 섬으로 추방되었다. 이렇게 해서 몇 년 사이에 마피아 세력은 급속히 약화되었고 무고한 많은 패밀리들이 해체되었다.

보카치오 패밀리는 그 절대적인 권력에 주먹으로 대항할 만큼 무모했다. 그래서 단원들의 반수가 무장군인들에 의해 살해되었고, 나머지는 유형지로 추방되거나 극소수의 사람들은 비밀 탈주 노선을 통해 캐나다를 거쳐 미국으로 이주했다. 스무 명 남짓 되었던 이민자들은 뉴욕에서 멀지 않은 허드슨 강 유역의 작은 소읍에 정착했다. 그곳에서 밑바닥 생활부터 시작하여 나중에는 자기 소유의 쓰레기 수거회사와 트럭을 소유하게 되었다. 그들은 경쟁자가 없었기 때문에 날로 번창했다. 사실 경쟁자가 생기면 트럭을 불태우거나 영업을 방해했기 때문에 경쟁자가 생길래야 생길 수가 없었다. 한번은 가격을 깎으려던 업자를 그가 모아 놓은 쓰레기더미 속에 매장시켜 질식사하게 만든 일도 있었다.

그러나 단원들이 시칠리아 출신의 여자들과 결혼하여 아이들을 낳게 되자 쓰레기 수거사업으로 생계비는 벌 수 있어도 미국에서 제공하는 더 나은 문화를 누리기에는 역부족이었다. 때마침 마피아의 직종이 세분화되면서 보카치오 패밀리는 전쟁 중인 마피아 패밀리 간에 평화 협상을 중재하거나 인질 노릇을 하게 되었다.

보카치오 패밀리가 전체적으로 우둔하거나 아니면 단지 미숙해서였는지도 모른다. 어떻든 그들은 전투를 벌여 조직을 확장하거나 매춘이나 도박, 마약, 사기 행각과 같이 사업 구조가 더 복잡한 일에 있어서는 자신들의 경쟁력이 떨어진다는 점을 인정했다. 그들은 단순한 사람들이어서 순경에게 뇌물은 줘도 정치적인 로비스트에게 접근하는 방법은 알지 못했다. 그들이 가진 무기는 두 가지밖에 없었다. 명예와 잔인한 성격뿐이었다.

보카치오 사람들은 절대 거짓말을 하거나 배신을 하지 않았다. 그런 사람들의 행동은 단순할 수밖에 없었다. 그런가 하면 보카치오 사람들은 자기가 당한 모욕을 절대 잊지 않았으며, 어떠한 희생을 치르든 반드시 보복을 했다. 결국 그들은 그런 자신들의 성격에 꼭 맞는 일을 찾아낸 셈이었다.

전쟁을 하던 패밀리가 평화 협상을 원하면 우선 보카치오 패밀리를 접촉했다. 보카치오측 두목은 사전에 협상 조건을 중재하고 필요한 인질을 마련했다. 예컨대 마이클이 솔로조를 만나러 갔을 때 마이클의 안전을 보장하기 위해 보카치오 단원 한 사람을 코를레오네 패밀리측에 담보로 보냈다. 그 비용은 솔로조가 지불했다. 만일 마이클이 솔로조에게 살해당했으면 코를레오네측에 인질로 잡혀있던 보카치오 단원도 죽음을 당했을 것이다. 그렇게 되면 보카치오측은 자기 단원의 죽음을 이유로 솔로조에게 복수를 하는 것이다. 보카치오 패밀리는 워낙 야만적인 사람들이라서 어떤 식으로든 보복을 했지 그냥 넘어가는 법은 없었다. 그들은 목숨을 걸고 그 일을 하기 때문에 배신을 당하면 그들을 막을 도리가 없었다. 그 때문에 보카치오 패밀리의 인질이라면 확실한 보증수표였다.

그래서 이번에 돈 코를레오네가 보카치오측을 중재자로 기용하고 평화 협상에 나올 패밀리마다 인질을 보낼 때에도 그의 진지성에 대해 한치의 의심도 없었다. 거기에 배신 행위란 있을 수 없었다. 회담은 결혼식처럼 안전하게 치러질 것이다.

평화 회담은 인질이 잡힌 후 어느 조그만 은행의 중역 회의실에서 열렸다. 그곳 은행장은 돈 코를레오네에게 은혜를 입은 사람이었고, 돈 코를레오네는 은행장 명의를 빌리기는 했지만 그 은행의 주식을 일부 소유하고 있었다. 은행장은 돈 코를레오네에게 자기가 배신을 할지도 모르니 지분 관계를 증명해 주는 서류를 만들어 주겠다고 했다. 그때 돈 코를레오네가 보여준 신뢰를 그는 지금도 소중하게 간직하고 있었다. 증명서를 받아든 돈 코를레오네는 아연실색하며 "내 전 재산을 걸고 당신을 믿소."라고 은행장에게 말했다. "내 생명과 내 아이들의 안녕을 걸고 당신을 믿소. 당신이 날 속이거나 날 배신할 거라는 생각은 해본 적이 없소. 만일 그런 일이 생기면 내가 믿는 인간에 대한 신뢰나 나의 모든 것이 무너지고 말거요. 물론 내게 무슨 일이 일어나면 내 후계자가 거기에 대해 알 수 있도록 내 나름대로 기록을 해두었소. 그러나 설령 내가 이 세상에 없어도 당신이 내 자식들의 이권을 보호해 줄 걸로 믿고 있소."

은행장은 시칠리아 사람은 아니었지만 매우 다정다감한 사람이었다. 그는 돈 코를레오네란 사람을 완벽하게 이해했다. 돈 코를레오네의 요구는 곧 은행장의 명령이었다. 따라서 토요일 오후 비밀이 완전히 보장되고 편안한 가죽의자로 꾸며진 은행 중역 회의실은 패밀리들의 회담 장소로 사용하게 되었다.

회담장 경호는 은행 경비원 복장을 한 특수 선발 대원들이 맡았다. 토요일 아침 10시, 회담장에 사람들이 하나 둘 들어오기 시작했다. 암흑가에서 '검은 양'이라고 불리는 시카고 패밀리를 제외하고 뉴욕의 5개 패밀리를 비롯해 전국의 10개 패밀리 대표들이 참석했다. 시카고 패밀리를 협상 테이블로 끌어내리려는 노력은 끝내 포기했다. 사실 이 중요한 회담에 그 미친 개들을 포함시켜야 할 의미를 찾지 못했다.

회담장에는 술을 마실 수 있는 바와 간단한 뷔페가 마련되어 있었다. 회의에 참석한 각 대표들은 한 명의 수행원만 대동할 수 있게 되어 있었다. 대부분의 보스들이 콘실리에리를 수행하고 왔기 때문에 방에는 비교적 젊은 사람들이 드물었다. 톰 헤이건은 그 젊은이들 중의 한 명이었고, 유일하게 시칠리아 사람이 아니었다. 그래서 호기심의 대상이었고 별난 존재였다.

헤이건은 본분을 아는 사람이었다. 그는 말을 하지도, 웃지도 않았다. 왕을 수행하는 신하처럼 충성을 다해서 그의 보스를 섬겼다. 보스에게 시원한 음료수를 대령하고, 담배에 불을 붙여 주고 재떨이를 놓아주고, 성심껏 시중은 들되 아첨은 하지 않았다.

어두운 벽에 걸린 초상화의 주인공들이 누군지 아는 사람은 그 방에서 헤이건뿐이었다. 그들은 대부분 석유 산업으로 갑부가 된 전설적인 재계 인물들의 초상화였다. 한 명은 해밀턴 재무성 장관이었다. 헤이건은 해밀턴이 이 평화회담이 은행에서 열리는 것을 인정해 주겠지 하는 생각을 했다. 사실 돈 냄새가 나는 분위기처럼 마음을 차분하게 가라앉혀 주고 이성적인 판단력을 갖게 하는 것도 없을 것이다.

참석자들의 도착 시간은 9시 30분에서 10시 사이였다. 돈 코를레오네는 평화 회담을 이끌어갈 주인으로서 가장 먼저 도착해 있었다. 그가 가진 많은 미덕 중에 하나가 약속 시간을 엄수하는 것이었다. 그 다음으로 도착한 사람은 카를로 트라몬티로 미국 남부 일대를 활동 기반으로 삼고 있는 사람이었다. 그는 눈에 띄게 잘생긴 중년의 남자로 시칠리아 사람치고는 키가 컸고, 구릿빛 피부, 옷차림과 머리모양이 깔끔하고 멋졌다. 그는 이탈리아인이라기보다는 잡지에 나오는 요트를 즐기는 백만장자처럼 보였다. 트라몬티 패밀리는 도박 사업으로 재산을 모았는데, 회의에서 한번 본 바로는 그가 자신의 제국을 건설하기 위해 얼마나 잔인한 방법을 썼는지 아무도 짐작할 수 없었다.

어린시절 시칠리아에서 이주해 온 트라몬티는 플로리다에 정착해서 쭉 살았다. 그가 이 세계에 처음 발을 들여놓게 된 것은 도박 사업을 주무르는 남부 소읍의 미국인 조직에 들어가면서 부터였다. 당시에 그 건달들은 부정한 경찰이 뒤를 봐주고 있었기 때문에 설마 풋내기 이민자한테 정복당하리라고는 상상하지도 못했다. 그래서 트라몬티의 잔인함에 대비하지 못했는데 사실 적수가 될 수도 없었다. 왜냐하면 미국 건달들에게는 그 일을 목숨걸고 지켜야 할 이유가 없었기 때문이다. 트라몬티는 점차 경찰들보다 더 많은 수입을 챙겼다. 그는 이렇게 해서 빈약한 상상력으로 사업을 하던 남부 촌놈들을 가볍게 눌렀다. 그후 쿠바의 바티스타 정권과 손을 잡고 휴양지의 도박장, 사창가와 같은 유흥지에 돈을 투자하여 미국의 도박꾼들을 불러모은 장본인도 트라몬티였다. 트라몬티는 이제 엄청난 백만장자가 되었으며 마이애미 해변가에 호화로운 호텔도 소유했다.

역시 검게 그을린 콘실리에리를 대동하고 회담장에 들어온 트라몬티는 돈 코를레오네를 얼싸안으며 죽은 아들에 대한 애도의 표정을 지었다.

다른 보스들도 속속 도착했다. 그들은 인간적으로나 사업상으로 서로 몇 년 동안 만나온 잘 아는 사이들이었다. 젊고 가난한 수련시절에는 서로 도움은 주지 못했지만 직업적인 예의를 잊었던 적은 없었다. 두 번째로 도착한 보스는 디트로이트에서 온 조셉 잘루치였다. 적당히 베일에 싸여있는 잘루치 패밀리는 디트로이트 지역에 경마장과 수입이 좋은 도박장을 소유하고 있었다. 잘루치는 얼굴이 둥글고 온화하게 생긴 사람으로 디트로이트의 상류층 주택가인 그로세 포인테의 10만 달러짜리 저택에 살고 있었다. 아들 덕분에 미국 명문가를 사돈으로 두고 있었다. 잘루치는 돈 코를레오네처럼 세련되고 온건한 사람이었다. 그래서 디트로이트는 다른 패밀리들이 장악하고 있는 도시들 중에서도 가장 폭력 행위가 적게 일어났다. 지난 3년 동안 폭행 사건이 단 두 건밖에 없었다. 그 역시 마약 거래는 찬성하지 않았다.

자신의 콘실리에리와 함께 도착한 잘루치는 돈 코를레오네를 보자 포옹을 했다. 잘루치는 이탈리아어 억양이 약간 남아 있었지만 유창한 영어를 구사했다. 그는 점잖은 복장을 한 영락없는 사업가 타입으로 성격이 호탕했다. "당신의 목소리를 듣고 싶어 참석했습니다." 그가 이렇게 말하자 돈 코를레오네는 고개를 숙여 인사했다. 돈 코를레오네는 잘루치도 자기를 지원을 해줄 거라고 생각했다.

다음에 도착한 두 명의 보스는 서부 해안 지역에서 왔는데, 동업을 한 후로 늘 같은 차를 타고 다녔다. 그들은 40대 초반의 프랭크 팔코네와 앤서니 몰리내리로 다른 참석자들에 비해 젊은 편이었다. 그래서 그런지 비교적 편안한 복장을 하고 있었으며, 헐리우드 스타일의 분위기를 풍겼고, 지나치게 과장되고 우호적인 태도를 보였다. 프랭크 팔코네는 영화 노조와 스튜디오의 도박장을 장악하고, 서부 여러 주(洲)의 사창가에 창녀를 공급하는 공급책이기도 했다. 흥행업은 조직의 두

목이 관심을 가질 분야가 아닌데도 팔코네는 과감하게 손을 댔다. 그래서 동료 보스들은 그를 신뢰하지 않았다.

앤서니 몰리내리는 샌프란시스코의 부두를 장악하고 스포츠 도박에 있어서 선구자라고 할 수 있는 인물이었다. 그는 이탈리아 어부의 후손으로 샌프란시스코에서 가장 유명한 해산물 레스토랑을 소유했었는데 가격에 비해 너무 고급 재료를 쓰는 바람에 수지가 맞지 않아 문을 닫았다는 이야기를 자랑처럼 하고 다녔다. 직업적인 도박사답게 무표정한 그는 멕시코 국경이나 동양을 오가는 배를 통해 마약을 밀수하는 일에도 관여하고 있었다. 그들과 동행한 참모는 건장한 체격의 젊은 사내들로, 비록 이 회담에는 무기를 소지하지 못하게 되어 있지만 콘실리에리가 아닌 경호원이 분명해 보였다. 이 경호원들이 가라데에 능하다는 건 널리 암흑가에 알려진 사실이지만 다른 보스들은 그 얘기를 듣고 웃을 뿐 조금도 경계심을 갖지 않았다. 그것은 캘리포니아에서 온 보스들이 교황이 하사한 호부(護符)를 갖고 있는 것이나 다를 게 없었다. 이 보스들 중에도 몇몇은 신을 믿고 신앙심이 투철했다.

다음에 도착한 사람은 보스턴 패밀리의 대표였다. 이 자는 동료들에게서 존경을 받지 못하는 유일한 대부였다. 치사하게 자기 부하들을 속여서 그들에게서 제대로 대접을 받지 못하기 때문이다. 하지만 누구나 자기 욕심부터 차리게 마련이니 그런 점을 얼마든지 이해할 수 있다. 그보다 더욱 용서할 수 없는 점은 자신의 제국을 질서있게 다스리지 못한다는 것이었다. 그래서 보스턴 지역에는 살인이 횡행하고 세력 다툼으로 인한 사소한 충돌이 잦았다. 또 행동대원들이 규칙을 우습게 알고 뻔뻔스럽고 제멋대로 행동하는 경우도 많았다. 시카고 마피아가 야만인들이라면 보스턴 작자들은 무례한 얼간이, 불한당이었다. 보스턴 보스의 이름은 도메닉 판자였다. 그는 땅딸막한 체격에, 한 보스의 표현을 빌리자면 도둑놈 같은 인상을 가졌다.

　미국의 도박계에서 가장 강력한 클리블랜드 마피아에서는 마른 체구에 날카롭게 생긴 백발 노인이 대표로 참석했다. 그는 '유태인' 이라는 별명을 갖고 있는데, 외모 때문이 아니라 주변에 시칠리아 출신보다 유태인 부하가 많기 때문이었다. 심지어 그가 마음만 먹으면 콘실리에리로 유태인을 지명할지도 모른다는 소문도 돌 정도였다. 돈 코를레오네의 패밀리가 헤이건 때문에 아일랜드 갱단으로 불려지듯 돈 빈센트 폴렌자 패밀리 역시 유태인 패밀리로 불리었다. 그러나 그는 매우 효율적으로 조직을 운영했으며, 섬세한 외모에도 불구하고 피를 보고도 겁을 내지 않는 강심장으로 알려져 있었다. 말하자면 벨벳 장갑 속에 철권(鐵拳)을 숨긴 사람이었다.

　마지막으로 뉴욕의 5대 패밀리의 대표들이 도착했다. 톰 헤이건은 이 다섯 사람이 다른 지방에서 온 촌뜨기들보다는 더 당당하고 인상적이라는 느낌을 받았다. 무엇보다 옛 시칠리아 전통 의상을 입고 있는 이 다섯 명의 뉴욕 패밀리 보스들은 '뱃심있는 사람들' 이었다. 다시 말해 힘과 용기를 갖고 있다는 의미다. 또 그들은 전부 뚱뚱한 편이어서 마치 두 사람이 움직이는 것 같았다. 뉴욕의 5대 패밀리 대부들은 하나같이 사자처럼 거대한 머리에 선이 굵은 얼굴, 살집이 있는 커다란 코, 두터운 입술, 두둑한 살집이 포개진 뺨이 인상적인 건장한 체격의 소유자들이었다. 그들은 면도를 하거나 말쑥한 차림은 아니었고, 바빠서 남을 의식할 여유가 없는 사람들처럼 보였다.

　앤서니 스트라치는 뉴저지 지역을 관할하면서 맨해튼의 서부 지역 부두의 선적 관계의 일에 관여하고 있었다. 그는 뉴저지에 도박장을 운영하고 있었으며 민주당의 정치인들과 밀접한 관계를 맺고 있었다. 그는 몇 대의 트럭을 가지고 화물 운송업을 해서 큰돈을 벌었다. 그의 트럭은 화물을 과다하게 싣고 다녀도 고속도로의 화물 중량 감시원이 무사 통과시켜 주었고 과징금도 물지 않았다. 게다가 트럭이 도로를 파손시키면 그가 소유한 도로보수 회사는 수익성 좋은 관급공사 계약을 맺고 복구공사를 했다. 이것은 어떤 사람의 마음이라도 훈훈하게 해주는 사업, 말하자면 하나의 사업이 다른 일거리를 만들어 주는 형태였다. 다만 스트라치 역시 보수적인 사람이라서 매춘업은 절대 손대지 않았다. 그러나 그의 활동 무대가 부두인 만큼 마약 밀수에 관여하지 않기는 어려웠다. 코를레오네파를 반대하는 뉴욕의 5대 패밀리 중 세력은 가장 약했지만 조직력은 탄탄했다.

뉴욕의 위쪽을 지배하는 패밀리의 두목은 오틸리오 코네오란 사람으로, 캐나다에서 이탈리아 이민자들을 밀입국시키는 일과 그 지역의 도박장을 관할하고, 주에서 허가해 주는 경마사업에 거부권을 행사하기도 했다. 시골뜨기 빵가게 주인처럼 명랑하고 둥근 얼굴에 적대감이라고는 모르는 사람처럼 보였으며 대규모의 낙농 회사와 같은 합법적인 사업도 했다. 코네오는 아이들을 좋아해서 항상 주머니 가득 사탕을 넣어 가지고 다니면서 자기 손자들이나 부하의 어린 자식들에게 나누어주길 좋아했다. 그는 여자들의 여름모자처럼 끝이 밑으로 말린 둥그런 중절모를 쓰고 있었는데, 안 그래도 보름달처럼 둥근 얼굴이 한층 돋보여 우스꽝스러워 보였다. 그는 한번도 경찰에 체포된 적이 없는 몇 안되는 두목 중에 한 명이었고 그의 진짜 활동에 대해 한번도 의심을 받은 적이 없었다. 사회 봉사도 열심히 해서 상공회의소에서 선정하는 '뉴욕 주의 올해의 사업가'에 뽑히기도 했다.

타탈리아 패밀리와 가장 가까운 동맹군은 돈 에밀리오 바르지니였다. 그는 브루클린과 퀸즈에 몇 군데 도박장을 소유하고 매춘업에도 약간 관여하며 폭력 조직도 거느리고 있었다. 또 스태튼 섬도 완전히 그의 손안에 있고, 브롱스와 웨스트체스터의 스포츠 도박장 일부도 그의 활동 무대였다. 뿐만 아니라 마약 사업에도 손을 뻗고 있었다. 클리블랜드 패밀리, 서부 해안지역의 패밀리와 동맹을 맺었으며, 네바다의 개방 도시인 라스베이거스와 리노에도 관심을 보일 만큼 사업수완이 좋은 사람이었다. 또 마이애미 비치와 쿠바에도 관심을 갖고 있었다. 뉴욕에서 코를레오네 패밀리 다음으로 가장 강력한 패밀리로 미국 전체를 놓고 보아도 가장 강력한 세력을 떨치고 있었다. 그의 영향력은 시칠리아에까지 미쳤고 불법적인 일마다 그의 손길이 미치지 않는 곳이 없었다. 심지어 월 스트리트까지 발을 들여놓고 있었다. 그는 타탈리아 패밀리가 돈 코를레오네와 전쟁을 시작하자 금력과 영향력으로 지원했다. 미국에서 가장 강력하고 존경받는 마피아 지도자인 돈 코를레오네를 밀어내고 코를레오네 제국의 일부를 점령하려는 야심이 있었던 것이다. 그는 돈 코를레오네와 많은 점에서 비슷했지만 더 현대적이고 더 세련되고 더 사업가다웠다. 그는 결코 구세대라고 불리길 원치 않았으며, 더 새롭고 젊고 패기있는 지도자라는 자부심을 갖고 있었다. 돈 코를레오네가 가진 온화함은 없지만 냉철하고 이성적인 방법으로 개인적인 능력을 극대화했으며, 적어도 지금은 가장 '존경받는' 마피아 지도자라고 할 수 있었다.

마지막으로 도착한 사람은 솔로조를 지원함으로써 코를레오네 세력에 직접적인 도전을 해서 거의 성공을 거둔 타탈리아 패밀리의 두목 필립 타탈리아였다. 그러나 그는 이상하게도 사람들에게서 경멸을 받았다. 그 한 가지 이유가 솔로조에게 이용을 당했다는 사실 때문이었다. 즉, 터키인에게 코를 쥐어 주고 그가 가자는 대로 따라 갔다는 것이다. 따지고 보면 그는 이 모든 혼란의 원인 제공자였다. 그가 일으킨 전쟁 때문에 뉴욕 패밀리들의 일상적인 사업 활동이 영향을 받고 있었다. 61세의 나이에도 불구하고 여자만 보면 사족을 못쓰는 바람둥이라서 그 자체로도 사고를 일으킬 가능성이 많은 자였다.

왜냐하면 타탈리아 패밀리의 주된 사업은 여자들을 다루는 매춘업이었기 때문이다. 미국의 거의 모든 나이트 클럽을 장악하고 연예인들을 전국 유흥업소에 알선하는 일도 했다. 그러나 필립 타탈리아는 폭력배를 동원해 유망한 가수나 배우들을 마음대로 다루고, 레코드 회사에 우격다짐으로 압력을 가하는 방식을 벗어나지 못했다. 따라서 패밀리의 주 수입원은 역시 매춘이었다.

그는 이 자리에 모인 사람들에게 별로 호감을 주지 못했다. 그는 언제나 자기 사업이 수지가 맞지 않는다고 엄살을 떠는 투덜이였기 때문이다. 그 많은 수건을 매일 갈아넣자니 세탁비 때문에 이익이 남지 않는다느니(그러나 그는 세탁공장을 소유하고 있었다) 아가씨들은 게으르고 툭하면 결근하고 도망가거나 자살을 한다느니, 뚜쟁이란 놈들은 툭하면 배신을 하거나 거짓말을 하고 충성심이라곤 도무지 없다고 불평을 늘어놓았다. 도대체 사업을 도와주는 놈들이 없다, 젊은 시칠리아놈들은 이런 일에 콧대를 세운다, 부활절 종려나무를 깃에 꼽고 목청껏 노래나 부를 줄 알지 창녀를 거래하거나 무대에서 무희들을 희롱하는 일을 수치로 생각한다…. 필립 타탈리아는 그의 말에 공감하지도 않는, 오히려 경멸하는 사람들에게 이런 불평을 늘어놓았다. 그러나 뭐니뭐니해도 그가 가장 크게 불평하는 것은 나이트클럽과 카바레에 필요한 주류의 허가권을 발급하는 관계 당국에 뇌물을 바쳐야 하는 일이었다. 그는 허가권을 주는 놈에게 갖다바친 돈을 죄다 모았으면 월스트리트의 재산보다 더 많을 거라고 툴툴거렸다.

어찌된 일인지 필립 타탈리아는 코를레오네 패밀리와 대항하여 거의 승리를 거두었지만 그에 걸맞는 존경은 얻지 못했다. 사람들이 그의 힘을 처음에는 솔로조에게서, 나중에는 바르지니 패밀리에서 나온 거라고 생각했기 때문이다. 또 그가 완벽한 승리를 거두지 못했다는 것도 그를 불신하는 이유였다. 만일 그가 더 현명했다면 지금과 같은 문제를 초래하지 않았을 것이다. 이 전쟁은 돈 코를레오네가 죽어야만 끝나는 것이 아닌가.

돈 코를레오네와 필립 타탈리아는 이번 전쟁에서 둘 다 아들을 잃었기 때문에 서로 목례만 하는 것도 당연했다. 돈 코를레오네는 부상의 후유증이 남아있는지 궁금해하는 사람들의 시선을 한몸에 받았다. 그들에게는 돈 코를레오네가 사랑하는 아들을 잃고 난 뒤 평화를 호소하는 것도 의아한 점이었다. 그것은 패배를 인정하는 것이며 그의 세력이 축소되는 결과가 올 게 뻔한데도 말이다. 그러나 그들은 곧 그 까닭을 알게 되었다.

인사가 오가고 음료수가 나오고 돈 코를레오네가 광택나는 호두나무 테이블에 앉기까지 반 시간이 더 걸렸다. 헤이건은 주제넘지 않도록 돈 코를레오네 등 뒤로 약간 떨어져 있는 왼쪽 의자에 앉았다. 이것은 다른 참모들에게도 이런 식으로 앉으라고 일러주는 일종의 신호였다. 그렇게 앉으면 바로 뒤에서 필요한 경우 보스에게 조언을 할 수 있을 것이다.

돈 코를레오네가 가장 먼저 입을 열었다. 그는 마치 아무 일도 일어나지 않았던 것처럼 담담하게 말했다. 마치 심각한 부상도 입지 않고 장남도 살해당하지 않고 그의 제국도 휘청거리지 않는 것처럼, 그의 가정도 풍비박산 나지 않고 프레디가 서부에서 몰리내리 패밀리의 보호를 받고 있지 않는 것처럼, 마이클이 비밀리에 시칠리아로 귀양을 떠나지 않은 것처럼 말이다. 그는 아주 자연스럽게 시칠리아 사투리로 말문을 열었다.

"이렇게 모두 와주셔서 정말 감사합니다. 개인적으로는 저를 도와주시려고 오신 것이라고 생각하니 여러분 한분 한분께 은혜를 입고 있는 것이라고 생각합니다. 또 우리가 여기 이 자리에 모인 것은 입씨름을 하거나 누구를 설득하기 위한 것이 아니라 합리적으로 생각하기 위해서입니다. 우리 모두 친구라는 사실을 떠나 합리적인 사람으로 가능한 모든 일을 해봅시다. 저를 아는 분은 제가 결코 가볍게 말하지 않는다는 것을 잘 아실 겁니다. 이 자리에 계신 분은 모두 존경할 만한 분들입니다. 우리가 법률가들처럼 따로 서약을 할 필요는 없겠지요."

돈 코를레오네는 이렇게 말하고 나서 잠깐 멈췄다. 어떤 사람은 담배를 피우고 어떤 사람은 음료수를 마셨다. 그들 모두 참을성있게 경청해 주고 있었다. 그들에게는 또 다른 공통점이 있었다. 조직 사회의 규칙을 거부하고 다른 사람의 지배를 거부하는 희귀한 사람들이라는 점이다. 어떤 힘이나 잔인한 사람도 그들의 뜻을 함부로 꺾을 수 없다. 그들은 온갖 속임수와 살인 행각으로 자신들의 자유의지를 수호하는 사람들이었다. 그들의 의지는 죽음이나 지극히 합리적인 방법이 아니고서는 꺾을 수 없었다.

돈 코를레오네는 한숨을 내쉬었다. "어쩌다가 상황이 이 지경에 이르게 됐습니까?" 그는 사람들의 감정에 호소했다. "어쨌든 상관없습니다. 과거의 어리석은 행동은 이제 모두 덮어둡시다. 그것은 불행한 일이었고 불필요한 일이었습니다. 그러나 그동안 일어났던 일을 제가 본대로 말씀드리고자 합니다."

그는 말을 멈추고 자신의 이야기를 하는데 대해 반대하는 사람이 없는지 살펴보았다.

"다행히도 제 건강이 회복되어 이번 문제를 바로 잡는데 도움이 될 것 같습니다. 제 자식놈이 너무 경솔했고 고집스러웠을 겁니다. 그 점은 부인하지 않겠습니다. 하지만 이 점만은 말씀드려야겠습니다. 어느 날 솔로조가 함께 사업을 하자고 찾아와서는 제 돈과 영향력을 빌려달라고 했습니다. 그러면서 타탈리아 패밀리도 관심을 갖고 있다고 하더군요. 그 사업은 마약에 관련된 것이었는데, 저는 거기에 관심이 없었습니다. 조용한 걸 좋아하는 제 성격과 맞지 않게 그 일은 활동적인 일입니다. 그래서 솔로조와 타탈리아 패밀리에게 최대한 예의를 갖춰서 그 점을 설명했습니다. 저는 정중히 거절의 의사를 밝혔습니다. 또 그의 사업은 저와 아무런 이해관계가 없기 때문에 솔로조가 그 방법으로 돈을 번다고 해도 전혀 반대할 의사가 없었습니다. 그런데 솔로조는 내 말을 잘못 받아들였고 우리 패밀리에 불행을 안겨주었습니다. 하지만 그것이 인생이니 어쩌겠습니까. 여기 계신 모든 분들도 그의 불행에 대해 잘 알고 계실 겁니다. 그게 제가 말하려는 요점은 아닙니다."

돈 코를레오네는 잠시 말을 멈추고 손짓으로 헤이건에게 찬 음료를 청했다. 헤이건은 얼른 대령했다. 돈 코를레오네는 입을 축였다. "전 평화를 원합니다. 타탈리아측도 아들을 잃었고 저도 아들을 잃었습니다. 우리는 그만 중단해야 합니다. 사람들이 이런저런 이유로 원한을 계속 품고 산다면 세상이 어떻게 돌아가겠습니까? 시칠리아가 수난을 겪은 것도 그 때문이 아닙니까? 복수하느라 바쁘면 가족들의 생계를 걱정할 겨를이 없습니다. 이 얼마나 어리석은 일입니까. 그래서 제가 지금 말씀드리고 싶은 것은 다시 예전으로 돌아가자는 말입니다. 저 역시 제 자식을 배신하고 죽인 사람이 누구인지 조사하지 않을 겁니다. 평화가 오더라도 그렇게 하지 않을 겁니다. 저의 막내아들놈은 집에도 돌아오지 못하고 있습니다. 그놈이 당국으로부터 어떤 방해도 받지 않고 무사히 집으로 돌아올 수 있다는 보장을 받아야 합니다. 일단 그 문제만 해결되면 우리의 관심사에 대해 대화할 수 있고 지금 우리 모두에게 이익이 되는 일을 할 수 있으리라고 생각합니다." 돈 코를레오네는 인상적이고 간절한 표정과 손짓으로 말했다. "이상이 제가 바라는 것입니다."

연설은 아주 훌륭했다. 그것은 합리적이고 유연한 생각과 부드러운 말투를 지닌 돈 코를레오네의 예전 모습이었다. 그 자리에 있던 모든 사람들에게 그가 건재함을 보여주는 것이며 나아가 그가 코를레오네 패밀리에 닥친 모든 불행을 결코 좌시하지 않을 것임을 의미하는 것이었다. 그가 요구하는 휴전이 이루어지기 전에는 다른 사업상의 논의는 없을 것임을 못박아 두려는 것이다. 그가 요구하는 것은 원래의 상태로 돌아가자는 것이며, 그가 지금 비록 최악의 상황에 놓여 있지만 더 이상 잃지 않겠다는 말로 받아들였다.

그러나 돈 코를레오네의 말에 대답한 것은 타탈리아가 아니라 에밀리오 바르지니였다. 그는 간결하고도 직접적으로 요점을 말했다.

"그것은 모두 사실입니다. 하지만 몇 가지 더 추가되어야 할 것 같습니다. 코를레오네 씨는 너무 겸손하게 말씀하셨습니다만 솔로조와 타탈리아 패밀리는 돈 코를레오네 씨의 도움이 없으면 새로운 사업을 시작할 수 없습니다. 사실 돈 코를레오네의 거절은 그들에겐 모욕이었습니다. 물론 거절한 분의 잘못은 아니지요. 하지만 사실 돈 코를레오네에게 은혜를 입은 판사나 정치가들은 마약 문제가 터질 경우 돈 코를레오네가 아닌 다른 사람의 청탁은 받아들이지 않을 거란 말입니다. 솔로조는 자기 부하들이 관대한 처벌을 받을 거라는 확실한 보장이 없이는 사업을 할 수 없었습니다. 우리 모두 그 점을 알아야 합니다. 그렇지 않으면 우리 모두 불쌍한 처지가 될 겁니다. 게다가 마약 사범은 형량을 계속해서 높여 왔기 때문에 만약 우리 부하가 마약 사건에 연루

되었을 경우에는 판사나 지방검사가 형량을 대폭 낮춰 줘야 합니다. 그렇지 않으면 제아무리 시칠리아 사람이라도 20년형을 받고 오메르타를 지킬 사람은 없을 겁니다. 모두 불어 버릴 거란 말입니다. 그런 일이 일어나서는 안 됩니다. 돈 코를레오네만이 그런 조직을 움직일 수 있습니다. 그런 그가 자신의 역할을 거절했다는 것은 우정에서 나온 행위가 아닙니다. 우리에게 달린 식구들의 입에서 빵을 빼앗아 버리는 격이죠. 세월이 흘러서 이제는 혼자서 살아남을 수 없는 시대입니다. 만일 코를레오네가 뉴욕의 판사들을 수중에 넣고 있다면 우리에게 나누어줘서 우리도 이용할 수 있게 해줘야 합니다. 물론 그에 대한 대가는 지불해야겠죠. 우린 공산주의자가 아니니까요. 돈 코를레오네는 우리도 샘물에서 물을 길어 먹을 수 있도록 해줘야 합니다. 아주 간단한 이치죠."

바르지니가 일장 연설을 마쳤을 때 좌중은 아무 말도 없었다. 이제 진로는 정해졌고 다시는 과거로 돌아갈 수 없을 것이다. 무엇보다 중요한 점은 바르지니가 만일 평화가 지켜지지 않을 경우 자신도 타탈리아 편에 서서 코를레오네와 싸울 거라는 말을 공언한 점이었다. 그는 따끔하게 일침을 놓은 것이다. 그들의 목숨과 재산은 서로가 상부상조하는데 달려 있고 친구의 부탁을 거절하는 것은 곧 공격 행위라는 뜻이었다. 평화 제의를 쉽게 받아들이지도 않겠지만 쉽게 거절하지도 않을 거라는 의미였다.

돈 코를레오네는 답변을 했다. "친애하는 동지 여러분. 저는 모욕적으로 거절한 게 아니었습니다. 여러분도 저라는 사람에 대해 잘 아실 겁니다. 제가 언제 타협을 거절한 적이 있습니까? 그건 제 성격과도 맞지 않습니다. 하지만 그때는 거절해야 했습니다. 왠지 아십니까? 이 마약 사업이 우리의 장래를 망칠 거라고 생각했기 때문입니다. 이 나라에선 마약 거래에 대해 부정적인 생각이 큽니다. 그것은 교회나 정치가들이 금하고 있지만 대부분의 사람들이 원하는 술이나 도박, 매춘사업과는 다른 거란 말입니다. 마약은 그것과 관련된 모든 사람들을 위험에 빠뜨릴 수 있습니다. 다른 사업까지 희생시킬 수 있다는 말이지요. 제가 판사나 정치가들에게 큰 영향력을 끼친다고 믿어주시니 저로선 기분 좋습니다. 아니 그게 사실이기를 바랍니다. 하지만 제가 어느 정도 영향을 끼칠 수 있다고 해도 만약에 제가 마약 사업에 개입된다면 더 이상 저를 존중하지 않게 될 겁니다. 그들은 이런 사업에 관여하기를 두려워하고 부정적인 생각을 갖고 있습니다. 도박이나 다른 사업상 우리를 도와주던 경찰도 마약 문제에 개입되는 것만은 거절할 것입니다. 따라서 제게 이런 문제에 대해 도와 달라고 요청하는 것은 저 자신을 포기하라는 것과 같습니다. 하지만 여러분이 그밖의 문제에 대해 도움이 필요하다시면 기꺼이 돕겠습니다."

돈 코를레오네가 말을 마치자 장내는 소근거리는 말소리가 들리면서 한층 분위기가 부드러워졌다. 그는 중요한 점을 양보했다. 마약의 조직적인 거래에 대해서는 보호해 주겠다는 제안을 한 것이다. 그것은 솔로조가 했던 제안에 사실상 동의한다는 말이었다. 만일 그 제안이 여기 전국에서 모든 사람들의 지지를 받는다면 말이다. 그러나 돈 코를레오네 본인은 절대 경영에는 관여하지 않고 돈도 투자하지 않을 거라는 의미이기도 했다. 다만 자신의 영향력을 이용해서 법적인 보호만 해주겠다는 의미였다. 그러나 그 정도라도 굉장한 양보였다.

로스앤젤레스에서 온 프랭크 팔코네는 이렇게 대답했다. "저의 부하들이 그 사업에 말려드는 것을 막을 방법이 없습니다. 그랬다가 녀석들이 문제를 일으키면 정말 골치가 아픕니다. 그걸 막으려면 더 많은 돈을 주는 수밖에 없습니다. 그러니 우리가 손을 대지 않으면 더 위험합니다. 차라리 우리가 그 사업을 직접하게 되면 더 조직적으로, 더 안전하게 할 테니 문제가 덜 생길 겁니다. 그 사업을 직접 하는 것이 그리 나쁘지만은 않습니다. 물론 통제하고 보호해야 하고, 조직적으로 해야 하겠죠. 무정부주의자들처럼 녀석들이 멋대로 하게 내버려두면 모두가 망하게 됩니다."

그 누구보다 코를레오네 가에 우호적인 디트로이트의 대부는 합리성이라는 견지에서 돈 코를레오네와 반대의 의견을 내놓았다. "저는 마약이란 걸 믿지 않습니다. 제가 지난 몇 년간 우리 애들에게 그런 일에 말려들지 말라고 보수를 좀더 주었습니다. 하지만 그건 별 도움이 되지 않더군요. 누군가가 그 애들에게 접근해서 '내게 가루가 있는데, 네가 3, 4천 달러만 투자하면 5만 달러를 벌게 해주겠다.' 라고 유혹해보십쇼. 그런 돈벌이를 누가 마다하겠습니까? 게다가 그런 부업에 정신이 팔리면 내가 돈주고 시키는 일은 하찮게 보이겠죠. 마약은 돈을 많이 벌 수 있는 사업이고 그 규모도 점점 더 커지고 있습니다. 그걸 막을 방법이 없습니다. 차라리 우리가 그 사업을 맡아서 존경받을 만한 방향으로 이끌어 가야 합니다. 이를테면 학교 근처에서는 거래하지 않는다든지 아이들에게는 팔지 않는 겁니다. 그건 파렴치한 일입니다. 제 지역에서는 흑인이나 유색인종하고만 거래하려고 합니다. 그들은 말썽도 일으키지 않고 최고의 고객이죠. 짐승과 같으니까요. 자기 아내나 가족 심지어 자기 자신도 돌보지 않는 족속들이죠. 마약 때문에 영혼을 팔아도 눈감짝하지 않을 사람들이에요. 다만 그들이 원하는 대로 팔다가는 다른 사람들한테도 해꼬지할지 모르니 뭔가 조치를 취해야겠죠."

디트로이트 대부의 말을 들은 사람들은 웅성거리며 찬성한다는 표시를 했다. 그는 자신의 머리를 손가락으로 톡톡 쳤다. 부하들에게 아무리 몇 푼 더 주어도 마약 거래에서 손을 떼게 할 수 없다는 의미의 말이었다. 그가 어린애들에 대해 언급한 것은 잘 알려져 있는 그의 감성적인 성격에서 비롯된 호소였다. 도대체 아이들에게 마약을 파는 사람이 어디 있겠는가? 아이들이 어디에서 돈을 얻겠는가? 그러나 유색인종에 대해 언급한 것은 전혀 뜻밖이었다. 흑인들은 전혀 힘도 없고 고려 대상도 아니었다. 그들은 사회적으로 압박을 당하면서도 저항하지 않았기 때문에 하찮은 존재로 인식되고 있었다. 디트로이트의 대부가 흑인들을 그런 식으로 말한 것은 그의 논리가 엉뚱한 방향으로 비약되었음을 말해주는 것이었다.

모든 대표들이 한마디씩 했다. 그들 모두 마약 거래는 말썽의 소지가 있기 때문에 개탄하면서도 그것을 통제할 방법이 없다는데 동의했다. 무엇보다 돈이 많이 생기기 때문에 어떻게든 손을 대려는 사람들이 계속해서 생길 것이기 때문이다.

그들은 마침내 하나의 결론에 도달했다. 마약 거래는 허가하되, 동부 지역에 한해서 돈 코를레오네가 반드시 법적으로 보호를 해주기로 합의했다. 바르지니와 타탈리아 패밀리는 최대한 대규모로 사업을 벌일 것이 뻔했다. 그 일에 대한 해결이 나자 회의는 좀더 광범위한 이해관계가 있는 주제로 옮겨졌다. 거기에는 해결해야 할 복잡한 문제들이 산적해 있었다. 라스베이거스와 마이애미는 어떤 패밀리든지 자유롭게 사업할 수 있는 개방도시로 하자는 데 동의했다. 대표들은 모두 이도시가 미래의 도시라는 데 공감했다. 또 이들 도시에서는 폭력을 허용하지 말고 온갖 잡범들이 활개치지 못하게 하자는 데에도 합의했다. 중요하고 꼭 필요한 사업이지만 시민들의 원성을 살 수 있는 일에 한해서는 서로가 모여서 의논을 하자고 했다. 하급 부하들이나 행동대원들이 감정적으로 복수극을 벌이거나 흉칙한 범죄를 저지르는 것도 철저하게 금지시키자고 했다. 또한 다른 패밀리가 도움을 요청할 때, 예컨대 재판에서 배심원에게 뇌물을 주는 것과 같은 특정한 작업을 할 경우에 실무자나 기술적인 지원을 요청하면 서로 돕자고 합의했다. 간부급 차원에서 비공식적으로 이루어진 이런 논의는 뷔페식당에서 점심식사를 하고 음료를 마시느라 잠시 멈췄던 것만 빼고는 오랜 시간 지속되었다.

마침내 돈 바르지니가 회의를 종결하기 위한 발언을 했다. "이것으로 회의를 마치기로 합시다. 우리는 드디어 평화를 찾았습니다. 저는 돈 코를레오네에게 경의를 표하고자 합니다. 우리가 알고 있는 돈 코를레오네는 지난 세월 동안 자신의 약속을 지켜왔습니다. 만일 무슨 문제가 생기면 다시 만납시다. 다시는 어리석은 짓을 할 필요가 없습니다. 저로서는 새로운 길이 열린 셈입니다. 이 모든 문제가 해결되어 기쁘기 그지없습니다."

오직 필립 타탈리아만이 약간 걱정이 남아 있었다. 산티노 코를레오네를 죽인 사실 때문에 다시 전쟁이 일어나면 자신이 공격 대상 1호였던 것이다. 그는 처음으로 길게 말했다.

"저도 여기서 논의한 일에 모두 동의합니다. 저의 불행한 일도 기꺼이 잊겠습니다. 하지만 코를레오네 씨로부터 더 확실한 보장을 받고 싶습니다. 그가 혹시 개인적인 원한 때문에 공격하게 되지 않을까요? 세월이 흐르면서 그의 입지가 더 굳건해지면 우리가 지금 맹세한 우정을 잊게 되지 않겠습니까? 3, 4년 내에 그의 마음이 바뀌어 자기 의사와 관계없이 이루어진 합의니 깨는 것도 자유라고 생각하지 않을 거라는 보장이 없지 않습니까? 우리는 언제까지 서로 경계해야 합니까? 아니면 정말로 마음에서 우러나와 평화를 지킬 수 있을까요? 내가 그렇듯이 코를레오네 씨도 우리 모두를 보장해 줄 수 있습니까?"

그 말을 듣고 돈 코를레오네는 오래도록 잊혀지지 않을, 거시적인 안목을 지닌 정치가와도 같은 그의 존재를 새삼 확인시켜 주는 명연설을 했다. 그 연설은 풍부한 상식과 마음으로부터 우러나는 것이었으며 문제의 핵심을 파고드는 것이었다. 그 연설에서 그는 처칠의 철의 장막(Iron Curtain: 윈스턴 처칠 영국 총리가 1946년 9월 19일 스위스 취리히 대학에서 행한 연설에 나오는 유명한 구절)과 같이 유명한 구절을 남겼다. 비록 10년이 넘어서야 대중들에게 알려졌지만 말이다.

그는 연설을 하기 위해 처음으로 자리에서 일어났다. 키가 작은 그는 오랜 '병상생활'로 다소 야위어서 예순 살이라는 나이보다 조금 더 늙어 보였지만 건강을 회복했고 위트있는 말솜씨도 여전했다.

"만일 인간에게 이성이 없다면 어떤 모습일까요? 아마 정글의 짐승보다 나을 게 없을 겁니다. 하지만 우리에겐 이성이 있어서 남과 자신에 대해 이성적으로 판단할 수 있습니다. 내가 도대체 무엇 때문에 이런 폭력과 혼란, 이런 고생을 다시 시작하겠습니까? 나는 아들을 잃는 불행을 겪었지만 견뎌낼 것입니다. 그리고 내 주변의 무고한 사람들이 나로 인해 고통을 겪는 일이 없도록 하고 싶습니다. 따라서 나는 명예를 걸고 복수를 하지 않을 것이며 과거에 있었던 행위에 대해 알려고 하지 않을 것입니다. 순수한 마음으로 지금 이 자리에서 모두 털어 버릴 것입니다."

"우리는 항상 자신의 이익에 눈을 돌려야 합니다. 우리는 어리석은 사람이 되기를 거부한 사람들입니다. 남들이 조작하는 줄에 매달려 춤추는 꼭두각시가 되기를 거부한 사람들이란 말입니다. 우리는 이 나라에서 남부럽지 않은 재산을 모았습니다. 이미 우리 자식들은 우리보다 더 나은 생활을 하고 있습니다. 여러분 자녀 중에는 교수도 있고 과학자, 음악가도 있습니다. 여러분은 운이 좋은 사람들입니다. 아마 여러분 손자 대에서는 새로운 실력자가 나올 수도 있을 겁니다. 여기 이 자리에 있는 사람들 중에 누구도 후손들이 우리의 전철을 밟기 바라는 사람은 없을 겁니다. 그것은 험난한 인생이니까요. 우리 자식들은 얼마든지 다른 인생을 살 수 있습니다. 그들의 입지와 안전은 우리의 용기에 달려 있습니다. 내게도 손자가 있고 나는 그 애들이 언젠가는 정치가 아니 대통령도 될 수 있기를 바랍니다. 이 미국 땅에서는 불가능한 일이 없으니까요. 우리는 시대와 함께 진보해야 합니다. 총과 살인과 학살의 시대는 지났습니다. 우리는 사업가들처럼 약삭 빨라져야 합니다. 그래야 더 많은 돈을 벌고 우리 자식과 손자들에게도 좋은 세상을 열어 줄 수 있습니다."

"우리는 우리의 목숨과 행동을 좌우하고 자기들의 재산을 보호하기 위해 우리보고 전쟁터로 나가 싸우라고 명령하는 그런 자들을 거부한 사람들입니다. 도대체 누가 그들의 이해관계에는 도움이 되고 우리에게는 손해가 되는 그런 법에 복종해야 한다고 강요할 수 있단 말입니까? 도대체 누가 우리 자신의 이해를 추구하는 데 간섭해도 된다고 했습니까? 소나 코사 노스트라(sonna cosa nostra). 즉, 이것은 우리의 일입니다. 우리 자신을 위해 우리 세계는 우리가 경영할 겁니다. 왜냐하면 그건 우리 세상이기 때문입니다. 우리는 외부의 훼방꾼에 대항해서 연대를 강화해야 합니다. 그렇지 않으면 그들이 이 나라에 이주해 온 수많은 나폴리인들이나 그밖의 이탈리아 이주민에게 그랬듯이 우리 코에 코뚜레를 끼우려고 할 겁니다.

이런 이유로 나는 공동의 이익을 위해 내 아들에 대한 보복은 잊을 것입니다. 이 자리에서 맹세하지만 내가 내 패밀리를 책임지는 한 정당한 이유없이 또는 부당한 도전을 받지 않는 이상 여기 이 자리에 계신 분들을 손끝 하나 건드리는 일은 없을 겁니다. 이것은 내가 명예를 걸고 하는 약속입니다. 여기 계신 여러분들은 내가 결코 배신한 적이 없다는 사실을 아실 겁니다."

"그러나 나 역시 개인적인 바람이 있습니다. 제 막내아들놈은 솔로 조와 경찰 간부의 살인혐의를 받고 외국으로 도망다니고 있는 형편입니다. 저는 지금 그놈이 혐의를 벗고 무사히 집으로 돌아올 수 있도록 조치를 취해야 합니다. 그건 제 일이며, 제가 준비를 할 겁니다. 진짜 용의자를 찾아야겠지요. 아니면 관계 당국에 아들놈의 무고함을 입증해야 할 겁니다. 목격자나 정보 제공자가 자신들이 거짓 진술을 했다고 실토해야겠지요. 하지만 거듭 제가 말씀드리고 싶은 것은 이것은 어디까지나 저의 일입니다. 전 아들을 무사히 귀국시킬 수 있으리라 믿고 있습니다."

"그런데 전 어처구니없게도 미신을 믿는 사람입니다. 이 자리에서 그걸 고백해야겠군요. 그래서 만약 저의 아들놈이 운이 없어서 불행한 사고가 일어나거나 경찰이 우연히 제 아들놈을 총으로 쏘아 죽이는 일이 일어난다면, 아니면 그 녀석이 천장에 목을 매고 죽거나 그 녀석의 범죄를 증언하는 또 다른 목격자가 나타난다면 그것이 여기 계신 여러분이 제게 악의를 품고 있어서 그렇게 되었을 거라고 생각할지도 모릅니다. 물론 미신 때문이죠. 좀더 얘기를 해도 괜찮겠습니까? 만일 내 아들이 벼락을 맞는다면 저는 그것도 여기 계신 여러분 탓으로 돌릴지 모릅니다. 만일 아들놈이 탄 비행기가 바다에 추락하거나 아들놈이 탄 배가 파도에 휩쓸려 가라앉는다면, 만일 그놈이 치명적인 열병에 걸리거나 그놈이 탄 자동차가 기차와 충돌하는 일이라도 생긴다면, 저는 미신을 믿기 때문에 그걸 여러분 탓으로 돌릴지도 모릅니다. 동지 여러분, 그런 악의를 그런 불운을 저는 결코 용서하지 못합니다. 하지만 그 문제만 아니라면 저의 손자들 영혼을 걸고 맹세합니다. 저는 결코 우리가 맺은 평화협정을 깨뜨리는 일이 없을 겁니다. 어쨌든 우리가 살아있는 동안에는 무고한 인명을 수없이 죽인 그 실력자들보다 더 나은 사람이 되어야 할 게 아닙니까?'

돈 코를레오네는 자기 자리에서 걸어나와 돈 필립 타탈리아가 앉아 있는 테이블로 갔다. 타탈리아는 자리에서 일어났고 두 사람은 서로 뺨을 맞대고 포옹했다. 회의장 안에 있던 다른 사람들도 열렬히 박수를 치며 돈 코를레오네와 돈 타탈리아의 새로운 우정을 축하해 주고, 자기들도 서로 악수를 교환했다. 이것은 아마도 세상 사람들이 말하는 따뜻한 우정은 아닐 것이다. 그들은 크리스마스 때 서로 카드 한 장 보내지 않을 것이다. 그러나 그들은 최소한 서로 죽이지는 않을 것이다. 이 세계에서는 그 정도도 우정이며, 그것만 있으면 족했다.

둘째 아들 프레디가 서부에서 몰리내리 패밀리의 보호를 받고 있기 때문에 돈 코를레오네는 회담이 끝난 뒤 감사를 표시하기 위해 샌프란시스코의 대부와 좀더 시간을 끌었다. 몰리내리는 돈 코를레오네를 위해서 프레디가 그곳에 잘 적응해 지내고 있으며 여자들에게 인기도 많다고 들려주었다. 그는 호텔 경영에 천재적인 소질이 있는 것 같다고 했다. 돈 코를레오네는 자기 자식에게 생각지도 않았던 재주가 있다는 말을 들을 때 어느 아버지가 그렇듯이 약간 어리둥절해서 고개를 끄덕였다. 그런 것을 전화위복이라고나 할까? 두 사람은 그런 것 같다며 맞장구를 쳤다. 돈 코를레오네는 샌프란시스코의 대부에게 프레디를 보호해 주어서 큰 은혜를 입었다며 감사의 말을 전했다. 그리고 앞으로 세력 판도에 어떤 변화가 생기건 중요한 경마장에서 그의 부하들이 활동할 수 있도록 힘을 써주겠다고 했다. 사실 그 경마장은 시카고 일당이 그곳에서 한몫 잡고 있다는 사실이 알려지면서 여러 패밀리가 눈독을 들이고 있었다. 그 야만인들의 영역에까지 영향력을 끼치고 있는 돈 코를레오네는 그들에게 귀중한 선물을 한 셈이었다.

돈 코를레오네와 톰 헤이건 그리고 경호원 겸 운전수 노릇을 했던 로코 램포네가 롱비치의 저택에 도착한 것은 저녁이 다 되어서였다. 집으로 들어가면서 돈 코를레오네는 헤이건에게 말했다. "오늘 운전수 노릇을 한 램포네라는 친구를 주시해 보게. 생각보다 괜찮은 녀석 같네." 헤이건은 그 말을 듣고 의아했다. 램포네는 하루 종일 말 한 마디 하지 않았고 심지어는 뒷좌석에 앉아 있는 그들과 눈이 마주친 적도 없었다. 돈 코를레오네가 은행에서 나왔을 때 차문을 열어 주었고, 그 밖에 모든 일을 실수없이 해냈지만 그것은 잘 훈련된 운전수라면 당연히 하는 일이었다. 확실히 대부는 그가 보지 못했던 무언가를 보았음이 틀림없었다.

돈 코를레오네는 헤이건에게 집에 돌아갔다가 저녁식사 후에 다시 오라고 했다. 저녁 늦게까지 논의할 일이 있으니 그 때까지 느긋하게 쉬라고 했다. 그는 또 클레멘자와 테시오에게도 밤 10시까지 오도록 지시했다. 헤이건은 클레멘자와 테시오에게 그날 오후의 회의 결과를 간단히 설명해 주었다.

10시가 되자 돈 코를레오네는 특별 전화가 있는 법률 서재이자 자신의 집무실인 모퉁이방에서 세 사람을 기다렸다. 그곳에는 위스키와 얼음, 소다수도 준비되어 있었다. 돈 코를레오네가 입을 열었다.

"오늘 오후에 평화협정을 맺었소. 내 명예를 걸고 약속했으니 여러분도 지켜주기 바라오. 다만 내 친구들이 그렇게 믿을 만한 사람들이 못되니 여전히 경계를 늦춰서는 안될 것이요. 난 더 이상 성가시고 사소한 일로 놀라고 싶지 않소." 이렇게 말하고 나서 그는 헤이건을 돌아봤다. "보카치오 인질을 보냈나?"

헤이건이 고개를 끄덕였다. "집에 돌아오자마자 클레멘자에게 말했습니다."

코를레오네는 뚱뚱한 클레멘자를 돌아다보았다. 클레멘자는 고개를 끄덕였다. "이미 풀어줬습니다. 그런데, 보카치오 사람들도 시칠리아 출신인데 어쩌면 그렇게 우둔할까요?"

돈 코를레오네는 가볍게 웃었다. "먹고 살 만큼만 영리하면 되지 않는가. 그보다 더 영리할 필요가 있나? 적어도 보카치오 사람들은 이 세상에 분란을 일으키지는 않아. 어쨌든 그들이 시칠리아 사람들 치고 머리가 떨어지는 건 사실이야."

이제 전쟁도 끝났기 때문에 그들은 모두 느긋한 기분에 젖었다. 돈 코를레오네는 위스키에 얼음과 소다수를 넣어 각자에게 한 잔씩 건넸다. 코를레오네는 술을 한 모금 마시고 시가에 불을 붙였다.

"소니의 일에 대해서는 조사를 하지 마시오. 이미 지나간 일이고 잊어버려야 할 일이오. 난 다른 패밀리들이 다소 욕심을 부려 우리 지분이 줄어든다 해도 그들과 협력하고 싶소. 마이클이 귀국할 수 있는 방법을 찾기 전에는 어떤 도전을 받더라도 이 평화를 깨지 말아야 하오. 여러분도 그 점을 명심해 주기 바라오. 마이클이 절대적으로 안전한 상태에서 귀국해야 하오. 타탈리아나 바르지니의 위협을 말하는 게 아니오. 내가 걱정하는 건 경찰이오. 우리는 마이클에 대한 증거들을 확실히 없애야 하오. 목격자나 총잡이나 웨이터가 증언을 하지 못하게 해야 한단 말이오. 진짜 증거는 우리가 잘 알고 있으니 별로 걱정할 게 없고, 우리가 걱정해야 할 것은 경찰이 조작한 가짜 증거요. 왜냐하면 경찰 정보원이 마이클 코를레오네가 자기 서장을 죽였다고 믿게 만들었거든. 그러니 우리는 다섯 개 파 패밀리의 힘을 동원해서 경찰의 이같은 믿음을 바꿔 놓도록 해야 하오. 경찰과 내통하고 있는 그들의 첩자들에게 새로운 정보를 흘리게 해야 한다는 말이오. 오늘 오후 내 연설을 들었으면 그렇게 하는 게 자기들에게 이익이라는 걸 이해하겠지. 우린 마이클이 다신 그 문제로 골치 썩지 않도록 확실히 해결해야 하오. 그렇지 않으면 그 애가 이 나라로 되돌아온다는 게 별 의미가 없으니까. 그러니 우리 모두 그 점에 대해 생각해 봅시다. 그게 가장 중요한 문제요."

"누구든 살다 보면 한번은 어리석어질 필요도 있는 것 같소. 내 경우도 그렇소. 난 지금 저택 주변의 땅과 집들을 모두 사들이고 싶은 마음이오. 비록 1마일이나 떨어져 있지만 이웃사람들이 우리 정원을 들여다보는 게 싫어. 저택 주변에 울타리를 치고 완벽하게 보호하고 싶소. 이를테면 요새를 만들고 싶은 거요. 이제야 자네들에게 말하지만 난 다시는 시내에도 나가고 싶지 않소. 반쯤은 은퇴하고 싶소. 정원이나 가꾸고 포도가 잘 익으면 포도주나 빚으면서 말이요. 나는 내 집에서 살고 싶소. 내가 이 집을 떠나는 일이라면 휴가를 갈 때나 중요한 사업상의 일로 사람을 만날 때뿐일 거요. 그때도 경호를 철저히 받고 싶소. 그렇다고 오해하지는 마시오. 아직까지는 은퇴하고 싶어도 못하니. 난 신중한 성격이오, 빈틈없는 성격 탓에 내 평생 여유라는 걸 맛보지 못하고 살아왔지. 여자들과 아이들은 부주의해도 괜찮지만 남자들은 그렇지 못하거든. 그렇다고 우리 친구들이 염려되어 필사적으로 조심할 필요는 없이 이 문제를 느긋하게 처리해 주기 바라오. 자연스러운 방법으로도 얼마든지 해결할 수 있을 거요."

"이제 여러분 세 사람에게 더 많은 일을 맡기려고 하오. 산티노의 부대는 해체시키고 그 부하들은 여러분 부대에 배치시키시오. 그렇게 하면 우리 친구들이 안심할 것이며, 내가 평화를 원한다는 걸 알릴 수 있을 것이오. 톰, 자네는 라스베이거스에 사람들을 보내 거기 일이 어떻게 돌아가고 있는지 내게 보고하도록 하게. 프레디가 거기에서 어떻게 지내고 있는지도. 나는 오늘 자식에 대해 아무것도 모르는 애비라는 평을 들었네. 그 앤 요즘 요리사가 되어 젊은 계집애들과 노닥거리고 있는 모양이야. 그럴 나이는 지났는데 말야. 녀석은 어렸을 때 너무 진지해서 패밀리 사업을 맡을 만한 재목이 아니었지. 이제 그곳에서 진짜 무엇을 할 수 있을지 알아 봐야 할 것 같아."

헤이건이 조용히 말했다. "사위 카를로를 보낼까요? 카를로는 네바다가 고향이니 그쪽 지리도 밝을 테니까요."

돈 코를레오네는 고개를 저었다. "아니, 마누라가 손자들마저 곁에 없으면 너무 쓸쓸할 거야. 코니네 부부를 이곳으로 이사오게 하게. 카를로에게도 책임지고 할 만한 일자리를 주고. 내가 그동안 그 녀석한테 너무 무심했던 것 같아." 돈 코를레오네는 이 대목에서 얼굴을 찡그렸다. 그는 계속해서 말했다. "이제 내겐 자식놈들이 부족해. 카를로에게 도박장 대신 서류 일이나 말로 일하는 조합 관련 업무를 시키게. 녀석이 언변은 좋으니." 코를레오네는 다소 경멸하는 투로 말했다.

헤이건은 고개를 끄덕였다. "알았습니다. 클레멘자와 제가 상의해서 라스베이거스에 보낼 적임자를 찾아보겠습니다. 그건 그렇고 프레디에게 집으로 전화하라고 할까요?"

돈 코를레오네는 고개를 저으며 냉담하게 말했다. "뭣하러? 마누라는 아직 우리 먹을 식사 정도는 만들 수 있네. 그놈은 거기 있으라고 해." 세 남자는 허리를 곧게 펴고 얼른 자세를 고쳐 앉았다. 그들은 '돈 코를레오네가 생각보다 프레디를 마음에 들어하지 않는구나.' 하고 생각했다. 그러나 구체적으로 그 이유는 알지 못했다.

돈 코를레오네는 한숨을 내쉬었다. "올해는 텃밭에 후추와 토마토나 가꾸어서 실컷 먹었으면 좋겠어. 내 당신들에게도 선물하지. 내가 바라는 건 그저 노년을 평화롭고 조용히 보내는 거야. 그게 전부요. 자,

한 잔 더 들게나."

그 말은 해산하라는 뜻이었다. 세 남자는 자리에서 일어났다. 헤이건은 클레멘자, 테시오와 함께 차가 있는 곳까지 동행하면서 대부가 지시한 일들을 처리하기 위해 회의를 열어 구체적인 방법을 의논하기로 했다. 그런 다음 헤이건은 돈 코를레오네가 기다리고 있는 저택으로 돌아왔다.

돈 코를레오네는 재킷을 벗고 넥타이를 소파 위에 걸쳐놓았다. 그의 근엄한 얼굴은 긴장이 누그러졌지만 피로한 기색이 역력했다. 그는 헤이건에게 의자에 앉으라고 손짓했다. "여보게, 콘실리에리, 오늘 내 행동 중에 어떤 점이 못마땅했나."

헤이건은 조금 뜸을 들이다 대답했다. "없습니다. 다만 평소의 대부님답지 않게 일관성이 없었다고 생각합니다. 대부님은 산티노가 어떻게 죽었는지 조사하지도, 그에 대한 보복을 하지도 않겠다고 말씀하셨습니다. 그러나 전 그걸 믿지 않습니다. 물론 대부님은 평화를 약속하셨고 그 약속을 지키시겠지만 언제까지나 그들이 승리하도록 내버려두실 것 같지는 않습니다. 대부님은 제가 풀 수 없는 굉장한 수수께끼를 던져 주셨습니다. 그런데 제가 어떻게 찬성하고 말고 하겠습니까?"

돈 코를레오네의 얼굴에는 만족한 기색이 번졌다. "그래, 자넨 누구보다 나를 잘 알아. 자네도 이제 시칠리아 사람이 다 됐어. 그래, 자네 말은 모두 사실이네. 하지만 해결 방법은 반드시 있고 평화가 끝나기 전에 그걸 찾아야 해. 자네도 알다시피 누구든 나와 한 약속을 지켜야 하며, 나 역시 그 약속을 지킬 걸세. 그리고 내 명령에 반드시 복종해야 해. 그러나 톰, 가장 중요한 건 되도록 빨리 마이클을 돌아오게 해야 한다는 점이야. 자네 마음 속이나 자네 업무에 있어서도 그걸 우선 과제로 두게. 법적인 방법을 모두 찾아봐, 돈이 얼마나 들든지 상관하지 않겠네. 마이클이 돌아왔을 때 절대로 형사법상 걸리는 게 없어야 하네. 형사법에 관한 최고의 변호사에게 상의해 보게. 내가 몇몇 판사들 명함을 줄테니 그들에게 개인적으로 정보를 얻어 봐. 그때까지는 어떤 배신 행위도 없도록 단단히 경계하고."

헤이건이 말했다. "대부님처럼 저 역시 진짜 증거에 대해서는 별로 걱정하지 않습니다. 경찰이 조작할 증거가 걱정이죠. 어쩌면 경찰은 마이클을 잡아들인 다음 죽일지도 모릅니다. 감방에서 다른 죄수를 시켜 죽인 다음 사고사로 위장하는 거죠. 제 생각에 마이클이 체포되거나 고발당하게 해서는 안될 것 같습니다."

돈 코를레오네는 한숨을 쉬었다. "그래, 나도 알고 있네. 그래서 어려운 거야. 하지만 너무 시간을 오래 끌고 있을 수만은 없네. 시칠리아는 문제가 많아. 그곳의 젊은 녀석들은 더 이상 연장자들의 말에 귀를 기울이지 않고, 게다가 미국에서 추방된 놈들이 너무 많아서 구식 대부들이 다스리기에는 어려움이 너무 많아. 마이클도 그들 틈에 말려들지 모르네. 나도 그런 점을 경계하고 있어. 마이클이 아직은 잘 은신하고 있지만 그곳에서 영원히 숨어 있을 수는 없어. 시칠리아에 바르지니의 친구들이 있는데, 그들이 마이클의 냄새를 맡기 시작했어. 그 점이 자네가 생각하는 수수께끼의 답 하나가 될 걸세. 나는 아들놈의 안전을 위해 평화를 제의해야만 했네. 그렇지 않고는 방법이 없었지."

돈 코를레오네가 어떻게 그런 정보를 입수했는지 헤이건은 묻지 않았다. 별로 놀랍지도 않았지만 그것으로 수수께끼의 일부를 풀게 된 것은 사실이었다. "타탈리아측을 만나서 세부 사항을 논의할 때 마약 중개상은 모두 전과가 없는 사람이어야 한다고 조건을 붙일까요? 전과가 있는 사람이면 판사가 가벼운 형량을 선고하기 어렵지 않을까 하는데요."

돈 코를레오네는 어깨를 으쓱했다. "그쪽에서 그런 것쯤은 알아서 하겠지. 굳이 언급하지 말게. 고집하지도 말고. 우린 나름대로 최선을 다하겠지만 만일 저들이 진짜 마약중독자를 이용하다가 경찰에 걸려 든다면 우리로선 손가락 하나 까딱하지 않을 걸세. 그럴 경우에는 도 와줄 수 없다고 말해야지. 하지만 바르지니는 그 정도는 말해 주지 않 아도 알 사람이야. 지금까지 그런 문제를 일으키지 않았다는 것만 보 아도 알 수 있어. 사람들은 지금도 그가 마약에 관계하고 있다는 걸 전 혀 모르고 있어. 손해보는 일은 절대 하지 않을 사람이야."

헤이건은 깜짝 놀랐다. "솔로조와 타탈리아 배후에 항상 바르지니가 있었다는 말씀입니까?"

돈 코를레오네는 한숨을 내쉬었다. "타탈리아는 뚜쟁이야. 그는 산 티노와 싸워 이길 만한 힘이 없어. 내가 그 사건의 경위를 조사할 필요 가 없다고 한 것도 그 때문이야. 바르지니가 그 일의 배후라는 걸 확인 한 걸로 족하네."

헤이건은 생각에 잠겼다. 돈 코를레오네가 던져 준 단서에는 대단히 중요한 의미가 담겨 있었다. 헤이건은 그게 무엇인지 짐작은 갔지만 물어 볼 수 없었다. 그는 인사를 하고 돌아섰다. 그때 돈 코를레오네가 마지막으로 이렇게 말했다.

"자네 머리를 쥐어짜서 마이클을 데려올 방법을 생각해 봐. 그리고 또 한 가지, 전화국 직원에게 잘 말해서 클레멘자와 테시오가 주고받 은 전화번호 내역을 매달 내게 보고하게. 그들을 의심해서가 아니야. 그들은 절대 날 배신할 사람들이 아니야. 다만 사전에 알아두는 게 도 움이 될 만한 건 조그만 일이라도 알아두는 게 좋아."

헤이건은 고개를 끄덕이며 밖으로 나갔다. 그는 대부가 어떤 식으로 든 자기도 감시하고 있는 게 아닐까 하는 의심이 들었지만 곧 그런 의심을 한 자신이 부끄러워졌다. 하지만 대부의 복잡미묘한 마음 속에는 오늘의 해프닝이 전략상 후퇴였음을 입증해 줄 원대한 계획이 들어있을 거라는 확신이 들었다. 거기에는 헤이건 자신이 감히 묻지 못했고, 돈 코를레오네도 애써 말하지 않은 어두운 진실이 숨어 있었다. 모든 것은 미래에 다가올 응징의 그날만 기약하고 있었다.

21

그러나 거의 1년이 지나서야 돈 코를레오네는 마이클을 미국으로 밀입국시킬 수 있었다.

그동안 패밀리 전체가 적당한 계획을 세우기 위해 머리를 짜냈다. 심지어는 카를로 리치의 의견까지 들었다. 그는 지금 코니와 함께 롱비치의 저택에서 살고 있었다(그 사이 그들은 둘째 아이를 낳았다). 그러나 어떤 계획도 돈 코를레오네의 기대를 만족시키지 못했다.

결국 스스로 불행에 말려든 보카치오 패밀리가 문제를 해결해 준 셈이 되었다. 보카치오에게는 펠릭스라는 스물다섯 살 정도의 젊은 사촌이 있었다. 미국에서 태어난 그는 보카치오 일족 중에서 드물게 머리가 좋았다. 그는 패밀리의 사업인 쓰레기 수거사업에 발을 들여놓지 않고 아름다운 영국계 미국 여자와 결혼해서 일족과는 절연하다시피 하고 살았다. 그는 변호사가 되기 위해 야간 대학을 다니고 낮에는 우체국 서기로 일했다. 그러면서 세 아이를 두었지만 아내가 살림을 알뜰하게 한 덕분에 학위를 받을 때까지 그의 월급으로 생활할 수 있었다.

펠릭스 보카치오는 이제 다른 젊은이들과 마찬가지로 열심히 노력해서 학교를 마쳤고 직장생활을 하면서 경력도 어느 정도 쌓았기 때문에 당연히 그에 대한 보상을 받고 생활 형편도 나아지리라고 생각했다. 그러나 현실은 그렇지 않았다. 자존심이 강한 펠릭스는 친척들의 도움을 거절했다. 그때 유명 법률 회사에서 수습 경력도 쌓았고 배경도 든든한 어떤 변호사 친구가 펠릭스에게 사건을 알선해 주었다. 어떤 사기 사건을 법망을 교묘히 피해 합법화시켜 주는 일이었다. 잘만 하면 사기로 밝혀질 가능성은 별로 없어 보였기 때문에 펠릭스 보카치오는 기회를 잡았다고 쾌재를 불렀다. 법적인 기법을 사용한 사기는 대학에서도 배웠기 때문에 그리 비난받을 만한 일이 아니며, 어떻게 보면 불법이 아닌 것처럼 생각되었다.

그 엉터리 같은 이야기를 간단하게 요약하면 이렇다. 펠릭스 보카치오의 사기 음모는 곧 발각되었다. 그러자 변호사 친구는 궁지에 몰린 펠릭스를 도와주지도 않고 그의 전화도 받지 않았다. 사기 사건을 의뢰한 두 장본인은 약삭빠른 중년의 사업가들로 펠릭스 보카치오가 법적으로 미숙해서 계획을 그르치게 만들었다며 그를 맹렬히 비난했다. 게다가 한 술 더 떠서 자신들의 범죄를 인정한 다음 주 당국에 협력하여 펠릭스 보카치오를 사기의 주모자로 지목하고 그가 폭력 공갈로 자기들을 사기 계획에 끌어들였다고 주장했다. 그가 폭력 전과가 있는 보카치오 일가의 조카라는 새로운 증거까지 제시했다. 결국 두 사업가는 집행유예로 풀려났다. 그러나 펠릭스 보카치오는 5년형을 선고받았고, 그중 3년을 복역했다. 보카치오 패밀리는 펠릭스가 특별히 도움을 청하지 않았기 때문에 다른 패밀리나 돈 코를레오네를 찾아가지도 않았다. 그런데 펠릭스는 이 일로 한 가지 귀중한 교훈을 얻었다. 오직 자기 핏줄만이 자비를 베풀어주며 사회를 믿는 것보다는 가족을 믿고 충성하는 게 낫다는 점이었다.

어쨌든 펠릭스 보카치오는 3년을 복역하고 풀려났다. 그는 집으로 돌아와 아내와 아이들과 재회의 키스를 나누고 1년은 별일 없이 평화롭게 살았다. 그후 그가 보카치오의 핏줄임을 여실히 증명해 주는 사건이 일어났다. 펠릭스는 자신의 범죄 계획을 굳이 숨길 생각이 없었던 듯 태연하게 권총을 구입한 다음 자기 변호사 친구를 쏘아 죽였다. 두 사업가도 찾아내어 점심식사를 마치고 나오는 그들의 머리를 정통으로 관통시켰다. 그는 시체를 거리에 두고 식당으로 들어가 커피를 한 잔 주문하여 느긋하게 마시면서 경찰이 체포하러 올 때까지 기다렸다.

그의 재판은 신속하게 진행되었고 판결은 가차없었다. 그뒤 암흑가의 한 사람이 펠릭스를 감옥에 보낸 목격자 한 명을 냉혹하게 살인하는 사건도 일어났다. 그러자 사회적으로 조롱과 분노가 끓어올랐고, 일반인들과 언론, 사회 단체 심지어 이해심 많은 인도주의자들까지도 당장 펠릭스 보카치오를 전기의자에 앉혀야 한다고 목소리를 높였다. 주지사의 절친한 동료의 말에 따르면 아무리 주지사라고 해도 그 미친 개를 형무소에 방치해 두는 것 외에는 더 이상 관용을 베풀 수 없었다고 했다. 물론 보카치오 일당은 상급 법원에 호소하기 위해 필요한 돈을 아낌없이 썼고 이제야 그를 자랑스러워하게 되었지만 판결이 어떻게 내려질지는 너무도 분명했다. 법률적인 허튼 소리로 기간을 조금 연장시킬 수 있을지는 몰라도 펠릭스 보카치오가 전기의자에서 죽을 것은 뻔한 일이었다.

결국 보카치오 패밀리는 이 젊은이를 구출하기 위해 돈 코를레오네에게 도움을 요청했다. 그러나 돈 코를레오네는 헤이건으로부터 사건의 내용을 듣고 나서 단번에 거절했다. 그는 불가능한 일을 가능하게 해주는 마법사가 아니었다. 그런데 이튿날 돈 코를레오네는 헤이건을 자신의 집무실로 불러 사건의 자세한 내용을 검토하라고 지시했다. 헤이건이 검토를 마치자 돈 코를레오네는 보카치오 패밀리의 두목을 롱비치의 저택으로 불러들였다.

그 다음에 일어난 일은 천재 특유의 단순성을 보여주는 사례였다. 돈 코를레오네는 보카치오 일파의 두목에게 펠릭스 보카치오의 아내와 아이들을 위해 두둑한 연금을 대가로 지불하겠다고 제의했다. 이 돈은 즉시 보카치오 일파에게 건네졌다. 그리고 펠릭스는 솔로조와 맥클러스키 서장을 자기가 살해했다는 자백을 했다.

음모를 완벽하게 수행하려면 해결해야 할 세부적인 문제들이 많았다. 우선 펠릭스 보카치오의 자백에 신빙성이 있어야 했다. 그러자면 그가 자백할 사건의 진상을 제대로 숙지시켜야 했다. 경찰서장이 마약과 관련되어 있다는 사실도 알려주었다. 그런 다음 루나 레스토랑의 웨이터를 찾아가 펠릭스 보카치오가 살인자와 동일 인물이라고 설득해야 했다. 펠릭스는 키가 더 작고 뚱뚱했기 때문에 하루 아침에 진술을 바꾸는데는 용기가 필요했다. 그러나 돈 코를레오네는 이 점에 주목했다. 사형수 펠릭스는 교육에 열성적이고 꼭 대학을 나와야 한다고 믿는 사람이었기 때문에 자기 아이들도 대학에 보내고 싶을 것이다. 그러니 아이들이 대학 교육을 받을 수 있을 정도의 돈은 지불해야 할 것이다. 한편 보카치오 일당에게는 살인자에게 관대한 처분을 바랄 수 없다는 점을 설득했다. 물론 새로운 자백으로 이미 확정되다시피한 펠릭스의 운명은 완전히 돌이킬 수 없게 된 것이다.

모든 준비는 끝났다. 돈은 지불되었고 사형수와 접촉해서 완벽하게 각본도 꾸며 놓았다. 마침내 계획이 실행되고 펠릭스의 자백은 모든 신문의 헤드라인을 장식했다. 대성공이었다. 그러나 신중한 돈 코를레오네는 넉 달 뒤 펠릭스 보카치오의 사형이 집행될 때까지 마음을 놓을 수 없었다. 드디어 사형수가 형장의 이슬로 사라진 뒤 마이클 코를 레오네에게 귀국 명령이 떨어졌다.

22

소니가 죽은 지 1년이 지났지만 루시 맨시니는 아직도 그를 그리워했고 어떤 연애소설의 여주인공보다도 그의 죽음을 애타게 슬퍼했다. 그것은 어린 소녀들이 갖는 허무맹랑한 그리움은 아니었지만 그렇다고 헌신적인 아내가 갖는 그런 그리움도 아니었다. 그녀는 '인생의 동반자'를 잃은 상실감을 겪는 것도 아니고 소니의 활달하고 화끈한 성격을 그리워하는 것도 아니었다. 그녀는 감성을 자극하는 선물이라든지 소녀들이 우상으로 숭배하는 멋진 외모나 웃는 모습, 그녀가 다정한 말이나 재미난 얘기를 들려줄 때 보여주던 장난기 어린 시선 따위에 대한 기억은 갖고 있지 않았다.

그녀가 소니를 그리워하는 가장 중요한 이유는 그녀가 사랑의 행위에서 극치감을 느끼도록 해 준 유일한 남자였기 때문이다. 아직 어리고 순수한 나이이기 때문에 그렇게 해 줄 수 있는 사람은 소니밖에 없을 거라고 믿었다.

1년이 지난 지금 루시는 향기로운 네바다의 햇살을 받으며 일광욕을 즐기고 있었다. 그녀의 발밑에는 금발의 호리호리한 젊은 남자가 그녀의 발가락을 가지고 장난을 치고 있었다. 그들은 어느 호텔의 수영장에서 일요일 오후를 즐기고 있는 중이었다. 주위 사람들은 아랑곳하지 않고 그는 루시의 벌거벗은 허벅지를 더듬어 올라갔다.

"오, 그만해요, 줄스. 적어도 의사라면 다른 사람처럼 그런 어리석은 짓은 하지 않을 거라고 생각했어요." 루시가 말했다.

줄스는 그녀를 보며 씩 웃었다. "난 라스베이거스 의사야." 그는 루시의 허벅지 안쪽을 간지르며 어쩌면 이렇게 조금만 건드려도 쉽게 흥분할까 생각하며 속으로 놀랐다. 그녀가 아무리 감추려고 해도 얼굴 표정에 드러났다. 루시는 정말 육감적이고 순진한 아가씨였다. 그녀를 유혹해서는 안될 이유가 있단 말인가? 그는 이런 생각을 하면서 루시의 잃어버린 사랑에 대해서는 신경쓰지 않기로 했다. 그의 손바닥 아래는 살아있는 피부가 있고, 그 피부는 살아있는 다른 피부를 갈망했다. 줄스 시걸 박사는 오늘밤 자기 아파트에서 어떻게든지 루시를 함락시키겠다고 결심했다. 어떤 술책을 쓰지 않고 그녀를 정복하고 싶었지만 만일 술책을 써야 한다면 그것도 마다하지 않겠다고 생각했다. 물론 의학적인 호기심도 있었다. 게다가 이 불쌍한 여자는 그걸 하고 싶어 안달이 나지 않았는가.

"줄스, 그만해요. 제발." 루시의 목소리는 가볍게 떨고 있었다.

줄스는 이내 후회하는 척하며 "알았어."라고 말했다. 그는 그녀의 부드러운 허벅지를 베개 삼아 무릎 위에 누워 눈을 감았다. 그녀의 꿈틀거림과 사타구니에서 올라오는 열기가 느껴지자 줄스는 흥분이 되었다. 루시가 손으로 그의 머리카락을 쓰다듬자 그는 다정하게 그녀의 손목을 잡아챘는데 실은 그녀의 맥박을 짚어 보려는 것이었다. 맥박이 팔딱팔딱 뛰고 있었다. 그는 오늘밤 어떻게든지 그녀와 함께 보내며 수수께끼를 풀어야겠다고 생각했다. 줄스는 자신만만해 하면서 잠이 들었다.

루시는 수영장 주변의 사람들을 바라보았다. 그녀는 2년 전만 해도 자기 인생이 이렇게 바뀔 줄은 꿈에도 생각하지 못했다. 그녀는 코니의 결혼식에서 자신이 저지른 '어리석은 행동'을 후회해 본 적이 없었

다. 그것은 그녀가 경험한 일 중에 최고였고, 늘 꿈꾸던 일이었다. 그후
로는 달콤한 몇 개월을 보냈다.

소니는 1주일에 한번, 때로는 그보다 더 자주 그녀를 찾아왔다. 그와
의 만남을 기다리는 동안 그녀의 몸은 고통스러웠다. 서로에 대한 열
정은 시(詩)나 그 어떤 지성의 형태로 희석시킬 수 없는 지극히 원초적
인 것이었다. 그것은 가장 동물적인 형태의 사랑이었고, 육욕의 사랑
이었으며, 이성을 갈망하는 육체의 사랑이었다.

소니가 그녀에게 전화를 걸어 지금 만나러 간다고 말하면 루시는 저
녁과 다음날 아침까지 먹을 술과 음식을 넉넉히 준비했다. 소니가 보
통 이튿날 아침 늦게까지는 머물렀기 때문이다. 그 시간만큼은 루시도
그를 완전히 소유하고 싶어했고 그것은 소니도 마찬가지였다. 따로 열
쇠를 가지고 있던 소니가 문을 열고 들어오면 루시는 달려가서 그의
우람한 어깨에 안겼다. 그뒤로 둘은 동물처럼 노골적이고 유치해졌다.
처음 키스를 하면서 서로 옷 위를 더듬다가 소니가 루시를 위로 번쩍
안아 올리면 루시는 자기 다리를 그의 튼튼한 허벅지에 감았다. 그렇
게 선 채로 사랑을 나누는 것이 그들의 첫인사였다. 그리고 나서 소니
는 루시를 안고 침실로 데려갔다.

그들은 침대에서 또 사랑을 나누었다. 그리고 둘 다 벌거숭이로 대
여섯 시간을 함께 지냈다. 루시는 소니를 위해 요리를 해서 근사하게
식탁을 차리곤 했다. 소니가 이따금 사업상의 용무로 외부에 전화를
걸 때도 루시는 아랑곳하지 않고 그의 몸을 만지작거리며 장난을 치거
나 키스를 하고 애무를 하느라 바빴다. 소니가 마실 것을 가지러 그녀
옆을 걸어가면 그녀는 그의 벗은 몸을 만지고 껴안고 사랑하지 않고는
못 배겼다. 그의 몸 중에 어떤 부위는 정교하지만 본능을 숨김없이 드
러내는 순진한 장난감이면서, 놀랄 만큼 쾌감을 안겨주는 특별한 놀이

감이었다. 처음에 그녀는 자신이 너무 노골적인 행동을 하는 건 아닐까 부끄러웠지만 그것이 사랑하는 남자를 기쁘게 하고, 그녀가 그의 몸에 완전히 매료된 것처럼 보이는 것이 그를 우쭐하게 만들어 준다는 사실을 알게 되었다. 이런 모든 행동에는 동물적인 순수함이 있었고 그들은 행복했다.

소니의 아버지가 거리에서 총에 맞고 쓰러졌을 때 그녀는 처음으로 자기의 연인도 위험하다는 것을 깨달았다. 그녀는 아파트에 홀로 남아 동물이 포효하듯 큰소리로 엉엉 울었다. 소니가 거의 3주일 동안 그녀를 보러 오지 않았을 때는 수면제와 술에 의지하여 그리움의 고통을 참아 냈다. 그 고통은 육체적인 고통이었고 정말로 몸이 쑤시기도 했다. 마침내 그가 찾아왔을 때 루시는 그의 몸에서 한시도 떨어지지 않으려고 했다. 그후 소니는 살해당하기 전까지 적어도 1주일에 한번은 찾아왔다.

루시는 신문을 통해 소니의 죽음을 알게 되었고 바로 그날밤 다량의 수면제를 복용했다. 그러나 다행인지 불행인지 죽지는 않고 아파트 복도를 비틀거리며 돌아다니다 엘리베이터 앞에 쓰러져 있는 것이 발견되어 병원으로 옮겨졌다. 소니와 그녀의 관계는 널리 알려져 있지 않았기 때문에 그녀의 음독 사건은 타블로이드판 신문에 몇 줄밖에 실리지 않았다.

루시가 병원에 입원해 있는 동안 톰 헤이건이 병문안을 왔다. 톰 헤이건은 그녀를 위해 소니의 동생 프레디가 경영하는 라스베이거스의 호텔에 일자리를 마련해 주겠다고 제의했다. 또 소니가 그녀를 위해 마련해 둔 연금을 코를레오네 패밀리로부터 받게 될 거라고 일러주었다. 헤이건은 루시가 혹시 임신을 해서 자살하려 한 게 아닌지 물었고 그녀는 아니라고 대답했다. 그는 소니가 운명의 날에 그녀를 찾아왔거나 혹은 찾아오겠다고 전화를 했는지 꼬치꼬치 캐물었다. 루시는 아니라고 대답했다. 그녀는 숨김없이 진실을 말했다. "그는 내가 유일하게 사랑한 사람이에요. 다른 사람은 누구도 사랑할 수 없을 거예요." 톰은 가볍게 미소를 지으면서도 놀란 듯이 보였다. "왜 믿지 못하세요? 당신이 어렸을 때 그분이 자기 집으로 당신을 데리고 들어갔던 게 아닌가요?" 루시가 말했다.

"그땐 지금과는 다른 사람이었죠. 소니는 자라면서 전혀 다른 사람이 되었어요." 헤이건이 말했다.

"내게는 그렇지 않았어요. 다른 사람에게는 그랬는지 모르지만 내게는 그렇지 않았어요." 루시는 너무 힘이 없어서 소니가 얼마나 다정하고 부드러운 사람이었는지 자세히 설명하지 못했다. 소니는 그녀한테 한번도 화를 내거나 심지어 짜증을 내거나 신경질을 부린 적도 없었다.

헤이건은 루시가 라스베이거스로 떠날 수 있도록 모든 준비를 해주었다. 아파트도 미리 임대해 두고 그가 손수 공항까지 바래다주면서 만약 외롭다거나 무슨 문제가 있으면 언제든지 전화하라, 그러면 힘닿는 데까지 돕겠다고 약속했다.

루시는 비행기에 탑승하기 직전 머뭇거리면서 물었다. "소니의 아버지도 당신이 이렇게 하는 걸 알고 계시나요?"

헤이건은 미소를 지었다. "내가 스스로 하는 거지만 그분의 뜻이기도 합니다. 그분은 이런 문제에는 보수적이라 아들의 정식 아내가 있는데 내놓고 하지는 못하시죠. 하지만 당신이 너무 어리고, 소니도 분별없이 행동했다고 생각하고 계십니다. 당신이 수면제를 먹어서 모두가 깜짝 놀랐답니다." 돈 코를레오네는 사람이 왜 자살을 하려고 하는지 이해하지 못한다는 사실을 굳이 설명하지 않았다.

라스베이거스에 온 지 18개월이 흐른 지금 루시는 자신이 가끔 행복하다고 느끼게 된 점이 놀라웠다. 어떤 밤에는 소니 꿈을 꾸다가 잠을 깼다. 그럴 때면 새벽까지 잠들지 못하고 스스로 애무를 하면서 상상의 나래를 펼쳤다. 소니가 죽은 후로는 아직 다른 남자와 사귀지 않고 있었다. 그러나 라스베이거스에서의 생활은 만족스러웠다. 호텔 수영장에 수영하러 가거나 미드 호수에서 뱃놀이도 즐겼고 휴일에는 자동차로 사막을 달리기도 했다. 그녀는 더욱 날씬하고 아름다워졌다. 관능미는 여전했지만 촌스런 이탈리아 처녀티를 벗고 더욱 미국처녀 같은 분위기가 풍겼다. 그녀는 호텔에서 리셉셔니스트와 같이 고객들을 직접 대하는 일을 맡았는데 프레디와는 별로 접촉할 기회가 없었다. 어쩌다 호텔에서 마주치면 잠깐 안부를 묻는 정도였다. 그녀는 프레디의 변화에 깜짝 놀랐다. 그는 옷차림도 세련되어졌고, 여자들에게도 인기가 있었으며 호텔 도박장을 경영하는데 진짜 재능이 있어 보였다. 그는 여느 카지노 주인들이 엄두도 내지 못하는 호텔 쪽 경영에도 참여하고 있었다. 프레디는 길고 무더운 여름 때문인지 왕성한 성생활 때문인지 살이 쭉 빠진데다 헐리우드의 재단사들 덕분에 미끈한 바람둥이처럼 보였다.

　6개월 후에야 톰 헤이건은 루시가 잘 지내는지 보려고 왔다. 그녀는 자기 월급 외에 매달 6백 달러를 수표로 지급받았다. 헤이건은 이 돈이 왜 모처(某處)에서 지급되는 것처럼 보여야 하는지 설명해 주었다. 그리고 대리인에게 전권을 위임하겠다는 서명을 해주고 그가 전달해 주는 것처럼 가장해야 한다고 했다. 그는 또 형식상 그녀가 일하는 호텔의 5대 주주의 한 명으로 등재될 거라고 알려주었다. 그러기 위해선 네바다 법이 요구하는 모든 법적인 절차를 통과해야 하지만 모든 것을 그녀를 대신해서 처리해 줄 것이기 때문에 그녀가 겪는 불편은 거의 없을 거라고 했다. 다만 이런 문제를 헤이건의 승낙없이 다른 사람에게 상의하면 안 되었다. 그녀는 모든 방법으로 법적인 보호를 받게 될 것이며 매달 돈도 확실히 지급받게 될 것이다. 만일 관계 당국이나 법집행기관이 그녀에게 의문을 제기하면 간단히 변호사에게 상의하면 될 뿐 더 이상 귀찮은 일이 생기지 않을 것이라고 했다.

루시는 헤이건의 말에 동의했다. 그녀는 무슨 일이 진행되고 있는지 짐작했지만 자신이 어떻게 이용되고 있는지에 대해서는 더 이상 묻지 않았다. 어쨌든 자신에게 최고의 호의를 베풀어주는 것만은 틀림없었다. 그러나 헤이건이 호텔 주변에서 일어나는 일을 단단히 감시하고, 특히 프레디와 호텔의 대주주이자 호텔을 경영하는 프레디의 보스를 주시해서 보라고 하자 루시는 발끈하며 그에게 물었다. "아니, 헤이건 씨, 그럼 저에게 프레디를 감시하라는 거예요?"

헤이건은 웃으면서 변명했다. "아버지가 프레디를 걱정하고 있어요. 프레디가 요즘 모 그린씨와 급격히 친해졌는데, 혹시 그 때문에 문제를 일으키지나 않을까 해서요." 헤이건은 돈 코를레오네가 자기 아들에게 천국을 선사하고, 더 큰 사업의 발판을 마련하기 위해 라스베이거스의 사막 위에 호텔을 지었다는 설명까지는 하지 않았다.

줄스 시걸이라는 의사가 호텔 의무실 의사로 오게 된 것은 헤이건과의 면담이 있고 얼마 지나지 않아서였다. 그는 호리호리한 몸매에 매력적인 외모를 가졌지만 루시가 보기에는 의사라고 하기에는 너무 어설퍼 보였다. 그를 만나게 된 것은 팔뚝에 생긴 혹 때문이었다. 그녀는 며칠 전부터 이것 때문에 걱정하다가 어느날 아침 호텔 의무실을 찾았다. 대기실에서는 합창단에 소속되어 있는 두 명의 쇼걸이 잡담을 하고 있었다. 그들은 루시가 부러워하는 풍성한 금발에 복숭아처럼 발그스레한 피부 빛깔을 가진 미인들이었다. 루시의 눈에는 천사처럼 보였다. 그중에 한 아가씨는 "내가 또 다시 마약을 먹게 된다면 무용을 포기할 거야, 맹세해."라고 말했다.

줄스 시걸 박사가 진료실 문을 열고 한 아가씨에게 들어오라는 손짓을 했을 때 루시는 자기의 아픈 부위가 은밀한 곳이고 상태가 심각했다면 그냥 나가 버렸을지도 모른다. 줄스 시걸 박사는 헐렁한 바지에 단추를 두서너 개 풀어헤친 셔츠 차림이었다. 뿔테 안경과 조용한 인상이 그나마 의사의 이미지에 가까웠지만 전체적인 인상은 소탈하기 그지없었다. 보수적이고 순진한 사람들이 그렇듯 루시도 의사와 소탈함은 어쩐지 어울리지 않게 느껴졌다.

그러나 진료실에 들어간 루시는 의사로서 확신을 주는 그의 태도에 모든 걱정을 떨쳐버릴 수 있었다. 그는 자신만만한 어조로 말하면서도 별로 무뚝뚝하지 않았고 충분한 시간을 들여 성의있게 진료했다. 루시가 무슨 혹이냐고 묻자 그는 아주 흔한 섬유종으로 악성은 아니니 너무 걱정할 필요는 없다고 자상하게 설명해 주었다. 그는 두꺼운 의학 서적을 꺼낸 다음 팔을 뻗어 보라고 했다.

루시는 팔을 내밀었다. 그는 처음으로 웃어 보이면서 "지금부터 당신의 수술비를 절약해 주기 위해 이 책으로 당신의 팔을 내려칠 겁니다. 그러면 혹이 평평해질 겁니다. 나중에라도 혹이 다시 튀어나와서 제거 수술을 받아야 한다면 그때 수술비를 내고 붕대를 감도록 하지요. 어때요?"라고 말했다.

루시는 그를 보며 미소를 지었다. 웬일인지 루시는 그에게 절대적인 신뢰가 갔다. "좋아요." 루시는 이렇게 말했다. 그가 두꺼운 의학 서적으로 루시의 팔을 내려치자 그녀는 비명을 질렀다. 혹은 거의 납작해졌다.

"그렇게 아파요?" 그가 물었다.

"아니요." 루시는 그가 자신의 진료 기록표에 뭐라고 적은 것을 보았다. "이제 다 된 건가요?"

그는 루시를 더 이상 쳐다보지도 않고 고개를 끄덕였다. 그녀는 진료실을 나왔다.

1주일 후 줄스 시걸은 커피숍 카운터에 앉아 있는 루시를 발견하고는 그녀 옆에 다가갔다. "팔은 어때요?" 그가 물었다.

루시는 그를 보면서 "괜찮아요. 보기보단 돌팔이 의사는 아니신가 봐요."라고 말했다.

그는 루시를 보며 씩 웃었다. "내가 얼마나 돌팔인지 모르시는군요. 하긴 나도 당신이 그렇게 부자인지 몰랐으니까. 베이거스 선지(紙) 최근호에 발표된 대주주 명단을 보니 루시 맨시니 양이 올라있더군요. 그 정도만 갖고 있다면 나도 부자가 되었을 텐데."

루시는 문득 헤이건의 경고가 생각나서 아무런 대꾸를 하지 않았다. 줄스 시걸은 다시 씩 웃으며 말했다. "걱정 말아요. 나도 다 알아요. 당신은 명의만 빌려준 거죠. 여기 라스베이거스에는 그런 사람들이 많아요. 오늘밤 나와 함께 쇼나 보러가는 거 어때요? 내가 저녁도 살 게요. 룰렛 칩도 내가 사죠."

루시가 다소 망설이자 그는 재촉했다. 결국 루시는 응낙했다. "좋아요. 하지만 오늘밤 헤어질 때 실망하지 마세요. 난 라스베이거스 여자들처럼 헤픈 여자가 아니니까요."

"그래서 제가 이렇게 간청하는 게 아닙니까. 오늘밤 잘 곳을 미리 예약해 뒀거든요." 그가 장난스럽게 말했다.

루시는 그를 보고 웃으며 "너무 노골적인 거 아녜요?"라고 말했다. 그는 고개를 저었다. 루시는 "좋아요, 함께 저녁 먹어요. 대신 내 룰렛 칩은 내가 살 거예요."라고 말했다.

두 사람은 저녁 쇼를 보았고, 줄스는 허벅지와 유방의 유형을 의학적인 관점에서 재미나게 설명해 주었다. 희롱한다는 느낌보다는 굉장히 익살스러웠다. 두 사람은 함께 룰렛 게임을 해서 백 달러를 땄다. 그런 다음 달빛을 받으며 보울더 댐을 드라이브했다. 그는 섹스를 원했지만 그녀가 몇 번 키스한 뒤 완강히 거부하자 그녀가 진정으로 원하지 않는다는 것을 알고 단념했다. 그는 자신의 패배를 유머러스하게 받아들였다. "내가 하지 않을 거라고 미리 말했잖아요." 루시가 그를 책망하듯 말했다.

"만일 내가 시도조차 하지 않았다면 당신은 굉장히 모욕감을 느꼈을 걸요." 줄스가 이렇게 말했다. 루시는 그 말이 사실이라는 생각이 들어 웃지 않을 수 없었다.

그후 몇 개월 동안 두 사람은 절친한 친구 사이가 되었다. 아직 육체 관계를 맺지 않았으니 연인이라고 할 수는 없었다. 루시는 그러고 싶지 않았다. 그녀가 거절할 때마다 줄스는 당황하는 빛을 보였지만 다른 남자들처럼 상처를 받거나 불쾌한 표정은 짓지 않았다. 루시는 그런 점에 더욱 신뢰가 갔다. 루시는 그의 의사라는 겉포장 속에 굉장히 장난을 좋아하고 무모한 점이 있는 것을 발견했다. 그는 주말이면 캘리포니아의 자동차 경주대회에 나가곤 했다. 휴가를 맞아 멕시코의 오지로 여행을 다녀온 뒤 한 이방인이 신발 때문에 현지인에게 살해되었다는 이야기, 그들의 삶은 수천년 전과 다름없이 원시적이더라는 이야기를 들려주기도 했다. 그러던 중 루시는 아주 우연한 기회에 그가 외과의사이며 뉴욕의 유명한 병원에 근무했었다는 사실을 알게 되었다.

그런 사실을 알고 나자 루시는 왜 그가 이런 지방 호텔에 일자리를 얻었을까 궁금해졌다. 그래서 넌지시 물어 보았다. 줄스는 "먼저 당신의 어두운 비밀부터 얘기해주면 내 얘기도 해줄 게요"라고 말했다.

그녀는 얼굴을 붉히며 아무 말도 하지 않았다. 줄스도 더 이상 캐묻지 않았다. 그들의 따뜻한 우정관계는 그녀가 생각했던 것보다 더 오래 지속되었다.

수영장 가에 앉아 있던 루시는 무릎에 놓인 줄스 머리카락의 촉감을 느끼자 억누를 수 없는 전율이 온몸에 퍼졌다. 아랫배가 묵직해지면서 자신도 모르게 손가락으로 그의 목덜미를 관능적으로 쓰다듬었다. 줄스는 아무것도 모르고 자는 척했고 루시는 자기 몸에 닿는 그를 느끼며 달아오르기 시작했다. 그때 갑자기 줄스가 자리에서 벌떡 일어났다. 그는 루시의 손을 잡고 풀밭을 지나 도로로 끌고 갔다. 루시는 반항하지 않고 그가 숙소로 쓰고 있는 아담한 집으로 따라 들어갔다. 집안에 들어서자 줄스는 술 두 잔을 준비했다. 작열하는 태양과 성적인 상상에 빠져 있던 터라 루시는 술을 마시자마자 정신이 몽롱해졌다. 줄스가 그녀를 두 팔로 껴안자 수영복으로 간신히 가린 둘의 육체는 밀착되었다. "안돼요." 루시가 중얼거렸다. 그렇지만 그녀의 목소리에는 완강하게 거부해야 한다는 확신이 없었고 줄스도 그녀의 말을 따르지 않았다. 그는 민첩하게 그녀의 브래지어를 벗기고 풍만한 가슴을 매만지며 키스했다. 그런 다음 수영복 팬티마저 벗기고 그녀의 둥근 배와 허벅지 안쪽에 키스를 퍼부었다. 그는 자기도 수영복 팬티를 벗고 그녀를 껴안았다. 맨살의 팔들이 서로 얽힌 상태에서 두 사람은 침대로 가서 누웠다. 루시는 그가 자신의 몸속으로 들어오는 것을 느꼈다. 그렇게 가볍게 닿는 것만으로도 루시는 절정에 다다랐지만 아주 짧은 순간 남자의 움직임을 통해 그가 놀라고 있다는 것을 눈치챌 수 있었다. 그녀는 소니를 만나기 전처럼 수치심을 느꼈다. 줄스는 침대에서 일어나더니 그녀의 몸을 침대 가장자리로 틀어지게 하여 다리가 특정한 방향으로 놓이게 했다. 그녀는 자기의 몸을 줄스에게 내맡겼다. 그가 다시 몸속으로 들어오며 루시에게 키스했다. 이번에도 루시는 그를 느낄 수 있었다. 그러나 더욱 중요한 것은 줄스 역시 어떤 것을 느끼고 절정에 도달했다는 점이다.

줄스가 루시의 몸으로부터 떨어지자 그녀는 급히 침대 모서리로 몸을 돌려 울기 시작했다. 그녀는 수치스러움을 느꼈다. 그런데 놀랍게도 줄스는 가볍게 웃으며 "이 순진하고 불쌍한 이탈리아 처녀야, 그래서 지금까지 날 거절한 거야? 이 바보야."라고 말했다. 그가 다정하고 친근하게 "이 바보야."라고 말하자 그녀는 그를 돌아다보았다. 그는 말을 계속하면서 그녀의 벌거벗은 몸을 잡았다. "당신은 중세 여자야, 영락없는 중세 여자." 그는 부드럽게 달래는 투로 말했고 루시는 계속해서 울었다.

줄스는 담배에 불을 붙여 루시의 입에 물려주었다. 루시는 담배를 한 모금 빨아들인 다음 울음을 그쳤다. "내 말 좀 들어봐. 만일 당신이 20세기의 문화를 받아들인 가정에서 자랐으면 당신의 문제는 벌써 수년 전에 해결할 수 있었을 거야. 이제 당신의 문제가 뭔지 말해 볼까? 그건 얼굴이 못났거나 피부결이 거칠거나 사팔뜨기처럼 성형수술로 해결할 수 없는 문제와는 달라. 당신의 문제는 턱에 난 사마귀나 점 또는 이상하게 생긴 귀 같은 문제야. 그걸 성적인 의미로 생각하지 말라구. 당신의 상자가 너무 커서 남자에게 적절한 자극을 주지 못하기 때문에 사랑을 나눌 수 없다는 생각은 버리란 말이야. 당신의 문제는 골반 기형이야. 우리 외과의사들은 그걸 골반저가 약하다고 말하지. 보통 아이를 낳은 후에 그렇게 되는데 단순히 골격 구조의 이상 때문에 그러는 수도 있어. 아주 일반적인 현상인데 그걸 가지고 여자들이 불행한 인생을 보낸다는 건 우스워. 간단한 수술로 교정할 수 있는데 말야. 어떤 여자는 그것 때문에 자살도 한다구. 하지만 당신은 너무나 아름다워서 설마 그럴 줄은 몰랐어. 그저 심리적인 거라고 생각했지. 당신과 소니 얘기는 자주 들었으니까. 하지만 당신 몸을 더 자세히 조사하고 어떤 치료를 해야 하는지 정확히 알아야겠어. 자, 이제 가서 샤워하고 와."

루시는 욕실로 가서 샤워를 했다. 루시가 몇 번이고 하지 않겠다고 했지만 줄스는 참을성있게 그녀를 설득하여 침대 위에 눕힌 다음 다리를 벌리게 했다. 그는 아파트에 있는 왕진용 가방을 열었다. 그는 또 침대 옆에 있는 작은 유리탁자에 몇 가지 다른 기구들도 올려놓았다. 그는 완전히 의사가 되어 자신의 손가락을 그녀의 몸속에 넣고 이곳저곳 살펴보았다. 그가 그녀의 배꼽에 키스하면서 "이런 일이 이렇게 즐겁긴 처음이야."라고 말할 때 루시는 모욕감을 느꼈다. 줄스는 루시를 툭툭 치더니 손가락을 직장 쪽으로 쑥 밀어 넣고 빙글빙글 돌리고 꾹꾹 눌러보기도 했다. 그러면서 다른 한 손으로는 그녀의 목을 부드럽게 쓰다듬어줬다. 그는 진찰을 마치고 나서 그녀를 일으켜 앉히더니 입술에 부드럽게 키스했다. "좋았어. 이제 내가 당신의 그곳에 새로운 길을 만들어 주겠어. 그런 다음 내가 직접 시험해 볼 거야. 순전히 치료를 위해서야. 어쩌면 공식적인 의학잡지에 논문을 발표할 수 있을지도 모르지."

루시는 그가 그녀를 진심으로 배려하는 데다 이처럼 유머를 섞어 말하는 바람에 수치심과 당황스러움을 극복했다. 그는 심지어 의학서적을 꺼내 그녀와 같은 사례를 보여주며, 의학적으로 교정하는 방법도 자상하게 설명해 주었다. 그녀는 자신도 모르게 진지하게 경청했다.

"교정해 주면 건강에도 좋아. 당신이 제대로 치료받지 않으면 생식기에도 큰 문제를 일으킬 수 있거든. 수술로 교정하지 않으면 그 조직이 점점 약해져. 그놈의 수치심이 뭔지 고상한 척하는 여자들은 의사의 진찰도 수술도 받고 해야 하는데 무조건 숨긴다니까. 그것 때문에 고민하는 여자들이 무척 많아."

"제발 그만 좀 해요." 루시가 말했다.

줄스는 루시가 아직도 자신의 은밀한 부위의 결점을 부끄러워한다는 것을 알 수 있었다. 의사로서 수련을 쌓은 자신이 보기에는 굉장히 어리석게 보였지만 다정다감한 줄스는 그녀의 수치심을 이해할 수 있었다. 그는 루시의 기분을 풀어 주기 위해 어색한 분위기를 깨기로 했다.

"알았어, 당신의 비밀을 알았으니 이제 내 얘기를 해주지. 당신은 동부에서 가장 젊고 우수한 외과의사가 왜 이런 시골에서 일하는지 궁금해했지?" 그는 마치 자신에 대한 신문기사를 읽어내리듯 이야기를 시작했다. "사실 난 낙태 전문 의사야. 그것도 의학의 한 분야이니 부끄러울 건 없지만 내가 운이 없게 걸려든 거야. 내게는 수련의 시절을 함께 보낸 케네디라는 의사 친구가 있었어. 진짜 화끈한 친군데 나를 도와주겠다고 하더군. 나는 그 친구가 코를레오네 패밀리를 도와준 적이 있다는 것을 알고 톰 헤이건에게 청탁을 하려는 거구나 생각했지. 역시 그는 헤이건에게 도움을 청했어. 그리고 나에 대한 고소는 취하됐지. 그런데 의학협회와 동부의 의료연합회에서 나를 블랙리스트에 올려놓은 거야. 취직을 못하고 있는데 코를레오네 패밀리에서 이곳에 일자리를 마련해준 거야. 난 지금 대만족이야. 또 해야할 일도 있고. 여기 있는 쇼걸들은 툭하면 임신을 하거든. 낙태를 시키는 건 세상에서 가장 쉬운 일 중에 하나야. 그들은 임신을 확인하자마자 내게 찾아오지. 나는 여자들이 프라이팬 긁어내듯이 그걸 순가락 모양의 기구로 긁어내지. 그런데 프레디 코를레오네는 정말 강적이야. 내가 여기 온 후로 그 녀석이 임신시킨 여자들만 해도 열다섯 명이야. 섹스에 관한 도사라서 나도 그에게 상담 좀 받아야겠어. 성병 치료도 세 번 받았는데, 그 중에 한번은 매독이었어. 프레디는 얼마나 강심장인지 안장도 없이 말을 타는 사람이야."

줄스는 말을 멈췄다. 그는 일부러 한번도 써 보지 않은 음란한 표현들을 사용했다. 그는 루시에게 다른 사람들, 즉 그녀가 알고 있는 사람들이나 다소 어려워하는 프레디 코를레오네 같은 사람도 수치스런 비밀을 갖고 있다는 것을 알려주고 싶었다.

"당신 몸속에 고무줄이 있는데, 그게 탄력을 잃고 느슨해졌다고 생각해 봐. 그 고무줄을 일부 잘라내면 더 팽팽해지고 조임이 좋아지는 것과 같은 이치야."

"생각해 보겠어요." 루시는 이렇게 말했지만 줄스를 믿고 모든 걸 이겨내겠다고 다짐했다. 이때 문득 다른 생각이 떠올랐다. "그런데, 비용은 얼마나 들죠?"

줄스가 이맛살을 찌푸렸다. "내겐 그런 수술 도구가 없어. 난 그 분야를 전공하지 않았거든. 로스앤젤레스에 있는 내 친구가 그 분야의 명의인데, 최고의 병원에서 근무하고 있지. 내로라 하는 영화배우들도 모두 그 친구의 손길을 거쳤지. 얼굴 뜯어고치고 가슴 확대하는 것만이 성생활의 정답이 아니란 걸 알고 있거든. 사실 그 친구도 내 도움을 받은 적이 있어서 비용은 받지 않을 거야. 내가 그 녀석이 사고 친 걸 해결해 줬거든. 사실 그게 비윤리적인 일만 아니라면 그 수술을 받은 섹스 여배우들의 이름을 알려줄 텐데."

루시는 즉시 호기심을 보였다. "자, 말해봐요. 어서!" 그것은 최고의 가십거리였다. 줄스는 그녀에게 수치심을 주지 않으면서도 연예게 뒷얘기를 듣고 싶어하는 여자들 특유의 심리를 그대로 드러내게 해주었다.

"나와 저녁을 먹고 함께 밤을 보내면 말해 주지. 당신의 어리석음을 깨우쳐 주느라 아까운 시간을 너무 많이 써버렸어." 줄스가 말했다.

루시는 그의 친절한 마음에 깊은 애정을 느꼈다. "나랑 자는 건 안돼요. 지금 이대로의 나와는 즐길 수가 없잖아요."

줄스는 웃음을 터뜨렸다. "이 바보야, 당신은 정말 바보야. 섹스에도 여러 가지 방법이 있다는 소리 못 들어봤어? 옛날 사람들일수록 더 개화되었다구. 당신 정말 그렇게 순진한 거야?"

"아, 그것?" 그녀가 말했다.

"아, 그것?" 줄스는 루시의 말을 흉내냈다. "고상한 여자들은 그걸 하지 않지. 남자다운 남자들도 마찬가지고. 심지어 1948년인 지금도 말야. 언제 라스베이거스에 있는 그 작은 노부인집에 데려가 줄게. 그녀는 1880년 황야의 서부시대 때 한 유명한 갈보집의 새끼 마담을 하던 여자라고 하더군. 그런데 그 아줌마가 옛날 이야기를 좋아하지. 그런데 그녀가 내게 무슨 얘기를 해줬는지 알아? 서부의 사나이 이야기야. 남자답고 명사수이고 카우보이였던 그들은 언제나 매춘부들에게 '프랑스식,' 우리 의사들은 그걸 '펠리치오'라고 부르는데, 그걸 요구한다는 거야. 당신이 말한 '아, 그것' 말이야. 소니와도 '아, 그것' 해봤나?"

루시는 처음으로 줄스를 놀라게 만들었다. 그녀는 줄스를 돌아다보며 모나리자 같은 미소를 지었다. 그는 그때 문득 이로써 수세기에 걸쳐 내려온 수수께끼가 풀리는 게 아닐까 하는 생각이 스쳤다. 루시는 조용히 말했다. "소니하고는 뭐든지 다 해봤어요." 루시가 그런 문제를 다른 사람에게 인정하기는 이번이 처음이었다.

2주일 후 줄스 시걸은 로스앤젤레스의 한 병원 수술실에 서서 친구인 프레드릭 켈너 박사의 수술 광경을 지켜보았다. 루시가 마취상태에 들어가기 전에 줄스는 허리 굽혀 그녀의 귀에 이렇게 속삭였다. "내게 특별한 여자라고 했더니 좀더 탄력이 좋게 만들어 주겠대." 그러나 1차로 마취약을 복용한 상태였기 때문에 루시는 웃거나 미소 짓지 못했다. 그러나 그의 다정한 한마디에 수술에 대한 공포심이 사라지는 것 같았다.

켈너 박사는 고래 같은 수영장을 적당한 크기로 줄일 수 있다는 자신감을 갖고 메스를 댔다. 골반 저부를 강화하는 수술은 두 가지 목적을 갖고 실시했다. 골반을 지지하는 늘어진 근육 조직을 잘라 내어 위로 당겨주는 것이다. 그런 다음 골반저에서도 가장 약한 질구를 치골궁(恥骨弓) 밑으로 잡아당겨서 위에서 곧장 압력을 가할 때도 편안함을 느끼게 해주는 것이다. 늘어진 골반 근육을 교정하는 것은 질교정술이라고 했다. 질벽을 꿰매는 수술을 질봉합술이라 불렀다.

켈너 박사는 조심스럽게 수술을 했다. 이때 너무 깊이 절개를 하면 직장을 건드릴 위험이 있었다. 줄스는 엑스선 검사와 여러 시험을 거쳐 루시는 그리 까다롭지 않은 경우라고 알고 있었다. 외과 수술에서 항시 있을 수 있는 실수만 하지 않으면 잘못될 가능성은 거의 없었다.

켈너는 T자 겸자로 질 근육을 활짝 벌려 항문 근육과 근막이 드러나게 했다. 그리고는 거즈로 감싼 손가락을 늘어진 연결 조직 쪽으로 쑥 넣었다. 줄스는 혈관이 보이는 질벽을 주시했다. 자칫하면 직장을 손상시킬 위험이 있었기 때문이다. 그러나 노련한 켈너는 역시 그 방면의 전문가였다. 그는 목수가 뚝딱 못질해서 기둥을 세우듯 쉽게 새로운 성기를 만들어 냈다.

켈너는 느슨한 질벽을 잘라 낸 다음 매끄럽게 봉합했다. 켈너는 처음에 손가락 세 개가 들어갈 정도로 만들려고 하다가 두 개로 바꾸었다. 그는 손가락 두 개를 넣은 다음 줄스를 쳐다보았다. 그 정도면 적당하냐고 묻는 것으로 생각한 줄스는 푸른 눈동자를 깜박였다. 그리고 나서 켈너는 얼른 봉합으로 들어갔다.

이제 모든 게 끝이 났다. 그들은 루시를 회복실로 옮겼고 줄스는 켈너에게 수술 결과에 대해 물어 보았다. 켈너는 수술이 아주 잘되어서 만족스러운 듯 쾌활하게 말했다. "부작용은 전혀 없을 거네. 그 안에 다른 문제도 없고 비교적 단순한 경우야. 이런 사례에선 드물게 건강 상태도 좋고, 이제 그 아가씬 최고의 명기를 갖게 될 걸세. 자네가 부럽구만. 물론 한동안 기다려야겠지만 자넨 틀림없이 내 작품이 마음에 들 걸세."

"하하, 자네야말로 정말 피그말리온(Pygmalion: 그리스 신화에서 자기가 조각한 처녀상을 사랑하게 되는 조각가)이군. 정말 대단한 솜씨야." 줄스가 웃으면서 말했다.

"자네의 낙태술이나 이거나 모두 어린애들 장난이야. 만약 사회가 제대로 굴러간다면 자네나 나와 같이 실력 있는 사람들은 중요한 일을 하고 이런 일은 조수한테 맡겨도 될 텐데. 그건 그렇고 다음 주에 아가씨 하나를 보내겠네. 아주 예쁜 아가씨지. 그럼 오늘 일로 해서 자네와 나의 계산은 끝난 거네."

줄스는 그의 손을 잡고 악수했다. "고맙네. 언제 한번 오게. 내가 근사하게 대접하겠네."

켈너는 묘한 미소를 지었다. "난 매일 도박을 해. 자네가 사용하는 룰렛 휠이나 크랩 테이블 같은 건 필요 없네. 그냥 운(運)만 가지고 부딪혀보는 거지. 그건 그렇고 자넨 언제까지 거기서 썩을 건가. 한 2, 3년만 지나도 어려운 수술은 잊어버리게 되네. 시대를 따라가지 못하게 된단 말일세."

줄스는 그의 말이 비난이 아니라 진심으로 걱정해 주는 거라고 생각했다. 그러나 어쨌든 그 말을 듣고 나니 마음이 편치 않았다. 루시가 회복실에서 나오려면 12시간이나 남았기 때문에 그는 시내로 나가 술을 마셨다. 기분 좋게 취기가 오르자 그는 루시와의 일이 잘될 것 같은 안도감이 들었다.

다음날 아침 병원으로 루시를 만나러 온 줄스는 침대 곁에 서 있는 두 남자와 병실 곳곳에 놓여진 꽃들을 보고 깜짝 놀랐다. 루시는 베개를 등에 괴고 일어나 앉아 있었고 얼굴이 환하게 빛나고 있었다. 줄스는 루시의 집안이 파산한데다 수술이 잘못되지 않는 한 가족에게는 알리지 않겠다고 그녀가 말했기 때문에 뜻밖의 사람들을 보고 놀란 것이다. 물론 두 사람 모두 휴가를 내야 했기 때문에 프레디 코를레오네에게는 그녀가 가벼운 수술을 받기 위해 병원에 입원할 거라고 말해 놓았다. 그러자 프레디는 루시의 병원비를 호텔에서 지불하겠다고 했다.

루시는 두 사람을 소개했고, 줄스는 단번에 그중 한 사람을 알아봤다. 유명한 조니 폰테인이었다. 다른 한 사람은 건장한 체격이 다소 오만해보이는 이탈리아 남자로 니노 발렌티라고 소개했다. 그들은 줄스와 악수를 나누고 난 뒤 더 이상 그에게는 관심을 보이지 않았다. 그들은 예전에 뉴욕에 살았을 때 이웃집 사람들 이야기라든지, 줄스가 경험해 보지 못한 사람들과 사건들을 농담조로 이야기했다. "나중에 들르지. 어차피 켈너 박사를 만날 일이 있거든." 줄스가 루시에게 말했다.

그러자 조니 폰테인은 매력적인 얼굴을 돌려 줄스를 바라보면서 "여보게, 젊은 친구. 우린 이제 가봐야 하니까 루시 좀 잘 돌봐 주시오. 부탁하오."라고 말했다. 줄스는 폰테인의 쉰 목소리를 듣고 그가 1년 이상 대중들 앞에서 노래를 부르지 않았으며, 아카데미상을 수상했다는 사실이 불현듯 떠올랐다. 사람의 목소리가 저렇게 뒤늦게 바뀌었는데도 언론에서는 쉬쉬하고, 사람들에게도 비밀로 할 수가 있는 것일까? 연예계 뒷소식에 관심이 많은 줄스는 조니 폰테인의 문제를 진단해 볼 요량으로 그의 목소리에 귀를 기울였다. 단순히 스트레스 때문일 수도 있고 음주나 흡연 또는 방탕한 생활 때문일 수도 있다. 어쨌든 음색이 거칠어져서 다시는 저음의 부드러운 노래는 부르지 못할 것 같았다.

"감기에 걸리셨나봐요." 줄스가 조니 폰테인에게 말했다.

폰테인은 공손하게 "피곤해서 그렇죠. 어제밤 노래를 불렀거든요. 내 목소리가 변했다는 사실을 인정할 수가 없어요. 나이는 속이지 못하나 봅니다." 조니 폰테인은 줄스를 보며 쓴웃음을 지었다.

"의사한테 보이셨나요? 제가 보기에는 충분히 고칠 수 있을 것 같은 데." 줄스는 무심코 말했다.

폰테인은 더 이상 매력적인 얼굴이 아니었다. 그는 줄스를 오랫동안 차갑게 노려봤다. "2년쯤 전에 한번 의사를 찾아갔던 적이 있죠. 아주 유명한 의사였소. 캘리포니아에서 최고의 의사라고 추천받았는데, 나보고 푹 쉬라고 하더군요. 아무 이상이 없고 나이가 먹으면 다 그렇답디다. 사람의 목소리는 나이가 들면 변하는 게 아니오?"

폰테인은 이렇게 말하고 나서 줄스를 무시하고 루시에게만 관심을 보였다. 그는 다른 여자를 매혹시키듯 루시도 매혹시켰다. 줄스는 계속해서 그의 목소리에만 귀를 기울였다. 그가 판단하기에는 성대에 뭔가가 자라고 있는 것 같았다. 그러나 그렇다면 왜 전문의들이 그걸 발견하지 못했을까? 악성이어서 수술이 불가능한 건 아닐까? 그렇다면 문제는 달라진다.

줄스는 폰테인의 말을 가로막으며 "의사에게 마지막으로 보인 게 언제라고 하셨습니까?'라고 물었다.

폰테인은 심히 불쾌했지만 루시의 입장을 생각해서 친절하게 대하려고 노력했다. "한 18개월 전인 것 같소."

"그럼 주치의에게는 가끔 보입니까?" 줄스가 물었다.

"그렇소." 조니 폰테인은 신경질적으로 말했다. "물론이죠. 코데인 스프레이를 주고 진찰도 하죠. 나이가 드는데다 음주, 흡연, 뭐 그런 것 때문이라고 합디다. 당신은 그보다 뭘 좀더 아시오?"

줄스가 물었다. "그분 성함이?"

폰테인은 다소 으쓱거리면서 말했다. "터커, 제임스 터커 박사요. 당신은 그분 어떻게 생각합니까?"

유명한 여배우들, 여자 그리고 값비싼 요양원과 관련된 일로 귀에 익은 이름이었다.

"그분은 옷 잘입는 멋쟁이죠." 줄스가 씩 웃으며 말했다.

폰테인은 노여운 기색을 보였다. "듣고 보니 당신이 그분보다 더 훌륭한 의사라 그런 말씀 같은데."

줄스가 웃음을 터뜨렸다. "당신은 카르멘 롬바르도보다 더 훌륭한 가수인가요?" 그 말을 듣자 니노 발렌티가 머리를 의자에 부딪히며 웃음을 터뜨렸다. 그 농담은 별로 적절하지 않았다. 너털웃음을 터뜨리는 니노에게서 술 냄새가 풍겼다. 이른 아침인데도 니노 발렌티는 반쯤 취해 있었다.

폰테인은 자기 친구를 보고 씩 웃었다. "이봐, 저 친구가 아니라 내 농담에 웃는 거지?" 그러는 동안 루시는 줄스에게 손을 뻗어 침대 옆으로 끌어당겼다.

"이 사람은 건달처럼 보이지만 유능한 외과의사예요. 이 사람이 터커 박사보다 자기가 낫다고 말하면 정말 그런 거예요. 이 사람 얘기를 들어봐요, 조니."

이때 간호사가 들어오더니 그들에게 그만 나가 달라고 했다. 레지던트가 회진을 돌 시간인데 환자 혼자 있어야 한다고 했다. 조니 폰테인과 니노 발렌티가 루시에게 키스하자 그녀는 입술이 아닌 뺨을 내밀었다. 그들은 예상한 일이었지만 그 모습을 본 줄스는 기분이 좋아졌다. 루시는 줄스의 입술에 키스하며 "이따 오후에 다시 와줘요."라고 속삭였다. 그는 고개를 끄덕였다.

병원 복도에서 니노 발렌티가 줄스에게 물었다. "무슨 수술을 받았습니까? 심각한 병인가요?"

줄스는 고개를 저었다. "흔한 부인과 질환이죠. 제 말을 믿으세요. 전 당신들보다 더 염려하고 있으니까요. 그 아가씨와 결혼할 생각입니다."

그들은 유심히 줄스를 쳐다봤다. 줄스가 물었다. "루시가 입원했다는 걸 어떻게 아셨습니까?"

"프레디가 전화해서 한번 찾아가 보라고 하더군요. 우린 어릴 때 한 동네에서 자랐습니다. 루시가 프레디 여동생이 결혼할 때 들러리를 섰죠." 폰테인이 말했다.

"아하." 줄스는 자신이 모든 상황을 알고 있다는 것을 굳이 알리지 않았다. 그들이 루시와 소니의 일을 숨기려고 하는 것 같았기 때문이다.

그들과 복도를 걸어 내려오며 줄스는 폰테인에게 말을 건넸다. "저는 여기 의사의 신분으로 방문한 겁니다. 제가 당신의 목 좀 진찰해도 될까요?"

폰테인은 고개를 저으며 "나 바빠요."라고 말했다.

그러자 니노 발렌티가 말했다. "이래뵈도 백만 달러짜리 목구멍입니다. 싸구려 의사들이 들여다보지 못하게 할 걸요." 니노 발렌티가 줄스를 보며 씩 웃었다. 그는 분명 줄스의 편이었다.

줄스는 쾌활하게 말했다. "난 싸구려 의사가 아닙니다. 낙태죄로 걸리기 전까진 동부 지역에서는 내로라하는 외과의사에다 진단전문의였습니다."

줄스가 이렇게 말하자 예상대로 그들은 진지하게 대하기 시작했다. 자신의 실수를 당당히 인정하는 줄스가 진실해 보였고 그의 능력에 대해 신뢰가 생긴 것이다. 먼저 발렌티가 반응을 보였다. "조니가 싫다면 먼저 내 여자친구를 봐 주쇼. 아, 물론 목구멍을 봐 달라는 건 아니고."

폰테인이 신경질적으로 물었다. "얼마나 걸립니까?"

"10분이면 됩니다." 이 말은 거짓말이었다. 그러나 그는 거짓말의 효과를 잘 알고 있었다. 아주 긴급한 경우가 아니면 환자에게 진실을 말하는 것은 치료에 별로 도움이 되지 않았다.

"좋소." 폰테인의 음성은 두려움으로 더 우울하고 거칠게 들렸다.

줄스는 간호사와 진찰실을 빌렸다. 그에게 필요한 모든 장비를 갖추고 있지는 않았지만 그것으로 충분했다. 줄스는 10분도 채 안되어 조니의 성대에 뭔가 자라고 있음을 발견했다. 심각한 병은 아니었다. 옷만 번지르르 하지 무능력하기 짝이 없는 헐리우드의 사기꾼 터커도 이 정도는 발견할 수 있었을 것이다. 아마 의사면허증도 없는 작자거나 만일 있다고 하더라도 빼앗아버려야 할 것이다. 줄스는 이제 두 남자에게 관심을 두지 않았다. 그는 병원의 이비인후과 의사에게 전화를 걸었다. 그런 다음 회전의자를 돌려 니노 발렌티에게 말했다. "오래 기다리셔야 할 것 같은데 먼저 가시죠."

폰테인은 도무지 못 믿겠다는 얼굴로 줄스를 노려보았다. "아니 이 사람이 날 계속해서 여기 붙들어 놓을 작정인가? 도대체 내 목을 어쩌려는 거요?"

줄스는 일부러 즐거운 표정을 지으며 그의 양 미간을 쳐다보았다. "좋으실 대로 하십시오. 당신의 성대에 뭔가 있습니다. 여기에 몇 시간만 더 계신다면 그게 악성인지 양성인지 알려 드리지요. 수술을 할지 약물치료를 할지도 결정할 수 있구요. 또 미국 최고의 명의를 소개해 드릴 수도 있습니다. 그 의사를 비행기로 이곳까지 모셔 올 수도 있습니다. 물론 경비는 그쪽에서 지불해야 하고 제가 추천서를 써드려야 합니다. 하지만 당신이 지금 이곳을 걸어나간다면 그 돌팔이 의사를 또 찾아가든지 아니면 또 새로운 의사를 찾아 헤매다가 무자격자 의사를 만날지도 모르죠. 그러다 그게 악성이고 후두를 몽땅 도려 내야할 만큼 퍼지면 언제 죽을지 모릅니다. 이제 어쩌시겠습니까? 제게 시간을 더 주시겠습니까? 그러면 몇 시간 내에 깨끗이 해결해 드리죠. 도대체 이 일보다 더 중요한 일이 뭡니까?"

니노 발렌티가 말했다. "조니, 그러지 말고 좀더 있게나. 내가 로비로 내려가서 스튜디오에 전화를 하겠네. 별말 하지 않고 그냥 못 가게 되었다고 말하겠네. 내가 돌아와서 옆에 있어 주겠네."

굉장히 길었지만 보람있는 오후였다. 줄스가 엑스선 촬영과 약물 진단을 한 후에 이비인후과 의사까지 완벽하고 철저하게 검사했다. 조니 폰테인은 요오드를 입에 머금고 돌돌 만 거즈를 입에 물고 있다가 구역질이 나서 도중에 그만 포기하겠다고 떼를 썼다. 그러자 니노 발렌티는 그의 어깨를 잡고 의자 등받이 쪽으로 밀어붙였다. 검사가 끝나자 줄스는 폰테인을 보고 웃으면서 "일종의 사마귀네요."라고 말했다.

조니 폰테인은 그 말뜻을 알아듣지 못했다. 줄스가 재차 설명했다. "사마귀 같은 혹입니다. 그냥 떼어내면 됩니다. 2, 3개월 지나면 다 낫습니다."

니노 발렌티는 환성을 질렀지만 폰테인은 여전히 미간을 찡그렸다. "그럼 노래하는덴 어떻소? 노래도 부를 수 있겠소?"

줄스는 어깨를 으쓱했다. "그건 장담할 수 없습니다. 하지만 지금은 노래를 부르지 않으니 상관없지 않습니까?"

조니는 그에게 불쾌한 표정을 지었다. "애송이 의사 양반, 도대체 무슨 얘길 하고 있는 거요? 내가 더 이상 노래를 부를 수 없다는 걸 무슨 좋은 뉴스라도 되는 것처럼 말하고 있잖아. 도대체 내가 앞으로 노래를 부를 수 있다는 말이요, 없다는 말이요?"

줄스는 불쾌해지기 시작했다. 그는 진정한 의사가 되려고 노력했으며 그것은 그의 즐거움이었다. 그는 이 사내에게 진정으로 호의를 베풀었는데 그는 마치 더러운 일을 당한 것처럼 날뛰었다. 줄스는 차갑게 말했다. "이보세요, 폰테인 씨, 난 의사예요. 날 애송이가 아닌 박사로 부를 수는 없습니까? 난 당신에게 기쁜 소식을 전해 줬어요. 내가 당신을 이곳으로 데려왔을 때는 난 당신 목에 난 혹이 악성이어서 성대를 몽땅 도려낼지도 모른다고 생각했어요. 그렇지 않으면 당신이 죽을 거라고 생각했죠. 당신에게 죽게 될 거라고 말하게 되면 어쩌나 염려했어요. 그런데 '양성'이라는 말을 하게 되어 얼마나 기뻤는지 모릅니다. 순전히 당신의 노래를 좋아하고 어렸을 때 여자를 유혹하는데 많이 써 먹었다는 이유 때문이죠. 게다가 당신은 진짜 예술가 아닙니까? 헌데 당신은 정말 무례한 사람이군요. 천하에 조니 폰테인은 암에 걸리지 않는다는 법이라도 있습니까? 수술도 어려운 뇌종양에 걸리지 말란 법이 있습니까? 아니면 평생 심장마비는 안오게 할 자신이 있습니까? 당신은 언제까지나 죽지 않을 것 같습니까? 그까짓 감미로운 음악이 뭐가 대수랍니까? 당신이 진짜 고통을 보고 싶다면 이 병원을 돌아다녀 보세요. 그럼 혹에 대해서도 사랑의 노래를 부를 수 있을 겁니다. 그런 헛소리 집어치우고 당신의 처지를 인정하고 받아들이세요. 아돌프 멘조우 박사가 당신을 수술해 주실 텐데 그분이 수술실에 들어 갈 때 당신을 살해할지 모른다고 경찰을 부르시지 그러세요."

줄스가 진료실을 나가려고 하자 발렌티가 소리쳤다. "잘하십니다! 따끔하게 혼을 내주세요."

줄스가 돌아서서 말했다. "선생은 언제나 점심 때도 안돼서 고주망 태가 됩니까?"

"그럼요." 발렌티는 줄스를 보며 싱긋이 웃었다. 그의 유머스런 반응 에 줄스는 의도했던 것보다 더 부드럽게 말했다. "계속해서 이대로 가 다간 5년 안에 죽을 각오를 하셔야 할 걸요."

니노 발렌티는 춤추는 듯한 걸음걸이로 육중한 몸을 이끌고 그에게 다가왔다. 그는 두 팔로 줄스를 껴안았다. 그가 숨쉴 때마다 술 냄새가 풍겨나왔다. "5년이라구요?" 그는 껄껄 웃으며 물었다. "그렇게 오래 갈까요?"

수술을 받은 지 1개월 후 루시 맨시니는 라스베이거스의 수영장 가 에 앉아서 한 손에는 칵테일잔을 들고 다른 한 손으로는 무릎을 베고 누운 줄스의 머리를 쓰다듬고 있었다.

"용기를 내려고 할 필요는 없어. 우리 방에도 샴페인이 있어." 줄스 는 장난스럽게 말했다.

"이렇게 빨리 해도 괜찮단 말이에요?" 루시가 물었다.

"난 의사야. 오늘밤은 멋진 밤이 될 거야. 당신 이거 알아? 난 의학 역사상 치료 결과를 몸소 확인해보는 최초의 의사가 될거야. '수술 전, 수술 후' 이런 거 있잖아 왜. 그 결과를 논문으로 써서 발표할 거야. 수 술 전에는 심리적인 이유와 외과의사의 정교한 지도로 즐겼는데, 수술

후의 성교는 순전히 신경학적으로." 줄스는 루시가 머리카락을 세게 잡아당기는 바람에 비명을 지르느라 여기서 말을 멈췄다.

루시는 그를 내려다보며 미소를 지었다. "만일 오늘밤 만족하지 못하면 그건 순전히 당신 잘못이에요."

"내 작업은 틀림없어. 기술적인 부분만 노련한 켈너에게 맡긴 것 뿐이야. 자, 이제 가서 쉬자구. 앞으로 긴긴 밤 조사를 해야 하니까."

그들이 집으로 돌아왔을 때 놀랍게도 근사한 저녁식사와 샴페인 잔 그리고 커다란 다이아몬드 약혼반지가 들어 있는 보석상자가 기다리고 있었다.

"이게 내가 내 작업에 확신을 갖고 있다는 걸 말해 주는 거야. 자, 그럼 한번 시험해 볼까."

줄스는 아주 부드럽고 다정했다. 루시는 처음에는 약간 두려워서 그가 닿자마자 몸을 움츠렸지만 이내 긴장이 풀어지고 예전에는 경험하지 못했던 열정이 솟아났다. 수술 후 처음으로 그걸 끝냈을 때 줄스는 "어때, 내 작품이. 좋았지?"라고 속삭였다. 루시도 "아, 네, 그래요."라고 속삭였다. 두 사람은 웃으면서 또 다시 사랑을 나누기 시작했다.

제6부

23

시칠리아에서의 유배생활 5개월만에 마이클 코를레오네는 마침내 아버지의 성격과 자신의 운명에 대해 이해하게 되었다. 루카 브라시나 무자비한 카포레짐 클레멘자, 체념하고 자신의 역할을 받아들인 어머니에 대해서도 이해하게 되었다. 시칠리아에 있는 동안 그는 만약 그들이 자기 운명을 받아들이지 않았다면 어떻게 되었을까 생각해 보았다. 아버지가 입버릇처럼 "사람에게는 저마다 가야할 길이 있다."라고 말한 이유에 대해서도 알 것 같았다. 시칠리아 사람들이 합법적인 정부의 권위를 경멸하고 침묵의 법칙인 오메르타를 어기는 사람을 증오하는 이유도 수긍이 갔다.

마이클은 낡은 옷에 끝이 뾰족한 모자를 쓰고 팔레르모 항구에 내려 시칠리아 섬의 내륙에 있는 마피아 핵심 지역으로 숨어들었다. 그 지역의 마피아 두목은 과거에 그의 아버지에게 크나큰 은혜를 입은 사람이었다. 그곳의 지명은 오래 전 미국으로 이주한 돈 코를레오네의 이름을 따서 코를레오네 마을이라고 불렸다. 그러나 돈 코를레오네의 친척은 그곳에 아무도 살지 않았다. 집안의 친척 여자들은 나이가 들어 모두 세상을 떠난 뒤였다. 남자들은 보복을 당해서 죽거나 미국, 브라질 또 일부는 이탈리아 본토로 이주했다. 나중에야 안 사실이지만 이 작고 헐벗은 마을은 전 세계에서 살인률이 가장 높았다.

마이클은 마피아 두목의 숙부를 방문한 손님으로 가장하여 이곳 생활을 시작했다. 70대인 숙부는 그 마을 의사이기도 했다. 돈 토마시노라 부르는 마피아 두목은 50대 후반의 나이로 시칠리아의 최고 명문가의 가벨로또(gabellotto: 지주의 재산 감독관) 노릇을 했다. 그들은 부잣집의 농토에 무단으로 농사를 짓거나 집을 짓고 살다가 그 토지 경작권을 요구하거나 토지를 어떤 식으로든 잠식하려 드는 것을 막아주는 역할을 했다. 즉, 가벨로또는 가난한 사람들이나 합법적, 비합법적인 요구에 의해 부잣집의 부동산이 침해받는 것을 막아주는 마피아였다. 언젠가 가난한 농부들이 미개간지를 살 수 있는 법적인 권리를 행사하려고 하자 가벨로또는 폭력과 살인으로 그들을 좌절시켰다. 그들의 역할은 그렇게 단순했다.

돈 토마시노는 그 지역의 물 배급권을 장악하고 있었기 때문에 그 지역에 새로운 댐을 건설하려는 로마 정부의 계획에 반기를 들었다. 이런 댐들이 생기면 싼값으로 물이 공급되기 때문에 그가 힘들여 구축해 온 급수사업이 망할 게 뻔했기 때문이다. 그러나 돈 토마시노는 구식의 마피아 두목이어서 마약 거래나 매춘과 같은 사업에는 손을 대지 않았다. 팔레르모 같은 대도시에서 생겨난 새로운 마피아 지도자들이나 미국에서 추방당해 이탈리아로 돌아온 안하무인의 새로운 갱단들과도 그래서 사이가 좋지 않았다.

마피아 두목은 지극히 당당할 뿐만 아니라 동료들에게 경외심을 불러일으키는, 말 그대로 '뱃심 좋은' 사람이었다. 그의 보호 하에 있는 마이클은 전혀 두려울 게 없었지만 도망자라는 신분을 언제까지나 비밀로 해야 했다. 그래서 그는 돈 토마시노의 숙부인 의사 타자의 성벽 안에 갇혀지낼 수밖에 없었다.

타자는 시칠리아 사람치고는 큰 편이라고 할 수 있는 180센티미터가 넘는 키에 혈색 좋은 백발의 노인이었다. 그는 70대라는 나이가 무색하게 매주 팔레르모의 젊은 창녀들을 찾았다. 여자는 나이가 어릴수록 좋다고 생각하는 사람이었다. 그의 또 다른 악취미는 책읽기였다. 그는 무슨 책이든 닥치는 대로 읽었고 자신이 읽은 내용을 무식한 동네 영감들이나 환자인 농부들, 하인들에게 들려주길 좋아했기 때문에 동네에서는 어리석은 사람으로 통했다. 도대체 그런 책이 그들에게 무슨 의미가 있단 말인가.

타자와 돈 토마시노 그리고 마이클은 저녁이 되면 여기저기 대리석 조각품이 널려 있는 넓은 정원에서 담소를 나누었다. 이 섬에서는 대리석 조각들이 검고 굵은 포도알처럼 정원에서 저절로 자라나는 것처럼 느껴졌다. 타자는 수세기에 걸친 마피아의 무용담에 관해 얘기하기를 좋아했으며 마이클 코를레오네는 그 이야기에 푹 빠져들었다. 돈 토마시노 역시 이따금 향긋한 공기와 독하지 않고 풍미 그윽한 포도주 그리고 우아하고 한적한 정원의 분위기에 취해 자신의 경험담을 들려주곤 했다. 의사가 들려주는 것은 전설이었지만 토마시노의 이야기는 현실이었다.

마이클은 이 고풍스런 정원에서 자기 아버지의 뿌리에 대해 알게 되었다. '마피아(Mafia)' 란 말은 원래 피난처라는 의미였다. 그후에는 수백년 동안 조국과 백성을 짓밟은 통치자에 대항해서 싸웠던 비밀결사를 가리키는 명칭이 되었다. 시칠리아 사람들은 역사상 유례없이 무참한 약탈을 당했다. 종교재판소는 부자나 가난뱅이를 가리지 않고 핍박했다. 지주 계급과 카톨릭 교회의 사제는 목동과 농부들에게 절대적인 권력을 행사했다. 그때 경찰은 그들 권력의 도구였고 그들과 동일시되었기 때문에 시칠리아 사람에게 경찰이라고 부르는 것은 최대의 모욕이었다.

이 절대적인 권력의 만행으로 고통을 겪었던 백성들은 보복이 두려워서 분노나 증오를 드러내지 않는 법을 배웠다. 그럴 경우 즉각 보복할 거라는 경고를 받았기 때문에 그에 대한 비방조차 하지 않았다. 어느덧 사회가 자신들의 적이라는 것을 깨닫게 된 사람들은 억울한 일을 당하면 지하 저항단체인 마피아를 찾아갔다. 한편 마피아는 침묵의 규

율인 오메르타를 통해 자신들의 권력 기반을 굳혔다. 시칠리아의 시골 마을에서는 이방인이 인근 마을로 가는 길을 물어도 대답해 주지 않을 정도였다. 마피아 단원들에게 가장 큰 죄악은 자기를 총으로 쏘았거나 어떤 손해를 입힌 사람의 이름을 경찰에 알려주는 것이었다. 시칠리아 사람들에게 오메르타는 어느덧 종교가 되었다. 남편이 살해당했어도 아내는 그 살인자의 이름을 경찰에 말하지 않았으며, 심지어 자식을 살해하고 딸을 욕보인 사람의 이름조차 발설하지 않았다.

정부의 권력기관으로부터 정의가 나오지 않았기 때문에 사람들은 언제나 로빈 후드인 마피아를 찾아갔다. 그러면 마피아는 그런 역할을 어느 정도 수행했다. 사람들은 긴급한 일이 생겼을 때도 자기 지역의 마피아 두목을 찾아갔다. 그는 사회사업가이자 음식바구니와 일자리를 준비해 둔 보호자였으며 그 지역의 우두머리였다.

그러나 타자에게서 들은 것과 달리 마이클이 수개월에 걸쳐 스스로 깨닫게 된 바에 의하면 시칠리아의 마피아는 부자들의 불법적인 수호자이며 심지어는 합법적인 정치조직의 보조경찰 노릇까지 한다는 사실이었다. 마피아는 점차 타락한 자본주의자와 반공산주의자, 반자유주의자들의 조직이 되어 크건 작건 상관없이 모든 업체에서 세금조로 돈을 뜯어냈다.

마이클 코를레오네는 왜 자기 아버지 같은 사람들이 합법적인 사회의 일원이 되지 않고 도적이나 살인자가 되어야만 했는지 처음으로 이해하게 되었다. 가난과 공포와 타락은 영혼을 가진 사람이 받아들이기에는 너무도 두려운 것이었다. 그래서 시칠리아인들은 미국에 이주해 온 뒤에도 미국의 권력기관 역시 시칠리아와 마찬가지로 매우 가혹할 거라고 생각했던 것이다.

타자는 자신이 매주 가는 매춘굴을 구경시켜 주겠다며 마이클에게 팔레르모에 가자고 했지만 마이클은 거절했다. 그는 시칠리아로 도피하느라 으깨진 턱을 제대로 치료하지 못해서 지금도 맥클러스키 서장에게서 받은 '기념물'을 간직하고 있었다. 그때 부러진 뼈가 잘못 붙는 바람에 옆에서 보면 얼굴선이 일그러져서 흉악한 인상을 주었다. 마이클은 자기 얼굴을 보며 체념을 했지만 그것은 생각보다 더 큰 좌절감을 안겨 주었다. 가끔 통증이 왔지만 그런 것은 아무 문제도 아니었다. 타자에게서 통증을 멎게 하는 알약을 얻어먹으면 되었다. 타자는 얼굴을 치료해 주겠다고 했지만 마이클은 거절했다. 그는 진작에 타자가 시칠리아에서 가장 엉터리 의사일 거라고 생각했다. 타자는 뭐든 닥치는 대로 읽었지만 의학서적만은 읽지 않았다. 그 자신이 의학서적에는 도통 무슨 말이 써있는 건지 모르겠다고 인정하기도 했다. 하기는 의사시험도 시칠리아에서 가장 영향력 있는 마피아 두목 덕택에 간신히 통과한 그였다. 그 두목은 팔레르모까지 가서 타자의 담당 교수를 협박해 시험 점수를 잘 나오게 해달라고 협박했다. 그 일은 시칠리아의 사회 곳곳에서 마피아가 얼마나 암적인 존재인지 보여주는 단적인 사례였다. 능력이나 재주, 성실성 같은 것은 아무 소용도 없었다. 마피아 대부는 직업까지도 선물로 주었다.

마이클은 모처럼 여러 가지 일들을 곰곰이 생각하는 시간을 가졌다. 낮이면 돈 토마시노가 관리하는 농장의 목동 둘을 데리고 시골로 산책을 나갔다. 시칠리아 섬의 목동들은 순전히 많은 돈을 벌기 위해 마피아 조직에 들어가는 경우가 많았다. 마이클은 아버지의 조직에 대해서도 생각해 보았다. 만일 아버지의 조직도 계속해서 번성한다면 이 섬에서와 같이 나라 곳곳을 파괴하는 암적인 존재가 될 것이다. 시칠리아 섬은 빵을 구하러 또는 정치적, 경제적 자유를 누린 죄로 죽음을 당할까봐 지구상 곳곳으로 떠나버린 사람들 때문에 이미 유령의 섬이 되고 말았다.

오랜 산책길에서 마이클의 눈에 비친 시칠리아 섬은 놀라울 정도로 장엄하고 아름다웠다. 그는 마을을 관통해 어두컴컴하고 긴 동굴을 만들어 낸 오렌지 과수원을 거닐었다. 그 마을에는 기원전에 조각되어 무수한 세월 동안 물을 내뿜어 온, 독니가 있는 거대한 뱀의 아가리처럼 생긴 바위샘이 있었다. 고대 로마의 시골집처럼 커다란 대리석 기둥으로 된 현관과 아치형의 둥근 천장이 있는 집들은 폐허가 되거나 길 잃은 양들의 우리로 전락하고 말았다. 수평선 너머 헐벗은 언덕들은 표백한 뼈들을 높이 쌓아 놓은 것처럼 눈부셨다. 곳곳에 있는 정원과 언덕, 반짝이는 들판은 마치 빛나는 에머럴드 목걸이처럼 황량한 전경을 아름답게 장식했다. 마이클은 이따금 코를레오네 마을까지 갔다 오곤 했다. 그곳에는 만 8천여 명의 주민들이 산에서 채취한 검은 암석으로 만든 허름한 오두막을 짓고 산자락에 옹기종기 모여 살았다. 지난해만 60건이 넘는 살인 사건이 일어난 탓인지 마을 전체에 죽음의 그림자가 드리운 것 같았다. 그곳에서 조금 더 가면 경작지가 지루하게 이어지다가 도중에 떡 버티고 있는 피쿠차 숲을 만날 수 있었다.

양치기인 두 명의 경호원은 마이클의 산책길에 동행할 때면 늘 루파라 총을 가지고 다녔다. 그 무시무시한 시칠리아 엽총은 마피아가 가장 좋아하는 무기였다. 무솔리니의 명령을 받고 시칠리아에서 마피아를 소탕하기 위해 파견된 경찰 간부도 제일 먼저 시칠리아의 돌담을 1미터 이하로 낮추는 조치부터 취했다. 루파라를 가진 살인자들이 돌담을 매복처로 사용하지 못하게 하기 위해서였다. 그러나 이 방법이 별효과를 거두지 못하자 그 경찰 간부는 마피아로 의심되는 남자들을 모조리 잡아들여 섬에 유배하였다.

시칠리아 섬이 연합군에 의해 해방되었을 때 미군정은 파시스트 정권에 의해 투옥된 사람들이 민주주의자일 거라고 믿고 마피아 중 많은 사람들을 마을 관리나 군정 통역관으로 선발하였다. 이는 마피아가 재결성되는 좋은 기회였다. 나아가 그들은 그 어느 때보다 더욱 가공할 만한 세력을 갖게 되었다.

마이클은 오래 산책을 하고 밤에는 독한 포도주를 마시고 파스타와 고기를 배불리 먹어야만 잠을 잘 수 있었다. 그의 방에는 타자의 서재에서 빌려온 이탈리아 책이 쌓여 있었다. 마이클은 이탈리아 사투리를 쓸 줄 알고 대학에서 이탈리아어 강의도 들었지만 이런 책을 읽으려면 대단한 노력과 시간이 필요했다. 그의 말투에는 이탈리아어의 억양이 거의 없었다. 그래서 이 지방 토박이로 인정받지 못할 뿐 아니라 스위스나 독일과 인접해 있는 이탈리아 북부 출신의 수상한 이탈리아 사람으로 생각되었다.

그러나 일그러진 왼쪽 얼굴 때문에 시칠리아 사람일 거라고 생각하는 사람들도 많았다. 시칠리아는 의료시설이 낙후되어 이런 흉터를 가진 사람들이 많았다. 가난한 사람들은 작은 상처에 반창고도 제대로 붙이지 않았다. 어른이나 어린이나 미국이라면 간단한 수술이나 약으로 손쉽게 치료할 수 있는 흉터들을 그대로 드러내놓고 다녔다.

마이클은 케이와 그녀의 미소, 아름다운 몸에 대해 자주 생각했다. 그리고 작별인사도 없이 매정하게 떠나온 데 대해 늘 양심의 가책을 느꼈다. 그러나 이상하게도 그가 살해한 두 남자에 대해서는 일말의 가책도 느끼지 않았다. 솔로조는 자기 아버지를 살해하려고 했고 맥클러스키 서장은 그의 인생을 망가뜨리지 않았던가.

타자는 마이클의 일그러진 얼굴을 보며 늘 수술을 받아야 한다고 주장했다. 특히 마이클이 진통제를 청할 때는 더욱 그랬다. 시간이 흐르면서 통증은 더 심해졌고 자주 찾아왔다. 타자의 말에 따르면 눈 아래에 안면 신경이 있는데, 거기에서부터 모든 신경이 퍼져 나간다고 했다. 실제로 마피아들도 얼음 깨는 송곳을 가지고 얼굴에서 그 지점을 찾아 고문을 했다. 마이클의 경우 그 신경이 손상되었거나 뼈 조각이 그곳을 찌르는 것 같다고 했다. 팔레르모의 병원에서 간단한 수술을 받으면 영원히 통증을 없앨 수 있다고 했다.

그러나 마이클은 거절했다. 의사가 이유를 묻자 마이클은 싱긋 웃으며 "집에 가서 하죠 뭐."라고 말했다.

마이클은 사실 통증에 대해서는 별로 신경 쓰지 않았다. 그것은 약간 쑤시는 정도였고, 마이클은 머리속을 정화시키는 동력 장치가 작동될 때 생기는 미세한 진동일 뿐이라고 생각했다.

그렇게 거의 7개월을 시골에 파묻혀 지내자 마이클은 정말 지루해졌다. 돈 토마시노도 너무 바빠서 그즈음 시골집에 거의 모습을 나타내지 않았다. 그는 팔레르모에 등장한 '신흥 마피아' 때문에 골머리를 앓고 있었다. 그들은 그 도시의 전후(戰後) 건축 붐을 틈타 재산을 모은 젊은이들이었다. 그들은 부(富)를 이용해 경멸조로 '콧수염 피터 대제'라고 부르는 늙은 마피아 지도자들의 영토를 잠식해 들어가고 있었다. 돈 토마시노는 자신의 영역을 수호하느라 바빴다. 대화 상대를 잃은 마이클은 타자 의사의 되풀이되는 이야기를 듣는 것으로 만족해야했다.

어느날 아침 마이클은 코를레오네 마을 너머 산으로 소풍을 가기로 했다. 당연하게 두 명의 경호원도 동행했다. 이것은 코를레오네 패밀리의 적들로부터 자신을 보호하려는 것만은 아니었다. 이 지역 토박이가 아니면 누구나 혼자 돌아다니는 게 위험하기 때문이었다. 아니 토박이라도 위험하긴 마찬가지였다. 이 지역에는 산적이나 서로 적개심을 갖고 있는 마피아 잔당들이 많아서 누구라도 위험에 휘말릴 수 있었다. 또 자칫하면 파글리아이오 도둑으로 오해를 받을 위험도 있었다.

파글리아이오(pagliaio)란 짚으로 엮어 만든 오두막으로, 농기구를 넣어두거나 농부들의 휴식처로 이용했는데, 집이 먼 농부들이 집으로 돌아갈 때 농기구를 가져가야하는 수고를 덜어주는 곳이기도 했다. 시칠리아에서는 농부들이 자신이 경작하는 농토에 살지 않았다. 위험하기도 하거니와 경작지가 너무 귀했기 때문이다. 그래서 멀리 있는 마을에 살면서 해가 뜨면 들판으로 일하러 나갔다. 그런데 파글리아이오에 보관해 둔 농기구를 약탈당하는 일이 종종 일어났다. 농부가 농기구를 잃어버리면 그날부터 입에 풀칠할 일이 막막해지게 된다. 법이란 것이 별 소용이 없는 시칠리아에서 마피아는 보호 명목으로 농부에게 돈을 뜯어내고 그들만의 전형적인 방식으로 이런 문제를 해결했다. 이를테면 파글리아이오 도둑을 사로잡거나 습격하는 것이다. 이런 방법은 고통을 당한 순진한 사람들에게는 어쩔 수 없는 선택이었다. 만일 마이클이 방금 약탈당한 파글리아이오 근처를 어슬렁거리다가 잡히면 누군가 그를 보증해 주지 않는 이상 범인으로 몰릴 가능성이 컸다.

햇볕이 좋은 어느 일요일 아침, 그는 두 명의 충직한 목동을 데리고 들판 너머로 소풍을 나섰다. 그중 한 명은 우둔해 보일 정도로 단순하고 사자(死者)처럼 말이 없었고 인디언처럼 무표정했다. 그는 중년의 뚱보가 되기 전의 전형적인 시칠리아 사람답게 작지만 강단있는 체격을 갖고 있었다. 그의 이름은 칼로라고 했다.

또 한 명의 목동은 더 명랑하고 젊었으며 세상 구경을 한 편에 속했다. 전쟁 중에 이탈리아 해군의 수병생활을 했으니 주로 바다를 구경했지만 말이다. 어쨌든 그는 배가 침몰해서 영국군의 포로가 되기 전에 스스로 몸에 문신을 새길 기회가 있었다. 그는 나중에 이 문신으로 마을에서 유명인사가 되었다. 시칠리아 사람들 중에는 몸에 문신한 사람을 찾아볼 수도 없고, 그걸 좋아하는 사람도 없었다(목동 파브리지오가 문신을 한 가장 큰 이유는 태어날 때부터 있던 배의 붉은 반점을 가리기 위해서였다). 물론 마피아 상점의 짐마차들을 보면 양 옆을 아름답고 원시적인 채색화로 장식했다. 서로 껴안고 있는 벌거벗은 남녀를 칼로 찌르는 남편의 모습이 시칠리아 사람들의 '도덕관'에 맞는다고 해도 파브리지오는 고향에 돌아온 후 털투성이 가슴의 문신을 드러내놓고 자랑하지 않았다. 파브리지오는 마이클과 농담을 나누거나 미국에 대해 물어보기를 좋아했다. 마이클이 그들에게 자신의 진짜 국적을 완벽하게 감추기는 어려웠다. 그러나 그들은 마이클이 은신 중이라는 사실 외에는 그가 누구인지 정확히 알지 못했고 감히 알려고 들 수도 없었다. 파브리지오는 가끔 마이클에게 우유가 채 굳지도 않은 신선한 치즈를 갖다 주기도 했다.

세 사람은 당나귀가 끄는 화려한 짐마차 옆을 지나 흙먼지 나는 시골길을 걸어갔다. 들판은 온통 분홍빛 패랭이꽃으로 뒤덮여 있고 오렌지 과수원과 아몬드 그리고 올리브 나무가 숲을 이루고 있었다. 모두 한창 물이 오르고 무성한 시절을 맞고 있었다. 그 모습을 본 마이클은 절로 감탄사가 나왔다. 가난하다는 전설만 듣고 헐벗고 황량한 광경만 상상했던 시칠리아 섬이 실은 만발한 레몬꽃 향기가 대지를 뒤덮은 풍요의 땅이었다. 마이클은 아름다운 광경에 도취되어 사람들이 어떻게 이런 곳을 버리고 떠날 수 있을까 의아스러웠다. 그러나 한편으로 에덴의 정원처럼 보이는 이 땅을 탈출한 것으로 미루어 보아 사람들이 얼마나 가혹한 핍박을 당했는지 짐작할 수 있었다.

그는 마자라의 해안가 마을까지 걸어갔다가 저녁에 버스를 타고 코를레오네 마을로 돌아오기로 계획을 세웠다. 그러면 피곤해서 쉽게 잠들 수 있을 것 같았다. 두 경호원은 여행 중 아무 때나 먹을 수 있도록 빵과 치즈를 가득 채운 배낭을 메고 있었다. 또 사냥을 떠나는 사람들처럼 루파라 총도 어깨에 멨다.

너무도 아름다운 아침이었다. 어린시절 밖에 나가 공놀이를 하던 여름 아침과 같은 느낌이 들었다. 그땐 하루하루가 새로운 그림을 그릴 수 있는 깨끗한 백지 같았다. 지금도 그런 기분이 들었다. 시칠리아는 화려한 꽃들이 양탄자처럼 대지를 뒤덮고, 레몬 향기는 얼굴 상처 때문에 꽉 막힌 코로도 맡을 수 있을 만큼 강렬했다.

마이클은 왼쪽 얼굴 상처가 완전히 나았지만 뼈가 잘못 붙는 바람에 부비동을 압박해서 왼쪽 눈이 아팠다. 또 콧물이 계속해서 흘렀다. 처음에는 마이클도 손수건으로 코를 풀었지만 이제는 이 마을 농부들처럼 땅바닥에다 코를 풀어버리곤 했다. 어렸을 적 이탈리아 노인들이 손수건은 영국인들이 멋부리기 위해 들고 다니는 거라고 경멸하며 아스팔트길 옆 시궁창에 손으로 코를 풀어 버리는 모습을 보고 역겨워했던 그였다.

마이클은 얼굴이 '무겁게' 느껴졌다. 타자는 골절을 제대로 치료하지 않아 부비동에 압박이 가해져서 그런 거라고 설명해 주었다. 타자는 광대뼈 중 달걀 껍질처럼 생긴 뼈가 골절된 거라고 했다. 애초에 뼈를 접합하기 전에 숟가락같이 생긴 기구로 뼈를 눌러 제 모양으로 만든 다음 치료했으면 좋았을 거라고 했다. 하지만 지금은 팔레르모의 병원에 가서 검사를 받은 다음 악골안면술이라고 하는 어려운 수술을 받아야 하는데, 뼈를 부러뜨렸다 다시 붙여야 한다고 했다. 마이클은 설명은 그 정도로 충분하며 수술은 안 받겠다고 거절했다. 그러나 통증이나 콧물보다 얼굴이 묵직한 느낌은 더 괴로웠다.

마이클은 그날 해안가에 가지 못했다. 그와 경호원들은 15마일 정도

걷고 나서 오렌지 나무의 시원한 그늘로 들어가 점심을 먹고 포도주를 마셨다. 파브리지오는 언젠가는 미국에 가보겠다는 말을 신나게 늘어 놓았다. 그렇게 점심을 먹고 그늘 아래 축 늘어져 쉬고 있는데 파브리지오가 윗옷 단추를 열더니 배 근육을 실룩실룩 움직였다. 그러자 문신이 살아있는 것처럼 움직였다. 문신 속의 벌거벗은 남녀는 불륜을 목격한 남편이 휘두른 칼에 찔려 고통스런 표정을 짓고 있었다. 그들은 이 모습을 보고 배가 아프도록 웃어댔다. 그러던 중 마이클은 시칠리아 사람들이 '벼락'이라고 부르는 것을 맞게 되었다.

오렌지 숲 너머에는 한 남작의 영지(領地)인 녹색 리본모양의 정원이 있었다. 오렌지 숲에서 밑으로 나있는 길을 내려가다 보면 폼페이 유적지에서 파다 옮겨놓은 듯한 로마식 별장이 있었다. 거대한 대리석 주랑과 세로로 홈이 파인 그리스식 원기둥 장식이 있는 조그만 성인데, 그 기둥 사이로 한 무리의 마을 처녀들이 검정색 옷을 입은 뚱뚱한 두 여인의 호위를 받으며 몰려나왔다. 마을에서 온 그 처녀들은 겨우내 별장에 머물 남작을 위해 청소나 허드렛일 같은, 지역 영주에 대한 전통적인 의무를 이행하려고 동원된 것이 틀림없었다. 처녀들은 이제 방을 장식할 꽃을 따려고 들판으로 몰려나왔다. 처녀들은 분홍색 패랭이꽃과 보라색 등나무꽃을 오렌지나 레몬꽃과 섞어서 한 움큼씩 땄다. 그러느라 오렌지 숲 속에서 쉬고 있는 남자들을 보지 못한 채 점점 더 가까이 다가왔다.

처녀들은 몸에 꼭 끼는 값싸고 촌스런 무늬의 드레스를 입고 있었다. 아직 스무 살이 채 안되었지만 햇볕을 듬뿍 받아 일찍 숙성해서 숙녀티가 완연했다. 그런데 그들 중 서너 명이 어떤 한 처녀를 따라잡으려고 하는 바람에 그 처녀가 숲속으로 도망오게 되었다. 그녀는 커다란 포도송이를 왼손에 쥐고 오른손으로 포도송이를 따서 자기를 뒤쫓는 친구들에게 던졌다. 포도처럼 흑자주색의 곱슬머리를 가진 그녀의 팽팽한 피부가 곧 터질 것처럼 보였다.

숲으로 들어오려던 처녀는 낯선 색깔의 남자들 셔츠를 발견하고 깜짝 놀라 발을 멈췄다. 마치 달아나려는 사슴 같은 자세로 그녀는 그 자리에 멈춰 섰다. 아주 가까운 거리에 서 있었기 때문에 남자들은 그녀의 모습을 자세히 볼 수 있었다.

그녀는 눈매도 얼굴형도 눈썹선도 모두 타원형이었다. 거무스름한 피부는 크림처럼 매끄러웠고 커다란 눈은 어두운 자주색 또는 갈색이 돌았고 길고 숱 많은 검은 속눈썹은 아름다운 얼굴에 그늘을 드리웠다. 그녀의 입술은 천박하지 않을 정도로 도톰했고, 너무 빈약하지 않을 정도로 달콤해 보였으며, 포도즙이 물들어서 검붉은 색을 띠고 있었다. 그 모습이 얼마나 사랑스러웠는지 파브리지오는 농담조로 "오, 하느님, 제 영혼을 거두어 주소서. 저는 죽어가고 있습니다."라고 중얼거렸다. 그러자 그녀는 그 말을 듣기라도 한 것처럼 몸을 획 돌려 자기를 쫓아오던 친구들에게로 달려갔다. 그녀의 엉덩이가 팽팽한 드레스 아래서 짐승의 엉덩이처럼 리드미컬하게 물결쳤다. 그녀에게선 야성적이고 순박한 관능미가 풍겼다. 친구들에게 달려간 그녀는 몸을 돌려 이쪽을 쳐다보았다. 그녀의 얼굴은 주변의 화려한 꽃에 비해 어둡고 공허해 보였다. 그녀는 팔을 뻗어 들고있던 포도송이로 숲을 가리켰다. 그때 검정색 옷을 입은 뚱뚱한 부인네들의 꾸짖는 소리가 들리자 처녀들은 까르르 웃으며 달아났다.

마이클 코를레오네는 멍하니 서있는 자신을 발견했다. 심장이 두근두근 거리고 머리가 약간 어지러웠고 온몸으로 퍼진 피가 손가락끝, 발가락끝까지 요동쳤다. 오렌지와 레몬꽃, 포도, 들판의 야생화 향기까지 이 섬의 모든 향기가 바람을 타고 불어왔다. 그의 몸은 마치 공중으로 붕붕 떠다니는 것 같았다. 잠시 후 목동 둘의 웃음소리가 들려 왔다.

"벼락 맞으셨군요, 그렇죠?" 파브리지오가 마이클의 어깨를 탁 치면서 말했다. 칼로까지도 친근하게 마이클의 팔을 잡으며 "정신차려요." 라고 말했다. 그러나 애정이 담겨있는 말투였으며 마치 자동차에 치인 사람에게 건네는 말 같았다. 마이클은 파브리지오가 건넨 포도주를 병째 오래도록 들이켰다. 그제서야 머리가 맑아지는 것 같았다.

두 목동들이 웃음을 터뜨렸다. 칼로는 특유의 정직한 얼굴이 한껏 심각해지면서 말했다. "벼락맞은 건 숨길 수가 없어요. 모두가 알아볼 거예요. 전혀 부끄러워할 건 없어요. 어떤 사람들은 벼락을 맞게 해달라고 기도도 하니까요. 당신은 행운아예요."

마이클은 자신의 감정을 너무 쉽게 들켜 버린 것 같아 기분이 좋지 않았다. 그러나 이런 일은 그의 평생 처음이었다. 그것은 젊은 시절 한눈에 반한 사랑 같은 것은 아니었다. 부드러움과 지성, 아름다움과 어둠의 양극성을 지닌 케이에 대한 사랑과도 달랐다. 그것은 소유에 대한 누를 수 없는 욕망이었다. 마이클은 뇌리에 남은 그녀의 얼굴을 지울 수 없을 것 같았고, 만약 그녀를 소유하지 못하면 평생 이 기억이 자신을 따라다니며 괴롭힐 것만 같았다. 시칠리아에 온 뒤 그의 생활은 점점 단순화되어서 한 가지에 집중하면 다른 생각은 들어올 틈이 없었다. 그는 지금까지 유배생활 동안 항상 케이 생각만 했다. 하지만 그는 케이의 연인은커녕 친구조차 될 수 없다는 것을 잘 알았다. 자신은 사람들이 말하는 살인자요, '사람을 죽인' 마피아가 아닌가. 그러나 지금 이 순간 케이는 마이클의 의식 속에서 완전히 사라져 버렸다.

파브리지오가 쾌활하게 말했다. "우리 마을로 가서 그 아가씨에 대해 알아보죠. 누가 알아요, 생각했던 것보다 더 쉽게 만나게 될 지. 벼

락을 치료할 수 있는 방법은 그것밖에 없어요. 그렇죠, 칼로?'

또 다른 목동이 진지하게 고개를 끄덕였다. 마이클은 두 목동을 따라 처녀들이 사라진 근처의 마을로 향했다.

여느 마을과 마찬가지로 우물가를 중심으로 집들이 옹기종기 모여 있었다. 큰길에는 포도주 상점과 작은 테라스에 테이블이 세 개쯤 놓여있는 아담한 카페를 비롯해 가게가 몇 군데 있었다. 마이클은 목동들을 따라 어떤 카페로 들어갔다. 그곳 어디에도 처녀들의 모습은 보이지 않고 흔적도 없었다. 마을은 뛰어노는 어린 소년들과 어슬렁거리는 당나귀를 빼곤 폐허처럼 적막했다.

카페의 주인이 그들에게 다가왔다. 키가 작고 뚱뚱해서 거의 난장이처럼 보였는데 명랑하게 인사하며 병아리콩을 한 접시 내왔다. "여긴 처음이시죠? 그래서 드리는 말씀인데, 저희집 포도주를 꼭 맛보셔야 합니다. 제가 농장에서 직접 재배한 포도로 저의 아들놈들이 빚은 포도주입니다. 오렌지와 레몬을 섞어서 이탈리아에서도 최고라고 할 수 있죠." 그가 말했다.

그들은 술을 한 단지 가져오게 했다. 짙은 자주색에 브랜디만큼 독한 그 술은 주인이 말한 것보다 훨씬 입에 맞았다. 파브리지오가 카페 주인에게 말했다. "이 마을에 사는 아가씨들은 모두 아시죠? 조금 전에 아가씨들이 이곳으로 오는 걸 봤는데, 여기 있는 이 친구가 그 중 한 아가씨한테 벼락을 맞았답니다." 그는 마이클을 가리켰다.

카페 주인은 호기심 어린 눈으로 마이클을 쳐다보았다. 마이클의 일그러진 얼굴은 이전에 보았으면 평범하게 그냥 지나칠 만한, 두 번 쳐다볼 가치가 없는 얼굴이었다. 그러나 벼락을 맞았다는 얘기를 들으니 또 다르게 보였다. 카페 주인은 싱글거리며 "젊은이, 집에 돌아갈 때 술을 몇 병 들고 가는 게 좋을 거요. 오늘밤 잠을 자려면 술이 필요할 걸." 이라고 말했다.

마이클이 주인에게 물었다. "혹시 머리가 곱슬곱슬하고 크림처럼 매끄러운 피부에, 커다란 검은 눈동자를 가진 그런 아가씨 아십니까? 이 마을에 그렇게 생긴 아가씨가 있습니까?"

카페 주인은 딱 잘라서 "모릅니다. 그런 처녀는 없어요."라고 말한 다음 카페 안으로 들어가 버렸다.

세 남자는 천천히 술을 마셨고, 다 마신 뒤에 더 시키려고 카페 주인을 불렀다. 그러나 카페 주인은 나오지 않았다. 파브리지오는 하는 수 없이 카페 안으로 들어갔다. 잠시 후 밖으로 나온 파브리지오는 얼굴을 찌푸리며 마이클에게 말했다. "제 생각이 맞았어요. 우리가 얘기한 아가씨가 카페 주인의 딸 같아요. 그는 지금 우리한테 앙갚음하려고 벼르고 있어요. 어서 코를레오네 마을로 떠나야 해요."

시칠리아 섬에서 지낸 지 몇 달이 지났지만 마이클은 아직도 시칠리아 사람들의 성(性)에 관한 관념에 익숙하지 않았고, 이 일이 그들에게 얼마나 극단적인 의미를 갖는 지도 이해하지 못했다. 물론 이 일을 심각한 문제로 받아들인 두 목동은 마이클이 어서 이곳을 떠나기만 바랐다. "카페 주인 말이 자기에겐 힘이 장사 같은 아들이 둘 있는데 휘파람만 불면 달려온답니다. 자, 어서 가세요." 파브리지오가 말했다.

마이클은 그를 차갑게 노려보았다. 지금까지 그는 사람으로서 당연히 해야할 일을 하다가 시칠리아로 피신했다는 점만 빼면 조용하고 부드러운 전형적인 미국 젊은이였다. 목동들은 마이클이 그렇게 매섭게 노려보는 모습을 처음 보았다. 마이클의 진짜 신분과 행적을 아는 돈 토마시노는 항상 그를 '존경스런' 동료로 대하면서 조심스러워 했다. 그러나 이 단순한 양치기들은 나름대로 마이클을 판단했을 뿐 그렇게 중요한 인물이라고 생각하지 않았다. 그러나 마이클의 차가운 시선과 굳어진 하얀 얼굴 그리고 얼음에서 김이 나듯 분노가 솟아나는 표정을 보자 그들의 얼굴에선 웃음기가 사라지고 친근하고 거리낌없던 표정도 일순 가서버렸다.

그들이 적절한 존경을 표하자 마이클이 말했다. "가서 그 사람을 이리 데려오시오."

그들은 주저하지 않고 루파라 총을 어깨에 멘 다음 어두컴컴하고 서늘한 카페 안으로 들어갔다. 잠시 후 그들은 카페 주인을 양쪽에서 호위하고 나왔다. 뚱뚱한 주인은 놀란 것 같지는 않았지만 아직 화가 풀리지 않은 표정에 조심스러워 하는 눈치였다.

마이클은 의자에 등을 기대고 잠시 동안 카페 주인을 뚫어지게 쳐다보았다. 잠시 후 그가 조용한 목소리로 말했다. "따님에 대한 얘기를 듣고 기분이 나쁘셨을 줄로 압니다. 사과드립니다. 전 이 지방에 처음 왔기 때문에 풍습을 잘 모릅니다. 하지만 이 점만은 말씀드리고 싶습니다. 전 전혀 당신이나 따님을 모욕하려는 뜻은 없었습니다."

경호원인 목동들은 이 말에 감명을 받았다. 마이클의 목소리는 예전에 자신들을 대하던 때와 전혀 다르게 들렸다. 비록 사과하는 말이었지만 위엄과 권위가 깃들어 있었다. 카페 주인은 어깨를 으쓱하면서도 그를 여느 농부들처럼 상대해서는 안된다는 사실을 깨닫고 조심스러워하기 시작했다. "당신은 대체 누구고, 내 딸한테 바라는 게 뭡니까?"

마이클은 주저없이 대답했다. "난 미국인이고 내 나라에서 경찰과 문제가 있어 시칠리아에 숨어 지내고 있습니다. 내 이름은 마이클입니다. 아마 경찰에 내 이름을 대면 포상금을 두둑하게 받을 수 있을 겁니다. 다만 따님은 남편을 얻는 대신 아버지를 잃게 되겠죠. 어쨌든 따님을 만나고 싶습니다. 물론 허락해 주신다면 가족들이 보는 앞에서 만나겠습니다. 모든 예의와 존경심을 갖추고 말입니다. 난 명예를 아는 사람이기 때문에 따님에게 무례한 짓을 하는 일은 없을 겁니다. 따님을 만나 대화를 나누고 싶습니다. 그러다 서로 마음에 들면 결혼도 할 수도 있겠죠. 만약 그렇지 않다면 다시는 나타나지 않겠습니다. 따님이 날 매정한 사람이라고 생각할 지도 모르지만 어쩔 수 없는 것 아닙니까. 하지만 적당한 때가 되면 장인되는 분께 저에 대해 아서야할 것을 모두 말씀드리겠습니다."

세 사람은 어리둥절해서 마이클을 쳐다보았다. "진짜 벼락을 맞았군!" 파브리지오가 놀란 얼굴로 중얼거렸다. 카페 주인은 조금 전처럼 자신만만하거나 경멸하는 듯한 표정은 짓지 않았다. 노여움도 사라진 것 같았다. 마침내 그가 물었다. "당신, 친구들의 친구요?"

시칠리아의 보통 사람들은 마피아라는 말을 입 밖에 낼 수 없기 때문에 마이클이 마피아의 단원인지 물을 때는 카페 주인처럼 말할 수밖에 없었다. 누군가에게 마피아의 단원인지 완곡하게 물어보는 일반적인 방법이었다.

"아닙니다. 난 이 지역엔 처음입니다." 마이클이 말했다.

카페 주인은 마이클의 상처난 얼굴과 시칠리아에선 보기 드문 긴 다리를 다시 한 번 쳐다보았다. 그는 루파라를 어깨에 멘 두 목동이 카페에 들어와서 자기 두목이 그에게 할 얘기가 있다고 당당하게 말했던 것을 떠올렸다. "그 개새끼를 테라스에서 내쫓아야겠다."라고 카페 주인이 시근덕거리며 말하자 목동 하나가 "내 말 잘 들으시오. 빨리 나가서 당신이 직접 말하는 게 신상에 좋을 거요."라고 말했다. 카페 주인은 어떠한 힘에 이끌려 밖으로 나왔다. 그리고 이제는 그 어떠한 힘에 이끌려 이 이방인에게 예의를 갖추는 것이 좋을 것 같은 생각이 들었다. 카페 주인은 마지못해 말했다. "일요일 오후에 오시오. 내 이름은 비텔리라고 하오. 집은 마을 위 언덕 너머에 있소. 하지만 이 카페로 오시면 내가 데리고 가겠소."

　파브리지오는 뭐라고 말하려 하다가 마이클의 시선을 받고 그대로 입을 꽉 다물어 버렸다. 비텔리는 이 모습을 놓치지 않았다. 그는 마이클이 자리에서 일어나 악수를 청하자 주저않고 웃으며 손을 내밀었다. 급할 것 없다. 나중에라도 몇 가지 질문을 해본 다음 정답이 틀리게 나오면 두 아들에게 총을 한 자루씩 쥐어 주고 저놈을 맡겨 버리면 된다, 카페 주인은 이렇게 생각했다. 그 역시도 '친구의 친구들'과 전혀 접촉이 없는 게 아니었다. 하지만 이번 경우는 대단한 행운이 굴러 들어온 것 같은 예감이 들었다. 시칠리아 사람들은 예감을 믿었다. 딸의 아름다움으로 그녀 자신의 행운은 물론 가족의 안전까지 보장받게 된다면 금상첨화가 아닌가! 몇몇 청년들이 벌써 딸에게 추근대기 시작했는데, 얼굴에 흉터가 있는 이 외국인 청년이라면 그들을 쫓아버릴 수 있을 것이다. 비텔리는 자신의 호감을 표현하기 위해 가장 좋은 병에 가장 차가운 포도주를 담아 외국인의 손에 들려주었다. 그러자 목동 중에 한 명이 돈을 지불하려고 했다. 이 모습으로 보아 마이클이 동행한 목동들의 두목이라는 사실이 더욱 분명했다.

　마이클은 더 이상 여행에 흥미가 없었다. 차고를 발견한 그들은 자동차와 운전수를 빌려 코를레오네 마을까지 돌아왔다. 타자는 이미 저녁식사 전에 목동들에게서 오늘 일어난 일에 대해 들은 것 같았다. "우리 젊은 친구가 오늘 벼락을 맞았다네." 그날 타자는 돈 토마시노에게 이렇게 말했다.

　돈 토마시노는 별로 놀라는 것 같지 않았다. 그는 퉁명스럽게 "팔레르모에 있는 젊은 녀석들이나 벼락을 맞으면 좋겠어요. 그래야 내가 발 뻗고 편히 자지 원." 이라고 말했다. 팔레르모에서 갑작스럽게 부상하여 자신을 비롯한 구제국의 두목들에게 도전장을 내민 새로운 스타일의 마피아 두목들을 두고 하는 말이었다.

마이클이 토마시노에게 말했다. "두 양치기에게 일요일에는 나 혼자 갈 거라고 전해 주세요. 아가씨네 집에 저녁 초대받아 가는데 그들을 밖에 세워 둘 수는 없지요."

돈 토마시노가 고개를 저었다. "난 자네를 보호할 책임이 있네. 그런 부탁은 하지 말게. 또 한 가지 자네가 결혼 얘기까지 꺼냈다고 들었는데, 자네 아버지에게 사람을 보내 알려 드리지도 않고 나로서는 허락할 수 없네."

마이클은 대단히 조심스러워졌다. 그리고 어쨌든 돈 토마시노는 존경할 만한 사람이라고 생각했다. "돈 토마시노, 아시다시피 아버지는 당신 말에 '노'라고 하는 사람의 말은 듣지 않는 분입니다. 게다가 '예스'라고 대답하기 전에는 대꾸도 하지 않으시죠. 전 아버지 말씀을 거역한 적이 얼마나 많은지 모릅니다. 경호원을 데리고 가는 문제는 제가 양보하죠. 괜히 문제를 일으켜 곤란하게 해드리고 싶지는 않으니까요. 하지만 제가 결혼하고 싶으면 하겠습니다. 아버지에게는 제 인생에 간섭하지 말라고 말씀드렸는데 당신이 그런 말씀을 드리는 건 아버지에 대한 모욕이 아니겠습니까?"

마피아 두목은 한숨을 내쉬었다. "그건 그렇고. 정말 결혼할 건가? 자네가 벼락 맞았다는 거 알고 있네. 좋은 집안에서 자란 얌전한 처녀야. 만약 자네가 그들을 모욕하면 아버지라는 사람이 자넬 죽이려고 할 걸세. 피를 보고 말 걸. 더군다나 내가 그 집안을 잘 아는데 그런 일이 일어나서는 안되네."

마이클이 말했다. "그 아가씨가 나를 보고 싫어할지도 모릅니다. 나이가 너무 어려서 날 늙었다고 생각할지도 모르고요." 돈 토마시노와 타자가 그 말을 듣고 웃었다. "선물 살 돈이 필요합니다. 그리고 자동차도 필요할 것 같습니다."

돈 토마시노가 고개를 끄덕였다. "파브리지오가 모든 걸 준비해 줄 걸세. 영리한 놈이야. 해군에서 기술도 좀 배웠고. 아침에 돈을 좀 주겠네. 그리고 자네 아버지께 이 사실을 말씀드리겠네. 그건 내 의무이기도 하니."

마이클이 타자에게 말했다. "이놈의 콧물 좀 줄줄 흘러나오지 않게 하는 약 갖고 계십니까? 아가씨 앞에서 줄곧 콧물을 닦고 있을 순 없잖아요."

"아가씨를 만나러 가기 전에 약을 발라 주겠네. 코가 좀 무감각해지지만 걱정 말게. 잠깐 동안이니 키스하는 덴 별 지장이 없을 거야." 의사가 농담을 하자 돈 토마시노는 껄껄 웃었다.

일요일이 되기 전에 마이클은 고물이긴 하지만 그런 대로 굴러가는 알파 로메오라는 자동차를 구했다. 그는 또 버스를 타고 팔레르모까지 가서 아가씨와 그 가족에게 줄 선물도 샀다. 그 아가씨의 이름이 아폴로니아라는 것도 알게되었다. 마이클은 매일밤 그녀의 아름다운 얼굴과 이름을 떠올렸다. 꽤 많은 양의 포도주를 마시지 않으면 잠을 잘 수가 없어서 늙은 하녀에게 침대 곁에 차가운 포도주를 준비해 놓게 했다. 그리고 매일밤 그 술병을 비웠다.

드디어 일요일, 교회 종소리가 시칠리아 섬에 울려 퍼지자 마이클은 알파 로메오를 타고 마을로 가서 카페 바깥에 차를 주차시켰다. 뒷자리에는 칼로와 파브리지오가 루파라 총을 메고 앉아 있었다. 마이클은 그들에게 카페에서 기다리라고 했다. 카페는 문을 열지 않았지만 비텔리는 텅 빈 테라스 난간에 기대어 서서 그들을 기다리고 있었다.

마이클은 비텔리와 악수를 나눈 후 그를 따라 집으로 가기 위해 언덕길을 올라갔다. 그의 집은 보통 시골집보다는 더 큰 것으로 보아 그렇게 가난하고 옹색한 살림은 아닌 것 같았다.

집안에 들어가니 유리곽 속에 들어있는 성모상이 눈에 들어왔다. 성모상의 발 밑에는 봉헌 드리는 붉은 전구가 깜빡거리고 있었다. 두 아들은 마침 주일이라 검정색 양복을 입고 기다리고 있었다. 그들은 갓 스무 살이 된 젊고 건장한 청년들로 농장에서 고된 일을 한 탓에 제 나이보다 더 들어 보였다. 어머니는 자기 남편처럼 뚱뚱하고 매우 쾌활한 여자였다. 처녀의 모습은 보이지 않았다.

가족들에 대한 소개가 끝난 뒤 (마이클은 아무 소리도 귀에 들어오지 않았다) 사람들이 마이클을 방으로 안내했다. 응접실 겸 격식을 갖출 필요가 있을 때 식당으로 사용하는 방 같았다. 그곳에는 시칠리아의 중산층이 사용할 법한 크지 않은 가구들이 빽빽하게 들어차 있었다.

마이클은 비텔리 씨와 비텔리 부인에게 선물을 내놓았다. 예비 장인을 위해 금으로 된 담배칼, 장모에게는 팔레르모에서 살 수 있는 최고급 옷감 한 필을 선사했다. 처녀를 위한 선물은 아직 손에 들고 있었다. 그들은 감사의 마음으로 선물을 받았다. 그러나 선물은 너무 이른감이 있었다. 두 번째 방문할 때까지는 선물을 하지 않아도 되었다.

비텔리는 이 지방 풍속대로 남자 대 남자로서 말을 꺼냈다. "우리가 낯선 사람을 쉽게 집으로 초대했다고 해서 우리를 하찮게 생각하시지 말기를 바랍니다. 돈 토마시노가 당신을 보증하기 때문입니다. 이 지역에서 그런 훌륭한 분의 말씀을 의심하는 사람은 없으니까요. 그래서 우리가 당신을 환영하는 겁니다. 하지만 미리 말씀드리는데, 댁이 내 딸에 대해 진지하게 생각한다면 우린 당신과 당신 가족에 대해 좀더 알아야 합니다. 당신 부모는 이 고장 출신이라고 알고 있습니다만."

마이클은 고개를 끄덕이며 공손하게 말했다. "언제든지 물어보시면 대답하겠습니다."

그때 비텔리가 손을 위로 쳐들었다. "아니, 난 꼬치꼬치 캐묻는 걸 좋아하는 사람은 아닙니다. 생각나면 물어보죠. 지금은 돈 토마시노의 친구로서 당신을 환영합니다."

코 속에 약을 발랐는데도 마이클은 방안에 처녀가 들어왔다는 것을 냄새로 알 수 있었다. 고개를 돌리니 뒷마당으로 통하는 아치형의 문가에 처녀가 서 있었다. 그 냄새는 싱그런 들꽃과 레몬꽃이 어우러진 향기였다. 그녀는 아무 장식도 없는 검은색 곱슬머리에 일요일 교회에 갈 때 입는 것이 분명한 무늬 없는 수수한 검정색 드레스를 입고 있었다. 그녀는 마이클을 흘끗 보며 엷은 미소를 보내더니 새침하게 시선을 내리깔고 어머니 옆자리에 앉았다.

마이클은 또 한번 숨이 멎고 미칠 듯한 소유욕으로 온몸의 피가 솟구치는 것 같았다. 그는 처음으로 이탈리아 남자 특유의 질투심을 이해할 것 같았다. 그 순간 마이클은 그녀를 건드리거나 빼앗아 가려는 사람은 누구라도 죽여 버릴 것만 같은 충동에 휩싸였다. 그는 수전노가 금화를 탐하고 소작인이 자기 땅을 원하듯 무슨 수를 써서라도 그녀를 자기 소유로 만들어 버리고 싶었다. 그런 다음 집에 가두어 두고 자신만의 포로로 만들고 싶은 마음이 간절했다. 그는 다른 사람이 그녀를 쳐다보는 것도 싫었다. 그녀가 자기 오빠를 바라보며 미소를 지었을 때 마이클은 자신도 모르게 살의를 띤 눈으로 그를 바라보았다. 가족들은 그게 벼락 맞은 사람의 전형적인 행동이라는 것을 이해하고 안심했다. 적어도 두 사람이 결혼하기 전에는 이 젊은이가 딸의 손아귀에 놀아날 것이다. 물론 그후에는 상황이 바뀌겠지만 그건 아무래도 상관없었다.

팔레르모에서 새 옷을 사 입은 마이클은 더 이상 허름한 농부 같아 보이지 않았고 귀티가 흘렀다. 가족들은 그가 한자리 하는 사람이 틀림없다고 생각했다. 그의 일그러진 얼굴도 더 이상 흉칙하게 보이지 않았다. 다른 쪽 옆모습은 잘생겼기 때문에 그런 점이 오히려 흥미롭기까지 했다. 어쨌든 시칠리아는 소위 얼굴이 일그러진 사람들이 그런 극단적인 육체적 고통을 겪은 사람들과 경쟁하지 않으면 안되는 곳이었다.

마이클은 아름다운 달걀형의 처녀 얼굴을 똑바로 쳐다보았다. 그녀의 입술은 붉다 못해 푸른 빛을 띠었다. 그는 감히 그녀의 이름은 부르지도 못하고 "지난 번에 오렌지나무 숲에서 한번 본 적이 있죠. 그때 달아났잖아요. 놀라지 않았어요?"라고 말했다.

처녀는 눈을 들어 잠깐 그를 보더니 고개를 끄덕였다. 그녀의 사랑스런 눈길이 닿자 마이클은 고개를 돌렸다. 비텔리 부인이 엄하게 말했다. "아폴로니아, 저 불쌍한 분에게 대답을 해야지. 널 만나려고 멀리서 오셨잖니." 그러나 그녀의 칠흑처럼 까맣고 긴 속눈썹은 눈 위를 덮은 날개처럼 닫힌 채 열리지 않았다. 마이클은 그녀에게 금색 포장지로 싼 선물을 건넸다. 그녀는 선물을 무릎 위에 올려놓았다. "얘야, 어서 열어봐라." 비텔리 씨가 말했다. 그러나 그녀는 손끝 하나 까딱하지 않았다. 그녀의 작은 손은 가무잡잡한 게 마치 장난꾸러기의 손 같았다. 비텔리 부인은 참지 못하고 선물을 빼앗아 고급스런 포장지가 찢어지지 않도록 조심스럽게 풀었다. 붉은 벨벳 보석 상자가 나오자 그녀는 잠시 머뭇거렸다. 그녀는 한번도 이런 물건을 가져 보지 못해서 어떻게 열어야 하는지 몰랐다. 그러나 여기저기 만져 보더니 이내 뚜껑을 열고 선물을 꺼냈다.

선물은 목에 걸 수 있는 두꺼운 금색 줄이었다. 꽤 값어치가 나갈 뿐만 아니라 시칠리아에서는 금을 선물하는 것이 진지한 의사 표시이기 때문에 모두들 놀랐다. 그것은 결혼할 마음이 있다는 의사를 표현한 것이며 청혼한 것이나 다름없었다. 그들은 더 이상 이 외국인의 마음에 대해 의심하지 않았다. 게다가 그가 굉장한 부자라는 점도 의심할 수 없었다.

아폴로니아는 여전히 그 선물에 손끝 하나 대지 않았다. 어머니가 선물을 들어 딸에게 보여주자, 그녀는 잠깐 긴 속눈썹을 들고 마이클을 똑바로 쳐다보았다. 사슴 같은 그녀의 갈색 눈동자는 진지했다. "고맙습니다." 그것은 그가 최초로 들어본 처녀의 목소리였다.

젊고 풋풋하고 수줍어하면서도 솜털처럼 부드러운 음성이 마이클의 귓가에 울려 퍼졌다. 마이클은 처녀를 쳐다보지 않고 그녀의 부모하고만 이야기를 나누었다. 쳐다보기만 해도 정신이 혼미해졌기 때문이다. 수수하고 헐렁한 옷을 입었는데도 그녀의 몸에서는 관능미가 흘러 넘쳤다. 그녀의 얼굴이 붉어지자 검고 매끄러운 피부도 더욱 검붉어졌다.

마침내 마이클은 자리에서 일어났고 가족들도 따라 일어났다. 그들은 정식으로 작별인사를 마쳤다. 마지막으로 아폴로니아와 악수할 차례가 되었다. 그녀의 손은 따뜻했지만 놀랍게도 농부처럼 거칠었다. 비텔리는 마이클을 언덕 아래 자동차가 있는 곳까지 배웅해 주면서 다음 주 일요일 저녁식사에 초대했다. 마이클은 고개를 끄덕이면서도 그때까지 기다릴 수 없을 것 같았다.

물론 마이클은 일요일까지 기다리지 않았다. 그는 이튿날 목동들을 따돌리고 혼자 차를 몰고 마을로 갔다. 그리고 카페 테라스에 앉아 아폴로니아의 아버지와 이야기를 나누었다. 그를 애처롭게 여긴 비텔리는 자기 아내와 딸을 카페로 내려오라고 했다. 이번 만남은 덜 어색했다. 아폴로니아는 무늬가 들어간 드레스를 입었는데 피부색과 어울려서 훨씬 아름다워보였다.

그 이튿날에도 똑같은 일이 벌어졌다. 그러나 이번에는 아폴로니아만 마이클이 선물한 목걸이를 걸고 카페로 내려왔다. 그게 어떤 신호라는 것을 깨닫고 마이클은 미소를 지었다. 마이클이 아폴로니아와 언덕을 올라가는데 어느새 그녀의 어머니가 바싹 따라오고 있었다. 그래서 두 젊은이는 몸을 살짝 스치기만 하는 것도 불가능했다. 딱 한 번 아폴로니아가 비틀거리며 마이클 쪽으로 넘어지려는 걸 그가 붙잡아준 적이 있었다. 그때 손에 전해지던 아폴로니아의 온기와 생동감에 마이클은 온몸에서 뜨거운 피의 격랑이 이는 것을 느꼈다. 뒤에서 그 모습을 본 어머니는 싱긋 웃었다. 산양처럼 자란 아폴로니아는 기저귀 차던 아기 때부터 산길에서 비틀거린 적이 없었기 때문이다. 결혼하기 전까지 이 젊은이가 자기 딸에게 손 댈 수 있는 방법은 이것뿐이라고 생각하자 그녀는 웃음이 나왔다.

이렇게 2주일이 흘렀다. 마이클은 올 때마다 선물을 가져왔고 아폴로니아도 점점 덜 수줍어하게 되었다. 그러나 두 사람은 감시인 없이 만난 적이 한번도 없었다. 이 마을에서 나고 자란 아폴로니아는 겨우 문맹을 면했고 바깥 세상에 대한 식견도 없었다. 그러나 그녀에게는 싱그러움과 삶에 대한 열정이 있었다. 말이 잘 통하지 않는 것도 그녀를 더 신비롭고 흥미로운 존재로 만들었다. 모든 것은 마이클이 요구한 대로 신속히 진행되었다. 아폴로니아도 마이클에게 빠져 있고 마이클이 부자가 틀림없다는 사실을 알았으므로 미적거릴 이유가 없었다. 결혼 날짜는 2주일 뒤 일요일로 정해졌다.

돈 토마시노도 결혼 준비에 착수했다. 미국에서도 모든 것을 마이클의 의사에 맡기되 예방 조치를 철저하게 취하라는 연락이 왔다. 돈 토마시노는 신랑의 아버지 역할을 맡기로 하고 자기 경호원들을 마이클에게 붙여줬다. 칼로와 파브리지오도 타자와 함께 코를레오네 측 하객으로 참석했다. 신랑과 신부는 돌로 만든 성벽으로 둘러싸인 타자의 집에서 살기로 했다.

결혼식은 여느 농부의 결혼식처럼 조촐하게 치러졌다. 신랑과 신부, 신부측 가족과 하객들이 교회에서 나와 신부집으로 돌아갈 때 마을 사람들은 길가에 서서 꽃을 던졌다. 그러면 행렬을 하던 사람들은 설탕 입힌 아몬드와 전통적인 결혼 사탕 그리고 신부의 침대를 장식하고 남은 사탕을 이웃 사람들에게 던졌다. 신부의 침대를 하얀 산 모양으로 장식하는 것은 상징적인 의미만 있을 뿐 첫날밤은 코를레오네 마을 외곽의 한 별장에서 보내기로 되어 있었다. 결혼식 피로연은 자정까지 이어졌지만 신랑과 신부는 그 전에 알파 로메오를 타고 피로연장을 떠났다. 그런데 신부의 요구에 따라 장모가 별장까지 따라오려고 하자 마이클은 당황했다. 그러자 곁에 있던 비텔리가 설명했다. 신부의 나이가 어리고 약간 겁을 먹고 있기 때문에 첫날밤을 보낸 다음날 아침에 누군가와 상의하고 잘못이 있으면 가르쳐 줄 사람이 필요하기 때문이라고 했다. 이런 문제는 때로 아주 미묘한 방향으로 흘러갈 수도 있었다. 아폴로니아가 커다란 갈색 눈으로 의심스럽게 마이클을 쳐다보았다. 마이클은 하는 수없이 그녀에게 미소를 지어 보이며 고개를 끄덕였다.

그들은 장모를 차에 태우고 코를레오네 읍 외곽에 있는 별장으로 향했다. 그러나 노부인은 차가 움직이자마자 타자의 하인들과 머리를 맞대고 무언가 의논하더니 딸을 끌어안고 키스를 한 다음 차에서 내렸다. 이제 마이클과 신부만 널따란 침실로 들어갈 수 있게 되었다.

아폴로니아는 여전히 신부 예복을 입고 그 위에 망토를 걸치고 있었다. 그녀의 트렁크와 짐들은 자동차에서 내려져 방으로 옮겨져 있었다. 작은 탁자 위에는 포도주 병과 작은 웨딩케이크가 접시에 담겨 있었다. 그러나 무엇보다 그들의 눈에 먼저 들어온 것은 덮개가 있는 커다란 침대였다. 어린 신부는 침실 한가운데 서서 마이클의 손길을 기다렸다.

이제 마이클은 그녀를 가질 수 있게 되었다. 이제야 법적으로 그녀를 소유하게 되었고, 이제야 매일밤 꿈꾸었던 그녀의 얼굴과 육체를 탐하는데 장벽이 사라진 것이다. 그러나 마이클은 선뜻 아폴로니아에게 다가갈 수 없었다. 그는 아폴로니아가 예식용 쇼올을 벗어 의자에 걸쳐놓고 신부용 화관을 벗어 작은 탁자 위에 올려놓는 모습을 지켜보았다. 탁자 위에는 마이클이 팔레르모에서 사 온 향수와 화장품이 정연하게 놓여 있었다. 신부는 그것들을 눈에 담아두려는 듯 잠시 바라보았다.

마이클이 불을 껐다. 수줍음 많은 신부가 어둠 속에서 옷을 벗고 싶어할 거라고 생각했기 때문이다. 그러나 열어 놓은 창으로 황금처럼 눈부신 시칠리아의 달빛이 쏟아져 들어왔다. 마이클은 덧문을 닫으려다 방안이 너무 더워서 그대로 두었다.

신부는 여전히 탁자 옆에 서 있었다. 마이클은 방을 나와 욕실이 있는 아래층으로 내려왔다. 하녀가 잠자리를 손보는 동안 타자와 돈 토마시노는 정원에서 포도주를 마시고 있었다. 마이클은 그들과 합석했다. 그는 침실로 돌아가면 아폴로니아가 잠옷으로 갈아입고 이불 속에 들어가 있기를 바랐다. 놀랍게도 그녀는 첫날밤에 어떻게 해야 하는지 어머니에게 배우지 않은 것 같았다. 아폴로니아는 아마도 그가 옷을 벗겨 주기를 원했을 것이다. 그러나 너무 수줍고 순진해서 그런 청을 못했을 것이다.

침실로 돌아오는 길에 마이클은 누군가가 덧문을 모두 닫아서 집안이 깜깜한 사실을 알았다. 그는 더듬거리며 침대를 찾아갔다. 아폴로니아는 등을 보인 채 웅크리고 누워 이불을 덮고 있었다. 마이클도 옷을 벗고 알몸으로 이불 속으로 들어갔다. 손을 뻗으니 비단결처럼 매끄러운 알몸이 만져졌다. 그녀는 과감하게 옷을 벗은 채였다. 마이클은 속으로 놀랐다. 그는 천천히, 조심스럽게 그녀의 어깨를 잡고 자기쪽으로 돌렸다. 그녀가 천천히 돌아눕자 마이클은 살며시 그녀의 크고 탐스러운 유방을 만졌다. 그녀는 재빨리 품에 안기며 몸을 밀착시켰다. 두 사람의 육체에는 부드러운 전류가 흘렀다. 마이클은 팔로 그녀를 안고 부드럽고 깊게 키스했다. 그런 다음 몸과 유방을 누르며 그녀의 몸 위로 올라갔다.

아폴로니아의 살결은 팽팽하고 머리결은 부드러웠다. 그녀는 처녀의 성적인 흥분으로 몸이 달아 그를 열렬히 원하고 있었다. 그가 안으로 들어오자 그녀는 잠시 멈칫하더니 골반을 앞으로 내밀며 매끄러운 다리로 그의 엉덩이를 감았다. 두 사람은 더욱 격렬하게 감고 끌어당기며 절정으로 치달았다. 서로 떨어지지 않으려고 하는 모습이 마치 죽음을 앞두고 몸을 전율하는 것과 같았다.

그런 밤이 몇 주일 계속되는 동안 마이클 코를레오네는 미개한 사회의 사람들이 처녀성에 가치를 두는 이유를 이해하게 되었다. 그는 예전에는 경험해보지 못한 관능과 근육이 지닌 위력을 만끽했다. 아폴로니아는 시간이 지날수록 그의 노예가 되어 버렸다. 사랑과 신뢰를 받은 젊고 혈기왕성한 아가씨는 성에 눈뜨면서 농익은 과일처럼 달콤해졌다.

남자들만 살던 별장의 음울한 분위기는 아폴로니아가 들어오면서 환하게 밝아졌다. 첫날밤 이후 그녀는 어머니의 짐을 싸서 보내고 나서 밝고 아기자기한 분위기로 공동 식탁의 안주인 노릇을 톡톡히 해냈다. 돈 토마시노는 매일 저녁 신혼부부가 함께 보내자고 해도 사양했고, 타자는 정원에서 포도주를 대접하며 옛날 이야기를 들려주었다. 정원에는 피처럼 붉은 꽃들에 둘러싸인 조각상들이 즐비했다. 그렇게 저녁 시간은 유쾌하게 흘러갔다. 밤이 되면 신혼부부는 오래도록 열정적인 사랑을 나누었다. 조각상 같은 아폴로니아의 몸과 벌꿀 색깔의 피부, 정열로 불타는 커다란 갈색 눈동자를 아무리 탐해도 마이클은 늘 부족했다. 그녀에게선 놀랄 만큼 신선한 향기가 났다. 그녀의 은밀한 곳에서 뿜어져 나오는 달콤한 살냄새는 도저히 욕망을 누를 수 없게 만들었다. 그녀의 순결한 정열은 마이클이 결혼에 대해 가졌던 열망과 비슷했다. 그들은 밤새 사랑을 나누고 지쳐서 새벽에야 잠들었다. 마이클은 이따금 잠이 오지 않아 창문 선반에 벌거벗은 채 앉아 잠든 아폴로니아의 몸을 바라보기도 했다. 휴식을 취하는 그녀의 얼굴은 너무나 사랑스럽고 완벽했다. 언젠가 이탈리아의 성모상을 묘사한 화집에서 보았던, 예술가들이 최선을 다하여 가장 순결하게 그린 그 모습처럼 완벽한 얼굴이었다.

결혼 첫 주에 그들은 알파 로메오를 타고 가까운 곳으로 여행을 했다. 그 사실을 안 돈 토마시노는 마이클에게 결혼으로 인해 그의 얼굴과 신분이 시칠리아 일부에 알려졌기 때문에 코를레오네 패밀리의 적이 이 은신처까지 마수의 손길을 뻗치고 있을지 모르니 경계해야 한다고 충고했다. 돈 토마시노는 별장의 주변 경계를 강화하고, 칼로와 파브리지오 두 목동으로 하여금 성벽 안에서 보초를 서게 했다. 마이클과 그의 아내는 별장 안에서만 생활해야했다. 마이클은 아폴로니아에게 영어를 가르치거나 담장 안쪽을 따라 자동차 운전을 가르치며 시간을 보냈다. 이즈음 돈 토마시노는 여러 가지 일로 바빴다. 타자의 말에 의하면 팔레르모 시내의 신흥 마피아들 때문에 아직도 골머리를 앓고 있다고 했다.

어느날 밤, 별장에서 일하는 마을 할머니가 정원으로 신선한 올리브를 한 접시 내오며 마이클에게 말을 걸었다. "마을 사람들이 모두 당신이 뉴욕에 있는 대부 돈 코를레오네의 아들이라고 하던데, 맞수?"

돈 토마시오는 그의 비밀이 밝혀진 데 대해 불쾌해하며 아니라고 대답했다. 그러나 노파는 사실을 아는 게 아주 중요하다는 표정으로 마이클을 빤히 처다보았다. 마이클은 고개를 끄덕였다. "저희 아버지를 아십니까?"

노파의 이름은 필로메나라고 했다. 그녀의 얼굴은 호두처럼 주름이 많고 가무잡잡했으며, 조글조글한 입술 사이로 누런 이가 보였다. 마이클은 이 별장에 살게 된 후 처음으로 그녀의 웃는 모습을 보았다. "대부께서 제 목숨을 구해 주신 적이 있어요. 내 머리도." 그녀는 머리를 앞으로 내미는 시늉을 했다.

필로메나가 뭔가 더 얘기하고 싶어하는 것 같아서 마이클은 미소로서 북돋워 주었다. 그녀는 염려하는 표정으로 물었다. "루카 브라시가 죽었다는 게 사실인가요?"

마이클이 다시 고개를 끄덕이자 놀랍게도 필로메나의 얼굴에 안도감이 퍼졌다. "하나님, 저를 용서해 주소서. 그의 영혼이 영원히 지옥에 떨어지게 해주소서." 노파는 성호를 그으며 이렇게 중얼거렸다.

마이클은 이상하게 오래 전부터 브라시에 대해 호기심을 갖고 있었다. 그런데 이 노파가 헤이건과 소니가 들려주지 않으려고 했던 이야기를 알고 있을지 모른다는 생각이 언뜻 스쳤다. 그는 노파에게 포도주 한 잔을 따라 주며 의자에 앉으라고 했다. "저희 아버지와 루카 브라시에 대해 얘기해 주세요. 저도 조금은 알고 있지만, 어떻게 해서 두 사람이 친구가 되었고, 루카 브라시가 아버지에게 그토록 충성을 다한 이유가 무엇인가요? 자, 걱정 마시고 제게 얘기해 주세요." 마이클은 부드럽게 말했다.

　필로메나의 주름진 얼굴과 건포도 같은 눈이 돈 토마시노를 응시하자 그는 해도 좋다는 신호를 보냈다. 필로메나는 자신의 이야기를 들려주었다.

　30년 전 필로메나는 뉴욕 10번가 이탈리아 이민자 촌에서 산파 노릇을 했다. 임신한 여자들이 많아서 그녀의 조산원은 날로 번창했다. 그녀는 의사들이 아기를 받다가 곤란을 겪을 때 달려가서 한 수 가르쳐 주기도 했다. 그녀의 남편은 장사가 잘되는 식료품점을 운영했는데, 지금은 세상을 떠나고 없었다. 그는 돈이라곤 한푼 모을 줄 모르는 노름꾼에 오입쟁이였지만 필로메나는 남편이 불쌍한 사람이라며 천국에 가기를 빌어 주었다. 그런데 30년 전 어느 저주스러운 밤이었다. 정직한 사람들은 모두 잠자리에 들었을 시간에 누군가 필로메나의 현관문을 두드렸다. 그녀는 별로 놀라지 않았다. 아기들은 죄 많은 세상에 안전하게 오려고 가장 조용한 시간을 택하는 법이기 때문이다. 그런데 현관 밖에 서 있는 사람은 당시에도 잔혹하기로 악명이 높았던 루카 브라시였다. 그는 독신으로 알려져 있었다. 필로메나는 그를 보자마자 겁을 먹었다. 그녀는 자기 남편이 어리석게도 루카 브라시의 부탁을 거절해서 보복하러 온 거라고 생각했다.

　그러나 브라시는 평범한 심부름으로 찾아온 것이었다. 그는 필로메나에게 아기를 낳으려고 하는 여자가 있는데, 집이 이곳에서 멀리 떨어져 있어서 그녀를 데리러 왔다고 했다. 필로메나는 자기 생각이 틀렸다는 것을 알았다. 브라시의 짐승 같은 얼굴이 그날밤에는 마치 넋이 나간 사람 같아 보였다. 악령의 손아귀에 잡힌 사람처럼 보였다. 그녀는 잘 아는 임산부의 아이만 받는다고 거절했지만 그는 녹색 지폐를 한 움큼 쥐어 주며 막무가내로 함께 가야 한다고 졸랐다. 그녀는 너무

겁이 나서 승낙했다.

도로에는 포드 자동차가 한 대 서 있는데, 운전사도 루카 브라시처럼 험악한 인상이었다. 30분도 채 안되어 자동차는 다리 건너 롱아일랜드의 한 작은 목조 주택 앞에 멈췄다. 두 세대가 살 수 있도록 지어진 집 같았는데, 지금은 브라시와 그의 갱단들이 세들어 살고 있는 게 분명했다. 부엌에서는 사내 여럿이 카드 게임을 하며 술을 마시고 있었다. 브라시는 필로메나를 2층의 침실로 데려갔다. 침대에는 얼굴이 하얗고 머리 색깔이 붉은 아일랜드인처럼 보이는 나이 어린 처녀가 암퇘지처럼 부풀어오른 배를 움켜쥐고 누워 있었다. 이 불쌍한 처녀는 몹시 겁을 먹은 상태였다. 그녀는 브라시를 보자 공포에 질려 고개를 돌려버렸다. 공포라는 표현이 딱 맞을 것이다. 악마 같이 생긴 브라시가 노여운 표정을 지었을 때 그 모습은 그녀가 평생 본 것 중에 가장 끔찍스런 모습이었다(이 부분에서 필로메나는 다시 성호를 그었다).

긴 이야기를 요약하자면, 브라시는 필로메나를 데려다 준 뒤 방을 나갔다. 대신 그의 동료 두 명이 산파를 도왔다. 산모는 아기를 낳고 지쳐서 깊은 잠에 빠졌다. 다시 방에 들어온 브라시에게 필로메나는 깨끗한 담요에 싼 아기를 건네주며 "당신이 애 아버지거든 이 애를 데려가세요. 내 일은 이제 끝났어요."라고 말했다.

브라시는 악의에 찬 미치광이 같은 얼굴로 그녀를 노려보았다. "그렇소. 내가 애비요. 하지만 저런 인종을 살려 두고 싶지 않소. 지하실에 데려가서 화덕에 처넣어 버려요."

그 순간 필로메나는 그의 말을 잘못 들은 거라고 생각했다. 그가 '인종'이라는 말을 쓴 게 이상했다. 아기 엄마가 이탈리아인이 아니라는 말일까? 아니면 아기 엄마가 천한 창녀라는 뜻으로 말한 걸까? 자기 씨를 받은 건 무엇이라도 살려 두지 않겠다는 말일까? 필로메나는 그가 농담을 좀 거칠게 하는 거라고 생각했다. 그래서 다시 "당신 아이니 당신이 하고 싶은 대로 하세요."라고 잘라 말하고 아기를 건네려고 했다.

그때 지쳐 잠들었던 산모가 일어나서 그들에게 고개를 돌렸다. 그녀는 브라시가 갓 태어난 아기를 필로메나의 가슴에 거칠게 안기는 모습을 보았다. 그녀는 힘없는 목소리로 "루크, 루크, 미안해요."라고 말했다. 브라시는 고개를 돌려 산모를 쳐다보았다.

그 다음에 일어난 일은 정말 끔찍했다. 필로메나는 지금도 그렇게 말했다. 정말 끔찍한 일이 벌어졌다고. 브라시와 아기 엄마는 둘 다 미친 짐승 같았다. 인간이 아니었다. 서로에게 품고 있던 증오심이 번쩍하고 빛나는 순간 그들에게는 아무것도, 갓 태어난 아기조차도 눈에 보이지 않았다. 이상스런 격정, 영원히 천벌 받아 마땅한 잔인하고 악마 같은 비정상적인 열정만 있었다. 루카 브라시는 필로메나를 돌아보더니 거칠게 말했다. "돈은 얼마든지 줄 테니까 어서 내가 하라는 대로 해!"

필로메나는 너무 놀라서 아무 말도 하지 못하고 고개만 설레설레 저었다. 그러다가 겨우 입을 열고 "당신이 애 아버지니까, 당신이 알아서 해요."라고 중얼거렸다. 그러나 브라시는 대꾸하지 않았다. 대신 웃옷 안에서 칼을 꺼내더니 "말 안 들으면 죽여버릴 거야."라고 협박했다.

필로메나는 충격을 받았던 게 틀림없었다. 왜냐하면 그녀가 다음으로 기억하는 것은 세 사람이 지하실의 네모난 화덕 앞에 서 있는 모습이었기 때문이다. 필로메나는 여전히 담요에 싼 아기를 안고 있었다. 담요 안에서는 아무 소리도 나지 않았다(만일 그때 아기가 울었더라면, 자기가 좀더 영리해서 아기를 꼬집어서라도 울렸더라면 그 괴굴이 자비를 베풀었을지도 모른다고 그녀는 말했다).

사내들 중 하나가 화덕 뚜껑을 열었다. 활활 타는 불길이 보였다. 그 사내가 밖으로 나가고 파이프에 물방울이 맺히고 쥐새끼 냄새가 나는 지하실에는 그녀와 브라시만 남게 되었다. 브라시는 다시 칼을 뽑아 들었다. 필로메나는 브라시가 얼마든지 자기를 죽일 수 있을 것 같았다. 바로 옆에 시뻘건 불구덩이가 있고 브라시는 덤벼들 태세로 노려보았다. 그의 얼굴은 인간의 얼굴이 아니라 괴수의 형상이었고, 제정신도 아니었다. 그는 필로메나의 목덜미를 잡더니 뚜껑 열린 화덕으로 밀어 넣으려고 했다.

여기에서 필로메나는 이야기를 뚝 그쳤다. 그녀는 뼈가 앙상한 손을 무릎에 올려놓고 마이클을 똑바로 쳐다보았다. 그는 그녀가 말을 하지 않아도 무슨 말을 하고 싶은지, 왜 이 이야기를 자기에게 털어놓게 되었는지 알 것 같았다. 마이클이 부드럽게 물었다. "그래서 그렇게 했습니까?" 그녀는 고개를 끄덕였다.

필로메나는 포도주를 한 잔 더 마신 뒤 성호를 긋고 중얼중얼 기도를 했다. 그리고 이야기를 이어갔다. 그녀는 브라시에게 지폐를 한 뭉치 받았고, 차에 태워져서 집으로 돌아갔다. 그녀는 만약 그날밤에 일어난 일을 발설한다면 틀림없이 브라시의 손에 죽게 될 것이라고 생각했다. 그러나 이틀 뒤 브라시는 아기의 엄마인 젊은 아일랜드 처녀를 죽였고, 그 일로 경찰에 체포되었다. 그 소식을 들은 필로메나는 겁에 질려 대부에게 달려가 그 이야기를 털어놓았다. 대부는 자기가 모든 일을 알아서 처리하겠으니 그녀에게는 영원히 비밀로 하라고 당부했다. 그 당시 브라시는 돈 코를레오네 밑에서 일하고 있지 않았다.

돈 코를레오네가 손을 쓰기도 전에 루카 브라시는 감방에서 유리 조각을 삼키고 자살을 시도했다. 그는 병원으로 실려 갔고 회복되었을 즈음 돈 코를레오네는 모든 문제를 수습했다. 경찰은 증거 부족으로 기소를 중지했고, 루카 브라시는 석방되었다.

돈 코를레오네는 루카 브라시나 경찰 때문에 두려워할 것 없다고 말했지만 필로메나는 그날 이후 마음의 평화를 잃어버렸다. 신경이 쇠약해져서 산파일도 더 이상 못하게 되었다. 마침내 그녀는 남편을 설득해 식료품점을 팔고 이탈리아로 돌아왔다. 그녀의 남편은 마음이 선량한 사람이어서 모든 이야기를 듣고 이해해 주었다. 그러나 원래 몸이 허약하고 병치레가 잦아 미국에서 노예처럼 일해서 모아 온 재산을 모두 탕진해 버렸다. 남편이 죽고 난 뒤 필로메나는 하녀일을 하게 되었다. 필로메나의 이야기는 여기에서 끝났다. 그녀는 포도주를 한 잔 더 마시고 마이클에게 말했다. "당신의 아버님을 위해서도 기도하고 있습니다. 제가 필요할 때마다 돈도 주셨고 브라시에게서 목숨도 구해 주셨어요. 그분께 전해 주세요. 내가 매일밤 그분의 영혼을 위해 기도하고 있다고. 그러니 죽음을 두려워할 필요가 없다고요."

그녀가 떠나자 마이클은 돈 토마시노에게 "저분의 얘기가 사실인가요?"라고 물었다. 마피아 두목은 고개를 끄덕였다. 마이클은 사람들이 루카에 관한 이야기를 해주지 않으려고 한 이유를 이해할 것 같았다.

다음날 아침 마이클은 돈 토마시노와 여러 가지 일을 의논하고 싶었지만 그가 긴급한 소식을 듣고 팔레르모로 갔다는 것을 알았다. 그날 저녁 돈 토마시도는 집으로 돌아와 마이클을 따로 불렀다. 미국에서 소식이 왔다고 그는 말했다. 산티노 코를레오네가 살해되었다는 슬픈 소식이었다.

24

아침 일찍 레몬 빛깔의 시칠리아 햇살이 침실로 쏟아져 들어왔다.

잠에서 깨어난 마이클은 아폴로니아의 매끄러운 몸이 자기 몸에 닿아 있는 것을 느끼자 그녀를 깨워 사랑을 나누었다. 아폴로니아를 완전히 소유한 지 몇 달이 지났지만 마이클은 사랑의 행위가 끝난 뒤에는 언제나 그녀의 아름다움과 열정에 감탄했다.

아폴로니아는 세수를 하고 옷을 갈아입으러 아래층 욕실로 갔다. 마이클은 벌거숭이인 채 침대에 누워 신선한 아침 햇살을 받으며 담배를 피워 물었다. 오늘은 이 별장과 침실에서 보내는 마지막 아침이었다. 돈 토마시노가 시칠리아 남부 해안의 한 마을로 이사할 수 있도록 준비를 해놓은 터였다. 임신 첫 달째인 아폴로니아는 1주일 정도 자기 가족들과 지내고 싶어했기 때문에 그뒤에 은신처에 합류하기로 되어 있었다.

전날밤 돈 토마시노는 아폴로니아가 잠자러 간 뒤 마이클과 정원에서 이야기를 나누었다. 그는 몹시 지치고 걱정스러워 보였는데, 사실 마이클의 안전 때문에 무척 고심했다고 털어놓았다. "결혼 때문에 자네 신분이 세상에 노출되고 말았네. 자네 아버지가 왜 자네 은신처를 다른 곳으로 옮기도록 손을 쓰지 않는지 이상할 지경이야. 나도 팔레르모의 젊은 두목들 때문에 여간 골치 아픈 게 아냐. 그놈들도 주둥이를 적실 수 있도록 꽤 신경을 써줬는데도 이젠 내가 가진 걸 모두 달라고 저러니, 도대체 그놈들 대가리에 뭐가 들었는지 이해할 수가 없네. 놈들이 몇 가지 잔꾀를 부리고 있지만 그렇게 쉽게 당할 내가 아니지. 놈들도 날 하찮게 여길 수 없을 만큼 내가 강하다는 걸 알고 있을 거야. 재주가 있건 없건 젊은 사람들의 문제는 그거야. 합리적으로 생각할 줄 모르고 우물에 있는 물을 몽땅 가지려고 한단 말이야."

돈 토마시노는 두 목동 파브리지오와 칼로가 경호원으로 함께 따라가게 될 거라고 했다. 또 자신은 내일 새벽 팔레르모에 일이 있어 나가야 하기 때문에 오늘밤 작별인사를 하는 거라고 했다. 마이클은 타자 의사에게는 내일 떠난다는 말을 하지 않았다. 타자는 그날 저녁 팔레르모에서 자고 들어오기로 되어 있는데 자칫하면 그 일을 발설할지 몰라서였다.

마이클은 돈 토마시노가 어려움에 처해 있다는 것을 알고 있었다. 밤에는 무장한 경호원들에게 집 안팎을 순찰하게 했고, 소수의 충직한 목동들에게 루파라 총을 지급하고 집안까지 보조를 서게 했다. 돈 토마시노 자신도 단단히 무장하고 항상 개인 경호원을 데리고 다녔다.

아침 햇살이 제법 따가워졌다. 마이클은 담배꽁초를 버리고 바지와 셔츠를 입은 다음 시칠리아 남자들이 흔히 쓰는 끝이 뾰족한 모자를 썼다. 그는 맨발로 침실 창가에 기대고 서서 밖을 내다보았다. 정원 의자에 파브리지오가 앉아 있었다. 그는 루파라 총을 정원 테이블에 아무렇게나 팽개쳐 둔 채 뻣뻣하고 검은 머리를 한가하게 빗고 있었다. 마이클이 휘파람을 불자 파브리지오가 고개를 들어 창 쪽을 바라보았다.

"차 가져와. 5분 뒤에 출발한다. 칼로는 어디 있나?" 마이클이 아래를 내려다보며 말했다.

파브리지오는 자리에서 일어났다. 풀어헤친 셔츠 사이로 문신의 푸른 색, 붉은 색 선이 보였다. "칼로는 부엌에서 커피 마시고 있습니다. 부인께서도 함께 가십니까?" 파브리지오가 물었다.

마이클은 그를 흘겨보았다. 지난 몇 주 동안 파브리지오가 아폴로니아를 쳐다보는 눈길이 심상치가 않았기 때문이다. 그러나 감히 자기 상전의 아내를 넘볼 수는 없을 것이다. 시칠리아에서 그것보다 더 확실하게 죽음으로 가는 길은 없었다. 마이클은 차갑게 말했다. "으니, 아내는 친정에 갔다가 며칠 뒤에 따라올 거야." 파브리지오는 재빨리 차고로 사용하는 조그만 돌집으로 달려갔다.

부엌으로 내려가니 필로메나 부인이 커피를 만들어 주며 수줍게 작별인사를 했다. "아버지께 당신의 안부를 전하겠습니다." 마이클이 이렇게 말하자 그녀는 고개를 끄덕였다.

그때 칼로가 부엌으로 들어오며 마이클에게 말했다. "차가 대기하고 있는데, 가방을 갖다 놓을까요?"

"놔둬. 내가 옮길 테니. 그런데 아폴로니아는 어디 있나?" 마이클이 물었다.

칼로의 얼굴에 웃음이 번졌다. "자동차 운전석에 앉아 엑셀레이터 밟는 연습을 하고 있습니다. 미국에 가기도 전에 진짜 미국 여성이 되려나 봅니다." 시칠리아에서는 여자가 운전한다는 말을 들어본 적이 없지만 마이클은 이따금 별장 담 안쪽에서 아폴로니아에게 운전을 가르쳐 주었다. 그럴 때마다 마이클은 꼭 그녀 옆자리에 앉았다. 아폴로니아가 브레이크를 밟는다는 게 엑셀레이터를 밟는 일이 자주 있었기 때문이다.

"파브리지오에게 자동차에서 기다리라고 해." 마이클은 칼로에게 이렇게 말하고 나서 부엌을 나가 위층 침실로 올라갔다. 가방은 이미 꾸려져 있었다. 그는 가방을 들고 나오기 전에 창문으로 밖을 내다보았다. 자동차는 부엌 출입문이 아니라 현관 계단 앞에 주차되어 있었다. 아폴로니아는 자동차에 앉아서 어린애처럼 핸들을 가지고 놀고 있었다. 칼로는 뒷자리에 점심 바구니를 내려놓았다. 그때 어떤 임무를 띤 듯 별장 밖으로 총총히 사라지는 파브리지오의 뒷모습이 보였다. 저놈은 도대체 무얼하는 걸까? 마이클은 왠지 꺼림칙한 생각이 들었다. 다시 나타난 파브리지오는 고개를 돌려 어깨 너머로 이쪽을 힐끗 쳐다보았다. 마이클은 언제 저놈의 목동을 흠씬 두들겨 줘야겠다고 생각했다. 마이클은 층계를 내려오며 필로메나에게 마지막으로 작별인사를 하기 위해 부엌으로 갔다. "타자 씨는 아직 주무시고 계십니까?" 마이클이 노파에게 물었다.

필로메나의 주름진 얼굴에 익살맞은 웃음이 감돌았다. "늙은 수탉이 제때 태양을 볼 수 있나. 어젯밤 팔레르모에 다녀왔나 보우."

마이클은 웃으며 부엌문을 나섰다. 그의 꽉 막힌 코에도 강렬한 레몬꽃 향기가 전해졌다. 별장의 산책로에서 열 발자국 쯤 떨어진 자동차에서 아폴로니아가 그를 보며 손을 흔들었다. 마이클이 서 있는 곳까지 운전을 해볼 테니 그곳에 그대로 서 있으라고 손짓하는 것이었다. 칼로는 루파라 총을 어깨에 메고 자동차 옆에 서서 빙긋이 웃고 있었다. 파브리지오는 여전히 보이지 않았다. 그 순간 어떤 의식의 추론 과정 없이 그의 머리 속에 모든 생각이 한꺼번에 떠올랐다. 마이클이 소리쳤다. "안돼, 안돼!"

그러나 그의 외침은 아폴로니아가 시동을 거는 순간 들려온 엄청난 폭발음 속에 묻혀 버렸다. 부엌문은 산산조각이 나고 마이클은 3미터나 되는 담장 쪽으로 날라 갔다. 별장 지붕을 덮었던 돌이 굴러 떨어지며 마이클의 어깨를 맞혔고, 그가 바닥에 넘어졌을 때 날아온 돌 하나가 그의 머리에 맞고 튀어 나갔다. 그는 자동차의 네 바퀴를 연결하는 강철축 외에 아무것도 남아 있지 않다는 것을 확인하고 곧 의식을 잃었다.

의식이 돌아왔을 때 마이클은 어두컴컴한 방에 누워 있었다. 말이라기보다 웅성거림에 가까운 사람들의 목소리가 들렸다. 순간 동물적인 본능이 발동한 마이클은 의식이 없는 척했다. 그러나 이내 사람들의 목소리가 끊기더니 누군가 침대 곁으로 다가와 그에게 몸을 기울였다.

이제 말소리가 분명하게 들렸다. "드디어 의식이 돌아왔군!" 전등이 켜졌다. 전등빛이 눈동자 위에서 하얀 불처럼 번쩍거려서 마이클은 고개를 돌렸다. 온몸이 묵직하고 마비된 것처럼 느껴졌다. 침대 위에서 내려다보고 있는 사람은 타자였다.

"잠깐만 살펴보고 불을 끄겠네." 타자는 부드럽게 말했다. 그는 연필처럼 생긴 작은 손전등으로 마이클의 눈동자를 열심히 비춰 보았다. "이제 됐네." 타자 의사는 이렇게 말한 다음 방안에 있는 사람을 돌아봤다. "이제 말을 시켜도 되네."

돈 토마시노가 그의 침대 곁에 앉았다. 마이클은 이제 그를 똑똑히 볼 수 있었다. "마이클, 마이클, 말을 할 수 있겠나? 아니면 쉬고 싶은가?" 돈 토마시노가 물었다.

마이클은 손짓을 하는 게 더 쉬웠다. 돈 토마시노가 말했다. "파브리지오가 차고에서 차를 가지고 나왔나?"

마이클은 확실히 몰라서 그냥 피식 웃었다. 그러나 그 차가운 웃음은 묘하게도 그렇다는 뜻으로 전달되었다. 돈 토마시노가 다시 말했다. "파브리지오가 사라졌네. 잘 들어보게, 마이클. 자넨 지난 1주일 동안 의식이 없었네. 알겠나? 사람들이 모두 자네가 죽었다고 생각하고, 기대도 안 했지. 그런데 자넨 이제 살았어. 자네 아버지께 소식을 전했더니 연락을 보내셨네. 자넨 얼마 안 있으면 미국으로 돌아가게 될 거야. 그동안 여기서 조용히 쉬게. 산속에 있는 내 소유의 농가라서 안전할 거야. 팔레르모 녀석들도 자네가 죽었을 거라고 생각하고 내게 화해를 청해 왔네. 그놈들이 노린 것은 자네였어. 날 노리는 척하면서 자넬 죽이려 한 거야. 그 점을 명심하게. 다른 건 내게 맡기고 자넨 빨리 회복하고 마음을 진정시키게나."

마이클은 이제야 모든 게 기억났다. 그의 아내와 칼로는 죽었다. 부엎에 있던 노파가 생각났다. 자신을 배웅한다고 부엌 밖으로 따라 나왔는지 기억이 나지 않았다. "필로메나는 어떻게 됐어요?" 마이클이 물었다. 돈 토마시노가 조용히 말했다. "다치지는 않았네. 폭발 때문에 코피가 좀 났을 뿐이야. 너무 걱정 말게."

"목동들에게 파브리지오를 잡아오면 시칠리아에서 가장 좋은 목장을 주겠다고 말하세요." 마이클이 말했다.

두 사람은 안도감으로 한숨을 내쉬었다. 돈 토마시노는 옆 테이블에 놓여있던 술잔을 들더니 호박색의 술을 고개를 젖히며 단숨에 들이켰다. 타자는 침대에 걸터앉아 멍한 얼굴로 말했다. "자넨 이제 홀아비야. 시칠리아에선 드문 일이지." 그는 동병상련을 느끼는 듯 했다.

마이클은 돈 토마시노에게 가까이 오라고 손짓을 했다. 그는 침대 곁에 앉아 머리를 가까이 댔다. "아버지께 연락해서 집으로 가게 해 달라고 해주세요. 아버지께 이제 아들 노릇을 하고 싶어한다고 전해주세요."

그러나 마이클이 부상을 회복하기까지는 한 달이 걸렸고, 서류나 그 밖의 준비가 완료되기까지는 두 달이 더 걸렸다. 그리고 나서 그는 팔레르모를 떠나 로마로, 로마에서 다시 뉴욕으로 날아갔다. 그때까지도 파브리지오의 행방은 알아내지 못했다.

제7부

25

　케이 애덤스는 대학을 졸업한 후 고향인 뉴햄프셔에서 초등학교 교사자리를 얻었다. 마이클이 사라진 후 6개월 동안 그녀는 매주 그의 어머니에게 전화를 걸어 마이클에 대한 소식을 물었다. 코를레오네 부인은 전화를 끊을 때마다 "이렇게 착한 아가씨가 또 있을까. 이제 마이클은 잊고 좋은 신랑감 찾아봐요."라고 덧붙였다. 케이는 그런 말을 들어도 야속한 생각이 들지 않았다. 창창한 나이에 불가능한 기대를 버리지 못하는 자신을 걱정하는 어머니의 마음이라고 생각했다.

　교직 생활을 시작하고 첫 학기가 끝나자 그녀는 멋진 옷도 사고 대학 친구도 만나 볼 겸 뉴욕에 가기로 했다. 뉴욕에서 더 흥미로운 직업을 구해 볼 생각도 있었다. 그녀는 지난 2년을 독신으로 지냈다. 가끔 롱비치에 전화하는 것 외에는 책을 읽거나 아이들을 가르치며 보냈고 데이트는커녕 외출도 거의 하지 않았다. 그러나 이제 슬슬 이런 생활을 청산해야겠다는 생각이 들었다. 자신의 처지가 점점 더 짜증스럽고 불행하게 느껴졌던 것이다. 케이는 마이클이 편지를 보내거나 하다못해 어떤 소식이라도 들을 수 있을 거라고 믿었다. 그러나 끝내 아무 소식이 없자 그녀는 모욕감을 느꼈고 마이클이 자기까지 믿지 못한다는 사실에 슬프기도 했다.

　그녀는 첫 기차를 타고 출발하여 오후 서너 시쯤 호텔에 들었다. 그 호텔에 근무하는 친구들이 있었지만 방해하고 싶지 않아서 밤에나 연락할 작정이었다. 게다가 기차여행으로 피곤해서 곧장 쇼핑하러 나가고 싶지도 않았다. 호텔방에 혼자 있으려니 케이는 마이클과 함께 사랑을 나누었던 일들이 떠올라서 더욱 쓸쓸한 감정에 휩싸였다. 롱 비치의 마이클 어머니에게 전화를 걸어야겠다는 생각이 든 것도 그런 기분 때문이었다. 전화를 받은 사람은 전형적인 뉴요커 억양의 어떤 남자였다. 케이는 코를레오네 부인을 바꿔 달라고 했다. 잠시 뒤에 억센 말투의 목소리가 누구냐고 물었다.

케이는 약간 당황했다. "케이 애덤스예요. 저 기억 못하시겠어요?"

"아, 기억해요. 그동안 왜 통 전화가 없었수? 결혼했수?" 코를레오네 부인이 물었다.

"아니요. 바빴어요." 마이클의 어머니가 그동안 전화 걸지 않았다고 섭섭해하자 케이는 이렇게 말하면서도 약간 놀랐다. "마이클에게선 아무 연락도 없었나요? 잘 있대요?"

전화선 저편에서 잠시 침묵이 흐르고 난 뒤 코를레오네 부인의 목소리가 다시 들렸다. "마이클은 집에 있다우. 그 애가 연락하지 않았어요?"

케이는 충격으로 가슴이 탁 막히고 수치스러워서 울음이 날 것 같았다. 그녀는 힘없는 목소리로 물었다. "언제 집에 왔어요?"

"6개월 전에." 코를레오네 부인이 말했다.

"그렇군요." 케이는 이렇게 말하고 나서 수치스러움에 얼굴이 화끈거렸다. 마이클에게 자기가 얼마나 하찮은 여자인지 그의 어머니도 알았을 것이다. 케이는 또 분노를 느꼈다. 설령 연애는 끝났더라도 우정의 표시 정도는 해야 하는 상식적인 예의도 갖추지 않은 마이클과 그의 어머니를 비롯한 이탈리아인에 대한 분노였다. '마이클이 더 이상 나를 연애 상대로 원하지 않는다고 하더라도, 그래서 결혼할 마음이 없어졌다고 하더라도 친구로서 내가 얼마나 자신을 걱정하는지 모른단 말인가? 마이클은 나를 처녀성을 잃었다고 자살을 하거나 울고불고 법석을 떨다가 버림받는 미개하고 불쌍한 이탈리아 처녀로 여기는 걸까?' 케이는 되도록 냉정하게 말하려고 노력했다. "알았습니다. 대단히 감사합니다. 마이클이 무사히 집에 돌아왔다니 다행이에요. 그저 궁금해서 전화했어요. 다신 전화하는 일 없을 거예요."

코를레오네 부인은 케이의 말은 전혀 듣지 않은 것처럼 다급하게 말을 받았다. "마이클 보고 싶수? 어서 이리 와요. 마이클을 깜짝 놀라게 해줘요. 택시를 타고 오면 내가 정문앞에 사람을 세워 놓았다 택시값을 대신 지불하라고 할게요. 택시 운전수에게 요금을 두 배로 주겠다고 해요. 그렇지 않으면 롱비치에 오려고 하지 않을 거예요. 돈은 내지 말고. 그럼 남편의 부하가 정문앞에 서있다 택시 요금을 낼 거야."

"그럴 수 없어요, 코를레오네 부인. 만약 마이클이 절 보고 싶었으면 벌써 우리집으로 전화했을 거예요. 그는 우리의 관계를 지속하고 싶지 않은 게 틀림없어요." 케이가 차갑게 말했다.

코를레오네 부인의 쾌활한 목소리가 전화선을 타고 들려 왔다. "이 착한 아가씨가 다리는 예쁜데 머리는 그렇지 않은 모양이야." 부인이 쿡쿡 대며 웃었다. "마이클이 아니라 날 만나러 와 줘요. 내가 하고 싶은 얘기가 있어. 지금 당장 와요. 택시 요금은 내지 말고. 내가 기다리고 있을 게요." 전화가 딸각 하고 끊겼다. 코를레오네 부인이 먼저 수화기를 내려놓은 것이다.

케이는 다시 전화를 걸어 못 간다고 말할까 하다가 마이클을 만나서 의례적인 말이라도 해야겠다고 생각했다. 만일 그가 집에 있다면 신변에 더 이상 위협이 없고 정상적으로 생활할 수 있다는 의미일 것이다.

케이는 얼른 침대에서 내려와 외출 준비를 시작했다. 공들여 화장을 하고 옷을 입었다. 그녀는 방을 나서기 전에 거울에 자신의 모습을 비춰 보았다. '마이클이 사라지기 전보다 더 예뻐 보여야 할 텐데. 나이가 들어서 매력이 없어졌다고 생각하면 어떡하지.' 사실 케이는 엉덩이도 더 둥글어지고 가슴도 풍만해지고 한층 여자다워졌다. 마이클은 평소 케이가 말라서 좋다고 했지만 이탈리아 남자라면 풍만한 타입의 여자를 좋아할 것이다. 하지만 이런 게 다 무슨 소용이 있단 말인가. 마이클은 그녀를 보고 싶지 않은 게 틀림없다. 그렇지 않고서야 어떻게 집에 돌아온 지 6개월이나 지났는데 전화 한 통 없을 수가 있을까.

택시 운전수는 처음에는 롱비치까지 가지 않으려고 하다가 케이가 미소를 지으며 요금을 두 배로 주겠다고 하자 겨우 응낙했다. 롱비치까지는 한 시간 가까이 걸렸다. 롱비치의 저택은 그녀가 마지막 보았을 때와 많이 달라져 있었다. 쇠로 만든 울타리가 쳐져 있고, 저택의 출입구 역시 철문으로 바뀌어 있었다. 빨간색 셔츠에 흰 재킷과 바지를 입은 남자가 문을 열고 나와 얼굴을 들이밀고 미터기를 읽은 다음 택시 운전수에게 요금을 지불했다. 돈을 받은 운전수는 기분이 좋아 보였다. 케이는 택시에서 내려 가운데 집으로 걸어 들어갔다.

코를레오네 부인은 손수 문을 열어 주며 따뜻한 포옹으로 케이를 맞았다. 케이는 약간 당황했다. 코를레오네 부인은 눈을 휘둥그래 뜨고 케이를 훑어보면서 "더 예뻐졌군요."라고 감탄했다. 그러면서 "내 자식들은 바보야."라고 말했다. 그녀는 케이의 등을 밀며 부엌으로 데리고 갔다. 이미 음식 접시가 차려져 있고 화덕 위에는 커피 주전자가 끓고 있었다. "조금 있으면 마이클이 돌아올 거예요. 그 애를 깜짝 놀라게 해줘요." 코를레오네 부인이 말했다.

노부인은 옆에 앉은 케이에게 뭘 좀 먹으라고 권하면서 굉장한 호기심을 갖고 이것저것 물어 보았다. 그녀는 케이가 학교 선생이며, 친구를 만나러 뉴욕에 왔고 나이가 스물넷 밖에 안 되었다는 사실에 흡족해 했다. 그런 점들이 모두 자기가 염두에 둔 기준에 맞는 양 고개를 끄덕끄덕했다.

케이는 부엌 창문을 통해 마이클을 처음으로 보았다. 자동차가 집 앞에 서더니 두 명의 남자가 차에서 내리고 나서 마이클이 내렸다. 그는 두 남자 중 한 명과 이야기를 나누었다. 그의 얼굴 옆모습이 눈에 들어왔다. 마치 심술궂은 아이가 플라스틱으로 만든 인형 얼굴을 발로 밟은 것처럼 얼굴선이 움푹 들어가 보였다. 그러나 케이의 눈에는 예전의 잘생긴 얼굴 그대로 보였다. 케이는 자신도 모르게 눈물이 나왔다. 마이클은 입과 눈과 코에, 흰 손수건을 대고 집으로 걸어왔다.

현관문이 열리고, 복도에서 부엌으로 들어오는 발자국 소리가 들렸다. 마이클이 드디어 케이와 어머니 앞에 나타났다. 그는 잠깐 멍한 표정을 짓다가 희미하게 웃었다. 일그러진 얼굴 반쪽 때문에 입이 쉽게 벌어지지 않았던 것이다. 케이는 담담하게 "잘 있었어요?"라고 말하려고 했다. 그러나 막상 그를 보자 의자에서 달려나와 품에 안기며 얼굴을 어깨에 묻었다. 마이클은 그녀의 젖은 뺨에 입을 맞추고 울음을 그칠 때까지 안아 주었다. 그런 다음 케이를 데리고 차를 타러 갔다. 그는 경호원에게 따라오지 말라고 손짓을 한 다음 케이를 옆좌석에 앉히고 차를 몰았다. 케이는 손수건으로 눈물 자국을 지우고 화장을 고쳤다.

"울지 않으려고 했는데. 사람들은 당신이 이 지경이 되었다고 말해 주지 않았어요." 케이가 말했다.

마이클이 웃으며 일그러진 얼굴을 손으로 쓰다듬었다. "이것 말이지? 아무렇지도 않아. 코가 좀 안 좋을 뿐이야. 이제 집에 돌아왔으니 수술을 해야지. 그래서 편지도 쓰지 못하고 아무것도 못했어. 이해해 줘." 마이클이 말했다.

"알았어요." 케이가 말했다.

"시내에 내 거처가 있어. 거기 갈까, 아니면 음식점에서 저녁 먹고 뭣 좀 마실까?" 마이클이 물었다.

"배 고프지 않아요." 케이가 말했다.

그들은 한동안 아무 말도 하지 않고 뉴욕으로 차를 몰았다. "학위는 받았어?" 마이클이 물었다.

"응, 지금 고향에서 초등학교 아이들을 가르치고 있어요. 그런데 경찰관을 살해한 사람을 찾아냈어요? 그래서 집으로 돌아올 수 있었던 거예요?" 케이가 물었다.

마이클은 잠시 말을 멈췄다가 대답했다. "응, 뉴욕 신문에 죄다 나왔는데, 보지 못했어?"

케이는 그가 살해자라는 것을 부인하자 안도의 한숨을 내쉬며 웃었다. "우리 마을에는 뉴욕타임즈밖에 안 들어와요. 아마 89페이지 어디쯤엔가 묻혀 있었겠죠. 만일 내가 읽었으면 곧장 당신 어머니께 전화했을 거예요." 그녀는 잠시 말을 멈췄다가 이렇게 말했다. "당신 어머니, 참 재미있게 말씀하세요. 난 당신이 정말 범인인줄 알았다니까요. 예전에 함께 커피를 마셨는데, 살인을 자백한 미친 사람에 대해 얘기해 주셨어요."

"어머니도 처음에는 그렇게 믿으셨을 거야." 마이클이 말했다.

"당신 어머니인데도요?" 케이가 물었다.

마이클이 씩 웃었다. "어머니란 경찰과 같아. 늘 최악을 생각하지."

마이클은 멀베리가에 있는 한 차고에 자동차를 주차했다. 마이클이 그곳 소유주와 아는 사이 같았다. 그는 케이를 데리고 모퉁이를 돌아 가난한 이웃들과 어울리게 꽤 낡은 갈색 주택으로 데리고 갔다. 마이클은 현관 열쇠를 갖고 있었다. 집안으로 들어가니 백만장자의 비밀주택처럼 고급스럽고 아늑하게 꾸며져 있었다. 마이클은 그녀를 데리고 호화로운 거실과 커다란 부엌과 침실이 있는 위층으로 올라갔다. 마이클은 거실 구석에 있는 바에서 술을 두 잔 만들었다. 그들은 소파에 함께 앉았다. 마이클이 조용히 말했다. "침실로 가는 게 어때?" 케이는 한 잔을 쭉 들이킨 다음 마이클을 보고 웃으며 "좋아요."라고 말했다.

케이는 사랑의 행위가 전과 별로 다르지 않게 느껴졌다. 다만 마이클이 더 노골적이고 거칠어졌으며 전만큼 부드럽지 않은 것 같았다. 그녀를 경계하는 것 같았다. 그러나 케이는 불평하지 않았다. 시간이 지나면 차츰 나아지려니 생각했다. 우습게도 남자들은 이런 상황에 더 예민해지는 것 같았다. 2년 동안 떨어져 있다 만난 마이클과 함께 할 수 있는 가장 자연스런 일이 사랑을 나누는 일이었다. 케이는 2년 간의 헤어짐이 어제같이 느껴졌다.

"편지라도 하지 그랬어요. 나를 못 믿었어요?" 케이가 그의 품을 파고들며 말했다. "그랬으면 뉴잉글랜드식 오메르타를 보여주었을 텐데. 양키들도 입이 무겁다는 거 알잖아요."

마이클은 어둠 속에서 조용히 웃었다. "당신이 기다릴 줄은 몰랐어. 그런 일이 벌어진 후에도 기다릴 줄은 정말 몰랐어."

케이가 조용히 말했어. "난 당신이 그 두 남자를 죽였다고 생각해 본 적 없어요. 당신 어머니가 그렇게 말씀하실 때만 빼고요. 하지만 절대 믿지 않았어요. 당신을 너무나 잘 아니까요."

마이클이 한숨을 쉬었다. "내가 죽였건 죽이지 않았건 그건 중요한 게 아냐. 그 점을 알아야 해."

케이는 그의 목소리에서 비장함이 느껴지자 어리벙벙해졌다. "그럼 지금 얘기해 봐요. 죽였어요, 죽이지 않았어요?"

마이클은 베개를 깔고 일어나 앉아 담배를 피웠다. 그가 담배를 빨아들일 때마다 어둠 속에서 불빛이 반짝였다. "그 질문에 대답을 해야 당신에게 청혼할 수 있는 건가?"

"상관없어요. 난 당신을 사랑하니까 그걸로 됐어요. 하지만 당신이

날 사랑한다면 내게 진실을 말하는 걸 두려워하지 말아야해요. 내가
경찰한테 말하지 않을 거라고 믿어야 해요. 그렇죠? 당신은 그 때 진짜
갱이었어요. 하지만 난 상관하지 않아요. 내가 걱정하는 건 당신이 정
말로 날 사랑하지 않는다는 거예요. 당신은 집으로 돌아온 후에 내게
전화조차 걸지 않았어요."

　　마이클은 계속해서 담배만 피웠다. 불티가 남아 있는 담배재가 케이
의 벌거벗은 등에 떨어졌다. 그녀는 약간 움찔하더니 "고문은 그만 해
요. 더 이상 말하지 않을 게요."라고 농담했다.

　　마이클은 웃지 않았다. 목소리에도 아무런 감정이 들어있지 않았다.
"집에 돌아왔을 때 가족들, 아버지, 어머니, 코니 그리고 톰을 다시 만
났을 때도 별로 기쁘지 않았어. 좋긴 좋았지만 정말로 좋은 건 아니었
어. 그런데 오늘밤 집에 부엌에 있는 당신을 봤을 땐 정말 기뻤어. 이게
당신이 말하는 사랑이라는 건가?"

　　"그거면 됐어요." 케이가 말했다.

　　그들은 다시 사랑을 나누었다. 마이클은 아까보다 훨씬 부드러워졌
다. 사랑의 행위가 끝난 뒤 마이클은 침대를 빠져나가 마실 것을 준비
해 왔다. 그는 침대 맞은편 안락의자에 앉았다. "이제 좀 진지해 보자
구. 당신 나와 결혼하는 거 어떻게 생각해?" 마이클이 물었다. 케이는
미소를 지으며 그에게 침대로 오라는 손짓을 했다. 마이클이 미소를
지으며 "좀 진지해 봐."라고 말했다. "그동안 내게 일어난 일에 관해선
아무것도 얘기할 수 없어. 지금은 아버지를 위해 일하고 있어. 가업인
올리브유 사업을 이어받기 위해 훈련을 받고 있지. 하지만 당신도 알
다시피 우리 가족에겐 적이 많아. 아버지에게도 적이 많고. 당신은 운
이 없으면 젊은 미망인이 될지도 몰라. 게다가 난 사무실에서 일어난
일을 당신에게 일일이 얘기해 줄 수도 없어. 내 사업에 관해서도 말해

줄 수 없어. 당신은 내 아내는 될 수 있지만 인생의 동업자는 될 수 없어. 나와 동등한 동업자 말이야. 그건 기대하지 말아야 해."

케이는 침대에서 일어나 앉았다. 그녀는 침대 곁에 있는 커다란 스탠드를 켜고 담배에 불을 붙였다. 그리고 베개를 등에 괴고 앉아 조용히 말했다. "당신은 지금 자기가 갱이라고 말하는 거예요, 그렇죠? 당신이 살해당한 사람들이나 그 살해에 관련된 잡다한 범죄에 책임을 지고 있다 그 말이죠? 그러니 내게 당신의 그런 삶에 대해 알려고 들지 말라는 거죠? 마치 공포 영화에서 괴수가 미녀에게 청혼하는 것 같군요." 마이클이 일그러진 얼굴을 그녀에게 보이며 씩 웃었다. "오, 마이클, 그렇게 바보 같은 일인 줄은 몰랐어요. 정말 몰랐어요." 케이가 후회하며 말했다.

"나도 알아. 코에서 흐르는 콧물만 아니면 지금 더 얘길 하고 싶은데." 마이클이 웃으며 말했다.

"진지하게 말해 봐요." 케이가 재촉했다. "우리가 결혼하면 내가 그런 식으로 살아야 한단 말이죠? 당신 어머니처럼, 아이나 키우고 집안 일이나 하고. 이탈리아 아내들처럼 말이에요. 그러다 무슨 일이 일어나면 어떻게 되죠? 당신도 언젠가는 감옥에 갈지도 모르겠네요."

"아니, 그럴 가능성은 없어. 사람을 죽일 순 있지만 감옥에 가는 일은 없어." 마이클이 말했다.

마이클의 자신만만한 태도에 케이는 웃음이 나왔다. 그것은 자부심과 기쁨이 어우러진 묘한 웃음이었다. "어떻게 그렇게 자신있게 말하죠? 정말이에요?" 케이가 물었다.

마이클은 한숨을 내쉬었다. "거기까지 당신에게 말해 줄 수는 없어. 그런 얘긴 하고 싶지 않아."

케이는 한동안 아무 말이 없었다. "왜 내게 전화 한 통 없다가 느닷

없이 결혼하자고 하는 거예요? 내가 잠자리 기술이 좋아선가요?"

마이클이 진지한 표정으로 고개를 끄덕였다. "응, 하지만 그런 거야 얼마든지 공짜로도 얻을 수 있는데, 내가 설마 그것 때문에 결혼하겠어? 지금은 대답하기 싫어. 계속해서 만날 거니까 천천히 대답하겠어. 당신 부모님께 여쭤봐. 당신 아버지도 나름대로 강인한 분라고 들었는데, 아버지의 충고를 들어봐."

"왜 나랑 결혼하려고 하는지 아직 이유를 말하지 않았어요." 케이가 말했다.

마이클은 침대 옆 테이블 서랍에서 흰 손수건을 꺼내 코를 싸쥐었다. 그는 코를 푼 다음 수건으로 닦았다. "당신이 나하고 결혼해선 안 되는 중요한 이유가 있어. 맨날 코만 풀어대는 놈이랑 어떻게 함께 살겠어?"

케이가 조바심 내며 물었다. "좀 진지해져 봐요. 내가 당신한테 물었잖아요."

마이클은 손수건을 손에 들었다. "좋아. 이번 한 번뿐이야. 당신은 내가 아끼고 걱정하는 유일한 사람이야. 난 그런 일이 있은 후에도 당신이 내게 관심이 있을 거라고 생각하지 못했기 때문에 전화하지 못했어. 물론 내가 당신에게 매달리거나 당신을 속일 수도 있었어. 하지만 난 그렇게 하고 싶지 않았어. 지금부터 하는 얘기는 당신을 믿고 하는 거야. 당신 아버지한테라도 하지 말았으면 좋겠어. 모든 게 계획대로 되면 코를레오네 패밀리는 앞으로 5년 내에 완전히 합법화될 거야. 그렇게 되려면 아주 까다로운 문제들부터 해결해야해. 운이 없으면 당신은 돈 많은 미망인이 될지도 몰라. 내가 왜 결혼하려는 줄 알아? 난 당신을 원하고 가정을 원해. 때가 되면 아이도 낳고 싶어. 아이들은 내 영향을 받게 되지 않길 바래. 나는 아버지의 영향을 받았지만 말야. 나는 아버지의 영향을 받지 않으려고 일부러 아버지를 피했지. 그분도 내게 강요하지 않으셨고. 한번도 내가 패밀리 사업에 관여하길 바라지 않으셨어. 아버지는 내가 교수나 의사 뭐 그런 직업을 갖기를 바라셨어. 하지만 운이 나빴는지 난 패밀리를 위해 싸우게 되었어. 아버지를 사랑하고 존경했기 때문에 싸울 수밖에 없었어. 나는 아버지만큼 존경받는 사람을 본 적이 없어. 아버지는 좋은 남편이고 좋은 아버지이고 불행한 인생을 산 사람들에게는 좋은 친구셨어. 물론 아버지에게 또 다른 면이 있지만 그건 아들인 내겐 아무 상관없어. 어쨌든 난 우리 아이들에겐 그런 일이 일어나지 않기를 바래. 그 애들은 당신의 영향을 받았으면 좋겠어. 우리 애들은 완전한, 하나부터 열까지 완전한 미국인으로 키우고 싶어. 그 애들이나 내 손자 대에는 정치가도 나올 수 있겠지." 마이클은 씩 웃었다. "그중에 미국의 대통령이 나올 수도 있겠지. 제기랄, 그러지 말란 법이 있어? 다트머스에서 미국 역대 대통령들의 배경에 대해 배운 적이 있었지. 그들 중에는 아버지나 할아버지가 사형 당할 뻔했던 경우도 있었어. 하지만 난 내 아이들은 의사나 음악가, 선생으로 키우겠어. 그 애들은 절대 패밀리 사업에 발을 들여놓지 않게 할거야. 그애들이 그렇게 자리잡을 때쯤이면 나는 은퇴하겠지. 그럼 당신과 컨트리 클럽에나 나가서 미국의 부유한 은퇴자들처럼 재미나고 단순하게 사는 거야. 내 생각 어때?"

"멋져요. 그런데 왜 과부에 대한 말은 하다 말죠?" 케이가 물었다.

"그럴 가능성은 거의 없어. 그냥 나쁜 경우도 공평하게 말하려다 보니 그 말을 한 거야." 마이클이 수건으로 코를 닦았다.

"믿을 수가 없어요. 당신이 그런 일을 한다니 믿을 수가 없어요. 당신은 그런 사람이 아닌데. 난 그냥 이 모든 상황이 믿어지지가 않아요. 어떻게 이런 일이 내게 일어났는지." 케이는 당황한 표정을 지으며 말했다.

"더 이상 설명은 하지 않겠어. 당신은 이런 문제에 대해 생각하지 않는 게 좋아. 당신하고는 상관없는 일이야. 우리가 결혼해도 우리 생활과는 상관이 없어." 마이클이 부드럽게 말했다.

케이는 고개를 저었다. "어떻게 나를 사랑한다는 말 한마디도 없이 나와 결혼하겠다고 말하는 거예요? 당신은 조금 전에 자기 아버지를 사랑한다고 말했지, 날 사랑한다는 말은 하지 않았어요. 나를 믿지도 않고 당신 인생에 중요한 일은 내게 말하지도 않으면서 어떻게 나와 결혼하겠다고 하는 거죠? 어떻게 나를 믿지도 않으면서 아내가 되어 달라고 하는 거죠? 당신 아버지는 어머니를 믿으시잖아요."

"물론이야. 하지만 그렇다고 해서 아버지가 어머니에게 모든 걸 말씀하시지는 않아. 아버지가 어머니를 믿는 데는 그만한 이유가 있어. 그건 두 분이 부부이기 때문만은 아냐. 어머니는 아이를 낳기에 불안한 시절에 아이를 넷이나 낳아 길렀어. 아버지가 총에 맞았을 때 어머니는 아버지를 간호하고 보살펴 주셨어. 어머니는 40년 동안이나 아버지의 가장 충직한 동료이셨어. 당신이 그렇게 한다면 아마 나도 당신이 듣고 싶어하는 얘기까지 들려줄 거야."

"우린 그 저택에서 살아야 하나요?" 케이가 물었다.

마이클이 고개를 끄덕였다. "물론, 하지만 우리만의 집을 따로 마련할 거야. 나쁘지 않을 거야. 우리 부모님께선 간섭하지 않으실 거야. 우린 우리대로 살면 돼. 모든 문제가 완벽하게 정리될 때까지는 거기서 살아야 해."

"밖에서 살면 위험하기 때문이겠죠." 케이가 말했다.

케이는 마이클을 알게된 후 처음으로 그가 화내는 모습을 보았다. 목소리나 몸짓은 아무런 변화가 없었지만 차갑고 섬뜩한 분노가 엿보였다. 죽음처럼 차가운 표정을 본 케이는 만일 마이클하고 결혼하지 않는다면 그건 저 차가움 때문일 거라고 생각했다.

"모두 영화나 신문에서 꾸며낸 쓰레기 같은 내용 때문이야. 그래서 당신도 내 아버지나 코를레오네 패밀리에 대해 잘못된 생각을 갖고 있는 거야. 마지막으로 이거 한 가지만 말할게. 아버지는 자기 아내와 자식들 그리고 언젠가 당신이 어려움에 처할 때 도움을 줄지 모를 친구들을 위해 사업을 하는 분이야. 아버지는 우리가 살고 있는 사회의 규칙을 인정하지 않으시지. 그런 규칙은 아버지처럼 비범한 능력과 성격의 소유자에게는 맞지 않는 삶을 강요하거든. 아버지는 자신을 미국의 대통령이나 국무총리, 대법관, 주지사 같은 위대한 사람들과 동격으로 생각하셔. 그리고 다른 사람이 만들어 낸 규칙을 거부하시지. 그런 규칙이 당신을 패배자로 만들어 준다고 생각하시니까. 하지만 아버지의 궁극적인 목표는 어느 정도 힘을 갖춘 뒤 언젠가는 그 사회에 편입되는 거야. 사회라는 게 개인적으로 힘이 없는 구성원들을 보호해주지는 않으니까. 아버지는 합법적인 사회 구조보다 훨씬 우월하다고 생각하는 윤리 법칙을 갖고 계셔."

케이는 믿어지지 않는다는 듯한 표정으로 마이클을 쳐다보았다. "하지만 말도 안돼요. 모든 사람들이 그런 식으로 생각하면 어떻게 되겠어요? 사회의 기능은 뭐가 되겠어요. 우린 아마 원시시대로 돌아가야 할 걸요. 마이클, 당신이 말해 놓고도 사실 믿지 않죠, 그렇죠?"

마이클은 그녀를 보며 싱긋이 웃었다. "난 그냥 아버지의 생각에 대해 말했을 뿐이야. 아버지가 어떤 분이시든 간에 무책임한 분은 아니라는 걸 알아줬으면 좋겠어. 적어도 본인이 창조한 사회에 대해서는. 아버지는 당신이 생각하는 것처럼 그런 미치광이 총잡이가 아니야. 아버지는 나름대로 책임있는 분이셔."

"당신의 신념은 뭐죠?" 케이가 물었다.

마이클은 어깨를 으쓱했다. "난 내 가족을 믿어. 당신하고 우리가 앞으로 갖게 될 가족을 믿어. 난 사회가 우리를 보호해 줄 거라고 믿지 않아. 내 운명을 그들의 손에 맡기고 싶지 않아. 그들은 사람들을 교묘히 속여 자기에게 투표하도록 만드는 재주밖에는 없지. 이제 아버지의 시대는 가고 있어. 아버지가 하시던 일은 너무 위험해서 더 이상 할 수 없는 일이야. 그러니 코를레오네 패밀리는 싫건 좋건 사회에 편입해야 돼. 하지만 난 그 전에 힘을 충분히 기른 뒤 참여하고 싶어. 즉 돈과 영향력 뭐 그런 것들 말이야. 내 아이들이 일반적인 운명에 편입되기 전에 가능한한 유리한 조건을 갖춰 주고 싶어."

"하지만 당신은 조국을 위해 기꺼이 싸웠고, 전쟁 영웅이잖아요. 뭣 때문에 마음이 바뀐 거죠?" 케이가 물었다.

"그것 때문에 점점 우리의 입지가 줄어들지. 그런 점에서 난 당신의 고향 사람들처럼 보수적인 사람들 중 하나일지도 몰라. 나 역시 나 하나만 생각하거든. 정부는 국민들을 위한 일은 별로 하지 않아. 지금까지 그렇게 해왔지만 정말 그래선 안돼. 난 아버지를 도울거고 아버지 편에 서야 해. 당신도 내 편에 설지 어떨지 결정을 해야 해. 어쩌면 결혼했다가 후회할지도 모르니까."

케이가 침대를 톡톡 쳤다. "결혼해야 할지 어떨지 아직 모르겠어요. 하지만 지난 2년 동안 난 아무도 사귀지 않았어요. 이젠 당신을 그렇게 쉽게 놔주지 않을 거예요. 이리 와요."

두 사람은 침대에 함께 누워 불을 껐다. 케이가 그에게 속삭였다. "당신이 떠난 후로 아무 남자도 만나지 않았다는 말 믿죠?"

"응, 믿어." 마이클이 말했다.

"당신은요?" 케이가 부드러운 목소리로 속삭였다.

"난 아냐." 마이클의 대답에 케이의 몸이 약간 굳어지는 것을 느꼈다. "하지만 지난 6개월 동안은 없었어." 그것은 사실이었다. 아폴로니아가 죽고 난 후 그가 사랑을 나눈 상대는 케이가 처음이었다.

26

화려한 호텔 방에서 내려다보면 호텔 뒤에는 인공으로 만든 선경(仙境)이 공원처럼 꾸며져 있었다. 어디에선가 옮겨 심은 종려나무에는 환하게 불을 켠 오렌지빛 등이 주렁주렁 매달려 있고, 커다란 수영장 두 곳은 사막의 별빛이 반사되어 검푸른 빛으로 아른아른 빛났다. 지평선 너머에는 네온빛의 골짜기에 자리잡은 라스베이거스와 그것을 둘러싸고 있는 모래와 돌산이 보였다. 조니 폰테인은 두껍고 고급스런 회색 자수 커튼이 걸려있는 방으로 들어갔다.

카지노 관계자와 딜러들이 개인 도박판을 준비하고 있고, 아슬아슬한 나이트클럽 의상을 걸친 웨이트리스들이 대기 중이었다. 니노 발렌티는 거실 소파에 누워 물을 탄 위스키 잔을 손에 들고 있었다. 카지노에서 파견된 사람들은 블랙잭 테이블을 세워 놓고 말편자처럼 생긴 테이블 가장자리마다 푹신푹신한 의자 여섯 개를 적당히 배치해 놓았다. "음, 훌륭해, 훌륭해." 니노는 그리 취하지 않았는데도 혀 꼬부라진 음성으로 말했다. "조니, 이리 와서 이 자들이랑 한판 붙자구. 오늘은 재수가 좋단 말이야. 우리가 실력을 보여주자구."

반대편 안락의자 발판에 앉아 있는 조니가 말했다. "자네도 알다시피 난 도박을 하지 않아. 니노, 기분은 어때?"

니노 발렌티는 그를 보고 씩 웃었다. "응, 좋아. 자정에 여자들이 와서 저녁을 먹고 나서 블랙잭 판으로 돌아왔지. 지난 번에 5만 달러를 땄더니 1주일 내내 나를 가만 뒤야지, 원."

"그래, 그러다 죽으면 그 돈은 다 누구에게 남길 건가?" 조니 폰테인 이 말했다.

니노는 술잔을 단숨에 비웠다. "조니, 한량이라는 자네의 명성은 어디로 간거야? 사람이 왜 이렇게 시시해 진거야? 빌어먹을, 이 동네의 여행자들도 자네보다는 재미있게 보내겠네."

"알았어. 저 블랙잭 판 쪽으로 데려다 줄까?" 조니가 말했다.

니노는 힘겹게 소파에 일어나 앉은 다음 두 발로 카펫 위에 서보았다. "나도 할 수 있어." 그는 이렇게 말하며 술잔을 바닥에 던져 버리고 천천히 블랙잭 테이블로 걸어갔다. 딜러는 이미 준비를 해놓고 있었다. 카지노 관계자는 딜러 뒤에 서서 지켜보고 있고 교체 딜러는 테이블에서 떨어진 의자 위에 앉아 있었다. 웨이트리스 니노 발렌티의 행동 하나하나를 잘 살필 수 있도록 그가 보이는 쪽 의자에 앉아 있었다.

니노는 손가락 관절로 녹색 테이블 위를 톡톡 두드리며 "칩!" 하고 말했다.

카지노 직원은 주머니에서 전표 꾸러미를 꺼내 뭐라고 쓴 다음 작은 만년필과 함께 그것을 니노 앞에 내려놓았다. "여기 있습니다, 발렌티 씨. 보통 5천 달러로 시작합니다." 니노가 전표 맨 밑에 휘갈겨 서명을 하자 카지노 직원은 그것을 다시 주머니에 넣었다. 그는 딜러를 보며 고개를 까닥했다.

딜러는 믿기 어려울 정도로 재빠른 손놀림으로 검정색과 황금색의 백 달러짜리 칩을 자기 앞에 쌓아 놓았다. 5초도 안 걸려서 니노도 똑같이 백 달러짜리 칩을 열 개씩 쌓아 자기 앞에 놓았다.

녹색 테이블 위에는 흰색 카드보다 조금 더 큰 네모난 스퀘어가 여섯 개 그려져 있고, 플레이어는 앉은 순서에 따라 그 네모난 스퀘어를 배정 받았다. 니노는 그중 세 군데의 스퀘어에 각각 한 개의 칩을 배팅했다. 그렇게 해서 백 달러씩 세 판을 플레이하는 것이다. 그는 세 판 모두 히트(hit: 카드를 추가로 가져오는 것)를 거절했다. 버스트 카드를 갖고 있는 딜러가 질 게 뻔했기 때문이다. 니노는 자기 칩을 끌어 모으며 조니 폰테인을 보고 말했다. "이렇게 밤을 시작하는 거 어떤가, 조니?"

조니는 미소를 지었다. 니노 같은 도박사가 게임하는 동안 전표에 서명하는 일은 드문 일이었다. 그런 큰손은 보통 말 한마디만 하면 충분했다. 아마도 카지노 직원은 니노가 술에 취해서 기억을 하지 못할까 봐 그런 것 같았다. 그들은 니노가 정신이 멀쩡하다는 것을 알지 못했다.

니노는 계속해서 이겼고 세 판이 끝나자 웨이트리스에게 손가락을 들어 보였다. 그녀는 방 한 켠에 있는 바로 가서 컵에다 호밀 위스키를 따라 갖다 주었다. 니노는 술을 한 모금 마신 뒤 다른 손에 옮겨 들고 나서 웨이트리스의 허리를 팔로 감았다. "내 옆에 앉아서 손 좀 놀려봐, 그래야 재수가 좋지."

술집 웨이트리스는 예쁜 편이지만 인격이라곤 도무지 찾아볼 수 없고, 돈 많은 손님에게 돈이나 뜯어내는 매춘부 같았다. 그녀는 니노에게 함박 웃음을 지어 보이며 혀로는 검정색, 황금색 칩을 날름거렸다. '제기랄, 저 아가씨라고 저 돈 좀 나눠 가지면 안된다는 법이 있나.' 조니는 문득 이런 생각이 들면서도 니노가 좀더 나은 곳에 돈을 쓰지 못하는 게 안타까웠다.

니노는 웨이트리스에게 칩을 주고 자기 대신 몇 판 치도록 한 다음 보내 버렸다. 조니는 그녀에게 다시 마실 것을 가져오라고 손짓했다.

웨이트리스가 술을 가져올 때의 모습은 이 세상에서 만들어진 영화 중에서도 가장 극적인 영화에서 가장 극적인 장면을 연기하는 것 같았다. 그녀는 눈을 깜빡거리고 가까이 있는 상대를 열정적으로 깨물고 싶다는 듯 입을 약간 벌린 채 섹시하게 걸으려고 기를 썼다. 조니 폰테인에게 추파를 던지는 모습이 꼭 발정난 암컷같았다. 그러나 그것은 의식적인 행동이었다. '저런 암캐같으니라구!' 조니 폰테인은 이런 생각했다. 그것은 그를 침대로 끌어들이려고 여자들이 즐겨 쓰는 수법이지만 그가 술이 취했을 때만 통했다. 그는 지금 전혀 취하지 않았다. "고마워요, 아가씨." 조니는 여자에게 자신의 유명한 미소를 던지며 이렇게 말했다. 웨이트리스는 여전히 입을 벌린 채 조니를 바라보며 미소를 지었다. 게다가 눈을 가느다랗게 뜨고, 상체를 약간 뒤로 젖혀 그물스타킹을 신은 날씬한 다리를 비롯해 온몸을 팽팽히 긴장시켰다. 얇고 짧은 블라우스 속 젖가슴은 터질 듯이 도드라져 보였다. 그녀는 가볍게 신음소리를 내면서 몸을 떨었다. 조니 폰테인이 웃으면서 "고마워요, 아가씨."라는 말 한마디 한 것 때문에 오르가슴을 느끼는 듯한 몸짓이었다. 그녀는 조니가 과거에 보았던 어떤 여자들보다 노골적이었다. 하지만 조니는 그런 몸짓이 모두 거짓이라는 것을 알고 있었다. 저런 여자들은 대개 천박한 갈보일 가능성이 많았다.

조니는 웨이트리스가 의자로 돌아가자 천천히 술을 마셨다. 두 번 다시 저런 잔꾀는 보고 싶지 않았다. 오늘밤은 더욱 그럴 기분이 아니었다.

한 시간쯤 지나자 니노 발렌티가 맛이 가기 시작했다. 그는 몸이 앞으로 기울어지다가 뒤로 젖혀지고 나중에는 바닥으로 굴러 떨어졌다. 그러나 니노가 처음 흔들릴 때부터 지켜본 카지노 직원과 교체 딜러는 그가 바닥에 부딪히기 전에 그를 붙잡았다. 그들은 니노를 일으킨 다음 커튼이 반쯤 쳐진 침실로 데려갔다.

조니는 웨이트리스가 두 남자를 도와 니노의 옷을 벗기고 이불을 덮어 주는 모습을 지켜보았다. 카지노 직원은 니노의 칩을 세어 본 다음 전표에 뭐라고 적고 나서 딜러의 칩과 니노의 칩이 놓여 있는 테이블을 잘 지켰다. 조니가 그에게 말했다. "언제부터 저렇게 됐지?"

카지노 직원이 어깨를 으쓱했다. "오늘 저녁부터요. 처음에는 의사를 불렀는데, 의사가 어떻게 하니까 괜찮아지더군요. 의사가 몇 가지 충고를 했구요. 그뒤 발렌티 씨가 무슨 일이 일어나도 의사를 부르지 말라고 하더군요. 그냥 침대에 누워 한숨 자고 일어나면 괜찮다구요. 그래서 저렇게 하는 겁니다. 발렌티 씨는 운이 좋아서 오늘밤 또 이기셨어요. 오늘밤에도 거의 3천 달러나 따셨네요."

"오늘밤 여기 왔던 의사를 불러요. 카지노에 방송을 해서라도 찾아요." 조니 폰테인이 말했다.

줄스 시걸이 호텔 방에 나타난 것은 거의 15분이 지나서였다. 조니는 의사처럼 보이지 않는 그가 짜증이 났다. 줄스는 흰색 무늬가 들어간 푸른색의 헐렁한 니트 셔츠를 입고 맨발에 흰색 구두를 신고 있었다. 게다가 전통적인 검정색 왕진가방을 들고 있는 모습은 우스꽝스럽기 짝이 없었다.

조니가 한마디 했다. "차라리 골프 가방에 청진기를 넣고 다니는 게 낫겠군."

줄스는 알고 있다는 듯 씩 웃었다. "아 예, 그래도 이 왕진가방이 대단한 힘을 발휘한답니다. 사람들을 안심시켜 주거든요. 하지만 내가 생각해도 이 색깔만은 바꾸는 게 좋을 것 같습니다."

줄스는 니노가 누워 있는 침대로 갔다. 그는 가방을 열며 조니에게 말했다. "지난 번에 보내주신 수표는 고맙게 받았습니다. 꽤 많은 액수더군요. 제가 그렇게 대단한 일을 한 건 아닌데."

"나도 그렇게 생각하오. 어쨌든, 그 일은 잊어버립시다. 벌써 언제
적 얘긴데. 그건 그렇고, 니노는 어떻겠소?" 조니가 말했다.

줄스는 민첩하게 심장과 맥박, 혈압을 재 보았다. 그런 다음 가방에
서 주사기를 꺼내 아무렇게나 니노의 팔뚝을 찌른 다음 주사를 놓았
다. 자고 있는 니노의 얼굴에 창백한 기운이 가시고 마치 피가 빠르게
돌기 시작한 것처럼 화색이 돌아왔다.

"매우 간단하죠. 이 분이 여기 와서 처음 기절했을 때 몇 가지 테스
트를 해보았습니다. 의식이 회복되기 전에 병원으로 옮겼죠. 당뇨병입
니다. 증세는 심하지 않구요. 약물과 식이요법을 하면 별 문제는 없습
니다. 그런데 발렌티 씨는 계속해서 의사의 지시를 무시하고 있습니
다. 죽기로 작정하고 술을 마셔서 지금 간도 뇌도 나빠지고 있습니다.
지금도 당뇨성 혼수가 온 겁니다. 제 의견으로는 격리시키는 게 좋을
것 같습니다."

조니는 한숨 돌렸다. 별로 심각하지 않으니 니노가 알아서 자기 몸
을 돌보면 된다는 뜻이었다. "그럼, 술을 한 모금도 마시지 못하게 온
몸을 묶어 놔야 한다는 의미요?" 조니가 물었다.

줄스는 방 구석에 있는 바로 가서 손수 술을 준비했다. "아니죠. 제
가 말하는 건 정신 병원에 수용하는 겁니다." 줄스가 말했다.

"웃기지 마시오." 조니가 말했다.

"농담이 아닙니다. 심리적인 광란 상태에 대해 아주 잘 알지는 못하
지만 제 전공과 관련해서는 좀 압니다. 발렌티 씨는 간이 너무 손상되
지만 않는다면 얼마든지 건강을 되찾을 수 있습니다. 물론 배를 갈라 보
기 전에는 알 수 없지만요. 그러나 진짜 문제는 그의 머리 속에 있습니
다. 말하자면 그는 죽는 걸 두려워하지 않아요. 자칫하면 자살할 수도

있지요. 이걸 치료하지 않으면 저 분은 희망이 없습니다. 그래서 제가 정신병원에 수용해야한다고 말하는 겁니다. 필요한 정신과 치료를 받아야 합니다."

그 때 노크하는 소리가 들려서 조니가 대답을 했다. 루시 맨시니였다. 그녀는 조니의 팔에 안겨 키스를 했다. "조니, 만나서 반가워요." 그녀가 이렇게 말했다.

"오랜만이요." 조니 폰테인이 말했다. 루시는 많이 변한 것 같았다. 예전보다 더 날씬해졌고 옷차림도 세련되어진 것 같았다. 짧게 자른 머리모양은 얼굴에 썩 잘 어울렸다. 지금까지보다 더 젊고 활기차 보였다. 조니는 문득 그녀와 여기 라스베이거스를 활보해도 괜찮겠다는 생각이 떠올랐다. 진정한 창녀와 어울리는 것도 즐거운 일이리라. 그러나 조니는 그녀가 줄스의 여자라는 사실이 떠올라 더 이상 자신의 매력을 발산하지 않기로 했다. 그는 친구로서 다정한 미소를 보내며 "야심한 밤에 니노의 방에는 웬일이오?"라고 물었다.

루시는 그의 어깨를 툭 치며 "니노 때문에 줄스가 여기 왔다는 얘길 들었어요. 내가 뭐 도울 일 없나 해서 왔어요. 니노는 괜찮아요?"라고 대답했다.

"응, 괜찮아질 거야." 조니가 말했다.

줄스 시걸이 소파에 길게 누우며 말했다. "진짜 못 말릴 사람이야. 우리 모두 여기 앉아서 니노가 깨어날 때까지 기다립시다. 그런 다음 그가 제 발로 미치광이 수용소에 가도록 설득해 봅시다. 루시, 그는 당신을 좋아하잖아. 당신 도움이 필요할 거야. 조니, 당신이 그의 진정한 친구라면 그를 도와야 합니다. 그렇지 않으면 니노의 간은 곧 망가지고 맙니다. 대학교 의학 실험실에 연구용으로 보관될지도 모릅니다."

'저 녀석은 자기가 뭐라도 되는 것처럼 말하네.' 조니는 의사의 경솔한 태도에 은근히 화가 났다. 그래서 한마디 해주려고 하는데 침대에서 니노의 목소리가 들려 왔다. "이봐, 친구, 마실 것 좀 주게."

니노는 어느새 침대에서 일어나 앉아 있었다. 그는 루시를 보며 싱긋이 웃더니 "루시까지 날 보러 왔네."라고 말했다. 그가 두 팔을 크게 벌리자 침대 모서리에 앉아 있던 루시가 그와 포옹했다. 이상하게도 니노는 조금도 아파 보이지 않았다. 거의 정상인 것 같았다.

니노는 손가락을 탁탁 소리나게 꺾었다. "이봐, 조니, 술 한 잔만 줘. 아직 이른 시각이잖나. 내 블랙잭 판은 어디 갔나?"

줄스는 술을 한 잔 쭉 들이키고 나서 니노에게 말했다. "이젠 술 못 마십니다. 의사로서 명령입니다."

니노는 얼굴을 찌푸렸다. "의사 몰래 마시지." 그러고는 거짓으로 뉘우치는 듯한 표정을 지었다. "이봐, 줄스, 당신이 내 주치의군. 당신이 내 주치의가 맞아? 난 그렇게 정한 적이 없는데. 조니, 내게 한 잔만 주게 그렇지 않으면 내가 직접 가져오지."

조니는 어깨를 으쓱하며 술을 가지러 갔다. 줄스가 냉정하게 말했다. "제가 술 마시면 안된다고 말하지 않습니까?"

조니는 왜 줄스의 말을 들으면 짜증이 나는지 알게 되었다. 줄스의 목소리는 언제나 침착했고 아무리 끔찍한 말을 할 때라도 억양이 올라가는 법이 없이 낮았다. 어떤 경고를 하더라도 그 경고는 말 자체에 담겨 있지, 목소리는 아무 상관없다는 듯이 중립적이었다. 조니는 이 점이 짜증나서 일부러 니노에게 위스키를 갖다 주었다. 그러면서 줄스를 보고 "이 정도 마신다고 죽는 건 아니겠죠?"라고 말했다.

"네, 그 정도로 죽지는 않겠죠." 줄스는 침착하게 말했다. 루시는 걱정스런 눈초리로 무슨 말을 하려다 말고 잠자코 있었다. 그러는 사이에 니노는 위스키를 한 잔 받아 입 속에 털어넣었다.

조니는 풋내기 의사에게 보라는 듯이 니노를 내려다보며 웃었다. 그런데 갑자기 니노가 숨을 할딱이더니 얼굴이 파랗게 질렸다. 숨을 제대로 내쉬지 못해 꼴깍꼴깍 삼켰고, 몸이 물고기처럼 위로 휘어지며 팔닥거렸고 얼굴에 피가 몰려 벌개지고 눈이 툭 튀어나왔다. 줄스는 침대 옆에 서서 조니와 루시를 바라보았다. 잠시 후 그는 니노의 목덜미를 잡고 목 관절이 있는 부위에 주사기를 찔렀다. 니노는 이내 그의 손에 잡힌 채 축 늘어졌고 요동치던 몸뚱이도 가라앉았다. 그리고 자기 베개 위로 쿵 하고 떨어지더니 스스로 눈을 감았다.

조니와 루시, 줄스는 거실로 돌아와 커다란 커피 테이블에 둘러앉았다. 루시가 청록색 전화기를 들고 커피와 음식을 갖다 달라고 주문했다. 조니는 바로 걸어가서 손수 술을 준비했다.

"위스키를 먹으면 그런 반응을 보일 거라는 걸 알았소?" 조니가 물었다.

줄스가 어깨를 으쓱했다. "물론 그럴 줄 알았죠."

"그럼 왜 내게 경고하지 않았소?" 조니가 날카롭게 말했다.

"제가 경고하지 않았습니까?" 줄스가 말했다.

"당신은 정확하게 알려주지 않았소." 조니는 몹시 화를 내며 말했다. "당신은 정말 악덕 의사요. 경고는 무슨 놈의 경고. 당신은 니노를 미치광이 수용소에 처 넣어야 한다고만 했지, 요양원 같은 점잖은 용어를 쓰면 안된단 말이요? 당신은 사람들을 그렇게 처넣는 걸 좋아하는 모양이지?"

루시는 자기 무릎만 내려다보았다. 줄스는 줄곧 폰테인을 보며 싱글싱글 웃었다. "내가 어떻게 말했어도 당신은 니노에게 술을 줬을 겁니다. 당신이 내 경고, 내 명령을 무시한다는 걸 보여줘야 했을 테니까요. 내가 목을 치료해 준 뒤에 당신이 내게 주치의가 되어 달라고 했던 일

기억하시죠? 오늘 부로 그 제안을 거절합니다. 우린 도저히 어울리는 사람들이 아니에요. 의사는 자기를 신이라고 생각합니다. 현대 사회에선 최고의 성직자입니다. 그게 의사에게 주어지는 대가의 하나죠. 그러나 당신은 한번도 그런 대접을 해주지 않았습니다. 나도 마음만 먹으면 당신에게 아첨하는 신이 될 수 있었습니다. 헐리우드의 다른 의사들처럼 말이죠. 그런데 당신은 과연 그들에게서 무슨 이득을 얻었습니까? 맙소사, 그 자들이 대체 뭘 알고 치료나 제대로 합니까? 그들은 니노의 병세도 알지 못하고 계속해서 병을 키우도록 온갖 약이나 주었죠. 실크 양복이나 빼입고 다니면서 유명한 영화배우들의 엉덩이에 입이나 맞추고, 그런 놈들을 당신은 훌륭한 의사라고 생각하는 거죠. 연예인이고 의사고 도대체 양심이 있는 겁니까, 네? 젠장, 그들은 당신이 살건 죽건 신경도 쓰지 않아요. 그러나 나는 사람을 살리는 게 취미입니다. 니노에게 무슨 일이 일어날 지 당신이 두 눈으로 똑똑히 보라고 술을 줘도 내버려 둔 겁니다." 줄스는 조니 폰테인에게 몸을 기울였다. 그의 음성은 여전히 차분하고 단호했다. "당신 친구는 거의 말기예요. 아시겠어요? 치료를 받지 않고 식이요법을 엄격하게 하지 않으면 가망이 없단 말입니다. 고혈압에 당뇨, 온갖 나쁜 습관 때문에 이차적으로 뇌손상도 일으킬 수 있어요. 그의 뇌는 저절로 터지고 말 겁니다. 이제 충분히 알았겠죠? 그래요, 제가 미치광이라고 말했습니다. 당신이 그 필요성을 분명히 인식하라고 그렇게 말한 겁니다. 그렇지 않으면 결단을 내리기 힘들테니까요. 당신에게 단도직입적으로 말합니다. 친구의 목숨을 살리고 싶으면 요양원에 보내세요. 그렇기 싫으면 영원히 작별 키스나 하든가."

"이봐요, 줄스, 너무 딱딱하게 말하지 말아요. 그냥 말해도 되잖아요." 루시가 중얼거렸다.

줄스가 자리에서 일어났다. 평상시의 침착함은 온데간데 없었다. 전에 없이 억양이 높고 감정이 격한 줄스의 모습을 보니 조니 폰테인은 통쾌한 생각이 들었다.

"당신 같은 처지의 사람들에게 내가 이런 말을 처음 하는 줄 아십니까?" 줄스가 말했다. "매일 합니다. 루시는 너무 냉혹하게 말하지 말라고 하지만 그녀는 자기가 무슨 얘기를 하는지 모르고 있어요. 내가 환자에게 '과식하지 마세요, 그럼 죽습니다. 담배를 많이 피우지 마세요, 그럼 죽습니다.' 이렇게 말하면 그 말을 듣는 사람은 하나도 없습니다. 왜 그런지 아세요? 내가 '내일 죽습니다.' 라고 말을 하지 않기 때문이죠. 분명히 말하는데, 니노는 내일 죽을지도 모릅니다."

줄스는 바로 가서 술을 다시 한 잔 만들었다. "어떻습니까, 조니. 니노를 정신 병원에 보낼 겁니까?"

"잘 모르겠소." 조니가 말했다.

줄스는 바에서 단숨에 술잔을 비우고 다시 채웠다. "우스운 일이지만 사람들은 죽도록 담배를 피우고, 죽도록 술을 마시고, 죽도록 일을 하고, 심지어는 죽도록 먹기도 합니다. 그런 것은 그렇다 칩시다. 그런데 의학적으로도 고칠 수 없는 것은 죽도록 섹스하는 사람들입니다. 물론 거기에는 장애물이 많지요." 그는 말을 멈추고 술을 한 모금 마셨다. "특히 여자들에게는 큰 문제입니다. 가끔 아기를 떼려는 여자들이 찾아옵니다. 난 그럴 때마다 '그건 위험합니다. 자칫하면 목숨을 잃을 수도 있어요.' 라고 말하죠. 그런데 한 달 뒤 그 여자가 얼굴이 빨개져서 다시 나를 찾아와 말합니다. '의사 선생님, 또 임신을 했어요.' 라고 말예요. 그 여자는 틀림없이 또 낙태를 원합니다. 전 지난 번처럼 잔뜩 심각한 표정으로 '이건 정말 위험합니다.' 라고 말하죠. 그런데 그런 여자들이 가끔 웃으면서 뭐라는지 압니까? '저와 제 남편은 엄격한 카톨릭 신자예요.' 라고 합니다."

이때 방문 두드리는 소리가 들리더니 웨이터 둘이 음식과 은제 커피 포트가 담긴 수레를 끌고 들어왔다. 그들은 손수레 밑에서 휴대용 테이블을 꺼내 펼쳐 놓았다. 조니는 그들을 내보냈다.

그들은 테이블에 앉아 루시가 주문한 샌드위치를 먹고 따끈한 커피를 마셨다. 조니는 의자 등받이에 기대고 담배에 불을 붙였다. "그렇게 해서 생명을 구해주는군요. 그런데 어떻게 낙태전문의가 되셨소?"

루시가 처음으로 입을 열었다. "이 사람은 어려움에 처한 여자들, 자살을 하려는 여자들이나 아기를 떼려고 위험한 짓을 하는 여자들을 도와줘요."

줄스는 루시를 보며 미소를 짓더니 한숨을 내쉬었다. "사실 그렇게 간단한 일이 아니예요. 그래서 전공을 외과로 정했죠. 전 야구선수처럼 손재주가 좋았거든요. 너무 좋아서 바보가 될까봐 걱정일 정도로. 불쌍한 환자를 배를 갈라놓고 보면 곧 죽을 사람인지 아닌지 알 수 있죠. 그래도 다시 꿰매어 놓고 암이나 종양이 재발할 거라는 걸 빤히 알면서도 마음에 없는 희망을 심어 주면서 웃으며 돌려보낼 때도 있었죠. 어떤 불쌍한 여자는 제가 한 쪽 젖꼭지를 도려냈는데 1년 뒤에 다시 와서 다른 쪽 젖꼭지도 도려냈어요. 그런데 이듬해 또 찾아 왔길래 멜론씨 긁어내듯 몸 속까지 깨끗이 긁어냈죠. 그런 환자는 어찌하든 결국 죽게 됩니다. 그런데 남편이란 사람은 계속해서 전화를 걸어 '검사 결과가 어떻습니까? 검사 결과가 어떻습니까? 묻는 거예요."

"그래서 이런 전화 받는 비서를 따로 두기도 했죠. 난 검사를 하거나 수술을 하는 경우에만 환자를 봤죠. 너무나 바빠서 외래환자는 거의 받지 않았어요. 그런데 방금 말한 남편과 같은 사람들에게는 2분단 시간을 내기로 했죠. 내가 '터미널(terminal: 곧 죽음을 앞둔 '말기' 라는 뜻)입니다.' 라고 말하면 그들은 이 마지막 선고를 절대 받아들이려고 하지 않습니다. 무슨 뜻인지 알면서도 인정하려 하지 않는거죠. 어떤 사람은 심지어 '도대체 그게 무슨 말입니까? 저미널(germinal: '초기'라는 뜻)이란 말입니까?' 라고 되묻기도 한답니다." 줄스는 웃기 시작했다. "저미널이건 터미널이건 젠장! 그래서 전 낙태 수술을 하기로 했습니다. 싱크대 안의 접시를 깨끗이 씻어내듯 쉽고 편안하고, 모든 사람들을 행복하게 하는 일이거든요. 그래서 전문으로 삼았죠. 그 일이 만족스러웠고 낙태전문의라는 게 좋았습니다. 2개월 된 태아는 아직 인간이 아니라서 문제가 될 염려도 없죠. 젊은 처녀들이나 곤란에 처한 유부녀들을 돕고 돈도 많이 벌었죠. 의료 일선에서는 물러난 거죠. 그러다 낙태죄로 경찰에 체포되었는데 마치 탈영했다 잡힌 탈영병 같은 기분이 들더군요. 다행히 친구가 손을 써줘서 풀려나긴 했는데, 큰 병원에서 저를 거절하더군요. 그래서 지금 여기까지 오게 된 겁니다. 환자에게 좋은 충고를 해 봤자 여전히 무시당하면서요."

"난 무시하지 않았소. 그저 생각중이요." 조니 폰테인이 말했다.

루시가 화제를 바꿨다. "라스베이거스에선 뭘 하세요, 조니? 헐리우드에서 바쁘게 보내서 쉬러 온 거예요, 아니면 일하러 온 거예요?"

조니는 고개를 설레설레 흔들었다. "마이클 코를레오네가 만나서 할 얘기가 있다고 해서 왔어. 오늘밤 그 친구가 톰 헤이건과 비행기를 타고 올 거야. 톰 말이 루시, 당신도 만날 거라더군. 당신은 무슨 일 때문인지 알아?"

루시는 고개를 저었다. "안 그래도 내일 밤 프레디와 모두들 저녁을 먹기로 했어요. 제 생각에 호텔과 관련된 일 같아요. 최근 들어 카지노 매출이 떨어지고 있는데, 그것 때문에 마이클이 조사하러 오는 건 아닌지 모르겠어요."

"나도 마이클이 드디어 수술 받았다는 얘길 들었소." 조니가 말했다.

루시가 웃었다. "케이가 설득했을 거예요. 결혼식에서 보았을 때는 수술하지 않았던데. 난 왜 수술을 하지 않았을까 궁금했어요. 흉칙한 건 둘째치고 그것 때문에 콧물이 자꾸 흐른다죠? 더 빨리 수술했어야 했어요." 그녀가 잠시 말을 멈췄다. "그 수술 때문에 줄스가 코를레오네 패밀리에 불려 갔었죠. 그가 고문 겸 감시관 노릇을 했어요."

조니는 고개를 끄덕이며 "내가 추천했소."라고 말했다.

"그래서 마이클은 줄스에게 사례를 하고 싶어했어요. 내일 저녁에 초대한 것도 그 때문일 거예요." 루시가 말했다.

줄스가 생각에 잠긴 얼굴로 말했다. "마이클은 사람을 믿지 못하는 것 같았어. 그는 내게 사람들의 행동을 감시해 달라고 주문했지. 하지만 매우 간단하고 평범한 수술이었어. 웬만한 의사라면 다 할 수 있는."

그때 침실에서 무슨 소리가 들려서 그들은 커튼 쪽을 바라보았다. 니노가 의식이 돌아온 것이다. 조니는 그리로 가서 침대 위에 걸터앉았다. 줄스와 루시도 침대 발치에 서 있었다. 니노는 엷은 미소를 지었다. "나도 이제 다 됐나봐. 정말 비참한 기분이네, 조니. 자네 1년 전 일 기억나나? 팜스프링스에서 여자들과 놀았을 때 말야. 난 맹세코 그 때 자네를 질투하지 않았네. 정말 즐거웠어. 나를 믿지, 조니?"

조니가 다정하게 말했다. "물론이야, 니노. 자네를 믿어."

루시와 줄스는 서로 쳐다보았다. 그들도 조니 폰테인에 대한 이야기는 거의 들어서 알고 있지만 그가 니노처럼 절친한 친구의 여자를 빼앗았다니 믿어지지 않았다. 그렇지 않고서야 왜 1년이나 지나서 니노가 질투하지 않았다는 말을 하는 걸까? 그 두 사람의 마음에는 똑같은 생각이 오갔다. 조니 폰테인이 여자를 가로챈 뒤 상심한 니노가 죽기살기로 술을 먹게 된 게 아닐까?

줄스는 니노를 다시 진찰했다. "오늘밤 간호사를 한 명 보내겠습니다. 정말 이삼 일은 침대에서 안정을 취해야 합니다. 농담이 아닙니다."

니노가 웃었다. "그러죠, 의사 양반. 너무 예쁜 간호사나 보내지 마시오."

줄스는 간호사에게 전화를 건 뒤 루시와 함께 호텔 방을 나갔다. 조니는 간호사가 올 때까지 그의 침대 곁을 지켰다. 얼굴에 지친 기색이 역력한 니노는 다시 깊은 잠에 빠져들었다. 조니는 니노의 말에 대해 생각했다. 1년 전 팜스프링스에서 두 여자와 지냈을 때 일어났던 그 일을 질투하지 않았다는. 그는 한번도 니노가 질투했을 거라고 생각한 적이 없었다.

1년 전 조니 폰테인은 자신이 대표로 있는 영화사의 호화로운 사무실에 앉아서 평생 그 어느 때보다도 비참한 기분에 빠져 있었다. 그가 제작하고 니노가 주연으로 나오는 첫 영화로 돈을 엄청 벌어들이던 때라 그것은 의외의 일이었다. 모든 일이 순조롭게 풀렸고, 사람들도 제 역할을 충분히 해냈고 제작비도 예산보다 적게 들어갔다. 모든 사람들이 그 영화로 한몫 벌어들이고 있을 때 잭 월츠는 화병으로 십 년이나 수명을 단축시켰다. 조니는 두 편의 영화를 준비하고 있었는데, 한 편은 자신이, 다른 한편은 니노를 주연으로 생각하고 있었다. 니노는 여자들이 젖가슴 사이에 끼고 놀고 싶어하는 멍청하고 매력적인 바람둥이 역할을 스크린에서 멋지게 소화했다. 그는 그 역할에 완전히 몰입해서 연기했다. 조니가 손대는 것은 무엇이든 돈이 되었고, 엄청난 돈이 굴러 들어왔다. 영화의 성공으로 돈 코를레오네도 은행을 통해 이익금을 받았고, 조니는 그 점이 무엇보다 기뻤다. 대부의 신임을 얻었기 때문이다. 사실 지금은 대부의 도움도 필요 없었다.

조니는 이제 성공적인 독립 영화 제작자로 가수시절보다 더 많은 권력과 돈을 얻게 되었다. 딴 속셈이 있긴 했지만 아름다운 아가씨들도 다시 예전처럼 그를 덮치려고 했다. 그는 자가용 비행기를 갖게 되었고 예술가 시절에는 누리지 못했던 사업가에 대한 특별한 세금 혜택도 받으면서 더 호화롭게 살게 되었다. 그런 그가 도대체 무엇 때문에 비참한 기분에 빠졌을까?

조니는 그 이유를 알고 있었다. 머리가 아프고, 코가 막히고 독구멍이 근질근질한 증세를 한방에 날리려면 노래를 부르는 수밖에 없다는 것을. 그러나 조니는 노래부르는 게 겁났다. 줄스 시걸에게 전화를 걸어 언제 노래를 불러도 되는지 물어 보았더니 아무 때나 부르고 싶을 때 부르라고 했다. 그래서 조심스레 노래를 불러 보았지만 거칠고 천박하게 들려서 포기했다. 그런 뒤에는 여지없이 목이 지독하게 아팠다. 혹을 떼어 내기 전과는 전혀 다른 종류의 통증이었다. 조니는 목소리를 상하게 하거나 영원히 잃게 될까봐 노래부르기가 두려웠다.

만일 노래를 부를 수 없다면 도대체 무엇을 해야 할까? 조니는 노래가 아닌 다른 일은 시시하게 느껴졌다. 그가 가장 잘할 수 있는 것은 노래뿐이었다. 그는 이제야 노래, 특히 자신의 전문 장르에 있어서는 누구보다도 잘 부를 거라는 자부심이 생겼다. 이제야 그것을 깨닫게 되었다. 지난 세월이 그를 진정한 프로로 만들어 준 것이다. 이제는 누구도 그에게 잘했느니 못했느니 평가할 수 없고, 그도 사람들에게 물어 볼 필요가 없을 것이다. 그렇다, 그건 정말 시간 낭비일 것이다.

어느날 조니는 금요일 주말을 가족과 함께 보내기로 결정하고 방문하기 전에 지니에게 전화를 걸었다. 그는 언제나 이런 식으로 거절할 기회를 주었지만 지니는 결코 거절한 적이 없었다. 이혼한 뒤 여러 해 지났지만 한번도 그런 적이 없었다. 딸들이 아빠를 만나 정을 느끼게 해주려고 거절하지 않은 것이리라. 참, 여자들이란! 지니를 만난 것은 그에게 행운일지도 모른다는 생각이 들었다. 조니가 다른 여자보다 지니에게 더욱 마음을 쓰는 것은 사실이지만 두 사람은 성적(性的)으로 맞지 않아 함께 살 수 없었다. 아마 예순다섯 살쯤 되어 일뿐만 아니라 모든 것에 있어서 은퇴를 하면 같이 살 수 있을지도 모른다.

그러나 집에 도착하자 그런 상상은 산산조각이 났다. 지니는 약간 시무룩해 있고, 두 딸은 아빠를 보고도 별로 열광하지 않았다. 주말에 친구들과 캘리포니아의 목장에 말을 타러가기로 약속을 했기 때문이었다.

그는 지니에게 딸들을 목장에 보내라고 하고 미소를 지으며 작별 키스를 했다. 그는 딸들을 이해했다. 아빠로서의 역할은 팽개치고 제멋대로 사는 아빠와 시간을 보내느니 말을 타러가는 게 더 좋을 것이다. 그는 지니에게 말했다. "술이나 몇 잔 하고 나도 가야겠소."

"좋을 대로 해요." 지니가 말했다. 그녀는 기분이 안 좋은 것 같았다. 드문 일이지만 한눈에 알 수 있었다. 하기는 이런 생활을 한다는 게 그녀도 쉽지 않을 것이다.

그녀는 조니가 큰 술잔으로 술 마시는 모습을 지켜보았다. "왜 술로 기분을 돋우려고 해요? 당신은 모든 일이 순조롭게 굴러가는 것 같아 보이는데. 난 당신이 그렇게 훌륭한 사업가가 될 줄은 정말 몰랐어요." 지니가 말했다.

조니가 그녀를 보며 웃었다. "별로 어렵지 않은 일이야." 그는 이렇게 말하고 나서 곧 자신이 실수했음을 깨달았다. 그는 여자들의 심리를 잘 알고 있었다. 지니는 남편이 하는 일마다 성공을 거두는 게 우울했던 것이다. 여자들은 자기 남자가 너무 잘되는 것을 싫어한다. 공연히 신경이 날카로워지기도 한다. 애정이나 성적인 행위, 결혼이라는 유대를 통해 남편에게 행사했던 지배력이 흔들리게 되기 때문이다. 그래서 조니는 그녀의 기분을 돋구어 주려고 괜한 불평을 늘어놓았다. "제기랄, 내가 노래를 못 부르게 된다고 해서 달라질 게 뭐람!"

지니는 짜증을 냈다. "조니, 당신은 이제 어린애가 아니에요. 서른 다섯 살이 넘었다구요. 아직도 그깟 노래 때문에 걱정이에요? 영화 제작자로 돈도 더 많이 벌잖아요."

조니는 황당한 눈초리로 그녀를 바라보며 말했다. "난 가수야. 노래 부르는 게 좋다구. 도대체 그것과 나이가 무슨 상관이야?"

지니는 얼른 대꾸했다. "난 당신 노래가 좋다고 생각한 적 없어요. 이제 영화나 만들어요. 난 오히려 당신이 노래부르지 않는 게 좋아요."

"그만 입 닥치지 못해!" 조니가 불같이 화를 내며 고함을 질렀다. 두 사람 모두 놀랐다. 조니는 완전히 이성을 잃었다. '어떻게 지니가 저런 생각을 할까, 어쩌면 나를 저렇게 증오할까.' 하는 생각이 먼저 들었기 때문이다.

지니는 상처받은 남편을 보며 통쾌한 웃음을 지었다. 조니는 그 말이 너무 괘씸해서 화를 냈는데 지니는 한술 더 떠 이렇게 말했다. "당신이 여자들을 몰고 다니며 노래를 부를 때 내 기분이 어땠는 줄 알아요? 만약 내가 남자들을 유혹하려고 거리에서 엉덩이를 흔들고 다니면 당신 기분은 어떻겠어요? 그게 모두 당신 노래 때문이었어요. 그래서 난 당신이 목소리를 잃어버리고 다신 노래를 부르지 못하게 되기를 바랐어요. 하지만 그것도 우리가 이혼하기 전의 생각이죠."

조니는 더 이상 술을 마시지 않았다. "당신이 모르는 것도 있어. 젠장, 당신은 아무것도 몰라." 그는 부엌으로 가서 니노에게 전화를 걸었다. 그는 니노에게 팜스프링스로 놀러 가자고 약속한 다음, 니노에게 데리고 놀만한 젊고 참신한 아가씨 전화번호를 가르쳐 주었다. "그 아가씨가 자네에게 친구를 소개해 줄 거야. 한 시간 안에 자네 집에 가겠네."

조니가 떠날 때 지니는 차갑게 작별인사를 했다. 그는 인사도 하지 않았다. 지니에게는 거의 화를 내지 않는 그였지만 그날은 드문 경우 중 하나였다. 그는 주말에 편안히 쉬면서 몸에 쌓인 독소를 모두 풀어내고 싶었다.

팜스프링스에서는 모든 일이 순조로웠다. 조니는 그곳에 있는 별장을 이용했다. 별장은 언제나 이용할 수 있고, 특히 1년 중 이맘때는 일하는 사람을 두었다. 동행한 두 아가씨는 젊고 싱싱해서 재미보기에 좋았고 팁을 너무 많이 요구하지도 않았다. 몇 사람이 찾아와 저녁 먹기 전까지 수영장에서 어울리기도 했다. 니노는 아가씨를 데리고 저녁 먹으러 나갈 준비를 하려고 집으로 들어가서는 햇볕에 더워진 몸이 식기 전에 급히 재미를 보았다. 조니는 그럴 기분이 아니어서 티나라는 키가 작고 날씬한 금발의 아가씨를 혼자 샤워하러 보냈다. 그는 지니와 다투고 난 후에는 다른 여자와 사랑을 나누지 못했다.

조니는 유리벽으로 된 거실로 들어갔다. 그곳에는 피아노가 한 대 놓여 있었다. 밴드와 노래 부르던 시절 그는 관객들을 즐겁게 해주려고 피아노 치는 시늉을 하며 달빛처럼 부드러운 발라드 스타일의 노래를 부르곤 했다. 조니는 피아노에 앉아 서툰 반주를 넣으며 콧노래로 몇 소절 흥얼거렸다. 노래를 제대로 부른 것은 아니었다. 어느새 티나가 조니에게 줄 술잔을 들고 그의 곁에 서 있었다. 조니가 몇 소절 반주하자 그녀는 콧노래를 흥얼거렸다. 그는 그녀를 피아노에 남겨 두고 혼자 샤워하러 갔다. 그는 욕실에서 짧게 노래를 불렀다. 옷을 갈아입고 거실에 돌아오니 티나 혼자 있었다. 니노는 여자와 한창 재미를 보는 중이거나 어디에선가 술을 마시고 있는 것 같았다.

조니는 다시 피아노에 앉았고, 티나는 밖으로 나가 수영장을 어슬렁거렸다. 조니는 자신의 옛 히트곡 중 한 곡을 부르기 시작했다. 목이 후끈거리거나 아픈 증상은 없었다. 목소리는 약했지만 음정은 그런대로 안정되었다. 그는 테라스를 쳐다보았다. 티나는 아직 그 곳에 있고 유리창이 닫혀 있어서 그의 목소리를 들을 염려는 없었다. 그는 여러 가지 이유로 사람들이 자신의 노래 소리를 듣는 것을 꺼려했다. 어쨌든 예전에 좋아하던 발라드 곡을 부르니 기분이 좋아졌다. 그래서 마치 관객 앞에서 부를 때처럼 전곡을 다 불러 보았다. 목에 통증이 올까 기다렸지만 통증은 없었다. 그는 더욱 자신의 목소리에 귀를 기울었다. 예전과는 약간 달랐지만 그런 대로 만족스러웠다. 과거에는 소년의 미성이었다면 이제는 음색이 더 짙어지고 성량이 풍부한 어른의 음색이라고 생각했다. 그는 노래를 무사히 마무리 짓고 피아노에 앉아 생각에 잠겼다.

그때 등뒤에서 니노의 목소리가 들렸다. "나쁘지 않은데. 조금도 나쁘지 않아."

조니는 몸을 돌렸다. 니노가 문가에 혼자 서 있었다. 그와 같이 있던 여자는 보이지 않았다. 조니는 안심을 했다. 니노가 듣는 것은 괜찮았기 때문이다.

"아, 이봐 우리 여자들 떼어놓을까? 집에 보내버리자구." 조니가 말했다.

"자네가 보내게, 자네 말은 잘 들을 거야. 난 도저히 못하겠네. 게다가 난 방금 두 번이나 재미를 봤어. 저녁도 안 사주고 여잘 보내면 내

얼굴이 뭐가 되겠나?'

이런 빌어먹을! 조니가 투덜거렸다. 목소리는 썩 자신이 없지만 여자들이 듣게 내버려둘 수밖에 없었다. 그는 팜스프링스에서 알고 있는 밴드 리더에게 전화를 걸어 니노를 위해 만돌린을 갖다 달라고 부탁했다. 밴드 리더는 "세상에, 캘리포니아에서 누가 만돌린을 연주하나?" 라고 말하며 거절했다. 그러나 조니는 그러지 말고 하나 갖다 달라며 끈질기게 졸랐다.

이 집은 녹음 시설이 완벽하게 갖추어져 있었다. 조니는 두 여자에게 녹음기를 끄고 켜거나 음량 조절하는 일을 맡겼다. 저녁식사를 마치고 그들은 작업으로 들어갔다. 그는 니노에게 만돌린 연주를 부탁하고 자신의 옛 노래를 모두 불렀다. 목소리에 아랑곳하지 않고 계속해서 노래를 불러 댔다. 목구멍은 아무런 통증도 없었고 이대로라면 영원히 노래를 부를 수 있을 것 같았다. 노래를 부르지 못했던 지난 몇 달 동안에도 조니는 틈만 나면 노래에 대해 생각했고 어떻게 하면 어릴 때와는 다른 식으로 노래를 부를 수 있을까 나름대로 궁리를 했다. 마음 속으로 가창 방식에 교묘하게 변화를 주는 방법도 생각했다. 이제 그 궁리를 실행에 옮겨 보았다. 머리 속으로 생각했을 때는 잘 될 거라고 생각했는데, 실제로 불러보니 잘 안 되었다. '더 크게 불러야 한다.' 그는 이렇게 생각했다. 그는 목소리에 신경 쓰지 않고 노래 자체에 집중했다. 타이밍을 약간 놓친 부분도 있었지만 그런 대로 만족스러웠다. 그의 머리 속에는 메트로놈이 있기 때문에 박자를 놓친 적은 없었다. 연습만 조금 더 하면 될 것 같았다.

마침내 그는 노래를 멈췄다. 티나가 그에게 오더니 눈을 반짝이며 오래 입맞춤을 했다. "이제 왜 우리 어머니가 당신의 영화라면 빼놓지 않고 보러 가는지 알겠어요." 그녀는 이렇게 말했다. 지금과 같은 경우가 아닌 다른 때 그런 말을 했더라면 그것은 분명 실수였다. 조니와 니노는 큰 소리로 웃었다.

　그들은 녹음기를 틀었다. 조니는 이제야 자신의 목소리를 들을 수 있었다. 그의 음성은 변해도 아주 많이 변했지만 그 목소리의 주인공이 조니 폰테인이라는 데는 의심할 여지가 없었다. 그가 전에도 느꼈던 것처럼 더 풍부하고 짙어진 음색이 소년의 티를 완전히 벗은 원숙한 남자의 음성이었다. 노래를 부를 때 기교적인 면은 과거 어느 때보다도 뛰어났다. 어느 정도 경지에 올랐다고나 할까. 조금 녹이 슬기는 했지만 지금처럼만 된다면 좀더 갈고 다듬어 얼마든지 훌륭하게 부를 수 있을 것 같았다. 조니는 니노를 보며 싱긋 웃었다. "이 정도면 잘했다고 생각해도 될까?"

　니노는 조니의 행복한 얼굴을 진지하게 바라보았다. "굉장히 잘했네만 내일도 노래를 부를 수 있는지는 두고 봐야겠지."

　조니는 니노가 비관적으로 말하는 바람에 기분이 상했다. "이 사람아, 자넨 나 정도나 노래할 수 있나? 내일 걱정은 하지 말게. 잘 부를 수 있으니." 하지만 조니는 그날밤 더 이상 노래하지 않았다. 조니와 니노는 여자들을 데리고 파티에 갔다. 티나는 그날밤 조니의 침대에서 잤지만 조니는 별로 흥이 나지 않았다. 티나는 약간 실망했다. 하지만 하루 동안 모든 일을 다 잘할 수는 없지 않은가? 조니는 이렇게 생각했다.

　다음날 아침 조니는 목소리가 돌아온 꿈을 꾸다 막연한 불안함에 사로잡혀 잠을 깼다. 그리고 그게 꿈이 아니라는 것을 확인하지 않으면 불안해서 못 견딜 것 같았다. 그는 창가로 가서 콧노래를 조금 부른 다음 잠옷 차림으로 거실로 내려갔다. 그는 피아노로 음정을 잡은 다음 노래를 불러 보았다. 목소리가 조금 잠겼지만 통증은 없었고 쉰 목소리도 나오지 않았다. 그래서 본격적으로 불러 보았다. 성대는 진짜 괜찮았고 성량도 풍부해서 억지로 목소리를 낼 필요가 없었다. 쉽게 아주 쉽게 노래가 흘러나왔다. 이제 시련은 끝나고 다시 노래를 부를 수 있게 된 것이다. 이제 영화에 얼굴 비추지 않아도 된다. 어제 밤 티나와 재미를 보지 않았어도 후회하지 않는다. 지니가 다시 노래를 부르게 되었다고 실망해도 상관없다. 다만 한 가지 후회스런 일이 있었다. 딸들을 위해 노래부르고 싶었을 때 목소리가 돌아왔더라면 얼마나 좋았을까. 아주 멋졌을 텐데.

간호사가 각종 처치도구가 들어 있는 수레를 끌고 방으로 들어왔다. 조니는 자리에서 일어나 죽은 듯 자고 있는 니노를 내려다보았다. 조니는 자기가 목소리를 되찾았을 때 니노가 질투하지 않았다는 것을 잘 알고 있었다. 다만 자신이 너무 행복해 했기 때문에 질투했을 뿐이다. 니노도 노래를 좋아했다. 그러나 지금 무엇보다 중요한 것은 니노 발렌티에게 삶에 대한 의지가 없다는 것이었다.

27

마이클 코를레오네는 저녁 늦게 도착했다. 그의 간곡한 청으로 공항에는 아무도 마중을 나가지 않았다. 그는 달랑 두 사람만 수행하고 왔다. 톰 헤이건과 앨버트 네리라고 하는 새 경호원이었다.

프레디는 마이클과 그의 수행원을 위해 호텔에서 최고급 방을 마련해 놓았다. 객실에는 이미 마이클이 만나야 할 사람들이 모여서 기다리고 있었다.

프레디는 따뜻한 포옹으로 동생을 맞았다. 프레디는 더 건장하고 인상도 부드러웠으며, 더 쾌활하고 멋쟁이가 되었다. 그는 최고급의 회색 실크 옷을 입고 그에 어울리는 장신구까지 하고 있었다. 짧게 자른 머리를 영화 배우처럼 정성껏 손질을 하고, 깔끔하게 면도를 한 얼굴은 훤히 빛났으며 손톱에는 매니큐어까지 칠해져 있었다. 4년 전 뉴욕을 떠나올 때와는 완전히 딴판이었다.

그는 몸을 뒤로 젖히고 앉아 다정한 눈길로 마이클을 살폈다. "성형 수술을 했다더니 얼굴이 훤하구나. 결국 케이의 설득에 넘어갔구나, 그렇지? 케이는 어때? 언제쯤이나 여기 한번 올 수 있대?"

마이클은 형을 보고 미소를 지었다. "형도 아주 좋아 보여. 이번에 케이와 함께 올까 했는데 또 아기를 가진 데다 돌봐야 할 아기도 있잖아. 게다가 이건 사업이야. 난 오늘밤이나 내일 아침에 돌아가야 허."

"뭣 좀 먹어야지. 우리 호텔에 일류 주방장을 모셔 왔거든. 아마 네가 지금까지 먹어 본 음식 중에 최고일 거야. 먼저 샤워부터 하고 옷부터 갈아입어. 모든 건 여기에 마련해 놨어. 네가 만나고 싶어하는 사람들에게도 연락을 해놓았어. 아마 지금쯤 널 기다리고 있을 거야. 전화만 하면 돼."

마이클이 유쾌하게 말했다. "모 그린은 맨 나중에 만납시다. 조니 폰테인과 니노에게도 함께 저녁 먹자고 해요. 루시와 의사 친구도 부르고. 저녁 먹으면서 얘기하면 되니까." 그는 헤이건을 돌아다보며 물었다. "더 부를 사람 없죠?"

헤이건은 고개를 끄덕였다. 프레디는 마이클보다 그를 덜 반겼지만 헤이건은 이해했다. 프레디는 아버지의 블랙리스트에 올라있는데 그 문제가 해결되지 않는 것이 콘실리에리인 톰 헤이건 탓이라고 여기고 있었다. 헤이건은 얼마든지 문제를 해결해 줄 수 있었다. 그러나 프레디가 아버지에게 인정받지 못하는 이유를 알 수 없었다. 돈 코를레오네는 프레디에 대한 불만을 구체적으로 말하지는 않고 그저 불쾌감만 드러냈다.

사람들이 마이클의 방에 마련된 특별 만찬 테이블에 모인 것은 자정이 훌쩍 넘어서였다. 루시는 마이클에게 키스했지만 수술을 받은 뒤 얼굴이 더 좋아졌다느니 하는 따위의 말은 하지 않았다. 그러나 줄스 시걸은 노골적으로 마이클이 수술받은 광대뼈를 살펴보면서 "수술이 잘되었군요. 아주 잘 꿰맸네요. 이제 코도 괜찮죠?"라고 물었다.

"네, 좋습니다. 도와주신 덕분에." 마이클이 말했다,.

그들은 음식을 먹으면서 마이클을 주목했다. 그들 모두 마이클의 말투나 태도가 돈 코를레오네와 닮았다고 느꼈다. 마이클은 이상하게도 돈 코를레오네와 같은 존경과 경외심을 불러일으키면서도 아주 자연스런 분위기로 사람들을 편안하게 해주었다. 헤이건은 평소 때와 마찬가지로 뒤로 한 걸음 물러나 있었다. 그들 중에는 낯선 얼굴도 있었다. 앨버트 네리는 굉장히 조용하고 나서지 않는 사람이었다. 그는 배가 고프지 않다며 음식도 사양하고 문에 가까운 안락의자에 앉아 지역 신문을 읽었다.

그들은 술과 음식을 어느 정도 먹은 뒤 웨이터를 물러가게 했다. 마이클이 조니 폰테인에게 말했다. "목소리를 되찾았다는 소식을 들었는데 정말 잘된 일이에요. 이제 옛날의 팬들도 돌아오겠네요. 축하드려요."

"고맙네." 조니가 말했다. 조니는 마이클이 왜 자기를 만나고 싶어하는지 궁금했다. 무슨 부탁이 있는 걸까?

마이클은 모두를 보며 본론을 얘기하기 시작했다. "코를레오네 패밀리는 라스베이거스로 이사할 것을 고려하고 있습니다. 올리브유 사업

지분을 모두 매각하고 이곳에 정착할까 합니다. 아버지와 헤이건과 제가 그 문제를 상의해 봤는데, 이곳에 패밀리의 장래가 걸려있다고 생각합니다. 그렇다고 당장 또는 내년에 뭘 어쩌자는 것은 아닙니다. 그쪽 사업을 정리하는데는 2년, 3년 아니 4년이 걸릴지도 모릅니다. 하지만 대략 계획은 수립했습니다. 우리 친구들이 이 호텔과 카지노의 지분을 꽤 소유하고 있으니 그게 토대가 되어 줄 겁니다. 모 그린이 우리에게 자기 지분을 판다면 완전히 우리 패밀리의 소유가 될 수 있겠죠."

프레디의 둥근 얼굴에 걱정이 서렸다. "마이클, 모 그린이 팔 거라고 확신하나? 그 사람은 한번도 그런 말을 한 적이 없고 이 사업에 만족해. 내 생각에 그는 절대 팔지 않아."

마이클이 조용히 말했다. "그가 절대 거절 못할 제안을 할 생각이에요."

그것은 평소와 다름없는 말투였지만 왠지 오싹한 느낌을 주었다. 다름아닌 돈 코를레오네가 즐겨 쓰는 말이었기 때문이다. 마이클이 조니 폰테인을 보고 말했다. "아버지는 이 일을 시작할 때 당신이 도와줄 걸로 생각하고 계십니다. 도박꾼들을 끌어 모으는데 흥행업이 큰 효과가 있을 거라고 말씀하시더군요. 1년에 다섯 차례, 1주일 정도 공연하는 것으로 계약 해주십시오. 영화계에 있는 당신 친구들도 함께요. 평소 당신이 그들에게 많이 베풀었으니 언제라도 달려와 주겠죠?"

"물론이지. 대부님을 위해서라면 무엇이든지 해야. 자네도 잘 알지 않나, 마이클." 하지만 조니의 목소리에는 확신이 없었다.

마이클은 미소를 지으며 말했다. "손해보게 하지는 않겠습니다. 당신 친구들도 마찬가지구요. 당신께 호텔 지분을 드리지요. 그리고 당신 친구들에게도 가능하면 호텔에 기여한 만큼 지분을 드릴 작정입니다. 제 말을 믿지 않을지도 모르겠지만 저는 지금 아버지 대신 말씀드리는 겁니다."

조니가 얼른 말을 받았다. "자네를 믿네, 마이클. 하지만 지금 스트립가에는 열 군데가 넘는 호텔과 카지노가 건설 중이네. 자네가 입성할 때쯤이면 시장이 포화상태가 되어 있을 거야. 이미 진출해 있는 경쟁자와 겨루기에는 너무 늦을지도 모르네."

톰 헤이건이 말했다. "그중 세 곳의 호텔은 코를레오네 패밀리의 친구들이 자금을 대고 있습니다." 조니는 그 말을 코를레오네 패밀리가 세 곳의 호텔과 카지노를 소유하고 있다는 의미로 알아들었다. 그렇다면 할당받을 주식은 꽤 많을 것이다.

"그렇다면 슬슬 그 일에 착수해야겠군." 조니가 말했다.

마이클이 루시와 줄스에게 시선을 돌렸다. "지난 번엔 신세 많이 졌습니다." 마이클이 줄스에게 말했다. "당신은 병원으로 돌아가고 싶은데, 병원에서 예전의 낙태 사건 때문에 채용을 꺼린다는 말이 맞습니까? 당신이 원하는 바를 직접 듣고 싶습니다."

줄스는 미소를 지었다. "그렇소. 하지만 당신은 의료협회에 대해 잘 모릅니다. 당신이 아무리 영향력이 강해도 그들을 움직일 수는 없습니다. 그 점에 있어서 당신이 날 도와줄 수 있을까 의문입니다."

마이클은 고개를 끄덕였다. "물론 당신 말이 맞습니다. 하지만 꽤 유명한 의사 친구 몇 명이 라스베이거스에 큰 병원을 지으려고 합니다. 지금 발전 추세로 봐서는 이곳에도 곧 큰 병원이 필요하게 될 겁니다. 병원이 완공되면 수술실을 맡아 주십시오. 그리고 이런 사막에 당신처럼 유능한 의사를 몇 명이나 끌어 모을 수 있을지 생각해 보십시오. 당신의 반정도만 유능해도 괜찮습니다. 우리가 병원에 투자할 작정입니다. 그러니 이곳에 계셔 주십시오. 당신과 루시는 결혼할 사이라고 들었습니다."

줄스가 어깨를 으쓱했다. "제게 장래성이 보이면 그 때쯤."

루시가 쓴웃음을 지었다. "마이클, 당신이 그 병원을 짓지 않으면 난 노처녀로 늙어 죽을지도 몰라요."

줄스만 빼고 모두 웃음을 터뜨렸다. 줄스가 마이클에게 말했다. "내가 그 자리를 맡게 될 때 아무런 조건도 달지 말아야 합니다."

마이클이 단호하게 말했다. "조건 같은 건 없습니다. 난 당신에게 진 빚을 갚으려는 것 뿐이오."

루시가 부드럽게 말했다. "마이클, 기분 나빠하지 마세요."

마이클이 루시를 보며 말했다. "기분 상하지 않았어요." 그는 다시 줄스에게 말했다. "그런 말씀을 하시다니 어리석은 생각입니다. 코를레오네 패밀리는 당신을 뒤에서 도와 왔습니다. 내가 당신이 싫어하는 일을 해달라고 부탁할 만큼 바보인 줄 아십니까? 제가 설령 그렇게 한다고 해도 그게 뭐 어떻습니까? 당신이 어려움에 처했을 때 누가 당신을 도와주기 위해 손가락 하나 까딱한 사람이 있습니까? 그러나 전 당신이 병원으로 복귀하고 싶어한다는 소식을 듣고 어떻게든 도와 드릴 방법을 찾았습니다. 결국 그렇게했구요. 제가 언제 다른 부탁을 한 적이 있었습니까? 당신은 우리의 관계를 적어도 친구로 생각하고는 있겠죠. 그렇다면 당신이 절친한 친구에게 해줄 수 있는 만큼 제게도 해줄 수 있을 거라고 생각합니다. 그것이 내 조건입니다. 하지만 당신은 거절할 수도 있습니다."

톰 헤이건은 고개를 숙이고 슬며시 미소를 지었다. 돈 코를레오네라도 저보다 더 잘할 수는 없을 것이다.

줄스는 얼굴이 붉어졌다. "마이클, 내 뜻은 그게 아니요. 나는 당신과 당신 아버지에게 감사하고 있습니다. 내 말을 잊어 주세요."

마이클은 고개를 끄덕이며 말했다. "좋습니다. 병원을 세울 때까지

네 군데 호텔의 의무실장을 맡아 주십시오. 직원 채용권도 드리지요. 당신 월급도 인상될 겁니다. 그 문제는 나중에 톰과 의논하시구요. 그리고 루시는 더 중요한 일을 맡아 주세요. 호텔 매점이 문을 열면 그곳 상점들을 관리해 주세요. 이를테면 경리죠. 아니면 카지노에 필요한 여직원 채용 뭐 그런 쪽을 맡든가. 그래야 줄스 씨와 결혼하지 않더라도 돈 많은 노처녀로 살아가죠."

프레디는 골이 나서 담배만 빨고 있었다. 마이클은 그를 보며 부드럽게 말했다. "프레디 형, 난 아버지의 심부름꾼에 불과해. 아버지께서 직접 말씀해 주시겠지만 형이 아주 기뻐할 소식도 있어. 모두들 형이 이곳에서 하는 일에 대해 칭찬이 자자해."

"그런데 왜 아버지는 내게 화가 나셨지?" 프레디가 풀이 죽은 목소리로 물었다. "단지 카지노의 실적이 나빠졌기 때문인가? 그건 모 그린이 맡았지 내가 맡은 게 아니잖아. 도대체 노인네는 내게 요구하시는 게 뭐냔 말야?"

"그 점은 걱정하지 말아." 마이클은 이렇게 말한 뒤 조니 폰테인을 바라보았다. "니노는 어디 있어요? 다시 만나고 싶었는데."

조니는 어깨를 으쓱했다. "니노가 많이 아파. 지금 간호사가 그의 방에서 돌보고 있네. 그런데 여기 의사 양반 말이 병원에 집어넣지 않으면 자살할지도 모른다고 하는군, 나원 참!"

마이클은 깜짝 놀라며 걱정스럽게 말했다. "니노는 참 좋은 사람인데, 난 그가 어떤 치사한 일을 하거나 남들에게 뭘 강요하는 모습을 본 적이 없어요. 어떤 일에 대해 불평하는 일도 없구요. 술을 너무 많이 마시는 게 탈이지만."

"그렇네. 한창 돈도 굴러 들어오고, 음악계나 영화에서도 할 일이 많은 친군데. 지금도 영화 한 편에 5만 달러씩 받는데, 그걸 그대로 날려

버리고 있네. 그는 유명해지는데 도통 관심이 없어. 난 그가 남한테 굽실대는 걸 본 적이 없어. 그런 친구가 그 놈의 술 때문에 죽어가고 있어."

줄스가 뭔가 말하려는데 문 두드리는 소리가 들렸다. 문 가까이 안락의자에 앉아 있던 사람이 대답은 하지 않고 신문에 빠져 있는 모습을 보고 줄스는 놀랐다. 문을 연 사람은 헤이건이었다. 두 명의 보디가드를 거느린 모 그린이 헤이건을 제치고 방으로 들어왔다.

모 그린은 브루클린의 살인 청부업자로 악명을 떨쳤던 잘생긴 미남자였다. 그는 도박에까지 손을 뻗어 돈을 벌기 위해 서부로 왔고, 라스베이거스의 가능성을 알아보고 스트립에 최초로 호텔 카지노를 세운 자였다. 그런데 잔인하고 불 같은 성질이 여전해서 프레디는 물론이고 루사나 줄스 시걸 그밖에 호텔 사람들이 모두 그를 두려워했다. 그들은 되도록 그와 마주치는 것을 피했다.

모 그린의 잘생긴 얼굴은 오싹할 정도로 굳어 있었다. 그는 마이클 코를레오네에게 말했다. "당신을 만나려고 기다리고 있었소. 내일은 내가 할 일이 많아서 오늘밤 만나려고 왔소. 괜찮겠소?"

마이클 코를레오네는 놀라면서도 애써 반가운 표정을 지으며 "물론이죠."라고 말했다. 그는 헤이건에게 지시를 내렸다. "그린 씨에게 술 한 잔 드리시오, 헤이건."

줄스는 앨버트 네리가 문에 기대고 서 있는 경호원에는 별 관심을 두지 않고 모 그린을 유심히 살피는 모습을 목격했다. 라스베이거스에서 폭력이 일어날 가능성이 없다는 것을 그도 알고 있었다. 라스베이거스를 미국 도박꾼들의 합법적인 성역으로 만들려는 정부의 계획 때문에 폭력은 엄격히 금지되고 있었다.

모 그린이 자기 경호원들에게 지시했다. "이분들이 카지노에서 한 게임 하실 수 있도록 칩 좀 드려." 그는 줄스와 루시, 조니 폰테인 그리고 마이클의 경호원인 앨버트 네리를 내쫓으려는 수작이었다.

마이클 코를레오네도 그의 말에 동의했다. "그거 좋은 생각이오." 그때서야 네리는 의자에서 일어나 다른 사람들을 따라 나갈 준비를 했다.

사람들이 작별 인사를 하고 나가자 방 안에는 프레디와 톰 헤이건, 모 그린, 마이클 코를레오네만 남았다.

그린은 술잔을 테이블에 내려놓고 가까스로 노여움을 진정시킨 다음 말을 꺼냈다. "코를레오네 패밀리가 나를 내쫓으려 한다는 소리가 무슨 말이요? 내가 당신들 지분을 사겠소. 하지만 당신들은 내 지분을 살 수 없소."

마이클이 차분하게 대답했다. "당신의 카지노는 강적을 만나서 계속해서 돈을 잃고 있어요. 당신의 운영 방법에 뭔가 잘못이 있겠죠. 아마 우리가 더 잘 운영할 수 있을 겁니다."

그린은 험상궂게 웃었다. "이보시오, 이탈리아 양반. 당신네가 어려울 때 프레디를 이곳으로 데려와 보호해 주었더니 이제 나를 쫓아내는 거요? 그게 당신 생각 아니오? 누구도 날 내쫓을 수 없어. 내 뒤에도 친구들이 있어."

마이클은 여전히 차분하고 조용히 말했다. "당신이 프레디를 데려온 건 코를레오네 패밀리가 호텔을 장식하도록 거액의 돈을 주었기 때문이죠. 게다가 카지노에 자금도 지원했고. 또 서해안 지역의 몰리내리 패밀리가 프레디의 안전을 보장하고 데려오는 조건으로 그만한 대가를 해주지 않았습니까? 그러니 코를레오네 패밀리와 당신은 서로 공평해진 겁니다. 난 당신이 왜 그렇게 화를 내는지 모르겠습니다. 우리가 적당한 가격을 쳐서 주식을 매입하겠다는데, 그게 잘못된 겁니까?

뭐가 불공평하죠? 당신의 카지노가 자꾸만 돈을 잃어서 우리가 호의를 베풀겠다는데 말입니다."

모 그린이 고개를 설레설레 흔들었다. "코를레오네 패밀리는 그만한 힘이 없어. 대부는 병 들고, 당신은 뉴욕의 다른 패밀리들에게 추격 당하고 있어서 이곳이 벌어먹기가 쉽다고 생각한 게지. 내가 충고하겠는데, 마이클, 꿈도 꾸지 마시오."

마이클이 부드럽게 말했다. "당신이 프레디를 공공연하게 모욕하는 게 그 때문인가요?"

톰 헤이건이 깜짝 놀라 프레디를 쳐다보았다. 프레디 코를레오네는 얼굴이 빨개져서 변명했다. "아, 마이클, 그건 그게 아냐. 모 그린은 가끔 화를 발끈 내서 그렇지 좋은 친구야. 그렇지 모?"

모 그린은 눈치를 살폈다. "아, 물론이지. 호텔을 제대로 운영하려다 보니 가끔 화를 낼 때도 있지. 프레디가 여기 여자애들을 건드리는 바람에 허파에 바람이 잔뜩 들어가서 일은 하지 않고 빈둥거리니 내가 화가 나지 않고 배기나. 그래서 가끔 다퉜지만 지금은 내가 프레디의 버릇을 고쳐놨지."

마이클은 냉담한 얼굴로 프레디를 바라보았다. "진짜 버릇을 고친 거야, 프레디 형?"

프레디는 주눅든 표정으로 동생을 쳐다보며 대답하지 않았다. 모 그린이 웃음을 터뜨리며 말했다. "저 녀석은 한꺼번에 두 여자를 침실로 데려간다네. 이거야말로 샌드위치 놀음 아닌가. 프레디, 그녀들을 그렇게 만들어 놓은 건 바로 자네야. 자네가 한 번 데리고 잔 뒤에는 누구도 성에 차지 않다니 말야."

헤이건은 이 대목에서 마이클이 놀라는 모습을 보았다. 그들은 서로 눈길이 오갔다. 돈 코를레오네가 프레디를 못마땅하게 생각하는 진짜 이유가 이것이었다. 대부는 섹스 문제에 관해서 굉장히 엄격했다. 그는 자기 아들인 프레디가 한 번에 두 여자랑 놀아나는 것을 죄악으로 생각했을 것이다. 더군다나 아들이 그런 일로 모 그린 같은 사람에게 육체적으로 모욕을 당하는 것이 코를레오네 패밀리의 수치라고 생각했을 것이다. 그것이 프레디가 아버지의 블랙리스트에 오르게 된 이유 중 하나였던 것이다.

마이클은 의자에서 몸을 일으키고 본론으로 들어가기 위해 말투를 가다듬었다. "내일 아침 전 뉴욕으로 돌아가야 합니다. 그러니 매각 가격을 생각해 보십시오."

모 그린은 거칠게 나왔다. "아니 이 자식이! 나를 그런 식으로 내쫓을 수 있다고 생각한 거야? 내가 죽인 사람 수만 놓고 봐도 넌 나하고 상대도 안돼. 내가 뉴욕으로 날아가서 직접 돈 코를레오네와 담판을 짓겠어. 그때 조건도 제시하지."

프레디가 톰 헤이건에게 신경질적으로 말했다. "톰, 당신이 콘실리에리 아니요, 당신이 아버지에게 말씀드려 보시오."

그때 마이클은 프레디와 모 그린을 차갑게 쏘아보았다. "아버지는 지금 은퇴한 거나 다름없소. 지금은 내가 패밀리의 사업을 끌어가고 있소. 게다가 톰은 이제 콘실리에리가 아니요. 그는 엄격히 말해 여기 라스베이거스에 내 변호사 자격으로 왔을 뿐이요. 몇 달 있으면 가족을 데리고 이사할 것이고 변호사 일을 시작할 거요. 그러니 해야할 말이 있으면 내게 하시오."

아무도 대답하지 않았다. 마이클은 프레디를 향해 정색을 하며 말했다. "프레디 형, 난 형을 존경했어. 하지만 패밀리의 일에 관해 다시는 남의 편을 들지마. 내 그것까지 아버지에게 말씀드리진 않겠어요." 마이클은 모 그린에게 시선을 옮겼다. "당신을 도우려는 사람을 모욕하지 마시오. 그렇게 힘이 남으면 카지노가 왜 적자가 나는지 그 이유나 찾아보는 게 좋을 겁니다. 코를레오네 패밀리는 여기에 많은 돈을 투자했는데 그만한 이익을 거둬들이지 못하고 있소. 난 당신을 모욕하기 위해 여기 온 게 아니라 도와주려고 온 거요. 그런데 도와주려는 사람에게 침을 뱉고 싶다면 그건 당신이 알아서 할 일이오. 난 더 이상 말하고 싶지 않소."

마이클은 한번도 목청을 높이지 않았지만 모 그린과 프레디에게는 상당한 충격을 주었다. 마이클은 두 사람을 노려보더니 그들이 나가주기를 바란다는 뜻으로 테이블에서 몇 걸음 뒤로 물러섰다. 헤이건은 문가로 가서 문을 열고 기다렸다. 두 사람은 작별인사도 없이 방을 나갔다.

다음날 아침 마이클 코를레오네는 모 그린에게서 연락을 받았다. 어떤 가격으로든 호텔 지분을 팔지 않겠다는 내용이었다. 이 소식을 전한 사람은 프레디였다. 마이클은 어깨를 으쓱하며 자기 형에게 말했다. "뉴욕으로 돌아가기 전에 니노나 만나고 싶어요."

니노의 방에서는 조니 폰테인이 소파에 앉아 아침을 먹고 있었다. 줄스는 침실 커튼을 친 채 니노의 상태를 점검하고 있었다. 드디어 커튼이 젖혀졌다.

마이클은 니노의 상태를 보고 충격을 받았다. 겉으로 보기에도 모습이 말이 아니었다. 눈은 푹 꺼지고 입은 힘없이 벌어져 있고, 얼굴은 살이 빠져 몰라보게 핼쑥해진 상태였다. 마이클이 침대 곁에 앉아 말했다. "니노, 만나게 돼서 반가워요. 아버지께서 당신 안부를 물으셨어요."

니노는 소리없이 싱긋 웃었다. 니노 특유의 웃음이었다. "내가 죽어가고 있다고 전해 주게. 홍행업은 올리브유 사업보다 더 위험하단 말도 전해 드려."

"곧 좋아질 거예요. 혹시 어려운 일이 있으면 말해 주세요. 우리가 도울게요." 마이클이 말했다.

니노는 고개를 저었다. "없네. 아무것도."

마이클은 몇 마디 더 나눈 후에 그곳을 떠났다. 프레디는 그와 그의 일행을 공항까지 배웅했으나 마이클의 요청에 의해 출발 시간까지 함께 있지는 못했다. 톰 헤이건 그리고 앨버트 네리와 비행기에 탑승하면서 마이클은 네리에게 말했다. "그자를 잘 봐뒀나?"

네리는 이마를 톡톡치며 말했다. "모 그린은 여기에 새겨놨습니다. 제삿날까지 정해뒀습니다."

28

비행기를 타고 뉴욕으로 돌아오는 길에 마이클 코를레오네는 긴장을 풀고 잠을 청했지만 잘되지 않았다. 그의 평생에 가장 중요한 순간이 다가오고 있었다. 어쩌면 죽음까지 각오해야 할지도 모른다. 더 이상 연기할 수도 없었다. 모든 준비는 완료되어 있고 경계 태세도 갖추어진 상태였다. 2년 동안 준비해 왔고 더 이상 미룰 수는 없었다. 지난주 돈 코를레오네는 카포레짐과 다른 패밀리 식구들에게 은퇴를 정식으로 선언했다. 마이클은 그것이 때가 되었음을 알려주는 아버지 나름의 방식이라는 것을 알았다.

그가 집으로 돌아온 지 거의 3년이 되었고, 케이와 결혼한 지도 어느덧 2년이 지났다. 패밀리의 사업에 대해 배운 지도 3년이 되었다. 그는 주로 톰 헤이건이나 아버지와 시간을 보냈다. 그는 코를레오네 패밀리가 이토록 재력이 많고 영향력이 큰지 미처 몰랐다. 뉴욕 중심부의 빌딩을 비롯해 어마어마한 가치의 부동산을 소유하고 있었다. 뿐만 아니라 표면상의 인물을 내세워 월 스트리트의 주식거래소와 제휴를 맺고 롱아일랜드의 은행 지분을 소유했으며, 몇 군데의 의류회사를 공동 경영하고 게다가 비합법적인 도박 사업까지 벌이고 있었다.

마이클이 코를레오네 패밀리의 과거 거래 관계에 대해 배우다가 무엇보다 흥미롭게 느낀 것은 전쟁 직후 잠시 불법 음반 복제업자들에게서 보호세를 받았다는 점이었다. 복제업자들은 유명한 가수들의 레코드를 복사한 다음 포장을 교묘하게 해서 경찰의 눈을 피했다. 그런 복제품이 레코드점에 팔리면 가수나 원 제작자들은 한푼의 인세도 받을 수 없었다. 조니 폰테인이 한때 돈을 많이 벌지 못한 것도 이런 불법 복제 음반 때문이었지 목소리가 망가졌기 때문은 아니었다. 그의 레코드는 실제로 미국에서 최고의 인기를 누렸다.

그는 톰 헤이건에게 왜 아버지가 자기 대자(代子)를 골탕먹이는 이런 불법업자들을 도와주었느냐고 물어보았다. 헤이건은 어깨를 으쓱하며 사업은 사업이라고 말했다. 게다가 당시 조니는 아버지의 눈 밖에 나 있었다. 자식을 버리고 마고트 애쉬튼과 결혼하는 데만 정신이 팔려 있었기 때문이다. 이 점이 돈 코를레오네의 심기를 거슬리게 만들었던 것이다.

"그런데 왜 업자들이 그 일을 중단하게 됐죠? 경찰한테 걸려들었나?" 마이클이 물었다.

헤이건은 고개를 저었다. "대부께서 보호를 거절하셨어. 코니의 결혼식 직후지."

그는 이런 경우를 자주 보았다. 돈 코를레오네가 불행에 빠진 사람을 도와주었는데 실은 그 불행이 돈 코를레오네 자신으로 인해 비롯된 경우 말이다. 그런 불행은 계략이나 음모에 의해 빚어진 게 아니라 순전히 돈 코를레오네의 다양한 취미에서 비롯된 것이었다. 어쩌면 이렇게 선과 악이 맞닿아있는 게 우주의 이치인지도 몰랐다.

마이클은 뉴잉글랜드에서 케이와 결혼식을 올렸다. 그녀의 가족과 친구 몇 명만 참석한 조촐한 결혼식이었다. 신혼 살림은 롱비치의 여러 주택 중 한 곳에서 시작했다. 케이는 마이클이 놀랄 정도로 그의 부모나 이웃 사람들과 잘 지냈다. 물론 그녀는 보수적인 이탈리아의 아내처럼 곧장 아기를 가졌다. 그리고 나서 2년만에 임신한 둘째 아이도 이제 막 자리를 잡은 터였다.

케이는 공항에서 마이클을 기다리고 있었다. 케이는 마이클이 출장에서 돌아올 때면 늘 반가운 마음으로 마중을 나왔다. 마이클도 그럴 때마다 반가워했지만 이번만은 예외였다. 이번 출장은 지난 3년간 마음속에 품어 왔던 계획을 실행에 옮기는 첫 단계였다. 돈 코를레오네도 그를 기다리고 있을 것이다. 카포레짐들도 역시 그를 기다리고 있을 것이다. 마이클 코를레오네는 그들에게 명령을 내리고 그와 패밀리의 운명을 좌우할 중대한 결정을 내리게 될 것이다.

케이 애덤스 코를레오네가 매일 아침 아기에게 젖을 먹이기 위해 일어날 때쯤 시어머니인 코를레오네 부인은 경호원을 데리고 외출했다가 한 시간 뒤에 돌아왔다. 케이는 시어머니가 매일 아침 교회에 간다는 사실을 알게 되었다. 노부인은 종종 교회에서 돌아오는 길에 손주를 보러 들러 커피를 마시곤 했다.

코를레오네 부인은 케이의 아이가 개신교 교회에서 이미 영세를 받았다는 사실을 무시하고 케이를 볼 때마다 왜 카톨릭 신자가 되지 않느냐고 물었다. 그래서 케이는 시어머니에게 왜 아침마다 교회에 가는지, 그게 카톨릭 신자에게 필요한 조건인지 물어 보았다.

노부인은 케이가 그것 때문에 카톨릭으로 개종하지 않나 싶어서 얼른 "아니, 아니야. 카톨릭 신자라도 부활절과 성탄절에만 성당에 나가면 된단다. 나가고 싶을 때만 나가면 되는 거야."라고 말했다.

케이는 깔깔대며 웃었다. "그럼 왜 어머니는 매일 아침 성당에 가세요?"

코를레오네 부인은 손가락으로 마루를 가리키며 천연덕스럽게 말했다. "네 시아버지가 저곳에 굴러 떨어지지 않게 해달라고." 그녀는 잠시 후에 손가락으로 위를 가리키며 "그 양반이 저곳에 가게 해 달라고 매일 빌지."라고 말했다. 코를레오네 부인은 어린애처럼 천진난만한 미소를 지었다. 그녀는 마치 이런 식으로 남편의 의지를 꺾으려고 하지만 결과는 뻔하다고 말하는 것 같았다. 엄격한 이탈리아인 할머니는 거의 이런 식으로 농담을 했다. 그녀는 남편이 없는 자리에서는 언제나 위대한 대부를 깎아내리는 듯한 태도를 취했다.

"아버님은 어떠세요?" 케이가 공손하게 물었다.

코를레오네 부인은 어깨를 으쓱했다. "총 맞은 뒤로는 예전 같지 않구나. 마이클이 모든 일을 하고 그 양반은 밭에서 후추나 토마토를 가꾸며 소일하지. 농사꾼이 다 됐어. 남자들은 원래 그런 게다."

늦은 아침이면 코니가 두 아이들을 데리고 케이에게 와서 놀다 가곤 했다. 케이는 코니를 좋아했다. 코니의 쾌활한 성격과 무엇보다 오빠인 마이클을 좋아한다는 점이 마음에 들었다. 코니는 케이에게 이탈리아 음식 만드는 법도 가르쳐 주고 손수 만든 음식을 가져와 마이클에게 맛보라고 권하기도 했다.

오늘 아침에도 여느 때처럼 케이에게 들른 코니는 마이클이 자기 남편인 카를로를 어떻게 생각하고 있는지 넌지시 물었다. "마이클이 겉으로 보는 것처럼 카를로를 정말 좋아하는 걸까?" 카를로는 패밀리와 문제를 자주 일으켰지만 요 몇 년 동안에는 완전히 딴 사람이 되었다. 그는 노동조합 일도 능숙하게 처리했고 밤늦게까지 열심히 일했다. 카를로는 정말로 마이클을 좋아하는 것 같다고 코니는 입버릇처럼 말했다. 사실 모두들 대부를 좋아했던 것처럼 마이클도 좋아했다. 마이클은 여러모로 돈 코를레오네의 판박이였다. 마이클에게 올리브유 사업을 맡긴 것도 탁월한 선택이었다.

케이가 전에도 느낀 것이지만 코니는 패밀리와 관련해 자기 남편 얘기를 할 때면 늘 카를로에 대한 칭찬을 듣고 싶어서 안달했다. 마이클이 카를로를 좋아하는지 아닌지에 대해 코니가 어찌나 신경을 쓰는지 그걸 눈치채지 못하는 사람은 바보일 거라고 생각했다. 그래서 어느날 케이는 마이클에게 그 점을 물어 보았다. 덧붙여 왜 사람들이 소니 코를레오네에 대해서 한마디도 하지 않으며, 소니의 이름조차 언급하지 못하게 하는지 물어 보았다. 언젠가 케이는 시부모에게 애도를 표하려고 했지만 그들은 무례할 정도로 침묵하고 무시해 버렸다. 코니에게도 큰오빠에 대해 물어보려고 했지만 실패한 적이 있었다.

소니의 아내인 산드라는 아이들을 데리고 친정이 있는 플로리다로 이사했다. 남은 식구들이 편안히 먹고 살 수 있도록 패밀리에서 충분한 생활비는 지급되었지만 소니가 남겨준 재산은 전혀 없었다.

마이클은 어쩔 수 없이 소니가 살해되던 날 밤에 일어난 일에 대해 설명을 해주었다. 그때 카를로가 자기 아내를 때려서 코니가 롱비치에 전화를 걸었고 그 전화를 받은 소니가 격분한 상태에서 코니에게 달려가다 사고를 당한 것이다. 그래서 코니와 카를로는 식구들이 소니의 죽음이 간접적이나마 코니 또는 남편인 카를로 탓이라고 생각할까봐

늘 신경이 곤두서있다. 그러나 사실은 그렇지 않다. 코니와 카를로를 롱비치의 저택에 살게 하고, 카를로를 노동조합 쪽에 중요한 일자리를 주어 승진시켜 준 것만 봐도 알지 않느냐고 했다. 그리고 카를로는 버릇을 고쳤다. 이제 술도 마시지 않고 바람도 피우지 않고 건방지게 굴지도 않는다. 패밀리는 지난 2년 동안 카를로의 태도나 성실한 근무 태도에 만족스러워 하고 있다. 아무도 그때의 사건을 가지고 그를 탓하지 않는다.

"그럼 코니네 부부를 저녁식사에 초대해서 안심시켜 주는 게 어떨까요? 당신이 자기 남편을 어떻게 생각하는지 걱정하는 게 정말 안쓰러워 보여요. 코니에게 말해요. 그런 바보 같은 생각이랑 하지 말라구요." 케이가 말했다.

"난 못해. 다시는 집에서 그 일에 대해 얘기하지 말자구." 마이클이 말했다.

"그럼 내가 대신 그 말을 코니에게 전해줄까요?" 케이가 말했다.

당연히 해도 될 것 같은 일인데 마이클이 필요 이상으로 망설이는 것 같아서 케이는 어리둥절해졌다. 마이클이 이렇게 대답했다. "그러지 말아, 케이. 그렇게 해도 별 도움이 되지 않아. 어차피 코니는 미안해 할거야. 그건 아무도 도와줄 수 없는 문제야."

케이는 다소 놀랐다. 마이클은 코니가 아무리 다정하게 굴어도 언제나 차갑게 대했다. "당신 정말 소니가 살해당한 것이 코니 때문이라고 생각하는 것은 아니죠?" 케이가 물었다.

마이클이 한숨을 내쉬었다. "물론이야. 갠 내 여동생이야. 난 그애를 좋아해. 그리고 미안한 감정도 있어. 카를로가 마음을 잡긴 했지만 남편감으로는 마땅치 않아. 단지 그것 때문이야. 이제 그 일은 잊어 버리자구."

케이는 잔소리를 늘어놓는 성격이 아니어서 그 문제는 그대로 넘겼다. 또 마이클은 억지로 시킨다고 하는 사람이 아니며, 그렇게 하면 매몰차게 거절하는 사람이었다. 물론 그의 의지를 꺾을 수 있는 사람은 세상에서 자신뿐이라는 것을 케이는 알고 있었다. 하지만 그 방법도 너무 자주 써먹으면 효과가 없어진다고 생각했다. 그리고 마이클과 함께 산 2년 동안 케이는 그를 더욱 사랑하게 되었다.

케이는 마이클이 언제나 공정하다는 점이 마음에 들었다. 이상한 일이었다. 그는 주변의 모든 사람에게 언제나 공정했고 사소한 일도 절대로 자기 멋대로 하는 법이 없었다. 그는 이제 강력한 권위를 가진 사람이 되었다. 사람들은 그에게 청탁을 하러 찾아와 복종과 존경을 표했다. 그러나 무엇보다도 케이가 마이클을 사랑하게 된 계기가 있었다.

마이클이 얼굴에 흉터를 지닌 채 시칠리아에서 귀국한 후로 패밀리의 사람들은 모두 그에게 성형수술을 받으라고 권했다. 마이클의 어머니는 그를 따라다니면서 졸랐다. 어느 일요일 저녁 코를레오네 가의 사람들이 모두 모여 저녁식사를 하는 자리에서 그의 어머니는 마이클에게 한마디 했다. "네 모습이 그게 뭐냐. 영화에 나오는 갱 같구나. 네 불쌍한 마누라를 위해서라도 제발 수술 좀 하렴. 그래야 아일랜드 술주정뱅이처럼 줄줄 흘러내리는 콧물도 멈출 게 아니냐."

상석에 앉아 있던 돈 코를레오네는 그 말을 듣고 있다가 케이에게 물었다. "너도 저 모습이 싫으냐?"

케이는 고개를 저었다. 돈 코를레오네가 자기 아내에게 말했다. "그 애는 이제 당신 손아귀를 벗어났어. 당신이 걱정할 일이 아니야." 노부인은 즉시 마음을 진정시켰다. 남편이 두려워서가 아니라 사람들이 많은 자리에서 이런 문제로 남편과 말씨름하기 싫어서였다.

그때 돈 코를레오네가 가장 사랑하는 코니가 부엌에서 들어왔다. 그녀는 일요일 만찬 준비를 하느라 화덕의 열기를 쐬어서 얼굴이 벌겋게 달아올라 있었다. "난 오빠가 수술을 받아야한다고 생각해요. 다치기 전에는 우리집에서 제일 미남이었잖아요. 오빠, 어서 수술하겠다고 말해."

마이클은 물끄러미 코니를 쳐다보았다. 어떤 말을 하더라도 듣지 않겠다는 듯한 표정이었다. 그는 아무 대꾸도 하지 않았다.

코니는 아버지 곁으로 다가오더니 "오빠에게 수술하라고 말씀하세요."라고 말했다. 그녀는 아버지의 어깨에 다정스레 팔을 얹고 목을 쓰다듬었다. 코니는 아버지에게 그렇게 스스럼없이 대하는 유일한 사람이었다. 그녀는 주로 몸을 접촉하는 식으로 아버지에게 애정 표현을 했다. 여자애들이 즐겨 쓰는 가장 확실한 방법이었다. 돈 코를레오네는 코니의 손을 톡톡 두드리며 말했다. "모두 배고플 거야. 우선 스파게티나 가져오너라. 먹고 나서 얘기하자."

코니는 자기 남편을 보며 말했다. "카를로, 당신도 오빠에게 수술하라고 말해 봐요. 아마 당신 얘기는 들을 거예요." 그녀는 마이클과 카를로 리치가 친하다는 사실을 다른 사람에게 강조하고 싶었다.

햇볕에 알맞게 그을린 피부에 짧게 자른 금발을 깔끔하게 빗어 넘긴 카를로는 집에서 만든 포도주를 홀짝이며 말했다. "누구라도 마이클에게 이래라저래라 할 수 없어." 카를로는 저택으로 이사온 후 완전히 딴 사람이 되었다. 패밀리 내에서 자신의 위치를 잘 알고 그에 맞게 처신했다.

케이는 이런 광경을 보면서 이해할 수 없는 점이 있었다. 다른 사람들의 눈에는 잘 띄지 않는지 모르지만 케이의 눈에는 코니가 아버지에게 잘 보이려고 애쓰는 것이 이상하게 생각되었다. 물론 진실하고 보기 좋은 모습이기는 했지만 자연스럽지 않았다. 카를로의 대답은 모범 답안이었다. 마이클은 사람들의 의견을 철저히 무시했다.

케이는 남편의 흉터에 별로 신경 쓰지 않았지만 콧물이 계속해서 흐르는 게 걱정스러웠다. 얼굴 성형을 받는다면 콧물도 치료될 것이다. 그래서 케이는 마이클이 병원에 입원해서 검사를 받아보길 원했다. 그러나 이상하게도 남편은 흉터를 그대로 두고 싶어했다. 돈 코를레오네 역시 그런 것 같았다.

그런데 케이가 첫 아들을 낳은 직후였다. 마이클은 불쑥 "내가 수술 받는게 좋겠소?"라고 물었다.

케이는 고개를 끄덕였다. "당신도 알다시피 아이들이 자라서 아빠 얼굴이 정상이 아닌 걸 알고 어떻게 생각하겠어요. 난 괜찮지만 솔직히 우리 애들에게는 그런 모습을 보이고 싶지 않아요."

"알았소. 그럼 수술 받겠어." 마이클이 케이를 보며 미소를 지었다.

그는 케이가 병원에서 퇴원해 집으로 올 때까지 기다렸다가 수술에 필요한 조치를 취했다. 수술은 성공적이었다. 얼굴의 흉터는 이제 거의 눈에 띄지 않았다.

패밀리의 사람들 모두 기뻐했지만 그 누구보다도 코니가 가장 기뻐했다. 코니는 카를로까지 끌고 매일 병문안을 왔다. 마이클이 퇴원하여 집에 돌아왔을 때 코니는 오빠를 포옹하며 키스를 퍼붓고 감탄 어린 시선으로 그를 바라보았다. "오빠 다시 미남이 됐어요."

돈 코를레오네만이 무표정한 얼굴로 어깨를 으쓱하며 "도대체 달라진 게 뭐냐?"라고 심드렁하게 말했다.

그러나 케이는 감사했다. 마이클이 내키지도 않았는데 수술을 받았다는 것을 알고 있었기 때문이다. 그녀가 원했기 때문에 수술을 받은 것이다. 마이클이 자기 생각을 포기하도록 만들 수 있는 사람은 세상에서 자신이 유일하다는 사실이 고마웠다.

마이클이 라스베이거스에서 돌아오는 날 오후 케이는 로코 램포네의 리무진을 타고 남편을 마중나갔다. 그녀는 남편이 시내에 나갔다 돌아올 때도 항상 마중을 나갔다. 요새 같은 저택에서 살자니 남편이 없으면 외로웠기 때문이다.

톰 헤이건과 남편이 새로 채용한 앨버트 네리가 남편과 함께 비행기에서 내려왔다. 케이는 네리가 별로 마음에 들지 않았다. 음침하면서도 잔인한 인상이 루카 브라시를 연상하게 만들었다. 네리는 마이클 뒤에서 따라 오다가 케이와 눈이 마주치자 옆으로 비켜서며 근처의 사람들을 재빨리 훑어보았다. 케이를 제일 먼저 발견한 사람도 네리였다. 그는 케이를 보자 마이클의 어깨를 툭 치며 케이가 서 있는 방향을 가리켰다.

케이는 얼른 달려가 남편의 팔에 안겼다. 마이클은 재빨리 키스한 다음 팔을 풀었다. 마이클과 톰 헤이건 그리고 케이는 리무진에 올라탔고 앨버트 네리는 어디론가 사라졌다. 케이는 롱비치에 도착해서야 네리가 두 명의 남자와 다른 자동차를 타고 왔다는 것을 알게 되었다.

케이는 마이클에게 한번도 사업에 관해 물어본 적이 없었다. 사업이 잘되냐는 의례적인 인사조차도 어색하게 느껴졌고 마이클 역시 친절하게 대답해 주지 않을 것 같았다. 두 사람 모두 그것은 결혼 생활과 별개인 금단의 영역이라고 생각했다. 그래서 케이도 더 이상 신경 쓰지 않았다. 그러나 마이클이 라스베이거스 출장 건 때문에 저녁시간을 아버지와 함께 보낼 거라고 말하자 케이는 실망해서 얼굴을 찌푸리고 말았다.

"미안해. 대신 내일 밤에 뉴욕에 가서 쇼도 보고 외식도 하자구, 알았지?' 마이클이 이렇게 달래주며 그녀의 배를 툭툭 건드렸다. 케이는 벌써 임신 7개월째였다. "아이를 낳으면 또 집에 묶여있게 되겠네. 그러고 보니 당신은 양키가 아니라 이탈리아 여자가 다 되었군. 2년 새 아이를 둘이나 낳았으니."

그러자 케이가 빈정거렸다. "그럼 당신은 이탈리아 사람이 아니라 양키가 다 되었네요. 집까지 일거리를 가지고 오는 걸 보니." 그러나 케이는 곧 미소를 지으며 말했다. "오늘 늦어요?"

"자정 전에는 올 거야. 피곤하면 기다리지 말고 자."

"기다리고 있을게요." 케이가 말했다.

그날밤 돈 코를레오네 저택의 모퉁이 서재에서 열린 회의에는 돈 코를레오네와 톰 헤이건, 카를로 리치 그리고 두 카포레짐 클레멘자와 테시오가 참석했다.

회의의 분위기는 전날처럼 그렇게 화기애애하지 않았다. 돈 코를레오네가 반은퇴를 선언하고 마이클이 패밀리 사업을 승계한 후로 그들 사이에는 약간의 긴장이 생겼다. 원래 패밀리와 같은 조직은 결코 세습제로 승계될 수 없었다. 다른 패밀리 같으면 클레멘자나 테시오 같은 강력한 카포레짐이 우두머리의 자리를 이어받았을 것이다. 아니면 적어도 분가해서 각자 패밀리를 조직할 수 있게 해주었을 것이다.

그런데 돈 코를레오네가 다섯 개 패밀리와 평화협정을 맺은 뒤로 코를레오네 패밀리의 세력은 약화되기 시작했다. 지금은 바르지니 패밀리가 뉴욕에서 가장 막강하다는데 대해 이견이 없었다. 게다가 그들은 타탈리아 패밀리와 연합해서 코를레오네 패밀리가 한때 누렸던 지위까지 확보하고 있었다. 또한 교활하게 코를레오네 패밀리의 세력을 잠식해 들어오고 있었다. 코를레오네 패밀리의 반응을 살펴가며 서서히 도박장 지역을 비집고 들어와서 약하다 싶으면 자기들의 마권영업자들을 심어 놓는 수법이었다.

바르지니와 타탈리아는 돈 코를레오네의 은퇴 소식을 환영했다. 마이클이 만만치 않은 상대로 밝혀졌지만 적어도 앞으로 10년까지는 교활함이나 영향력에 있어서 돈 코를레오네와 비교도 되지 않을 거라고 확신했다. 코를레오네 패밀리는 서서히 쇠락의 길을 걷고 있었다.

코를레오네 패밀리는 물론 심각한 불운도 겪었다. 프레디는 여관 주인이나 할 정도의 그릇에 마마보이밖에 안되는 것으로 드러났다. 마마보이란 엄마의 젖가슴을 못잊어 하는 어린애, 즉 남자답지 못하다는 뜻이다. 소니의 죽음 역시 커다란 시련이었다. 소니는 사람들에게 두려움을 주었던 만큼 절대 가볍게 여겨서는 안될 존재였다. 물론 어린 동생을 내보내 솔로조와 경찰 서장을 살해하도록 한 것은 그의 실수였다. 당시로서는 전략상 필요했다고 치더라도 장기적으로 보았을 때 그 전략은 치명적인 잘못이었다. 결국 돈 코를레오네로 하여금 다 완쾌되지도 않은 상태에서 병상에서 일어나게 만들었다. 게다가 마이클이 시칠리아에서 2년이나 허비하는 바람에 아버지 밑에서 경험과 훈련을 쌓는 시기가 늦어졌다. 물론 아일랜드인을 콘실리에리에 임명한 것은 돈 코를레오네의 유일한 잘못이었다. 아일랜드인이 시칠리아인처럼 교활하기를 바랐던 것은 무리였다. 다른 패밀리의 생각도 그랬기 때문에 그들은 코를레오네 패밀리보다 바르지니와 타탈리아의 연합 패밀리를 더 존경할 수밖에 없었다. 그들은 마이클의 머리가 영리한 것은 분명하지만 아버지만큼 현명하지 못하고, 힘에 있어서도 소니와 비교할 게 못된다는 평가를 내리고 있었다. 다시 말해 평범한 계승자이지, 그리 두려워할 존재는 못된다고 보았다.

돈 코를레오네가 평화협정을 맺는데 있어서 뛰어난 정치적인 수완을 발휘한 점은 칭송을 받았지만 소니의 살인자를 처단하지 않은 것은 패밀리의 명예를 급격히 실추시켰다. 모두들 코를레오네 패밀리의 세력이 약화되었기 때문에 그런 정치적 수완을 쓸 수밖에 없었던 거라고 생각한 것이다.

지금 방안에 앉아 있는 사람들도 이런 사실을 알고 있었고 몇 명은 그것을 정말이라고 믿고 있었다. 카를로 리치만 해도 마이클을 좋아하지만 소니를 두려워했던 것만큼 마이클을 두려워하지는 않았다. 클레멘자 역시 마이클이 솔로조와 경찰서장을 해치우는 모습을 보고 신뢰를 하기는 했지만 '대부'가 되기에는 약하다는 생각을 지울 수가 없다. 클레멘자는 코를레오네 패밀리로부터 분가하여 자기만의 패밀리를 조직할 수 있도록 허락이 떨어지기만을 바라고 있었다. 그러나 대부가 아직 그런 기색을 보이지 않았고, 클레멘자는 그를 존경했으므로 그 뜻을 거스를 수 없었다. 물론 전반적인 상황이 어려워진다면 달라질 수도 있을 것이다.

테시오는 마이클을 좋게 평가하고 있었다. 그는 마이클에게서 보통 젊은이들이 갖기 힘든 장점들을 발견했다. 마이클은 '친구는 언제나 너의 미덕을 과소평가하고 적은 너의 결점을 과대평가한다.' 는 돈 코를레오네의 가르침에 따라 자신의 현명함과 진정한 능력을 철저하게 숨기고 있는 사람처럼 보였다.

물론 돈 코를레오네와 톰 헤이건은 마이클에 대해 환상을 갖고 있지는 않았다. 그러나 아들이 패밀리의 권좌를 되찾을 수 있을 거라는 확신이 없었다면 돈 코를레오네는 결코 은퇴하지 않았을 것이다. 지난 2년간 마이클의 스승이었던 헤이건도 마이클이 복잡하게 얽혀있는 패밀리의 사업들을 단번에 파악하는 능력을 보고 적잖이 놀랐다.

클레멘자와 테시오는 마이클에게 불만이 있었다. 마이클이 자신들의 세력을 축소시키고 소니의 조직을 재건하지 않았기 때문이다. 코를레오네 패밀리는 이제 전보다 인력도 줄어든 단 두 개의 전투 부대밖에 갖고 있지 않았다. 클레멘자와 테시오는 바르지니와 타탈리아 연합군이 자신들의 제국을 잠식해 들어오고 있는 마당에 그것은 자살행위나 마찬가지라고 생각하고 있었다. 그래서 그들은 오늘과 같은 돈 코를레오네와의 특별 회의에서 이런 점을 지적하고 싶어했다.

마이클은 그들에게 라스베이거스 출장 결과를 보고하면서 모 그린이 거절한 이야기를 털어놓았다. "하지만 우린 그가 거절하지 못하도록 만들어야 합니다. 여러분은 코를레오네 패밀리의 본거지를 서부로 이전할 거라는 계획을 알고 계실 겁니다. 우린 스트립가에 호텔 카지노를 네 곳 소유하게 될 겁니다. 당장 그렇게 될 수는 없겠죠. 우선 몇 가지 문제를 해결해야 하는데 시간이 걸립니다." 마이클은 클레멘자에게 말했다. "클레멘자와 테시오는 아무것도 묻지 말고 조건없이 1년만 저와 함께 일해 주십시오. 1년만 지나면 두 분 모두 코를레오네 패밀리에서 분가해서 직접 패밀리를 거느리세요. 물론 두 분이 우정을 지켜야 한다는 것은 말할 필요도 없겠죠. 그러니 그 때까지는 걱정 말고 저의 지시를 따라 주십시오. 지금 두 분이 걱정하고 있는 문제들을 처리하기 위해 협상을 할 계획이에요. 그러니 조금만 참아 주세요."

테시오가 말했다. "모 그린이 대부님과 얘기하고 싶어했다던데 왜 그렇게 하지 않았나? 지금까지 대부께선 누구든지 설득시키셨네. 대부의 합리적인 설득에 넘어가지 않은 사람은 없었어."

이 말을 들은 돈 코를레오네가 즉각 반응했다. "난 은퇴했어. 내가 개입하면 마이클의 위신이 서지 않게 되지. 게다가 그 사람은 만나고 싶지 않아."

테시오는 언젠가 모 그린이 라스베이거스 호텔에서 프레디를 때렸다는 얘기를 떠올렸다. 그는 낌새를 알아차리고 의자에 편안히 몸을 기댔다. '모 그린은 이제 죽은 목숨이군.' 코를레오네 패밀리는 그를 설득할 마음이 없는 것이다.

카를로 리치가 끼어 들었다. "코를레오네 패밀리는 뉴욕에서 아무 사업도 하지 않을 작정입니까?"

마이클은 고개를 끄덕였다. "올리브유 사업을 매각중입니다. 우리가 할 수 있는 모든 일을 테시오와 클레멘자에게 넘길 겁니다. 카를로 당신은 네바다에서 자랐으니 그쪽 지리도 밝고 사람들도 많이 알겠죠. 우리가 그곳으로 이사하면 당신을 내 오른팔로 삼을까 생각 중이에요."

카를로는 고마워서 얼굴이 벌개지며 몸을 뒤로 젖혔다. 드디어 그의 시대가 오고 있었다. 그는 권력의 중심부로 옮겨갈 것이다.

마이클이 계속해서 말했다. "톰 헤이건은 더 이상 콘실리에리직을 수행하지 않습니다. 그는 라스베이거스에서 우리 변호사를 하게 될 겁니다. 앞으로 2개월 안에 그는 가족들과 그 곳으로 영구 이주하게 될 겁니다. 철저하게 변호사 일만 맡게 됩니다. 그러니 지금 이 순간부터 사업에 관한 얘기는 그와 할 필요가 없습니다. 그는 변호사일 뿐입니다. 톰에게 어떤 불만이 있어서는 아닙니다. 만일 제게 어떤 조언이 필요하면 아버지보다 더 좋은 고문이 어디 있겠습니까?" 사람들이 모두 웃었다. 그러나 그들은 농담 속에 어떤 메시지가 담겨 있음을 알았다. 톰 헤이건은 이제 밀려난다. 더 이상 어떤 권력도 갖지 않게 된다. 그들은 모두 흘끔거리며 헤이건의 반응을 살폈지만 그의 표정은 담담했다.

클레멘자는 뚱뚱한 사람 특유의 씩씩거리는 목소리로 말했다. "이제 1년이라는 시간만 지나면 우리가 진짜 우리만의 패밀리를 갖게 되는 건가, 맞나?"

"아마 그럴 겁니다. 물론 두 분은 언제까지나 패밀리에 남아 있을 수도 있습니다. 그건 두 분의 선택에 달려있습니다. 그러나 우리 세력은 대부분 서부로 옮겨 갈테니 두 분이 스스로 조직을 만드는 게 좋을 겁니다."

테시오가 조용히 말했다. "그렇다면 자네가 신입대원을 모집해도 좋다는 허락을 해줘야 한다고 생각하네. 바르지니 녀석들이 자꾸만 우리 영역을 넘보고 있네. 그놈들에게 본때를 보여주는 게 좋아."

마이클은 고개를 저었다. "아니에요. 그건 안됩니다. 당분간 이 상태로 가야 합니다. 모든 문제는 협상하게 될 겁니다. 우리가 떠나기 전에 모든 게 해결될 겁니다."

테시오는 그 대답에 쉽게 수긍하지 못했다. 그는 마이클의 반발을 살 것을 각오하고 대부에게 직접 말했다. "용서하십시오, 대부. 우리 우정을 믿고 감히 말씀드리겠습니다. 당신과 당신 아들이 이번 네바다 사업은 잘못 판단하고 있다고 생각합니다. 어떻게 이곳에서 뒷받침해줄 수 있는 힘도 없이 그곳에서 성공할 수 있다고 생각합니까? 양쪽이 서로 손잡고 가야 합니다. 당신이 이곳을 떠나면 바르지니와 타탈리아는 우리에게 너무 힘겨운 상대입니다. 나와 클레멘자는 어려움에 빠질 게 분명하고 금방 그들의 손아귀에 잡히게 될 겁니다. 바르지니는 내 취향이 아닙니다. 그러니 코를레오네 패밀리는 힘을 보강한 다음에 떠나야지 약해진 상태에서 떠나면 안됩니다. 우리는 전투 대원들을 더 보강하고 적어도 스태튼 지역에서 빼앗긴 영역을 되찾아야 합니다."

돈 코를레오네는 고개를 저었다. "난 화해를 했어, 잊지 말게. 내 입으로 한 약속을 어길 수는 없어."

테시오는 쉽게 물러나지 않았다. "그때 이후로 바르지니가 우리에게 집적거린다는 사실은 삼척동자도 다 아는 일입니다. 게다가 만일 마이클이 새로운 대부가 되면 무엇으로도 저들의 행동을 저지할 수 없게 될 겁니다. 대부의 말씀도 먹혀들지 않을 겁니다."

마이클은 신경이 날카로워졌다. 그는 대부라도 된 것처럼 테시오에게 말했다. "당신이 궁금해하고 의심하는 문제의 해답을 지금 협상중입니다. 제 말을 믿지 못하겠다면 아버지께 물어보시죠."

테시오는 자기가 너무 지나쳤다는 것을 깨달았다. 감히 대부에게 물어보면 마이클이 자신을 적대시할 것이다. 그래서 테시오는 어깨를 으쓱하며 "나 자신을 위해서가 아니라 패밀리의 장래를 위해 말한 것뿐이네. 내 몸뚱이 하나야 내가 지킬 수 있네."

마이클은 굳은 표정을 풀고 미소를 지었다. "테시오 아저씨, 전 한번도 아저씨를 의심해본 적이 없습니다. 그러니 저도 믿어 주세요. 물론 이런 문제에 있어서 전 두 분 카포레짐을 따라갈 수 없겠지요. 어쨌든 전 지금까지 아버지의 가르침을 따랐습니다. 그러니 크게 실수하는 일은 없을 테고, 우린 잘해나갈 겁니다."

회의가 끝났다. 중요한 소식은 클레멘자와 테시오가 분가하여 각자 자신의 조직을 만들 수 있게 되었다는 점이었다. 테시오는 도박사업과 브루클린의 부두를, 클레멘자는 맨해튼의 도박장과 롱아일랜드의 경마장 이권을 차지하게 될 것이다.

그러나 두 카포레짐은 그다지 만족스럽지 않았고 불안함이 가시지 않았다. 카를로 리치는 자신이 패밀리에서 한자리하게 될 날을 기대하며 한마디 언질이라도 듣기 위해 꾸물거렸다. 그러나 마이클이 그럴 마음이 없다는 것을 눈치채고 그만 돌아갔다. 이제 서재에는 돈 코를레오네와 톰 헤이건, 마이클만 남았다. 앨버트 네리는 집 밖에 서 있었다. 카를로는 문가에 서서 외등의 불빛이 쏟아지는 저택을 경호하고 있는 네리를 보았다.

서재에서는 세 사람이 오랫동안 한집에서 가족으로 살아온 사람들만이 취할 수 있는 가장 편안한 자세로 쉬고 있었다. 마이클은 아버지에게는 아니스 술을, 톰 헤이건에게는 스카치를 대접했다. 자신이 마실 술도 가져왔지만 거의 마시지 않았다.

톰 헤이건이 먼저 얘기를 꺼냈다. "마이클, 왜 날 이번 계획에서 뺀 건가?"

마이클은 흠칫 놀랐다. "당신은 라스베이거스에서 저의 오른팔이 되어주셔야 합니다. 우린 이제 모든 걸 합법적으로 할 거예요. 당신은 법률가잖아요. 그것보다 더 중요한 일이 무엇이 있겠어요?"

헤이건은 약간 슬픈 미소를 지었다. "난 그걸 말하는 게 아니야. 로코 램포네가 나도 모르게 비밀 결사대를 만들고 있다는 것 말일세. 왜 카포레짐이나 나를 통하지 않고 직접 네리와 일을 처리하는가 말일세. 물론 자네는 램포네가 무슨 일을 도모하는지 모르지 않겠지."

마이클이 조용히 말했다. "램포네의 조직에 관해선 어떻게 아셨어요?"

헤이건은 어깨를 으쓱했다. "걱정말게, 비밀이 샌 건 아니니. 다른 사람은 모르네. 하지만 내 위치에서는 무슨 일이 진행되는지 알 수 있지. 자네는 램포네에게 생계를 마련해 주고, 권력도 많이 주었네. 그가 작더라도 자신만의 제국을 건설하려면 사람들도 필요하겠지. 그러나 그가 선발하는 조직원들은 내게 반드시 보고해야 하네. 그런데 내가 보기에 그의 조직원들은 특수 업무를 맡은 만큼 보수도 많아. 아니 특수한 경험이 아무리 가치가 있다고 해도 보수가 너무 많아. 어쨌든 자네가 램포네를 선발한 것은 잘한 일이야. 그는 자기 임무를 완벽하게 해내는 사람이야."

마이클이 얼굴을 찌푸렸다. "당신이 보는 것만큼 완벽한 것도 아니에요. 그리고 램포네를 선택한 것은 아버지예요."

"좋아. 그런데 왜 날 이번 계획에서 제외시킨 거지?' 톰이 물었다.

마이클은 조금도 기죽지 않고 톰의 얼굴을 똑바로 쳐다보며 말했다. "형님은 전시의 콘실리에리로서는 적당하지 않아요. 이번에 우리가 하게 될 일에 따라 상황이 어려워질 수도 있고 싸워야 하는 일이 생길지도 모릅니다. 그럴 경우에 난 형님이 전선에 나가지 않고 후방을 지켜주기를 바래요."

헤이건은 얼굴을 붉혔다. 만일 돈 코를레오네가 이렇게 말했다면 묵묵히 받아들였을 것이다. 그러나 도대체 풋내기인 마이클이 무슨 근거로 그런 판단을 한단 말인가?

"알았네. 하지만 나도 테시오의 의견에 동감이네. 자네는 잘못된 길로 가려고 해. 힘도 길러놓지 않은 상태에서 행동으로 옮기려고 해. 그건 잘못이야. 바르지니는 늑대 같은 놈이어서 그가 만일 자네의 사지를 갈기갈기 찢어 놓으면 다른 패밀리들이 코를레오네 패밀리를 돕겠다고 몰려오지 않을 거야."

돈 코를레오네가 드디어 입을 열었다. "톰, 이건 마이클이 혼자 결정한 게 아니야. 나도 조언을 했네. 꼭 해야 할 일이지만 난 어떤 식으로든 책임을 지고 싶지 않네. 이 일은 내 희망이지 마이클이 원하는 일은 아니네. 난 산티노는 대부가 되기에 부족하다고 생각했어도 콘실리에리로서 자네의 능력을 의심한 적이 없네. 산티노는 마음은 좋지만 내가 어려운 지경에 처했을 때 보니 패밀리를 이끌 만한 재목이 아니었네. 게다가 프레디마저 여자 꽁무니만 따라다니게 될 줄 누가 알았겠나? 그래서 그놈도 탐탁치않게 생각하네. 난 자네와 마이클만 믿고 있네. 그렇기 때문에 자네가 앞으로 일어날 일들에 관여하지 않기를 바라는 거야. 안 그래도 마이클에게 램포네의 비밀 조직이 자네 눈을 피할 수 없을 거라고 말했네. 자, 이게 내가 자네를 신임한다는 증거야."

마이클이 빙긋이 웃었다. "전 솔직히 형님이 그 사실을 알고 있는 줄도 몰랐어요."

헤이건은 기분이 누그러졌다. "나도 돕겠네."

마이클은 단호하게 고개를 저었다. "아니에요, 이 일에 개입하지 않는 게 좋습니다."

톰은 자신의 술잔을 비우고 방을 나서기 전에 마이클에게 다시 가볍게 충고했다. "자넨 대부님만큼 훌륭해. 하지만 아직 배워야 할 게 한가지 있네."

"그게 뭡니까?" 마이클이 공손하게 물었다.

"거절하는 법." 헤이건이 대답했다.

마이클은 진지한 표정으로 고개를 끄덕였다. "압니다. 명심하겠어요."

헤이건이 떠날 때 마이클은 아버지에게 농담을 했다. "아버지는 제게 다른 건 다 가르쳐주셨잖아요. 이제 사람들이 기분 나빠하지 않게 거절하는 법을 가르쳐 주세요."

돈 코를레오네는 커다란 책상 뒤로 가서 앉았다. "자기가 사랑하는 사람들에게 '노'라고 말하기는 쉽지 않은 법이다. 사실 그건 비밀인데 네게만 알려 주지. '노'라고 말하면서도 '예스'처럼 들리게 해야 한다. 아니면 사람들이 알아서 '노'라고 알아듣게 만들든지. 그러려면 시간을 갖고 노력을 해야 해. 그러나 난 구식이고 넌 신식이니 내 말을 들을 필요는 없다."

마이클이 웃었다. "알겠습니다. 그런데 톰을 개입시키지 않은 것에 동의하시죠?"

돈 코를레오네는 고개를 끄덕였다. "제가 하려는 일이 순전히 소니

형이나 아폴로니아에 대한 복수심 때문이 아니란 것을 말씀드려야 할 것 같습니다. 이건 꼭 해야 할 일입니다. 바르지니 패밀리에 대해서는 테시오나 톰이 잘 파악하고 있는 것 같습니다."

돈 코를레오네는 고개를 끄덕였다. "복수란 차가울 때 가장 맛있는 음식과 같다. 나도 화해를 하지 말았어야 했는데, 그렇지 않으면 네가 살아서 돌아올 수 없을 것 같았다. 바르지니가 끝까지 널 해치려고 한다는 걸 알고 얼마나 놀랐는지 모른다. 아마 평화회담이 있기 전에 계획된 거라 중단할 수 없었겠지. 그건 그렇고 놈들이 돈 토마시노를 노리지 않았다는 건 확실하냐?

"네, 그렇게 보이려고 꾸민 겁니다. 제가 살아서 돌아오지 못했다면 아버지조차 의심하지 못하도록 완벽하게 꾸몄습니다. 전 파브리지오가 문을 통해 도망가는 걸 보았어요. 그리고 귀국한 후에 물론 그 놈의 행방을 수소문했죠."

"그래, 그 목동을 찾아냈냐?" 돈 코를레오네가 물었다.

"네, 찾아냈어요. 1년 전이에요. 버팔로에서 작은 피자가게를 하고 있더군요. 위조 여권과 신분증을 가지고 이름도 바꿨더군요. 아주 잘 지내고 있었는데, 목동 파브리지오가 틀림없었습니다."

돈 코를레오네가 고개를 끄덕였다. "더 이상 기다릴 필요가 없겠군. 그래, 언제 시작할 참이냐?"

"케이가 아기를 낳을 때까지 기다려야 할 것 같습니다. 혹시 일이 잘못 될 것에 대비해서요. 그리고 톰이 라스베이거스에 정착한 뒤에야 그가 이 문제에 개입하지 않을 것 같습니다. 지금부터 한 1년 뒤라야 가능할 것 같아요."

"준비는 모두 끝났냐?" 돈 코를레오네가 물었다. 그는 이 말을 하면서 마이클을 쳐다보지 않았다.

마이클이 부드럽게 말했다. "아버지께서 도와주실 일은 없어요. 책임지실 일도 없고. 모든 책임은 제가 집니다. 아버지가 반대하셔도 합니다. 만약 지금 당장 하라고 명령하시면 전 패밀리를 떠나 제 생각대로 할 겁니다. 아버지는 이제 책임이 없으십니다."

돈 코를레오네는 오랫동안 침묵하다 한숨을 내쉬었다. "그렇게 해라. 그래서 내가 은퇴했고 모든 걸 네게 넘긴 게 아니겠냐. 이제 내 평생 해야할 일은 다 했다. 더 이상 하고 싶은 마음도 없어. 사람들이 아무리 최선을 다해도 안되는 일이 있어. 그런 거지."

그 해 케이 애덤스는 둘째 아이를 낳았다. 사내아이였다. 그녀는 별 어려움 없이 순산을 했고 공주처럼 환영을 받으며 집으로 돌아왔다. 코니 코를레오네는 굉장히 비싸고 아름다운 이탈리아산 실크 신생아 용품을 선물했다. "카를로가 골랐어요. 내가 뭘 살까 고민하고 있었는데 카를로가 특별한 선물을 산다고 뉴욕의 상점들을 샅샅이 뒤졌어요." 코니는 이렇게 말했다. 케이는 그녀에게 감사의 미소를 보내며, 코니가 그 얘기를 마이클에게 전해주길 바란다는 것을 이내 눈치챘다. 케이도 점점 시칠리아인이 되어 가고 있었다.

그 해에 니노 발렌티는 뇌출혈로 세상을 떠났다. 그의 죽음은 타블로이드판 신문의 1면을 장식했다. 조니 폰테인이 니노를 주연으로 출연시켜 만든 영화가 몇 주 전에 개봉되어 크게 성공하고 그를 일약 스타로 만들었기 때문이다. 신문에는 조니 폰테인이 장례식을 주관하며, 가족과 친지만이 참석하는 조용한 장례식이 치러질 거라는 기사가 실렸다. 특히 조니 폰테인이 친구의 죽음이 병원 치료를 받으라고 강요하지 못한 자기에게 잘못이 있다고 고백한 기사는 뜨거운 반응을 일으켰다. 하지만 기자는 그것을 비극을 방관한 것을 자책하는 순진하고 감상적인 사람의 하소연 정도로 가볍게 만들어 버렸다. 조니 폰테인은 어릴 적 친구인 니노 발렌티를 영화 스타로 만들어주었다. 친구로서 이보다 더 무엇을 해줄 수 있을까?

캘리포니아에서 거행된 장례식에는 코를레오네 패밀리에서 프레디만 참석했다. 루시와 줄스 시걸도 참석했다. 돈 코를레오네도 캘리포니아에 가고 싶었지만 가벼운 심장 마비가 와서 한 달 동안 침대에 누워 지냈어만 했다. 그는 대신 커다란 조화를 보냈다. 또 앨버트 네리를 패밀리의 대표 자격으로 참석시켰다.

니노의 장례식 이틀 후 모 그린은 영화배우인 정부의 헐리우드 집에서 총에 맞아 죽었다. 앨버트 네리는 뉴욕에서 자취를 감추었다가 한 달 만에 나타났다. 카리브해에서 휴가를 즐긴 그는 새까맣게 타서 돌아왔다. 마이클 코를레오네는 미소로 그를 환영했다. 그리고 특별히 매출이 좋은 동부 지구의 도박장에서 들어오는 수입의 일부를 특별 보너스로 지급하게 될 거라는 소식을 전하며 몇 마디 찬사를 해주었다. 네리는 일한 만큼 대가가 돌아오는 세상에 살고 있는 자신이 자랑스러웠다.

제8부

29

마이클 코를레오네는 모든 우발적 사건에 대비해서 경계 태세를 갖추었다. 그의 계획은 한치의 오차도 없었고 신변의 안전에도 만전을 기했다. 그는 1년 동안 참을성 있게 기다리며 충분히 준비를 하려고 했다. 그러나 1년이 지나기도 전에 운명의 여신은 이상한 방법으로 그의 편을 들어주지 않았다. 마이클 코를레오네의 계획에 차질을 가져온 사람은 바로 위대한 돈 코를레오네였다.

어느 화창한 일요일 아침, 여자들이 성당에 간 사이에 돈 비토 코를레오네는 작업복으로 갈아입었다. 헐렁한 회색 바지에 색 바랜 푸른 셔츠를 입고 회색 띠가 둘러진 낡고 찌그러진 중절모를 썼다. 몇 년 사이에 체중이 많이 불은 돈 코를레오네는 매일 토마토밭에서 일했다. 그는 건강 때문이라 했지만 아무도 그 말을 믿는 사람은 없었다.

사실 그는 밭 가꾸기를 좋아했다. 특히 아침 일찍 일어나 밭을 돌아볼 때마다 60년 전 시칠리아에서 보낸 어린시절로 돌아간 느낌이 들었다. 아버지의 죽음에 대한 슬픈 기억도 공포감없이 떠올랐다. 줄지어 서있는 콩나무 끝에는 하얗고 조그만 꽃이 피어났고, 밭 주위로 억세고 시퍼런 골파들이 울타리처럼 자라나 있었다. 밭 아래쪽에는 주둥이가 달린 커다란 통이 보초처럼 늘 그 자리에 놓여 있었다. 통 안에는 밭을 기름지게 해주는 질척질척한 쇠똥이 가득 들어 있었다. 또 밭의 한쪽에는 그가 손수 만든 네모난 나무틀이 있고 틀에는 두꺼운 흰색 노끈이 이리저리 얽혀 있고 그 사이에 기다란 나무 막대가 꽂혀 있었다. 그리고 틀 위로 토마토 줄기가 죽죽 뻗어 있었다.

돈 코를레오네는 서둘러 밭에 물을 주었다. 햇볕이 너무 뜨거워지기 전에 물을 줘야지 그렇지 않으면 물이 햇볕의 프리즘 역할을 해서 상추 잎이 종이처럼 타 들어가기 때문이다. 물도 중요하지만 햇볕은 그보다 더 중요했다. 아니 이 두 가지가 제대로 맞지 않으면 상추 농사는 헛수고하기 딱 알맞았다.

돈 코를레오네는 밭을 가로질러 개미를 잡으러 갔다. 밭에 개미들이 많다는 것은 채소에 벌레가 있어서 개미들이 그 벌레들을 쫓고 있다는 증거였다. 그는 농약을 뿌려야 할지도 모르겠다고 생각했다.

그는 시간에 맞춰 물을 주었다. 햇볕이 뜨거워지기 시작했다. '농사는 모름지기 정성을 들여야 해.' 그는 이런 생각을 했다. 막대기를 받쳐 주어야 할 토마토 나무가 몇 그루 더 생겼기에 그는 다시 허리를 구부렸다. 이 마지막 이랑만 손보면 집으로 돌아가도 될 것 같았다.

그때 갑자기 머리 바로 위에서 뜨거운 태양이 내리쬐는 것 같은 느낌이 들었다. 눈앞에 황금색 점들이 춤추듯 어른거렸다. 그는 어지러움을 이기지 못하고 무릎을 꿇었다. 그때 밭을 가로질러 마이클의 장남이 달려오는 모습이 보였다. 순간 그의 시야에 누런 장막이 드리워지면서 손자의 모습이 보이지 않았다. 돈 코를레오네는 속지 않았다. 그는 노련한 사람이었다. 그는 뜨거운 누런 장막 뒤에 숨어 있는 죽음이 그를 향해 달려들고 있다는 것을 알고 있었다. 그는 손자에게 이쪽으로 오지 말라고 손을 저었다. 바로 그 때였다. 커다란 망치로 맞은 듯 가슴이 뻐근하고 질식할 것 같았다. 그는 땅바닥으로 고꾸라졌다.

소년은 아빠를 부르러 달려갔다. 마이클 코를레오네와 저택 정문을 지키던 몇 명의 사람들이 밭으로 달려왔다. 돈 코를레오네가 흙을 움켜쥔 채 앞으로 쓰러져 있었다. 그들은 대부를 일으켜 판석(板石)으로 만든 테라스 그늘로 옮겼다. 사람들이 구급차를 부르러 간 사이 마이클은 아버지 곁에 무릎을 꿇고 손을 꼭 쥐었다.

돈 코를레오네는 아들을 보려고 힘겹게 눈을 떴다. 격심한 심장마비로 혈색 좋던 얼굴은 파랗게 질려 있었다. 임종 직전이었다. 바람을 타고 흙 냄새가 풍겨 왔다. 다시 누런 장막이 그의 시야를 덮었다. "인생은 정말 아름답다." 돈 코를레오네는 마지막으로 이렇게 속삭였다.

돈 코를레오네는 여자들이 우는 모습을 보지 않으려는 듯 그들이 성당에서 돌아오기 전에 숨을 거두었다. 구급차와 의사가 도착하기 전이었다. 그는 가장 사랑하는 아들의 손을 잡고 남자들에게 둘러싸인 채 숨을 거두었다.

장례식은 성대하게 치러졌다. 뉴욕의 5대 패밀리와 테시오와 클레멘자의 패밀리에서는 각각 대부와 카포레짐들이 참석했다. 조니 폰테인도 마이클의 충고에도 불구하고 장례식에 참석해서 타블로이드판 신문의 머릿기사를 장식했다. 폰테인은 신문에 비토 코를레오네가 자기 대부이며 자기가 알고 있는 사람 중에 가장 훌륭한 사람이며, 그런 분에게 마지막으로 존경을 표할 수 있어서 영광스럽게 생각하며, 그 사실을 누가 알게 되더라도 상관하지 않겠다는 추도사를 실었다.

빈소는 구식으로 저택에 마련되었다. 아메리고 보나세라는 어머니가 딸의 결혼 준비를 하듯 더할 나위 없는 훌륭한 솜씨로 옛 친구인 대부의 마지막 가는 길을 위해 정성을 쏟았다. 모두들 죽음조차도 위대한 대부의 얼굴에서 고귀함과 위엄을 지우지 못했다고 한마디씩 했다. 아메리고 보나세라는 그런 말을 듣고 그것을 자기 손으로 해냈다는 자부심에 어깨가 으쓱했다. 오직 그만이 돈 코를레오네의 얼굴에 얼마나 끔찍한 죽음의 흔적이 남아 있었는지 알고 있었다.

옛 친구들과 충복들이 모두 찾아왔다. 나조린과 그의 아내 그리고 딸 부부가 아이들을 데리고 왔고, 라스베이거스에서 루시 맨시니도 프레디와 함께 도착했다. 톰 헤이건과 그의 가족, 샌프란시스코와 로스앤젤레스의 대부, 보스턴과 클리블랜드의 대부도 참석했다. 로코 램포네와 앨버트 네리는 클레멘자, 테시오 그리고 당연한 일이지만 마이클, 프레디와 함께 운구를 했다. 저택의 안팎은 조화들로 가득 찼다.

저택의 정문 밖에는 신문기자와 사진기자들이 장사진을 쳤고 FBI 요원들은 트럭에 탄 채 이 서사시를 무비카메라로 기록하고 있었다. 몇몇 신문기자들은 장례식장 안으로 들어오려고 몸싸움을 벌였지만 정문과 울타리마다 안전 요원들이 철통 같은 경비를 서며 신분증이나 초대장을 요구했다. 그들은 출입이 금지되었지만 밖으로 음료수를 갖다 주는 등 최대한의 예의를 갖춘 대접을 받았다. 그들은 저택에서 나오는 사람들을 붙잡고 물어 보려고 했지만 조문객들은 굳은 표정으로 한마디도 하지 않았다.

마이클 코를레오네는 거의 하루 종일 케이, 톰 헤이건, 프레디와 모퉁이 서재에 있었다. 조문객들이 그를 찾아와 애도를 표했다. 마이클은 그들이 자기를 대부 또는 돈 마이클이라고 불러도 예의를 다해 응대했다. 오직 케이만이 그의 입술이 불쾌감으로 굳어지는 것을 볼 수 있었다.

얼마후에 클레멘자와 테시오도 그들에게 합류했다. 마이클은 손수 그들에게 술을 접대했다. 사업에 관한 이야기가 잠시 오갔다. 마이클은 그들에게 저택이 한 개발업자에게 팔렸다는 소식을 전했다. 여기에서 막대한 수익이 생겼으니 이 또한 위대한 대부의 사업적 수완을 보여주는 사례였다.

이제 제국을 서부로 옮기는 일은 돌이킬 수 없는 일이 되었다. 그것은 코를레오네 패밀리가 뉴욕에 대한 영향력을 청산한다는 의미이기도 했다. 이런 조치는 대부가 은퇴하거나 사망했을 때 실행에 옮기려던 것이었다.

조문객 중 누군가 저택에 이렇게 많은 사람들이 북적대는 것도 코니 코를레오네와 카를로 리치의 결혼식 이후 거의 10년만의 일이라고 말했다. 마이클은 창가로 가서 정원을 내다보았다. 10년 전 정원의 한 켠에 케이와 앉아 있었을 적에는 자기에게 이런 이상한 운명이 기다리고 있을 줄은 꿈에도 생각하지 못했다. 아버지가 죽어 가면서 "그래도 인생은 아름답다."고 말했던 것이 떠올랐다. 마이클은 아버지가 죽음에 대해 말하는 것을 한번도 들은 적이 없었다. 아버지는 죽음을 너무 숭고하게 생각해서 철학적으로라도 설명하지 못했던 것은 아닐까, 마이클은 이런 생각이 들었다.

　매장할 시간이 되었다. 위대한 돈 코를레오네를 땅에 묻을 시간인 것이다. 마이클은 케이와 손을 잡고 조문객들이 있는 정원으로 나갔다. 그뒤를 카포레짐과 그의 부하들이 따랐고 그뒤에는 생전에 대부에게 은혜를 입었던 누추한 사람들이 따랐다. 제빵업자 나조린, 과부 콜롬보 부인과 그녀의 아들 그리고 엄격하지만 공정하게 지배했던 제국의 수많은 사람들이 따랐다. 심지어는 그의 적이었던 사람들도 찾아와 그에게 경의를 표했다.

　마이클은 침착하고 정중한 태도로 이 모든 과정을 지켜보았다. 그에게서 감정이 북받친 모습은 보이지 않았다. 만약 내가 죽어가면서 "인생은 정말 아름답다."라고 말할 수 있다면 다른 것은 아무래도 상관없을 것이다. 마이클은 이런 생각이 들었다. 만일 내가 그 정도로 나를 믿을 수 있다면 다른 것은 아무래도 상관없을 것이다. 그도 아버지의 전철을 밟게 될 것이다. 자식을 기르고 가정을 돌보고 그의 제국을 다스려야할 것이다. 그러나 그의 자식들은 다른 세상에서 자라게 될 것이다. 그 애들은 의사도, 예술가도, 과학자도 될 수 있다. 정치가가 될 수도 있고 대통령도 될 수 있을 것이다. 뭐든지 될 수 있다. 그들이 인류라는 보편적인 가족에 편입하는 모습을 보게 될 것이다. 그러나 강력한 힘을 가진 사려 깊은 부모로서 보편적인 가족을 언제나 조심스럽게 경계할 것이다.

장례식 다음날 코를레오네 패밀리의 핵심 간부들이 모두 저택에 모였다. 정오 직전에 그들은 돈 코를레오네의 텅 빈 집으로 들어갔고 마이클 코를레오네가 그들을 맞이했다.

모퉁이 서재에 사람들이 꽉 들어찼다. 거기에는 두 카포레짐 클레멘자와 테시오, 사려 깊고 유능해 보이는 로코 램포네도 있었고 카를로 리치는 자신의 처지를 잘 아는 듯 침묵을 지키고 있었다. 톰 헤이건도 이 위기 상황에 힘을 합치려고 변호사 일을 그만 두고 달려왔고 앨버트 네리는 마이클 옆에 꼭 붙어 새로운 대부에게 담배불을 붙여 주거나 술을 갖다 주는 등 코를레오네 패밀리의 최근 불운에도 아랑곳하지 않고 충성을 다했다.

돈 코를레오네의 죽음은 패밀리에게 엄청난 불운이었다. 그가 없으면 영향력의 절반이 사라진 것이나 다름없었다. 바르지니와 타탈리아 연합 세력에 대해서도 대항할 힘을 거의 잃었다. 서재에 있는 사람들 모두 이런 사실을 알고 있기 때문에 마이클이 무슨 말을 할 지 기대하고 있었다. 그들의 눈에 마이클은 아직 새로운 대부감이 아니었다. 그는 그런 칭호나 지위를 받을 만하다고 생각하지 않았다. 만약 대부가 살아 있다면 자기 아들에게 그 지위를 확실하게 승계해 주었을 것이다. 어쨌든 지금의 상태로는 확실하지 않았다.

마이클은 네리가 마실 것을 가져온 뒤에야 조용히 입을 열었다. "지금 여기 계신 여러분께서 어떤 심정인지 잘 알고 있습니다. 저는 여러분이 저희 아버지를 존경하셨다는 것을 알고 있습니다. 그러나 여러분은 지금 자신과 가족에 대해 걱정하셔야 합니다. 여러분 중에는 이번 일이 우리가 추진해 온 계획과 제가 말씀드린 약속에 어떤 영향을 가져올까 궁금해 하시는 분도 계실 겁니다. 지금 그 대답을 드리지요. 아무 영향도 없을 겁니다. 모든 것은 예전처럼 진행될 겁니다."

클레멘자는 덥수룩하고 물소처럼 커다란 머리를 절레절레 흔들었다. 그의 머리카락은 희끗희끗하고 디룩디룩 찐 살이 밑으로 처져서 깊은 주름이 잡힌 얼굴에는 불쾌한 기색이 가득했다. "바르지니와 타탈리아 패밀리는 우리에게 강공으로 나올 거야. 자넨 그들과 싸우지 않으면 협상 테이블에 앉아야 할 거야." 방안의 사람들 시선이 일제히 클레멘자에게 쏠렸다. '돈' 이라는 호칭을 쓰지 않는 것은 물론이고 마이클에 대한 의례적인 호칭조차 쓰지 않았던 것이다.

"어떻게 될 지 기다려 봅시다. 그들이 먼저 평화협정을 깨뜨리라고 내버려둡시다." 테시오가 부드러운 목소리로 말했다. "그들은 이미 평화를 깨뜨렸소. 그들은 오늘 아침 브루클린에 도박장을 두 군데 열었어요. 그 지역을 관할하고 있는 경찰 서장한테 그 얘기를 들었소. 한 달 안에 브루클린에는 내 모자를 걸어 둘 곳도 없어질 거요."

마이클은 의미심장한 눈길로 그를 노려보았다. "그래서 어떤 조치를 취했나요?"

테시오가 담비처럼 조그만 머리를 설레설레 흔들었다. "아무것도. 괜한 골칫거리를 만들고 싶지 않았소."

"잘하셨습니다. 그냥 가만히 앉아 계세요. 제가 여러분께 말씀드리고 싶은 것도 그겁니다. 그냥 가만히 계세요. 무슨 자극을 해도 반응하지 마세요. 제게 몇 주일만 시간을 주시면 모든 문제를 해결하겠습니다. 그런 다음 바람이 어느 쪽으로 부는지 판단하세요. 그럼 이 자리에 계신 모든 분들께 제가 드릴 수 있는 최상의 대가를 해드리겠습니다.

그런 다음 다시 모여서 최종적인 결정을 내리죠."

사람들은 놀라는 표정이었으나 마이클은 무시했다. 앨버트 네리가 그들을 밖으로 내보내기 시작했다. 마이클이 날카로운 목소리로 말했다. "헤이건, 잠깐만 남아 주세요."

헤이건은 저택이 한눈에 들어오는 창가로 갔다. 그는 카포레짐들과 카를로 리치, 로코 램포네가 네리의 안내를 받으며 밖으로 나갈 때까지 기다렸다. 그런 다음 마이클을 돌아다보며 말했다. "정치인 인맥은 모두 다져놓았습니까?"

마이클은 유감스럽다는 표정을 지으며 고개를 저었다. "모두 하진 못했어요. 4개월 정도 필요할 것 같아요. 아버지와 제가 해 오던 중이 었어요. 그래도 판사들은 일차적으로 했기 때문에 전부 잡아 놓았어요. 거물급 국회의원도요. 뉴욕 출신 여당 의원들이야 말할 것도 없구요. 코를레오네 패밀리는 사람들이 생각하는 것보다 훨씬 강력합니다만 더욱 더 강력해져야 합니다." 그는 헤이건을 보며 웃었다. "이제 지금까지 어떻게 진행되고 있는지 아시겠죠?"

헤이건은 고개를 끄덕였다. "알았습니다. 나를 이 일에서 제외시킨 이유만 빼면 다 이해합니다. 난 시칠리아인 밑에서 잔뼈가 굵었고 그 계획도 알고 있습니다."

마이클이 웃었다. "아버지도 당신이 결국 알게 될 거라고 말씀하시더군요. 하지만 난 더 이상 여유를 부릴 수 없습니다. 난 당신이 필요합니다. 여기 있어 주세요. 최소한 2, 3주일 만이라도요. 지금 라스베이거스에 전화해서 부인께 알려 드리세요. 이곳에 2, 3주일만 있다가 돌아가겠다고."

헤이건이 생각에 잠긴 표정으로 물었다. "저들이 어떻게 공격해 올 거라고 생각하십니까?"

마이클이 한숨을 쉬었다. "아버지께서 말씀해 주셨죠. 우리와 가까운 사람을 통해서 접근해 올 거라고. 바르지니는 우리와 가까운 사람을 통해서 접근해 올 겁니다. 지금으로선 누군지 짐작할 수 없지만."

헤이건이 웃으면서 말했다. "나 같은 사람?"

마이클도 웃었다. "당신은 아일랜드인이에요. 저들은 당신을 믿지 않아요."

"난 독일계 미국인이야." 헤이건이 말했다.

"그들에겐 아일랜드인이에요. 그들은 당신에게 접근하지 않을 거예요. 네리는 경찰 출신이니 그에게 접근하지도 않을 거예요. 게다가 두 사람 모두 나와는 너무 가까운 사이구요. 그들이 도박을 할 리는 없어요. 로코 램포네는 별로 가까운 사이가 아니라 안될 테고. 클레멘자나 테시오 아니면 카를로 리치겠지요."

"난 카를로에게 걸겠소." 헤이건이 조용히 말했다.

"두고 봅시다. 오래 걸리진 않을 테니까." 마이클이 말했다.

이튿날 아침 헤이건과 마이클이 함께 아침식사를 할 때였다. 마이클은 서재에서 전화를 받고나서 부엌으로 돌아와 헤이건에게 말했다. "이제 행동으로 들어가야 할 때가 된 것 같군요. 1주일 뒤에 바르지니를 만날 거예요, 아버지가 돌아가셨으니 새로운 평화협정을 맺어야죠." 마이클이 웃었다.

"누가 전화했나? 그쪽과 접촉한 놈이 누군가?" 헤이건이 물었다. 코를레오네 패밀리 중에 누구이든 접촉을 한 사람이 배신자라는 것을 두 사람은 알고 있었다.

마이클이 쓸쓸하게 웃으며 말했다. "테시오."

두 사람은 말없이 아침식사를 끝냈다. 커피를 마시면서 헤이건이 고개를 설레설레 흔들었다. "카를로가 아니면 클레멘자일 거라고 생각했는데 테시오라니. 정말 뜻밖이군. 참 좋은 사람이라고 생각했는데."

"가장 영리하잖아요. 제 딴에는 그게 현명한 판단이라고 생각했겠죠. 나를 바르지니에게 당하게 만들어놓고 자기가 코를레오네 패밀리를 이어받겠다는 속셈이죠. 내게 달라붙어 밀어내겠다는 거죠. 내가 이길 수 없을 거라고 계산한 거예요."

헤이건은 잠시 주저하다가 물었다. "그의 계산이 어느 정도나 옳겠나?"

마이클이 어깨를 으쓱했다. "잘못 계산한 것 같은데요. 아버지는 정치적 인맥이나 영향력이 열 명의 부하보다 낫다고 생각하는 유일한 분이셨어요. 나는 지금 아버지의 정치적인 영향력을 거의 대부분 인계받았어요. 하지만 그걸 아는 사람은 나밖에 없어요." 그가 확신에 찬 얼굴로 헤이건을 쳐다보았다. "그들이 날 대부라고 부르게 만들 겁니다. 그런데 생각할수록 테시오가 치사한 놈이군요."

"그럼 바르지니와 회동하기로 약속한 건가?" 헤이건이 물었다.

"네. 1주일 뒤에요. 테시오의 구역인 브루클린의 안전한 장소에서요." 마이클이 다시 웃음을 띠었다.

"그 전까지 조심하게." 헤이건이 말했다.

마이클은 처음으로 헤이건을 차갑게 노려보았다. "콘실리에리에게 그런 식의 충고까지 들을 필요는 없습니다."

코를레오네 패밀리와 바르지니 패밀리 간에 평화 회동이 있기 전 1주일 동안 마이클은 헤이건에게 자신이 얼마나 조심하고 있는지 보여주었다. 그는 저택 밖에 한 발자국도 나가지 않았고 네리를 대동하지 않고는 아무도 가까이하지 않았다. 딱 한 가지 난감한 일이 있기는 했다. 코니와 카를로의 아들이 성당에서 견진성사를 받게 되었는데 케이가 마이클에게 대부가 되어달라고 부탁한 것이었다. 마이클은 거절했다.

"내가 자주 부탁하는 것도 아니잖아요. 나를 봐서라도 이번 한번만 들어줘요. 코니가 간절히 원하고 있어요. 카를로도 마찬가지고. 그들에겐 정말 중요한 일이에요. 네, 마이클." 케이가 말했다.

마이클이 거절할 걸 알면서도 졸랐기 때문에 케이는 그가 화를 낼 줄 알았다. 그러나 놀랍게도 마이클은 고개를 끄덕이며 이렇게 말했다. "좋아, 하지만 저택 밖에서는 안돼. 신부님을 이리로 모셔 와서 견진성사를 할 수 있도록 말해 봐. 비용은 우리 쪽에서 얼마든지 부담할 테니. 만일 그것 때문에 교회측과 문제가 생기면 헤이건이 알아서 처리해 줄거요."

이렇게 해서 바르지니와의 회동 전날 마이클 코를레오네는 카를로와 코니 아들의 대부를 서게 되었다. 그는 조카에게 값비싼 손목시계와 금줄을 선물했다. 카를로의 집에서는 작은 파티가 열렸다. 카포레짐들과 헤이건, 램포네 그리고 당연히 대부의 부인도 참석했고 그밖에 저택에 사는 모든 사람들이 참석했다. 코니는 자기 오빠를 얼싸안고 키스를 퍼붓는 것으로 고마움을 표현했고, 케이도 그날 저녁 내내 그들과 함께 있었다. 심지어 카를로도 감정이 한껏 고조되어 마이클의 손을 잡으며 말끝마다 그를 대부라고 불렀다. 마이클도 전에 없이 친절하고 유쾌하게 굴었다. 코니가 케이에게 속삭였다. "이제 카를로와 마이클 오빠가 진짜 친구가 되어가나 봐요. 이런 일이 있으면 가족간에도 하나가 되죠."

케이도 시누이의 팔짱을 끼며 "나도 기뻐요."라고 말했다.

30

앨버트 네리는 브롱스의 자기 아파트에 앉아 푸른 빛이 도는 자신의 옛 경찰 제복을 조심스럽게 손질하고 있었다. 그는 배지를 떼어 테이블 위에 올려놓고 윤이 나게 닦았다. 길이가 조절되는 권총집은 권총을 넣은 채 의자 위에 걸쳐놓았다. 이렇게 잔손질을 하고 있자니 묘하게도 기분이 좋아졌다. 2년 전 쯤 아내가 떠난 이후로 몇 번 맛보지 못한 행복감이었다.

그는 경찰 신참이었을 때 고등학생이던 리타와 결혼했다. 그녀는 검은 머리의 수줍은 소녀였으며 이탈리아 가정 출신답게 밤 10시 이전이면 무슨 일이 있어도 귀가해야 했다. 네리는 그녀의 예쁜 얼굴은 물론이고 순수하고 착한 마음에 반해 사랑에 빠졌다.

리타도 처음에는 남편을 사랑했다. 그는 힘이 엄청나게 세고, 선과 악에 대한 태도가 강직해서 사람들이 그를 두려워하였다. 그는 약삭빠른 사람은 아니었다. 조직이나 개인의 의견이 자신과 다를 때는 입을 꾹 다물고 있거나 불같이 화를 내며 자신의 주장을 폈다. 그는 결코 호락호락하게 타협해 주는 사람이 아니었다. 그가 시칠리아인 기질을 보여주거나 화를 낼 때면 모두들 두려움에 떨었다. 그렇더라도 아내에게 화를 내는 법은 없었다.

네리는 5년 만에 뉴욕 시경에서 가장 두려운 경찰관이 되었다. 또가장 정직한 경찰관이기도 했다. 그는 자기 나름대로 법을 집행했다. 그는 깡패를 싫어했고, 밤거리에서 행인들을 괴롭히는 젊은이들을 목격하면 즉시 행동으로 제재했다. 그는 본인도 어느 정도인지 모를 정도로 대단한 힘의 소유자였다.

어느날 밤 서부 센트럴 파크에서 순찰을 돌던 중 네리는 경찰차에서 내려 검은 재킷을 입은 깡패 여섯 명을 일렬로 세웠다. 그의 동료는 말려들기 싫어 운전석에 앉아 있었다. 10대 후반인 여섯 명의 불량배들은 행인들의 길을 가로막고 담배를 요구했다. 아직 나이가 어려서 사람들을 해치지는 못하고 말로 공갈하는 정도였다. 그들은 미국식이라기 보다는 프랑스식으로 성적인 농담이나 몸짓을 하며 소녀들에게 집적거리기도 했다.

네리는 8번가에서 센트럴 파크 방향으로 이어지는 돌담에 불량배들을 일렬로 세웠다. 땅거미가 지고 있었지만 네리는 벌써 그가 가장 좋아하는 무기인 커다란 손전등을 들고 있었다. 그는 총기를 싫어하는 것은 아니지만 필요하지 않다고 생각했다. 경찰복을 입고 화난 표정으로 으르렁거리기만 해도 조무래기들은 겁에 질렸다. 이번에도 예외가 아니었다.

네리는 검은 재킷을 입은 첫 번째 소년에게 물었다. "이름은?" 소년은 아일랜드식 이름을 댔다. 네리는 소년에게 "저리 꺼져. 오늘밤 다시 널 보게 되면 무사하지 못할 줄 알아."라고 말했다. 소년은 허겁지겁 달아났고 네리는 자신의 손전등으로 그의 뒷모습을 비춰 보았다. 네리는 다음 두 소년도 같은 절차를 거친 다음 보내 주었다. 그러나 네 번째 소년은 이탈리아 이름을 댔고 동정을 사려는 듯 네리를 보며 씩 웃었다. 네리의 말투에 섞인 이탈리아어 억양을 알아챈 것이다. 네리는 그 소년을 흘낏 보면서 되물었다. "너 이탈리아 출신이냐?" 소년은 의기양양하게 웃었다.

네리는 손전등을 가지고 소년의 이마를 냅다 갈겼다. 소년은 나가동그라졌다. 이마의 피부는 찢어져서 얼굴로 피가 흘러내렸다. 이마가 깨지진 않고 교묘하게 살만 찢어졌다. 네리는 그에게 거칠게 소리쳤다. "너 같은 놈 때문에 이탈리아 사람들이 욕먹는 거야. 네 더러운 이름이나 말하고 저리 꺼져." 그는 소년의 옆구리를 너무 세지도 않고 약하지도 않게 발로 걷어찼다. "집에 빨리 들어가. 길에 돌아다니지 말구. 그 따위 재킷은 벗어버리고. 그렇지 않으면 네 놈을 병원에 보내 버릴 줄 알아. 자, 어서 집에 가. 내가 네 아버지가 아닌 걸 다행으로 알아."

네리는 다른 두 명의 불량배는 그냥 보냈다. 다만 밤에는 이 거리에 얼씬도 말라며 걸어가는 녀석들의 엉덩이를 발로 차 주었다.

이렇게 훈방할 때는 구경꾼들이 몰려들거나 그의 조치에 반발하는 행동이 나올 틈도 없이 신속하게 처리하는 게 그의 방식이었다. 네리가 순찰차에 올라타자마자 동료 경찰은 차를 몰았다. 물론 사람들 중에는 폭력을 휘두르거나 칼을 뽑아드는 경우도 있었다. 그런데 이들은 정말 재수가 없는 사람들이었다. 네리는 금방 험악한 표정을 지으며 그들을 피가 나도록 두들겨 팬 다음 순찰차에 태웠다. 그런 다음 공무방해죄로 구속하기 일쑤였다. 물론 병원에서 치료가 끝난 뒤에 말이다.

그후 네리는 유엔 본부 관할 경찰서로 옮기게 되었다. 그가 직속 경사에게 제대로 예의를 표시하지 않아서 미움을 샀기 때문이었다. 그런데 유엔 본부 사람들은 면책 특권을 이용해서 교통법규에 상관없이 도로 아무 곳에나 주차를 했다. 네리는 경사에게 이런 불만을 토로했지만 평지풍파 일으키지 말고 잠자코 있으라는 말만 들었다. 어느날 밤 무단주차한 자동차들 때문에 통행이 마비된 적이 있었다. 다음날 자정에 네리는 순찰차에서 커다란 손전등을 가지고 나와 도로를 따라 내려가며 자동차들의 유리창을 박살내 버렸다. 그 바람에 고위직 외교관들도 유리창을 새로 갈아 끼우기 위해 며칠을 기다려야했다. 경찰서에는 이런 파괴행위에 대한 항의와 보호 요청이 빗발쳤다. 차창 사건이 일어나고 1주일 뒤 그 일을 저지른 사람에 대한 사실이 서서히 밝혀졌다.

앨버트 네리는 결국 좌천되어 할렘가로 오게 되었다.

그런 일이 있은 직후 일요일에 네리는 아내를 데리고 브루클린에 사는 과부인 누나집을 방문했다. 시칠리아 사람들이 대체로 그렇듯 앨버트 네리는 끔찍할 정도로 자기 누나를 챙겼다. 적어도 두세 달에 한 번은 누나를 방문해서 별일 없는지 확인하곤 했다. 그보다 나이가 훨씬 많은 누나는 토마스라는 스무 살 된 아들 하나를 데리고 살았다. 토마스는 아버지 없이 자라서인지 사고뭉치였다. 게다가 몇 가지 작은 사고를 일으키면서 점점 성격이 삐뚤어졌다. 한번은 절도죄로 걸린 것을 네리가 빼내 준 적도 있었다. 그 때 네리는 치밀어 오르는 화를 간신히 누르고 조카에게 경고했다. "토마스, 너 네 어머니 눈에 눈물나게 하면 가만 안 둘 줄 알아라. 내가 직접 네놈을 사람으로 만들어 주겠다." 그것은 위협이 아니라 삼촌으로서 애정에서 나온 경고였다. 토마스는 거칠기 짝이 없는 브루클린의 뒷골목에서도 특히 거친 편에 속했지만 삼촌인 앨버트 네리만은 두려워하였다.

삼촌이 모처럼 방문했는데도 간밤에 늦게 들어온 토마스는 여전히 제 방에서 자고 있었다. 그의 어머니가 깨우면서 옷을 입고 삼촌 내외와 저녁식사를 하자고 말했다. 반쯤 열린 문틈을 타고 토마스의 버릇없는 말투가 흘러나왔다. "제기랄, 잠 좀 자게 내버려둬요." 그의 어머니는 미안한 듯 웃으며 부엌으로 돌아왔다.

그래서 결국 세 사람만 저녁을 먹었다. 네리는 누나에게 토마스가 아직도 골치를 썩이느냐고 물었고, 누나는 그렇지 않다고 했다.

네리와 그의 아내가 떠날 준비를 할 때쯤 토마스가 일어났다. 그는 퉁명스럽게 작별인사를 내뱉고 부엌으로 들어갔다. 그리고는 "엄마, 먹을 것 줘."라고 소리질렀다. 그것은 부탁이 아니라 응석받이 어린애의 투정이었다.

어머니가 신경질적으로 말했다. "제때 일어나야 밥을 먹지. 내가 널 위해 또 상을 차리란 말이냐?"

모자간에 이런 광경은 늘상 있는 일이었지만 잠이 덜 깬 상태에서 짜증이 났던 토마스는 그만 실수를 저지르고 말했다. "에이 썅, 밥도 안 주면서 잔소리는. 됐어요, 나가 사먹으면 그만이지." 토마스는 이렇게 말하고 나서 곧 후회했다.

토마스에게 네리는 쥐를 쫓는 고양이였다. 토마스는 오늘 하루만 제 어머니를 모욕하는 게 아니라 그들끼리 있을 때는 언제나 어머니에게 그런 식으로 말하는 게 틀림없었다. 그날 따라 재수가 없어서 걸렸을 뿐이다.

그러나 화가 난 네리는 놀란 두 여자 앞에서 자기 조카를 무자비하게 그러나 안전한 부위를 골라 가면서 패기 시작했다. 토마스는 처음에는 자신을 방어하려고 했으나 곧 포기하고 빌었다. 네리는 토마스의 입술이 부르트고 피가 날 때까지 얼굴을 때렸다. 조카의 머리채를 쥐고 벽에 부딪히기도 했다. 그는 마지막으로 주먹으로 배를 쳐서 바닥에 쓰러뜨린 다음 얼굴을 카펫에 내리눌렀다. 그는 두 여자에게 기다리라고 말한 뒤 토마스를 데리고 길가로 나가 차에 태웠다. 거기에서 다시 한 번 경고를 할 셈이었다. "다시 한 번 그 따위로 말하는 소리가 내 귀에 들어오는 날에는 오늘 맞은 건 아무것도 아닌 줄 알아. 네 놈이 사람되는 것 보는 게 내 소원이다. 자, 이제 집에 가서 외숙모에게 내가 차에서 기다린다고 해."

그리고 두 달 뒤 야간근무를 마치고 집에 와 보니 아내가 떠나고 없었다. 짐을 꾸려 친정으로 가버린 것이다. 장인이 하는 말이 리타가 그의 성질이 난폭해서 같이 못살겠다고 했다는 것이다. 네리는 믿어지지가 않아서 정신이 멍했다. 그는 결코 아내를 때린 적이 없으며 어떤 식으로든 위험한 적도 없고 사랑스럽다고만 느꼈을 뿐이다. 그는 아내의 태도가 너무 황당해서 며칠 동안 화를 삭인 뒤 아내를 찾아가서 얘기를 해야겠다고 결심했다.

그런데 운이 없게도 다음날 밤 그의 근무시간에 사건이 터졌다. 그의 순찰차는 할렘가에 끔찍한 폭행사건이 일어났으니 출동하라는 호출을 받았다. 네리는 평소와 다름없이 순찰차가 채 멈추기도 전에 뛰어 내렸다. 자정이 넘은 시간이었기 때문에 커다란 손전등을 가지고 갔다. 사건 현장은 즉시 찾을 수 있었다. 사람들이 현관 문앞에 몰려들어 있었기 때문이다. 한 흑인 여자가 네리에게 "저 안에서 어떤 남자가 어린 여자애를 죽이려고 해요."라고 소리쳤다.

네리는 집안의 복도로 들어갔다. 빛이 새어나오고 있는 맨 끝 방에서 신음소리가 흘러나왔다. 그는 손전등을 켠 채 복도를 따라 열려 있는 방으로 들어갔다.

그는 하마터면 바닥에 쓰러져 있는 두 사람에게 발이 걸려 넘어질 뻔했다. 한 명은 스물다섯 살 정도의 흑인 여자였고, 다른 한 명은 열두 살이 채 안 되는 흑인 소녀였다. 둘 다 면도칼로 얼굴과 온몸을 난자 당한 채 피를 흘리고 있었다. 거실에는 그 짓을 저지른 사내가 있었다. 네리도 잘 아는 작자였다.

왁스 베인즈라는 작자는 악명 높은 뚜쟁이에 마약 밀매꾼이자, 폭력배였다. 지금도 마약을 했는지 눈이 튀어나오고 피묻은 칼을 쥔 손을 부들부들 떨고 있었다. 네리는 2주일 전에도 거리에서 매춘부들을 심하게 구타하고 있는 그를 체포한 적이 있었다. 그 때 베인즈는 네리에게 "이봐, 내 일이니 상관 말아."하고 소리쳤다. 네리의 동료 경찰도 흑인끼리 치고 받고 싸우건 내버려두라고 말했지만 네리는 베인즈를 파출소로 끌고 갔다. 그러나 다음날 베인즈는 보석금을 내고 풀려났다.

네리는 흑인들을 별로 좋아하지 않았는데, 할렘가에 근무하면서 더욱 싫어졌다. 흑인들은 자기 마누라가 행상을 해서 겨우 살아가는 처지인데도 마약을 하거나 술병을 달고 살았다. 그래서 사실 네리는 그들을 위해서는 손끝 하나 까딱하기 싫었다. 하지만 뻔뻔스럽게 법을 무시하는 베인즈라는 녀석은 그런 네리의 속을 뒤집어 놓았다. 더구나 면도칼에 난자당한 어린 소녀를 보자 네리는 참을 수가 없었다. 그는 냉정함을 잃지 않으려고 노력하며 베인즈를 연행해야겠다고만 생각했다.

그러나 네리의 등 뒤에는 이미 목격자들이 몰려 들어와 웅성거리고 있었다. 그중에는 같은 아파트에 살고 있는 사람들도 있었고 순찰차에서 급히 달려온 동료도 있었다.

네리가 베인즈에게 명령했다. "칼을 버려라. 넌 체포될 거야."

베인즈가 피식 웃었다. "이봐, 날 체포하려면 총을 쏴봐. 아니면 이걸 원하나?" 그가 칼을 쳐들었다.

네리가 워낙 민첩하게 움직여서 동료 경찰은 총을 뺄 필요도 없었다. 반사신경이 특별히 발달한 그는 왼손으로 면도칼을 쥔 흑인의 손목을 잡아챘다. 그와 동시에 손전등을 쥔 오른손을 짧게 휘둘렀다. 머리 옆을 얻어맞은 베인즈는 술 취한 사람처럼 우스꽝스럽게 무릎을 꿇었다. 그의 손에서 면도칼이 떨어졌다. 그는 완전히 저항할 힘을 잃은 것 같았다. 그러나 네리는 냉혹하게 손전등을 다시 휘둘렀다. 이 두 번째의 가격은 불필요한 것이었다. 이 모습을 본 목격자들과 동료 경찰의 증언이 그가 심문 받고 살인 혐의로 기소되는데 결정적인 증거가 된 것이다. 네리는 손전등의 유리가 박살이 날 정도로 세게 베인즈의 정수리를 내리쳤다. 표면에 입힌 에나멜과 전구까지 펑하고 터지면서 산산조각 난 유리가 밖으로 튀었다. 묵직한 알루미늄 손잡이도 찌그러저서 안에 배터리가 없었으면 두 쪽으로 구부러졌을 지도 모를 지경이었다. 그 아파트에 사는 어떤 목격자는 나중에 "그래도 그 사람은 머리가 단단한 편이었습니다. 만일 나였으면…."이라며 네리에게 불리한 증언을 했다.

그러나 베인즈의 머리는 그렇게 단단하지 않았다. 그의 두개골은 손전등에 맞아 금이 갔다. 할렘가의 병원에 옮겨진 지 두 시간만에 그는 죽었다.

앨버트 네리가 직권남용 혐의로 문책을 받았을 때 놀란 사람은 그 자신뿐이었다. 그는 결국 정직(停職) 처분을 받았고 살인혐의로 기소당했다. 만일 유죄 판결을 받는다면 1년에서 10년까지 꼼짝없이 징역살이를 할 게 뻔했다. 그 당시 그는 사회에 대한 분노와 증오를 억누를 수가 없었다. 한번도 저주하고 비난하지 않았던 사회가 감히 그를 범죄자로 판결한 것이다! '그런 짐승 같은 악당을 처치한 나를 감히 감옥으로 보내다니, 그렇다면 면도칼에 난자 당해 목숨이 위태로웠던, 그래서 지금도 병원에 있는 어린 소녀와 여자를 위해 사회는 무엇을 했단 말인가!' 그는 이런 생각을 하며 허탈해 했다.

감옥에 가는 것쯤은 두렵지도 않았다. 그는 경찰 경력이 있고 특히 죄의 특성상 선처를 받을 거라고 생각했다. 동료 경찰 몇 명도 자기 친구들에게 잘 말해두었으니 걱정말라고 안심시켜 주었다. 한편 브롱스에서 생선가게를 하는 약삭빠르고 보수적인 이탈리아 노인인 장인은 앨버트 네리 같은 녀석은 형무소에서 1년도 못 살 거라고 생각했다. 다른 죄수들한테 맞아 죽거나 아니면 네리가 그들을 죽일 거라고 생각했다. 그렇게 되면 자기 딸은 남편 잘 만난 덕에 온갖 수치와 모욕을 받게 될 게 뻔했다. 그래서 생각다 못한 네리의 장인은 코를레오네 패밀리와의 연줄을 이용하기로 마음먹고(그는 코를레오네 패밀리의 간부에게 보호비조로 돈을 상납하고 최고급 생선을 선물로 갖다 바치기도 했다) 코를레오네 패밀리의 끄나풀을 찾아가 사정 얘기를 했다.

코를레오네 패밀리는 앨버트 네리에 대해 잘 알고 있었다. 그는 법을 철저하게 집행하는 경찰관이라는 점에서 전설적인 인물처럼 인식되어 있었다. 경찰 제복이나 권총 때문이 아니라 그 사람 자체로 두려움을 갖게 만드는, 결코 가볍게 다룰 수 없는 사람이라는 평판을 얻고 있었던 것이다. 코를레오네 패밀리는 항상 그런 사람에게 관심을 가졌다. 그가 경찰관이라는 사실은 큰 문제가 아니었다. 많은 젊은이들이 자신의 진정한 운명을 모르고 잘못된 길로 들어서지만 결국은 시간과 운명이 그들을 제 갈 길로 인도해주는 법이기 때문이다.

좋은 재목을 발굴하는 안목이 있는 클레멘자는 네리의 문제를 가지고 톰 헤이건을 찾아갔다. 헤이건은 경찰의 공식 서류 사본을 꼼꼼히 읽어본 뒤 클레멘자의 생각을 경청했다. "제2의 루카 브라시를 찾아냈군." 헤이건이 말했다.

클레멘자는 고개를 끄덕였다. 비록 뚱뚱하지만 그의 얼굴에는 뚱뚱한 사람 특유의 온화함은 찾아볼 수 없었다. "내 생각도 그렇소. 마이클이 직접 이 문제를 검토해야 하오."

그렇게 해서 앨버트 네리는 구치소에서 북부 형무소로 이송되기 직전 판사가 새로운 증거와 고위 경찰이 제출한 공술서를 근거로 그의 사건을 재심의하고 있다는 소식을 전해 듣게 되었다. 그는 결국 집행유예로 석방되었다.

앨버트 네리는 바보가 아니었고 장인은 자신의 공(功)을 숨기지 않았다. 네리는 장인에게 전후 사정 얘기를 듣고 그의 공에 보답하기 위해 리타와 이혼하기로 합의했다. 그리고 생명의 은인에게 감사의 말을 전하러 롱비치로 갔다. 물론 사전에 약속이 되어 있었다. 마이클은 그를 서재로 안내했다.

　네리는 정중하게 감사의 인사를 했고 놀랍게도 마이클은 따뜻한 미소로 그의 인사를 받았다.

　"같은 시칠리아 동포가 그런 일을 당하는데 가만히 보고 있어선 안 되지요. 놈들도 훈장을 주지는 못할망정. 그러나 원래 정치가들이란 놈들은 압력단체의 말에는 찍소리도 못합니다. 만약 내가 당신에 대한 이야기를 듣지 못하고 당신이 얼마나 부당한 처사를 당했는지 조사하지 않았다면 이번 일에도 끼어들지 않았을 겁니다. 내 부하가 당신 누님에 관한 얘기를 들려주면서 당신이 항상 누님과 조카를 걱정하고 조카가 비뚤어 나가지 않게 하려고 애썼다고 하더군요. 당신 장인도 당신을 이 세상에 보기 드문 좋은 사람이라고 칭찬하구요. 그런 칭찬을 받기는 쉽지 않죠." 마이클은 일부러 네리의 아내가 떠난 사실에 대해서는 언급하지 않았다.

　그들은 잠시 동안 이야기를 나누었다. 네리는 말수가 적은 편이었지만 마이클 코를레오네에게는 속마음을 털어놓았다. 마이클은 그보다 겨우 다섯 살 위였지만 네리는 자기 아버지 연배인 것 같은 느낌이 들었다.

　마이클은 마지막으로 본론을 꺼냈다. "당신을 아무 대책없이 감옥에서 빼주었다면 말이 안 되겠죠. 내가 일자리를 마련해줄 수도 있습니다. 내가 라스베이거스에 투자한 호텔이 있는데 원한다면 경험을 살려 호텔 경비원을 하도록 해줄 수도 있습니다. 아니 당신이 다른 하고 싶은 일이 있으면 은행에 말을 해서 자금을 빌려줄 수도 있고."

　네리는 놀랍고 고마운 마음을 억누르고 정중히 사양했다. "고맙습니다만 아직 집행유예 기간이라 근신해야 합니다."

　마이클이 명쾌하게 말했다. "아, 그런 걱정은 마십시오. 내가 모두 처리하겠소. 경찰 감시 같은 건 잊으시오. 은행에서 까다롭게 굴지 못하도록 당신의 신상기록표를 고쳐놓겠소."

신상기록표란 경찰이 범죄자의 신상에 대해 기록해 놓은 서류로 범죄자가 어떤 범죄를 저질러서 재판을 받을 때 판사에게 제출되는 것이다. 네리는 경찰 생활을 하면서 판결을 앞둔 피의자들이 경찰 기록계에 뇌물을 주고 기록표의 전과 기록을 말소시켜서 판사에게 관대한 처분을 받는 경우를 자주 보았다. 그래서 그는 마이클 코를레오네가 그런 조치를 취하겠다고 했을 때 별로 놀라지 않았다. 하지만 자신이 그런 경우에 속한다고 생각하니 당혹감을 감출 수 없었다.

"도움이 필요하면 연락하겠습니다." 네리가 말했다.

"좋습니다." 마이클은 이렇게 말하며 손목시계를 들여다보았다. 이 모습을 보고 네리는 그만 가야겠다고 생각하고 자리에서 일어났다. 그런데 또 한 번 놀라는 일이 벌어졌다.

"점심시간이군. 갑시다. 우리 식구들과 점심식사라도 합시다. 아버지께서 당신을 만나고 싶어하십니다. 그 분 댁에 가실까요? 어머니께서 후추와 계란 그리고 소시지 요리를 하셨을 겁니다. 진짜 시칠리아 식이죠."

그날 오후 앨버트 네리는 열다섯 살 때 부모를 잃은 후 처음으로 가장 따뜻한 시간을 보냈다. 돈 코를레오네는 매우 친절하게 대해 주었고, 네리의 부모가 자기 고향에서 몇 분 걸리지 않는 이웃 동네 출신이라는 사실을 알고 반가워했다. 대화는 즐거웠고 음식은 맛이 있었으며 포도주의 맛은 그윽하고 감미로웠다. 네리는 결국 이 진실한 사람들을 위해 일하고 싶다는 생각이 들었다. 자신이 특별할 것 없는 손님이라고 생각했지만 이런 세상에서 영원히 살며 행복을 누릴 수도 있다는 사실에 가슴이 벅차 올랐다.

마이클과 돈 코를레오네는 차가 있는 곳까지 그를 배웅했다. 돈 코를레오네는 네리의 손을 붙잡고 다정하게 말했다. "자넨 참 마음에 드는 친구야. 여기 내 아들 마이클은 지금 올리브유 사업을 배우고 있소. 내가 나이를 먹어서 은퇴하려고 하지. 그런데 마이클이 내게 와서 자네 얘기를 하면서 도와주고 싶다고 하지 않겠나. 나는 올리브 사업에나 신경 쓰라고 했지. 그런데 마이클이 고집을 부리더군. 시칠리아 출신의 참 좋은 친구가 있는데 지금 더러운 계략에 걸려들었다고. 그러면서 내가 관심을 보일 때까지 어찌나 귀찮게 조르던지. 지금에야 말하지만 마이클의 말이 옳은 것 같네. 자넬 만나고 보니 우리가 이 문제에 개입한 게 잘했다 싶네. 앞으로 우리가 도와줄 수 있는 일이 있다면 언제고 얘기하게, 알겠나? 우리가 힘껏 돕겠네." 그 때 친절하게 대해 주었던 돈 코를레오네를 떠올리며 네리는 그 분이 지금까지 살아 있어서 오늘의 이 성공을 볼 수 있다면 얼마나 좋을까 하고 생각했다.

　네리가 결정을 내리기까지는 사흘도 채 걸리지 않았다. 그는 자기가 포섭당하고 있다는 걸 알았지만 그보다 더 많은 것을 알고 있었다. 코를레오네 패밀리는 사회에서 범죄 취급을 당한 자신의 행동을 이해하고 해결해 주었다. 사회와는 달리 코를레오네 패밀리는 자신의 가치를 인정해 주었다. 그는 코를레오네가 창조한 세상에 사는 게 더 행복할 것 같았다. 코를레오네 패밀리는 영역은 작지만 강력한 힘을 가지고 있었다.

　네리는 다시 마이클을 찾아가 자신의 생각을 털어놓았다. 라스베이거스보다는 뉴욕의 그의 패밀리에서 일하고 싶다고 했다. 그는 충성을 맹세했고 마이클은 감동을 받았다. 그 일은 그렇게 결정되었다. 그런데 마이클은 굳이 네리에게 패밀리가 소유하고 있는 마이애미 호텔에서 휴가를 즐기고 오라고 권유했다. 거기서 충분히 즐길 수 있도록 모든 비용과 한 달치 월급도 선불로 지급될 거라고 했다.

그 휴가에서 네리는 난생 처음 호사스런 생활을 맛보았다. 호텔 직원들은 "아, 당신이 마이클 코를레오네의 친구군요."라고 말하며 특별 대우를 해주었다. 그 말은 어딜가나 네리를 따라다니며 무사 통과시켜 주었다. 그는 가난한 사람들이 마지못해 호주머니를 털게 만드는 허름한 방이 아니라 최고급 객실을 배정받았다. 호텔 나이클럽을 경영하는 사람은 그에게 아름다운 여자들을 붙여 주었다. 뉴욕으로 돌아왔을 때 네리는 세상을 보는 눈이 약간 달라져 있었다.

네리는 클레멘자의 부대에 배속되어 노련한 인사 담당자에게 엄밀한 테스트를 받았다. 그는 전직 경찰관이기 때문에 특별한 경계가 필요했다. 그러나 그가 반대편에 서서 얼마나 양심적인 경찰관 노릇을 했건 포악한 성질은 높이 살 만했다. 그리하여 네리는 1년도 못되어 정식 단원이 되었다. 다시는 돌아올 수 없는 길로 들어선 것이다.

클레멘자는 입이 닳도록 네리를 칭찬했다. 그는 경이로운 인물이며 제2의 루카 브라시라고 표현했다. 아니 루카 브라시보다 더 낫다고 호들갑을 떨었다. 어쨌든 네리는 새로운 발견이었다. 힘이 놀라울 만큼 장사인데다가 반사신경이나 민첩성은 조 디마지오(Joe DiMaggio 1914~1999: 미국 양키스의 강타자)도 부럽지 않다고 극찬했다. 클레멘자는 또 네리가 자기처럼 누군가의 통제를 받을 수 있는 사람이 아니라는 것을 알아차렸다. 그래서 톰 헤이건처럼 마이클의 직속부하로 삼으라고 권했다. 네리와 같이 '특별' 케이스인 경우에는 월급은 많지만 도박장을 개설한다든지 폭력배 조직을 만든다든지 하는 따위의 부업은 할 수 없었다. 네리는 마이클을 존경하고 충성을 다했다. "이제 자네에게도 루카 브라시가 생겼군." 어느날 헤이건은 마이클에게 이렇게 농담했다.

마이클은 고개를 끄덕였다. 그는 자기 힘으로 그를 발굴해냈다는 사실에 대해 묘한 성취감을 느꼈다. 앨버트 네리는 죽을 때까지 그의 심복일 것이다. 물론 그것은 아버지에게서 배운 방법이었다. 마이클은 언젠가 아버지에게 어떻게 해서 루카 브라시란 자를 쓰게 되었는지 물어 보았다.

돈 코를레오네는 이제 그것을 가르쳐 줄 때가 되었다고 생각했다. "이 세계에는 죽여달라고 날뛰는 놈들이 있다. 그런 놈들을 주목해야 해. 그들은 도박 게임을 하면서 행패를 부리거나 누군가 자기 차를 긁어 놨다고 화를 내며 다짜고짜 자동차에서 뛰어내리는, 성질이 불같은 놈들이지. 상대방의 실력도 모르면서 욕을 하고 시비를 걸기도 하고. 나도 그런 멍청한 놈을 본 적이 있는데 무기도 하나없이 위험한 깡패들에게 일부러 시비를 걸더구나. 이런 놈들은 세상을 향해 '나를 죽여라, 나를 죽여.' 하고 소리치고 다니지. 그리고 어디가나 그런 놈들한테 당하는 사람들이 있지. 매일 신문에서 그런 사건들을 읽지 않느냐. 이런 놈들은 무고한 사람들에게도 굉장한 해를 끼치지."

"루카 브라시도 그런 부류였지. 하지만 그는 굉장히 힘이 세서 아무도 그를 건드릴 수가 없었지. 이런 자들은 대개 자기 목숨은 생각하지 않지만 루카 브라시는 그 자체가 대단히 위험한 무기였지. 그런 자를 네 사람으로 만드는 방법은 죽음을 두려워하지 않고 실제로 죽고 싶어 하는 그들의 성질을 잘 이용하는 거야. 다시 말해 네가 그의 죽음을 바라지 않는 유일한 사람이라는 걸 믿게 만들고 동시에 네가 그를 죽일 수 있는 유일한 사람이라는 두려움을 갖게 만드는 거지. 그럼 그 때부터 네 사람이 되는 거다."

이것은 돈 코를레오네가 죽기 전에 가르쳐 준 가장 귀중한 교훈이었다. 마이클은 네리를 자신의 루카 브라시로 만들 때 그 방법을 사용했다.

앨버트 네리는 지금 브롱스의 자기 아파트에서 경찰 제복을 입을 준비를 하고 있었다. 그는 조심스럽게 솔질을 했다. 권총집도 광택을 냈다. 경찰 모자도 손보고 차양도 깨끗하게 닦았다. 튼튼한 검은 구두도 윤나게 닦았다. 이 일은 자기가 좋아서 선택한 일이다. 그는 이제야 세상에서 자기 자리를 찾았다. 마이클 코를레오네는 자기를 절대적으로 믿어 주었다. 그리고 오늘 그는 그 믿음을 저버리지 않을 것이다.

31

바로 그날 롱비치의 저택 앞에는 두 대의 리무진이 대기하고 있었다. 한 대는 코니 코를레오네와 그녀의 어머니, 남편 그리고 두 아이들을 공항에 데려가려고 기다리고 있었다. 카를로 리치의 가족은 이사 준비를 할 겸 휴가를 보내기 위해 라스베이거스로 가려는 것이었다. 코니가 반발했지만 마이클은 아랑곳하지 않고 카를로에게 휴가를 명령했다. 코를레오네 패밀리와 바르지니 패밀리 간에 회동이 열리기 전 모든 사람들이 저택을 떠나야 한다는 사실을 설명하지 않은 것이다. 사실 회담 자체는 극비였다. 그것을 아는 사람은 패밀리의 카포레짐뿐이었다.

또 다른 리무진은 케이가 아이들과 뉴햄프셔에 있는 친정에 타고 갈 차였다. 마이클은 긴급히 해결할 일이 있어서 저택에 남아 있겠다고 했다.

그런데 카를로가 여행을 떠나기 전날밤 마이클은 돌연 카를로에게 여행을 며칠 연기하고 가족들만 먼저 보내라고 했다. 코니는 발끈 성을 내며 마이클에게 항의하려고 전화를 걸었지만 그는 시내에 가고 없었다. 코니는 지금도 마이클을 이리저리 찾아다니고 있었다. 그러나 마이클은 톰 헤이건과 방문을 걸어 잠그고 들어가 아무도 못 들어오게 했다. 하는 수 없이 코니는 리무진에 올라타면서 카를로에게 작별 키스를 했다. "이틀 내에 오지 않으면 내가 다시 돌아올 거예요." 코니가 앙탈을 부렸다.

카를로는 능글맞게 웃으며 "알았어, 곧 갈게."라고 말했다.

코니는 창문 밖으로 고개를 빼고 "마이클이 왜 남으라고 했죠?"라고 물었다. 걱정스러운 듯 얼굴을 찡그린 코니는 나이보다 더 늙고 추해 보였다.

카를로는 어깨를 으쓱했다. "내게 중대한 일을 맡긴다고 약속했어. 아마 그 때문일 거야. 내게 그런 암시를 줬거든." 카를로는 바르지니 패밀리와의 회담 계획에 대해서는 모르고 있었다.

코니가 상기된 목소리로 물었다. "정말이에요, 카를로?"

카를로는 그녀를 안심시키기 위해 고개를 끄덕였다. 리무진이 저택의 정문을 빠져나갔다.

그때서야 마이클은 케이와 아이들에게 작별 인사를 하려고 나타났다. 카를로도 케이에게 다가와 즐거운 여행을 하길 바란다고 인사를 했다. 드디어 두 번째 리무진도 정문을 빠져나갔다.

마이클이 말했다. "여기 붙잡아 둬서 미안하네. 이틀 이상 걸리지 않을 거야."

카를로가 얼른 대답했다. "아니오, 괜찮습니다."

"좋아. 전화 옆에 붙어 있게. 준비가 되면 내가 전화를 하지. 우선 몇 가지 정보를 얻어야 할 게 있거든."

"알았어요." 카를로는 이렇게 말하고 집으로 돌아왔다. 그는 웨스트 버리에 몰래 숨겨둔 정부에게 전화를 걸어 밤늦게 찾아가겠다고 약속 했다. 그런 다음 위스키를 한 잔 마시며 전화를 기다렸다. 한참이 지났 다. 정오가 막 지나고 자동차들이 속속 도착했다. 자동차에서 클레멘 자가 내리고 잠시후에 다른 자동차에서 테시오가 내리는 게 보였다. 두 사람 모두 경호원을 대동하고 마이클의 집으로 들어갔다. 두서너 시간 뒤 클레멘자는 그 집을 나왔지만 테시오의 모습은 보이지 않았 다.

카를로는 집 밖으로 나가 10분 가량 신선한 공기를 마셨다. 그는 저 택을 지키는 경비원들을 죄다 알고 있었고 그들 중에는 친하게 지내는 사람들도 있었다. 그는 잡담이나 나누며 시간을 보내야겠다고 생각했 다. 그런데 놀랍게도 오늘은 그가 아는 경비원이 아무도 없었다. 이상 한 기분이 들었다. 더 놀라운 점은 정문을 지키고 있는 사람이 로코 램 포네였다. 그가 알기에 로코는 패밀리에서 간부급이었다. 특별한 상황 이 아니면 이런 하찮은 업무를 맡을 리가 없었다.

로코는 카를로에게 친근한 미소를 지으며 아는 체 했다. "이봐요, 대 부와 함께 휴가를 떠날 걸로 알고 있는데."

카를로가 어깨를 으쓱했다. "마이클이 하루 이틀 뒤에 출발했으면 하더군. 내게 맡길 일이 있는 모양이야."

"아, 내게도 정문을 좀 지키라고 그러더군. 제기랄 어쩌겠어, 대장이 시키면 해야지." 로코 램포네의 말투는 마이클을 얕잡아보는 듯했다.

카를로는 그 말투에 신경쓰지 않았다. 오히려 "마이클은 생각없이 일을 하는 사람이 아니야."라고 가볍게 꾸짖었다. 로코는 자기를 비난 하는 말에 잠자코 있었다. 카를로는 로코와 오랫동안 잡담을 하다가 집으로 들어왔다. 무슨 일이 벌어지고 있는 것 같은데 로코는 통 모르는 것 같았다.

마이클은 거실 창가에 서서 카를로가 저택 주위를 어슬렁거리는 모습을 보았다. 헤이건이 그에게 독한 브랜디를 한 잔 갖다 주었다. 마이클은 고맙게 받아 홀짝거리며 마셨다. 등 뒤에서 헤이건이 부드럽게 말했다. "마이클, 이제 슬슬 움직일 때가 되었네."

마이클이 한숨을 내쉬었다. "되도록 천천히 하고 싶네요. 아버지가 계셨다면 좀더 늦추셨을 것 같아요."

"모두 잘될 거야. 나만 입 다물고 있으면 아무도 모르네. 정말 계획을 잘 세웠어." 헤이건이 말했다.

마이클이 헤이건을 돌아다보며 말했다. "아버지께서 계획의 대부분을 세우셨어요. 아버지가 이렇게 현명한 분인 줄 몰랐어요. 당신은 알고 있었죠?"

"누구나 그분을 좋아했네. 하지만 이번 일도 훌륭해. 최고네. 자네도 그분 못지 않아." 헤이건이 말했다.

"어떻게 될 지 두고 봐야지요. 테시오와 클레멘자는 저택에 도착했어요?" 마이클이 물었다.

헤이건이 고개를 끄덕였다. 마이클은 술잔의 브랜디를 비웠다. "클레멘자 좀 내게 보내 주세요. 개인적으로 지시할 게 있어요. 테시오는 말구요. 테시오에게는 30분쯤 뒤에 바르지니를 만나러 갈 준비를 하라고만 말하세요. 뒷일은 클레멘자의 부하들이 알아서 할 거예요."

헤이건이 뭔가 아쉬운 듯 말했다. "테시오를 살릴 수 있는 방법은 없겠지?"

"없습니다." 마이클이 말했다.

버팔로시 북부의 어느 길가에 장사가 잘되는 작은 피자가게가 있었다. 점심 시간이 지나 손님이 많이 빠지자 가게 주인은 진열장에 남아 있던 피자를 둥근 양철 쟁반에 담아 벽돌로 만든 커다란 오븐에 넣었다. 치즈는 아직 녹지 않은 상태였다. 그가 가게 밖에서도 피자를 살 수 있게 만들어 놓은 카운터로 돌아왔을 때 마침 젊지만 험악하게 생긴 사내가 밖에 서 있었다. "피자 한 조각 주세요." 그가 말했다.

피자가게 주인은 나무주걱으로 차가운 피자 한 조각을 떠서 뜨겁게 데워 놓은 오븐 속에 넣었다. 손님은 밖에서 기다리지 않고 가게 문을 열고 들어왔다. 가게 안은 텅 비어 있었다. 가게 주인은 오븐을 열고 뜨거운 피자 조각을 종이 접시 위에 올려놓았다. 그러나 손님은 값을 치르지 않고 주인을 빤히 쳐다보았다.

"가슴에 문신이 있다고 들었습니다. 셔츠 위로 살짝 보이더군요. 나머지도 좀 보여주시겠습니까?"

가게 주인은 표정이 굳어졌다. 그는 온몸이 마비된 것 같았다.

"셔츠를 열어 보시오."

가게 주인은 고개를 설레설레 흔들었다. "난 문신 같은 거 없어요. 그 사람은 밤에 일하러 와요." 그는 딱딱한 억양의 영어로 말했다.

손님이 웃었다. 그것은 억지로 꾸민 기분 나쁜 웃음이었다. "자, 어서 단추를 풀어 보시오. 좀 봅시다."

가게 주인은 커다란 오븐 쪽으로 뒷걸음질쳤다. 그때 손님이 카운터 위로 손을 들어올렸다. 그 손에는 총이 들려 있었다. 그는 총을 발사했다. 총알이 가게 주인의 가슴을 관통했다.

가게 주인은 오븐에 쿵 하고 부딪혔다. 손님이 다시 그의 몸에 총을 발사했다. 가게 주인은 바닥에 나동그라졌다. 손님은 카운터를 돌아가서 허리를 구부리고 셔츠의 단추를 풀었다. 가슴에는 피가 홍건했지만 껴안고 있는 남녀를 칼로 찌르는 모습의 문신이 또렷이 보였다. 가게 주인은 최후의 방어인 듯 한 팔을 들어 문신을 가리려고 했다. 저격수가 말했다. "파브리지오, 마이클 코를레오네가 안부를 전했소." 그는 총을 앞으로 더 빼 가게 주인의 머리에 가까이 대고 방아쇠를 당겼다. 그런 다음 가게를 걸어나왔다. 도로 가에는 문을 열어 놓은 차가 기다리고 있었다. 그가 올라타자 자동차는 속력을 내며 달렸다.

로코 램포네는 정문의 쇠기둥에 설치해 놓은 전화가 울리자 수화기를 들었다. 누군가 "당신의 짐이 준비됐소."라고 말하고는 전화를 끊었다. 로코는 차를 타고 저택을 빠져 나왔다. 그는 소니가 죽음을 당했던 존스비치 제방길을 가로질러 원타프 철도역으로 갔다. 그리고 거기에 차를 세웠다. 저만치 두 남자가 탄 차가 그를 기다리고 있었다. 그들은 차를 타고 10분 정도 달리다가 선라이즈 고속도로 변 모텔 앞에 차를 세웠다. 로코 램포네는 두 남자를 차에 남겨둔 채 농가풍의 방갈로로 들어갔다. 그는 경첩이 튀어나오도록 문을 걷어찬 다음 방으로 뛰어들어갔다.

칠십 노인인 필립 타탈리아는 벌거벗은 채 젊은 여자 배위에서 엉거주춤한 자세를 취하고 있었다. 필립 타탈리아의 숱 많은 머리카락은 칠흑처럼 검었지만 사타구니의 음모는 희끗희끗했다. 그의 몸은 새처럼 말랑말랑하고 포동포동했다. 로코는 그의 배에 네 발의 총을 쏘았다. 그리고 뒤돌아서서 뚜벅뚜벅 차로 왔다. 차에 타고 있던 두 남자는 그곳을 떠나 로코를 원타프 역에 내려 주었다. 로코는 자기 차를 타고 저택으로 돌아왔다. 그리고 마이클 코를레오네를 만나러 잠깐 들어갔다 나와서 다시 정문의 보초를 서기 시작했다.

아파트에 혼자 있던 앨버트 네리는 제복 손질을 끝내고 천천히 제복을 입었다. 바지와 셔츠를 입고 타이를 맨 다음 자켓을 입고 권총집과 권총 벨트를 찼다. 경찰관을 그만둘 때 총은 반납했지만 나머지는 행정 감독이 소홀한 틈을 타 반납하지 않은 것이다. 추적이 불가능한 경찰용 특수 신형 38구경 권총은 클레멘자가 준비해 주었다. 네리는 권총을 꺾어 기름칠을 하고 격철을 검사한 다음 다시 맞추고 방아쇠를 당겨 보았다. 그런 다음 탄창을 끼우고 표적을 겨냥해 보았다.

네리는 두꺼운 종이 가방에 경찰 모자를 넣고 경찰 제복이 보이지 않도록 일반 외투를 입었다. 시간을 확인해 보았다. 자동차가 도착할 때까지는 15분 가량 남아 있었다. 그는 15분 동안 자기 모습을 거울에 비춰 보았다. 아무 문제도 없었다. 진짜 경찰처럼 보였다.

밖으로 나가니 로코 램포네가 앞자리에 탄 채 그를 기다리고 있었다. 네리는 뒷자리에 탔다. 아파트에 사는 이웃사람이 떠나기를 기다린 후에 그의 차가 시내를 향해 출발했다. 네리는 외투를 벗어 차 바닥에 내려놓았다. 그리고 종이 가방에서 경찰 모자를 꺼내 썼다.

55번가와 5번가가 만나는 지점에서 차가 멈추자 네리는 차에서 내렸다. 그는 5번가 쪽으로 걸어 내려갔다. 예전에는 흔히 하던 일이지만 오랜만에 경찰복을 입고 순찰을 하자니 어색한 기분이 들었다. 거리는 사람들로 북적거렸다. 그는 성 패트릭 성당을 가로질러 록펠러 센터까지 걸어갔다. 그가 걸어가고 있는 5번가 방향으로 그가 찾는 리무진이 보였다. 그 차는 빨간색으로 표시한 주차금지 구역과 정차금지 구역 사이에 교묘하게 차를 대놓고 있었다. 네리는 너무 빨리 걷고 있어서 속도를 조금 늦췄다. 그는 걸음을 멈추고 교통규칙 위반신고서를 꺼내 뭐라고 적은 다음 다시 걷기 시작했다. 리무진에 가까이 다가오자 그는 경찰봉으로 리무진의 범퍼를 톡톡 쳤다. 운전수가 놀라서 쳐다봤다. 네리는 봉으로 정차금지 표지판을 가리키며 차를 빼라고 말했다.

운전수는 못들은 척 고개를 돌렸다.

네리는 보도로 올라와 창문이 열려 있는 쪽으로 왔다. 험악하게 생긴 운전수는 네리가 한 방 먹이고 싶어하는 그런 부류였다. 네리는 일부러 거칠게 말했다. "어이, 딱지 떼고 싶어, 아님 빨리 차를 빼시든지."

운전사는 얼굴 표정 하나 바꾸지 않고 말했다. "당신 구역이나 챙기시지. 딱지 떼고 싶으면 떼슈."

"빨리 여기서 차 빼지 못해. 안 빼면 차에서 끌어내 뜨거운 맛을 보여주겠어." 네리가 호통쳤다.

운전수는 한 손에 쥘 수 있도록 꼬깃꼬깃하게 접은 10달러짜리 지폐를 네리의 셔츠 안쪽에 쑤셔 넣으려고 했다. 네리는 뒤로 물러서더니 손가락을 구부려 나오라는 시늉을 했다. 운전수는 차 밖으로 나왔다.

"면허증과 자동차 등록증 좀 봅시다." 네리가 말했다. 이제 차를 옮겨 주기를 바라는 것은 포기해야 했다. 그때 얼핏 건장하고 땅딸막한 남자 셋이 플라자빌딩 층계를 내려와 도로로 오는 것이 보였다. 바르지니와 두 명의 경호원이 마이클 코를레오네를 만나러 가는 길이었다. 경호원 중 한 명이 차에 무슨 일이 일어났는지 확인하려고 급히 달려왔다.

"무슨 일이야?" 그가 운전수에게 물었다.

운전수가 퉁명스럽게 대답했다. "아무 일도 아니야. 딱지 떼고 있어. 이 자는 새로 온 경찰인가봐."

그때 다른 경호원과 걸어온 바르지니가 화가 나서 목소리를 높였다. "도대체 무슨 일이야?"

네리는 교통법규 위반신고서에 기록한 뒤 등록증과 면허증을 돌려주었다. 그런 다음 신고서를 주머니에 넣으면서 동시에 38구경 권총을 꺼냈다.

그는 떡 벌어진 바르지니의 가슴에 권총 세 발을 발사했다. 나머지 세 사람은 너무 놀라 그 자리에 얼어붙은 듯 피하지도 못했다. 네리는 얼른 인파 속으로 뛰어들어 모퉁이를 돌아 그를 기다리고 있는 차가 있는 곳으로 걸어갔다. 네리를 태운 차는 속력을 내며 9번가를 향해 달려 시내로 사라졌다. 첼시 공원 근처에 이르자 네리는 모자를 벗어 창밖으로 던진 다음 사복으로 갈아입고 외투를 걸쳤다. 그리고 나서 대기하고 있던 다른 차로 옮겨 탔다. 두고 내린 경찰 제복과 총은 남아있는 사람들이 적절히 폐기할 것이다. 한 시간 뒤에 네리는 안전하게 롱비치 저택에 도착해서 마이클 코를레오네에게 보고를 했다.

테시오는 전(前) 대부의 집 부엌에서 커피를 홀짝이며 기다리고 있었다. 드디어 톰 헤이건이 그를 불렀다. "이제 마이클이 준비를 다했습니다. 바르지니에게 전화를 걸어 이제 출발한다고 전하십시오."

테시오는 자리에서 일어나 벽에 걸린 전화기를 향해 걸어갔다. 그는 뉴욕에 있는 바르지니 사무실로 전화를 걸어 간단하게 "지금 브루클린으로 가는 중입니다."라고 말했다. 그는 전화를 끊고 헤이건에게 미소를 보냈다. "오늘밤 마이클이 협상을 잘해야 할텐데."

헤이건은 차분한 목소리로 "잘할 겁니다."라고 말했다. 그는 테시오를 부엌에서 데리고 밖으로 나왔다. 그들은 마이클의 집으로 갔다. 그런데 문앞에 서 있던 경호원 한 명이 그들을 불러 세우더니 "보스께서 다른 차로 가실 테니 두 분은 먼저 출발하시랍니다."라고 말했다.

테시오는 얼굴을 찌푸리며 헤이건을 쳐다보았다. "젠장, 그럼 안 되는데. 내 계획이 다 틀어지는데." 테시오가 무심코 중얼거렸다.

그때 어디선가 세 명의 경호원이 더 나타나 그들을 에워쌌다. "테시오, 나도 못 갑니다." 헤이건이 말했다.

그 순간 테시오는 모든 것을 눈치챘다. 그리고 체념했다. 그는 온몸에 힘이 쭉 빠졌지만 간신히 몸을 추스러 헤이건에게 물었다. "마이클에게 사업상 그렇게 되었다고 전해주시오. 그를 좋아한다는 것도."

헤이건이 고개를 끄덕였다. "마이클도 알고 있습니다."

테시오는 잠시 말을 멈추었다가 간청했다. "톰, 날 좀 살려주시오. 옛정을 생각해서."

헤이건은 천천히 고개를 저었다. "안됩니다."

테시오는 경호원들에게 잡혀 기다리고 있던 차에 태워졌다. 헤이건은 마음이 아팠다. 테시오는 코를레오네 패밀리에서도 가장 유능한 카포레짐이었다. 돈 코를레오네는 루카 브라시를 빼고 그를 가장 신임했다. 그렇게 영리한 사람이 인생의 말년에 이처럼 치명적인 오판을 했다는 것이 안타까웠다.

여전히 마이클과의 면담을 기다리고 있던 카를로 리치는 사람들이 도착하고 떠나는 모습을 보며 점점 더 초조해졌다. 뭔가 자신만 모르는 중대한 일이 벌어지고 있는 게 틀림없다는 생각이 들었다. 그는 조바심이 나서 마이클에게 전화를 했다. 경호원이 전화를 받았다. 경호원은 잠시후에 돌아와 마이클이 곧 갈테니 꼼짝말고 앉아 있으라고 했다고 전했다.

카를로는 다시 정부에게 전화를 걸어 저녁 늦게라도 틀림없이 갈테니 함께 밤을 보내자고 말했다. 마이클이 곧 온다고 했으니 무슨 일인지는 모르지만 한두 시간 넘게 걸리지는 않을 것이다. 그런 뒤 40분 정도면 웨스트버리에 도착할 수 있을 것이다. 그렇게 생각한 카를로는 정부가 화내지 않도록 달콤한 말로 달래며 약속을 했다. 그는 전화를 끊고 나서 나중에 시간을 아끼기 위해 미리 외출복으로 갈아입었다. 그가 막 셔츠에 팔을 넣으려 하는데 노크 소리가 들렸다. 카를로는 마이클이 자기를 부르는 전화를 걸었는데 통화중이어서 사람을 보냈을 거라고 생각했다. 카를로는 문을 열었다. 그는 순간 등줄기가 오싹하면서 온몸의 힘이 빠졌다. 문앞에 서 있는 사람은 바로 마이클 코를레오네였다. 그가 꿈에서 자주 보았던 바로 그 죽음의 얼굴이었다.

마이클 코를레오네의 뒤에는 헤이건과 로코 램포네가 서 있었다. 그들은 마지못해 친구에게 나쁜 소식을 전하러 온 것처럼 표정이 무거웠다. 세 사람이 안으로 들어왔다. 카를로 리치는 그들을 거실로 안내했다. 충격이 조금 가라앉자 그는 자기가 괜한 일로 잠깐 신경마비를 일으킨 것일 뿐이라고 생각했다. 그런데 그뒤 마이클의 말을 듣는 순간 카를로는 진짜 한 대 맞은 듯 온몸이 마비되고 속이 메슥거렸다.

"이제 소니의 죽음에 대해 대답해주시오." 마이클이 말했다.

카를로는 무슨 말인지 모르는 척하며 대답하지 않았다. 헤이건과 램포네는 좌우 양쪽 벽으로 갈라져서 서 있었다. 카를로와 마이클은 서로 마주보았다.

"당신이 바르지니 사람들한테 소니의 행방을 알려줬지. 내 누이와는 거짓 부부싸움을 했고. 바르지니 녀석들이 당신보고 코를레오네를 속이라고 하던가?"

카를로 리치는 체면이고 자존심이고 생각할 것도 없이 벌벌 떨며 말했다. "난 결백해요. 정말이에요. 내 자식들의 목숨을 걸고 맹세합니다. 난 결백해요. 마이클, 나한테 이러지 말아요. 마이클, 제발 나 좀 살려줘요."

마이클이 침착하게 말했다. "바르지니는 죽었소. 필립 타탈리아도 마찬가지고. 난 오늘밤 우리 패밀리의 빚을 모두 갚아 줄 거요. 그러니 내게 결백하다는 따위의 말은 하지 마시오. 당신의 죄를 솔직히 인정하는 게 좋을거야."

헤이건과 램포네는 놀란 표정으로 마이클을 쳐다보았다. 그들은 마이클이 자기 아버지처럼 되려면 멀었다고 생각했다. 이 배신자가 무엇하러 죄를 인정하겠는가? 그의 죄는 이미 상당부분 증명이 되었다. 대답은 들어보지 않아도 뻔하다. 마이클은 아직도 자신의 행동이 옳다고 확신하지 못하고 있었다. 자신이 공정하지 않을까봐 두려워하고 있으며, 카를로 리치의 자백으로 일말의 불확실성이 사라지기를 바라고 있었다.

카를로는 여전히 대답하지 않았다. 마이클은 더욱 부드러운 목소리로 물었다. "두려워할 것 없소. 나라고 누이를 과부 만들고 싶겠소? 내 조카들을 아버지 없는 애들로 만들고 싶겠소? 난 당신 아이들의 대부이기도 하오. 내가 벌을 준다고 해봤자 당신이 우리 패밀리에서 일하지 못하게 하는 것뿐이오. 당신을 비행기에 태워 아내와 아이들이 있는 라스베이거스로 보내고 거기에서 살게 할 작정이오. 코니에게 매달 생활비도 보낼거요. 그게 전부요. 하지만 계속해서 결백을 주장하지는 마시오. 내 판단을 모욕하지 말고 나를 화나게 하지 말란 말이오. 누가 당신에게 접근했소, 타탈리아? 바르지니?"

목숨만 건질 수 있기를 간절히 바라던 카를로 리치는 죽이지 않겠다는 달콤한 말에 안도하며 중얼중얼 입을 열었다. "바르지니."

"좋소, 좋아." 마이클은 부드럽게 말했다. 그는 오른손으로 신호를 보냈다. "이제 떠나시오. 공항까지 데려다 줄 자동차가 대기하고 있을 거요."

카를로가 먼저 밖으로 나왔고, 이어서 세 사람이 그의 뒤를 바짝 따라왔다. 밤 시간이어서 저택은 평소와 다름없이 가로등이 훤히 켜 있었다. 차가 한 대 다가왔다. 카를로는 그게 자기를 태워줄 차라는 것은 알았지만 운전수는 누구인지 알 수 없었다. 차 뒷좌석에 누군가 앉아 있었지만 귀퉁이에 있어서 잘 보이지 않았다. 램포네가 앞문을 열며 카를로에게 타라고 했다. "내가 코니에게 연락해서 당신이 지금 출발했다고 전해 주겠소." 마이클이 말했다. 카를로는 차에 올라탔다. 그의 실크 서츠는 땀에 젖어 있었다.

자동차는 곧장 정문을 향해 미끄러져 나갔다. 카를로가 뒤에 누가 앉아 있나 보려고 고개를 돌렸다. 그 순간 클레멘자는 여자 애들이 고양이 목에 리본을 걸 듯이 날렵하고 솜씨 좋게 카를로 리치의 목에 밧줄을 걸었다. 클레멘자가 밧줄을 세게 조르자 매끄러운 밧줄이 카를로의 피부를 파고들었다. 카를로는 마치 낚시줄에 걸린 물고기처럼 위로 튀어 올랐다. 클레멘자는 카를로의 몸이 축 늘어질 때까지 목을 졸랐다. 갑자기 차안에 역한 냄새가 풍겼다. 죽음이 가까워지자 괄약근이 느슨해지면서 몸 속의 배설물들이 쏟아져 나온 것이다. 클레멘자는 확실히 죽이기 위해 몇 분 더 목을 조른 다음 밧줄을 풀더니 주머니에 넣었다. 그는 의자에 앉았고 카를로는 차문에 부딪히며 밑으로 굴러 떨어졌다. 클레멘자는 잠깐 동안 창문을 내려 악취가 밖으로 나가게 했다.

코를레오네 패밀리는 완벽한 승리를 거두었다. 24시간 동안 클레멘자와 램포네는 자기 대원들을 풀어 코를레오네 제국의 침입자들을 응징했다. 네리는 테시오의 부대를 지휘했다. 바르지니 패밀리의 마권영업자들은 사업을 못하게 되었고 핵심간부 두 명은 멀베리가의 이탈리아 식당에서 식사를 하다가 총에 맞아 죽었다. 속보 경마계의 악덕 사기꾼 한 명은 경마에서 이겨서 집으로 돌아오던 중에 살해되었다. 부두에서 활약하던 큰손 고리대금업자 둘은 사라졌다가 한 달 뒤 뉴저지의 유곽에서 발견되었다.

이런 무차별적인 공격으로 마이클 코를레오네는 명성을 쌓았고 뉴욕에서 코를레오네 패밀리의 우월적인 지위를 되찾았다. 그는 탁월한 전략뿐만 아니라 바르지니와 타탈리아 패밀리의 핵심 카포레짐들의 굴복을 받아냄으로써 존경을 한몸에 받게 되었다.

그의 여동생 코니가 히스테리 증상을 보인 것만 빼면 마이클 코를레오네의 완벽한 승리였을 것이다.

코니는 아이들을 라스베이거스에 두고 어머니와 집으로 돌아왔다. 그녀는 리무진을 타고 집으로 돌아오기 전까지는 과부가 된 슬픔을 억누르려고 애썼다. 그러나 집에 도착하자 어머니의 만류도 뿌리치고 마이클의 집으로 뛰어들어갔다. 그녀는 문을 박차고 들어가 마이클과 케이가 있는 거실로 들어갔다. 케이는 코니에게 다가가 어깨를 감싸주면서 위로해 주려고 했다. 그러나 코니가 자기 오빠에게 저주와 비난을 퍼붓자 주춤했다. "이 나쁜 놈아, 네가 내 남편을 죽였지. 아버지가 돌아가실 때까지 기다렸다가 아무도 말릴 사람이 없으니까 그를 죽인 거지? 네가 내 남편을 죽였어. 소니 오빠가 죽은 게 카를로 탓이라고 생각한 거야. 넌 항상 그랬어. 모두들 그랬지. 한 번이라도 내 생각해 준 적 있어? 난 이제 어떻게 살아, 난 이제 어떻게 살아가란 말야?' 코니가 울부짖었다. 마이클의 경호원 두 명이 코니의 뒤로 가서 그녀가 진정하기를 기다렸다.

케이가 놀란 목소리로 말했다. "코니, 진정해요, 이러지 말아요."

코니는 히스테리 증상이 가라앉았다. 그러나 목소리에는 여전히 독기가 서려 있었다. "왜 오빠가 내게 그렇게 냉정하게 대했는지 알아요? 왜 카를로를 여기 살게했는지 알아요? 오빠는 항상 내 남편을 죽일 기회만 엿보고 있었어요. 하지만 아버지가 살아계신 동안에는 감히 그러지 못했죠. 아버지가 말리셨을 테니까요. 오빠 그걸 알았어요. 그래서 기다린 거죠. 그러면서 우리를 안심시키려고 우리 애들의 대부를 서주었죠. 정말 잔인한 사람이에요. 언니는 자기 남편을 얼마나 안다고 생각해요? 오빠가 내 남편까지 얼마나 많은 사람들을 죽였는지 알아요? 신문 좀 읽어보세요. 바르지니와 타탈리아 그밖에 얼마나 많은지 몰라요. 우리 오빠가 그 사람들을 죽였다고요."

그녀는 다시 히스테리 증상이 나타났다. 그녀는 마이클의 얼굴에 침을 뱉으려고 했지만 입이 말라 침이 나오지 않았다.

"코니를 데려가서 의사에게 보여." 마이클이 말했다. 두 명의 경호원이 즉시 코니의 팔을 잡고 집밖으로 데리고 나갔다.

케이는 공포에 질리고 충격에서 벗어나지 못했다. "코니가 하는 말이 다 뭐죠? 왜 코니가 그런 생각을 갖고 있냐구요?" 그녀가 마이클에게 물었다.

마이클이 어깨를 으쓱했다. "코니가 히스테리를 부리는 거야."

케이는 그의 눈을 노려보았다. "마이클, 모두 사실이 아니죠? 제발 사실이 아니라고 말해봐요."

마이클은 짜증스럽게 고개를 저었다. "물론 사실이 아냐. 나만 믿어. 좋아, 이번 한번만 내 일에 대해 묻게 해주겠어. 내가 대답해 주지. 그건 사실이 아니야." 그는 어느 때보다도 확고하게 말했다. 케이의 눈을 똑바로 쳐다보고 결혼생활에서 쌓아올린 서로에 대한 신뢰를 최대한 이용해 자기를 믿게 하려고 했다. 케이는 더 이상 의심할 수가 없었다. 케이는 애써 웃으면서 마이클의 품으로 달려들며 키스를 했다.

"우리 둘 다 술이 한 잔 필요해요." 그녀는 이렇게 말하고는 얼음을 가지러 부엌으로 들어갔다. 부엌에서 막 나오려는데 열린 문을 통해 클레멘자와 네리 그리고 로코 램포네가 경호원들과 함께 집으로 들어오는 모습이 보였다. 마이클은 케이를 등지고 서 있었지만 케이가 조금 방향을 바꾸니 그의 옆모습이 보였다. 클레멘자는 마이클에게 정중하게 경의를 표시했다.

"돈 마이클!" 클레멘자가 말했다.

케이는 마이클이 그들에게 어떤 태도로 나오는지 주시했다. 마이클은 하늘로부터 동료들의 생사를 좌우하는 권리를 받았던 고대 로마 황제들의 조각상을 연상시켰다. 한 손으로 뒷짐을 지고 얼굴에는 냉혹한 자부심을 내뿜고 체중을 한쪽 발끝에 싣고 당당하게 서 있는 모습이 보였다. 그 앞에는 카포레짐들이 서 있었다. 순간 케이는 코니가 말했던 것이 모두 사실이었음을 알 수 있었다. 케이는 부엌으로 되돌아가 울음을 터뜨렸다.

제9부

32

코를레오네 패밀리가 거둔 피의 승리는 완전한 것이 아니었다. 마이클 코를레오네는 그뒤 1년에 걸쳐 신중하게 정치적인 영향력을 가동시킨 뒤에야 명실공히 미국에서 가장 강력한 패밀리의 우두머리가 될 수 있었다. 그 열두 달 동안 마이클은 반은 롱비치의 본부에서, 반은 라스베이거스의 새로 장만한 집에서 보냈다. 그 해 말에는 뉴욕의 사업을 정리하고 저택과 부동산도 모두 처분했다. 그러기 전에 그는 마지막으로 동부의 패밀리 대원 전체를 집으로 불렀다. 그들을 한 달 동안 머물게 하면서 사업을 정리할 작정이었다. 케이는 집안의 가재도구나 살림을 포장하고 운송하는 일을 맡았다. 그밖에도 자질구레하게 할 일이 수없이 많았다.

이제 코를레오네 패밀리는 난공불락의 요새가 되었고, 클레멘자도 자기 패밀리를 거느리게 되었다. 로코 램포네는 코를레오네 패밀리의 새로운 카포레짐이 되었다. 앨버트 네리는 코를레오네 패밀리가 장악하고 있는 네바다의 한 호텔에서 경비 대장을 맡게 되었다. 헤이건 역시 마이클의 서부 패밀리에서 일을 도와주고 있었다.

시간은 옛 상처를 치유하는데 도움을 주었다. 코니 코를레오네는 마이클과 화해했다. 온갖 비난을 퍼부은 지 1주일도 안돼 마이클에게 사과했고, 케이한테도 자기의 말이 사실이 아니며 젊은 나이에 과부가 된 데 대한 화풀이였다고 안심시켜 주었다.

코니 코를레오네는 쉽게 새 남편을 만났다. 카를로가 죽은 지 1년도 안되어 코를레오네 패밀리에서 남자 비서로 일해 온 젊고 멋진 남자와 재혼했다. 그는 믿을 만한 이탈리아 가문 출신으로 미국의 명문 상과 대학을 졸업했다. 대부의 여동생과 결혼하면 당연히 장래가 보장되었다.

케이 애덤스 코를레오네는 결국 카톨릭교의 가르침을 받아들이고 믿음을 갖게 되어 시집식구들을 기쁘게 했다. 그녀의 두 아들도 자연히 카톨릭 교리에 따라 자라게 되었다. 그러나 마이클만은 별로 기뻐하지 않았다. 그는 아이들이 개신교 신자로 자라기를 바랐다. 그게 더 미국적이라고 생각했기 때문이다.

뜻밖에도 케이는 네바다에서의 생활을 좋아했다. 아름다운 경치와 붉게 빛나는 바위로 이루어진 언덕과 협곡, 이글거리는 사막, 불쑥 튀어나오는 맑고 상쾌한 호수, 심지어 무더운 날씨까지도 사랑했다. 두 아들은 망아지를 타고 놀았다. 그녀는 경호원이 아니라 진짜 하인들을 두었다. 마이클은 더욱 정상적인 생활을 하게 되었다. 그는 건설 회사를 운영하고, 사업가들의 클럽이나 시민단체에도 가입했다. 드러내 놓고 간섭하지는 않지만 지역 정치에도 건전하게 관심을 가졌다. 행복한 생활이었다. 케이는 뉴욕 생활을 정리하고 라스베이거스로 이사오자 이제 진짜 자기 집을 갖게 되었다며 기뻐했다. 그녀는 뉴욕에 오는 게 싫었다. 그래서 이번에 마지막으로 남은 살림살이를 최대한 빨리 포장하고 운송할 생각이었다. 이제 뉴욕에서의 마지막 날 그녀는 오랜 병상생활을 끝내고 퇴원하는 환자처럼 빨리 떠나고 싶은 마음뿐이었다.

뉴욕에서의 마지막 날 케이는 새벽에 잠을 깼다. 저택 바깥에서 털털거리는 트럭 소리가 들렸다. 집에 있는 가구들을 모두 실어갈 트럭이었다. 코를레오네 가의 식구들은 그날 오후 비행기로 라스베이거스로 떠날 계획이었다.

케이가 욕실에서 나왔을 때 마이클은 베개를 등에 괴고 앉아 담배를 피우고 있었다. "왜 매일 아침 성당에 가는 거야? 일요일에 가는 건 이해하겠는데, 왜 1주일 내내 가는 거지? 당신도 우리 어머니를 닮아가는구면." 그가 어둠 속에서 손을 뻗어 스탠드를 켰다.

케이는 침대 귀퉁이에 앉아 스타킹을 신었다. "카톨릭 신자가 되면 그렇게 변해요. 더 열성적이 돼죠." 케이가 말했다.

마이클이 손을 뻗어 그녀의 스타킹 윗부분에 드러난 따뜻한 허벅지 살을 만졌다. "안돼요. 오늘 아침 영성체가 있어요."

케이가 침대에서 일어나자 마이클은 더 이상 그녀를 붙들지 않았다. 그는 가볍게 미소를 띠고 "그렇게 엄격한 카톨릭 신자면서 왜 아이들은 성당에 자주 보내지 않지?"라고 물었다.

케이는 자신의 속마음을 들킨 것 같아 찜찜했다. 마이클은 대부다운 날카로운 시선으로 아내의 속셈을 알아내려고 골똘히 쳐다보았다. "애들은 시간이 많잖아요. 라스베이거스에 가면 더 자주 다니게 할 거예요."

케이는 얼른 그에게 작별인사를 하고 방을 나섰다. 집밖의 공기는 벌써 더워지고 있었다. 여름 해가 동쪽에서 붉게 떠오르고 있었다. 케이는 정문 근처에 주차해 놓은 차에 올라탔다. 검정색 상복을 입은 코를레오네 부인은 벌써 차에 앉아 그녀를 기다리고 있었다. 두 사람이 함께 아침 미사에 참가하는 것은 어느덧 일과가 되어 버렸다.

케이는 노부인의 주름진 뺨에 입을 맞춘 다음 뒷자리에 앉았다. "아침은 먹었니?" 노부인이 미심쩍은 듯 물었다.

"아니요." 케이가 대답했다.

노부인은 잘했다는 듯 고개를 끄덕였다. 언젠가 한 번 케이는 영성체를 하기 전날밤 자정부터 금식해야 한다는 사실을 잊었던 적이 있었다. 오래 전의 일이지만 시어머니는 그뒤로 케이를 믿지 못하고 항상 확인했다. "기분은 괜찮니?" 노부인이 물었다.

"네, 좋아요." 케이가 대답했다.

조그만 성당은 이른 아침 햇살에 적막해 보였다. 창문을 스테인드

글래스로 장식해서 성당 내부는 서늘하고 아늑했다. 케이는 뒤에 서서 시어머니가 하얀 돌계단을 올라가도록 도와주었다. 노부인은 성찬대에 가까운 의자에 앉는 것을 좋아했다. 케이는 계단 위에서 잠시 머뭇거렸다. 그녀는 언제나 마지막 순간에 두려운 마음이 들면서 주저했다.

케이는 결국 서늘하고 어두컴컴한 안으로 들어갔다. 그녀는 손끝에 성수를 묻힌 다음 성호를 긋고 나서 젖은 손끝을 마른 입술에 살짝 댔다. 그녀가 성호를 긋자 성상과 그리스도상 앞에 놓여있는 촛불의 불꽃이 흔들렸다. 케이는 자기 차례가 되기 전에 딱딱한 나무의자에 무릎을 꿇고 영성체를 기다렸다. 그녀는 마치 기도하듯 고개를 숙였다. 그러나 아직 마음의 준비는 되어 있지 않았다.

케이는 천장이 높고 둥근 어두운 성당에서 남편의 또 다른 세계에 대해 생각했다. 악몽 같았던 1년 전 그날밤, 남편은 서로의 신뢰와 사랑을 이용해서 어떻게든 자신이 여동생의 남편을 죽이지 않았다는 거짓말을 믿게 하려고 노력했다.

그러나 케이는 남편에게서 마음이 떠나버렸다. 남편의 무자비한 행동 때문이 아니라 거짓말 때문이었다. 이튿날 아침 케이는 아이들을 데리고 뉴햄프셔의 친정으로 가버렸다. 아무 설명도 하지 않고, 어떻게 하겠다는 생각도 없었다. 그러나 마이클은 곧 눈치챘다. 그는 첫날 케이에게 전화를 했고 그뒤로는 아무 연락도 하지 않았다. 1주일이 지났을 무렵 톰 헤이건이 뉴욕에서 리무진을 타고 왔다.

케이는 오후 내내 톰 헤이건과 시간을 보냈다. 그녀의 평생 가장 끔찍한 오후였다. "마이클이 내게 협박을 하라고 당신을 보냈나요? 난 기관총을 든 남자들이 차에서 내려 날 끌고 갈 거라고 생각했는데."

케이의 말을 듣고 헤이건은 처음으로 그녀에게 화를 냈다. 그는 거칠게 말했다. "내 평생 그렇게 유치한 말은 처음 듣습니다. 당신 같은 분 입에서 그런 말이 나올 줄 몰랐군요. 자, 케이, 좀 걸읍시다."

  "좋아요." 케이가 말했다.

  두 사람은 푸른 시골길을 함께 걸었다. 헤이건이 조용히 물었다. "왜 집을 나오셨죠?"

  "마이클이 거짓말을 했기 때문이에요. 코니 아들의 대부를 선 것도 결국 날 바보로 만든 거예요. 나를 배신했어요. 난 그런 사람을 사랑할 수 없어요. 그런 사람과는 살 수 없어요. 내 아이들의 아빠로 인정할 수가 없다구요."

  "당신이 무슨 말을 하는지 모르겠군요." 헤이건이 말했다.

  케이는 당당하게 화를 내며 헤이건을 돌아다보았다. "마이클이 여동생의 남편을 죽였다고 말하는 거예요. 아셨어요?" 케이는 감정을 삭히려는 듯 말을 멈췄다. "그리고 내게 거짓말을 했어요."

  두 사람은 아무 말없이 오랜 시간을 걸었다. 드디어 헤이건이 입을 열었다. "그 말이 거짓이라고 말해도 당신이 확인할 길은 없습니다. 하지만 대화를 해야하니까 사실이라고 해두죠. 하지만 만약 내가 그 일을 정당화시킬 이유를 말한다면 어쩌시겠습니까? 정당한 이유가 있다고 한다면 말입니다."

  케이가 조롱하는 눈빛으로 그를 쳐다봤다. "이제야 당신 직업이 변호사인 것 같군요. 당신에게는 안 어울리는 것 같지만."

  헤이건은 싱긋 웃었다. "좋습니다. 내 말 좀 들어보세요. 카를로가 소니에 대한 정보를 팔아서 소니가 죽었다면 어떻게 생각하십니까? 카를로가 코니를 때린 게 소니를 밖으로 불러내기 위한 계략이었고 소니가 존스비치 제방길로 다닌다는 정보까지 주었다면 어쩌시겠습니까?

카를로가 소니에 대한 정보를 주고 대가를 받았다면 어떻게 생각하십니까? 그렇다면 어쩌시겠습니까?"

케이는 아무 대답도 하지 않았다. 헤이건은 계속해서 말했다. "만약 위대한 대부가 아들의 복수를 갚기 위해 사위를 죽이는 걸 당연하게 여겼다면 어떻게 하시겠습니까? 그 분은 그 일을 알았지만 자신이 하기에는 너무 벅차서 계승자인 마이클을 믿고 맡기셨습니다. 그래도 죄책감을 가져야 합니까?"

"모두 끝난 일이에요. 다른 사람들은 모두 행복하잖아요. 왜 카를로를 용서해 주지 않았죠? 모두가 용서해 주고 모른 척했으면 되지 않았나요?" 케이가 눈물을 글썽이며 말했다.

그녀는 들판을 가로질러 나무 그림자가 드리워진 개울로 갔다. 헤이건이 풀밭에 주저앉으며 한숨을 내쉬었다. 그는 주위를 둘러보며 거듭해서 한숨을 내쉬었다. "당신의 세계에선 그럴 수 있겠죠."

"지금의 마이클은 결혼 전의 마이클이 아니에요." 케이가 말했다.

헤이건은 피식 웃었다. "만약 그렇다면 그는 지금쯤 죽었을 겁니다. 지금쯤 당신은 과부가 되었을 거란 말입니다. 그랬으면 당신은 이런 고통은 겪지 않았겠지요."

케이의 눈이 휘둥그레졌다. "무슨 뜻이죠? 자, 톰 이제 평생 처음으로 솔직히 말해 보세요. 마이클은 솔직히 말하지 못해요. 하지만 당신은 시칠리아 사람이 아니니 여자에게도 사실을 말할 수 있잖아요. 당신은 여자를 동등하게 생각하잖아요."

또 다시 긴 침묵이 이어졌다. 헤이건은 고개를 저었다. "당신은 마이클을 곤란하게 만들었어요. 마이클이 거짓말했다고 화를 냈죠. 그러길래 마이클이 사업에 관해 묻지 말라고 하지 않던가요. 당신은 마이클이 카를로 아들의 대부를 서 주었다고 화를 냈죠. 하지만 당신이 그렇게 해달라고 조른 게 아니었나요? 사실 마이클이 카를로를 죽이기 전에 그의 아들의 대부를 서 준 것은 옳은 일이었습니다. 희생자의 환심을 사는 전략은 고전적인 수법이죠." 그러나 케이는 고개를 숙였다.

헤이건이 말을 계속했다. "이왕 나온 김에 몇 가지 더 털어놓을까요. 대부가 돌아가신 뒤 마이클은 죽을 처지였습니다. 누가 그런 계략을 꾸몄는지 아십니까? 테시오입니다. 그래서 테시오가 살해당한 거죠. 카를로가 살해당해야 했듯이. 배반은 용서될 수 없으니까요. 물론 마이클이 용서해 주었더라도 다른 사람들이 용서하지 않았을 겁니다. 언제라도 위험에 처하고 죽을 수 있습니다. 마이클은 테시오를 정말 좋아했어요. 코니도 그를 좋아했죠. 하지만 만약에 테시오와 카를로를 그대로 두었으면 당신과 아이들, 그밖에 다른 가족들, 나와 내 가족에 대한 의무를 회피하는 게 됩니다. 그들은 언제고 우리의 목숨을 노렸을 겁니다."

케이는 눈물을 흘리며 이 이야기를 들었다. "마이클이 그 말을 전하라고 당신을 보냈나요?"

헤이건은 정말 놀라서 그녀를 바라보았다. "아닙니다. 당신이 아이들을 돌보는 한 당신이 무엇이든 원하는 대로 하고 원하는 대로 갖게 할 거라고 하더군요. 당신이야말로 자기 상전이라고 하더군요. 이건 농담입니다." 헤이건이 웃음을 띠었다.

케이는 헤이건의 팔을 잡았다. "그밖에 다른 말은 안 했어요?"

헤이건은 마지막 진실을 말해야 할 지 몰라 잠시 머뭇거렸다. "그리고 당신이 믿지 않겠지만…, 이 말을 내가 했다고 말하면 난 죽습니다." 헤이건은 잠시 말을 멈췄다. "세상에서 유일하게 마이클이 해치지 못하는 사람은 당신과 아이들뿐이라고 하더군요."

케이는 풀밭에서 일어났다. 두 사람은 한 5분쯤 있다가 집으로 돌아왔다. 집에 거의 다다랐을 때 케이가 헤이건에게 말했다. "저녁식사 후에 나와 아이들을 뉴욕까지 데려다 주시겠어요?"

"내가 온 것도 실은 그 때문입니다." 헤이건이 말했다.

마이클에게 돌아온 지 1주일 후 케이는 카톨릭으로 개종하기 위해 신부를 찾아갔다.

성당의 어디엔가 가장 깊은 곳에서 참회의 종소리가 울려 퍼졌다. 케이는 배운 대로 주먹 쥔 손으로 가슴을 가볍게 치며 참회를 했다. 다시 종이 울리자 영성체를 받는 사람들이 자리에서 일어나 성찬대 앞으로 나가는 발소리가 들렸다. 케이도 자리에서 일어나 대열에 끼었다. 케이는 성찬대 앞에서 무릎을 꿇었다. 성당 어디에선가 종소리가 한 번 더 울려 퍼졌다. 케이는 주먹으로 다시 한 번 더 가슴을 두드렸다. 신부가 그녀의 앞에 와서 섰다. 케이는 고개를 뒤로 젖히고 입을 벌려 종이처럼 얇은 밀떡을 받아먹었다. 케이는 무엇보다 이 때가 가장 힘들었다. 밀떡이 입안에서 녹아 겨우 삼킨 뒤에야 그녀는 여기에 와서 하려고 마음먹었던 일을 할 수 있었다.

케이는 죄를 씻고 하나님이 가장 원하는 신도가 되기 위해 고개를 숙이고 성찬대 난간 위에서 두 손을 포갰다. 그녀는 무릎이 저려서 자세를 이리저리 바꿨다.

케이는 모든 생각, 아이들에 대한 걱정과 온갖 분노와 반항과 의문을 머리 속에서 비워 버렸다. 그리고 카를로 리치가 살해된 후 매일 그래왔던 것처럼 깊은 신앙심을 가지고 응답을 바라며, 마이클 코를레오네의 영혼을 위해 기도를 드렸다. 〈끝〉